天堂西

叶明山／著

作家出版社

作者简介

叶明山，男，安徽庐江人。湖北省作家协会驻会专业作家，湖北省文学职称资深高级评委，国家有突出贡献专家津贴享受者。

一九八五年加入中国作家协会，一九九二年评为国家一级作家。系全国作协代表大会五届六届代表。

主要从事小说、散文和影视剧本创作。在《人民文学》《当代》《中国作家》等中央及省级文学刊物，发表中、短篇小说两百余篇，计500余万字。其作品被《小说选刊》《小说月报》《中国文学》《作品与争鸣》及人民文学出版社的“小说年鉴”等多次选载。著有长篇小说七种，并获华东六省一市优秀图书奖和湖北省最高奖“屈原文艺创作奖”。所创电视连续剧全部由中央电视台首播，其中《男儿女儿好看时》《襄河二月》，均在中央电视台一套黄金档播映。电影《山高不挡路》，由中央六台于2002年11月中共中央“十六大”闭幕式时间段播映。剧作获中央电视台“优秀电视剧奖”等国家及地方奖项。

巴人摩崖石刻：“六步天堂”。

楔　子

南北天山夹持的雷奔大峡谷，深邃幽暗阒无人烟，两旁山势险恶紧张。裁云耸立的垂直石壁，一堵接一堵。一处处天书天字般摩崖石刻，于斑驳剥蚀中透露着神秘谶语的气息，这些石刻由于内容深奥且字迹模糊，大都难以辨认，最醒目的一处唤作《北壁题巅》，如盆如斗的四个大字“六步天堂”，苍劲狂草得有如天马行空。继而向上仰视，天穹成为一道时有时无的靛蓝色虚线。清澈的丁冬河在峡谷里迅速瘦身成丁冬溪。巴人拉纤的号子，亘古苍凉在谷底穿越。有水自天而来的南天门瀑布，不疲不倦引吭荒山绝唱。“雷奔”至此，这峡谷也就戛然停息了。

丁冬溪向上翻过了南天门，果然另有世界，两岸各自春秋。

左岸天堂山依然陡峭出奇，处处是神工制造，鬼斧砍出。这些直上直下的石壁，砌进云端，不歪不斜。风和日丽日子，想看究竟的，大都掉落帽子跌下眼镜，真能瞅见天堂顶的人，十有八九还是“哥只是个传说”。

山陡奇石多，诸如鹰嘴崖、虎头包、猪屁股石、狼牙峰，举目皆是，一一栩栩如生。巴人说的“骨头缝里肉，石头缝里土”，都是指好处妙处。天堂山石缝沃土里长出的松树桧树，有的如鹤展翅，有的如龙戏水，更有九曲十八弯者，生在此石缝钻出彼石缝，躯干的曲折和肌肤的累累斑痕，诉说着岁月的沧桑。天堂山的青藤，大都是木质藤本，它们粗壮，攀援力度强大，瀑布冲来，山风掀去，老藤们总能劫后余生，拥抱着怪石，展示不可言喻的生命。

天堂山的飞泉很多，山里佬叫飞来瀑，很奇特。山崖陡壁上，一处处山洞，本是黑咕隆咚，突然有一天白花花流水就自天而下，那真像西王母南天门上抛素绢。更妙的是这些洞泉飞瀑有的流出鱼儿，几两的几斤的都有，软软滑滑，味道鲜美。有的热气蒸腾四散飞溅，比洗浴房的花洒出水还均匀。男人们白天洗，女人们黑夜洗，都说过瘾快活。有的数泉并涌，千年万年进攻不懈，合力冲击石山，终成气候形成石潭，最大一处叫美女潭，丁冬溪女孩儿漂亮播名一方，据说十有八九都受过美女潭洗礼。还有几眼药泉，喝了能治筋骨疼痛和打摆子。有眼财泉，据说能淌出金条银洋，招惹着一代又一代山里人踏破铁鞋……

天堂山俎上山南天山北天山联合组成的天堂山区，兀岭险峰比比皆是。尤其是天堂山众多峰巅宛若一根根石柱或一枚枚插天的避雷针。当然，群峰之上，也不失有那么几块岭头坪“巴脑壳”地。有一处唤做狼脊梁的岭头坪上，硬是天神天工画出了一幅《石小姐出嫁图》。但见一字排出的六大块奇石，第一块石头高三十七丈，圆圆的顶部大小接近一座溜冰场，这块巨石底部直径不足十米，山民们尊它为喇叭石。丁冬溪唢呐王张大雷，更是每年立夏节前在喇叭石下祭三牲，烧高香，九跪九拜磕响头。第二块是方形大石。石头方方正正不足为奇，奇怪的是这石头南北方向突然各横冲出一根五至八米不等的石笋，于是方石是轿、石笋是轿杆，于是喇叭引路花轿紧随。也许受张大雷影响，这尊花轿石近几年也享受到了李家窑轿师傅李松柏的顶礼膜拜，也是在立夏节，李松柏总是买两匹红布，跟儿子李立春攀上狼脊梁给花轿石热烈披红。花轿石后边就是一组人物石了。石小姐修长美丽，面朝花轿羞答答欲做新娘，石公石婆石小妹，各姿各雅，栩栩如生。石公公庄重伫立，祝福女儿远嫁。石婆婆坐地，前倾的上身摇摇欲坠，那一定是伤心哭嫁，担心女儿会不会遇上恶婆婆，担心石小姐能不能服异乡水土，这石婆婆就哭成身体不支了。石小妹纤秀得像一根石笋，亭亭玉立坐落在山脊凹处，恰恰一眼喷泉在石小妹身上穿膛过肚，不很干旱的季节里，人们总能看到石小妹的两眼泪水汪汪，这一脸晶莹泪滴，表达着依依不舍的亲情情意。

天堂山脉最大的岭头坪在天堂顶。据说那上边的牛多得像石头，大绵羊一群一群，跟一大团一大团白云一起翻滚。那里的水果到处碰鼻子，玉米棒儿有面的有甜的，好哪口有哪口。男人女人鹤发童颜，他们只知长于此地，不知生于何时，日出而作，日落歌舞，牛羊美味包谷酒香，伴随雨雾自天飘洒而下。当然，这诱人的香味都是弥漫在人们的梦乡。

丁冬溪右岸叫姐上山。名副其实，相对天堂山，姐上山坡度缓了许多，只是历代金莲三寸的小姐们，这山爬得上去恐怕也难。姐上山一些坡坡上坪坪上，渐现了人间烟火。梯田尾庄稼地头，天堂西村的成家沟李家窑桐木寨八斗坪以及三户两户小庄院，星星点点散落着。

大村也好，小户也罢，都是出奇的静。那些石头垒墙石片儿作瓦的小屋里，十有七八住着女人。她们背一篓包谷上水磨房，抑或扛着柴火穿过石墙村巷，都累得背驼腰弯，断然不唱什么山歌情歌。设若真有什么大动静，那就出了坏事或好事：这些山村的男人们亲沾亲友伴友在千里之外挖煤，矿上倒窑了，就有人毙命。远方的汉子呜呼，女人们就把一整个山村哭倒了。当然也有汉子赚个荷包鼓胀，太太平平还乡，这时丁冬溪边的捣衣声立马夹杂了欢语，粗野的玩笑跟水仗水花一起震荡着山谷。这天晚上，还乡男人的石墙小院里，石板桌面上包谷酒坛歪倒着，院里院外，快乐的醉汉们也一个一个歪倒着……

人悲惨哭叫着和欢醉歪倒着，历史真实的一页就是混沌模糊着。

第一步

夏天快过完了，丁冬溪两岸的山民们还在争论春天里那件事。他们说那个时尚女人断然不是成小娥。那天山雾单薄，在深山老林，算是好日子了，这样的时光，谁会把一个熟人看走眼呢？那个女人香气袭人，艳丽有如国色牡丹。有丁冬溪第一美女之称的成小娥，毕竟是一朵山花。山花，那就不是牡丹。

牡丹好看，绿叶衬陪。这个粉面红唇时尚女子卡着大墨镜，意大利切纳奇细呢束腰套装裹着修长起伏形体，耀眼得是人间酷女是天上仙女。始终与酷女并肩相陪的那个高大壮实男人，戴着呢帽，皮衣皮裤长筒靴，全是苏格兰格拉斯哥老店存根品牌货，行走的风度，一半美国牛仔一半英国绅士。

其实这个玩酷的女人，真是天堂西村的土生土长的成小娥。她身边时时言行不太正经的那个男人名叫杨雄。也难怪，成天坐老板椅生活在大城市里的杨雄，走进姐上山靠近天堂山，越来越失去了往日的威严。他瞄着丁冬溪里多得像过兵的一整队一整队娃娃鱼，瞅着老猴驮小猴在天堂石壁上飞跃，还有那山花簪满头的种包谷婆娘，还有热气腾腾挑柴汉子扒光衣裤在泉瀑下酣畅洗澡，这个杨雄一下变成了好奇活泼甚至有些粗口的牛仔少年。

成小娥说：“别老是左顾右盼，你应该抬头看看。”杨雄举目，果然空谷鸣雷大叫一声：“这都是真的？这怎么可能？”小娥说：“这就是我多次跟你说的‘石小姐出嫁图’。”杨雄震荡身躯震撼心灵，他立刻就要观图看画去。这个城里男人当然不晓得望山跑死马的道理。狼脊梁上的石小姐是赶上浮云初散能见度上好的时光对你嫣然一笑，真要是见上一面，换上笋壳草鞋也得爬个半死。穿马靴的杨雄不信，他才爬了半个时辰，就跟头摔得溃不成军。到了这工夫虽说野心不死，腿脚是服气了。

成小娥笑着说：“不犟了？”她陪着他坐在石坡上，安慰的话很温柔，一双手摩挲着杨雄酸麻麻的腿，也很温柔。

杨雄没有在诱人的气息里，也去抚摸一个女人。他就是一门心思要看石公石婆石小姐。成小娥不吃醋，多年来她都希望老板杨雄慧眼识珠，企盼杨雄能欣赏石小姐胜过本小姐。成小娥就欲扬故抑，她平平淡淡说道：“真要上去，也只有央请李家窑的滑竿了。”杨雄说：“这种碰鼻子石坡路，能抬滑竿？”成小娥就说起了李家窑的李松柏李立春父子，说上他们家的花轿与滑竿，说开李家窑几百年来奇绝的轿艺，说“神州第一轿师”李松柏传奇生涯……说得杨雄如同听神话。

品轿艺际会神州第一轿师李松柏，坐滑竿上狼脊梁拜见石小姐，旅游能游到这份上，此行就真叫不虚了。杨雄转身，滑山崖下坡，上李家窑说走咱就走。

成小娥最终阻止了杨雄，道理老一套：“讲好了此行是神秘之旅，那就不能露脸张扬。”成小娥再一次说到青石坡胡氏兄弟们的野蛮与粗暴，躲避也好，没必要招惹也罢，出门在外，不就是讲究个安全嘛。成小娥就喊司机兼保镖冯豹，要冯豹出头露面上李家窑雇轿办事。

李家窑是个十来户村寨，除了招赘入户的方满仓，其余均是辈分不齐整的李姓人家。竹林掩映着小黑瓦石头墙屋子，偶尔一两栋木楼耸立——那是在表彰祖宗遗产，最好的石板路总是连接着一口深深的井……凡此种种，李家窑和别的村寨没有两样。有区别，很显眼，是李家窑村头那块足有一个篮球场大小的坪坝。丁冬溪地无三尺平，这么大的坪坝，既是气派与奢侈，也是李氏家族一代一代愚公移山的光荣纪录。李家窑男人，几乎都是轿师傅，闲淡日子里，行人总能看到坪坝上有轿夫练轿，这些人练得汗流浃背，耸动的肩头和扭摆的屁股，都是大力与狠劲的张扬。轿夫们也练抓地脚劲，正骨拉筋练身体平衡，那要会看看门道，看热闹的人是没这个火眼金睛的。逢上二月二、五月五、八月十五、九九重阳、过年过节，李家窑小轿滑竿大花轿，在高挑的桐油宫灯与燃烧的竹篾火把辉映下，搞起了表演和比赛。这时，四面八方山民们及民间锣鼓手唢呐手，潮水般涌到李家窑坪坝。鼓乐齐鸣，轿夫们颠轿、摇轿、栽轿，把“疯轿”表演得山呼海啸叫绝。

就像雁有头雁，猴有猴王，李家窑轿艺翘楚，是李松柏李立春父子。办喜事人家想有个漂亮花轿，又想不光是接接新娘还要图个热闹，他们就会出个好价钱请李松柏花轿，请他们父子疯轿，好把喜事做得鞭炮连天万人空巷。李松柏因此多赚了钱，他就更有资金投资建设。他会用鲜艳绫罗绸缎装饰花轿，镶翡翠玛瑙让轿子珠光宝气。他也舍得花钱请最好的轿夫当帮手，请唢呐王助阵助威。李松柏越做越火，日子越过越暖和。

李松柏还有一条有人眼羡无人可争的生财之道。

这些年，月月总有些日子，城里人或外地人慕名丁冬溪山水风尘仆仆而至，虽说交通不便，不成团队，倒也或一只孤鹜劲飞或一对鸳鸯潜游，这就三三两两进了青山绿水崖沟沟。来时，坐飞机，坐轮船，坐火车汽车，那都是飞。进了丁冬溪山谷，只能走只得爬了。好景致那么多，这山望那山高，两三个时辰过去，腿酸溜溜了，太阳还没偏西，脚板血泡迭起。有经验的轿师傅们，吃了早饭继续困大觉，吃了中饭猛灌罐罐茶猛抽杆子烟，或父子兵或兄弟队伍或亲戚军团，背起滑竿一溜烟钻山林跑山沟。他们呼叫得山应应：滑竿啰……谁要滑竿啰……滑竿啰……竿啰……啰……啰……山应应果然引发人的响应：“我要滑竿啰……”你喊我也喊，谁跑得快谁就抢着了生意。在这样吆喝的结仇结对头的竞争中，李松柏不占优势。李松柏的滑竿是他和儿子李立春抬着的，早些年头，李松柏是和他父亲抬滑竿的，他家的滑竿称作李氏滑竿又称“崖滑竿”。天堂山多绝壁，绝壁之上有绝景，柴郎和药师总有那么几个攀上悬崖绝壁见过绝景，他们亦真亦幻把那些大都没见过的景致说得美妙诡异鬼神惊叹。一年又一年，一代又一代，一人传百人，百里传千里，就有迁客骚人，就有城中桃李愁风雨的小姐，就有有钱大佬搜稀奇的饱汉，啥都不看，就是要看悬崖之上绝壁之端，就是要看寻常不见的绝景。这些游客大都保养有方，脚板比山里佬脸蛋还嫩，望一望赞叹赞叹悬崖可以，爬悬崖寸步难行。这时候漫山遍野的“吆喝的滑竿们”退避三舍了，只有李氏的“崖滑竿”有选择地停在某些悬崖边。心痒难熬的猎奇游客，不抱多大希望地随便问问：轿师傅，能抬我们到绝壁上看看吗？

李松柏：能啊。不能，我们待在这里干什么？

游客又冷汗涔涔地看那抬头掉帽的绝壁，大多不敢造次不敢再说什么。林子大了，什么鸟都有，总是有那越险越刺激的游客跟李松柏李立春攀谈扯淡，继续试探到底。李松柏就告诉他们，这是丁冬溪独一无二的李氏滑竿，也叫崖滑竿。李松柏说，他家祖祖辈辈代代传人，都是四岁就练“鹰爪脚”，练得可凶可毒了，十只趾头拴上细绳，绳头拴在屋梁上，每天倒吊一两个时辰练趾头功。李松柏说他家屋后，专门请石匠凿了一道数丈高直上直下石壁，李家的男孩长到了七岁，数九寒冬也要光着脚丫爬石壁。开始手脚并用，三年后，不准动手，只用脚攀，无论摔得如何鼻青脸肿，还是要一跟头爬起再攀再练。李松柏说到高兴时也向客人们表演“李家腿”，这些腿功令人眼花缭乱，既能蹲得屁股蹭地双脚依然行走如飞，又能双腿撇开，裆部擦着地皮稳稳当当前进。李松柏说咱老李家人生在穷山恶水命苦啊！一代一代不敢把看家本事传丢了，山里人能吃一口好饭硬是不易啊……游说的李松柏和极少的过把瘾就死拿着玩耍当玩命的游客，合作了。李家父子崖滑竿的奇绝的神腿神脚趾，就不时滴滴答答沾上游客的冷汗，在双赢的绝顶上，轿夫和游客才你获美景我获钱相视开怀一笑。

村说不村，俗话不俗，“光棍不怕死，有钱命千金”，能消闲自在当游客，大抵总有几个钱，有钱惜命，来日方长慢慢玩，玩过把瘾就死便很少很少。李松柏在这样的日子里也用不着着急，他不着急有人敢跟他竞争，只需像丁冬溪边“老等”水鸟，等着欲望之鱼等着那玩命游客。等到一回，就能赚三百四百，这比一般轿师傅的脚钱高出七八倍。

这几年，狼脊梁的“石小姐出嫁图”越来越出名，听说报纸上都登过，电视也上过。丁冬溪不通电，也没人送报纸，李松柏就不敢跟游人乱吹，他只是以亲历亲见栩栩如生地向游客游说狼脊梁上的罕世风光。就有越来越多的游人认为玩丁冬溪不看看石小姐，算是白玩一趟。李氏崖滑竿绝技，连本家姑爷都不传人，想上笔陡的狼脊梁，又是李松柏李立春独家生意了，只有他们父子能石壁碰鼻子，石脑壳碰脑壳，把游客抬上狼脊梁。游客们在崖顶上坐一坐石花轿，快快活活跟石小姐拜堂，总不能真的跟石小姐住洞房吧，总还是要下山要回去，望着凭空生雾缈缈云烟的深邃山谷，试探着下陡坡，一步一个虚，一步一瓢冷汗。李松柏李立春坐在风凉处管自喝茶抽烟，不揽生意不吆喝，游人不请自到回身找他们了。上坡是一里路三十元，游客想想，也就三十块，贵也不很贵，权当买张门票拜会可爱的石小姐了。再看看绝壁前就这么副孤零零的滑竿，想讲价钱想另选轿师傅也没指望，他们这就坐李氏滑竿一惊一愣上去了。下来就不是三十元了，下坡变成五十元。游人说，这不是宰客嘛。攀登狼脊梁大都是年轻游客，李松柏说，小哥（或小大姐），话不能这么讲，自古道，上山容易下山难，难就难在“步步溜”。我四五岁，父亲就拿着藤条教我练鹰爪脚，有点儿偷懒，我爹的藤条抽得屁股蛋开花。我教儿子练鹰爪脚，也是崽哭爷吞泪下毒手。小哥（小大姐），我们这口饭可不是混吃的。要不，漫山遍野的轿师傅，怎么没有一个敢到狼脊梁抬崖滑竿？客人想想也是，手摸屁股口袋时，依然想把价钱压低点儿，李松柏不争不急，他把罐罐茶倒上一泥碗让客人喝。他说，我这是老火茶，味儿劲道，你多喝点，兴许提足了精神长脚劲能下坡。客人喝了罐罐茶果然又试着下坡，下了两丈三丈，腿不争气发抖了，眼睛稍稍瞅瞅深谷便发花发晕，赶忙魂不附体重新爬上山顶，这时别说一里路五十元，大概一里路五百元也在所不惜了。

儿子说，爹，咱不谈五百元，咱上坡一里五十元下坡一里一百元总可以吧。儿子说，下虎头杂货店的洗衣粉一袋长了五角，茶花牌糙烟一块二也长成两块。这是涨价年代，不涨价还看不着世道在变社会进步呢。儿子李立春念过初中，这在大山里，文化可以了。儿子说话，有时就有点儿新鲜新潮。

李松柏不能买李立春的账。李松柏说，你二舅从早到黑撅着尻子挖茶园锄包谷，一天能挣三元五元钱？顶多，混个肚儿圆。三家寨的余小死人跟朱家老三争滑竿客人，打架打得胳膊缝了七针。我说这话，是教导你不要人心不足蛇吞象。再说，蛇吞得了象吗？咱把价钱一涨，游客们不和石小姐拜堂行不行？人家钻一百弯山洞行不行？人家到猴子岩玩猴到南天山鱼泉抓小鱼到“牛瞪眼”洗鸳鸯澡行不行？再说还有个好事不出门坏事传千里呢，游人本县外县本省外省都有，他们一传十十传百，说丁冬溪宰客狮子大张口，本来一无公路二无饭店，游人来得就不多，他们找罪受又被宰了钱，鬼还往丁冬溪里钻！

老子毕竟是老子，儿子到底是儿子，李立春说不过父亲，他就老老实实听爹的。

不狠心，不海赚，不多不少地赚，李松柏一年下来，滑竿能挣万把块，花轿赚七八千元。一年挣出两个万元户，丁冬溪是没有第二个主了。

今年地气晚些，老天爷懒腰抻得慢腾腾，过了清明才响春雷，到了谷雨还解不开棉袄脱不了单。山沟沟老是毛毛雨下得寒寒的，游客们也就有的推迟了行期，有的冒冒失失钻进来，瞅那该开的映山红没开出一片花山花岭，该显的一处又一处春景没显，一身湿漉漉，一脚黄泥巴，一步三打滑，游兴早没了，那一处处险景就真正成绝景，更是无人问津了。李松柏李立春的崖滑竿就至今没有开张，弄得老头子抽的黄烟，也从三十八元一斤的头等货，变味成十八元的大路货。

这几天，云撤了，山风平平和和，太阳笑眯眯地照耀着花照耀拱土的包谷苗照耀男人光亮脊背女孩儿鲜亮脸蛋。李松柏嗓子老高，劲冲冲喊儿子练滑竿。

就在这时分，冯豹正好爬上李家窑坪坝，他第一眼就看呆了，看得不知道自个何处而来何处而去，看得不知道自个是干什么的。

是绝。一老一少两条汉子，乍暖的日子脱光了背，抬一乘空滑竿，或前边少年裆部蹭地，两条壮如牛腿的胳臂高擎滑竿，或后边老汉屁股滑地而行，前边年轻轿师傅垂手擒着滑竿，或一人不能自控，死劲左右摇摆滑竿，另一人双腿如柱埋进泥土一般，狂飙也无法将他动摇……这一切，真比矮子功戏剧大师还大师，是让世界上任何平衡术都黯然失色的平衡术。把个冯豹，失声叫绝连天。

见陌生人是个看门道的，又见这人穿着挺括气势不凡，李立春就说，客人，想不想坐一坐，乐一乐？

冯豹如梦初醒，他大笑着说，想啊，太想了。没错的话，你们这是李家窑的崖滑竿了。

李松柏放下滑竿，他一边用土布大汗巾擦脊梁，一边打量来客：“你认得我？”

冯豹一副五百年前是一家的派头：“认得认得。不认得，我请你吗？”冯豹就赶紧说明了来意。

李松柏李立春都很高兴。这个初晴乍暖的日子，果真是个好日子。

戴着大墨镜的成小娥，游览丁冬溪山区确实冒很大风险。她家就在姐上山的成家沟。她在青石坡还有个订婚婆家，有个死心塌地要跟她睡觉生个大胖小子的男人胡石柱。那年逃婚，她就认定丁冬溪是不归路。老板杨雄这次决意游丁冬溪，万般无奈的成小娥还得做导游。不是永不归来吗，不是恨意如山吗，成小娥不明白为何偏是一梦又一梦翱翔天堂山奇峰险岭。梦醒时，一脸热泪，擦了又擦，还以为那就是浣衣的丁冬溪水，沐浴的美女潭水……她就一次又一次在沃尔沃小车里在南州市海滨别墅里，激情泛滥地给杨雄描绘故乡画山画水了，讲丁冬溪现实的和魔幻的传奇故事了。杨雄带她到再好的国家级风景区旅游，成小娥也感受不到丁冬溪二分之一漂亮与壮丽，辉煌与诗意。终于有一天，成小娥承担了坦率言行的可怕后果，杨雄说，收拾一下，游丁冬溪去。成小娥做了许多阻拦，讲了很多苦衷，杨雄变色了："你不去我去!"没办法，走吧……

果然，成小娥的担忧很快成为事实。

那时李松柏李立春抬着双人滑竿进了“天黑就快活”。这条幽深的山沟地名就这么古怪，它叫“天黑就快活”。有一回，杨雄和成小娥下榻一家五星级酒店。那酒店真是人情人性关怀到极致，大而无边的床上，优质的卧具华丽夺目，最显眼的是与枕头对称搁着一副臀枕。杨雄激情了激动了，立马就要试用臀枕。真的很好，那臀枕简直就是成小娥的量身制作品，她的白净浑圆的臀，不多不少地稳稳搁置在高高的松软的臀枕上，杨雄的探索，就达到了前所未有的深度。在这个激情燃烧的夜晚，成小娥又讲起了家乡“天黑就快活”那条山沟故事。成小娥说那条沟神秘得很禁忌得很。小女孩要是斗胆钻一钻瞅一瞅“天黑就快活”，做父母的肯定打断她的腿。成小娥说，十七岁那年她和同乡同学牛青青看了一部爱情大片，一个雨潇潇的日子，两人穿蓑衣戴斗笠，她们就让人男女不辨，稻草人一般溜进“天黑就快活”。那是一条长满青藤箬竹和大叶桦的幽暗山沟，两个女孩走着，总担心厚重的植被覆盖着可怕的人可怕的贼眼睛。走了五六里，沟两边出现不毛石壁，她们惊讶发现，右壁有一巨型石裸女，两只肥大奶子，非常到位地挺在胸前。石裸女对面的左石壁有一位高大男人，这个石头汉子胸肌发达，结实的两腿间挺出一枚粗如碌碡石针。成小娥牛青青又激动又羞怯，又流连又逃亡，自此，她们都有了一个坚固的立体记忆存在灵魂深处……

云雨后，舒舒服服躺着的杨雄，脸上自然就是阳光，他轻轻滑动成小娥的乳房问道：是个绝妙无比的地方，就是地名不怎么样，有什么道理天黑就快活？我和你在这家正午的豪华大酒店里，做得不也很快活吗？成小娥说，亲爱的，丁冬溪不是星级酒店，那里的人也不当老板，他们白天早早锄杆子挑着罐罐茶，汗巾里裹着玉米饼，爬上高高的山坡种庄稼不到天黑不回来。丁冬溪只有黑洞洞的山沟黑森森山寨，没有不夜城没有夜总会没有影剧院甚至很少有电视机，长长的黑夜男人女人如何熬到天亮如何有点乐处，唯一销魂的不就是光身男人抱着光身女人吗？杨雄大笑了，他改正了观点也树立了观点，他承认“天黑就快活”是全世界最绝的地名。

现在，杨雄慕名游进“天黑就快活”。

抬滑竿的李松柏已经和杨雄混得几分熟了，他说杨老板，今天不是你，说啥我也不抬你们进这条沟的。杨雄问为啥，李松柏狡黠地取笑道：你带上这么漂亮小蜜，这“天黑就快活”，不是挑逗教唆吗？杨雄在高高的滑竿上，光明敞亮地抚着成小娥的胸，很响地叭了成小娥酒窝。他说李师傅，你眼力不济啊，她不是小蜜，她是我老婆。小娥，是不是啊？

成小娥心里有事心里惊，她赶忙应付赶忙转换话题：这有什么问的。哎，你看那棵树头吊着猴子，就在那儿，看见没有？

于是大谈猴子，于是猴子救了成小娥。

成小娥真的害怕李家父子认出她，更怕杨雄直呼她的名字。李家窑距离成家沟十八里，李家窑距离七弯八拐的青石坡也是十八里，大山里，十八里真的算不得遥远。

李松柏没认出成小娥，姚秋桂认出了成小娥。雷打石凹村的姚秋桂三十岁，不能说生得多漂亮，只能说长得很刺激。她有一对碱面过量的馒头奶，特大特暄。大奶子早二三十年，山里人认为是很丑的，时代不同了，现在谁有大奶子谁也不害羞藏起来，有事没事敞开怀露出亵衣，胸挺得同性眼红异性眼热。姚秋桂的屁股也特翘特大特打眼，有人算计过，一百二十斤的姚秋桂，屁股至少有六十斤。与大奶子评价不同，大屁股女人盘古至今都公认是宝。道理是：会生。人眼是秤，大臀姚秋桂果然会生，她十五岁就养了私生子，十八岁跟齐光华结婚，两年生了一儿一女，早早完成计划生育指标。姚秋桂性格开朗，见人熟，讲起荤话不怯场，有胆量勾搭她也不恼火，没好处到手裤带子坚决不松。大的好处据说有人送过姚秋桂一套花呢春装。小好处是滑子仁捞着的。有一年，天大旱，雷打石凹的红豆绿豆，十窝没长出三窝苗，过了农时只有种荞麦，借一升，打场时还一斗。姚秋桂拿着升子找滑子仁，找了一圈找进玉米地。姚秋桂说，子仁，干啥呢？滑子仁说，授粉。要不要？也给你授点吧。姚秋桂说，授你的头。滑子仁说，玉米授头，你授屁股。姚秋桂说，别荤了，我找你有事。滑子仁说，有事在玉米地里做事就是了。姚秋桂瞅瞅滑子仁眼睛，那里边，火苗一耀一耀的。

男人有欲火就要靠女人浇灭。姚秋桂扔下升子：行。给我一斗荞麦。

滑子仁冲动地靠过来了，不过他还是说道：你要那么多荞麦干什么？量一升，足够种二亩地呢。

姚秋桂：我要一斗。种不了，我做荞麦粑吃。

一斗就一斗吧，论市价，撑破天也就十元钱。滑子仁就呼啦掀掉姚秋桂上衣，哗啦扯开姚秋桂裤带，一对大奶子一只大屁股，比太阳还圆还耀眼。

做事时，僵了一下。姚秋桂说包谷地坑坑凹凹的，她不想躺着受罪，她要滑子仁躺在下边。滑子仁怕坏了好事，就小棺材一样躺好了。姚秋桂骑在上边，肥臀如五百斤碓夯动着。滑子仁抚摸着一摇三颤的碓，观赏铺天盖地的碓，受用着大快活。高潮时，他鹞子翻身，管她受罪不受罪，按着姚秋桂，自天而降冲撞。

滑子仁是菜篮嘴，他就是暗地里杀了人也做不到守口如瓶。他一斗荞麦做了姚秋桂，就到处讲姚秋桂的肥白屁股美过天上月亮。话讲多了也就传远了，雷奔峡谷外的下虎头茶厂厂长关峰也如雷贯耳听到了。关厂长的两大嗜好是喝好茶和抱女人睡觉。老关好色却也媚俗地犯了差错，女人在普遍恶性减肥，男人更是通俗地山呼海啸夸赞女孩纤腰细腿，老关就娶了个七十八斤四两六钱女人做妻。老关的女人穿起时装果然骨感美很好看，好看不中用，她那一亩二分地总是有种无收。老关信了祖训：家有大屁股婆娘，世代子孙满堂。这天老关听到了滑子仁“广告”就坐不住了。茶厂几个有姿色女工虽说不像老婆那么瘦，他让她们趴着翘着，也没哪个是五百斤碓。老关还听说姚秋桂十五岁就能生出野伢，跟齐光华结婚，十八岁抱上了胖小子，他的瘦婆娘三十五了，还是怎么干活都白打工，关峰厂长决定会会姚秋桂了。

有人就给姚秋桂牵线。姚秋桂听说豪爽的关厂长出手就是一千元，她想，这差不多能买五十斗荞麦。再说关厂长多有面子，跟他玩，是上档次。

定好了日子定地点。老关说，上“天黑就快活”。姚秋桂说，你是大老板，票子撑破口袋，咱俩上县城住豪华酒店多开心。

老关说，不，就上“天黑就快活”。

姚秋桂说，“天黑就快活”草深藤厚林子黑，怪邪乎吓人的。

老关：错。那里有生动自然的石汉子石姑娘，那里温暖温馨又煽情，那是爱情沟。

姚秋桂：那里地无三尺平，到处坑坑洼洼的，你做得好？

老关揪了一下姚秋桂肥臀：我还能让它受苦吗？我躺下，你打碓就是了。

姚秋桂脸红了一下，点头答应了。

说干就干，姚秋桂和关峰一脚野进“天黑就快活”。他们在一丛密密青藤下筑爱巢。老关远瞻石汉子石姑娘，近观姚秋桂果然肥白异常的大臀，他决心一定要让这婆娘给自个怀上一儿半女。

事情顺顺当当做完，老关要求再做一遍。他种过庄稼，晓得要想保产增产就一定要补种，好不容易遇上这么个会生伢的女人，好不容易又是在爱情沟，他就决不能放空炮。

正当二次云来雨去时，老关和姚秋桂听到了人声和响动。继而他们看见了滑竿，听清了游客和轿师傅说话。

姚秋桂便停止打碓。姚秋桂静心静气听到那个坐在滑竿里气派非凡的游客说：“她不是小蜜，她是我老婆。小娥，是不是？”

小娥？是那个逃婚逃亡的成小娥？姚秋桂冒险掀起遮羞的青藤，她就真真切切看清了那个女孩。

我的天，真是成小娥！

姚秋桂亢奋得没命地打碓了。她明白，这和性欲无关，这是钱欲。青石坡的胡石柱早就到处开价，谁能帮助找到未婚妻成小娥，立马付款八千元。

胡石柱寻人费出到八千，那也不能说明他多么有钱。他家按流行说法，充其量也就是“基本小康”。

胡石柱兄弟四个，个个长得虎头虎脑，粗壮结实，父亲胡方余一溜儿给儿子取名石墩石磙石柱石碱。胡方余石匠手艺好，凿出的石碾石磨石碓石碑猪食槽门墩门槛就会好卖些。可惜，石头弄出的玩意都是耐用品，石碾石碓，不但一辈子用不完，甚至能用上三辈五辈。石门槛石门墩要逢着盖新房才能用上，丁冬溪那些石头墙小黑瓦屋子，好像子子孙孙住不垮，世世代代不用换，不是谁家儿子生得太多，四世同堂实在同不下去了，就别指望有人要凿门墩门槛盖新房。至于凿石碑，那也不是多大赚钱营生，谁家会天天死人呢？胡方余能在天堂山成百上千的石匠中混成小康，全靠一次机会。

大约十年前，丁冬河乡政府为民造福，要在丁冬溪的蜂腰峡修一座石桥。施工总管是副乡长丁丙，胡方余早些年外出打工修过江堤护坡，耳闻目睹票子买的“红包工程”，他就连凑带借备了一只六千元红包，夜蛾子般悄悄飞进丁丙家。丁丙想，丁冬溪的石匠除了鲁四，比胡方余手艺强的不多，这种情况下就可以又收情又做事情了，丁丙便将一只桥墩发包给胡方余。胡方余父子兵外加一二十个雇工，丁丁当当一个月就把桥墩竖起来了，别的石匠修桥一天挣十五元五角，他三十天净赚三万三。

有了钱，胡石匠和老婆赵氏都认定头等大事是给儿子们娶媳妇。石碱二十三，暂搁着，石柱二十六，随时想着考虑着，紧急工程是三十二岁的胡石墩和二十八岁的胡石磙，这工程必须立马开工，胡方余考虑再三，把“工程”发包给媒婆黄豆花。

黄豆花从北天山串到南天山，从天堂西村最外头的下虎头游说到天堂西村最里头的裤裆沟，不疲不惫跑了半个月，三寸舌说短了二寸五，依然收效甚微。有姑娘人家一听说胡家有四个没成家儿子，稍稍心算一下，那万元户就立刻贬了值。三万元存款有屎用，四个人长树大的儿子一起花轿接新娘，闹不好还要借款三万五万呢。好在黄豆花是个不气馁很坚强的媒婆，她在第十八天，总算说动了一户李姓爹娘女儿心。不过，这户人家不盲目不糊涂，他们耳朵灵得很，他们打听到胡家老大是什么货色，他们说，要结亲，女婿只能是二儿子石磙。黄豆花记得胡家交待，“紧急工程”的首项工程，唱主角的应该是胡石墩。

李家公母都说，胡石墩不行。姑娘李平平自个也说，派上胡石墩，我宁可一辈子不嫁人。

黄豆花是位能把老黄牛撮合匹配枣红马的能媒婆，她在多年牵红绳的过程中，总结出“男为小女为大”“男方有理没理都没理，女方大错小错都不错”的宝贵经验，悟到了“抬头嫁姑娘低头娶媳妇”的放之四海而皆准的真理，她一边以身作则，一边引来了胡老头胡老婆子和胡石墩，一起在这人家碎碎说，软软地磨，低三下四求，啥不行，咱立马改；啥不够，咱立马凑。

好说歹说，死说活说，这人家就是不认胡石墩。这家老头儿还说，再提亲石墩，以后就不要来了。吓得胡家人和黄豆花赶快赔小心走人。

回家后，一起做石墩工作。

胡方余说，墩儿，你黄婶把好事办到这份上很不容易了。要不，就让老二先成亲吧。

胡石墩：不行。那个叫李平平的姑娘长得太水灵了，我就要她！

老婆子赵氏说，水灵姑娘外头多得很，黄婶给你找个更好看的好不好？

胡石墩：不好。更好看的不够当官当经理们用，哪能轮到我头上？

黄豆花说，我打包票三个月内保证大花轿给你抬来马蜂腰白鹤腿杏仁眼睛樱桃嘴漂亮新娘。

胡石墩：三个月，我三天都等不及！没女人，这日子我不过了！

这话说得黄豆花心痛心烦，半个多月跑断腿磨破嘴说不下亲事，头一条不就是你胡石墩口碑不好吗。见到女人走不动路，闻到女人风骚味，大白天都敢破门打窗要弄要整，哪个有姑娘人家不是明说暗说这号流氓女婿谁敢认，这门亲事谁敢定。好事不出门，坏事传千里，丁冬溪人茶余饭后，地头歇晌，谁不讲讲胡石墩，嘴巴都要痒痒了。黄豆花就没好气地说：“石墩，我给你面子，你还跟我叫板较劲。我捅破窗户纸讲亮话，你名声臭。”黄豆花撂下话就走。她说这个霉（媒）活干不下去了。

胡方余赵氏慌了，胡石墩也不敢鸭子毙了嘴巴硬了，一家人拦的拦拉的拉，千小心万不是，才算把丁冬溪第一红娘留下了。

第一红娘果然第一，想的干的都是天下第一绝。在胡家二话不说又追加三百元“婚介费”后，黄豆花献出偷梁换柱计谋。她让胡石磙接亲当新郎，拜过天地进洞房，吹灯上床，躲在床底下的胡石墩溜到床上，干起真事就由胡老二变成胡老大了。大山里黑洞洞的，第二天八点多钟，李平平才明白又缠上她要干事的新郎是胡石墩。平平就大哭大叫，滚床上滚床下，撞墙撞柜子。胡石墩不怕。胡石墩火上浇油叫道："你要么死人要么死心。我就不信除了我，哪个敢娶你，谁有狗胆子，我杀他全家！"反正生米做成了熟饭，女人到这份上，金枝玉叶也当是败草残花了。李平平不吃不喝，胡石墩晚上照样做事。做累了做困了，胡石墩呼呼大睡。李平平蛾子撞破毒蛛网，裹夜色，乘寒风，有家归不得，泪洒逃婚路远走高飞至今下落不明。此后是老李家找老胡家要人，老胡家找老李家要人，正理歪理一万年扯不清。

遇上这号事，胡家老老少少头痛死了。胡石墩也头痛了几天，接着就不那么头痛了，接着他就坐着站着都在想那两个晚上好处妙处。那真是神仙之夜，抱着又骚又喷香的肉肉，良田沃土播种又灌溉，冲冲撞撞忙得快快活活，那日子，嘁，想起来就激奋就战栗。老话说，光想不做，越想越难过。有一天，胡石墩实在熬不了长夜，他披衣起床，径直走到一户寡妇门前。没有思索，只有勇敢，胡石墩跳过院墙撞开房门，寡妇一声才喊半声就让他牢牢捂住嘴。寡妇死死夹住，胡石墩牛腿拨开玉腿，有多少困难克服多少困难做了那事。

胡石墩可能真的遇上了一个想竖牌坊的女人，寡妇第二天就报了案，胡石墩第三天进了班房，判得不重也不轻，任他有证无证说那寡妇多次对他眉来眼去，那一夜快活还是换得七年苦刑。更要紧的，胡石墩还苦了全家，那真是城门失火殃及池鱼，就算胡石磙助纣为虐活该当光棍，那胡石柱胡石础为何也人见人怕说不上媳妇呢？

胡方余赵氏日夜睡不着觉了，他们深深感觉到了灭门绝种的危机。他们什么活也不想做了，成天操心的是，至少要有一个儿子能说上媳妇。

机会来了。这一年，姐上山的成家沟，有史以来有个孩子考上了高中。那是个聪明漂亮女孩，名叫成小娥。纯朴热情的山民们，为本村女状元点燃火把，烧了一夜楠竹竹节，噼噼啪啪充当爆竹庆贺。成小娥父亲成永贵母亲安四娘都是有眼光的人，他们晓得穷困的老山沟人家要想有出头日子，只能靠儿女们拼命念书。他们总是对成小娥说，书里有富贵路书里有黄金屋。他们自个啃萝卜，把吊在火塘上边的一坨两坨熏腊肉卖成钱给女儿交学费。有时刮米缸刮盐钵也交不够学费，成永贵安四娘就分头求爷爷拜奶奶四面八方借高利贷。成小娥考上高中，学杂费食宿费，一年下来五千多，三年下来一万八，还有利滚利的高利贷欠债七千元，这就是两万多块开销。念高中目的就是念大学，日后当长官当董事长混个人上人。听人说一年大学一万多块，成永贵安四娘算下来不敢透气了，老两口死了不睡棺材也不够女儿一年半载开销。俩老的叹气快要叹瘫了，成小娥还是想念书想疯了。成家沟的乡亲们也为出了才女的人家操心，就在火烧眉毛开学的前一天，村邻朱斗到青石坡串亲戚时为老成家捡了一块天上掉下来的馅饼。朱斗对成永贵说，青石坡老胡家，愿意包下成小娥高中大学全部费用，七千元债务也帮助还清，条件是成胡两家定亲，成小娥立马是胡家未过门儿媳。小娥考不上大学，高中毕业就结婚；小娥考上大学，大学毕业就结婚。成永贵说，这不成，老胡家儿子名声恶臭。成小娥更是气得不行，说立下这么一份定亲庚帖就是立卖身契。朱斗说，胡石墩名声臭，胡石礤也有错，胡石柱没做坏事。小伙子长得壮实，干起活儿一人抵俩。石匠手艺，在他这一代人当中也算拔尖。朱斗说，订婚帖儿肯定要写，肯定要一款一款一条一条写得明明白白，还要男女双方签字按手印，可是再怎么着，那都叫订婚契不叫卖身契。朱斗爱怎么说怎么说去，说到天上，老成家也不能应允这件事。

这是白天的事，白天老成家毫不动摇拒绝北天山那个石匠的亲事。晚上二更熬到三更，老成家还是没动摇，四更里，小娥哥成三泰怒打自个没出息的双肩，击打自个在妹妹面前毫无光彩的脸，他的头空咚空咚撞墙自残。成家人就慌作一团安宁成三泰，小娥爹要儿媳妇杜文竹扶三泰回房休息。好不容易儿子安稳了，媳妇又悄悄溜到门外抽泣。成小娥跟嫂子平日里就很亲近，她也踅到门外依着杜文竹饮泣。安四娘听见了，爆出一声号啕。随后就是成永贵的天地皆悲的苍凉呜咽。成家的恸哭，声声颤抖着夜风，声声撕裂夜空。这些泪人害怕鸡啼，害怕曙光破晓。一旦天明就开学了，无钱报到的成小娥，冷天寒窗苦白受了，热天从书包里掏出的馊玉米馍也白吃了，那张光彩又漂亮的新生入学通知书立马变成一片草纸。

东山嫩嫩地射出几缕朝霞，拂晓的意义总是光明在前希望开始。折磨也罢折腾也好，刀子扎心也罢刀子撬嘴也好，老成家的人，心疼得血淋淋的，嘴总算张开了。成永贵颤抖着身子，上牙磕碰下牙说，同……同意定亲。

事情如果是成小娥自此无后顾之忧读书，老胡家除了提供学费不提供烦恼，成小娥也可能真的念进大学也念进老胡家洞房。却是石柱娘赵氏，心眼儿比筛子眼还多。她说，小娥长得那么漂亮，念进大学念成了干部，她还认得青石坡？还能给石柱当婆娘？赵氏就暗示儿子找个机会把小娥做了。女孩儿不是黄花了，她就会顺从多了乖多了，这桩婚事就能增加一份保证了。胡家就在成小娥念完高二那个暑假里，杀鸡宰羊接未过门儿媳到青石坡度假。黑夜里，二十八岁的胡石柱，翻窗摸进十七岁成小娥睡房里，哭叫，呼救，挣扎，镇压，无援的成小娥筋疲力尽反抗了一袋烟外加一盏茶工夫，最后还是被剥掉了衣服。却是失败的成小娥没有彻底失败，不幸中的万幸是，她没有白白挣扎与抵抗，随着时间拖延，冲动得不能自已的胡石柱，上马就跑马，一股热流迫不及待顺着成小娥大腿流到了膝盖下边。

第二天，成小娥像李平平一样，永远从胡家走掉了。她从此失学，在遥远的南方打工。挣够了一笔钱后，成小娥悉数寄给了爹妈，她要父母把钱还给胡家，了结一笔恩怨债撤销那份婚约，老胡家从公的到母的到那个儿子石柱，全都一个声音：他们只要人不要钱。一个月总有那么几天，胡石柱跑到成家沟恶狠狠要人骂人。有一回，胡石柱在成家沟日娘日奶奶日八辈，族人们本来就愤不过老胡家蠢人做坏事，现在还跑来骂祖宗，便一声呼啸拥出七八条汉子，硬是将牯牛一般的胡石柱扳在地揍了一顿。三天后，胡石磙胡石柱胡石硪三兄弟摸黑进了成家沟，他们把成家沟人弄折了三条胳膊弄跛了一条腿，才算报仇收兵。

那以后，事情就这么僵着拖着，老胡家开出赏钱还是找不着成小娥。

是什么风突然刮来了贵人姚秋桂？热汗淋淋跑到青石坡的姚秋桂说，她知道成小娥下落了。

胡石柱迫不及待说道，小娥在哪儿？快带我去。

姚秋桂伸出巴掌，又勾起食指很响地捻拇指。

精明的赵氏立马领会，她拿来钱匣子，八千元大票果然齐整整预备着。

赵氏说："秋桂，你先拿两千五，剩下的，逮回成小娥再付。"姚秋桂就说，行，快跟我走。

胡石柱胡石磙胡石硪，雄纠纠气昂昂，赴战场上前线一般，跟上姚秋桂出门出征。

古塔县城有一家豪华酒店和一家豪华宾馆，自豪的当地人就简称“双豪”。杨雄怪怪的，这个亿万富翁旅游者不住“双豪”，他选择了农家小酒小菜小土院的农夫山庄客栈。

店老板韩水生已是知晓天命的年纪，饱经风霜的脸上，嵌着一对精明的小眼珠儿。早年间，韩水生在丁冬河和古塔县其他几条山间河流做过很长时间的排工。杨雄喜欢反客为主，他请韩水生和他一起喝包谷酒，他要韩水生的伙计有什么好菜尽管烧尽管上。他们吃着栗炭烤獾瓦罐茶菇灰烬热焐土豆泥和伏天晒钵酱，小酒喝得响连天。韩水生这时就完全忘记了他的农夫山庄生意经，深刻地沉入过去的岁月，滔滔不绝地跟杨雄讲那些滔滔不绝的河流，讲他惊险惊奇放木排放竹排的生涯。这时的杨雄就像圣徒听《圣经》，虔诚非常，专注非常。

韩水生的故事真是令人一惊三叹。

大约是一九六八年吧，不管革命多么如火如荼，世间依然是人分三类：会玩的玩一生，会吃的吃一生，会做的做一生。韩水生理所当然属于第三类，他赤着背，有时干脆光着屁股，在丁冬溪连天卖力放排。

有一回，一帮会玩的人，玩文化大革命玩进丁冬河乡，他们隔着丁冬溪放鸟枪放土铳，跟另一帮会玩的人干仗。慢慢地南岸这伙人占了优势，他们把北岸那一帮铳趴了一大堆铳毙了十几个。胜者王，败者寇，宜将剩勇追穷寇。北岸的流寇就没命地向天堂山老林里逃亡。南岸这伙造反派眨眼成了王者之师，王们就要百万雄师过大江去杀北岸的寇们。不巧的是，当时正是山洪期，丁冬溪水面倏地宽阔了两三倍，咆哮的洪水山鸣谷应，水下的老暗礁和新生暗礁，击起浪花欲洗天庭。王们里边有几个肯定是草头王，他们扒衣摔鞋准备中流击水。正要赤膊上阵，三个小山峰一样恶浪，卷来几具男女残尸，一头死牛触礁，顿时只剩下眼睛瞪得像铜铃的牛头。造反派就不敢造丁冬溪山洪的反了，他们瘫的瘫抖的抖撤的撤了。

韩水生说，一个老把式放排人，越是山洪越是好。往日，一只排活计，窄溪里拽，浅滩里推，使尽牛马力，也要七八天才能小溪入大江。赶上山洪，只要是手艺好路况熟不触礁的老把式，一两天就能冲进大江。韩水生说，他们的排正要冲雷奔峡时，那帮造反派那些王们远远发现了，他们又欢呼又狂叫，他们命令我们立即把排横过去，渡他们过河去杀牛鬼蛇神小爬虫。他们不容我们丝毫犹豫，他们在乒乒乓乓开枪拦排。

放排人是“会干的干一生”一族，造反者是“会玩的玩一生”一帮，排工们是既恨又怕这些草头王。几位年轻排工要求冲过去，排长说，你们是我的兄弟，你们有娇妻有父母，我不能给他们送去血淋淋的尸体。排长说，我老了，命不值钱了。所有人给我返身泅水渡河上岸逃命，他一个人冒枪林弹雨放排冲峡。

没有谁动，人人都像深深扎在排上坚实的竹钉。排在急得团团转打旋，时间却乱云飞渡急速向前……

韩水生说，那真叫时间就是生命，那真叫千钧一发危如累卵。就在那样时刻，蓦地泼下一天大雾，不，准确地说掉下一大朵厚实的云，准确地说那是世界绝无的天堂山区仅有的丁冬溪雾，那云雾，三步外混沌，十步外白茫茫什么也瞧不见。韩水生说，天助我也，任鸟枪土铳跟云阵雾阵开火，我们把正排舵，飓风般冲出雷奔大峡谷。

杨雄早已忘记端酒杯，他非常感兴趣地问：现在，还有没有这种丁冬溪牌云雾？

韩水生：“丁冬溪牌”？噢，有啊，丁冬溪牌云雾咋能没有。

杨雄亢奋：开发得好，游客们就可以过一过仙雾天堂生活了。

韩水生显然听不明白：你说什么？开发丁冬溪云雾？杨先生，你真把我说到云里雾里了。

杨雄笑道：噢，我在胡思乱想，就当胡说了。请。喝。

韩水生也就举杯相迎：喝。

干了杯，韩水生继续说丁冬溪放排。

放排的活，冬季不行，那时干旱，水瘦山寒，走不了排。好季节当然是暴雨频频的夏日。炎天暑热干力气活，常常干得他们连裤子都不想穿，一个个吊着小尾巴，娘肚子出来时咋样就咋样，大自然咋样就咋样。

丁冬溪两岸的女人，不是最会扒家，就是最浪最骚。她们在溪边洗菜洗衣，从不回避赤条条放排汉子。更有些娘儿们望着小尾巴，眼睛火辣辣。有经验的排长说，伙计们，这些日子一排接着一排放，害得大家一两个月没回家荤腥。你看这些娘儿们屁股后头就是茂密的杞柳丛，谁跟她们到杞柳里过一水，给上三五块钱就足够了。

年轻的排工们身上痒痒的胀胀的，但他们以为排长是取笑是“讲荤”。排长说，哪个讲笑话？这些女人都是最扒家最会过日子的娘儿们，她们嫁到穷得底朝天丁冬溪，也许家里的盐钵子已经好几天刮不出一粒盐了，油瓶子半月一月没滗出油花，她们的丈夫在浮肿，孩子长不大站不起来走不了路……我不说假话，谁愿意做好事就去做这件好事吧……

韩水生说，他和好几个排工跳下木排走进杞柳丛做了好事。韩水生说，丁冬溪娘儿们真是好啊，她们躺在大地上，面对苍穹很天然地放开，她们让你绝无障碍地做好事。她们说，工人老大哥，想做就再做一次吧，不加钱的……

杨雄问：丁冬溪女人现在还这么浪吗？

韩水生：现在不缺油盐钱，现在少些了。却是不欠钱，欠情。丁冬溪男女在玉米地青纱帐里，依然时有风流。

如此这般，杨雄和韩水生风俗风情地谈到月落乌啼了。山沟沟天空狭窄，虽不见北斗横陈南斗斜，那颗很亮的启明星，依然宝石一般向着农夫山庄的窗孔折射光彩。杨雄更加情绪美妙谈兴浓。他说，水生，今天起，咱俩郑重交个朋友，我回南州后，你要多多上我那里玩。跟你侃，真是大快乐特享受。

韩水生笑道：我也就那么点陈芝麻烂谷子，倒过来抖过去，也没有当下时髦的什么信息啦商机啦财源啦……

杨雄连声打断：我就喜欢听你那一担芝麻五斗谷。你一粒粒一颗颗数给我，颗颗粒粒都闪光呢。

韩水生仍是谦谦的：我还能数什么？都是老山沟破事。

杨雄：没有破事，都是好故事。我也晓得你那故事篓里还装着好多。就说立夏节吧，丁冬溪，还有丁冬溪周边好多地方，都过花轿火把节，听说那几天晚上，人人都玩得夜不成寐魂不附体，每个女人都可以装扮成新娘，每个男人都能当新郎，轿师傅吹师傅都大显身手一领风流。

韩水生惊异了：你也晓得我们的花轿火把节？

杨雄：道听途说，略知皮毛，惭愧惭愧。杨雄就请韩水生侃起花轿火把节。

韩水生真有些疲惫了。盛情难却，他还是很投入地讲起花轿火把节。

韩水生讲起节日的缘起。他说，方圆三四个县的这一大片山里人，再豪华交通工具也就是小轿滑竿，官人还乡，新娘出嫁，财主出门，都是穷人抬富人坐。韩水生说，我们这里山连山，竹海连竹海，山里黑漆漆的，野兽又多，走夜路就靠点楠竹火把。他说一定是哪一年新娘出嫁晚了或官人走夜路了，于是火把照路轿子夜行，崎岖的山道上，火把时高时低舞着，轿子行走艰难地摇着摆着，当事人难受，观望者开心，觉得好有味真好看，比正儿八经舞蹈还美，这就让冷清寂寞的山里人眼睛一亮，不需多少才华就发明了花轿火把节。

韩水生又说起花轿火把节沿革与发展，谈到后来的丰富与精彩。山民们累死累活做一生，真的与牛马无异，他们就发展了男新郎女新娘的节目内容。一般来讲，也就是图个开心乐和乐和。男女同坐在花轿里嘻嘻哈哈逗几句，屁股没坐热，又被别的男女拦着抢着挤着坐上轿子。当然也发生风流韵事，远的不说，就说近的，像三家寨的沈虹，去年火把节当新娘，在轿子里和“新郎”浪得厉害，动作很大，你搂我摸滚一团，把轿师傅的腰都弄折了。

韩水生说，花轿火把节是平民娱乐，但有时，它也把人立马变成名人。他说小牛寨有个正在上高中的豆蔻年华女孩牛青青，长得鸿惊蝶梦，倾国倾城，在火把节那天晚上，牛青青被男男女女们簇拥着推搡着当起了新娘，就见火把里的牛青青，脸像夜空明月，眼如牛郎织女双星，红云飞涌脸颊，把少女的青涩清纯羞美，动人心魄地展现于夜幕。她怯怯地不知如何是好地上轿，那份既惶惑又哀怨神情，那种人身无奈、灵魂无助，却是正好无意中天然地表露出什么叫“大姑娘上轿头一回”。许多山民当即晕厥地喝彩：这才是正宗花轿新娘，是天然纯粹花轿新娘！当时，山口镇大老板罗锡贵也到丁冬溪花轿火把节上玩耍，他看到了“新娘”牛青青，艳羡不已，回去后软硬兼施休掉了妻子，扬言一定请花轿火把节上的原班轿师傅人马，吹吹打打把牛青青抬进他家。

韩水生说，不过总的来讲，花轿火把节真正发生风流故事并不多，总的来讲还是乐和乐和。丁冬溪山高人稀，山民们或钻进林海竹海做樵父做猎人，或爬上高高山坡地种玉米种红豆，都是又累又孤独的营生。大伙儿都好想好想凑在一起说说话，聚到一处玩一玩。花轿火把节释放了他们这种心情，山民们就一不做二不休，一代又一代一年又一年的花轿火把节，就越来越讲究轿艺功夫，越来越注重营造热闹气氛。于是，就有两位人物由此应运而生。他们一个是轿师傅李松柏，他和儿子李立春抬花轿，玩出许多让人眼花心跳把戏，精彩时，父子俩抬的花轿就像平坝上一只无始无终滚动的绣球，大翻腾时，火红花轿刹那变成天上一朵疾驰变幻的火烧云。另一个人物是吹师傅张大雷，他的唢呐，既能吹出鸡鸣狗吠，又能吹虎啸猿啼，还能吹爷逗崽乐、小两口说笑赶街，他的唢呐，十次十回吹得人乐呵呵，笑得人直不起腰连连驴打滚……

杨雄听得入神入化，不过，他再会神往和化入，依然不忘自个是精明的商家。这个不眠夜，杨雄是享受的，快活的。他想干的一桩秘而不宣的事业，又坚定了许多。

一大早，李松柏李立春就在收拾装点他家那乘传家宝花轿。

方满仓赶早背着篓筐拾野粪，他眼红红地说道：乖乖个咚，滑竿才抬回银库，花轿又去抬金仓了。哪个有钱人接新娘？皇花轿都敢抬上了。

李松柏笑呵呵：抬你个头。好好捡狗屎，捡发了财，给你抬小老婆。

方满仓不打诨了：不抬新娘，你闹腾花轿干什么？方满仓好想打探得水落石出，到时他好头一个搭挡李松柏家的轿师傅。

李松柏见方满仓越闹越真，只得说，没人接新娘，有个外地游客要来参观皇花轿。

李松柏说的外地游客，正是抬滑竿抬成半个熟人的杨雄。

方满仓煞了煞腰间婆娘自纺自织的土布汗巾，来劲了：外地来的游客，头上长着小秃子，也比咱漂亮，一个一个可有钱了。前些日子，我就河里摸鱼摸只鸡，发了一笔做梦都梦不着的小财。一个上海来的傻帽儿，玩丁冬溪玩进我家讨罐罐茶喝。我婆娘柯琴正在织布机上嘎哒嘎哒织布，我的小褂子和短袄，都靠这匹布。那个上海人一边嘴咂咂喝茶，一边津津有味细瞅着柯琴坐在布机上穿梭。上海人扯着布捻着纱问这问那，他还煞有介事摇了我家纺车，请下柯琴让他坐到布机上装模作样织几下……这个玩丁冬溪的上海人，结果大半天都玩在我家。临走，他硬要买那匹还没有下机的土布。猜猜这傻帽儿出的价钱？吓死一塘鱼！

方满仓的土话很有味，他说吓死一塘鱼，大概是说人人吓得瞪出了死鱼眼睛那号意思吧。

其后方满仓自问自答：他一甩手，五个指头抻得直直的——五百！

一匹土布，坐在家里卖了五百块，这着实让李松柏李立春大吃一惊。说到天，这匹布也就值个七八十元。

获得这样一个信息，李松柏突然改变了主意。他说，立春，咱不收拾了，咱把轿子抬进披厦后仓里。

后仓是间死屋，面积虽然挺大的，却是连个窗户孔都没有。家里一些一万年也用不着的东西又舍不得丢，李松柏拾掇拾掇搁在后仓的旮旯里，腾出中间偌大地方，充作轿艺练功房。父子俩怕人偷艺，常常躲在这间没窗户的后仓里练鹰爪脚练矮子功等等诸多轿艺。

李立春站着没动：不让杨雄看花轿坐花轿了？

李松柏：看啊，家里不是还有两乘平民小轿吗，他爱怎么看爱怎么坐都行。

李立春：他要看皇花轿呢。

李松柏：皇花轿不能随便看，更不能谁想坐就坐。它本来就很神圣，咱就不能不神秘。它是稀世传家宝，是宝都要深藏的。

儿子许久地望着父亲，心有灵犀地点头了。

李松柏说得没错，皇花轿真的是宝，真有那么几分价值。

皇花轿老主人是乾隆帝御马司轿夫李桑。乾隆是条游龙，说调查研究也行，说游山逛水亦可，反正爱新觉罗·弘历这个人是屁股坐不住热板凳的。九五之尊喜欢出门，那一朝就出了许多骏马名船好轿。好马夫好船工好轿夫也就春韭疯长旺生，会养马会抬轿子的人当了官，便是屡见不鲜。李桑能到京城给皇帝老儿抬轿子，是千里马碰上了伯乐。那时在这里做县太爷的鸟官，任如何使劲朝着穷山恶水刮地皮，也刮不够升官买爵钱。这官就只得在天堂山区一混十年熬白了头。有一回，在同僚处扯淡时得知，乾隆帝为赶一场民间杂耍热闹，四个轿夫跑断了腿，三个轿夫累吐了血，乾隆不怜悯，大骂皇粮养了废物。据说司勤大太监还因此被问了斩。这县官有一日在山道上偶遇山民李桑扛着一根大石条，优哉游哉搁在一处天堑，于是这坡那坡携起手，石桥接通了天缝山路。县官圆眼一阵称奇后，灵感天降：何不将此神力奇人带到京城，供奉给乾隆帝当那跑不垮、累不死的轿夫？主意定下，马屁精们进而帮这县官花好月圆：做一乘集名贵木材于一身的工艺绝世无双的官轿，连同神力李桑，一同进贡给乾隆皇帝。果然，乾隆帝大悦，那县官就日升三级，四品花翎辞别水瘦山深的天堂山区走上坦荡仕途。神力李桑也混得不错，功劳苦劳合成了无数风光。特别是有一回，爱新觉罗·弘历弃水行旱，轿子行进在堤坡时突逢暴雨，稀里哗啦向下直滑溜，再有七八步之遥，便是大泽深渊，危难时，幸亏李桑发神力，他两脚平地插进深泥，如同一根擎天柱儿拽住了官轿下滑。一身冷汗的乾隆终于欣慰一笑，赏“寿山”金元宝五只，白银千两。李桑抬乾隆大约抬了三十年，所得御赐不下几十回。这个老轿夫最快慰的领赏，是他告老还乡时乾隆将那乘皇花轿赐给了他。爱新觉罗·弘历说，李桑，你有救驾之功，如今年事高了，慢慢行动不方便了，你把那乘随你而来的轿子领去吧。乾隆帝还传旨御马房派四名轿夫，将李桑一直抬回丁冬溪。

李桑的后人至少出了三四个败子，他们赌光嫖光了这位神力先人给皇帝当差所获的财富。败子们也多次打过皇花轿主意，高价贱价都想把这乘轿子变卖成银子。一些官人富人也曾金一包、银一袋地前往丁冬溪李家窑，欲将皇花轿风光一世地购回。无奈李家窑老秀才李年是块拦路石，他拦住了任何人想抬走皇花轿之路。李年想，咱黑糊糊山村，咱黑不溜秋山里佬，什么时候昂过头直过腰？什么时候风光过？咱如今总算有了万岁爷的御赐皇花轿，这皇花轿就不是轿子了就是宝了，这宝物抬高了李家窑每家每户门楼子，给李家窑男女老少人人脸上贴了金。如此宝物只能代代相传，如何卖得？李桑的败子败孙们或赌场上或窑子里回来，恨不得卖儿卖女，如何能听李年胡嘞嘞不卖花轿。李年教育不了这些赌客嫖佬，却自有高招“挡轿”。李年或在买轿者悠悠坐轿的回程路上，或走进得轿者豪宅名楼，以多年不变的一句话将皇花轿索回——

李年对那些买轿者总是说这样话：皇花轿是皇帝的宝座，你买宝座争坐宝座不怕杀头？

自古道，官人惜印，富人惜命，哪个买轿人闻此言不大喜变大惊？自然是皇花轿哪条路上抬回来还从哪条路上抬回去。

那时大约是李松柏的五世祖贩茶叶赚了些钱，秀才李年知晓这个茶商经营有道，品行端方，他找上了这位本家茶商说，你把皇花轿买了吧。

茶商大惊：老夫子取笑了。我是何等小人，什么时候敢有那样奢华？再说小本经营，买柴米油盐尚可，买皇花轿我的铜子儿小钱派不上用场。

李年笑道：好了好了，不要装穷叫苦了。要说这几年你是赚了几个，若论买皇花轿，那也恐怕是要叫你倾家荡产。若是不买呢，李家窑一件传世之宝一份面子一种荣光，迟早还是卖到他乡。我琢磨，咱李氏家族能留得下面子护得住宝，也只有你了。这么着吧，为了你破点儿财但也不至于掉进深深的债坑，为了李世家族风光不减，传家宝物不失，我李年当一回鸡鸣狗盗小人吧……这位正直正义的老秀才就精心又诡计安排了一场赌局，决胜负最主要的两方是虎死威风在的李桑败子败孙们和新贵茶叶商。传说那场赌博吃掉了二十斤黄烟烧掉了五百斤栗炭，一次又一次日落一次又一次日出，才最后决出定局：李桑的败子败孙们输掉了三分之二皇花轿。李茶商却也哭笑不得，他不知是输是赢是福是祸，若说输了，那皇花轿当时最贱身价也是八百两白银，这场豪赌，他赢了八百两的三分之二，这么说他应该是大赢家了。可是若说赢了，李茶商怎么又要白白拿出两百六十两雪花银呢？李茶商就无论如何开不了窍，咋样都认为是白白拿出了白银，他是挑担推车卖茶叶的，他总不能弄上大花轿装上茶叶抬着叫卖吧？待茶商识得老秀才那两全其美的精心安排后，他还是识大体地把皇花轿抬回家，但他也是自此资金不裕，生意失了底气锐气，所置茶行也缓慢被大鱼吃小鱼吃掉了。那茶商渐次生活凄凉，却是从没有动念变卖所得的皇花轿。活到八十一岁与家人死别时还口谕子孙：“我可以无棺，家不可无轿。护此镇家宝，以此训代代为诫。”

皇花轿就这样一代一代历经沧桑传到了清朝末代江山，传到了民国，传到中华人民共和国。那轿子先作宝物供着，清亡后，渐渐派上了商业出租用场。民国的一些年头，周遭百里的大户千金出嫁或公子阔少游山逛水，都租用过这顶皇花轿。且一顶皇花轿引发了一片轿业，李家窑一些人家也打起了轿子，形成了轿业市场。于是遇上各类体面事需要用轿，人们不打弯儿径直跑到李家窑雇轿。轿子有人坐，轿子更要有人抬，随之而来，李家窑仿佛水到渠成般又涌出了一批可抬上山哼轿，可抬下山冲轿，可抬平地耍乐儿的颠轿疯轿等等等等怪才高手。

破封建，立新风，反对地主资本家修正主义者享乐生活，相当一段时间，李家窑的红火轿业变成往事如烟。花轿封尘，有些人家嫌弃搁着碍事，劈掉当柴火烧了。李松柏心痛死了，呕心沥血劝轿户们：三十年河东，三十年河西，文化革命还能老是闹？说不定哪天花轿还有用。没人听。接着是搞小康，搞四个现代化，那也是争坐小汽车，谁也不会理睬这只花背甲虫的。李松柏扎喉管，挤牙缝，省下仨俩，买下两乘轿子连同皇花轿一起藏进后院死屋。二十世纪八十年代后期，灿烂阳光照进李松柏后院。最早是几位山沟妹子打工回来后，出嫁不肯走路，她们说，瞅瞅外边世界，哪个新娘子不坐披红插花的高级轿车。咱没公路，坐坐花轿不算奢侈吧。都是女人都这么一次，凭什么别人风流咱不能风光？李松柏就在一九八七年第一次抬起了花轿，他得了五十元出轿费，喜得几夜没合眼。一年后，无轿不嫁了，出轿费由五十元飙升到两百元。三年后，山里佬很拗嘴地学说着一个新名词：旅游。旅游者不多，却是哪年也没断过，他们游累了，或修长的腿或白生生的腿一概好看不中用了，他们腿酸酸腰酸酸坐滑竿的坐滑竿坐花轿的坐花轿。轿艺超群的李松柏李立春成了有用之人，他家轿子更是有用之物。

只是那乘了不起的皇花轿，始终没有发挥出作用。究竟起来，原因很多。想想，那可是八抬大轿，哪个游客愿意同时给八个轿夫出力资？谁过日子都是能省点就省点。李松柏呢，也不介意，从来没想高招儿开发皇花轿，他认为传家宝就是传家宝，传下去的价值比使用价值更大。这么一来，动用皇花轿就真的屈指可数了。一次，本县有个角色做官做到省里，当上了厅长，官做大了，老婆就要小点儿，刚刚升任丁冬河乡党委书记的丁丙特会来事，他早就乡谊乡亲地攀上了这位厅长。丁书记就当起红娘，把丁冬溪一位漂亮小姑娘介绍给厅长当婆娘。厅长接亲的彩车只能开到丁冬河乡乡政府，还有三十八里十八弯山路才是新娘子家。丁丙就费两千八百元雇请了李松柏皇花轿接厅长新娘。再一次是一位大老板和他的小三游丁冬溪，小三撒娇说，她名不正言不顺的，今儿非要坐一回大花轿。他们就挑来选去，最终花三千五百元坐上李松柏皇花轿，圆了一场新娘梦。

抬小三的轿夫有个叫李樵的，疯轿技绝，唱骚情歌和搞笑闹洞房也是高手。别人办喜事请李松柏，李松柏就请李樵做帮手。李樵抬小轿，一般是五十元工钱。李樵给二奶抬皇花轿得的工钱最多，李松柏给了他两百二。跟李松柏很有交情的李樵这时候就有想法。他说，听说杨雄老板花两百块钱看一眼皇花轿，这么容易赚钱也放过，我想不通。

李松柏：你懂个屁。杨雄我算是看中了，这家伙一个人收入有可能是我们一个县收入。他花两百元小钱玩我，不行。我要吊他的胃口，搞得好，看轿，坐轿，他一次性就能帮我当万元户。

这大半年，丁丙越来越不想一脚泥巴一脚牛屎下乡了。他枯坐在办公室里，眉头皱得像丁冬溪的五叠泉。掐指算算，由副职扶正五年了。一寸光阴一寸金，五年要做多少大事。跟他一起扶正乡党委书记的陈阵，已经坐上县长交椅了。丁丙就找过去的搭档，现在的顶头上司陈阵活动活动，想挪一下。陈县长说，丁丙，你在丁冬河乡只要搞成一个项目，那就是发展，就是政绩。有政绩的人，理所当然要让他做更重要的领导工作，负更大的责任。陈阵封官许愿了，丁丙想不出干部工资都拖欠了七八个月的丁冬河乡，赤背光屁股还能发展什么。一个穷字怎生了得，没钱，你有日天本事也驴屁股都日不上。

丁丙做书记，吃喝应酬不能少，乡政府再穷，该吃还要吃。县城里豪华酒店价钱太贵，又不肯赊账，丁丙就常常将客人带到韩水生的农夫山庄。为了不掉份子，美其名曰“乡土风味”。农夫山庄的村酒土菜价钱便宜，一路吃下来，丁丙却也欠韩水生三万多块了。韩水生就初一十五跑到天山乡政府讨账，欠钱爷爷讨钱孙子地和丁书记蘑菇。

这工夫，丁丙正在和一盒玉溪烟较劲，一口气抽掉了大半包。韩水生走进书记办公室，差不多就像走进丁冬溪的山雾里。

丁丙立马不高兴：水生，堂堂乡政府欠你几个钱，你也当狗肉账老是讨来讨去?

韩水生不恼，这一回，他晓得不但讨得三万块酒钱，他还极有可能获得一笔不菲的招商引资奖金。他说，丁书记，我可能是个财神，你不能这样对待我。

丁丙嗤之以鼻：农夫山庄饭锅里酒瓮里捞个干净，不就是三五万吗，不就是小地方出出彩，小日子过活过活吗？夜郎自大自封财神，你何必呢。

韩水生不在意。他说，当领导，都有批评艺术。佩服，佩服。看来我这个人一万年也当不了领导，但我今儿真是注定要当一回财神。

丁丙上下异样打量韩水生，他是怕这个人被千万张白条子被大一位小一位负债人弄得神经出了毛病。丁丙说："行行，你是赵公员外好不好？再大财神，咱不贴到门上不请到香火案上。"丁丙就说他还要批阅几份文件，不能闲扯淡了。丁书记就下起逐客令。

韩水生赖劲很大，他在沙发上轻轻啜茶慢悠悠吐烟。他说：丁书记，我想跟你谈一个人好不好。

丁丙：你不是谈钱吗？你是财神菩萨赵公员外又不是书记组织部长人事科长，跟我谈什么外行话谈什么人。

韩水生挺了挺身子，正襟危坐：我跟你谈的这个人是一位亿万富翁，眼下正下榻在我的小店。这人看中了咱们的山山水水，连日来，游劲很大，谈兴颇浓。口风中，好像露出想在这里开发旅游产业，搞休闲度假中心。

丁丙弹弹耳朵，晃荡晃荡脑袋，自我检验了听觉和思维后，说道：这话当真？

韩水生：不为你，就为我的小店生意，也为我日后轻松讨回几万块钱，我也不能胡说八道吧？

丁丙：那人不是骗子？小骗子骗姑娘，大骗子骗银行，越是号称大富翁，越要摸清他的小辫子。

韩水生：不摸清小辫子，我敢到乡政府起哄？这位大老板是真正实业家，万国丽人雪肤霜丰乳膏，地球人都知道啊。打开电视机，有几家电视台不播万国丽人广告？这财神贵客名叫杨雄，当着万国丽人集团董事长，旗下有万国丽人妆饰总公司和小天使玩具总公司，杨雄亲自兼任万国丽人妆饰总公司总经理。

丁丙坐不住了，他眼睛瞪成牛卵向韩水生走过来逼过来：你为什么不早说？这样重量级人物来到丁冬河，乡政府一无所知，你是有意让我失职啊！

韩水生：这不能怪我。谁想到富豪不住县城"双豪"，却要下榻我的鸡毛小店呢？

丁丙脚步僵住了：嗯，问得对。真是万国丽人老总，是何道理住鸡毛小店？

韩水生说，答案很快出来了。这位杨老总是个事业狂。他连吃住这点儿时间空间，也打拼到想做的事业上。他在我们店里只吃本地土特产风味小菜，只喝咱的包谷烧锅酒。他边吃边找我聊天堂山丁冬溪的风土人情，聊到三更四更，他也不疲不惫。我才晓得杨雄不得了，他不住有靓女坐怀劝酒、有小姐跪地洗脚的“双豪”，跑到我的小店吃竹筒煮菜和热灰煨土豆，是已经在做一项工程的某种先期介入了。

丁丙可能吃亏上当太多，他承认韩水生说得对，但他坚决不能再闹出什么“书记败给骗子”。他近乎刁难地问道：就算是这样，杨雄这厮咋就晓得地图上都找不着的丁冬溪呢？天堂山的石小姐漂漂亮亮站得那么高，依然是锁在深闺人不识。万国丽人远在千里之外的南州市，它的亿万富翁老总要旅游也应该游黄山游周庄游半山寺鹳雀楼应县木塔恒山悬空寺什么的，他哪晓得咱们敝地风光风流呢？

韩水生就很骄傲地告诉这位乡党委书记了，他说杨总带来一位很年轻很漂亮小三，这女孩名叫成小娥，是丁冬溪成家沟成永贵闺女。韩水生还唠唠叨叨说，他已经私下里对这成小娥打探得真真确确了。因为小娥有意隐瞒身份，他也就没敢和成小姐认乡亲……

丁丙看了看表，已经从下午五点说到晚上八点了。他说水生，到食堂去，让大师傅随便弄几个菜，咱俩喝顿小酒。

刚要出办公室门，丁丙又将门关上了：注意，以后千万不要说成小娥是什么小三小四，那是观世音，是王母娘娘。

两个人哗的一声笑和开门哗的一声响，都一样亲密一样和谐了。

杨雄沮丧地从李家窑回到农夫山庄。他自认为跟李松柏是见面熟，对这位民间轿艺传人感觉良好。却是节骨眼上，这位一直笑嘻嘻的山里老汉，突然变脸封锁了皇花轿。

冯豹说：“讲来讲去，推来挡去，都是一个字——钱！”成小娥说：“不能给。敲竹杠啊。两百块钱瞧一眼陈八百年的破轿子，还拉腔拉调，这是干什么嘛？”她真的觉得在情人面前，让家乡人丢了脸。

杨雄：“钱我不在乎。我就愤不过出尔反尔。算了，生气归生气，心愿还是要的，明天再去一趟，李松柏就是开出万元参观费，咱们只掏腰包不皱眉头。”话虽这么说，打从来到丁冬溪乐得就像喝醉了酒的杨雄，今儿是怎么也不高兴了。

成小娥也就相应沉重。她与她的老总灵魂相约，一定在如诗如画的天堂山区，过一回放逐大自然的神仙之旅生活。奇山奇水愉悦着视觉，没有任何激素的食品快乐着味觉，天大地大的氧吧尽兴呼吸，有水自天上来的温泉瀑布洗尽汽车海洋的尾气之污，还有她与他大森林里原始做爱，一切就这么按着幸福旅游路线快乐行走着。突然这条路线在李家窑受阻，好像要急转弯了。成小娥就想对这一切力所能及地有所改变，她记起了山里人话篓子里某一句话：一个好女人就是让白天不愉快的男人晚上变得愉快。她现在和杨雄就躺在农夫山庄散发着松香的木床上。她也努力让自己的肌肤散发少女的馨香。她希望她所心仪的这个男人在香气袭人的浓浓夜色里，把他们的情与色也做得浓浓的。只要销魂，相信烦恼会尽去的。

杨雄被温馨抚摸的感觉，自然是感动。感动归感动，他不能行动。他握住小娥的手说道：“我的心绪纷纷扰扰，一团乱麻。我忽儿想李松柏，忽儿又想你。”成小娥也惶乱了，她不理解，她就在他的身边，这不存在想念只存在行动。她要纠正他的表达。她说：“亲爱的，现在不是想我，是要我。”

杨雄不乱，他按照自己的思绪说下去：“我大概想明白了。这个李松柏确实不是简单之辈，他是个充分知道自我价值的人。由此我想到你，你也是丁冬溪人。过去，你我共同犯了错误，我让你充分相信我，可靠地依赖我，让你充分服从我忠诚我，让你对我有浓浓的归属感。小娥，这是不对的。我不对，是我让一个人失去价值，你不对，也是让自己失去价值。”杨雄觉得天堂山里他不只是发现了绝版自然山水，他也发现了新的人性与人生。

成小娥的眼睛刹那像点亮的灯，灼灼闪射光泽。她诚意说，杨总，你说得对。我是在非常卑微的环境里长大的，我不知道价值的定位，也不知道如何去体现价值。

杨雄：结果呢，你又偏是盲人遇到我这匹瞎马……

成小娥哭了：杨雄，你千万不要这样说……

杨雄：不。这是一定要说的。他把她的手握得更有力了：我想，世界上，最可相信的，只能是自己；最可依赖的，也是自己。把自己做成可爱的人可敬的人，或者是对手感到可怕的人，这真的很重要。

仿佛骨鲠在喉，吐掉那根鱼刺后，杨雄浑身轻松了，不再僵硬的身体与她接触温柔亲密了，他的谈吐也更加自由流畅了：就是这个意思，就是说唯一的相信就是自己。譬如我，你也不能绝对相信绝对依赖，人特别可塑特别会变，假如某一天有什么环境巨变，假如你青春流失容颜不再，假如一件很简单的事也没人敢保证能不愉快，宝贝，你就是无价宝贝，还能价值几何？

成小娥抽搐哆嗦，这是感触，也是激动。她：你太坦诚了，坦诚得令人心碎，也令人心醉，我想我只能更爱你……

他：我当然希望你更爱我。不过，也许是明天，也许是稍晚一些时候，我会有个决定，你会有次机遇。我要让你完善自己，创造价值，尽可能拥有一次人生的日出，一场独自矗立的辉煌。

成小娥仿佛是一股地下激流忽然被凿开，忽然水花满天地喷射。她就那么耀眼那么美丽地向前，贴近……

两人都觉得只有一种形式表达了，只有一种方法庆祝了……

忽然异样响动。不好，有人翻院墙了。

农夫山庄一切都是彻头彻尾“农夫”。没有防盗的铁门铁窗，木头门木头闩，迅即被几条壮汉弄成一堆破烂。

杨雄没有顾及一只装着钞票的提箱，他死死抱住护住怀中的情人。那几个人好像也没在意钞票箱子，他们也是直奔女人，抢夺成小娥。杨雄就越来越寡不敌众，他一手护着成小娥就等于少了一只臂。他明显独臂难支。冯豹闻讯赶过来，却又跑得太猛，就正好遭暗算，一条预先拉出的麻绳，重重地把他绊倒在地。

于是，像急骤的狂飙，成小娥顿时被卷得无影无踪了。一个女人留下她的鲜活与温馨，夜的黑暗却不给她留下身影。

麻姑洞在镰刀岭陡坡上。镰刀岭黄喉蛇竹叶青蛇很多，每年总有人在这座山上被毒蛇咬死。山民们就越来越少上镰刀岭。

胡石柱胡石磙胡石碱三兄弟，穿着齐膝的长筒胶靴，轮换背成小娥，咕嗞咕嗞爬镰刀岭陡坡。小娥的双手被自个的一条长袜牢牢扎在一起，另一只袜子塞住了嘴巴。一根山里人常用的布条儿编织的裤带拴着双脚。这样，成小娥就像一截原木被胡家三兄弟背进麻姑洞。

撂下成小娥，三兄弟坐在石棱上歇气，他们舒畅地吸烟，露出了胜利得来不易的微笑。想想，这鬼女子简直就是晃眼虫，总在面前晃来晃去就是逮不着，他们真是干得不易。他们信得过有奶就是娘的姚秋桂。他们照着姚秋桂馊主意找人，却是吃了不少苦头。这婆娘有鼻有眼说小娥身边那个男人二五眼也能看出是肥佬。那么有钱人，一定住县城“双豪”了。哥仨一拍脑袋，拔腿就到古塔城里豪华宾馆盯人找人，闹腾了两天两夜，人毛没见，胡石礤还被当作小偷弄进派出所审了四个小时，胡石柱也和饭店楼层小姐龃龉，挨了保安两大耳光。吃一堑长一智，触霉头不气馁，三兄弟找个小馆子，花二十块钱吃猪头肉喝地瓜烧，鹅一嘴鸭一舌合计下一步办法。三个臭皮匠凑个诸葛亮，他们还真说出道道有了新招。

胡石柱按招数立马去了李家窑。胡石柱和李立春套近乎，他说他的三姨妈家二表婶有个好看丫头，面子大，眼光高，一条条光棍汉眼馋馋瞧她，心里热乎得扑扑跳，就是不敢开口提亲。胡石柱就煞有介事说：“琢磨来琢磨去，八十八里丁冬溪，碾子配磨子，也只有你李立春配得上美人敢采这枝花了。”李立春有点儿像他爹李松柏，身上总有几分傲骨戳着，见不得溜须拍马小人。他想，你胡家兄弟，见到女人就像牛虻叮牛腿，遇着那么好看姑娘还能给我通风报信？想归想，李立春不得罪老胡家人。他就装作很高兴的样子感谢胡石柱的操心与关爱。反正这种绝对没边儿事情，假客气一番又不花一文钱。胡石柱见李立春与他越谈越亲近，慢慢东扯葫芦西扯瓢转换了话题，他向李立春打探起那个坐滑竿的外地乘客了。事有凑巧，不迟不早，李松柏就在这工夫走过来了。李松柏心想，外地游客，与你胡石柱三千六百丈长竹竿也打不着边儿，你打探别人干什么？老头子觉得这小子身上有邪气，他就圆圆和和说：“那人带个小丫头，玩‘天黑就快活’。他快活我不快活，我就敲他竹杠，多要了百把块钱滑竿费。那角色是小气鬼，说咱天堂山里人黑着心掏游客腰包，立马启程回去了，一辈子不玩丁冬溪了。”李松柏还说，那个有钱的守财奴，这工夫不在火车上就在飞机里。

胡石柱愤愤离开李家窑，他对李松柏的话将信将疑，晓得这老儿从来和自个人心隔肚皮儿。胡石柱回家取了六块玉米饼十只咸萝卜一壶罐罐茶，死马当作活马医躲到李家窑楠竹园里守株待兔了。功夫不负苦心人，守了太阳守月亮，终于瞅见杨雄成小娥冯豹一行人到李家窑想参观皇花轿。胡石柱暗地里瞅着小娥越来越漂亮脸蛋，牙齿咬得响响的。瞧着小娥浑圆的屁股蛋儿，心撞得手脚发抖。他恨不得立马将小娥抱进怀里骑在胯下压在床上。

熬着，偷窥着，像一条影子无声无息跟踪着。胡石柱最终兴奋地侦察到这个有钱的吝啬鬼，竟然住在土里土气的农夫山庄。

锁定了目标，完成侦探工作的胡石柱撒腿跑回青石坡，三兄弟一阵紧急商量，就热血沸腾前去捉人。

人捉进了麻姑洞，三个人面对猎物，现在是如何分享了。他们能群策合谋齐心协力英勇顽强将成小娥弄到手，是兄弟间达成了某种共识。反正在丁冬溪他们是太臭了，是讨不到女人了。这次成功，有福同享。他们要把成小娥变成永生永世山洞女人，胡石柱胡石磙胡石硪乃至日后出狱的胡石墩，人人都可以到麻姑洞享用女人享受性福。

表面上，胡家兄弟好像一场劳累后太需要歇息，他们抽烟抽得很休闲很潇洒。骨子里，内心深处，兄弟仨不知怎么的又出了问题。追根探源好像是成小娥一句话惹的祸。因为是在最安全的麻姑山洞，因为有三个大男人，他们进洞后就将成小娥塞嘴的那只袜子扯掉了。成小娥就呼吸顺畅地感觉到她不仅仅是面对凶狠的胡石柱了，今后的岁月，恐怕是与三匹色狼共舞了。她的肉体与灵魂，都将被胡家邪恶兄弟残暴蹂躏。成小娥就一遍又一遍惊恐地扫视三个男人，她发现在暗淡的光亮里，胡石硪的眼光特别燃烧特别亮。她就突然嚷道："让我死吧！石硪兄弟，你杀死我吧。我……我要死得其所……我情愿死在你手里……"胡石硪听了，人没动，心在动。他听出这个女人声音有些沙有些嘶，他还很精灵聪颖地听出了一点儿爱的传递和性的告白。胡石硪就想，这么有貌有情的女人，要是归我一个人就好了。

几乎都在短暂的时空里，胡石硪能有奇思妙想，胡石柱也绝不是木头石头。胡石柱想，小婆娘，别忘了，你是老子女人，就在我眼皮底下跟小叔子勾搭上了？不想和我活在一起，莫非想跟石硪死在一块？那个胡石磙呢，也不平静。论出力，论功劳，他都是第一。绊倒冯豹，在冯豹重新跃起又是他飞起鹅卵石击中这个强悍的保镖，他们的猎美行动才最终获得成功。人到手了，安全第一，又是胡石磙想起他偶然发现的麻姑洞，是他出主意蛇山藏美，是他勇敢冒险进洞，打死了洞里所有毒蛇，哥仨这才把三间屋子大小的麻姑洞收拾成洞房。胡石磙就一直在想，今儿无论如何老子要过第一水，现在这娘儿们假惺惺嚷着死，要死为什么偏要死在胡石硪手里胡石硪怀里？这不行，要死也得死在老子肚脐下……胡石磙就不能自已了，他猛地站起，毅然朝成小娥身边走来。

胡石磙什么也不顾忌地脱衣解裤。

胡石硪箭一样冲过来，吼道：石磙，要干什么！

胡石柱更没废话，他直截了当扑到成小娥身上。

胡石磙本来想一拳揍死胡石硪，胡石硪也欲一脚踹趴石磙，突然，他俩奇妙地化敌为友，他的怒拳和他的狠脚，这时都一起飞向压在女人身上的胡石柱。

人间最愚蠢也最好看的兄弟相残戏剧，轰轰烈烈开场了。一桃杀三士的传奇演绎了。他们捅娘日老子对骂和扭打。他们的戏剧台词也很精彩——

胡石柱：这是老子女人，你们是强奸，你们犯法！

胡石磙：你们干了什么？是我一手英雄救美！我救出的女人，当然归我！

胡石硪：都滚到一边去。小娥爱的是我！

这之前，成小娥也许只有灵机一动。此时，成小娥的思想、思索都系统化了，她很清晰地意识到：一、他们的内讧，就等于是对她别样的“外援”；二、极尽可能延误那个可怕时刻的到来，就有可能等到救获。杨雄一定在精力物力全面打拼营救她。

成小娥这时就惊天动地喊了一声“石硪哥，我爱你！”，成小娥就极其妖魔化极其要男人命地说：“其实我还是处女，我……我只能属于一个男人。”

一听说成小娥是处女，邪恶的胡家三兄弟争夺与恶斗更凶猛凶残了。他们如狮如虎闻不得血腥。“处女血”尚没流，胡石柱胡石磙胡石硪已是血花飞溅血流成河了……

杨雄想，事件发生得如此突然如此暴力，却很符合“规律”。这说明这条山沟是多么蛮荒，也说明对手大无畏。他们可能是成小娥父兄姨舅或青石坡那个狗屁婆家的男丁女壮，他们一定认为“拿”走成小娥是很本分的事。杨雄要说，不！杨雄指示冯豹驱车报案。

冯豹事主忠诚出名。他说，杨总，古塔很不开放，我们又无任何关系疏通，你和成小姐在这样环境里，极有可能被羞辱和讨伐。为安全起见，我们应该火速离开古塔。然后再打拼精力物力培养关系创造条件，重新寻找成小姐接回成小姐。杨雄说不。杨雄说：“那样，我还是汉子？我丢下一个生死未卜弱女子，留下的就是一个男人龌龊灵魂。”

以服从为是的冯豹一反常态。他觉得太黑云压城太处境危险了。他风驰电掣收拾箱包行囊扔进车厢。他打开车门，亦请亦拽老板入座。

杨雄愤怒了：你开车滚吧逃命吧。你这个懦夫！

冯豹可怜地乞求：杨总，上车后再骂我吧。我把你平安地送到南州送进公司大楼，你立马开除我，行不行？杨总，请快点入座……

杨雄硬挺地站着，变成天堂山的山，变成古塔的塔。

主仆正在铁硬地僵持，传来了脚步声。冯豹一把将杨雄拉到身后，大喝道：“谁？狗眼看好，再敢往前一步，别怪我刀下无情！”果真，冯豹手执一把明晃晃菜刀。小娥被掳掠后，冯豹在农夫山庄里寻人求援。店主韩水生没踪影，伙房那个唯一厨师也下班回家了。冯豹寻不着人就在伙房里寻了一把刀。

对面的脚步果然顺从地停下了。对面人惊骇不已问道：冯先生，你这是怎么了？是我，韩水生。

夜太黑，看不清。和韩水生说过很多话的杨雄听清了，他推开冯豹：韩老板，你上哪儿了？出大事了……

点亮了蜡烛，说清了人和事。原来韩水生后边，还跟来了天山乡书记丁丙。韩水生说：丁书记本来是慕名连夜赶来拜访杨总，没想到出了如此骇人听闻的事情……

丁丙：“除了救人，什么都别说了。杨总，这事交给我。相信我会在最短时间内，把成小娥小姐完璧归赵。”丁丙也不握手辞别，急转身咚咚咚走了。

杨雄连忙喊道：丁书记，我用车送你！

韩水生说：别喊了，你送不了他。

杨雄：他上哪儿？

韩水生：天山乡就这么一截短短的土公路。到别的地方，都靠两只脚。

杨雄更着急了：他到底上哪儿？他怎么不去派出所？

韩水生：杨总，丁书记是个很有能耐的人，真为谁办事，那一定会办好。我相信很快就有好消息。

杨雄依然坐立不安，焦急烦躁得不行。他还是一再追问韩水生，追问一位书记不动用警力，还能靠谁救出危在旦夕的成小娥。韩水生被追问得没办法。见这位新结识的富翁朋友真的要急疯了，只得神秘地说了两个字：马车。

杨雄愤怒了：马车？你跟我儿戏什么？这种时候你跟我胡扯什么马车牛车！冯豹，咱们快去县公安局！

韩水生：杨总，马车是个人。一方人服一方水土，丁冬溪再黑的人再黑的事，都服马车。请你相信丁书记是明智的，他这种时候找马车是最有效的。

果然第二天日上三竿，丁丙热烈隆重地请杨雄总经理到天山乡政府做客。这位疲惫的乡党委书记，说话语调轻松：杨总，成小娥小姐正在乡政府恭候您。

反复得到丁丙等当地政府主要官员保证后，杨雄还是亲自到古塔县公安局与有关人士进行面谈，他这才确认了胡家三兄弟已经作为犯罪嫌疑人收审。一个不算太短的刑期，将是胡石磙胡石柱胡石碱的往后日子。至此，杨雄确认成小娥在丁冬溪的安全，不会有问题了。

事件得到平息，心情也就得到恢复。杨雄就重新兴趣盎然地对成小娥说：我请韩水生师傅跑了一趟李家窑，老韩是能人，一切都搞定了。走，咱们看轿去。

这一回，一顺百顺。他们详细参观了皇花轿，问了许多有趣的轿史，看了李松柏李立春一班轿师傅们精彩绝伦的轿艺表演。杨雄趁着高兴，随手掏出一万元，请李松柏临时组织一场花轿火把节模仿秀，李松柏凭着乡威乡誉，很顺当就把组织工作做好了。入夜时分，李家窑平坝突然火把烛天，唢呐山应儿十里八里，一个不是节日的节日开始了，远远近近的乡亲们磕脑壳儿跑丢鞋儿赶来观看"耍花轿"，争睹这晚谁是美丽的新娘。杨雄见观众们高兴，乘兴作秀起新郎，他雇皇花轿，娶起了新娘成小娥。一时间，小娥慌神儿，颇是措手不及。但她还是很快调整了情绪。这不是自己最为至爱的人来娶她吗，这不正是她希望的那个时刻吗，这无需作秀，这只要我心我愿地做就是了。成小娥就极有灵气地“辞别父母”“哭嫁上轿”，极是“合作成功”地与“新郎”杨雄拜天地拜公婆，含情脉脉、鸾凤依依“偕夫”进洞房……

李家窑这场快活至极的“寻欢作乐”后，杨雄成小娥的丁冬溪之旅应该圆满了。果然，杨雄对成小娥说，他要马上返程回公司了。

成小娥心知肚明，丽人集团任何时刻不能缺少杨雄，他这次舍得花一星期时间度假旅游，是史无前例的破天荒行动。作为亿元巨型民营企业董事长、老总，成功和失败，盈利和亏损，几乎都由他一个人全职负责，日理万机的办公行为就成了杨雄的基本生活方式。七个工作日，成小娥可以遥遥目测到总经理办公室积案如山。小娥就像每次跟随杨总出差那样，手勤心细地收拾东西检查清点老板行囊的物品清单了。做完这些事后，成小娥才收拾自己的衣物和化妆品，却被杨雄按住了她的手说道：给你一个意外惊喜，我批准你回成家沟探亲。咱们总不能伟大得像大禹治水，三过家门而不入吧？

成小娥在得知老胡家的虎狼们一起收进笼子里的那一刻起，就真正释去了不堪的重负，她真的好想轻松愉快地回一趟家，她想把这桩心思告诉杨雄，话到嘴边了，接到总经理办公室主任胡漠雁从南州打来电话，胡漠雁说：“小娥你好，你和杨总什么时候回来？刘家驹副总经理说，香港那边的几单生意不好定夺，急盼杨总亲自处理，我们都在对你们翘首以待。”就是这样一个电话，就是南州那边一句“你和杨总什么时候回来”，就是一句对“你们翘首以待”，成小娥知道她与家庭与亲情必然的尴尬。她好想好想父母兄嫂，农夫山庄窗外就是那条亲切的流水，沿着丁冬溪左岸，好想星星点灯回家。可是，当她向杨总汇报了胡漠雁的电话后，她知道她的人生正在遭遇着咫尺天涯……

却是仿佛传来天外之音，在她把一件件行囊装进他们的沃尔沃专车尾厢时，杨雄再次对她说：不是逗你玩的，从现在起，我正式批准了你的探亲假。

成小娥望着杨雄良久，她说：“多谢关照，谢谢你的人性人情。不过，我想我还是赶快回公司协助你的工作。”成小娥就继续和冯豹往尾厢装东西。

杨雄大笑：“别把我想得太好了。我让你回家团聚，恐怕不是我的全部本意。你恐怕还要公私兼顾，还要一边休假，一边为公司做一项重要工作。”成小娥一双凤眼雾蒙蒙的，她说：“杨总，你真会开玩笑，回家休假，还算重要工作?”杨雄说当然是重要工作了，你要为我预选“花轿新娘”。

成小娥一下子懵头懵脑愣住了，俯仰无凭和措手不及，成了她全部感觉。好在她和杨雄不是共事一天两天了，她熟悉她的这位上司缓慢思考推理和突然决策执行的奇特工作作风。杨雄凡是做大事，总是“肚子里藏了很久很久”，一旦到了“嘴巴里谈得很快很快”时，全公司上上下下都必须雷厉风行了。成小娥蓦然明白了，杨雄前几天游山逛水时，说丁冬溪为啥就没有人开发旅游呢？说这只香饽饽，看来是专门留给他吃了……这些话，看来都不是游兴大发时随便说说了，他要在丁冬溪动真格了。成小娥这时就忧心忡忡说道：“你还当真了？”

杨雄：我什么时候不当真?

成小娥：可是就我和你历次度假所知，许多旅游产业生意都做得不太好，有的正在亏血本。再说，我的家乡，山水很美，人很落后……

杨雄看了看表，不太耐烦地打断成小娥说道：冯豹，两小时后启程。你请韩老板再给我们煮一壶罐罐茶。我和小娥要进行工作谈话。

喝着喷香的罐罐茶，杨雄精神大振，情绪浓郁，他大侃起“玩老二”。他说，吃喝玩乐，是人类“根本性”“基本性”，在人们解决了吃喝问题后，玩，就成了第二位，就是第二件日常事，成了第二大事。“玩老二”在经济发达国家早已受到尊宠，“玩老二”在我国也日渐崛起。名企业家大企业家能把“玩”做好，必将伟大其名伟哉其业。

趁着杨雄滔滔不绝的间隙，成小娥赶快老调子忠谏：杨总，丁冬溪旅游开发，环境和硬件都太差。不通车，不通电，不通邮（电话），这要增加多少基建投资。另外，我是本地人我晓得，这里的大大小小官们，越穷就越填腰包收红包，你和他们处事，请他们办事，他们不贪死你才怪呢！还有……

杨雄瞧着腕上的金表打断说道：“投资环境不太好，基本建设的硬件空壳，都是我们的困难。有困难不怕，就怕魔高八尺，我们道高也八尺。我既然要大宗投资办这件事，我肯定要和古塔县政府有一番叫板的，他们要想引我的资，那就必须有共同遵守的游戏规则。”杨雄就叫小娥不要担心，他会用经济规律制定这次投资的纪律。“许多细则还在慢慢想，一切只当作预案。”杨雄以抚慰的口吻对他的忠诚职员说道。

不知为什么，成小娥依然十分担心杨雄会栽进丁冬溪，她一个话题不成功，又换了个话题苦谏。她说：“做丁冬溪山水旅游，恕我直言，这是一种很平面的设计，毫无新意。没有创新意识的事业，有什么道理成功，凭什么能赚钱?”

杨雄爱成小娥，就是爱她在日常小事上，她对他无微不至的关爱，在公司大事上，当别人一片唯唯诺诺时，她每每发出相左的声音。杨雄知道自己很执着，能采纳成小娥意见甚微，但他听她的相反意见，无论觉得如何稚嫩可笑，他都能尊敬她，觉得她的忠诚忠心可鉴。杨雄就捉住成小娥的手说道：“亲爱的，你应该知道了，我为什么要你预选花轿新娘，我在丁冬溪肯定搞的不是通常的通俗的平面意识旅游，我肯定着力开发特色旅游。我们肯定当奇人，做奇事，创奇迹。”杨雄就兴趣盎然说起特色旅游的具体内容。

杨雄是位奇人，杨雄累创奇迹，成小娥既见证又臣服。但是成小娥更能见证的是生她养她的故乡。别说坐花轿游玩，搞花轿新娘导游，就是以前有些人慕名而来看丁冬溪山水登山登得脚板起泡，爬山爬得膝盖头出血，还屡屡遭到汗水决堤淹没肚脐眼儿的种包谷汉子们大骂“玩鸟”“闲 B”不绝于口呢。累散骨头累断腰的山民们说要是他们不种包谷，这些闲佬们一个个饿成土瘪虫，玩他娘的个脚！往后真要是看到穿红着绿的盛装花轿新娘们，领着陪着游客们漫山遍岭跑，哼哟嗨哟干活的山里人，那就更会愤怒“累的累死、玩的玩死”，他们捅娘不捅破天才怪。成小娥就再次坚决反对杨雄耗巨资开发丁冬溪旅游。

杨雄脸上渐起严峻：你怎么了？忽然当起死硬反对派了?

成小娥：我忽然当反对派？我什么时候赞成过?

杨雄：非但赞成，应该说你是始作俑者。更公平点儿说，这事是你先定下的。

小娥诚惶诚恐，惊惧不已：杨总，让几千万甚至上亿元在丁冬溪打水漂儿，这样的玩笑我担当不起。我何时何地说过要到家乡开发旅游?

杨雄狡黠一笑了，他说当然是你说的是你定的。我们相处差不多五个春秋了，在一千八百个日日夜夜里，你跟我谈了多少回故乡山故乡水，那绝妙，那神奇，那美丽，一次又一次让我沉湎与陶醉，神往与梦游。这一次，总算亲历了人间的卓异，亲见了大地的神品。当然，有些事还要进一步考察，但根本上应该确定的，就要不失机遇地确定。所以，我要在丁冬溪开发旅游，应该是你的“动员”你的“宣传”全部到位，应该是水到渠成，而不是心血来潮的急就章，不是鲁莽冒失行为。

成小娥一听，更急了：如此说来，我不是无意中害了你吗？杨总，你想想，大中华有多少好山好水？相比广西桂林四川九寨沟，丁冬溪能算什么？你千万不能把我的思乡情绪故乡情结当作重大投资立项依据啊。

杨雄：我知道天下好山好水多的是，可是天下的好山好水能比得上丁冬溪山水的人文性，恐怕就不多了，我觉得丁冬溪山水标榜着太多的爱与爱情，丁冬溪这个地方特钟灵毓秀，我在这里开发旅游，肯定做出特色做得出色。我要开发出人文丁冬溪人物丁冬溪旅游业……

小娥说，杨总离谱了，咱这山沟沟有什么人物？

杨雄说，什么叫人物？就是有异人之处过人之处。名人是人物的，凡人也能是人物。在这一大片深山老林里，有着人世间罕见的封闭起来的奇人，他们一旦大范围面世，必成绝品名人，比如仅仅知晓的李松柏韩水生牛青青皆是。他们的独特人生道路，就是我们奇特的旅游线路。

成小娥坚持到底：丁冬溪不都是没出息的人，想奋斗有之，渴望做一番事业也不乏先例，结果比比失败，一一无成。

杨雄狡黠一笑：“我值得你爱，不就是别人做不成的事，我做得成吗？”他宽己宽人地说他的新思维新思路的旅游业，他说他的投资要一大半做花轿旅游。他说他的初步设想，一是大力开发花轿滑竿为旅客代步，我们的花轿导游小姐，可以着民俗新娘装，为游客助兴；二是开发一个大型轿场，让优秀的轿夫们和优秀的花轿新娘们，有一个展示丁冬溪卓越人才的平台，我们在轿场里巡回滚动演示李家窑轿艺，我们请游客付资当花轿新郎，让他们和“丁冬溪花轿新娘”共同完成嫁娶秀……当然，这仅是一点点设想，这是一篇宏大文章，只要细心做精心做，肯定会妙笔生花……

这些有见地的话可以让成小娥动心，她就是不动容。她不怕啰嗦，反复忠告：天堂山区基本上是“三不通”（水电路），对于投资商，这种大硬伤是要做整体外科手术的。再就是山里人，倔强，目光短，翻着老皇历过日子，不好奇新事物只好笑新事物。还有大大小小的乡村干部们，蜜蜂少，马蜂多。成小娥就这样以严肃陈述着沉重，她对她的老板与其说劝告不如说是警告。

杨雄被一种可闻可见的赤诚浸染着感动着。他毕竟是男人，也毕竟有自己的口头禅：难啃的骨头，才是真正美味益体的土鸭土鸡。他的丽人集团商情发达正处华年，雄厚的资本急需二次扩张。有一个好项目，就能真正二十一世纪开门红。他为此观望了良久，寻找得精疲力竭。现在他真是紧紧盯上丁冬溪新鲜活泼的流水，死死咬住天堂山怪石奇峰了。他不愿再说任何模棱两可的话，他的语气充斥着不可变更的强调："小娥，困难，问题，肯定比你说的还要多。你要知道，我的丽人当年是从丑小鸭成长而来的。你要记住，我不怕困难，只怕烂项目！我现在可以明白告诉你：你那悠悠乡恋，早就使我想做丁冬溪旅游业。我不可能心血来潮，你当然也只能义无反顾地助我成功！"

成小娥当然清楚杨雄的成功就在于坚定不移。成小娥就不敢再劝告什么了，她勤谨问道：那我留下来还有哪些工作要做，请杨总指示。

杨雄说，事情当然很多，也要很多人做，你现在只集中力量办一件事：物色"花轿新娘"。我做的旅游，打的是"花轿牌"，如果没有出色的丁冬溪土生土长的纯粹花轿新娘，如果跑到城里请那些女艺人女戏子当新娘，这件事就不能立项。所以，你的任务特别重大。你要知道我用心良苦，你要克服一切困难，在这段探亲时间里，至少物色挑选出五到十位类似你和牛青青这样的顶级花轿新娘。

成小娥羞怯且慌乱了：我？我是……顶级花轿新娘？杨总，你别逗了。

杨雄：这样大的事，我儿戏？

一直默默站在旁边的冯豹，这时插言道：成小娥小姐，杨总的话是给你制定选择花轿新娘的标准，你有了标准就好做事了。

杨雄：对。不失标准，又要做好，这就是我对你的期望。

接着杨雄神色一变，他盯视着成小娥，话锋威严了：这是你为公司必须履行的职责，是你必须完成的任务！

成小娥毫无惊异了，她从内心深处明白，杨雄上天堂山走丁冬溪，是一成旅游九成创业来了。这个男人再怎么千变万化，硬是变不了是个天生的赚钱企业家。

第二步

农夫山庄到成家沟，是一条三十里的七拐八弯山道。羊肠路不时披被杂草，先人们脚板磨光了的拦路石，与时光较劲一处一处挺立着。逢上这号石头，卖山货的汉子们这时就把背篓护在胸前，抱娃娃一般小心翼翼地从石上磨屁股溜下来。要是进山往上走，任你雅士粗人大屁股婆娘纤腰小姐，全都狗趴着，手脚并用向上爬。身侧望不尽的天堂山，不时传来一两声高亢“咳嗽”，那是石崖上又一块浮石九天一掷，是真正石破天惊。小路有时也温柔委婉地弯到清澈的丁冬溪边，掬一捧溪水洗洗脸，低下头喝上几口，都给赶路人带来润肺可心的快活。

成小娥就行走在这条回家的路上。以前背书包背背篓，现在不伦不类背着一口皮箱。她的心情始终是尴尬的，眼神是恍惚的。大半时间是成小娥与其说走，不如说是游移，每一次过拦路石，她都用心用力而上又想漫不经心地惯性溜下。异域他乡心生彩翼飞回家的梦，猴急猴急山应应地叫一声爹喊一声娘，又不可思议地像这条羊肠山道拐起弯儿了。这当然不是一时心意，实际上成小娥陪杨雄天堂山旅游登机起飞前，她就被好想回家又生怕回家双重折磨着。

可以想得很远，路是越走越近。在其后的山路上，成小娥还要严重地想一想胡家三兄弟闹出的那场风波传闻到成家沟没有。倘若父母哥嫂晓得她已经回到天堂山区好多天了都不看望亲人，这份怪罪是又大又可怕的。当然，她也时不时想起老板交待的工作，杨雄对完不成任务的任何职员，说脸黑就脸黑。那就先从成家沟招聘花轿旅游新娘？谁是卓越花轿新娘？成小娥心情就这么乱着，思绪像路边草木一样芜杂。

水越来越瘦，山越走越深。远方依然是正午都难散尽的雾，那些郁结枝杪竹梢的雾团永远都是谜团。

成家沟还真不知道它的一位远方闺女在悄悄回家，这个村寨一如以往。村头罗家碾子，那匹蒙眼拉磨的黑驴，永远转悠着漆黑漫长的道路。赵家的油榨坊，空咚空咚撞榨声和赤膊油坊伙计的号子声，依然顺风传五里。狗们全都不认得成小娥了，它们就铺天盖地狂吠。狗的躁动吓坏了鸡们，公鸡母鸡大鸡小鸡，就从地无三尺平的村寨高处，小鸟一样在成小娥头顶飞翔。

现在正是晌午的上好时光，青壮年都在山地里做生活，寨子里剩下的就是三八九九六一部队了（妇女老人儿童），桶盖头的男孩们和羊角辫女娃们，游戏中当然没有成小娥的角色。他们谁也没理睬一位陌生的漂亮大姐姐。歪在竹椅上打瞌睡的老爷子老奶奶们，只有小娥抵得很近高声招呼时，才慢腾腾说："是永贵丫头啊，有年头没回来了吧。""别老在外头玩噢，收收心，山里人总归不是城里人。""越长越水灵，给咱成家沟争脸面了。"一句一句，老人们豁齿里露出的是浓得不能再浓的乡音，成小娥就一下子记起了他们当中有人带她上山捡蘑菇，护着她打跑了野猪。许多年前在外村看乡戏时，他们还是大叔大婶，是他们撵走了欺生的狗，护着她坐在乡戏台下……成小娥扭过脸，在一份亲切里潸然泪下。她说："爷爷奶奶们，谢谢你们记得我牵挂我。"却是成家沟永远没有一条道，它的又窄又深的村巷是那样多，时不时就从深巷里冒出几句："啧啧。瞅瞅，小娥一身亮堂的！大男人在外边都挣不下钱，她凭什么阔了发了？""看那翘屁股一扭一扭的，哪个汉子受得住？打什么工？给老板床上打工吧？"成小娥差点儿晕倒跌倒，她想转身恶骂干仗抽嘴巴，但她还是选择颠颠簸簸走路和泪水悄然流。她知道，她用假地址给家里寄过几笔大钱，有人就猜想和谣传她在外头当二奶了。

心情复杂走到大枫树走到家，顿时像山歌里唱的“嚎一声爹哭一声妈”了。门口喊，迎出了妈，堂屋里叫，听不见爹。小娥妈安四娘瞅着从天而降的闺女，仿佛身上掉下的这坨肉，又扎扎实实回到了身上，她又笑又哭，将女儿上看下看，看了又看，才确信这一回不是梦，女儿也不是“晃眼虫”。娘就把女儿铁紧铁紧偎着。

一个厮跟而来看热闹的男孩，飞跑着上山报信，喊小娥爹成永贵小娥哥成三泰小娥嫂杜文竹下地回家。片刻，杜文竹热乎乎汗冒冒赶前跑回来了，姑嫂见面，立马拥抱成一个人，许多许多话要说，张开嘴，却是忙着一声哭。眼泪没擦净，成三泰挑着粪桶也赶回来了。小娥说：“哥，累了吧。”顺手扔一罐可口可乐。成三泰憨笑着，拧了半天，也没拧开可口可乐瓶盖。小娥说：“别拧，扣住环儿拉。”成三泰力气大，他一拉，可口可乐喷了一脸，闹得全家一片哄笑。

说笑一阵后，安四娘就要三泰逮鸡杀鸡。小娥说：“妈，别，别别。春鸡赶蛋，一只鸡大如一头牛呢。”杜文竹逗着：“那好，三泰，别杀鸡了，你去杀牛。”人高兴，鸡也助兴，它像鸟儿一样在屋前屋后快乐飞翔，害得成三泰汗湿一件小褂子才把那只快乐的大母鸡逮着。

安四娘成小娥杜文竹就又是一阵欢笑。

文竹拔鸡毛，安四娘坐在灶下烧火，孤独漂泊的成小娥，感到家里暖融融暖洋洋。她就更加着急要见爹。她问成三泰：爹不在地里？

成三泰声音忽然干巴了：在。爹在。

成小娥：噢，是了。农活很紧吧？

成三泰：紧，噢紧也不紧……

成小娥见哥哥吞吞吐吐，她久压的一块心病顿时犯了，莫非爹也听信了那些是非谣言？时光就在兴高采烈又惴惴不安中挨着，太阳挨上西山头，成永贵才背着一背篓豌豆角回来。

成小娥慌着喊爹忙着接爹背篓，成永贵既像没看见人又像没听见声音，他一屁股坐到竹椅上就骂起成三泰：秋播老子就跟你叨叨，少种点豌豆这号娇货。你狗日的不听，这倒好，一场倒春寒几阵冷东风，看看这豌豆吧，十荚剥不出一粒米，全是空壳壳。你说你是不是败家子？

成三泰立马不服气犟起嘴：我是天爷？我晓得今春有这多冷东风？

成永贵：没天爷你总有爷。你怎么不听我这个爷的？你这货就是成心给老子当败家子！

成三泰见爹回来不跟妹妹亲热专跟他怄气，越发恼火了：我好吃懒做？我败什么家了？

成永贵：敢说没败家？猪脑壳也算得出来，两亩二分地这一季至少让你白丢掉四五百元！咱家一个铜子儿都比磨盘大，你这货败家败得很！有屌本事，就给老子把这四五百元挣回来！

成三泰刚要接住话头往下吵，成小娥把哥拉到一边，她从皮包里掏出一叠没开扎的一万元票子递给爹，笑嘻嘻逗乐子说道：爹，我代我哥赔钱赔不是了。

没想到成永贵今天是三分明里骂儿七分暗里骂女，他抓起钱就像抓起一把草纸扔得老高老远。顷刻，百元大票树叶儿一样飘洒一堂屋。

安四娘忍不住了，她从灶房里跑过来数落老头子：疯了！女儿大老远回来，好日好时的败兴什么呢？安四娘一边数落一边赶忙捡票子。

成永贵喝道：给我住手！你就不嫌脏？

真是一句话胜过一把刀。成小娥心病喝凉水，她迅雷般暴出一声哭，迅雷般冲向里房。

成永贵冲着女儿背影：躲就躲掉了？你做的丑事，老子都晓得了！你不要脸，老子还要脸！

成小娥扑到杜文竹床上，四肢划动，前后翻滚，哭得可劲吓人。

厮跟而进的杜文竹，用力挡住小娥滚动。她抱着小姑子劝慰：歇歇气，歇歇气，别伤了身子。你逃婚，一个人在外漂泊，千辛万苦都过来了，好不容易回趟家，家里又闹成这样，怎么说，对对错错都是我们错，千不该万不该都是我们不该。嫂子代全家人道歉：对不起你了。

成小娥啜泣着：这不是你的事。我不懂，我爹怎么这般恨我？我做了什么丑事，他有什么证据说我给他丢脸？

杜文竹乘机赶快给公爹打圆场。老话说，会做媳妇两边和（当和事佬），不会做媳妇两边搬（搬弄是非），家里矛盾纠纷，总不能干戈解决和法庭分晓，总要靠多有几个和事佬多出几个泥瓦匠（和稀泥）。杜文竹就说，你也晓得，爹是正直人，受不住别人往他眼里揉沙子。山沟沟里，总是有趣事不多，无聊话不少，日长长，夜深深，不好打发时光，就喜欢嚼老婆舌开心。前年，沟上头成芳外出打工给家里寄回一万块钱，立刻一传十十传百，都红着眼睛瞎说。红眼睛男人们说，咱石磙都能扛得起的五尺汉子，死挣活做一年也就搞到几千块钱打工费，她成芳三头六臂？细论起来，她比老子还少一件东西呢，她不“卖粉”，能有这大赚头？红眼睛女人们说得更直更粗，她们说都是一个沟里的，都是母的，谁不晓得谁几斤几两？咱女的，只要放得倒身子叉得开腿，票子就能像草纸往裆里塞。这么七说八说，就活灵活现把成芳说得在外头当婊子了。话讲三遍如茅草，再讲三遍草不如，讲成芳讲乏味了，恰好你给家里打回一大笔钱，要家里还给青石坡老胡家，了结那桩烂事，想钱挣不到钱的沟里人又冲着你纷纷说开闲话了，就有一个打工被骗闹得没盘缠一路乞讨回家的汉子，更是说得活灵活现有鼻有眼有时间有地点有床上事还有医院打胎事，爹是要脸不要命的人，跑去把那歪男人打了个半死。爹可以打男人，爹不能打女人，那人家婆媳一起上门，在咱家堂屋里驴打滚耍赖，撞墙哭嚎，引得一沟人跑来看热闹。最后还是村干部出面解决，硬让咱家赔了两千块钱医疗费。这一闹，就有人更相信我们家的人背理了，做了丑事错事了，“要不然，村干部怎么罚款两千元呢？”瞎说胡说混账说，爹有嘴辩不清，他气得大病一场，半个多月才起床……杜文竹说到这里，把成小娥的手抓紧了：“妹子，我说了这一大串，就指望你左想右想前想想后想想，别太计较咱爹了，他老人家也真是活得不轻松。”

成小娥鼻腔酸楚说道：爹也可怜。我今儿回来了，他有什么心事应该对女儿讲，他不该经了那场事反倒信了坏人坏话，见我的面就开骂。

杜文竹：爹是不信。一个人说不信，十个人说一百个人说，老人就挡不住了。

成小娥叹了一口气：我娘呢？

杜文竹：妈什么也不说，难过时就坐到黑洞洞灶下假装烧火什么的，一个人捂着嘴流眼泪。

成小娥：我哥呢？他怎么说的？

杜文竹：三泰信也不是，不信也不是。他只晓得管着我，不让我出远门，更不准我在外边过夜，哪怕是我表舅家，他也要我当天去当天回。

成小娥就心痛得厉害，压抑得不行，她追问到底：嫂子，那你呢？你怎么看我，你一定跟我讲真话……嫂子，你跟我讲真话好吗？

杜文竹：咱俩是姑嫂，咱俩更胜过一奶头吊出的亲姐妹。你就是不让嫂子讲真话，嫂子也要讲真话。我是这么想的这么琢磨的，一个人也像一头牛一只羊，要是放在光秃秃的石头山顶上，就会饥饿，成天肚子吃不饱，成天忙着找草吃，它们哪有工夫开心玩耍。要是生在沟凹沃土里，草肥水美，既长膘又长好心情，它们就有时间嬉事，就爱玩那个，所以咱姐上山的牛羊，每年都比南北天山多生好多胎。咱成家沟和南州市比，那就应该在什么山唱什么歌，在什么地方过什么日子。南州人不能像丁冬溪人过生活，你也就不必艰难对抗自找苦吃。人生一世有多少年？只要开开心心就什么都是对的。再说，丁冬溪又怎么样，河滩柳丛山坡玉米地，不也横七竖八不时睡几对野鸳鸯嘛，只不过没外地那么开放那么闹得凶就是了。所以，嫂子对你出没出什么事真的不在意，我只在意你活得开心不开心，青春付出有没有价值有没有意义，只要有，怎么做都对。

成小娥听愣了神。以前在家时，她也感觉过杜文竹与众不同，这个出生于书香人家的女孩，想问题和说话与老山沟人总有些天然相左，她的言行，总让人心向往眼开阔。成小娥就顿时感到了温暖慰藉，她在嫂子小小卧室里，顿时就有了身在南州那种开放宽松从容的生存环境。

杜文竹就说，所以呀，你硬要我讲真话，说究竟，我说，你有。

成小娥的心扑腾了，她紧盯杜文竹，文竹坦坦然然，脸上是平和微笑。

成小娥扑到杜文竹肩上，她的脸侧向文竹身后，老半天，小蚊子嗡嗡低声挤出一句：嫂子，你厉害，你是人精啊。

既然杜文竹这么亲，这么推心置腹，成小娥也就侃侃而谈了。她说她是爱着一个人，这人叫杨雄，是顶头上司，也是一位亿万富翁。她介绍说，杨雄四十二岁，妻子在美国，一年前两人离异。杨雄有一家万国丽人妆饰公司，前年参股儿童食品业，目前正在染指旅游，总资产估计两亿五六千万，是南州市较为成功的民营企业家。成小娥说，正是这样，他们的爱情也就麻烦了。现在，一个女孩谁都可以爱，就是不能爱大款爱成功的企业家，一旦爱了，就是傍大款，就是二奶。大款们也不能爱心仪女人，人们普遍认为亿万富翁不必爱女人，只要想玩女人尽管开心玩就是了。可是，嫂子，我和杨雄真的不是这样，真的很另类。就我所知，每一个二奶都是一只金丝雀，老板只希望把她锁在深闺，养得娇滴滴的嫩秧秧的，是上等的床上用品。老板们不准二奶有一技之长有独立人格，却又让她们锦衣玉食，竭尽奢华再也无法返璞归真。他们刻意让二奶永远须臾不敢离开主子，无法独立生存，不可能过自由生活。杨雄一点儿也不这样，他赏识我，不是把我送进别墅而是把我送进大学，他一次又一次给我机遇机会，让我独立开拓发展。他说，你有一天想当金丝雀我就十年不爱你，你把翅膀练得硬硬的，哪怕是飞远了飞走了，我也会肃然凝望长空，赞美你爱你和寄托长长的相思……在这样的男人身边，我就丝毫没有傍大款的耻辱，没有二奶的卑污，我只有对他的尊敬与挚爱，只有好好为公司也为我自己奋发工作。嫂子，这就是你所说的了，我活得很开心，我的青春付出同时就是青春收入，这收入是：事业、爱情、尊严。成小娥这时就断然地问道：嫂子，我坦白得彻底吗？你宽容我越轨饶恕我罪过吗？

听着小姑子开怀开颜叙述，杜文竹心里好高兴。她很羡慕小娥和杨雄的相识相知相依，却又出于自个一桩巨大痛苦隐私，便佯装成从另一个层面关注小娥的样儿问道：你说的那些都重要，都好。既然话说到如此知己地步，我就想问一个问题：我听说有钱人带着女人在外边绅士，在家里是霸王。女人白天是摆设，夜间要么是这种男人的绝对性欲消费，要么像女仆女奴尽职伺候男人。嫂子就又要直问你了，你和杨雄有白天美满，你们有没有夜间愉快呢？如果没有，你所说的价值与成功也就水分很大了。

听文竹这么说，小娥大吃一惊。嫂子在她的印象中，一直是好漂亮太文静很羞怯。她无法想象嫂子这么关注夜间生活关注婚床，并且径直说出于口。当然，嫂子的担心是对的，性爱不公平不美满，把女人视为第二性，最终就是悲惨的结局。答案是现成的，成小娥没有当即回答。这不是出于羞怯。毕竟，堂屋和卧室还在对峙，门里门外还在剑拔弩张。说那档事，再好的姑娘，也要有心情，有环境。

吃晚饭时，没有出现想象中的再度家庭大战。成永贵只是没和小娥同桌进餐，他端着个大碗，坐在晒场碌碡上埋着头吃喝。

夜里，成三泰睡进门口晒场院棚里，他让妹妹和老婆睡在一起。

这一夜，姑嫂俩又谈了很多丁冬溪和南州新鲜事，说了葡萄串一样多贴心贴肺话。大约说到凌晨两点时光，越说越兴奋难眠的成小娥，忽然流畅地回答了杜文竹提的那个问题，流畅地释说她和杨雄那种辉煌之爱的情事。成小娥的言说情投意入，蝶彩花香，时有日月交辉，更见云雨际会，那份甜蜜与美满，撼人心魄。

这时，杜文竹饮泣了。是很悲的哭，午夜沉沉的恸哭。

起先，成小娥瞅着文竹，以为是感动。后来发现情况不对。这才再三问究竟再三劝。

杜文竹呢，有哭无言，她的泪，无人可以劝止。

实际上，杜文竹的身世就是一篇长长的哭诉。

文竹出生在一位小学教师的家庭里。父亲就在这片大山里教书，她和母亲也就住在小学校后边的一排矮房里。一九八五年，丁冬溪发了一场百岁老人都想不起来的曾经有过的特大山洪，那场大洪水，都说是从小学校后边那条山沟“起蛟”（山洪引发地下水汇聚破土），老人们说那次起的蛟是老鹰蛟，鹰飞多高，洪水多高。那次起蛟，小学校一夜间冲得干干净净，连一张课桌一块砖瓦都没留。夜蛟最毒，睡梦中的人谁都没防备，他们来不及睁开眼睛就在山洪的浊流里瞑目了。杜文竹当时也在人像鱼鳖的队伍中。七岁的她，体重只有二十四五斤，纤细得像一根黄尖草，山洪就格外轻松运载她冲击她水葬她。幸亏出现了一棵生命树，那树学名柜柳，丁冬溪人习惯叫做“泼皮树”或“胖胖柳”，它们身价很贱地长在寸草不生的鹅卵石成堆的河滩上，根系发达得像一张巨型大网，以便尽可能吸收有限的营养。“泼皮树”就活得很富态，叶片比任何一种树叶都肥厚，枝和干，长得胖胖乎乎。胖胖柳也许都有深刻的艰辛的儿时记忆，它们不会忘记小小柜柳秧苗在严重缺土的卵石里艰难挣扎生命，它们的兄弟姊妹十有八九夭折。偶尔逃生者，就成为优秀的生命。杜文竹这时就被这棵优秀的巨型柜柳救了一命。这棵树定然是发挥了记忆，它就格外珍视一种儿时的生命，它在洪水里伸出了一条树枝，儿童杜文竹抓住后坚决不放手。

胖胖柳救杜文竹，胖胖柳没救住那位教书先生和他的妻子，文竹的父母洪波里驰来，他们也都看见了胖胖柳看见了女儿，可惜他们都不是一根纤细的黄尖草，体重也远远超过二十四五斤，这棵胖胖柳拖曳在浪尖上的枝条就拉不住他们，那些拽断的枝条，随同无数成人一起葬身老鹰蛟的洪峰里。

那时河岸上就出现了欲望的人群。这些人顺着丁冬溪河岸奔跑捡拾浮财，他们不时从洪水中捞起拖出肠子的肥猪、瞪大眼睛的黄牛，这些都可以腌制成美味佳肴。他们更为走运的，是捞到包包和箱箱。就像彩票中奖，不时爆出的欢呼表明他们在箱包里翻出了从几元到几十元不等的人民币。雷打石凹的滑子仁，沿河跑了二十多里，他捞的包包吓死人，那里边竟然有六张老人头大票！在这群跌跌滑滑的人流里，也有成家沟的十三岁男孩成三泰，当别人都眼睛雪亮地搜寻滔天浊浪里的箱包，男孩成三泰搜寻到了那棵已经挂满残枝杂草、破衣烂鞋的胖胖柳丫丫里有一个小孩。成三泰就对一旁手执杨杈竹篙忙碌着的水里捞财的人们说："胖胖柳树枝挂了一个小伢。"那些捞财的人熊他："小伢子怎么了？你个苕伢，想捞死伢子哪里没有？"成三泰就憨了一回苕了一次，他硬是有超常异样感觉，反复唠叨这个小伢"要是没死呢？这小伢要是能救得活呢？"他唠叨时，老鹰蛟已经渐飞渐远，大山洪江河日下元气渐丧。浊浪不再洪峰踊跃浊波还在滚滚。成三泰硬是很苕很苕很险很险地跳进洪流，凭着跟他舅在放排时玩出的水性，成家沟这个苕伢一件浮财没捞着，却捞回一个要饭吃要衣穿的小女孩。那以后，杜文竹再没见着尸漂何处的爹妈，那以后成永贵安四娘就是文竹爹妈。

成家沟家家户户，日子都过得紧巴。成永贵家多了一个孩子，过生活更困难了。那时候八斗坪有家窑厂，专门烧木炭的，上头时不时搞一搞封山育林，窑厂老板被罚了几次，不敢乱砍乱伐了，他学乖专买树蔸烧炭。树蔸埋在黄胶泥里或挤进石缝缝，盘根错节，挖一蔸用尽吃奶力气。有一天安四娘盐罐子刮得呱呱响，吃饭时还是喝淡汤。成永贵狠狠心，他让十三岁的儿子上山挖树蔸到窑厂换钱。成三泰在山坡上挖树蔸，杜文竹在家里哭着要上学。安四娘说，孩子，不是不供你念书，家里连油盐钱都拿不出来，我们是手长衣袖短啊。杜文竹说，妈，我不穿鞋子，我打赤脚上学行吗？我不吃白面，就啃红薯上学好不好？妈，我好想好想上学。安四娘把孩子拢在怀里哄："乖，啊。文竹听话，啊。听妈讲道理，啊。不是你省就能省出钱，眼下是挣不到钱。天堂山区遭洪水，学校房倒屋塌，黑板桌椅都漂到东洋大海，今年学生不光交学费，还要交一百五十元建校费，好多人家孩子都扔下书包了。"杜文竹晓得一百五十元大如天宽如地，她也晓得成家沟被山洪冲得不轻，山坡地泥土连同庄稼冲到沟里，沟底的好地就被埋成小山，家家户户都在为这年吃喝发愁。却是文竹受亲爹亲妈那份文人骨血滋养的成分太大，很小很小时，爹就带她进教室，在后排旮旯里添一个矮凳子，爹说："我姑娘乖，好生坐着，不吵闹哥哥姐姐们念书。"文竹娘就数落爹："这是干什么嘛，三岁小伢，连凳子都坐不稳，这不是让女儿受憋吗？"爹笑着说，你这是头发长见识短了，这叫熏陶。书卷气，要从娃娃"熏"起。一个孩子老是在放牛山上，那就一定粗野匪气，脏话连天。孩子小小年纪进课堂，当然不是学文化，是让她感觉文化。文竹娘觉得先生说得似对非对，她也不多争辩了，她也念过六年书，她就在家里教起女儿看图识字，捉住女儿小手描红写字了……也许这真是熏陶，生命获救的杜文竹，就时不时躲在屋角里流泪，藏在房后竹园里哭，她想念书想得太伤心了，喊她吃饭，也犟着不动。

文竹是做得过分了，要是自个亲生娃儿，成永贵安四娘早就开打了。可是对这个捡来的小女孩，老两口不但没动手，连一声骂也没动口。俩老的都觉得这小姑娘长得漂亮机灵，性格也特文静，实在是一整条成家沟都难找的好女娃，他们都格外宠爱这个小姑娘。不打不骂，又解决不了问题，成永贵想，文竹总归是最懂事的孩子，有一回，他就特意让杜文竹给挖树蔸的成三泰送饭，他要让她看事想事明白事。

七岁的杜文竹，提着饭篮，拎着茶罐，爬了一道坡，翻了一道岭，腿杆就晃晃悠悠打飘儿了，汗水也淹得眼睛睁不开。她想，在山上做生活好不容易。到了一处大山壁前，仰起头，看见成三泰壁虎一般贴在陡峭的高高崖壁上，吭哧吭哧挖一个树蔸。三泰的脚下，石块土块哗啦哗啦往下滚。杜文竹吓得大喊："三泰哥，快下来，你脚下泥巴土松动了，哥，快下来，快！"十三岁的成三泰像个大人，他贴着山壁挺直腰杆说："文竹，别怕。你要是怕，就别抬头，坐下把眼睛蒙着。这树蔸好大好大，哥今儿发财了，背到炭厂，少说也要卖七八块钱。"片刻后，成三泰果然从崖壁上滚下来一只水桶粗的黄檀大树蔸。

杜文竹赶忙拉成三泰坐到草地上，她先给三泰倒茶，又给三泰盛饭，饭碗递到三泰手上时，杜文竹大吃一惊地看到，男孩成三泰的双手虎口全部撕裂，血花在无声开放。她急忙把他的手掰开细看，成三泰双手，泡结成茧，茧又磨成泡，从手腕到手指，处处稀巴烂，找不着一丁点儿完好。杜文竹抚着这双手，泪水哗哗哭了。

这一天起，杜文竹再没提上学事儿。

三天后，成三泰背着黄檀大树蔸去了八斗坪去了六盏灯集市。回来后，扯了一块布买了一斤棉花，快到霜降节了，安四娘在油灯下用这块布给文竹做了一件新棉衣。

又过了几天，成三泰兴冲冲拿回几本书。一家人都奇怪，三泰不识字，没上过学，他拿书干什么？三泰指着文竹笑着说，我不识字，我妹妹也不识字？他把书递给杜文竹："听说你五岁就开蒙，小小年纪念完了二年级。沟口一个男孩家里越来越紧巴，没办法，下学了。这伢正好念三年级，我今儿挖树蔸卖了五块二毛，一股脑儿给了他家，就把这套三年级书本全换来了。"

这以后，就见杜文竹灶下一边烧火一边读课文，在晒场上边撵雀雀边写作业。她天赋真好，她用这种方法，一直自学到初中才放下课本。

杜文竹就这样生活着长大了。长大的杜文竹很清楚，她很快就不是老成家姑娘了，很快她就会是老成家媳妇了。丁冬溪一条条山沟一座座山寨，到处都是要不着媳妇的人家，他们不能灭门灭户，他们要生存繁衍，他们就用女儿换媳妇或者抱养穷家小户女娃子做"准媳妇"。杜文竹打从进成家沟至今，年年月月已经听惯了别人说她是三泰媳妇三泰老婆。早先，她听到了就脸红就哭，喊她三泰媳妇的人不哄不劝，还说她是新娘子哭嫁。后来耳朵听起了茧，脑瓜也就麻木了，人家招呼她时喊她三泰媳妇什么的，她也就声音低低地嗯着答应了。

一九九六年，杜文竹十八岁，山沟沟规矩，十八岁大姑娘就该圆房了。老成家把最好的那间南屋粉刷粉刷，添了几件抹着红漆的家具，做了几床新被窝，选个黄道吉日，亲朋好友接了几桌客，成三泰就和杜文竹花好月圆圆房了。

因为新娘子长得太好看了，闹洞房的亲友就要过细看杜文竹皮肤到底白净得如何，就要和修长的杜文竹贴着身子一比高低，要手感强烈地摸捏杜文竹如何娇嫩，文闹武闹，硬是一塌糊涂闹到鸡叫。

新娘新郎都累趴了，呼呼一觉，睁开眼小晌午了。婆婆就眉眼很怪地瞅着文竹走动，瞅得文竹心慌心撞，她觉得她和往常一样走路，婆婆瞧她什么呢？

第二夜，成三泰依然先解衣上床，杜文竹忸怩着，坐在床沿上迟迟不脱衣不吹灯。她想，她这么坐下去，成三泰要么会开口催她，要么动手拉她，女人这一关总要过，她是要在今夜完成处女的付出了。却是该有的动静没有，不该有的呼噜洪亮响起。杜文竹没了主意，脑袋里白茫茫，以至简单的判断都做不了：她是和丈夫肩挨肩脸对脸睡一头呢，还是睡到三泰的脚头？什么也不能想象，什么也判断不了，杜文竹枯坐一个多时辰，噗地吹灭油灯，没精打采窝巴在成三泰脚头。

第三夜第四夜，一直到第七夜第八夜，依然夜夜相安无事波澜不惊，成三泰有时进房就睡，睡倒就响呼噜，有时片言只语，无非是“快睡啊，明儿要起早下地呢”，“炒菜时多搁点盐，味道寡淡咽不下饭”，“芦花鸡是不是又下野蛋？明儿看严点”……杜文竹听着，心里像钻着毛毛虫，要怎么乱怎么乱，要怎么难受怎么难受。

黑夜对于新娘子杜文竹，成了无尽的迷惘，是一种非常实际的艰难。她是美丽的健康的成熟的，床的世界并不是宽旷无疆，她随时与一个同样是健康强壮的男性有不经意碰撞，有有意无意体肤之亲。有时，这个熟睡的男人，一个翻身就将一条粗壮的大腿压在她的身上，她吓了一跳，以为是突然袭击，挣脱或迎接同时拷问她，答案呢？总是吓得一动不动，等待走上那条女人总是要让男人征服的古老的道路。那条腿并没有动，那副身躯也无任何部位活动，杜文竹无辜疼痛了，她知道丈夫又熟睡了。有一夜，杜文竹睡在成三泰脚头感觉太冷，折腾来折腾去，三更还是杏眼圆睁。她就猛然跃起，把内衣扒得寸纱不留，赤条条钻到丈夫那头。睡梦中的成三泰也许受了惊动，他稀里糊涂将臂搁到杜文竹纤腰上，文竹以为三泰拥抱，就势往丈夫怀里滚去，丰满的胸脯牢牢贴住成三泰宽广胸膛，心脏的小锤，咚咚地擂着我擂着你，一种无经验的期待无经历的兴奋，麻酥着每块骨骼每条神经。可是随着时间的推移，黑夜依然是黑夜，荒原仍旧荒原，寂静与寂寞一如往常迎来黎明。太阳不会每天新鲜。这里的黎明静悄悄。

夜是清冷寂寞的，白天是热烈喧闹的。正值摘夏茶，茶山总是比庄稼地更高更远些，那是女人世界，一块一块连毗茶地，连接着一家又一家姑娘嫂子。就有人朝杜文竹喊：“新娘子，歇晌啰——”呼呼啦啦，一些嫂子辈采茶女人四面八方不约而同涌来。大伙叽叽喳喳拿杜文竹开心，她们要在杜文竹身上获得休闲放松，消除一点儿沉重劳动的疲乏。

有说："文竹，过瘾吧！就跟小伢吃奶，一吃就上瘾。"全体哈哈哈。有个大屁股女人笑歪倒了，毫不留情地压断了成三泰家一棵上好的茶树。有说："三泰虎背熊腰，力大如牛，在谷场上玩抵扁担，一连抵翻了七八个小伙子。文竹，他在床上跟你抵扁担，把你抵得哭喊救命没有？"这一回就不光是哈哈哈了，一些粗婆娘武嫂子团团转围着杜文竹动起手来，她们扯她裤带，扒她下衣，要对她进行工作检查。吓得杜文竹紧揪裤腰，跪地连连求饶。就有个很近的堂房妯娌替她解围了，说："别作弄我弟媳了，文竹哪有力气跟你们斗？你们以逸待劳，文竹只晓得越做越爽，越爽越做，哪晓得留分力气白天和你们过招？文竹，对不对？"

杜文竹脸面通红，羞口难开。就算鼓足勇气，也无从说起……她没做，也没爽，她……说啥呀？

夯货嫂子们可不理会文竹的尴尬，她们说，文竹，回答不回答？不回答，那好，那就让事实回答……她们又扒起杜文竹裤子。

扒掉长裤扒掉鞋，就剩护羞的短裤衩了，杜文竹呜的一声大哭起来。

那是真哭，泪像三月雨丝，脸像露滴红桃。嫂子们一惊，都觉得杜文竹太不受玩了，一哄而散，怏怏不乐回到各自茶园干活去了。

经历着白天这场闹腾，杜文竹下决心晚上要闹丈夫了。结婚一个多月了，经历了担心惧怕，平息了好奇，忍受了亢奋，然而那些过来人的嫂子们说"越做越爽越爽越做"，终于成了洪钟大鼓，一刻不停在耳边脑际狠敲猛撞，让她惊心动魄，震撼无宁。没办法了，既然遇上了一个羞怯的男人，她就只好当一回勇敢女人。

杜文竹感觉胸脯胀痛，血液烧灼，她突发而起，猛烈抱住丈夫摇丈夫：三泰，别睡了，我要你！

成三泰被摇得糊糊涂涂睁开眼，他晃了晃脑袋，很是不解地问：要我？我这不是在你身边吗？

杜文竹：别装了，你娶我做老婆干什么用的？

成三泰笑了：这还要问？烧锅做饭啊，洗衣做鞋啊……

杜文竹：去你的。我不管，你娶我，你就要是我的真正男人。她趁着一种气势壮着胆量，把成三泰内裤扒掉了。

光身子相对，成三泰还是毫无主动。杜文竹宁愿在丈夫面前留下把柄，留下终生嘲笑，她也要借助燃烧的热血一鼓作气做到底。三泰不上，她上，战场没错，战术也对，战斗始终没打响。

没等到太阳出，万物便一片光明。就在这天后半夜，杜文竹明明白白了，她的丈夫无法打仗，那是一支破枪，拼不了刺刀，也射不出子弹。

从此，杜文竹常常独自落泪，无尽怆悲。她这一辈子算什么？往后日子怎么过？她无处可说无人可诉。

她的丈夫成三泰，没有性功能。

丁丙书记到成家沟看望成小娥，爆出大新闻。

大山里不像平原，一些坡边户、崖头村，老百姓一辈子见到最大的官就是村长。成家沟也有不少人四年前才头一次看见乡干部。那年年景不好，报纸又登了丁冬河乡一位副乡长进城洗鸳鸯浴煤气中毒，副乡长和小婊子光赤赤双双死在浴缸里，成家沟一些人就不想借钱借贷交那劳什子三提五统七捐八税。那年就来了一位乡干部驻村收费，那个牛皮烘烘的乡干部只不过是个民政干事，小科员一个，却让成家沟的老头儿老婆儿总算见着了一回乡官。

今儿来了一乡之长，好多人就往成小娥家里涌。一些人挤不进去，站在老成家门外，脖子伸得长长的。成永贵今儿判若两人，他仿佛压根儿就没闹腾、没生过气，一整个弥勒佛，笑呵呵跑里跑外给乡亲们“甩”红塔山。安四娘也欢劲十足，学着老头子，给孩子们甩糖。成永贵安四娘都突然觉得活出了味儿，脸面猛地光荣起来。全乡第一大首长丁丙，谁提起，都说这人威风十足。瞅瞅，这工夫丁书记是那么亲切动人地喊成永贵“老人家”，那么毕恭毕敬看望问好他们的女儿成小娥。丁书记还在涌来观望的乡亲们耳边眼皮下拿出两瓶酒一条烟，丁书记很谦和地说“不成敬意”。成永贵酒没喝，人醉了。这个顶要脸面的人，身上血液狂冲狠燃烧。他这辈子总是脚上牛屎头上高粱花，灰头土脸老农民一个，与乌纱帽无缘沾边儿。说上这事，还有一个主题酸楚的小故事呢。有一回成永贵进城，瞅着大街上车水马龙花花绿绿，这也开眼那也开心，就好奇地瞄着瞅着，仿佛成了一只呆头鹅，有辆豪华轿车就差点儿撞了他的屁股，轿车里冲出一个人，臭骂他蠢猪死狗，找死也不选个地方。那家伙戴着雪白手套，很嫌脏气地将他推得趔趄连接着晃荡栽向街边。成永贵打不还手骂不还口在所不惜，他遗憾的是，这家伙不是大官，只是个握方向盘车夫。他好想看一眼端坐在轿车里的那位长官……这个留着遗憾的成永贵就和老山沟里百姓一样，一辈子没见着丁书记这么大的官了。永贵老汉这时候激动与亢奋，就似乎充满理由。

这时，丁丙说："小娥，我想和你单独说点事行吗?"成永贵抢着说："成啊成啊。"赶忙挤开堂屋里密匝匝大人小孩，引领着丁丙和成小娥到后院里一间僻静房子里。

对比父亲，成小娥却是一整个平静平和。她抬抬手："丁书记请坐。"

丁丙说："好，好。成经理，你也请坐。"

小娥笑道，书记给我封官了，我可不是经理。

丁丙说，这就瞒不了我了。杨总在电话里亲口对我说的，日后丁冬溪旅游总公司的花轿公司，经理就是你。

成小娥：是吗？如果真有这事，丁书记你是父母官，请一定多多关照我。

丁丙：我是穷官，我靠成经理关照。

正谈得上劲，门咿呀一声，杜文竹送茶进来了。

杜文竹一脸笑意，腮上两酒窝，比手里茶盅更圆更漂亮。她穿着菘蓝家染的土布小衫，很纯朴，很紧身，很挺胸。七分裤下是浑圆小腿，白生生像两节新藕。杜文竹给乡党委书记敬茶，丁丙瞅着美少妇失神，差点儿让热茶烫了手。杜文竹讲了些客气话，她说公婆请书记务必留步，在我家吃顿淡饭。丁丙说好啊好啊，我有脂肪肝，你说淡饭，那我就不走了。丁丙这么说着，眼睛一直贼贼地在杜文竹身上乱溜。直到杜文竹辞退出门，丁丙还眼光紧追文竹圆翘翘屁股。

这一切，成小娥都看见了，她在心里骂起丁丙是色鬼贼胚子。都说不邪不坏，官升不快。群言众声，真是没错。

丁丙呷了几口茶，从公文包里拿出一份电报笑道：成经理，我给你当邮差来了，请收下杨总给你的电报。

成小娥一边连声不敢当不敢当，一边急切看电报。

杨雄电文很长，主要内容有五。一、丽人集团董事会听取了他的动议，预案性通过了投资一亿元开发丁冬溪旅游业，在完成补充考察和完成丽人与古塔商业谈判后，正式出台决议。二、成立丽人集团丁冬溪联络工作站和丁冬溪旅游公司筹备处，负责开发丁冬溪旅游的所有前期准备工作。三、董事会一致同意走特色旅游之路。董事会和总公司拟将行文，任命成小娥为拟议中的丁冬溪旅游总公司属下的花轿游乐公司筹备组组长，全面负责花轿新娘、轿夫、轿艺吹打乐队的预选工作，目前阶段，尤以挑选花轿新娘为重点。四、以丽人集团总公司名义再次强调，花轿新娘的选择资源按既定方针办，即：全员为天堂山区的“山花”，真正的巴人蜀女，即使古塔县城的女孩也不在竞选之列。在挑选工作中，务必全程贯穿返璞归真宗旨，不可掺杂任何商女痕迹。五、根据有关商业情报，在首席花轿新娘中，似应增加杜文竹名单。另外，电文还说，在具备通信条件后，对重中之重的预选花轿新娘工作，采取向杨雄董事长周二汇报制（即一周必须汇报两次此项工作进展）。

看罢电报，成小娥第一个感觉是自己如同山地里的一匹黄牛，刹那间被套上轭头，那以后，就要正式负重。如果这个感觉是沉重的，接下来的感觉就是微妙的。成小娥不明白是谁给杨雄打小报告，招致董事长确认了她的嫂子杜文竹为首席花轿新娘，而且在都是大事、要事的这份电文中，杜文竹一事竟然是单列的条文。她明白，这是大好事，但恐怕也是一件大难事。

成小娥放下电报，冲丁丙莞尔一笑。她现在才晓得了丁书记刚才为什么对杜文竹那般紧盯与贪看，他肯定看过电文，他是争先一睹一位首席花轿新娘的风姿风采了。成小娥就说，丽人集团和万国丽人总公司，一贯雷厉风行，这可能给天山乡和古塔县，带来诸多不便了。在封闭的丁冬溪做极其现代化产业旅游业，我真不敢想象会有多少困难。

丁丙推诚说道，成经理，我很佩服杨总才华与作风，他决心投资天堂山区旅游业，不是给我们带来不便，而是给丁冬河乡扎扎实实带来了经济发展的方便。请你转告我们丁冬河乡政府态度，凡是杨总指示的吩咐的大事小事，我们一律视为大事；早办的事晚办的事，我们一律早办；理解的事不理解的事，我们一律变成理解的事。丁冬河乡政府，再不能十年百年无作为了，我们真情合作热情服务，指天可鉴。

成小娥马上整理形象，她以恰当的姿态代表公司答谢说：丁书记太客气了太真诚了，我一定把丁冬河乡政府的诚意向公司详尽汇报。

丁丙很高兴，他也说了一大通客气话。说着说着，丁丙话头一转：成经理，你向杨总汇报的三名首选新娘，实在太有眼力了，就说你嫂子杜文竹吧，我在丁冬河乡当了这么多年乡长和书记，竟也未闻未识成家沟有此国色天香女子，今天乍见，差点儿疑是仙女。你说的小牛寨牛青青我倒是熟悉，她曾经在政府做过一段时间打字员，许多见过牛小姐的干部都说她是丁冬河乡的形象大使，一次过目终生不忘。你推荐上虎头的李平平，很少人见过，昨天我叫一位干部去上虎头拿来一帧李平平相片，乡政府看过相片的人都说嘴像舒淇，眼像赵薇，腰像巩俐。我现在对开发天堂山旅游太有信心了，我们有好山好水好姑娘，更有杨总和你这样有实力有眼力的实业家，我都似乎已经瞧见明天丁冬溪就会游人如织，很快丁冬河乡就是全地区乃至全省顶级富裕之乡。到那天，我一定提议为第一功臣成小娥经理在丁冬溪源头塑一尊铜像。

丁丙滔滔不绝，成小娥从头至尾是字字句句不敢相信自己的耳朵。她一点儿也不知道什么时候确定了三位首选新娘，至于她把首选情况向公司汇报更是无从谈起。成小娥吃惊问道：丁书记，你从哪里获悉我向杨总推荐三位首选花轿新娘了？

丁丙笑道：这还用问吗，杨总在电话里说到三位小姐芳名，我就猜到是你为家乡做了劳务就业的贡献。

成小娥不笑：我和杨总分别后，就回家了。成家沟山高沟深，根本打不通手机，我没有和南州方面有任何联系，更谈不上推荐了首选的花轿新娘。

丁丙也惊骇了：是吗？你还不知道？那就怪了，谁有如此慧眼独具的推荐呢？丁丙便嗽了嗽喉咙，说得格外郑重其事：既然成经理不知道，那我就有传达义务了，杨总说，预选花轿新娘，可以正式确定的名单是牛青青杜文竹李平平。她们是未来花轿公司骨干职员。这三个人是不可更改的名单，对于她们到位有一分困难就作十分努力，有十分困难就用万分勇气克服。我想这是杨总的决心，实际上只要工资报酬好，谁不愿意在家门口打工赚钱？这事不会有多大问题。

成小娥没有丁丙乐观，她说，花轿新娘这份工作，乍一听还是吓人的。在花轿里打工，那就不是在车间里干活，不了解的人会拒绝，花轿打工妹遭遇议论甚至诽谤，都极有可能。这件事还请丁书记和丁冬河乡政府多帮助多关照多宣传多解释。丁丙说，那当然那当然，你们的工作就是我们的工作。

七说八说，太阳过了顶。一看表，已是下午两点。丁书记走进堂屋，在早已摆好酒菜的餐桌边，坐下吃饭。

成永贵挨着丁丙，一杯一杯敬书记，老头子情绪高涨酒劲高涨，他跟丁丙划拳行令屡屡败北，却是一斤包谷烧酒下肚也没稀里糊涂。丁丙大夸成永贵是酒国英雄，说他好汉英雄养出好女儿为丁冬河乡成功招商引资，是天堂山区两万乡亲父老的大功臣……成永贵听了，美滋滋一杯又一杯。

临走，丁书记郑重其事说，他立马安排邮局架一条电话线通向成家沟，方便杨总和成小娥工作联系，加快丁冬溪旅游开发进程。

成小娥连连感谢。

杨雄确定小牛寨的牛青青是首席花轿新娘，青青丁点儿不知道。她甚至都不晓得好同学好朋友成小娥这工夫已经回到丁冬溪。

这不能怪青青。小牛寨是典型的崖坡庄户，出村不说到别处，就是坡上下山沟，也要半晌，离最近的村寨唐家老屋，不花上两个时辰都赶不到。寨子是这么偏僻，成小娥又是逃婚绝尘而去，牛青青就做梦也没想到，她的这位好友现在和她同住一道山同饮一溪水。

平日里，牛青青也不喜欢下山。爹牛汉成喜欢乱挖地乱开山，他总想多种一棵包谷多掏一窝土豆。青青就默默地爬山，给爹送茶送打尖干粮。牛青青也帮爹挖地，牛汉成这时就吼得凶，拽得猛。牛汉成说，干什么？想磨手茧啊！想晒成黑油油酱瓣啊！牛汉成就使力把女儿手里的镢柄锄把儿什么的扯下来。爹不让青青干活，妈妈管翠兰也不许女儿打下手。管翠兰独自一个人在磨坊里吭哧吭哧推老石磨，推得腰酸背痛眼发花。磨坊又暗又闭，两三升包谷磨成粉，人就热得汗水汪肚脐儿淹眼珠儿。管翠兰便像男人赤背光膀子一冲一仰地推拉磨担儿，两只瘪巴垂吊的奶子，呼呼生风地甩来甩去。牛青青进来，难堪地望着妈妈，心里又痛又苦。牛青青就狠劲推娘，不要命抢下磨担儿。她不要命，管翠兰也不要命，拼力从女儿手上抢回磨担儿。管翠兰说，八月十八你就当新娘了。哪个要出嫁姑娘不关在房子里好好养一养细皮嫩肉？管翠兰说得没错。巴山巴水女孩儿，从小拾柴捡蘑菇，摘茶种包谷，推磨拉风箱，月上柳梢头还在呜呜摇纺车嗞啦纳鞋底，哪个不是晒得黑不溜秋，手茧厚得像铜钱？一直熬到十八二十岁，才有那么一两个月清福，爹妈会把祖祖辈辈规矩接着往下传，他们把女儿关在深深闺房里“养嫩”和

“捂白”，皮肤捂白了，肌肉养嫩了，这家新娘子也就起眼了，满屋闹洞房人啧啧惊艳赞叹，新姑娘就少了点儿委屈多了点儿喜滋滋，做土人的也脸上荣光，老皱纹里填满笑容。

爹不让干活，娘不让干活，牛青青也不想下山玩儿。丁冬溪能玩的最出众的地方也就是六盏灯，一条小破街，黄牛撒尿可以从街头淋到街尾。六盏灯显眼的地方是一家供销社一所小学校和丁冬河乡乡政府。这些年新添了一些商店茶行音像放映厅和农具修理铺，还弄了个院子很大车子只有两三辆的客运站。丁冬溪老乡们在自家村头代销店里实在买不着想买的东西，就只得跑半天跑整日，上一趟六盏灯。也有些人闲着没事，一脚野到六盏灯街上，东张西望瞎逛一阵后，买一海碗牛杂苕粉，呼呼啦啦吃出一头热汗，热热火火坐进音像放映厅，看到男女那么会做风流事，也像自己上了床。牛青青在乡政府当临时工打字时，秘书周全买单请客看录像，看到出彩处，放映厅老板就闭灯五分钟，周全的手毫不犹豫地抄进牛青青胸衣里。虽说是黑暗里，左右却都是人，牛青青不敢喊叫，她下死力拨拉周全的登上山头的魔爪，可怜她顾此失彼，山上威胁解除了，周全的另一只魔爪乘机又发威地偷袭到她的脐下。这事发生后，牛青青第二天就辞了打字活儿回到小牛寨，不管怎么说，她总是个大山里纯朴女孩，爹妈已经将她订婚许配给山口镇的罗锡贵，她就不能做歪了事情，留下流言蜚语。她也晓得周全是丁丙书记的红人，她惹不起躲得起。那以后，牛青青跺脚发誓，闲死闷死也不去六盏灯。

就真让牛青青说着了，她这些日子真是既闲死了又苦闷死了。闲是因为要在家里捂白养嫩准备做新娘，苦闷也是因为要做新娘。

牛青青要嫁的人名叫罗锡贵，住在丁冬河出口处的山口镇。古塔县除了城关镇，就算山口镇大。天堂山区的山民所需山民所输，都是通过山口镇物资交流的。镇上的山口中学，也是全县第二大校，牛青青和成小娥，当年都是在这所学校读书。成小娥上高二逃婚跑了，牛青青念高三，念成了校花。说校花，平心说学校并没有组织过评选活动，都是一些男生聒噪出来的。有了一股舆论，那些在意牛青青的男生，更是紧盯着她前看后看上看下看，一些原先没在意牛青青的人，这时也跟她搞起“对面女孩看过来”。男生们为一个漂亮女孩越来越喝彩，引发了或敬意或醋意女生们的关注，她们要么赞颂牛青青雁姿月貌，要么嗤之以鼻称其花瓶。却是大势所趋，寡不敌众，高三的最后一个学期，牛青青已经铁定山口中学众目燃烧中的鲜艳校花，这时候与其说还有争议，不如说有所遗憾，有那憾意的某些人认为，假如成小娥不流失，校花就不一定是牛青青了。小小憾意，当然不影响大雅，牛青青身高一米七五，体重一百零五，很修长了。人瘦，不施现代隆胸术，就恐怕真的很少有哪个女孩能像牛青青一对天然高翘大奶。她的一双大眼睛也很有特色，成天湿雾雾的，仿佛蕴含着无限朦胧情意。这双眼配在白净明亮的瓜子脸上，特有对比力度。就这样，这朵校花先在坏男孩中诞生，后在全体男女同学中瞩目鹄立。慢慢地，学校领导也从流媚俗。他们在学校硬环境建设中，希望企业家巨贾们给予赞助，他们就开展了一系列活动，其中一次，请到了山口镇大佬通达商行老板罗锡贵联谊时，校长特意让牛青青陪罗老板跳舞。校长笑着说，罗总，这是本校校花牛青青，我们献这朵花，是因为你是今晚最尊贵的客人。

罗总笑眯眯望着牛青青，说："认得认得。"又说，"去年我到丁冬溪玩花轿火把节，那天晚上最出彩的花轿新娘就是牛小姐。"

牛青青的脸，刹那间红到耳根。她是个清纯女生，她不是牛小姐。这种交际场面实在喘不过气儿，她的目光始终不移自个脚尖尖。

那场舞，理所当然跳得并不成功，合作更无和谐可言。尽管从班主任到校长都给牛青青事先做了许多工作，并且当场给她发了两百元"奖学金"，还允诺只要把罗总陪好，期终一定给她评三好生。牛青青无可奈何点了头，心里还是一百个反感与烦恼。这些日子，太多的纸条子塞进她的抽屉和书包。从学生会主席到小流氓屁孩，都壮志凌云豪情万丈要跟她交朋友，越是快毕业了，那些考大学无望的男生闹得越凶，他们干脆把她当作课本"读"起来了。牛青青就被闹得成绩直线而下，她一次次向班主任向校领导反映，资格很老的副校长出面说，哪年毕业班都这样。他很有经验地教导牛青青："让他们嗡嗡去，你捂起耳朵搞学习就是了，反正天不会塌下来。"就这种当领导的，今天还公开让她到社会上当校花，能不烦？任那大款罗锡贵多少蜜语多少柔情，她硬是像一只木偶跟他跳来蹦去。

牛青青烦，罗锡贵不烦。这位款爷认为学校头头们心意不错，安排得可以，他就赞助了山口中学五台电脑。

过了两个星期，罗锡贵给山口中学打电话，说重庆有两位巨商，到小镇和他洽谈几宗重大山货生意，本想到省城请演艺界女明星们陪客，时间来不及了，可否让校花牛青青劳驾一下？学校当然无二话，牛青青就在罗锡贵的火辣辣目光专注下，把社交活动进行到凌晨三点，第二天，别人上八堂课，她几乎打了七小时瞌睡。

这类事情，以后还发生好几次。烦死了的牛青青躲在暗地里哭，她不敢抗争，这种时候得罪了学校是拿不到毕业证书的。

牛青青那年就相差四十多分没考上大学。

希望的破灭，让青青常常坐在小牛寨村后的密林里发呆和哭泣，她知道自个往后的命运就像那些松树籽，落到肥地里长成树，落到瘦坡上成死苗。都说山沟沟女孩是瞎猫，往后就看碰上什么男人了……已经是大姑娘的牛青青，烦恼中还有她哥牛力的事。哥真是好哥，为妹妹读书，他每年都跑到煤窑卖苦力给青青挣学费。五六个年头下来，牛力没留一分钱，还在煤窑里丢掉了一只胳臂。嫂子明英再不能当傻B了，她带着孩子跑回娘家，任牛力怎么求，明英都是那话：有钱给小姑子瞎花，无钱养老婆养伢？不拿三万四万来，十乘花轿也休想抬她回小牛寨。

明英的账，大体上算得不错，牛力打工，前前后后是挣了三四万块钱。这些钱不能说都让牛青青念书念掉了，大头开销，真是花在妹妹身上了。人财两空的大哥，不怨青青一声半句，只是自个从早到晚勾着头，靠住山墙晒太阳。牛力袖子空荡荡，眼睛空荡荡，坐在那里像一坨烂泥，谁都没力量没言语把他提起来。哥是废了，哥又怎能不废？小牛寨好胳膊好腿小伙，都一个个三十望五十地当光棍，残废人牛力，老婆真要是不跟他了，他往后的日子，麻姑秃婆子的骚气也沾不着。

忽一日，明英娘家那头传话。说明英跟牛力一场，不能不明不白无交情无交待。说女人总要靠男人过日子，明英的问题再不解决，少则一月，多是五十天，就嫁到山外去。明英也说，儿子小，好可怜，她不想带犊儿出嫁，老牛家一定要领回去，千万别打他……明英的话，说得牛家一屋子哭声。小姑子牛青青，呜咽到天明，眼睛哭成红桃，睁都睁不开。

急得团团转的牛力，有一天就从地上转到树上，幸亏村邻石头嫂眼尖瞅见了，大伙赶紧解掉了牛力吊颈的绳子，奄奄一息的大哥才从鬼门关走回来。

怎么办？嫂子的去留问题怎么解决？贫穷的小牛寨借半罐盐一勺油尚可，借成千上万的钱，除非疯子才有如此妄想。悲情和失望，浓浓笼罩着牛家。

有人失望就有人希望。山口镇上的罗锡贵老板一再希望跟婆娘离婚，婆娘被他闹怕了整趴了，这个月就要了八十万离婚走人。一个希望实现，一个希望又来，他找来天堂西村颇有知名度的媒婆黄豆花，请她给他和牛青青当红娘。黄豆花便接下一只鼓鼓囊囊的大红包，一口气爬上小牛寨。

黄豆花是幸福的，她赶上了机遇。老牛家不是此时此景此情，牛青青绝对轰苍蝇般把黄豆花轰走。她打第一面就讨厌罗锡贵，她讨厌他的不离嘴唇的雪茄，讨厌他一口黄牙熏人口臭，讨厌他无论多么西装革履，坐进沙发里就脱鞋脱袜抠脚丫。她讨厌罗锡贵喝酒时笑话百出的胡吹，讨厌他如何搞掂人如何仗义疏财赞助县政府，讨厌他如何狠心惩罚员工又如何会对年轻小姐们殷勤……总之，牛青青对他是讨厌讨厌讨厌。却是现在，爹不讨厌罗锡贵黄豆花，娘不讨厌罗锡贵黄豆花，哥更不讨厌罗锡贵黄豆花。岂止不讨厌，他们已经在杀鸡宰羊热情招待这个牛屎说成大酱的黄媒婆了。

瞧见这一切，牛青青独坐闺房，使劲闭着泪水打圈圈的眼睛，一声不吭。

女孩不做声，那就是默认了。黄豆花更是说得好：我做了一辈子媒，这点门道还能不晓得？婆家再可心，郎君再中意，哪个羞答答大姑娘也不会当众喊好吧？

好不好，事情都得马马虎虎将将就就往下做。一家之主牛汉成说，罗锡贵送五万元彩礼，这门亲事就可以选个黄道吉日定下。

很快，定亲了。

很快，五万元过手到嫂子明英荷包里，牛力又团团圆圆有了老婆孩子。

牛青青没有笑声。她从不去山口镇。罗锡贵来了，她也像个生人，随他怎么殷勤怎么逗，她就是不说半句话。罗锡贵急了，抱她啃她瞎抠她，牛青青这时才有话："松手。你女儿不就比我小几岁吗？你在她面前能这样？"换任何别的女人，财大气粗的罗老板会当场把这人嘴巴抽歪。可这是牛青青，是天使，是校花，是丁冬溪最风流的花轿火把节耀眼花轿新娘。对付牛青青，就绝对不能像对付其他烂女人了，那些女人他可以让她们光着屁股跪在地上扛起他的光溜溜腿杆，让她们舒舒服服抠他脚丫。对付牛青青，一定要好事多磨，心急吃不了热豆腐。这就像做生意，要精心营造良好环境，要放水养鱼别忙着起网。总之，只可水到渠成，不可杀鸡取卵。

罗锡贵就可能真是一位伟人。

若是春天，罗锡贵会吆喝杂工王龙背一篓“掖单二号”送到小牛寨。他知道，牛汉成见到了紧凑型“掖单二号”玉米良种，肯定喜疯了。背篓里当然也有主妇管翠兰的东西，那会是油盐酱醋，会是三四百元日常开销钞票，会有一只春鸡赶蛋的“澳洲黑”大母鸡。而在背篓顶上边，绝对显眼地给牛青青摆放一套款式新潮质地优良的春装和一顶西班牙女郎遮阳帽。

时逢三九，大雪封门，山民们缩着脖子，谁也不愿远离火塘半步。门外一条条深埋在积雪里的羊肠小道，全成了一条条记忆。到处见不着人影，大山被雪埋葬了。受命于主人的王龙，就真正是末路英雄。他的风雪之行，不再是以往熟悉的山道，他完全在走猜想之路感觉之途。他在“鬼爬坡”上摔断过肋骨摔断过腿，险些送命。他以毛毯作外包装的捆扎结实的背篓，却丝毫无损。毛茸茸皮袄，热乎乎皮靴，三条火腿五张毛肚，一大包老四川火锅底料，一瓶水桶般山参王酒，摆上牛家堂屋条几，茅檐下一尺多长的冰锥都刹那融化了。

一四七，三六九，王龙的背篓任何时候都像魔桶。牛青青膝花牛仔裤鄂尔多斯羊绒衫，牛汉成白云般包头巾，管翠兰蓝花花围腰……小牛寨人羡慕什么，魔桶里就能拿出什么。洗面乳、脚气水、烧酒、农药、香烟、砍柴刀、不锈钢饭锅、卫生巾、可口可乐，全都能神奇地一篓装尽。特别是在难忘的日子里，王龙背来的蛋糕，会奇妙地吃出金戒指；会在长寿面里扒拉出“老泰山生日吉祥”的旱烟袋玉佩；牛力的毛毛虫小伢，也能在贺年玩具熊里，“开膛剖肚”出五百元压岁钱……

罗锡贵就这么伟大着，永恒着。你不是石人，你可以抗拒一时感动，你不能月月天天无视触动。爹妈哥嫂都说罗锡贵好，小牛寨乡亲们也说，一个人能“装好”一时，哪能装好一年又一年装好一辈子呢？早已经是熟路熟人的黄豆花就一次又一次说，时下容易见着有钱人，见不着的是有钱好人，择个好日子，花好月圆吧。

却是牛青青还在暗中较劲，她就是看不出“人好”，总觉得那一切一切都是“钱好”。她知道，当初还只是五万元钱，现在又多了讲不清的厚重氛围和许多灼人的逼视眼光，她更加没有力量不走进罗家大门了。牛青青就做着无望无意义的事，她初一推到十五，三月推到九月，磨一天算一天，尽量把婚期往后推。

一直推了三年推五载，一直推到全小牛寨人都说牛家是蓄意黑着良心骗钱骗物，一直推到嫂子说“早知道这样，还不如不要那笔钱，还不如不回来”，爹妈说“老脸没地方搁了，脊背被人戳穿了”，一直推到连牛青青自个也三天三夜再也想不出新的“拖婚”借口，她就把喜事当成丧事哭哭啼啼说“那就秋后办吧”。牛青青金口一开，黄豆花立马选择了办喜事黄道吉日——八月十八。

于是这个月，牛青青就在家里百无聊赖地“捂白养嫩”。

忽听到大黄狗狺狺狂吠。牛青青的心，让狗叫得扑扑跳。她巴望是茶商走村串巷，她害怕罗锡贵“又”来了。这段时间，罗锡贵吃苦卖力一次又一次爬上小牛寨。

不是罗锡贵。是成小娥。

我的天！这……这是真的?

两个女孩就变成了一声尖叫。两个女孩就变成一团无间物体。变成泪雨，滋润渴望。变成寒暄，却是冷也心伤暖也心伤……

一夜说了半夜话，酸甜苦辣倒出来像丁冬河，堆起来像姐上山。两个少女，心累极了才走进睡乡。

管翠兰烧起陈年烂树蔸，就有上好的文火烘玉米饼，炭灰煨土豆，一院子发出古朴芬香。八仙桌上，摆放着盐渍的椿芽头香蒿捂制的臭豆腐小磨麻油凉拌的蕨菜，当然，最显眼还是桌中央那只武汉周黑鸭，金光闪闪的精美包装在晨晖里格外夺目。管翠兰收拾停当，便敲起女儿房门，成小娥牛青青迷迷瞪瞪忙起床。

按照昨夜约定，牛青青说：“妈，我陪小娥上黑峰山，顺便去牛瞪眼温泉洗个澡，路不近，没工夫在家吃早饭了。”管翠兰一听，眼睛就拉直了，这段日子不准女儿出门是铁规矩，她说：“不成！快吃早饭。”成小娥听偏了，她从自个行囊里边取食品袋边说：“管姨烘的土豆玉米饼，做的椿芽蕨菜臭豆腐，馋得我咽口水，哪能不吃？我们今儿早餐午餐都是这了。”她稀里哗啦一股脑儿装食品。

管翠兰笑着说：不嫌弃，带回家吃吧。

成小娥说：不是不是。我和青青上黑峰山路上吃。

管翠兰不笑了：你上黑峰山，青青不能去。

牛青青和妈妈争吵起来了。门口坪场上摊晒野黄花的牛汉成丢下活计走进家，他家主做主说道：“去吧去吧，早点回来噢。”两个女孩儿蹦蹦跶跶出门后，管翠兰还是大惑不解。她质问老头子：“锁住女儿关门捂白，不是你定的规矩？说话像喷屁，这又放青青大日头下深山老岭里野！”牛汉成说：“老娘儿们木脑壳。青青有小娥陪着泡澡这多好。锡贵说天堂山温泉都有矿物质，女孩儿越洗越嫩呢。”管翠兰听不懂什么“矿物质”，她听得懂罗锡贵说好那就一定是好东西。她就慌忙抓起周黑鸭撵上山道：“青青，把黑鸭带上！四五十块一只呢，怎么说小娥也是贵客了，这鸭子中午打尖，香着呢……”喊得山应应的，牛青青拉着成小娥快走，她低声恶气地说：“那么香，不晓得喂狗？”

成小娥说：“别太过分了，不喜欢罗锡贵也用不着恨他送的周黑鸭。”牛青青更气了：“沾上罗锡贵我就恶心！”成小娥说：“打住打住。昨晚烦了大半夜，讲好了的，今天要开心。不愉快的事不提了。”毕竟是年轻，好恶来得容易去得也快，两个少女在曲里拐弯山道上跳跳跃跃走着，一会儿，大红山花簪满头了；一会儿，唱了山歌唱情歌了。

她们在一道山泉边小憩了。一块方形山石当起了餐桌，她们吃焦皮烘土豆吃哽了，伸手掬一捧山泉咕咚咕咚喝起来。

牛青青抬头望了望一重又一重峰峦说道：“再往上，就全是挂羊肠了。”

都是大山里女儿，都懂得“挂羊肠”。那种挂起来的羊肠小道，又险又陡，有点儿蜀道难难于上青天的味。

小娥说，怪怪的，季节不错，怎么没见小轿滑竿揽生意的？莫非外乡人不来玩山了吗？

青青说，外边人日子一年比一年好，哪有不玩的。别急，总会碰上轿夫的。真不行，咱俩就当登山运动员。

成小娥表示坚决反对，她今天是一定要坐轿子上牛瞪眼的。她打开背囊，变戏法般取出一套精制的新郎装和一套华丽的新娘装，三抖两抖，鲜亮起一片天。

牛青青吃惊地瞪着，正想问究竟，成小娥抢先说开了：“什么也别嘟囔，就当图个开心，做个好游戏，把快乐进行到底。”牛青青就是闹不明白怎么个乐法。小娥说：“笨。咱们扮新婚夫妇旅游，雇一乘小轿，上牛瞪眼洗新婚浴，这还不新鲜刺激快活开心?”牛青青一笑：“就你怪招多。”

新装一忽儿穿好了。牛青青成了新娘成小娥变成新郎。两个女孩儿以泉水为镜，果不其然，青青顿时平添许多光彩，成小娥黑礼帽下的小伙儿脸面也英俊潇洒得真像那么回事儿。

就听见黑峰山哪处树林里传出吆喝：“滑竿噢！坐滑竿上牛瞪眼洗温泉，洗得皮肤又嫩又滑，一生不生痱子不长疮噢——”成小娥忙应上：“轿夫，过来过来，我们要上牛瞪眼。”

一看是单座滑竿，成小娥说：“师傅，换双人小轿吧。”轿夫说：“小伙子，以为黑峰山是天堂大山里一架小山就瞧不起? 照样险路十八弯陡壁一千尺，除了李家窑那几个狠人，我还没听说谁敢在这条道上抬小轿。”没办法了，只得再雇一副滑竿。

四条汉子，一前一后，一唱一和，因人即兴地粗歌糙歌吼起来：“新娘新，胖墩墩，两个奶子十八斤，挤出的妈妈儿淹死个人，屁股打硪土平平，牛蹄子踩不出印。这号婆娘真会生，生出一窝程咬金，哦嗬嗬嗬嗬……”两个女孩儿哪敢招架搭理，只是一味儿扭头看山景。

风景果真越来越壮丽，一处一处山脊比赛挺拔，直上直下的山崖险陡得目眩，深不见底的山谷，隐约的溪水在断续叮咚。到处都是碗大钵大的木本花卉，拂着滑竿殷勤送美丽送芬芳。天堂山区特有的大蛱蝶结伴一群一群簪头鹤，不疲不倦在滑竿四周载歌载舞。

成小娥满心愉悦，她克制不住说话的欲望了。今天她是有志而来有事要做，差不多就是要完成一份调研。她趁着粗汉们糙歌儿打尾，忙扯开话题，亲切地拉起家常。几句话，小娥就知道轿夫们是裤裆沟人，还晓得他们是怕出去“葬煤窑”，才守在家门口抬滑竿挣点儿星沫儿油盐钱。

小娥就说：“挣油盐钱? 为啥不挣盖楼钱?”轿夫说：“谁不想挣大钱? 心有天高，命比纸薄。咱就是个穷命。”小娥就说认命不好，要改变命运。

汉子们道："改变？命运就跟爹一样，想换就能换说改就能改？"成小娥笑道："话可不能讲得那么死。"

要过一段上梯崖，轿夫封嘴，不敢搭话，他们脱掉鞋弯起光脚趾，鹰爪一般步步抓牢岩石路，有惊无险甩着豆瓣大汗珠儿闯过上梯崖。

路好走了点儿，汉子们气喘圆和了才说："不讲死话又能怎样？咱这老山窝又不出煤。"天堂山里人都晓得黑煤窑是金窟窿，只认煤老板是天底下最大富翁。

成小娥说，发财也不止一条路，给游客抬轿抬滑竿还不是能发财挣大钱。

这几个轿夫都差点儿笑岔了气：抬轿子发财，那是做邪梦。一年到头就那么几个游人，你争过来他抢过去，这副滑竿开五十元脚钱，那副滑竿说他们只要三十，有生意跑断腿也只能挣那么一点点，赶上运气背没生意，七八天也可能抬不上一位客，这么下去，别说赚钱，只有卖命了。

扯上了卖命，成小娥吃一惊了。她瞅瞅路边黑森森山谷，心虚说道："有人抬轿滑脚了？"汉子们当然听得明白，天堂山里跌下万丈悬崖，善良的巴人子民们不说这个粉身碎骨可怜人死了，只说"滑脚"了。他们就说："滑脚哪年哪地方都有。上牛瞪眼这条道观音菩萨保佑，还算平平安安的。"小娥说："平安就好。以后再别说卖命不卖命的，挺吓人。"汉子们头头是道说："人一生抬得动轿子能有几年，力气卖不出钱，岁月是越过越少，这不是卖命是卖啥？"

成小娥一声叹息。

一阵沉寂后，这两个心胸开朗的轿夫又说话了："小伙子，多大了？"

小娥说："二十四了。"

轿夫说："不对吧？娘娘腔、童子音还没变过来，恐怕也就十六七吧。"话刚落，又赶忙自说自圆："也没啥，现在都早恋，我们山口镇中学里，初中女生都有怀伢的。你看看你那个新娘子长得多漂亮，婚妆美得像孔雀开屏。小伙子，早点下手这就对了，再早点叫她养娃，更加板上钉钉，谁眼馋也抢不走了。"女扮男装的成小娥本想撒个谎掩饰自己的音质，突然间她改变了主意："我这新娘子真的很漂亮？"轿夫们就你一句我一句话多了："好看得像王母娘娘的七姑娘。""一准家住狼脊梁，跟石小姐同爹同妈。"

接下去说的话就有点儿不像话了：“能蹭上这女娃，打死也风流。伙计，管他王法不王法，把这新娘子抬回造了再说，哈哈哈哈！”

话长路短。艰难的行程，在酸甜苦辣的话语中，在嘎吱嘎吱的滑竿颠悠中，走完行毕。两乘滑竿一前一后到了牛瞪眼，轿夫们知趣地一旁树林里歇息，他们等着“小两口”洗鸳鸯浴后再抬轿下山。

成小娥就牵着牛青青手走到温泉边。她俩都早就听说过牛瞪眼，现在站在跟前，没想到如此名副其实活灵活现。两眼温泉相距不到二十米，各自在两块突兀的悬空巨石上开眼喷溅热雾蒸腾的泉水。泉与泉之间，有一道自上而下挺直的石脊，那就是活生生牛梁。挺直石脊——悬空大石——牛瞪眼，大自然干出的活儿，惟妙惟肖谁也赶不上。两个女孩好大惊叹，长时间欢呼，没想到真的是不识庐山真面目，只缘身在此山中，生在天堂山区长在天堂山区，这天堂山里究竟还有多少好处妙处，恐怕还真是丁冬溪的鹅卵石，摸清了这处摸不清那处。

她们当然没洗鸳鸯浴，各自在四十三度的两只牛眼睛里，美美地冲浴梳洗。

有点儿累了，泡得乏乏的成小娥躺在一条泉石上，她想，杨雄真是个人精，到哪里都能发现钱捡到钱。设想游客们在旅游公司雇一乘花轿，出资请一位公司里的绝色花轿新娘，一路快活一身舒服洗牛瞪眼，出多大价钱也会觉得此行不虚！

成小娥朝另一眼温泉睨视了，隔着牛鼻梁瞅不见牛青青，却是亦真亦幻地在那一片热雾蒸腾中，飞天般升腾起一位绝色花轿新娘。

出于多种原因多重顾虑，成小娥还没告诉嫂子杜文竹是公司首选新娘。成小娥去了小牛寨，杜文竹心酸酸的，她想她的容貌品行不见得比牛青青差。她只是背着黑锅，不是黄花闺女了，可怜有谁晓得她是当着处女嫂子呢？杜文竹就又多了几分尴尬与郁闷。她冒出一个念头，想问一问小姑子，花轿公司要不要嫂子新娘。这念头一出，又立马一脸赧颜否定了，嫂子就是嫂子，新姑娘就是新姑娘，没听说又做嫂子又做新姑娘的。却是杜文竹总不甘心，花轿新娘不就是游玩游戏吗，做游戏，姑娘做得，嫂子为何做不得？这么颠三倒四想来想去，搞得杜文竹心里乱糟糟。

心事归心事，做事归做事。农谚说立夏前好种棉，立夏后好种豆，已经过了小满了，公公突然说大北坡那块地不种萝卜了，赶快抢一季绿豆。杜文竹就和成三泰昏天黑地平畦挖窝和盖火粪，人仰马翻种绿豆。

干到两点，肚子咕咕叫，安四娘才送饭上山。三泰和文竹坐在树荫下狼吞虎咽，一旁的安四娘说，文竹，吃完饭，你下地回家吧。

杜文竹不知道婆婆心意，她说还有半片地呢，两个人忙到天黑，还不晓得能不能种完。

安四娘说，小娥回来了，闷闷不乐的。一问，才晓得没把公司事情做好。她那同学牛青青，马上就要跟山口镇一位大老板结婚了，她要做蜜月新娘，咋能应聘旅游公司的花轿新娘呢？可把小娥愁得，都不知道该怎样向上司交待了。小娥还说他们公司职员完不成任务的，很少不被炒鱿鱼。安四娘就问杜文竹："炒鱿鱼什么意思？是不是罚小娥做锅师傅？小娥从小念书惯坏了，她哪下过厨房……"

杜文竹说，小娥真这么说的？那事情就严重了，炒鱿鱼就是老板解雇员工。三泰，我回去看看吧。

成三泰：这么大事，你还不赶快回去劝慰劝慰妹妹。丁冬溪美人儿多得很，少了牛青青就少了胡屠户要吃混毛猪？

杜文竹不多说什么了，她和婆婆赶忙下山。

才下半道坡，成三泰撵着喊：文竹，回来，我跟你讲句话。

杜文竹只得转身，成三泰跑到跟前小声说：忙昏了头，差点儿忘记今天是什么日子了。

杜文竹茫然：什么日子？

成三泰：你比我还傻。今天不是五月初二吗，咱俩结婚纪念日。村村寨寨男女夫妻们逢上这个日子，都煮腊肉，喝一年一度的交杯酒。你回去好好弄几道菜，晚上咱俩喝一杯，庆祝庆祝。

杜文竹忽然心热脸发红了：亏你还记得。好生种绿豆吧，晚上有酒让你喝就是了。

杜文竹就转身一口气跑下山。进了屋，静悄悄。连喊带寻，也没见着小娥影子。安四娘又绕着房前房屋呼叫，也没回音。正纳闷，杜文竹发现了床头柜上的纸条留言，一念，才晓得成小娥去上虎头找李平平去了，要有几天才能回来。

安四娘说：罪过啊，平平跟我的小娥一样，都遭受青石坡老胡家祸害，早逃得没踪没影了，别说几天，就是几月几年能找着她？小娥这不是瞎跑腿吗？

杜文竹：那也不叫瞎跑腿。小娥去上虎头，肯定是做过仔细的调查了解，看看能否获得平平踪迹。

安四娘就不满意：公司交待的事都没做好，怎么又去找李平平玩儿呢？

杜文竹：我琢磨这不是玩儿。小娥恐怕要聘请李平平当花轿新娘。

安四娘好笑了：你没听说，那个杨雄心大得很，他办公司，标准高得像天堂山。他能请一个破过身的女人当新娘？怎么说，李平平也是做过一回嫂子的人。

杜文竹忽然高兴了：这么说，旅游公司的花轿新娘是不限婚否了？

安四娘搞不明白了：就算不限婚否，那也是李平平的事，你高兴什么？

杜文竹依然高兴到底，她快快活活说，妈，煮点儿腊肉吧。

安四娘有点儿舍不得，她瞅瞅吊在屋梁上的腊肉，估计也就十来斤。小娥死妮子在外边吃山珍海味，硬是说啥都没有老家腊肉好吃。小娥在家吃饭，安四娘总是给女儿烧几块腊肉。

杜文竹端梯子摘腊肉了，她说，可不是我嘴馋，你儿子今晚要喝酒吃肉。

安四娘听说三泰要吃腊肉，理直气壮制止了：不行不行，腊肉留着小娥吃的。我炒几个鸡蛋给三泰下酒不就得了。

杜文竹：妈，三泰说，今天是……是……是那个日子。

安四娘从媳妇羞羞答答话音里，陡然听明白了，她说："你瞧瞧你瞧瞧，我都老糊涂了，今儿个是你们那年圆房的喜日子。好，好啊，多割点腊肉，我这就到代销店打酒去。"安四娘总是改不了口，不管谁家开小店，都一律称作"合作社""代销店"什么的。

这天的晚餐果然吃得喷喷香，热热乎乎。成永贵安四娘老两口瞅着儿子媳妇叮当碰杯，比听到仙乐还悦耳。

因为有点酒意，成三泰早早就想睡觉。俩老的忙示意媳妇扶儿子进房。

坐到床沿，三泰破天荒对女人亲昵起来。他把杜文竹拥进怀里，头上脸上胡乱啃，粗大的手，马马虎虎摸进女人的胸衣，刺刺拉拉揉捏杜文竹柔嫩的乳，拇指和食指还开心地提拉挺拔乳头。杜文竹头晕目眩，肌肉舞蹈，血液呼啸，她趁势将丈夫的手往下挪，越过深深的脐潭和平整的腹地，成三泰第一次不再逃避地走进妻子的鲜花盛开的草原。他在草地里穿行玩耍，他走到小河边，这时候，他的手就是他的头脑他的脚他的全部身心，他很快意地想蹚过小河，却在河边滑了跌了……

成三泰取笑杜文竹了：像个小伢，你想尿床啊？湿乎乎的。

杜文竹不说话，连连咬成三泰的脸和肩。结婚这么多年了，丈夫从来不越雷池一步，现在莫非真的春雷响了，雨季来了，奇迹诞生了？杜文竹的手立刻变成利剪，麻利又锋利，三下两下剪掉丈夫的衣裤。如此同时，她也顷刻间让自个一丝不挂，平稳地分开两腿躺了下来。

成三泰没有随杜文竹躺下，他磨蹭了一阵后，光溜溜走下床。

杜文竹急急地：你干吗？

成三泰：我抽支烟。

划着了火柴，点着了烟，杜文竹也跳下床，她没让火柴熄灭，她让它点燃了煤油灯。

成三泰看见了人世间绝对美女，杜文竹也看见了肌肉发达虎背熊腰男人。

成三泰抽着烟，也不知是很舒服地品味烟还是品味女人，他就幸福安详地躺下来了。

杜文竹紧紧躺在丈夫身边，这是个午夜出太阳的奇迹时光，她不能耽搁好光阴，她勇气加力气把丈夫搬到自己的身上。

成三泰的胸脯肚皮大腿都做了运动，他的根硬是羞怯不动，它依然弱小，丝毫没有雄性的骨血。没有进攻，休战就很快变成休眠，成三泰蓦地响起呼噜，他在妻子身上睡着了。

这不行！这真的不行！杜文竹哪夜都熬过去了，今夜却怎么也熬不过去了。

起先，她只是轻轻地推轻轻地诉：三泰，醒醒。三泰，我想你……三泰，我要你……

成三泰把女人的柔声当成了催眠歌曲，他睡得更酣畅了。

杜文竹猛烈了，她捶他了掐他了踢他了骂他了。她的嘴咬他的臂咬他的肩……

成三泰不能昏睡不醒了，他疼痛异常地从女人身上翻落坐起，迎着灯光，他发现自个身躯一处又一处被杜文竹掐成青紫，咬得流血。他的光溜溜腿杆，被杜文竹踢出了青包。

疼痛的成三泰怒不可遏了，他响亮地给了女人一耳光，狠声狠气骂道：臭不要脸的，你他妈的怎么就这么骚这么闹人！

杜文竹决心不再忍让：我哪儿骚？我偷人了？

成三泰：你就是骚！给了你面子，陪你玩玩就小人得志了，你还想怎么样？

杜文竹：你是不是我男人？你陪我，就是恩赐？我没任何非分，别人怎么样我就怎么样。

成三泰：那我今儿就正儿八经告诉你——你不能和别人一样！

杜文竹呜的一声哭了：三泰，你好狠心，你为什么不让我和别的女人一样？

成三泰：狠心也罢，不狠心也罢，我说不能就不能！

杜文竹抹去眼泪：行，那我们离婚。

成三泰：这是人话？你还有没有良心？

杜文竹：不是我没良心，是你没良心。

成三泰：那好。那你把油灯端过来照照，看看到底谁没良心。

杜文竹不搭理这号没油没盐的话，她坐着不动。

成三泰就自个端来油灯，他让灯光接近下体。杜文竹惊吓地看见，丈夫瘪瘪的阴囊有一大块伤疤。

成三泰黯然说道："洪水里，手忙脚乱救你时，胖胖柳树杈子戳破了阴囊，流掉了一粒睾丸。我疼痛了半个多月才好了伤。痛苦归痛苦，我不后悔，我流掉的是一颗睾丸，一条人命总算没在洪水里流走。"成三泰低下头，大滴泪珠嗒嗒落地，他怆悲不已地说，"我现在真正后悔了。人，是最没意思的东西。人太可怕，太可恨，可惜我只有今生，没有来世。要是有……"

杜文竹一把抱住成三泰，她捂住他的嘴。她真的好怕好怕他对她的良心宣判。她哭泣着说，三泰，对不起。男女大防，我真的一点儿也不晓得出了这种事。三泰，相信我，以后，我再不这样了……

再不这样了，再不会这样了……今夜过去了明天黑夜还会这样漫长，月光还会这样撩人，男人女人还是这样光溜溜睡在一起。午夜鸡啼，人在不眠。启明星闪烁了，眼皮憔悴红肿，心在壮怀激烈，身体不屈不挠翻动床板，杜文竹原罪般自责自问这是为什么？瞅着闹了那场夜战后的丈夫又幸福地香甜酣睡，她深深忏悔自个邪恶无耻……

于是，床的舞台，又亦如当初分别上演对台戏。一边是成三泰睡意辉煌，呼噜高昂如歌。一边是杜文竹一声叹息，不屈不挠折腾床板，高潮时，也和当初一样，讨伐原罪般抽打私处。

杜文竹的讨伐有过短暂成功，但从来就不是彻底胜利。过不了几天，她又从不眠的床上溜到凉风习习的院子里，依着那棵结果的梨树，冷泪一行又一行。她的讨伐师出无名啊，本是饮食男女的一大快事，何罪之有？这是非正常讨伐正常，这是畸型讨伐健全健康。

就又有了重新开始的夜晚，就又是欲望之夜激情燃烧。杜文竹滚烫的手，遍体抚摸呼噜丈夫。却是烙铁也烫不醒成三泰，杜文竹就忘乎所以拽他推他了。

成三泰迷迷糊糊：咋……咋了？推我干吗？

杜文竹：我睡不着。

成三泰好生奇怪：不冷不热，老鼠也不叽喳，这么好睡觉的夜晚，你咋睡不着？

杜文竹娇声地：就睡不着嘛，我想你嘛。

成三泰笑了，他轻轻拍着老婆屁股，哄孩子似的：好了好了，别闹了。睡吧，啊。明儿地里活不轻。

杜文竹就势翻身热吻丈夫，她附着他的耳根，声音发颤地说：三泰，我……我又想那事。我横看竖看你，都那么高大健壮。我想一定能。

成三泰：我能，我不做吗？我伤残了，不是告诉了你吗？

杜文竹：伤是伤了，根没断，你试试嘛。

成三泰：自己事自己知道，何必要试出烦恼。再说，不是解决了吗？

杜文竹惊诧了：解决？解决什么了？

成三泰：自己说的话忘了？你不是郑郑重重说过再不这样了。

杜文竹笑了：对不起，亲爱的，我是郑重许诺过。可是我太爱你了，我许诺你，也应该许诺爱情啊。我的今生下辈子，也要有许诺，我不能让老成家绝户，我好想好想给你生个儿子……

成三泰就有感触感动了。就在昨天地头歇晌，几个晚辈的侄儿媳妇侄孙媳妇跟他开心逗乐子，她们说三泰爹三泰爷，你老人家真沉得住气，至今也不让文竹婶文竹奶下崽啊。可别光晓得日里狠种庄稼，夜里也要种勤点儿。要不然你收千仓万仓粮食，七老八十后，留给老鼠吃啊。这帮小辈婆娘虽然是没正没经地跟他开心逗乐子，成三泰还是又一次涌出沉重的悲伤，他对不起爹妈，对不起列祖列宗，他是个大大不孝之子。他也苍凉遥望自个如何当白头翁如何无儿无孙，如何曝背残阳寂寞凄苦地等待日落……成三泰就在这一刻忽地跃身了，他猛烈将惊喜不已的杜文竹重重压住，他相当凶猛地拨开妻子双腿，腾空直下撞击起来。狠劲道，为什么白费劲？很痛，为什么不是渴望的疼痛不是舒畅之痛？杜文竹瞅着男人淋漓的热汗，听着三泰吭哧吭哧比开山挖地还劳累，感受着他的瞎忙乎胡费劲给她带来的击打与挤压巨大疼痛，她明白他是废到家了。

杜文竹就绝望地抽出身体。

成三泰如获赦的罪犯，急忙逃往床边。

一切是可怕的黑暗，可怕的寂静。

也许是走过了一整个亘古荒原，也许经历了一世纪寂寞与孤独，杜文竹森然悲凉地说：三泰，我们不能这样睡在一起了，这是很伤害很痛苦的。

成三泰吃一惊，翻身坐起来：什么意思？又想离婚？

杜文竹：离婚忘恩负义不道德，这样在一起……也不道德，左也难右也难，总要有个解决办法吧？

成三泰：只要不想歪的，什么办法都成。

杜文竹：这样吧，你妹小娥的那个丁冬溪旅游公司，要搞花轿游乐项目，小娥受总经理委托，正在物色预选花轿新娘，我想到你妹妹那里打工。我住进公司里，不和你夜夜脸对脸肉贴肉睡在一起，可能日子会好过些……

成三泰：就是说你要去当花轿新娘，白天陪着那些游玩的阔佬们在轿子里疯，把奶子屁股任人摸任人捏，晚上在旅游酒店里洗鸳鸯浴，别人当驸马你当公主……

杜文竹赶忙打断：瞎想啥呢？人家是正正规规办公司，正正规规搞游乐，哪有你说的一片乌烟瘴气。难道你对你妹妹都不相信？

成三泰威严地说：我相信我妹妹，我不相信你。看你夜夜闹的，骚得很浪得很啊。不在老子眼皮底下，还不是马上在别人肚皮底下！你给我死掉这份心。去花轿里打工，没门！

罗锡贵大操大办筹备婚事。这个敝地风流的商行老板，倾倒金库般示爱，决心把和美女牛青青这场婚事，办成一方经典。一些人就估算，从罗家新安装的多边红漆大门，到一平方四千元波斯地毯的拜堂大厅，到裘被翎枕电燃壁炉的洞房，大大小小开销百万差不离了。有人见过罗锡贵那张十万元的“电子婚床”，那真是神奇极了。按按电钮，啪，婚床中央冒出臀枕。啪，婚床一端竖起了腿架。啪，婚床蓦地加宽一倍，骑手简直可以信马由缰。

不是说玩儿的，功能是严格检验过的。婚床刚安装好，罗锡贵就给周婷打手机，说，周婷，过来一下。

周婷是通达商行接待办公室办事员，实际是罗锡贵生活秘书，长得很媚人。一笑，眼睛就一勾一勾，小嘴像绽裂的红桃，汁乎乎的。她挺着胸脯，一直走到罗老板新房，瞧这瞧那，大呼小叫赞不绝口，一双勾魂眼，刷地都看直了。

罗锡贵悠闲舒服地吐着雪茄：要不要享受一下？

“享受”一词，是他俩“直通电话”。往常，周婷只要听到老板这么说话，她就小鸟依人贴上去。表现自然很优秀，是很好情人，也是绝好用人，什么都不用罗锡贵动手，她纤细灵巧的指头，一颗一颗解开老板身上的纽扣皮带扣，跪在地板上脱下罗锡贵臭烘烘鞋袜，轻抱轻拥地将罗锡贵放到床上后，节奏突然一变，一切如快刀呼啸，一切风驰电掣，她的衣裙和贴身零碎儿，舞的舞，飞的飞，扔得满地。顷刻间，过起肉体欢叫的销魂享受生活……这是说往常，平常。现在是很不一般很不平常的老板洞房。周婷知道，那个叫牛青青的女孩是太年轻太漂亮了，罗老板为追求她，用尽了心机。他把房子打造得这么精美漂亮，就是要让一只美丽的天鹅住进金丝银线织造的鸟笼里。罗是太喜欢这个女孩了，罗的爱，太深情太神圣了。周婷就不敢相信“享受”一词的定义了。起码，享受也不会在这间房里这张床上。

周婷就成了傻妞笨妞了，她不会小鸟依人，不会解纽扣，不会脱鞋脱袜，也不会“节奏一变”……

罗锡贵不着急不乱阵脚，他兵权在握，大将风度地说：不听话了？

周婷一听，既如雷贯耳，又像直接雷击，又急又慌说道：我哪敢不听话，我……我是没听懂你说的话。

罗锡贵：以前都听得懂，今天听不懂了？

周婷：以前……以前不是在这样的场合。

罗锡贵：今天是在什么场合了？

周婷：今天是在你和牛青青小姐神圣的婚姻殿堂。在这样的地方，我怎么敢造次。

罗锡贵猛地将周婷扯进怀里：去你妈的！没什么造次，只有造爱。

周婷一下子聪明灵活了，她说，我听懂了。周婷就搔首弄姿。

罗锡贵笑了：今天你是真正享受了。弄姿势，不用操心费力了。

罗锡贵就试用婚床，罗锡贵就对周婷电子化完成。

她当然不知底细。她就往常一样待命。忽然一声“啪”，周婷莫名其妙感觉臀部升腾，罗锡贵细心地试用着电动化臀枕，感受电动化臀枕，觉得效果真的空前的好。

周婷也大赞其神大呼其妙了。这个哼哼唧唧啰啰唆唆女人正在渐入佳境时，又是一声啪，臀枕下去了，两只脚升腾升腾，一直升腾到绝对高度。罗锡贵面对绝对姿势发起绝对进攻。接着又是啪，周婷完全不可自控地翻身变成马，只是这匹马，怎么也跑不到宽床尽头……

罗锡贵：怎么样，开眼界了吧？

周婷：大开眼界。太妙了。

罗锡贵：以前咱俩都是小儿科，这才是真正享受。

周婷：说得太对了。有这么一次，一生都没白做女人。

罗锡贵：以后还要吗？

周婷脱口而出：“要！”说罢，她看到墙上牛青青的大幅玉照，青青的眼睛直视着她。周婷就赶忙纠错，改正说话：牛小姐是天鹅，我是乌鸦。以后，再不敢鸠占鹊巢了。

罗锡贵哼了一声：女人嘛，不都是那么个东西，有什么燕雀鸿鹄之分？

周婷觉得罗锡贵在编织谎言。每一个男人在每一个女人面前各不相同。相同的只有一点：偎在身上的女人是最好的。男人的甜言蜜语，永远只给此时面对的女人。实际呢，罗锡贵想牛青青想疯了爱牛青青爱疯了。周婷就倾诉悲情说：“罗总，我知足。我知道你是多么爱青青，我也知道青青多么漂亮。你新婚大喜后，如果偶尔记得我，我真的活也幸福死也风流了。”周婷说出了两泡泪水。

罗锡贵就那么强大，他什么时候也不抹女人眼泪。他对悲情沧桑、浓意乞爱的周婷仿佛视而不见。他管自说自个的：在山口镇，直到天堂山区，我就是一方诸侯，漂亮的女人是要弄到手的。弄到手不等于弄到头。要女人不等于爱女人。牛青青跟我牛了这么多年，总有一天，我会把一头牛变成一匹小母狗。

周婷就猛地“嗝”了一下，大哭起来。不是感动，更不是击败情敌后乐极生悲，她只是睁着眼睛做了一个梦。

周婷梦见某年某月变成一条狗。

成小娥在上虎头住了三天，然后又根据线人的报告，马不停蹄跑了武汉和重庆，回来时，两手空空。武汉那家公司说，李平平前年就走了，再没有联系过。重庆是一家工厂，厂长说，李平平啊？有，有。叫来后，名字是李平平，人是胖大嫂。

一路风尘回到成家沟，一家人都说，“上哪儿呢，你们老总电话都打烂了。”成小娥试了试丁丙督办安装的电话，质量还真不错，她就赶忙给杨雄打电话。

成小娥以为要问工作，要准备挨训，却是杨雄劈头就说，小娥，我好想你。想得蠢，我把你的枕头抱到天明。醒来后，明知怀里不是你，我还继续蠢继续不放手。我狂吻，我要在枕头上寻找你的味道……

成小娥就听不下去了，她泪水涟涟哽咽着：“杨雄，我也好想好想你。以前，以为老山沟里生活最苦，摘茶种包谷最苦，左肩背书包右肩背米袋咸菜坛子上学最苦，哪晓得，人世间再苦苦不过相思。有一回，想你实在太想狠了，我……我就去……去了一个地方……”成小娥突然哭声夺去了说话声音。

杨雄说，小娥，你别哭，你哭，我就受不住了。杨雄说小娥你说话呀，小娥告诉我，你上哪儿了？那一定是个伤心地，以后，不愉快的地方千万不要去……

成小娥："别。杨雄别说了好不好？杨雄我求你别往下说了。那是个好地方，它给了我们美丽的向往，愉快的记忆。真的，那是真正好地方。"杨雄就急切询问到底是什么地方。成小娥说："'天黑就快活'。一个与你同行与你同在的地方。"

杨雄笑了：是好地方。你上那儿了？那你应该快活。

成小娥：我怎么快活？我是天黑就害怕。我怕天黑，怕长夜到来……懂吗？你懂吗？

杨雄说，我懂。我怎么不懂？

成小娥撒娇了，她反话激将："你不懂，就是不懂。你要是懂，早让我回南州了。"她就趁势执意要求，"杨总，我明天回南州一趟吧？我想见你。"

杨雄不再儿女情长了，他声调一变，说话公文化了："不行。你现在工作任务很重，一要腿勤，多跑多走访；二要嘴勤，多做工作多沟通；三要脑瓜勤，总结今天，思考明天，不达目的不罢休。总之，你要和我认识同步，要把预选花轿新娘当做大事急事来做。"杨雄接着急切问道，"怎么样？初见成效了吗？"

终于从爱情谈到了工作。

关于工作上的事，成小娥也确实想和杨雄好好谈谈。她说："现在应是举力筹办丁冬溪旅游公司，至于选几个花轿新娘，怎么说也不是什么大事急事吧？"她认为杨雄这种对她有意加压是对自个有害的，这容易导致决策人失误，是一种让决策人形成小题大做本末倒置的工作方法。成小娥就语重心长劝求杨雄一定把握好宏观大局，多想真正的大事，多下劲做好大事，以免丁冬溪这场巨额投资兴业失误。

所有辉煌企业家，成功绝不可少机遇与机密。杨雄要在天堂山区创业，是有一桩核心商业机密的。在这份机密里，比方说如何认证确定"花轿游"作为丁冬溪公司拳头产品，比方说是选择刘家驹还是选择胡漠雁或者丽人的赵副总李副总到丁冬溪举起"拳头"，比方说……总之，处在保密时间段的事，亲人朋友同事一概免知。成小娥也不例外。他这时就很泛泛很"外围"

地说道："我所处的位置，不是大事，会多想会过问督办吗？新注册开一家大公司，要办的大事是很多，但是眼下，我就是期待你能选择出一批真正清纯漂亮的丁冬溪花轿新娘。我们要做的花轿特色游，肯定是公司主打项目、拳头产品，这件事成败，就是丁冬溪旅游总公司的成败。你的工作有无成果，直接影响我的下一步决策，我手里的钱用不用出去，毫不夸张地说取决于你的此项工作实绩。"

成小娥有一次听冯豹说，"杨总办丁冬溪旅游公司，主要就是办花轿游乐公司，办花轿公司，主要就是要有一批牛青青那样的花轿新娘和李松柏那样的轿夫"，她当时还顶了冯豹几句，说丁冬溪旅游总公司光是分公司就有七八个，花轿公司只不过是分公司的其中之一，局部工作就是局部工作，怎么可以说成全局？现在看来，冯豹不是妄想乱说，他是号到杨总脉搏了。成小娥就郑重地揣测杨雄的"心路"了：丽人集团这宗新投资的大项目，必须是人无我有的，必须是重中之重地搞特色旅游。要办好特色旅游，那就一定要有特殊突出的人才。如此说来，杨雄电话所说，就绝非危言耸听了。成小娥就说："杨总，我明白了，以前我只晓得你想做特色旅游，现在我才晓得，任何事想做出特色，就必须靠拥有特殊人才，要拥有突出的人物。"

杨雄大笑了："对极了，岂止不谋而合，简直就是夫唱妇随。"成小娥也笑了："谁跟你夫唱妇随。你是王老五，我待字闺中，咱俩井水河水各自清。"杨雄："清不了了，我会很快搅浑，混合一处的。"成小娥："是吗？有水花吗？"杨雄："当然有。一朵又一朵，很大很美丽。"两人就远隔千里，笑作一团。

稍事平息后，又接着谈工作了，成小娥说："有件事我想问一下。你给丁丙的电话，他对我说了。关于首席新娘，你真的只热衷于牛青青杜文竹李平平吗？"

杨雄：对。根据各方面可靠消息，这三个女孩都是一致公认的人才，一般的花轿新娘我不过问，她们三人必须入选。公司获取人才，一以贯之的战略是：以人成事靠能人做事。搞猎头，不择手段，不惜成本。这件事，你有无困难都必须办成！

成小娥立即心慌起来，她诚惶诚恐说道：牛青青不行，她马上要结婚。

杨雄一听，立马不讲理了：要结婚怎么了？要结婚你可以劝她推迟结婚嘛。你不是说你俩是最要好的同学吗？好同学好朋友，关键时刻都不帮你一把？

成小娥说，人家在办终身大事，怎么好给我们办事做事。

杨雄：那她就既做山口镇新娘，又做丁冬溪花轿公司新娘。

成小娥：不可能。罗锡贵不会同意，那个男人决不允许。

杨雄不屑地：罗锡贵算什么？一个乡下小老板，就主宰起牛青青命运了？我看他俩不配。这桩婚姻不合理不幸福。你是青青好朋友，你应该劝她帮她悬崖勒马，停止这桩愚蠢的婚事。

成小娥觉得杨雄失去理智了，她反驳了：你是城里人，大山里好多事你不懂。譬如说多栽花少栽刺，譬如说宁修一条路，不拆一座桥，你都不一定懂。人家喜气洋洋办好事办喜事，我去拆散姻缘，挨骂的口水不把我淹死？

却是杨雄横竖不讲理："电话里不多说了。反正有多大困难克服多大困难，牛青青是一定要进我们公司的！"他就又问下一个。

成小娥：杜文竹也不行。

杨雄很不高兴：又怎么了？文竹不是你的亲嫂子吗？

成小娥：有嫂总会有哥吧。

杨雄：明白了。三泰不同意。

成小娥：就是这意思。当然，我还没有和我哥正式谈这件事。

杨雄呼啦冒起大火：你怎么这样不上心不上劲呢？我告诉你，这次决意投资丁冬溪一亿元，董事会上破天荒出现了反驳，总公司核心层也有微词，在争取立项的那些日子，我真的是伍子胥过关一夜白头。其后的资金调集，我也简直是拿出身家性命拼上去的。可以这么说吧，丁冬溪旅游公司如果失败了，我将立马成为穷光蛋，因为我是拿出自己的股份做丁冬溪投资风险担保金的。我心谁识？孰与我同忧？我这么干，你却什么都不干，就连跟自个的亲哥哥谈谈，都成了困难。你太辜负我的信任期望了！

成小娥震惊震撼，眼圈里旋转着泪花。杨雄如此破釜沉舟，很男子汉，很大丈夫。正是这条汉子，成功地把原本资产不足百万元的一家民营化妆品股份联合公司，八年五大步，发展成亿元公司，个中秘诀就是靠男人的精明头脑和硬朗作风。决策前慎之又慎，深入再深入，决策后，开弓没有回头箭，视犹疑为稍纵即逝的商机死敌，这些正是成小娥心目中男子汉的亮点形象，那些拖拉散漫软不拉叽的美男子，绝对动不了成小娥芳心。她现在就本能地一点脾气也没有地柔声解释道：“我哥我了解。他这人不太跟人干仗，闷犟起来也是很可怕的。他晓得我搞花轿游，要在家乡选花轿新娘，他就犟着脖子警告我说，你把女人们装进轿子里，玩出了事不遭千人嫌万人骂才怪呢。这号没德性的事，我劝你趁早别干。我哥这么说话，我当时真的不敢跟他说嫂子事了。不过请你放心，我一定找个恰当时机，给我哥的地瓜脑袋谈谈外面世界，谈谈人类的娱乐休闲是仅次于吃穿的需要，谈我们公司的健康游乐的规章制度，总之，我会跟你一样，破釜沉舟做这件事。”

杨雄：那就这样吧。下一个。

成小娥：下一个？把我搞糊涂了，怎么还下一个？

杨雄风趣一些了：当然。下一个，下一个啊下一个。

成小娥也就跟着轻松一点了：别穷开心了。你担当那么重，让我轻飘飘有什么好。

杨雄：谁让你轻飘飘。我在严肃地和你谈下一个。

成小娥知道玩完了。杨雄是打死那个和尚要那个和尚了。可是，她已经绝路绝望找不到那个“和尚”了……

杨雄：怎么不说话？你真不知道我说的下一个是谁吗？

成小娥无力地：我怎么会不知道？可是……李平平的事恐怕更难办。

杨雄真的大变脸了：这个不行，那个难办，你到底在干什么？要是做不了，就明说，我立即撤你解聘你！

成小娥彻底心虚心亏了。如果她在熟悉的故土熟悉的人际里，都一再做不好事，一再表现无能，杨雄真有可能重新审视她的能力重新调整对她的态度……成小娥越想越不寒而栗，她根本不敢再说多么辛苦多么艰难从武汉找到重庆，也不敢说听上虎头人讲，李平平发誓死不还家。她没有退路地说：我错了，我检讨。请您给我继续工作的机会。请不要放弃我抛弃我……

杨雄这才觉察把小娥吓狠了，他的声音平和一些了：我可能对你不太公平，可是我真想把丁冬溪的事做成做好。我有我的苦衷，我们交交心好吗？

当然好。好得就像听到了福音。成小娥就说：谢谢。没有比听到你的心声更幸福了。

杨雄就交心说，挑选丁冬溪最漂亮最优秀女孩到旅游公司工作，应该是你成小娥给我的启示。你的漂亮与才气，在一次又一次业务中，给万国丽人增添了光彩。我觉得丁冬溪真的钟灵毓秀，人杰地灵。我们一流花轿新娘，非天堂山区女孩莫属。何况将来到天堂山区旅行游乐的人，基本是城市中高档收入阶层的人。这些人厌倦后现代，厌倦城市技术化标准化，他们寻找绿色，寻找天然，寻找没有雕饰的野性。他们肯定更喜欢乡土新娘村姑新娘。所以，我准备花一千万元在几家媒体做广告，我还亲自撰写广告词："到丁冬溪旅游公司坐花轿吧！我们的花轿是乾隆皇帝坐过的花轿，我们的花轿新娘是璞玉浑金的漂亮无双巴山山花。一切都绝对古朴美丽，你的莫大开心也就定然是人生中绝无仅有。"天啊，绝对美丽，漂亮无双！不是这几位丁冬溪佳丽，咱不是骗人吗？我们要赚钱要发展，就只能这样精心办出胜人一筹的高标准公司，绝不能办骗人公司。

成小娥惊问：你要花一千万元做广告？

杨雄：对呀。旅游娱乐业，跟化妆品一样，不打广告战不行。丁冬溪画山画水不骗人，丁冬溪佳丽不骗人，这种实实在在的广告投入，会十倍百倍回收的。

成小娥佩服这种见解，她赶紧就钱的事说道：向你汇报一下。丁丙书记几次问我丁冬溪旅游开发资金大概何时到位，他还要我多做工作。我真不知道我能做什么工作。

杨雄：这种事能推就推能搪就搪，反正不给实话，多周旋就行了。丁丙也给我打了很多电话，官场上的人，疲疲沓沓惯了，有时就要吊吊他们胃口，激将激将，届时他才卖力。其实，我于八月底，大概人到款到。

成小娥近于尖叫：什么？八月底，一下子推迟了一个多月？我不干。我要你，我要回南州。要么你来丁冬溪。

杨雄：宝贝，别捣乱了。告诉你好消息，集团正在接洽一家美国公司，如果合作成功，丁冬溪这笔投资就赚回来了。这么大的事，我离得开吗？

公司有赚钱机会，成小娥当然高兴。她就开开心心逗了几句："可以，我准假了。就是要长心眼记住：别跟胡漠雁飞到秦皇岛度假去了。"多年前，杨雄和胡漠雁在秦皇岛住了几天，成小娥爱有多深醋就有多少斤，念念不忘把这事当作把柄。

杨雄也把开心进行到底：那就要看你表现喽。你把丁冬溪那边工作做好了，我能当负心汉吗？

电话就在搞笑和坏笑中结束了。

抑或囿于山规与传统，抑或牛青青性格使然，聘请花轿新娘最终失败。那天从黑峰山返回小牛寨，成小娥就硬是不疲不乏唠叨一夜。有慷慨激昂，有义正词严，更多的是烦人的车轱辘话，成小娥却说："反复不是重复。"牛瞪眼洗温泉的愉快就这样在聘请与反聘请唠叨中不翼而飞了，牛青青就顿时拥有了成小娥走后的无边空寂和无尽失落。

回想起来，好同窗还是好同窗，姐妹就是姐妹。成小娥的心灵拷问是狠了点，有时简直就是鞭抽。牛青青心痛甚至被激怒。她想，小娥，你大概是富婆了，你忘记了什么叫山寨，什么是深山贫女。你太居高临下了，你是在对我不平等地审问。成小娥争辩说道：我是审问灵魂，更是审问生存价值，审问囚心和囚禁爱情的罪责。成小娥就是这种灵魂深邃的女孩，她和牛青青读高中时，常常为一些深奥问题钻牛角尖，争论得面红耳赤。

牛青青就大概是永远瞠目结舌不能回答成小娥最简洁直率的提问了："你和罗锡贵到底有没有四两爱情一寸情思？一无所有，那你嫁给谁？你在爱情层面上盲目，就是稀里糊涂和一个男人睡觉，稀里糊涂一辈子为一个陌生人持家生孩子。"成小娥不因牛青青灵魂颤抖而放松追问："不能立业，遑论成家。到旅游公司创业，经济和人格双重独立，你还需要巴结屈膝猥琐粗鄙的罗锡贵吗？告诉你：高尚是人生证书，卑劣也是人生证书。现在，两本证书都举手可及，你究竟要拿哪本？"

牛青青就是在那一刻失去容忍爆发愤怒的。这还是看望吗？是与好友团聚？这是趾高气扬讨伐！你圆了大学梦，也在外边见了大世面，你就可以大话连天地划定我的高尚与卑劣了。我是不是也可以不客气地问问：你不也是"女人是弱者"吗？你在金钱面前免俗了吗？你为什么也要走进富翁怀抱呢？

成小娥：不。我是走向杨雄，走向爱情。我深深爱他，在人生旅途上不能步步没有他。杨雄是亿万富翁，可他比平民穷汉还要看重我，比亲兄弟亲姐妹还要关爱我尊重我。他对我巨大的爱，每时每刻让我生动，让我美丽，让我成功。

……不应该再心绪紊乱了，一百分答案明摆着：不在于什么议论纷纷什么嫌贫爱富，不在于该不该嫁给富翁，关键是你的灵魂深处是不是一片苍茫一片陌生。你和一个男人肉体很近灵魂很远，你怎么可能安全地走完人生之路？

说不安全就不安全，惧怕的事当天就在小牛寨发生了。

养嫩捂白的牛青青，枯坐房间里忽然听到窗外什么地方有人哭。她大声对堂屋里铡猪草的管翠兰说，妈，谁家又打女人了，你快去劝劝。小牛寨总有那么几个男人，娶不到老婆时，跟在女人后头闻个屁都是香的。千辛万苦倾家荡产把女人娶上了，却是连一盅包谷酒都喝不起了。借彩礼背下的阎王债天天担惊受怕“鬼敲门”。有女人就有娘家，十个媳妇九个胳膊往外拐，她们把家里的油啊鸡鸭啊一块布十斤花生半斗芝麻啊……源源不断“拐”进娘家。有女人就有孩子，男人们日里汗流浃背种地在高高的山岗上，夜里跟老婆种地也是汗流浃背的，翻下身子正是一个好睡，孩子哇哇“吵夜”开始了，吵得一夜合不拢眼，第二天，昏头脑涨，差点儿一跟头摔下悬崖粉身碎骨……所有这些，都够烦的了，还有更琐碎的讲不完的从早到晚的家居烦恼，都叫这些男人们在女人屁股上出气了。他们哪里也不打，就打女人这见不得人验不了伤的地方。他们骑着踩着婆娘扒下裤子，抡着宽大的巴掌或细细的牛鞭，不把女人打得见红不收兵。一个裸呈着女人白屁股战场，男人去不得，这时管翠兰和其他几个稍有威望的女人就赶紧驰骋疆场去扑灭战火了。经历多了做多了，管翠兰她们就锻炼得特别能战斗特别会拉架会劝解。现在女儿一声喊，管翠兰果然一溜烟跑出门。

管翠兰这次没用场了。村北头尹分田日了老婆后，“顺便”对婆娘的光屁股一顿死揍。打了人后，尹分田捉住家里唯一的一只下蛋母鸡，拿起酒壶上代销店去了。尹分田走了，老婆也甩根绳子挂在屋梁上走了。妯娌们堂嫂们发现这事，哭昏了。管翠兰和其他村邻们发现这事，也一片呜咽。牛青青知道了也跑去了，牛青青不知何故，哭得最狠，昏厥一次又一次，好几个人才把她扶回家。

这就是肉体很近灵魂很远。这就是无爱的悼词。这就是粗鄙粗俗的她把顾及情面到底没说出口的一个念头坦然取消了：成小娥不是出于功利，不是单纯让我去任花轿新娘跑来小牛寨说项。她真是为爱情，为友谊，为人生，在小牛寨打了一场姐妹之战。

怎么办？解除婚约还是好像没良心，还是欠缺足够勇气足够力量摆平方方面面，还是太唐突，太干戈仓促。那就按照成小娥的说法做一件事吧：耐心细致地检测一下究竟还有没有“四两爱情一寸情思”。青青明白和罗锡贵没有热爱，但对罗锡贵无微不至的持之以恒的扶助，的确有过感动。她想假如真能寻到四两爱情一寸情思，那毕竟还有个微弱的爱情基础，只要有一丁点儿基础，她都愿意好好地从那里出发，好生地一路拓展，好生地晨昏培育……

为此，牛青青决定去一趟山口镇，她要和罗锡贵面对面长谈，近距离“寻找寻找”。

下山寨是个大雾的日子。中午了，雾还是浓得一拳打个洞。牛青青和对面走来的女人差点儿碰鼻子时，才认出是本村石头嫂。石头嫂是个大热闹人，开口就说：去山口镇吧？想老公了？找上了那么好的男人，真是福如东海啊。

牛青青不好意思支吾着：好久没去镇里了，想给家里买点零碎日用品。

石头嫂：你家还缺零碎日用品？就是缺保险柜装钞票，罗锡贵也会笑眯眯送来的。

牛青青红着脸：嫂子就喜欢开玩笑。

石头嫂：我不跟你开玩笑。罗老板真是把你看得太重了。我在镇上听人说，从眼下筹办婚事的每个晨昏，到届时万人空巷的大闹洞房红火夜，罗都事事经心，每件亲手。街上人都晓得，罗为喜事开销一百万，家里装修得雕梁画栋金碧辉煌，光是为你买的新床，就价值十多万……女人嘛，一辈子也就这么一次。哪个不想风流风光不想要脸面？想有什么用，谁有你命八字好呢……

唠唠叨叨的石头嫂，和牛青青分手时还在流眼泪。她好伤感自个的终身大事。现世佬牛石头娶亲时雇不起轿子，砍了十几棵小楝树，敲敲打打捆捆扎扎，自个做了乘轿子，借邻家一床旧花布被单充作华盖和轿帘，抬了七八里，一阵“巴山鬼风”（山谷旋风）把那床单吹成碎片片飞得满天都是。又抬了七八里，一座山岗还没翻过去，轿子颠得稀巴烂，差点儿没把新娘摔死。石头嫂泪水婆娑说，我做姑娘时，哪个不夸我一枝花？可怜女儿萝卜命，萝卜种撒到瘦地里，萝卜缨就黄巴巴，苦日子就一辈子没尽头……

牛青青一路走一路想着石头嫂的话儿，心情就像渐走渐消的山雾，逐步亮堂起来。常说“人眼是秤”，都说罗锡贵对我好，都说罗办这场喜事给足我的面子，他那一年三百六十天对我家的关照，就不能老是偏见地认定是小恩小惠讨好卖乖，他那么有钱，找个年轻好看女人不会太难，没必要天长日久花钱骗色。既然女儿萝卜命，那就一定要争取把萝卜种撒到肥地里。

这么左想过来右想过去，牛青青山道之行，真有点儿是走命运之路了。

转过一座石山嘴，听到欢乐唢呐声。牛青青知道，这是从丁冬溪出名的花轿村李家窑传来的。想到自个也快要做新娘子了，唢呐便似有约地激起好奇与亢奋，牛青青就蹬得石子土块丁冬响急速攀上路边山坡。登高望远，她瞅见李家窑坪坝上有人舞轿，瞅见黑压压看热闹人群。

牛青青就直奔李家窑。她向那火红的色彩走去，向花轿走去。是的，不管是李家窑花轿还是别处花轿，都寄托着女孩儿闺梦，它们满登登装载着新姑娘别愁与惶惑，装载痛的期待与不可名状的冲动。一乘乘火红的大花轿，可以天堂之行，也可以走上地狱之路，为人妻荣辱为人母成败，就在登上花轿那一瞬间尘埃落定。花轿，唢呐，把每一个定亲女孩儿的灵魂，扰得太深太深，太久太久……

到了李家窑坪坝，牛青青这才扎扎实实感染着热烈与隆重。她不清楚今天是什么好日子，她只感动零散偏僻的一处处小山村人们如此成规模不约而至，感动人们围着轿场踮脚如鹤引颈似鹅。牛青青绕着人墙一周，才钻了个空子，挤上一个好看好瞧的位置。

我的天！展示在人们眼前的，竟然是绝少一现的皇花轿。雾净蓝天的阳光下，皇花轿簇新鲜艳，富丽堂皇，耀眼心仪。但见洒金红绸的华盖之上，新加了一颗贡缎折皱而成的大彩球，就有这人告诉那人：“贡缎可不是玩儿的，一千斤蚕茧，选出三五斤贡缎精丝就算运气。你看它那没骨儿轻柔，听说随便怎么摸都像什么也没摸着，把它捏成一团，也只是掬一捧水。”又有人啧啧称赞泥金油漆轿杠：“真舍得，没两三千元金粉，这轿杠咋能做得像孙猴子的夺目金箍棒？”

赞叹当然不只是一顶大花轿，赞叹直指轿师傅吹师傅。李松柏李立春李樵这帮轿师傅，把八抬大轿舞得像天上一缕红霞，颠得像秋风惊动红叶，滚得如满坡烂漫山花。这时，唢呐王张大雷双腮鼓胀，喉结跳荡，吹出了《金凤还巢》欢叫的最强音。于是溪水匹绸，群山舞袖。于是唢呐领歌众人和，唱出人间欢庆人心舒爽。

正值敏感期的牛青青，被如此吉祥欢庆的盛大氛围感染至深，她和每一个观众一样，笑声尖锐，热血狂躁。很长时间她都在忘我和不能自我。她像众人一样，眼睛里流露向往羡慕和敬爱。她明白了为什么祖祖辈辈都把婚嫁视为草率不得的终身第一大事，明白许多人宁可借高利贷也要把婚事办得排排场场。人是可以虚荣的。山沟里从小就黄泥巴满身的女孩儿，真的太需要那么一场光彩与尊贵。

这时，一件事更加推进了牛青青心潮狂涌，她非常清晰地听到有人在说，今天李家窑这场非凡热闹，不是一般轿艺演练，它是一场隆重的预习。山口镇千万富翁罗锡贵花一万多元全新装饰打造了皇花轿，出轿费也破天荒出到了一万八，李松柏哪敢马虎？到时候，小牛寨那个幸福牛青青，真是华丽风光得九天仙女下凡尘哟。

牛青青感动得差点儿人前落泪。她想，她一定会在新婚之夜拥着罗锡贵低语：谢谢你的爱，谢谢你对我的尊重。你让我在一整条丁冬溪一整座山口镇上光彩夺目，你让我如此有面子，我无法不感动你的心意……

牛青青心语还没有说完，就被别人直言直语打断了。她听到有个人在直通通说："九天仙女个屁！牛青青坐着大花轿进罗家朱漆大门，要不了三年五载就会是小棺材抬出罗家窄窄后门口。听说了不？罗锡贵花十多万元买的高档电动婚床，牛青青光腚还没挨着，周婷邢秋雅一帮皮绊们，早把它睡得骚烘烘了。"有些人就不看花轿了，他们觉得这家伙说的比李家窑坪坝上发生的事更精彩，他们就眼光灼灼打听和考证："真的？听谁说的？"那家伙说："还能有假？我四姑爷在罗家花园打更，罗锡贵搞女人，能瞒得了他的眼皮？"

周围人都认为这是个好故事，他们就听得容光焕发，笑语连天。

可怜的是从九天一下子掉到九地的牛青青。可怜的牛青青耳朵一下子炸了。

可怜的牛青青心在流血眼在流泪。她像一只猎人追捕的兔子，逃出李家窑，逃进山林，逃进荆棘。

牛青青顿时不知道何处是家了。

夏至节前后，姐上山的庄稼地好看了。包谷像亭亭玉立少女舞动水袖。红豆绿豆黄豆绽放的鲜叶，有如孩子稚嫩的手掌在山风中挥动和拍击。红薯藤蔓，一夜间顽皮地爬上地头红松黄檀。施肥锄地的山民，就有着一种难得的季节性好心情。他们坐在地埂上望着自己的作品，估算出开心的稿酬。这时，自种自卷的草烟，抽得十里香。罐罐茶也喝得劈头盖脑，黄金汁茶水，总是在合不拢嘴角肆意流淌进裸胸和蓝裤衩。一处又一处响起汉子们嘻嘻哈哈唱山歌。“阿妹生来一蔸菜，青青绿绿长起来。嫩菜好吃妹不肯，有朝一日菜起苔，送上门来往外甩。”“苕婆娘捡柴，爬到树上不下来。苕婆娘洗锅，锅里摆裤脚。苕婆娘挑水，端着扁担打鬼。苕婆娘洗缸，缸里摆裤裆。别说我的婆娘苕，脱掉裤子一样骚。”

雨水不错，庄稼不错，心情也不错。锄地的成三泰，不知何故屡屡犯错。他已经第九次锄掉了包谷苗。明明是一块石头，当，一锄头下去，锄片崩了一块豁口。日午，三泰没下坡，他坐在地头树荫下，啃着咸萝卜咽玉米粑。咕嘟咕嘟喝了半罐茶，瞅瞅毒日头，知道正是锄草黄金时段，成三泰没敢打盹，拿起精神撅起屁股，汗珠砸在地上嗞嗞响锄起来。

锄着锄着，又心不蹲窝了，又想起杜文竹屁话成小娥鬼话。世上还有轻轻松松快快活活坐坐花轿就能挣钱“好事”，装扮新娘，表演当老婆，那表演当丈夫的猫子闻不得腥怎么办？屁！不行就是不行，文竹你敢当什么花轿新娘，老子一锄头掴死你……

没掴住文竹，成三泰那狠力一锄，锄断两棵包谷秆锄上腿杆，他就顿时鲜血奔流。成三泰赶忙到地边揪了一把银艾叶，揉搓揉搓，敷到伤口上。

血不流了，干活的情绪和劲头也不再有了。成三泰瞄上一棵大枫树，他躺到树荫下，混混沌沌睡着了。

那一觉，成三泰睡到暮鸦噪鸣。

入夜，家家户户都在“晚忙”。男人在牛栏羊圈忙着夜草，女人有的摇纺车有的编龙须草帽。无精打采的成三泰，哈欠接哈欠，早想睡。

睡也没睡个好地方。妹妹回来后，成三泰让铺说：“夏天了，外边凉快。”他睡进看场棚了。

打谷场就在门外。孤独的看场棚与大门百步相对。四根木头插进土里，一张粗篾竹床离地三尺让四柱支撑着，顶上竹竿枝条秸杆乱七八糟搭了个棚棚，在收获季节里，包谷豆子堆在晒场上，每一个打谷场都有这样的看场棚。棚里，也一定有一位这户人家最为壮实的守夜人。

这不是收获季节，成三泰却是真正守夜人，他不想让妹妹再担心青石坡老胡家亲戚万一有狗急跳墙的骚扰。不想惊扰全家平安夜，自个却是没过一个平安夜。他总是沏一壶极酽的硬杆大叶劲劲道道罐罐茶，提神地喝，尿胀地喝。他的窝棚一侧，一把锋利的老聂记砍柴大弯刀，夜夜铮铮作响。他晓得一点儿黑道马车的威力，成三泰又顽强地认为，黑道就是黑道，与平安，与好人，不会有太大的亲密关系。成三泰就夜夜提防着青石坡。他爱妹妹，任何人胆敢劫色，可以轻松砍断黄檀的老聂记弯刀，也一定能轻松削掉魔鬼的头颅。

却是今夜怎么了？罐罐茶喝掉了半罐，成三泰还是精神提不起来，还是想睡。这种巨大的疲惫，预告他的心灵重创，元气尽丧。成三泰就非常气愤从竹床上撕下一片篾，胡乱挞脊梁扎手指戳太阳穴，企图强打精神。

成小娥就是这时候走来的。借助月光，小娥看见哥哥疯狂自虐，害怕极了，她猛扑上去夺下篾片。她说，哥，你干啥？哥，你……你不能这么做……小娥急哭了。

成三泰好像想不出做了什么不该做的事。他说，哭啥呢？啥事也没有，你们女孩儿就是好哭。

成小娥："还说没事？你看你把自个扎成啥样了？"果然，成小娥在成三泰脸颊上抹出些许血丝。

成三泰笑了：这有啥。我不想睡觉，拧一拧，刺激刺激神经，不小心指甲划了，这也大惊小怪的。

成小娥：肚子饿了，想吃就吃。瞌睡来了，想睡就睡。哥，要善待平常，更不能虐待正常。你有瞌睡你就呼呼大睡，这是多么平常正常的事，你怎么就做得那么怪诞异常呢？

成三泰尽管最近情绪很坏，真的不能呼呼大睡，但他还是不想告诉妹妹他不愿熟睡的真实原因。他希望漂泊在外的妹妹回家后，安安生生多住几天，他不想让小娥有不必要的担心担惊，不想让妹妹触及往日伤痕。他坐着不动，低头不语，成小娥却是更加听到哥哥心潮拍岸，仿佛清晰看见哥在畸形与变态。

她：哥，我一直有话闹心哽喉。我今晚就是想找你谈谈。

成三泰：谈啥呢，回去睡觉。

她：你不想睡，折磨着，失眠着，我就能睡着？

成三泰就很夸张地躺下。夸张着舒适，夸张着平静。他夸张说道：你往回走吧，不到大门口，我就呼噜响炸雷。

成小娥涌泪了：哥，我不是小孩了。你那么痛苦，不该哄着我高兴……

成三泰想，也好，疖子总是要出头的。他说，那咱兄妹俩就直话直说：我女人杜文竹，不能到你们公司当花轿新娘。

成小娥：她在我手下工作，你还不放心？

成三泰：她是我的。到任何地方，在任何人身边，我都不放心。

成小娥：这是你的内心话了。知道吗，这不正常，人都是独立的，谁都不应该是你的我的他的。再说文竹是很有品德很有良心的人，你不应该对她疑心重重。

成三泰：没什么疑心不疑心，男人就是要管住婆娘看住老婆。

成小娥忍了很久话，就在这时候倒出来了：哥，看起来你很严厉很坚强有力，实际你很懦弱很胆怯。你这种不健全心理，是因为身体不健全。你不可以一件事无能为力，就把整个世界搞得一塌糊涂……

话锋如刀锋扎进了敏感部位，成三泰嗵地跳下床吼道：你说什么？谁说我不健全？是杜文竹？老子打死她！

成小娥：吼什么？说实话没罪。生理有缺陷，做人不能有缺陷。

成三泰：闭嘴。老子救她一条狗命，她还背后臭我给我扔粪筐，嫌我这缺陷那缺陷。老子打死没良心婆娘！

成三泰嗵嗵往家跑。拉着衣襟劝拦哥哥的成小娥，立马成了三泰身后的一条拖把。

小牛寨似乎没有好日子，总在似雨似雾中，天连地，地连天，朦朦胧胧湿乎乎。

成小娥穿着皮鞋拎着皮箱，咯嗒咯嗒行走在羊肠子石径上。石径走多了走久了光光溜溜，落了雾就像泼了油，滑滑溜溜险情不断。成小娥摔了好几跤，幸亏她是山里出生女娃，童子功好，才一次又一次化险为夷。

擦一擦脸上额头上冷汗和雨雾，成小娥仰面叹口气。还是看不见头顶上的山寨，她放下行李箱，靠着路边山崖歇息。

祸起萧墙，无家可归，抑或就是一条丧家犬……成小娥想什么就是什么，心情要多糟有多糟。

昨夜还是一切都没有幸免。野驴疯牛般成三泰，以山洪总暴发之势席卷着一切。他从谷场上运力狂奔，一膀子撞塌了一扇大门，接着是所到之处夷为平地，堂屋的椅子桌子，过道里的笤帚木盆酸菜缸，卧房里梳妆台床头柜马桶，全被他稀里哗啦踢翻打烂。仿佛床上睡的不是女人不是妻，仿佛床上是一匹恶兽，成三泰扑上去狠劲逮住，逮住了就狠揍。

成小娥一直在撵在拉，她在发疯的成三泰面前，充其量是一棵绊根草，力量悬殊不成比例，她根本绊不住他。成永贵吼儿子扇儿子，安四娘又拽又哭，没用，众不敌寡，成三泰有如赵子龙，行走万军之阵如入无人之境，他手脚不碍地该怎么打杜文竹就怎么打杜文竹。若不是婆婆舍命救儿媳，若不是安四娘惨叫："小畜牲，别把媳妇打死了，让你老娘先死吧……"一头撞向石墙，顿时涌出血流飘出血腥……成三泰那永不停止的拳头，恐怕真的把杜文竹砸成肉泥。

其后是一场混乱的大哭。哭的高潮稍稍回落，成永贵开始系统骂儿子威严数落儿子。成永贵骂儿子是猪东西是蠢驴是毒过三步倒的黄喉蛇。成永贵说，文竹是老子从小养大的，老子从来都没掴她一指头，你个小杂种有什么资格打她？成三泰依然眼珠暴着，脖子有力地犟着，他说杜文竹小母狗就是不该乱叫唤，她把男人最伤心的"底下事"，硬是抖出去了。成三泰说他往后还有什么脸面还算什么男人，成三泰说，她这是要我的命，"她要我的命，我怎么就不能要她的命！"

闹到这份上，房子里的气氛就像夜色一样凝重了。安四娘呃的一声住了哭，她颤声问道：文竹，这……这事你说出去了？

杜文竹抽噎答道：我是说了……我……我没说出去。

有点听不懂。安四娘成永贵面面相觑。

成小娥说：嫂子没说出去，她只是告诉了我……

成三泰立马大烧无名火：你是什么好东西！凭什么告诉你？你不就是想

拆散我们夫妻的败家精吗？

安四娘：锅是锅，碗是碗，别撒气撒到你妹妹头上。小娥一个人在外边好苦好累，好不容易团团圆圆回家住几天，怎么让你乌鸦嘴叫唤成“败家精”了。

成三泰狠声巴气：她敢说不败家？天天捣鬼，鼓捣文竹跟她去办狗屁花轿公司，要文竹做这个抱过来那个啃过去的花轿新娘，这不是拆散我们夫妻是什么？这是实实在在搞家破人亡！

俩老的，刷地脸变了色。他们深知儿子和媳妇关系是脆弱的，生怕有丁点儿事情发生。成永贵就正色问道：小娥，有这事吗？

成小娥：有。

成永贵立马烈火烧心：你这是缺德，哪里墙倒哪里推！

成小娥：爹，这事没什么缺德的。你不能老山沟里老脑筋。现代人，拼命干活拼命赚钱，干累了，就要休闲，就要乐和乐和，旅游旅游，玩一玩，轻松一阵儿休整一阵儿，回去再努力工作努力创收。我们办旅游公司办花轿游乐公司，用意就这么清楚简单，别人高高兴兴地玩，我们也高高兴兴赚钱，就这么清楚简单……

成永贵生气地打断：少教训老子！你翅膀硬了，钱和权都在当你的靠山了，要做败兴事，我管不住了。我还管得住文竹，她不能跟你胡闹瞎赚钱，不能跟你们玩邪的！

成小娥委屈地：我没胡闹。我只想尽力做出一份事业，为我们家家计，为我个人幸福，多赚点钱……

成三泰还是开口就吼破天：你赚钱你吃天鹅肉，我没钱我吃萝卜红苕。你赚成五湖四海第一富婆，我讨饭也不蹭你们家门框。你可以干出天大事业，就是不准拿我老婆赚钱！

成永贵瞪儿子：“吼什么？深更半夜嫌外人听不见？”他嗽了嗽喉咙，拿出一家之主主见：“小娥，你和杨雄的事，爹不是改变了看法，爹只是想，丁冬溪好多青年壮汉在外边打工都那么遭罪，赚不着钱、你是女孩、受的罪应该更多，赚钱更难。加上上至乡政府，下至好多乡亲，都向钱看，都尊宠你，我也就觉得没丢老脸，虚荣了一把。骨子里，我还是时时不好受。我们家一代一代本分人，弄个女的坐进花轿里赚男人钱，那到底怎么赚，到底算哪门子事？我真的想不得，见不得。这已经让我憋闷够了，却是你一个人还闹不够，还要拉你嫂子去闹。小娥，你要是还有丁点儿良心孝心，就别……别闹……闹掉我的老命……”成永贵在儿女面前低下苍头，落下了老泪。

成永贵悲怆地继续往下说：小娥，饶了你爹你妈吧，饶了你哥，饶了你嫂子文竹吧……咱这家，实在经不起折腾。天亮后，收拾收拾，走吧……

……扯不完的毛毛雨落不完的雾，扫地出门的成小娥，一大早走到现在，一步一回头，回头就回想，就回到了电闪雷鸣风雨袭人的昨夜。回雁折翅，她觉得从此回家无路了。

听到了云里一声鸡鸣，缥缈中的小牛寨，终于快到了。成小娥不敢再回首不敢再落泪了，她掏出手纸擦净脸面，打开化妆盒，对镜理妆。整理容颜整理情绪，没有了家，就剩下最好的朋友牛青青了，会朋友，到朋友家落脚做客，成小娥知道自个应有的“见面姿态”，知道自个应做什么样调整什么样努力。

成小娥抖擞起精神，向小牛寨爬上去了。

几乎是在成小娥离开成家沟同时，一个名叫沈虹的女人急慌慌要去成家沟。

周全说，急什么，还早呢。皇帝也舍不得热被窝，再睡一会儿。

沈虹就耍娇：情郎哥，睡不得了。时间是金钱，错过了这次机遇，我这辈子恐怕真是霜杀茄子根，一辈子回不了青。

周全：谦虚了吧？别的我不敢吹你，要论玩花轿新娘这一行，一整条丁冬河没哪个女人玩得过你。

沈虹：话是这么说，谁又能摸得清那些游客肥厚大肚皮里装着什么呢？大佬们要是不玩浪的野的，要是玩什么清纯古朴，我不是玩完了？

周全：杨雄成小娥不是傻子，他们能想出办花轿游乐公司这个金点子，就是很清楚女人含金量。现代城里有钱人什么都吃腻了，“山丫丫”也许是他们最后一道风味野餐。周全这么说着，手就摸到了好地方：“到时候，你还愁没用武之地？”

沈虹嗤嗤笑推了推：好好当官，别当小流氓。

周全：我这官当得好不好，就看你好不好了。你好，我就能当好官当大官，就能三年清知府十万雪花银当发财官。你不好，我恐怕一辈子当屁屁官当穷官。

沈虹鲜红小嘴立马像绽开的石榴花：你以为我是陈阵是顶头上司？我再好，也在你的身下。

周全：不不，你就是顶头上司。你在头顶上，我在足下……

沈虹挣脱着起身了：玩也玩了，乐也乐了。小哥哥我真的不能光在你床上快活，我真的要找成小娥忙活忙活饭碗了。

周全依然抱着沈虹不放，他和沈虹斜依在床头靠背上：成家沟一定要去的，可是，你总要充分掌握信息才好，打有准备之仗才是胜仗。

沈虹笑道：滑头小哥，你给我留了一手？还有什么信息，你都一股脑儿蛇信吐出来吧。

周全：好啊，我成蛇了。我宁愿是小泥鳅也不愿是冷血动物。

沈虹不敢逗了，再往下逗，周秘书才高八斗，以小泥鳅为题做起流氓文章，她今天就别想脱身了。沈虹就正儿八经问周全：要是还有什么关照快点说。

周全也正儿八经了：前天杨雄给丁书记打电话，丁书记不在家，我做了电话记录。谈了旅游公司有关征地事宜后，杨突然问丁冬河是不是有个沈虹女人，我的脑子简直不能急转弯了，我不明白杨雄在买地办公司重大事项时，怎么突然跑题谈起女人？幸亏我是秘书，秘书本事是脑袋长在别人头上，别人想什么我想什么。别人想谈女人我就谈女人。我说，有，有啊。沈虹是位很漂亮女人，读过服装学校，办过服装厂，不太走运，赔了钱，老公离她而去，现在赋闲在家，日子过得很清苦。杨总你认识沈虹？那就请多多关照了。杨说他不认识，他是听别人说起沈虹。杨说，他听说沈虹还想返回那伤心之地重办服装厂，杨要我如有可能就挽留一下，杨说他想聘你上花轿公司工作……

沈虹等不得周全话毕，就裸体舞一般在床上蹦跶起来：哇噻，棒极了！周大秘书，你也太卖关子了，有这样好信息，早该简洁快速宣布。

周全：我简洁快速，能和大美人悠悠度良宵吗？

沈虹：“好，好好，你有理你有理……”她穿起衣服了。

周全：此行应该不卑不亢。成小娥是杨雄情妇，第一心腹，你去了，讨好卖乖，尊敬崇拜都少不得。不过心要有底细，眼要有底线，毕竟杨雄已经看上你，身价就不能太低，条件也不能宽松无度。总之你是时来运转，机遇不错，但是也要小心谨慎步步为营，不能一步有坑。杨雄品味十足，办什么事都档次极高，也从不畏艰险。据我所知，就花轿新娘人选，他连山口镇首富罗锡贵的未婚妻牛青青也毫不含糊入围。杳无音信的上虎头李平平，也要踏破铁鞋寻觅，成小娥亲嫂子杜文竹也遭遇攻关……总之，杨这次是要把丁冬溪美女一网打尽，其中竞争，必有最后惨烈。因此，这次见成小娥，一定要用心良苦谈出自个优势优越，如涉及协议内容，能进则进，该退则退。固守与变通，都要临阵玄妙发挥。

沈虹真的好感动，做周全情人感觉真好。她说，谢谢。你为我如此操心用心，我会一辈子报答的。

周全笑道：别把我想得那么好。其实，我也包藏私心。这个穷乡哈巴狗秘书，我早不想干了。我希望你第一步是早日打进花轿公司，摆脱坎坷命运。第二步竭尽所能获取杨雄信任，不光是当当新娘打工赚钱，要成为头面，成为气候。第三步，当你有了说话和指手划脚资格，你让杨雄把我调进旅游公司进入领导集团，我俩就有合作机会，就会共同致富，就会事业辉煌爱情甜蜜……一句话：你也发财我也发财，你也幸福我也幸福。

沈虹吻着周全：说得太妙了，我都醉了。觉得高贵、幸福，一下子都来了。

周全：当然。我的成败，真的靠你了。

临别的沈虹，心情就特佳特开放特愉快。她一脚门里一脚门外时，还不忘狐媚骚情一笑。

吓一跳？

喜一跳？

成小娥这一趟小牛寨之行，本来极具投亲靠友寄人篱下的凄凉意味，基本上没有“工作之行”的含义，可是当听到发自牛青青的仿佛天籁之声后，她平地一跃蹦高儿，自拧自个耳坠儿：“你再说说，我……我是不是听岔了？”

牛青青坏笑：“成大婶，耳背了也不找大夫看看？听好，我推迟结婚，先到你们公司做一阵子。”成小娥说：“成大婶对你说，军中无戏言。”牛青青说：“小女愿领军令状。”成小娥说：“你怕我拿不出吧。”她刷地从包里拿出一份草拟的招聘合同书。

牛青青一条一条看了内容，挺严谨挺翔实。她：“你拟的？老姐，有水平啊。”

从大婶降到老姐的成小娥就一下子烦恼远去，快乐回归。年轻女孩的轻松活泼乃至尖叫与脆笑，一一魂兮归来。“老姐”就告诉“老妹子”牛青青说，她在万国丽人做过文秘，草拟合同是她日常工作。当然，成小娥也谨慎问道：你看这份合同还应该做哪些增删？

牛青青说条款不错，要说增删，导语可以斟酌，不必要写什么“为了天堂山区发展，促进丁冬河四化建设”之类。这是用人合同，怎么用，用什么样人，写清楚就行了。

成小娥采纳了，当下就做起了删除。

牛青青站在一旁看小娥删改合同，说：表面上看，你是写几句漂亮话或者大话空话，其实你是不了解这些年来丁冬河乡那些干部，一个个患了鸡爪疯，手指头不捻钱抓钱就难受。你的花轿公司是为了山区发展促进丁冬河建设，行，我这里要发展那里要建设，赞助吧，借点给我吧。我在乡政府待过，他们这种热情可高了积极性可大了，不管搞哪项建设，他们都建设一回自己的腰包。

成小娥顿时眼大一圈，心跳百二，她向这位老同学细探究竟。她说，丁冬河这么穷，照理说，养不出贪官，你贪老百姓几只鸡蛋斤把茶叶半张羊皮什么的，有什么劲？

牛青青：你没在六盏灯待过，丁冬河乡政府是你没入门的一座学校。俗话说，富有富款，穷有穷钱。天堂山区穷，那就要扶贫，就要救济，这是不是钱？山乡落后，那就要用劲开发就要上项目，就要招商引资办茶厂种药材挖大理石培育食用菌搞高山蔬菜建小水电站……行不行，成不成，钱总是一把一把招引来了。不管什么钱，总要在乡政府先过一水，这时所有投资者都像山地女人织的一匹匹土布，只要过一水就缩水。别看老百姓还没温饱，乡干部早就小康了。有的人雄心勃勃向百万富翁迈进了。

成小娥赶紧问：丁丙怎么样？富了没有？

牛青青：他没富，别人还敢富？

成小娥：这个人很贪？

牛青青：贪不贪，没把柄，我不能乱说。我只晓得丁丙很富。

成小娥又急急往下问：那天堂村村长黄家树呢？也比别人富？

牛青青：黄村长也不能小看。七百平米的四层小洋楼，外加圈地两个篮球场大小的后花园，在咱天堂西大大小小村寨里，都是数一数二。去年他儿子娶媳妇，光是杀猪就让两个屠夫忙了三天三夜。

成小娥拧眉了，顿时为遥远的杨雄捏一把冷汗。

牛青青见小娥面有惧色，问道：咋了？管他富不富，敢跟你斗富？

成小娥：还有二十天，杨雄和资金都来了。丁丙黄家树等人都从中过一水捞一把怎么办？

牛青青笑道：你是干什么的？当好看家婆，金柜钥匙捏出汗就是了。大钱小钱，不闹出十二分明白，一分也不要出手。

成小娥：你把我看重了。我没那么大本事。我现在很替杨雄担心，他在丁冬溪旅游公司草创时期，可能工作重点暂放在这边，一旦有了眉目，他理所当然还是抓大头坐镇南州抓全局。丁冬溪这边实权，很可能旁落胡漠雁那帮人手里。

牛青青一愣：胡漠雁？谁叫胡漠雁？闹了半天，旅游公司你管不着？

成小娥：胡漠雁是总经理办公室副主任，过去有些业绩，挺受杨雄器重的。我想，丁冬溪旅游总公司经理很可能是杨雄为正她为副。我充其量是管理一个部门，也就是花轿游乐公司吧。

牛青青：杨雄当经理，人又不在这边，万一挂挂名，那就要赶快提个醒。丁丙确实是非同小可人物，你可以明明白白分他一杯羹，绝不能让他暗里囊中取物。

成小娥感激地看着牛青青，她觉得青青仿佛已经是一位公司人了，是她在丽人的一位知己了。

如此讲了半天，两人才大笑跑了题。成小娥就连连说书归正传书归正传。于是说道：推迟婚期不是小事，你是怎么说服了罗锡贵？

牛青青：谁说服罗锡贵了？我连见都没见他。

成小娥惊诧了：这可是两个人的事。没商量，定得了吗？

牛青青：爱没商量，不爱也没商量。

成小娥：听不懂。你们闹了？

牛青青：没闹。也没必要闹。

成小娥：没闹，那就是太太平平，顺顺利利。山口镇那边一如既往喜气洋洋备办婚事，八月十八锣鼓齐鸣唢呐喧天放来了花轿怎么办？

牛青青局外人一般说道：怎么放来了再怎么抬回去不就得了。

成小娥：别儿戏了。你既没协商，又讲不出任何道理，到时候抢也会把你抢进花轿。

牛青青：我怎么讲不出道理？我又没说黄了。我只说推迟结婚，不想今年办喜事。

成小娥：还怎么推迟？你上次不是告诉我兵临城下，再不结婚真的无法解围吗？现在忽然压力没有了？

牛青青终于被问得垂下脑袋，她叹了一口气："这是没办法的办法。唉，撑一天是一天吧。"牛青青就说，最大压力是父母，爹妈讲究道德，一生都是别人给一棒玉米回报一颗南瓜，俩老人一四七三六九念叨罗锡贵恩德，硬说一个人有钱又有德性，世上就算罗锡贵了……

成小娥听着好朋友牛青青一路说下去，她就突然想起了自己父母。她不知爹妈今天在怎么过日子。她想，他们要么伤害身体地疯狂干活，要么像截树桩枯坐，这都让她心痛肠断。爹妈茹苦含辛养儿养女，都指望收获幸福晚年，谁晓得竟是受气受罪呢？成小娥真的后悔和嫂子的密谋与合作了。觉得对爹妈这场沉重的伤害，恐怕再也无法回力补天了。她便吊己怜人说道：算了。迟一天结婚早一天结婚，都是结婚，何必让大伯大婶难为情不高兴呢？

牛青青又好像漫不经心说道：我爹我妈高兴了，你怎么办？你能高兴？

成小娥：我……我怎么不高兴？你办喜事我喝喜酒，喝得不醉不罢休……

牛青青：算了算了，都别虚伪了。你我都不是毫不利己专门利人。在命运坎上，我们就同心协力一起往前闯吧。

友谊在款款走来，真诚在匆匆走来，成小娥站在悬崖没有了退路。如同面临深渊绝望致辞一般，她开始真诚地陈述一切，也真诚地向牛青青毫无保留地陈说她的家事，诉说了她和杜文竹目前的艰难处境和双双失败的过程。

成小娥还说到远方愤懑的杨雄，因为一事无成，她无法平抑他的焦躁与责怪，真的没脸见他了……

牛青青这些日子心酸鼻子酸太频繁了，她赶忙制止又一场伤心，她就打断了成小娥：我都懂了。你不要为难，我肯定是你的第一位签约的花轿新娘。我这样做，不论出现什么样后果都与你无关。

成小娥：这怎么可能与我无关？明摆着是为了友情牺牲爱情。

牛青青倏地泪如泉涌：小娥，我已经说了，我真的是为了自己，真的是害怕牺牲爱情害怕一辈子不知道丁点儿爱情滋味才这么做。你知道吗，罗锡贵一边张灯结彩准备迎娶我，一边在我梦寐的花烛洞房里搞女人。

成小娥大惊：真的？你是耳闻还是目睹？

牛青青：耳闻是耳闻，我想十之八九是真了。我当然绝对不冤枉人，所以我需要时间最后核实，所以我没有退掉婚约只是说推迟婚期。

成小娥立马抱着牛青青很疯很疯地打旋旋。意外惊喜和马到成功，让她醉酒一般地眩晕了。

罗锡贵的烫金婚典请柬，雪片儿飞往政界要人商界红人社会名流至爱亲朋手里。罗锡贵走在山口镇任何一条大街小巷，小市民小商贩认识不认识都向这位大老板讨喜酒喝。罗锡贵就很尊严很开心，他脸面鲜亮地说，谢谢，谢谢。各位说话要算数啊，可别到时候请都请不来。“各位”尽管都晓得那烫金请柬根本没他们份儿，“各位”还是装作受宠若惊，幸福得像小猫嚼小鱼。

在芸芸众生小小老百姓跟前无论赚取多阔脸面，都是萝卜白菜，罗锡贵可以付出一点儿笑容，不打心里经过的。让这位通达商贸公司经理真正经心劳神的事，是如何把这场婚典办成山口镇工商界大腕联谊。毋庸讳言，同行就是冤家，罗锡贵发多大财，几乎就结多大仇。被他坑害的对手或出卖的朋友，一番艰难颠踬一番蛇行攀越，终有化龙成龙之人，其中，大祥工贸公司经理李石磷，商机一片蔚蓝，人气在大增，一年前李石磷增补为县政协委员，今年以来，更是明里暗里抢占了他的市场，闹得形势十分逼人。罗锡贵心里又嫉又恨，作为上，还得罢战求和。他很明白，在山口镇这个“海”里，他和李石磷无疑是两条大鱼，只要他俩不火拼，就有能力大鱼吃尽小鱼。罗锡贵要在吃小鱼吃肥了后，再和李石磷一决雌雄。罗锡贵就多次拿出和气姿态友善行动，频频向李石磷伸出橄榄枝。李石磷是个老滑头，他一句拒绝话没说过，却也没有过一次行动。李石磷不冷不热，不战不和，他就在这种局势下局面里，巧妙地发展壮大了自己。罗锡贵不能忍受了，他要借结婚良机，建筑一个舞台或平台，把罗牛婚姻大事也办成罗李工商大事，他要实质性地洽淡联营事宜，精道地解决棘手问题。果然，李石磷这次无法推辞了，他说，锡贵弟洞房花烛金屋藏娇我能不到吗？李石磷就提了个小小要求，到时候要给他单独安排一个闹洞房节目。罗锡贵晓得李石磷是玩女人高手，也晓得那家伙有过闹洞房闹得跟新娘钻被窝手语的辉煌经历。罗锡贵想，他的牛青青就这一条特优秀，李石磷色狼再怎么入室，他相信她也会机智又勇敢“逃猎”。牛青青突围了，李石磷就入围了。

周婷就在枕头边对这段时间情绪好极了的罗锡贵说开心话：老板，你是和牛青青结婚还是和李石磷结婚？

罗锡贵更开心：都结婚。当然，不出三年，我肯定和李石磷离婚。

到此，外人眼里还是目光一致看见罗锡贵多么多么爱牛青青，多么多么一门心思办好婚姻大事。也许只有周婷等极少几个和罗锡贵有皮肉之盟的女人才晓得，罗锡贵的喜事办得很商品很商业很心机。他把洞房花烛夜，同时办成罗李联谊结盟之夜。在那样的夜晚，他会对李石磷既言及诚信又晓以利害，加上古塔和山口的驳不得面子的政界要人一片酡颜热情相助，“罗李结婚”已成定局。

就在这么美妙时光，黄豆花忽然像一只乌鸦飞来了。黄豆花说，牛青青这个小姑奶奶出尔反尔，她要推迟婚期。

罗锡贵手中的紫砂壶，顿时成了一颗炮弹。就听一声炮响，一地弹片，一地茶水。就有掼雷吼叫：“小婆娘反了！她以为我的忍让关爱是软弱无能？老子弄死她！”怒发冲冠的罗锡贵当即就要打电话给专做“生死簿生意”人物。

这就把黄豆花肥大屁股慌得扭成陀螺，她左拦右挡夺下话筒，好好歹歹将罗锡贵按进沙发里。

黄豆花喘吁吁说，罗老板，歇歇气歇歇气。你是无量佛，万万不能怒火一冒就要烧死人……

罗锡贵精心打造的鱼和熊掌兼得、美人与事业双双收归的金色秋天，一下子变成彤云密布雪压生机的寒冬，他怎能接受消受？他严词斥责黄豆花：别人黑心烂肺，你也瞎眼睛？凭我罗锡贵身份地位，春夏秋冬四时八节一味讨好老山沟里一对公母，取悦一个以为姿色就是天下文章的不晓事野丫头，是多么艰难多么屈辱，若非不是高人，我绝不能做到今天。我现在对你说，我是受够了憋够了。牛青青不知天高地厚，她一句话就全部打乱我的生活，你作为媒人，前前后后收取我的礼金好几万元，这种时候你是干什么吃的？你要为你的无能和不作为负全部责任！

黄豆花立即慌得像狐鼻鹰爪下的鸡，她舌头发颤分辩：罗经理，可冤枉不得。我为你的事，跑烂十八双鞋，累成腰痛病，时时刻刻牛马卖力犬马效劳。我嚼烂舌头总算大功告成，我真是做梦也没想到煮熟的鸭子又飞了……

罗锡贵：她这一飞不打紧，我花了这么多钱就算骚婆娘裤衩撂在水里响都不响了。最大的事，是我的面子，是发出的一张张请柬怎么往回收？牛青青这是置我于死地，她推迟婚期是假，与我断婚是真。脸皮撕破了，什么都好办了。你立马回小牛寨告诉他们，牛青青活着，八月十八抬进罗家花园；牛青青死了，随时抬进罗家坟山！

黄豆花：罗老板，这……这说得太吓人了。

罗锡贵：没什么吓不吓的，我是实事实办。抬活人的李家窑花轿我早就预订了，灭掉牛青青也是举手之劳给马车打个电话就是了。我跟牛青青不再啰唆，她非红喜事即白喜事！

到了这工夫，黄豆花也晓得自个是长大的不是吓大的了，她想，你把我吓够了，也该吓吓你了。她就告诉罗锡贵，牛青青有一位铁杆同学朋友成小娥正在小牛寨。她说了成小娥过去的故事和现在的故事，大谈成小娥如何神通如何了得。她说：牛青青若不是成小娥撑腰，豹子胆也不敢半路杀出程咬金啊。

罗锡贵若有所思。他说他晓得有个杨雄最近提着钱袋子在咱天堂山区晃悠。他说他不在乎，就算杨雄是强龙也压不住我这条地头蛇。成小娥要是真的胆敢把他的花烛新娘变成她的花轿公司花轿新娘，老子就连她一起灭！

却是黄豆花更加轻松自如：你灭不了成小娥。我可以告诉你，青石坡的胡家三兄弟曾经绑过成小娥，马车那帮人狗鼻子嗅着，虎豹般扑着，流血流汗硬是寻着了小娥救出了小娥。紧接着丁冬河乡派出所倾巢出动抓逃犯，县公安局刑警大队也赶来支援，警察们合围镰刀岭，硬是将胡石磙胡石柱胡石礅全抓了。罗经理你是明白人，这里边更深刻的文章我想就不用点题了。

到这工夫，罗锡贵才明明白白牛青青身后有高人，眼下的事恐怕真的棘手难办了。他知道他在渗虚汗，但他不能在一个媒婆面前丢份子，他必须外强中干：你到成家沟把小娥叫来，我要跟她谈谈。

黄豆花：成小娥恐怕过来不了，她一大早就在丁丙书记陪同下，被陈阵县长请到县政府做客去了。

就那么简单就那么快，罗锡贵迅即失去了人形人性，他恶狼一样封住黄豆花咽喉：坏婆娘，你胡说八道！你诳我！老老实实告诉我，你是不是在胡说八道……

随着黄豆花不要命地摇头，罗锡贵跌回沙发里去了。半天，他按起传达铃，叫来王龙和周婷。罗锡贵有气无力吩咐周婷陪黄豆花到餐厅用餐。

只剩下王龙了。罗锡贵说，给牛汉成管翠兰牛青青牛力以及牛力老婆孩子，每人买一套夏令时装，不问价钱，按最好的进货。采购十箱冰茶二十条红塔山、两百斤茯苓饼、五只金华火腿、四条长寿湖腊货鳜鱼、五十柄绸布折扇。这些货，两日内办齐，后天，我要上小牛寨拜泰山。

王龙一一笔录，他把清单准确复核后，仍站着不动。

罗锡贵：愣着干吗？抓紧办吧。

王龙还是不动。

罗锡贵现在是动辄有气。牛青青的反叛让他痛恨，亲自上小牛寨让他屈尊，现在好像连下人王龙也指挥不动了，他破口骂道：你是死人还是活人？做不了，卷起铺盖滚蛋！

王龙差不多吓哭了：老板，我……我哪敢不办事？我怕听错了，茯苓饼是不能存放的，两百斤是不是太多了。还有，五十柄折扇……

罗锡贵：蠢！小牛寨二三十户一百几十口人，有几人见过我？这些没见面的好乡亲，成年累月给我好口碑，我这个小牛寨新姑爷，能没见面礼吗？

王龙鸡啄米啄出客厅，啄进院子。王龙不服气地想，这都“新姑爷”了？时下谈恋爱都是白天谈晚上就上床，你和牛青青过一水了吗？

罗锡贵老板要屈尊上小牛寨，要好好通融通融关系，要好好谈谈，切切不能到嘴的肥肉从嘴角滑溜掉了。牛青青也一样，她也想和罗锡贵直接面谈，当面锣对面鼓解决问题。

做事真的不是靠情绪靠感觉。冲动是不是力量？简捷算不算程序？反正牛青青和成小娥结盟合作，立即遭到了父母哥嫂乃至半个小牛寨的人竭力反对。法都不能治众，她一个人如何抵挡万夫之勇？解铃还需系铃人，牛青青只得荒诞地把希望寄托那个让她永恒失望的人。

接受上次下山教训，这一回一定不到长城非好汉。前面又是李家窑，牛青青想，那是一道坎一道关。她决定不闯关，她向右一拐，滑下河坎，一蹦一蹦跃过跳跳石，牛青青就到了丁冬溪对岸，她打算从丁冬溪右岸那条小路走到山口镇。

哒，哒，哒，有人在溪边石板上捣衣。隔着杞柳丛，牛青青瞅不见姑娘嫂子，捣衣女人瞅见了牛青青。

棒槌停下了，杜文竹甩了甩湿手，站起来喊道：青青，上哪儿呢？

牛青青上中学时，常到成小娥家玩儿，她和小娥嫂子杜文竹混得挺熟的，牛青青惊喜叫道：嫂子，是你啊。

一阵寒暄，两人坐在柳障里说上了。

文竹问道：见着小娥了吗？

牛青青：见着了。

杜文竹紧迫了：你在哪儿见着的？她……她怎么样？她好吗？

牛青青莫名其妙瞅着杜文竹，答道：在小牛寨见着的。她在我家玩了一整天，挺好的。怎么了？

杜文竹：那她现在在哪儿？

牛青青：前天就回家了，你没见着？

杜文竹惶惶摇头，她焦急说道：青青，你能不能讲讲小娥离开你家时的情形。

那是前天的事。牛青青向爹妈公开了推迟婚期的想法，她也告诉了全家，她准备到花轿公司打工。牛家当即沸油锅里泼一瓢水，炸了。爹妈哥嫂异口同声斥责牛青青不仁不义大逆不道，说牛青青把婚姻大事当儿戏，戏弄好人老实人罗锡贵。牛青青顶了几句，她说我又没讲和他断绝关系，结婚早几天晚几天，也十恶不赦了？牛汉成吼道，前年推到今年，初一推到十五，锡贵四十多岁了，你不是害人吗！牛青青鼓着嘴嘟囔：四十多岁，干吗还要找我？他害我，还说我害他。管翠兰说，闺女，这能怨怪罗锡贵吗，要怪只能怪我们自家……牛力听不得了，他爆发力极大的一巴掌扇到妻子明英脸上，明英嘴咧成瓢，牛力骂道：都是你这个臭婊子害的！明英老办法，甩下儿子撞开大门咚咚咚跑步回娘家，慌得一家人还有做客的成小娥还有左邻右舍一起前堵后追，好不容易才把明英拽进房。儿媳进了房，牛汉成正襟危坐在堂屋里，他一脸肃然地对成小娥说："你和青青要好，上我们家，我们把你当贵客。可你不能鼓捣青青耽误终身大事，不能让我们家出丑。这么往下闹，我们还怎么做人过日子？"成小娥好像就在那时候突然改变了主意，她终止了和牛青青的密约与结盟。她努力地使出笑容说道："大叔，啥事都没有的，您千万别多心。我这趟来小牛寨，一是提前祝贺讨杯喜酒喝，二是送份彩礼。"成小娥就当场奉上五千元礼钱。突然爆发的事，又好像突然收场了。慢慢地，寨里涌来看好看歹的人，也就没啥好瞧地该锄地锄地去了，该烧火烧火去了。慢慢地，牛家也"平静"了……

入夜，牛青青和成小娥在卧房里不能平静。牛青青说，小娥，你干什么？还走南闯北打世界呢，咋就那么没血性没骨头！这不是投降出卖吗？这毁掉了我也毁掉了你。成小娥有口难言，她不甘心说自个刚刚在成家沟毁掉一个家又跑到小牛寨毁掉另一个家，她只能努力从容努力微笑地说："没啥，真的没啥。我私心太重了，只想着把你拉进公司发展我的事业，别的后果别人的困难，就不打心眼里经过了。青青，你就好好当新娘吧，我这边问题不大，好在我嫂子文竹已经同意上花轿公司，在外地的大美人李平平也联系上了，我想，我也就差不多了。世界上，哪有十全十美事呢？"牛青青惊异："你爹你妈你哥，同意文竹当花轿新娘？"成小娥肯定地说同意了。牛青青还记得，成小娥当时还说："我嫂还送我上小牛寨送了四五里呢，一路上，我嫂一再说办花轿公司聘花轿新娘，在大城市的游乐园民俗村很平常，在老山沟丁冬溪可能就很刺眼很刺耳了。我嫂要求我到你家后，一定要有礼仪，要我对你一定不能勉强……"

这是前天的事前天说的话。现在，是何蹊跷？杜文竹为啥竟然悲戚地打听起成小娥下落去向呢？她惴惴不安问道：嫂子，小娥不会是有什么事吧？

杜文竹叹了一口长气："唉，我们家是出了点事。小娥就是出事时离家的。可怜小姑子临走时，身后只有一道道冷漠的目光，没有一条热情的身影。假如她连你也没说明告别，我想那一定是心寒魂懒回南州了。我的好小姑子这趟回来，既没做成事，也没享到家的温馨……"杜文竹潸然泪下。

牛青青越发沉重感觉到了什么。她说，你们家到底发生了什么事?

杜文竹咬着嘴唇，很久很久才断断续续有所避忌取舍地说了那场苦难家事。

牛青青就清晰知道了成小娥给她编造了善意而又美丽的谎言。杜文竹不能当花轿新娘，自己不能当花轿新娘，至于那个李平平肯定也是一则子虚乌有的故事。杨雄交办督办的事情，成小娥至今两手空空什么也没做。这种情况下，成小娥不会回南州。

牛青青就告诉杜文竹：成小娥肯定没回去。

杜文竹眼睛亮了：真的?你知道小娥在哪儿吗?我好想见她。我们都是女孩儿，我觉得她是丁冬溪山丫丫中最有出息的。她的事业，不应该第一步就受阻。我这几天一直在想，我可以不当她的嫂子，但一定要当她的雇员。

牛青青立马感觉到事态的严重。她慌忙说道：不可不可，这万万使不得，你这么做，一条丁冬溪都说你忘恩负义。成小娥也会被人言可畏地讥为办一家不仁不义不道德公司。两败俱伤，那是绝不能做的。

杜文竹就很苦地咀嚼道德与不道德。她花样年华，就已经是凋谢的花，这道德不道德呢?别人夫妻是幸福夜性福夜，她呢，身边到底是血肉男儿还是木乃伊?静静的长夜，却是一阵又一阵山洪暴发石破天惊的轰然骚动，泪眼婆娑望着泰然酣睡的成三泰，她愤怒揪扯私处，讨伐自身无耻。可是每当黎明太阳出世，阳光世界回归心田，她亮亮堂堂明明白白，她没有晦暗卑污，她的一切正常得很。她，正大光明。

正大光明，却是不能正大光明向牛青青说出口。杜文竹只得也离题也不离题说道：那怎么办呢?财神来了，运气来了，我们轻蔑地摆摆手让它们走掉?杨雄来了，成小娥来了，我们给他们当头一瓢冷水，浇得他们缩回脖子转回身子?

牛青青：不。不能这样，绝不可以是这样。

杜文竹：不这样，又能怎样?我跟小娥谈心，了解到杨雄的人生不是偶然成功，他的确是个非凡之辈。这人总是打有准备之仗，打必胜之仗。他来天堂山区旅游，实际上是很深入地考察。他的兴业策略是，办丁冬溪旅游公司。他还扬言如果没有成小娥牛青青杜文竹李平平四大美人到花轿公司担纲，他就不投资，不到丁冬溪兴业。我当时真的赧颜一片，我算什么美人啊，我是个地道的粗手粗脚农妇。直到有一天，我在小娥的皮箱里看了一本世界小姐写真集，才晓得捧得吓人的盖世桂冠美女，当真不比我们巴山女儿美到哪里去。我这时才真正晓得杨雄厉害，我觉得他和小娥在丁冬溪办公司肯定成功。可是，我没想到我受到了如此严重家累，你又恰恰要办婚姻大事，剩下那个李平平，根本不知踪影……

杜文竹就极为伤感地总结：杨雄成小娥毁了一场事业，我们呢，很可能毁了人生。

牛青青猛然焦急地看起了日头。她说：嫂子，别急。告诉你，小娥昨天去古塔县城，只要她没走，希望就还在。我今天也是去山口镇找罗锡贵，我想我和罗锡贵有那么一件事肯定是较真的，那么我也就极有可能较真地径直走进花轿公司了。

杜文竹听得惑惑然飘飘然。那是一件什么要较真事呢？她真想撵上匆匆而去的牛青青，饶舌地问出个三长两短。

从丁冬河乡政府回来，韩水生一壶一壶喝闷酒。指望杨雄办旅游公司拉动农夫山庄客栈生意，很可能是一场梦了。丁丙对他说，杨雄简直就是小混混，是地地道道黄口小儿，他竟然不可思议地为几个粉头，黄了一桩宏伟事业，延缓几千万元首期项目投资。丁丙恨恨说："屁，什么延缓不延缓，这些年来，凡是黄项目，都说什么延缓了暂时停建了，越往后，水漂漂都见不着了。"在场的乡干部附和说丁书记的话是普遍真理，搞建设只要搞到暂缓份儿上，十有八九永远缓掉了。

韩水生当然也不是全面赞同丁丙，他就不相信杨雄是小混混，他们人生中短暂交往，印象还是很深刻的，他觉得杨雄智慧踏实勤奋，是位出类拔萃企业家。这么往下想，韩水生的酒越发喝得不是味儿了。丁丙斥责杨雄儿戏与荒唐，居然为几个油亮粉头几只小白屁股就不投资兴业。韩水生也来气了，任你荒山再荒山，大企业家与美女的骚情故事也能不绝于耳。他也就附和着骂起杨雄。骂人是激动的事，韩水生现在停下酒杯，就毫无激动唯有冷静了。他想杨雄能做出丽人集团的几个亿事业，怎么可能是荒唐之徒呢？万丈高楼平地起，大事总是小事做起。杨雄是“打死那个和尚要那个和尚”，认死理不搞定牛青青杜文竹李平平，就不到丁冬溪投资，这一定有其中道理有超常投资兴业思维。难怪这个杨总是那么饶有兴趣向自己打探丁冬溪美人呢，看来他是人美山美水美三位一体开拓发展旅游业了，就像他高标准看中了天堂山和丁冬溪，他也高标准看中一个人选择一个人。他在不改初衷地亲手打造明星，他要搞明星旅游效益，实行的是以人为本的投资理念。

韩水生越想越明白，他明白现在不是指责杨雄而是应该帮助杨雄，积极向杨雄靠拢，拿出诚意留下杨雄。这么往下想，老韩的酒又喝出味儿了，觉得他的鸡毛小店还有中兴希望，乡政府欠的酒钱还能讨得回来。

韩水生推开酒杯甩开腿，又兴冲冲向六盏灯走去，他要跟丁丙重谈杨雄这个话题。无论领导还是平民，都要改变对待杨雄的立场，都要适应杨雄的思维和做派。你想招商，想别人的钱，想山乡村村通公路户户通电，想两年脱贫三年小康……你想了那么多，别人凭什么就不能有所思有所想，你想什么都伟大，别人想什么都邪乎荒唐，这肯定不行。

兴冲冲地走，韩水生又忽然兴冲冲急转弯。他忽然觉得去六盏灯不如去山口镇，与丁丙口水战，不如到山口镇脚踏实地办点事。

一个时辰后，韩水生走进山口镇分盐巷麦子黄家。

麦子黄跟韩水生学过放排，两人有师徒之谊，交情不薄。麦子黄说，韩师傅，你稀客。麦子黄就端椅子递烟倒茶。

韩水生说：子黄，还在罗家花园打更？

麦子黄说，封山育林后，也没排放了。光长疙瘩肉不长脑袋，这辈子恐怕也就只能当更夫了。

韩水生说，罗锡贵有眼力。你力气好，三五毛贼，捏臭虫叭叭捏瘪了。

麦子黄尴尬一笑：靠力气混饭吃，还不是受精明人闲气。

韩水生乐了：尽编派别人瞎话。就你那牛脾气牛力气，能受气？

麦子黄就说他太受气了，隔三差五遭小人欺。韩水生问这小人是谁，麦子黄说是狗。韩水生说，到底是豪门大户混过，人也不一样，有幽默了。麦子黄说他能有什么幽默，他就是受狗东西狗奴才王龙的闲气。

韩水生多少晓得点儿王龙在罗家花园得宠，罗府厨师保姆花匠更夫都归王龙总领班。领导和被领导总有矛盾，韩水生无心探问他俩究竟。他只是说：王龙不是谁都敢欺吧？

麦子黄：以前还多少顾忌周婷，那小妮子和老板有一腿。现在，王龙连周婷也敢吆五喝六了，前天，还把周婷呵斥得眼泪一窝鼻涕一把。

真是得来全不费工夫。韩水生心里暗暗叫好，他想要的，想不到这么顺当当就“上菜”了。心眼儿井深井深的韩水生轻松喝茶抽烟，漫不经心说话了：不会吧，得罪老板情妇，王龙有好果子吃？

麦子黄果然较真争辩道：周婷算什么情妇，充其量也就是床上用品。我当更夫太晓得了，罗锡贵乐了烦了，都要用周婷排泄一番。过几天，罗锡贵就会有更好的床上用品牛青青了，周婷用途也就不大了。王龙狗眼睛看得很明白，他就敢龇牙咧嘴咬周婷了。

韩水生还是不冷不热说话儿：罗锡贵为办这场喜事，花精力花大钱，别人都说他好爱好爱牛青青，你小子驴嘴不戴嚼子，瞎嘞嘞。

麦子黄：咋瞎嘞嘞？我还不晓得罗老板？他为人处世，用心和看重的都是一件事：怎样把你口袋里的钱变成我口袋里的钱。对女人，他也像对待钱，一是想办法把别人的女人怎样变成自己的女人。二是漂亮女人是大钱，一般女人是小钱，大钱小钱都是用的，用完了，他就要再挣下……

韩水生大笑：好了好了，越说越邪乎。不跟你瞎扯了，我想找你办件事。

麦子黄：韩师傅，咱俩是谁，你要我做事，指派吩咐就是了。

韩水生：行，你把周婷叫来。

麦子黄愣了：叫周婷？你……你也认识周婷？

韩水生：我认识要你叫吗？你就说到底能不能把她叫来吧。

麦子黄爱讲几句大话，但他晓得，有些大话是说不得的，譬如把老板的皮绊，神秘兮兮叫出来会一个陌生男人，他就既没把握又不敢。他说，韩师傅，你交交底细吧，我能叫出就叫出，叫不出，我保证原原本本把你的交待转告周婷。韩水生就说，你都叫不出来周婷，你转告我的话，周婷能信？

麦子黄这次没讲大话没胡吹了，他说要是早些时候，真还没把握。这些日子周婷既在罗老板床上感受危机，又在花园旮旮旯旯受王龙闲气，常跟我闲坐诉苦情，斥骂王龙攀上牛青青小人得志得意忘形。周婷几次要认我做干哥，结盟当战友，商量讨伐小人王龙……

韩水生就听出窍门了，他咕嘟了几口茶，交起底细，说根由了……

周婷洗罢澡，站在浴镜前顾影自怜。再怎么挑剔，她的脸蛋还是不失漂亮。仔细检查眼角，细细的几条鱼尾纹描绘着青春悄悄退却的路线。捏乳房拧拧乳头，似乎少了一些挺劲。这是罗锡贵的罪孽。罗的人生，兴奋时需要滥用她，失意时，也要对她狂躁发泄。这段日子，牛青青不断停唱结婚进行曲，罗锡贵顿时内外交困。这匹困兽不能征服小牛寨和姐上山，他就凶猛地征服她的山。罗彻底失眠，他也让她熬红眼睛熬出鱼尾纹。

平心说，也不能全怪罗锡贵。周婷二十岁到通达公司当总经理生活秘书，一直梦境生活多于现实生活。周婷爹妈当超生游击队正副队长，无论战术多灵活战斗力多么强大，也没改写无儿命运。爹总是默默无言愁对着一窝女娃子，娘毫不留情高声大嗓诅咒她们五姐妹。周婷排行老三，她的二姐和四妹，都在很小的时候像一只小狗小猫放在一只纸箱里搁在路边，爹和妈也像一只守护犬，他们躲在弃婴不远处的灌木丛，如同狗眼一样雪亮地期待好心人或好奇人端起纸箱子领走小生命……周婷就一直严惩般生活在男大女小男贵女贱的畸型家庭里，她接受熏陶，发达了思想，培育了梦幻生活：只有男性才是真正强大的，一个有才干会赚钱的男人，无论他是个跛子还是狐骚口臭，都让任何一个玉体生香的女人失去伟大和美丽，崇拜成功男人，在男性强大的胳肢窝里生活，是周婷如诗如歌的梦。当周婷走进通达公司时，她就很自然地只看到了理想没看到事业。她发现千万富翁罗锡贵总经理，就是她心灵呼喊着的美丽的梦。在通达公司上班的第六个工作日，罗锡贵很简单极顺利地改变了她的工作姿势，罗老板不要她坐在办公椅上工作，罗要她躺在床上工作，周婷眼睛湿热地服从命令，愉快地展开工作架势，她是努力的尽职的，她干工作是卖命的……

很多时候，床上的工作也可以对问题进行讨论。周婷的声音很温和甚至弱小，但是很耐心很持久。周婷希望当罗锡贵妻，周在一百个长夜不眠讨论之后，把话说到了极致。周说只要当妻，罗可以把她当人也可以当狗，她对他可以是服从也可以屈从。周说只要男人是罗锡贵，罗家花园女主人是她，一切的一切，都无怨无悔。情战是一触即发了，人老珠黄的罗锡贵发妻奋身抵抗，她的娘家也有一帮不怕事的二百五，其中有几个娶不上老婆早就不想过日子的穷光棍，磨刀霍霍，要杀第三者为罗妻解恨。罗锡贵怒问老婆“谁是第三者”，罗妻说，锡贵，我从不恨你怪你，一切都是狐狸精周婷作祟，周婷就是可恶的第三者。罗锡贵说没有的事，有周婷没有周婷，都不能有你。罗锡贵不准妻动周婷一根毫毛。罗妻可以对丈夫百依百顺，可以见丈夫如鼠见猫，她不能怕狐狸精，她很坚定地说有她没周婷，非把周婷灭掉不可。罗锡贵就命令妻脱掉衣服，他把她踩在地板上，凶残地跺她，用皮带抽打她的裸身。罗锡贵说，我要你的小命和你娘家那帮二百五的命，都像在五星酒店里要一碟小菜。罗说你或者要八十万元和一张离婚证，或者要一口棺材和一抔黄土。罗妻拿不定主意了，她回娘家问二百五们，二百五们突然泄了杀气，一致生动地回答八十万元肯定比一口棺材贵得太多了。罗妻这时候才晓她的前方虚弱，后方也很不巩固坚强。罗妻决定靠自己最后一搏了，在罗锡贵参加广交会的日子里，她把周婷关进房子里。罗妻内当家派头十足，她要周婷跪着和她对话，周婷不从，罗妻喊来麦子黄，她命令麦子黄让周婷屈膝，麦子黄犯傻望着周婷。一边是威严的女主人，一边是私交不错的周婷，为难的麦子黄对女主人说，你就让我跪着吧。在高大的麦子黄膝盖头很响地跪在地板上的一刹那，周婷望着蜷地躬身的麦子黄，仿佛立马被一只无形的手推一掌，她跪下了。

周婷跪成一言不发的一尊石像。任罗妻语言侵略武力进攻，她沉默是金。当罗妻手足之功仍不能解恨时，她动用水果刀了。麦子黄这才睡狮一跃，他一掌劈掉了水果刀，簇拥着周婷，将周转移到安全地方。罗锡贵从广交会回来听取了这一切，软硬兼施三天办完了离婚手续。

同甘苦共患难。一只充满风雨的小舟，载过许多愁以后，载着希望和幸福停泊在周婷码头。周婷麦子黄以及通达公司许多许多人，都一致看好周婷成为罗夫人。谁能想到那时候开出了一朵灿烂的山花呢？在丁冬溪花轿火把节上，冒出了一位惊艳惊魂的美不胜收的花轿新娘呢？那个宇宙级美丽女孩的出现，让一个雄心很大野心也很大的男人，立马就想让大花轿把这玉质女孩抬进自己的家，抬进拜天地的堂屋，抬进深深洞房……于是，周婷螳螂在前牛青青黄雀在后理所当然成为定局。罗家花园不会有周婷的名分，罗锡贵的床上也不会为她正名。

一如既往，一切依旧，周婷又成了原来的周婷。她在通达公司，充其量也就是一位双薪职工。罗锡贵一边云雨一边开心对她说，多领一份钱，就要好好多干这份活。罗锡贵这时就会有些怪动作，周婷除了忍受别无选择。她在通达公司一梦五年不醒，沉湎与缠绵，使她丧失了任何业务专长。她知道她怎样会有用，也知道用处不广不大。她恨罗锡贵，也非常明白离不开罗锡贵。

……现在，从浴室出来躺到床上的周婷，很干净地摆放着自己，肉体从内到外，沁发着淡淡清香。不知道罗锡贵今晚会不会醉酒，她怕他对她醉醺醺使用。她的肌肉深处又在无耻喧嚣，她只能一边无望地诅咒自己可耻，一边又无际地激情燃烧。

叮铃铃，电话来了。周婷立马整理出好情绪好腔调：罗总吗？我在等你。

我不是罗总，我是麦子黄。你出来一下好吗？

有什么事吗？

有件事，很急的。

除了附庸罗锡贵，什么事都算不了大事急事。她：事关罗总吗？

他：事关罗总。

周婷就急忙穿衣服急忙从罗锡贵的那间花烛洞房走出来。

门外有辆桑塔纳，麦子黄什么也不说就把周婷按了进去。

小车快速向县城方向行驶。

周婷：什么事，快说啊。

麦子黄：你不是认我做干哥吗，哥今儿就帮你。

周婷：好啊。那是好事了？

麦子黄：当然。这事办得顺当，你就是罗家花园女主人，我这个干哥沾光了。

周婷：残忍。拿我取笑，就不怕揭疮疤让我疼痛？

麦子黄：谁取笑？我说正经的。

为了说正经事，麦子黄让周婷放心，他说你不需“照例”等待，罗总今晚不会回来，他在小牛寨过夜，那里深山老林，手机没信号，电话打不回来，罗总当然也就无法告诉你不必守空房。

周婷嗔他：去你的。狗肉端上桌子吧，你有什么正经就快说。

麦子黄嗽了嗽喉咙，声音果然庄重了。他叭叭叭一口气说了一大串，大意是牛青青正在设法找她，只要证实她和罗确有那种事，牛青青就宣布和罗解除婚约。麦子黄就鼓励周婷要抓机遇，要勇敢千万不能小曲好唱口难开，能和盘托出就是全盘胜利，牛青青愤然退出之日，就是你周婷愉快入主罗家花园之时。

周婷果然兴奋起来：这么说，牛青青很重视罗锡贵专情了？

麦子黄：这要分两层意思来说。一层是，牛青青以前比较重视。二层是，牛青青现在很重视极重视。

周婷：是吗？为什么有这种变化？

麦子黄：还能为什么？有经济基础有靠山呗。牛青青的好同学铁杆朋友成小娥在南州发迹了，当上了亿万富翁情人，小娥这次回丁冬溪投资兴业，鼓励牛青青加盟，支持牛青青怀疑罗总，反对他俩无情结合。

周婷在罗家大院，基本大门不出二门不迈。对于山沟沟里有个女人在南州当富商情人当得发大财，听得又顺耳又新闻。这个有能耐的女人反对牛青青和罗锡贵成亲，更是让她润肺开心。她觉得她和这个成小娥既共命运又同呼吸。她迫不及待问道："这话当真？我怎么像是做梦？"麦子黄说："那能假得了？农夫山庄老板亲口告诉我的，南州大富豪和成小娥到天堂山旅游，就住在韩老板店里。他们和老韩熟着呢好着呢。"

周婷听出真谛了，她完全信服麦子黄了，急急问道：牛青青现在在哪儿？

麦子黄：在成小娥下榻的塔影酒店，快了，马上就到。

停车。进酒店大堂。服务台小姐一听说是找南州贵宾，立马就想起入住的万国丽人公司办公室副主任胡漠雁，小姐马上答道：客人昨天起移住热水洞温泉山庄了。

桑塔纳剪着夜色，风驰电掣向温泉山庄开去。

背向小牛寨，时近时远耳闻目睹丁冬溪，那天成小娥苦药煎心离开牛家小院后，总是深一脚浅一脚高一脚低一脚胡乱走着山路。

有些路她很熟，一些光溜溜石壳壳甚至都有她磨平磨滑的一份功劳。有些路生疏，山岩崩塌，山体滑坡，路就毁了没了，山里人就得赤脚再踏一条路，这种路更高更险，它是真正的草鞋路滑竿路，穿皮鞋的成小娥这时就会走得冷汗涔涔。

好走的路不好走的路，成小娥都越走越觉得没路。背后的牛青青，背后的小牛寨，越走距离越远了。河对面的成家沟故园成家沟，近乡心更怯，有家不能归，泪眼中的家山家树，也就越走越模糊，越走越空蒙。

一个人在家门口找不着家，那种悲凉，寒彻肌骨。成小娥走下丁冬溪，掬一捧明净秋水洗着脸上泪痕。肚子开始饥饿，人也困乏得不行，今天到哪里充饥，今夜哪里有一席之地？成小娥洗净的脸，又沾上泪珠。她失神地坐在一块河礁上，酷似一尊石人。

上游噼里啪啦流来一只残排，才将成小娥惊回现实中。这只残排只剩四根楠竹，它的绝大部分都流进江河湖海或折载沉沙了，这几根楠竹，一处处河礁拦劫，一圈圈漩流折磨，走过夏天走进秋天依然绝命走天涯……成小娥望着残排，伤感是伤感，些许温暖却也由此陡然生发。她想起了一位放排人，她想起韩水生。对，找韩水生吃饭去，到农夫山庄寄宿去。

刚进客栈大门，韩水生就笑呵呵迎过来了：成小姐，稀客稀客。这么长时间也不过来玩玩，嫌我老韩粗茶淡饭吧？

成小娥应付地一笑：韩老板，有粗茶淡饭快拿上来啊，瞅瞅我吃得香不香？

韩水生一声“着”，就一边吩咐办饭菜，一边陪成小娥喝茶。

成小娥：韩老板，生意还好吧？

韩水生：鸡毛小店还谈什么生意？山沟沟里人，我穷他们更穷。赚山里佬钱，鹭鸶腿上挑肉。我现在盼星星盼月亮，就指望你们快点儿办丁冬溪旅游公司。你们的游客，荷包旮旯里抖搂抖搂也够我吃穿不虞了。

成小娥：是啊，我们也天天急着办公司事。可是想办、着急办，真办起来难上难。

韩水生：别人难处，我兴许能帮帮一二，你们困难，我就望洋兴叹了。开办那么大公司，汽车装票子往丁冬河驮，现在做事，大难小难都难在钱上。

成小娥一笑：钱还好说。眼下，我们难就难在人上。

韩水生：人？你们缺人？要不要我老韩打工？

成小娥：韩老板搞笑了。哎，说正经的，你见多识广，能不能给我们推荐推荐花轿新娘？

韩水生：花轿新娘？噢，噢噢，以前杨总跟我说过，就是陪着游客坐花轿坐滑竿当导游小姐是吧？

成小娥：怎么说呢，也算有这项服务内容吧。

韩水生：那就要一年轻二漂亮，脾气可劲儿好。还要爱笑，一说三笑，微笑服务嘛。

成小娥：对对对。有这样女孩吗？

韩水生：我记得我以前跟杨总推荐过李平平。

成小娥：李平平杳无音信，没办法找着。

韩水生：门槛岭小媳妇吴桔香人不错，不知道你们看中看不中？

成小娥：吴桔香？她怎么个不错？

韩水生：长相好。前年嫁到门槛岭王法堂家，远远近近跑来看新娘子的人成百上千，都说门槛岭的门槛快给踩断了。一百个瞧新娘子的人一百个说，吴桔香脸面眉眼那个俊啊，腰身手脚那个匀啊，谁都说没人敢比。再就是品行好。孝敬公婆，小夫妻俩特恩爱，邻里关系和和睦睦。女子有貌有德，十全十美了。

成小娥：韩师傅，你这么一说，我求贤若渴了，真想立马一睹芳容。

韩水生：这事容易。我陪你去门槛岭当说客，包成。丽人大公司看中谁，谁都不亚于中举当状元。

成小娥立马得到慰藉，浑身温暖了，她就很高兴地在农夫山庄客栈住了下来。

韩水生更高兴，他赶忙悄悄地往罗家花园打电话，接电话人说，麦子黄不在家，周婷也外出了。老韩不失望不焦急，只要杨雄成小娥们在矢志不渝向前走，他就能不焦不躁跟着发财。

门槛岭都是挂坡地，茶园包谷地，大一个天窗小一个天窗般张开在四五十度山体上。山民们想在这片土地上生活就要有生存艺术，他们对收获与付出的比例，从不做细想细算。

王法堂是个勤扒苦做的青年农民，一年到头就没见他闲过。玉米收获了，因为高寒，他家的地都不能种冬小麦，按理说他可以提前冬闲了，却是王法堂比谁都累都忙。他在山上，从早到晚轰轰隆隆打石垒地堰。

地堰是门槛岭人劳动生产的讲究，是一门生存艺术。挂坡地的上头地边上垒一道扎扎实实石头地堰，下暴雨发山洪，地堰就挡住了从山头倾泻而下的水流，保护挂坡地泥土不流失。家家地头都有地堰，地堰宽不宽、高不高、牢不牢，那是不尽相同的。年年山洪冲地堰，几家幸运几家愁。而幸运儿的幸福，实际上就是辛苦。

吴桔香送茶送饭时，总是眼泪汪汪看着丈夫辛苦。王法堂榔头砸石头，撬棍撬石头，牛吼牛吼搬石头垒石头，吴桔香哪次来到地头，都要一把儿一把儿替丈夫擦汗，看到法堂震裂的虎口渗血花，她就用嘴腥腥地吮着，用一滴滴热泪，清洗丈夫的伤口。

吴桔香吮王法堂，王法堂这时就在地头抱着妻吻着妻。他说，桔香，不是常说血性男儿血性男儿嘛，男子汉流血，是正常不过的事。

吴桔香疼疼地：你看你瘦成啥样了，再这么哗哗啦啦流血，不把你流枯了。

王法堂：那怎么办？我又不是二郎神，想赶一座山就像赶一头小毛驴，要是想垒地堰，那就是赶小鸡赶小鸭一般容易赶来一架地堰了。我是凡人笨人，不使唤笨力气就挣不到吃食。

吴桔香：法堂，村上都在说，东头老五又往家寄钱了。要不，你也去打工吧。

王法堂：不。我不想出远门。

吴桔香：要不我去打工。

王法堂大笑：换汤不换药，还不是一尿样。

吴桔香：你不想出远门，我不在乎出远门，这完全是两回事，咋能一样呢？

王法堂就将女人扳倒在地搁到腿上，他的手插进桔香怀里抚摸女人坚挺的双乳，他吻着桔香的嘴贴着桔香的嘴说道：小肉肉，一回事就是一回事。我出远门就没有了你，你出远门，我还是没有你，你说说，是不是这回事？

吴桔香：羞不羞，啥话都说。

王法堂：就是县长省长，在老婆跟前也是大老粗，也都啥粗话都说。

吴桔香戳他：你到省长家听见的？

王法堂：真听见了，肯定比我说得还邪乎。

吴桔香：贫嘴。法堂，跟你说正经的，你真的好黑好瘦了，白天这么累，晚上那事少做点。嫂子们都说，一晚都不饶，百日就成痨。

王法堂说，那些丑婆娘话听得？我老婆是天仙。她们是癞蛤蟆，谁见谁怕。她不想饶，男人也要饶。王法堂就大声坏笑着，手揉搓得更凶了。

吴桔香噘着樱桃嘴：你把我弄痛了。你以为那是石头……

小夫妻俩正在地堰边说笑打闹，上坡路上传来法堂娘吆唤声：桔香！桔香！来客了，快回来！

吴桔香赶忙跃起："哎。我这就下山。"她收起饭碗茶罐，对丈夫莞尔一笑，一道彩云般飘走了。

赶回家，才晓得来客不是亲戚，不是熟人朋友，他们是韩水生成小娥。

寒暄了几句，就进入正题。吴桔香立马高兴了：这是抬举我，我谢谢你们了。真是有这个机会，我一定好好效劳，决不会给公司丢脸。

婆婆也赶忙插嘴：我们桔香可懂事可结人缘了，那花轿新娘，讲白了，不就是给游山玩水的客人带带路嘛，这活儿她肯定做得一百个游客一百个满意。

成小娥说：法堂同意不同意呢？

吴桔香：他没问题。刚才我们还在地头上说起打工事儿呢，我们想赚钱又怕出远门，能在家门口打工，这差不多是天上掉馅饼了，哪有不乐意的。

成小娥望着美丽动人的吴桔香，心想，可不就是天上掉馅饼。踏破铁鞋无觅处，得来全不费功夫，桔香，你就是我的香喷喷馅饼。

这天晚上，成小娥没回农夫山庄客栈，那里没电话，手机也"高山反应"打不通，她就住进县城塔影酒店。她打电话给杨雄，兴高采烈地告诉他搞定的第一位花轿新娘是吴桔香。

听不出杨雄有何高兴。他说，可以。招聘一般性花轿新娘，以后可以不汇报。你最大任务是加快速度聘请明星级花轿新娘牛青青杜文竹李平平，这是我所期盼的，你要不打折扣办好！

真是"打死那个和尚要那个和尚"，成小娥转了一圈，又回到零公里。

她立马恢复忧虑和沉重，且连连沉重叹气……好不容易获取的一丁点儿高兴，就被一声浩叹吹得远远的。

用心用意做了许多工作，杨雄总算不太顺利倒也胜利地开毕了筹划很久的董事会。成立丁冬溪旅游公司议案算是最后以微弱多数票过了。他深感责任重大。深知事不为、事可为全在于人。“精兵强将开发丁冬溪”，一时间既是丽人响亮口号又是紧锣密鼓实质性工作。杨雄就把他的部属们掂过来掂过去，约谈张三又约谈李四。在相约胡漠雁谈想法谈韬略时，这个女人彻夜伏案做起准备。她运用开放眼光先锋观念，充分权衡了旅游这件商品在逐渐富裕的国民生活中的重量，厘清了杨雄和丽人的利润扩张的思路，她就认定自己的“翻身仗”是一定要到丁冬溪去打了。古往今来，真正男儿好汉巾帼英雄，无一不是在原始战场上开疆立业。这一仗打好了打胜了，很可能“江山美人”都有了。如果在丁冬溪掌握了实权，那就不是利润里分蛋糕，她是可以经营成为新股东的。至于爱情战，也可以借此扭转战机。就容貌而言，她本来就和成小娥平分秋色，都是万国丽人第一美眉，至于学识才干，自认更在小娥之上。这个爱情仗，她一直苦于欠缺天时地利的战场，现在凭借丁冬溪，她会出奇兵而制胜情敌的……思想是才智摇篮，胡漠雁全面完成思考后，她在“约谈”时果然语出惊人。她说，旅游是时髦产业，也必然是明天大众化产业。所有产业，只要大众化就是竞争白热化。我们在丁冬溪搞旅游，除了“三个必须”没有利器：一、产品上，必须高举起唯我“拳头”(产品)；二、思路上，必须突破常规求发展；三、策略上，勇于“冒险弯道超车”。总之，平庸不行，四平八稳更不行……董事长杨雄就不能不为他的部下暗暗叫好了，他的创业成功路，就是一路越险冲关开辟的。他觉得胡漠雁的阐述不仅“正合吾意”，更有点石成金之妙。杨雄觉得不必再约谈别人了，他当下拍板胡漠雁立马出任万国丽人集团驻丁冬溪联络站站长，并且兼任主任实缺的丁冬溪旅游公司筹备处副主任。胡漠雁知道这是实业的预演实职的预习。她什么条件也暂且不提，只带上怀才不遇的名牌大学生吴奇，带着杨雄的殷殷嘱托，立马赶赴丁冬溪履任。

胡漠雁一路风尘奔波，古塔下车后也没敢在下榻的塔影酒店多待，与县政府有关官员一番接洽后，赶忙带着吴奇等几名工作人员去温泉山庄挂牌建站。

杨雄知道胡漠雁和成小娥表面上客客气气，内心深处墙高沟深，他在日常工作中，就尽量让两个女人井水不犯河水。这一次，也不例外。老谋深算的他，早是胸有成竹地让成小娥专职做预选花轿新娘工作。至于筹备建设丁冬溪旅游公司一揽子事，他亲自领导指挥，由胡漠雁的前方工作站具体执行。任务分配很清楚，胡漠雁辞行前还是问过杨雄，成小娥有没有需要她帮助的事儿。杨雄说，你干你的，小娥做小娥的，你们任务都很重，都没必要分心分力于对方。各自负责，各自尽职胜利完成，就是我的圆满心愿。胡漠雁明明白白了，她真的一到古塔就很尽职，在站里的第一个办公日，就倾心倾力与古塔方面联系商谈丽人集团投资所需的优惠政策优越环境。譬如说通电、通邮、通路，譬如说整体购买温泉山庄以做将来旅游公司总部，古塔方面究竟能诚意到何种地步，配合到什么程度，优惠到什么价位，譬如……女强人胡漠雁都一立足，就见形象；一立竿，就见影。

地方上政府官员，嘴功过硬，且大都见钱眼开，一听说有大老板投资亿元到丁冬溪办旅游，个个都是大说客张仪苏秦。胡漠雁从陈阵县长一直见到局长科长办事员，大家都对她五讲四美，礼仪周到，招待盛宴迎接不暇，美丽动听的言语不绝于耳。她好吃的吃了七碟八碗，好听的听了七箩八筐，办起实事，却是“请示”“研究”“明后天就办”。一星期下来，胡漠雁吴奇们喝痛了胃，磨短了舌头，古塔方面就筹建丁冬溪旅游公司一事的实效回应，除了发一两个红头文件，就是成立一个什么领导小组，这与企业干部的实干作风大相径庭，胡漠雁感到无比身心疲惫，又困又累。

一天，工作站人马又为一件急办的事，从丁冬河乡政府跑到古塔县政府，所到之处依然好话客气话如画眉鸟啼娇，待办一件具体事，又从县政府跑回乡政府，再从乡政府跑进县里，路是圆圈了，事情毫无圆满。胡漠雁两手空空，回到联络工作站，重重将躯体摔进沙发，半天不想动弹。这一刻，她特别感觉人生荒诞孤独，好想好想找个人倾诉。她就敲响了吴奇的房门。

胡漠雁大说一通古塔的人际无奈和环境荒凉后，对这次人生选择多少表述了悔意。哲学系毕业的高材生吴奇说，人的成败，大半取决于后悔式生活内容多寡。后悔多于前瞻，表明这个人失败绝对率大于成功必然率。胡漠雁说，我当然渴望成功。现实是在这个穷县，拦路石横陈，我们的遭遇恐怕正如一句俗话：强龙斗不过地头蛇。吴奇说，拦路石会搬掉的。杨雄的钱袋子装满了魔符咒语，他到时举起这只袋子念念经，什么样石头也会滚开的。地头蛇确实难办些，比如说你和成小娥，你再怎么强龙，没高招恐怕很难斗得过她。胡漠雁立马敏感求教："请赐高招。"吴奇："高招谈不上。道理是有的：以其人之道治其人之身。地头蛇厉害靠的是人气。如果你也能人多力量大，蛇能奈何?"胡漠雁本是消愁解闷，闲谈闲谈而已，没想到吴奇一番话"四两拨千斤"，是真正"轻拿重放"。她立即精神一振，眼亮心明：真要是在丁冬溪拼搏，就一定要有自己的队伍自己的兵！

顿悟的胡漠雁果然心胸开阔目光远大了。日常烦恼是平常的，非常烦恼那是断然不能日常的。往后，有事没事，闲话要紧话，都要和这条地头蛇多多套乎套乎，知彼知己，方能百战不殆。胡漠雁就立马给成小娥打起了手机。

成小娥正好在县城，手机通了，心里想不通。杨雄什么意思吗？公司不但来了人，还建立了工作站，怎么也没告诉一声？我是不是外人多余人了？心里不好受，话还不能直通通讲，成小娥就婉转借题宣泄情绪。她说，胡主任辛苦了，真的丁点儿不知道你们到了我的家乡。你生来乍到，肯定困难不少，我再没能力，集团方面也该让我为你们尽尽地主之谊。可是从杨总到各个部门，谁也没在电话里提及丽人集团驻丁冬溪联络工作站一个字，这不是有意让我慢待你们吗?

胡漠雁一听，赶忙连声说她在这里一切都很好。又说，丽人的作风和杨总的秉性你也了解，一遇到大项目，全都一个心眼儿谋事，人际客套，谁都无从讲究，你千万别介意"尽地主之谊"……如此一番安抚后，胡漠雁反客为主，询问起小娥招聘花轿新娘进展情况，说有什么困难，需要工作站帮助的，尽管吩咐。

不知出于何故，成小娥也赶忙连连说还好还好，没多大困难真的没多大困难……

不着边际扯了一大堆劳什子，各有心思的两个女人都知道一个在云里一个在雾里。她们终于各是心累地关了手机。

叮铃，有人按门。胡漠雁想，莫非县政府办公室来人了？就她感觉，现阶段工作最有期望值的，当数温泉山庄转让的谈判日程事宜。这座集山林风光与温泉于一体的休闲疗养胜地，隶属县府办公室接待科，日常主要接待省市两级领导度假疗养，丽人若想全权获得它，胡漠雁的前期首要工作，就是要频繁地和古塔县政府办公室主任、主管副县长直到陈阵县长打交道搞关系。现在来的是主任还是县长呢？跳下床的胡漠雁赶忙整理仪容向门道走去。

进来的不是县长也不是主任。进来的不速之客是位时髦漂亮的年轻女子。

来客说：请问您是南州的贵客吧？

胡漠雁点头：免贵。我是南州来的。

来客说，我是丁冬溪本地女孩，名叫沈虹，听说贵公司要在丁冬溪兴办旅游娱乐业，正在物色花轿新娘，我很想应聘，希望能给我提供为贵公司效劳的机会。

胡漠雁一听，连忙说请坐请坐。尽管招聘花轿新娘与她无关，主办这件事的成小娥也刚刚对她说过“没多大困难”，聪明睿智的胡漠雁还是最能神领杨雄要在丁冬溪旅游业里突出花轿游乐的创业意图。她坚信，无论在何时在何地，都是“山水三分人七分”，她认为好山好水抵不上好姑娘，由此看来，杨雄日后的旅游投资肯定大规模向花轿公司倾斜，杨雄的经营重点定然是花轿游乐业。胡漠雁也因此设计人生战略，先干好联络站长，算是“打进来”，再设法获取丁冬溪旅游总公司花轿公司实权，才是“扎下去”。她想，她的最终的伟业最后的辉煌，一定是、只能是在花轿公司。既然如此，就应未雨绸缪，顾不得什么井水不犯河水，干任何事都要有自己人，要有群众基础有自己的人，越俎代庖选聘几个花轿新娘，将来就会有人对她感恩戴德，遇到人生“坎儿”，也会有人效犬马之劳。再说推介几个花轿新娘，无论怎样说也是为集团办了点儿实事，于私于公，都在理，都是好事……这样想来，胡漠雁就心情非常愉快地对来客说，沈小姐，你好靓哇。我左看右看上看下看，你都好另类，好出类拔萃。

沈虹谦逊笑道：“哪里。其实，我们丁冬溪是远近闻名的美人沟，漂亮女孩很多的，我，一般般，胡站长这是夸我了。”沈虹是赶到温泉山庄后，才晓得搞错了，住在这里的丽人集团贵宾不是成小娥而是丽人驻丁冬溪联络工作站站长胡漠雁。沈虹灵机一动，远在南州城里的丽人集团，与大山沟里的一条小河毫无携手道理，现在要“联络”，除了筹办丁冬溪旅游公司，别无他意。沈虹立马决定，她要好好联络一下胡站长，要送上好印象，带回好运气，沈虹就把每句话说得既考究又让人舒服。

胡漠雁就说，是呀是呀，丁冬溪钟灵毓秀人杰地灵，我也每每听成小娥说过。哎，你认识成小娥吗？

沈虹说只闻其名，没见其面。

胡漠雁：没关系，找个机会我让你们两位老乡见见面，她一定会高兴的。胡漠雁就说起成小娥工作中遇到困难，希望你们这些家乡姐妹多多关照。

沈虹不知道成小娥遇到什么困难，她有些茫然望着胡漠雁。

胡漠雁：旅游度假业进入山沟沟，确实有个接受观念问题。我没来几天，就已经听人说，搞花轿游，游出感情怎么办？假凤虚凰游成真鸳鸯怎么办？有的讲，人上一百，五颜六色，君子小人，同世同时，往花轿里一坐，有几个正人君子心怀不乱？遇着那穿上状元服坐着皇花轿的新郎官是披着人皮的狼，新娘子不等下花轿就惨遭蹂躏，那就真是泪眼婆娑哭嫁了……如此舆论，真的让我们万事开头难了。成小娥选聘花轿新娘，工作自然困难多多了。

沈虹道：这就是山沟意识，是城乡文化冲突。不开放就不发达，搞封建保守就是搞贫穷。真实的世界真实的人应该是：我要紧张工作努力事业有成，我也要休闲放松吃喝玩乐。西方人大庭广众见面又抱又吻，我们躲在花轿里亲一口偷偷乐一乐，怎么就不行？光想到男人喜欢动手，为什么不想想女人也喜欢接受呢？大家都高兴，就不存在人皮之狼和惨遭蹂躏什么的。至于假凤虚凰游戏成真鸳鸯，那就是游戏出爱情了。爱情可以在写字楼工厂咖啡馆校园公园发生，爱情就不准在山沟沟在花轿里发生？只要是真爱，咱花轿公司就是城里有信誉的婚介所乡里的好媒婆，搭一座鹊桥做了夫妻，那不是大功大德吗？

听得胡漠雁不敢相信耳朵，也不相信是身处在水瘦山深之地。她简直就是笨嘴笨舌问道：沈小姐是本地人吗？

沈虹：不好意思，我是个土生土长丁冬溪女娃。

仿佛仍不放心，胡漠雁追了一句：哪个村的？

沈虹：天堂西村三家寨的。差不多是八十里丁冬溪最上游的一个小山村。胡站长什么时候有兴趣，到我那儿玩玩，好招待没有，包谷酒腊猪蹄管喝管吃。

说得两人都开心大笑了。

胡漠雁顿时觉得有一块石头落了地。成小娥这也搞不定那也搞不成，恐怕还是心气浮躁工作不刻苦，她要是多走走山沟多爬山越岭，深入深入三家寨四家寨什么的，杨总大概早就听到预选花轿新娘的好消息了。胡漠雁就再次打量着沈虹俏眉眼细腰身，就很激动很响地和沈虹击掌："成。我想这个主我还做得了。你有貌有见识，今儿就算面试成功。旅游公司成立后，你是我们第一位花轿新娘。"

沈虹一听，喜出望外，感激话自然是讲了一串儿又一串儿一堆儿又一堆儿。

谈兴浓，忘了时间，胡漠雁一边吩咐服务小姐给沈虹开房，一边挽着客人的臂进温泉山庄小餐厅。

要了一瓶血玛丽洋酒，吃起了山珍。沈虹反客为主，殷勤地给胡漠雁布上斑鸠脯：胡站长尝尝，很肥嫩，挺鲜的。咱山窝窝里有句老话：鹭鸶吃鱼三根筋，斑鸠吃沙胖墩墩。

胡漠雁：有道理，斑鸠食浆果与种子，吃些沙，糙胃，好消化。

沈虹赶忙敬酒：胡站长知识广博，往后请多多教导多多帮助我，也算我造化了。

吃吃喝喝，说说笑笑，又谈起了正事。胡漠雁说他们杨雄总经理是个干大事业人，光花轿公司这个项目，投资就不下四五千万。胡漠雁举杯：沈虹，丁冬溪美人不少，有开拓意识开放意识的人不多。在你的女性朋友圈里，有可能的话，再为我们推荐几位优秀花轿新娘人选吧。

沈虹立马推荐姚秋桂。

胡漠雁饶有兴味问起姚秋桂情况。

沈虹说，秋桂三十岁，虽然是位嫂子，长得却是特有成熟女人风味。鲁迅作品不是有个豆腐西施吗，姚秋桂恐怕比豆腐西施还要白嫩。人又特开朗特开放，荤话笑话全无忌。我想，花轿游客，大抵都是求刺激寻开心，姚秋桂若是安家落户花轿公司，肯定会给公司带来财富和运气。

不知为什么，胡漠雁又一次与沈虹心有灵犀，深为知己。她痛快地端杯而尽：好。我等着见姚秋桂。

其后，便是杯来盏去，两人的谈兴也是一会儿南州，一会儿丁冬溪，一会儿人生事业，一会儿婚姻爱情，海阔天空，真的越谈越五百年前是一家了。

这时，总台小姐走进来毕恭毕敬说：胡站长，有位周婷小姐要见你。

胡漠雁想不出谁叫周婷。不过没关系，她想这可能又是一位应聘花轿新娘。她吩咐道：请你把周小姐领进贵宾接待室，我马上就来。

成小娥的房间在塔影酒店第十三层，这在小小的古塔县城是很高很高了。窗外闪烁着昏黄的灯火，远处夜茫茫，雄奇的群山被黑暗吞噬殆尽。她站在窗前，既望不见南州，又看不到成家沟。夜风朝着窗口猛灌，冰凉得她一阵阵战栗，高处不胜寒。

成小娥心情郁闷时就总是往家里打电话，安四娘说："小祖奶奶，还嫌乱子不够吗？没事就少打点儿吧。"若是碰上爹接电话，句句都像砖头砸人："又怎么了？你就怕我过称心日子？"有一次，是嫂子杜文竹接的电话，文竹像蚊蚋嗡咽，她怯声怯气压低嗓门："小娥，嫂子想你，你一个人漂泊，多多保重……"文竹声音更小了，她说不能再讲了爹站到房门口了……家如此，依然是家，依然是很想念很想念的家。"儿不嫌母丑，狗不嫌家贫"，人，就这么贱。咫尺天涯啊，家不家啊，成小娥满眼泪花。

无家更念友，好朋友牛青青怎么也不来呢？小牛寨没有电话，成小娥花五十元请了一位好脚力的壮汉送信，送信人才跨进牛家门槛，牛汉成只问了一两句就送瘟神般把信使轰出去了。送信人只得在小牛寨串巷打听，树荫下喝茶男人、剥豆米女人都怪怪地瞧着他，十二分敌意说道："你是哪里的？一个大男人，找要做新娘子的牛青青干什么？想当流氓找死啊！"送信人像一只土拨鼠，赶忙慌慌逃出小牛寨赶忙到塔影酒店回复。成小娥就自言自语："青青，我孤单死了，快来陪陪吧。"

无处诉说，人成为哑巴肯定很可怕。情绪糟糕，心灵肯定格外黑暗。成小娥就一遍遍给杨雄打无事生非电话。她反复纠缠诘问："公司来人了，为什么不告诉我一声？我不会和胡漠雁计较什么，她和公司的人来了，我真的只想尽尽地主之谊，请他们吃吃家乡风味小菜，游游名山大川，这有什么不合乎情理？可你是彻底把我当做外人了。我想问，我就那么多余？如果真这样，我可以辞职……”每每反反复复说到此，成小娥就情不自禁哽咽，她很清楚，她在骨子里爱杨雄舍不得丽人。却是杨雄是个莫斯科不相信眼泪的家伙。他：“干什么你！你不知道？本公司铁的纪律是各尽其职，不许串岗乱岗。胡漠雁一行是前去联络公司筹建事宜，日程很紧，难度也很大，你预选花轿新娘，几个既定人选至今一一无果，这种时候还搞客套搞地主之谊，搞吃喝搞游山逛水，为什么就不多想想把我交待的工作搞定搞好？”

杨雄不讲理了！

悲情无处诉，忍泪谁可怜。事业不成，亲人不在。孤独的成小娥，倒在床上哭泣。哭够了，又打电话：杨雄，求求你，让我回去吧，我想你，我要见你，我要你。

杨雄笑了：孩子气吧。过几天，我不就来了吗？

成小娥：我知道，你来不了。你想得到温泉山庄，可是古塔的陈阵县长明明白白告诉我，温泉山庄是他们一块香甜蛋糕，古塔就是靠这块蛋糕，招待小憩休闲的省市党政官员，他们靠温泉山庄联系领导联络感情获得财政补贴和救灾款扶贫款，你夺人可口之食，这可能吗？至于花轿新娘，如果一定把牛青青杜文竹李平平当名牌招牌，这档事恐怕也是山穷水尽了。这不行，那不顺，我想丁冬溪旅游公司也只有胎死腹中……

杨雄打断：“说什么呢！小娥你情绪不对。我做事是很坚定的。上这么大项目，现在有困难，将来也有困难。我依然相信你是践难而行的好女人，相信你是我的事业臂助。你就和我一起相信前景光明。”杨雄就顺势逗她开心了：“宝贝，睡吧睡吧，我的宝贝。晚上做个好梦，梦见你在我的怀里，还梦见你我都在‘天黑就快活’……”

成小娥忽地像小猫见到小鱼，破涕为笑了。

这时候响起了门铃。

成小娥问：谁？

门外人：我。牛青青。

哗啦开门。

砰地关门。

扭在一起，打到一块。

疯啊，笑啊，泪眼相视啊……扑通，两人一起滚到地板上啊……

牛青青一直是被动迎接，是一种势不可挡的附和，很痛地摔到地板上后，才吃了一惊。她瞪圆惊恐的眼珠说道：小娥，别吓我。告诉姐，神经正常吧？

成小娥就胳肢牛青青，两人又一起滚雪球。笑得喘不过气的小娥说：什么姐不姐，不就大一个月零三天吗？多三十三天，你也不会比我少尿裤裆，少用几块尿布。

牛青青不敢随着她闹腾了，她攒着劲，想从地板上跃起。却是成小娥说道：干吗呢你干吗呢？站着冷，坐着烦，睡在床上想孤单。滚地板好，滚地板就是好，多欢腾，多刺激……小娥一边说，一边还真的疯癫滚起来。

完了，完了完了，小娥失常了。

成小娥这才丢手。她千调整万调整，还是一屁股坐在地板上。她凶巴巴说道：你才失常。

牛青青无奈，她拉了点距离，陪坐在地上。她说，我……我失常？

成小娥：就是嘛。本来嘛。

牛青青：我怎么失常？

成小娥：我们是不是老同学？是不是最好朋友？是不是最亲最爱？

牛青青说，是啊，当然是啊。

成小娥：是，为什么不来看我伴伴我？这正常还是失常？

牛青青真的感到成小娥好不通情达理，再说，就算没看望，没能一起玩耍，就值得招来如此嬉笑怒骂吗？牛青青就说成小娥太作秀了。

成小娥静默了，她坐得平稳一些后，说话也平实了。她说青青，给你讲个故事。有一条小狗，它的欢乐与幸福全在尾巴上。只要狗尾巴摇着摆着，它就能舞蹈般奔跑，唱歌般鸣叫，就能愉快上战场或胜利大逃亡。有一天，主人远行，要把小狗关进房里。小狗不同意，它说，我怕寂寞，关在屋子里，我的尾巴一准摇动不了了。我不能想象尾巴不摇的生活怎么过下去。主人说，这好办。他就弹出瑞士军刀，刷地割掉了小狗尾巴。主人认为没尾巴的小狗就不会爱玩好动找乐子了，它一定会安安静静地在屋子里吃着备好的狗食，安安静静地等着他回来。主人万万没想到，他归来，看不见摇着尾巴的小狗给他开门，他看见伤愈后的小狗，莫名其妙死掉了。成小娥说，这些日子，我就是那条失去尾巴的小狗。寂寞和失败，变成最狠毒的孤独小虫，它们日日夜夜凶猛地啃噬我的心。我每天，能一片不少地数清窗外那棵看得见的梧桐落叶，我却数不出世上还有几个人在爱我，数不出家山几重，南州千里万里。说不出朋友有谁，魂归何处。我在这间活棺材的客房里，真的害怕憋成哑巴，在某一天早晨起床后突然不会说话了。我总是客厅跑进卧室，卧室跑进客厅，我害怕老是坐老是睡两条腿失去走路功能。青青，我真的太冷清太可怜了，却是杨雄还在让我无期又无望地等待。你在夜阑时刻在我的失眠时分，突然破门而入，我怎能不高兴得发疯，我恨也甜甜地痛，乐也隐隐地悲，我，我只想哭……

牛青青被氛围严严裹挟，被语境深深震撼。她颤抖地拥着成小娥：对不起，是我的错。我没能在你身边，也没咀嚼你的危困……

成小娥一笑：不怪你，其实都是我的脆弱惹的祸。不说这些了，哎，喜事备办得怎么样？看来是天意，我在这里苦苦等待，就是等着喝你那杯喜酒。

牛青青：有什么喜事？只有烦心事，闹人事。闹得我无家可归，跑到你这里借宿。

成小娥吃一惊：闹了半天，你不是来看我的？

牛青青：要说，你我真是患难姐妹了，大家日子都不好过。我到山口镇找罗锡贵摊牌谈事，没想到罗锡贵跑到小牛寨大动干戈收买军心，一位要好的村邻姐妹跑来告诉我，罗锡贵花大钱，送大礼，动大心思，把我父母哥嫂哄得心花怒放，笑声入云。罗还在小牛寨每家每户拜门子，送礼物，拉拢人心，乡亲们就甜进嘴巴甜进心，都说罗既有钱又有德，说罗是小牛寨贵人。有的还干脆立马求罗老板让他们进通达公司打工……小娥，我怎么办？这么闹腾下去，我真不敢回去了……

成小娥听得愣愣的：这么说，对于结婚你还没下最后决心？

牛青青：我什么时候说过下决心了？

成小娥：可是你爹妈很坚决啊。我现在才知道，什么人都可以得罪，就是千万千万不要得罪爹妈。人，都是要归来的，都要回家。家是什么，家就是爹妈。成小娥就说她现在想杨雄，远不如想爹想妈。

牛青青很敏感：你和杨雄闹矛盾了？

成小娥不正面回答，她说，我和爹妈不也闹了矛盾吗？

牛青青：你和爹妈的矛盾，不同于我和爹妈的矛盾。我总不能和一个品德很坏的人结婚吧？一个女人的丈夫是通奸老手，是大嫖客，那就白天没太阳晚上没月亮了，那就不是日子。

成小娥努力地使用轻松语调：证据呢？没证据，是不应该听风是雨的。

牛青青气愤了：你怎么这样？要不是铁杆朋友，我真怀疑罗锡贵收买了你。

成小娥叹了一口气：罗锡贵要娶你做洞房新娘，我想让你当花轿新娘，罗锡贵拉你，我也在拉你，哪边是贼船？你将漂往何处？一路上还有多少险滩？罗锡贵肯定说，跟着他一帆风顺；我也肯定说，咱俩同舟共济，就能所向无前，一路辉煌。我说，罗锡贵说，其实你都应该视作苍白无力。重要的，是你自己说。这就需要战胜自我。要取得战斗胜利，就要有武器，你现在最神秘最有力的武器就是——证据！

牛青青：挺理论的。其实你可以说得很简单：我有了武器，就可以打败父母哥嫂，打败罗锡贵。

成小娥：不一定。这武器是一把双刃剑，既可能打败罗锡贵，也可能打败我。关键是看证据对谁有利。

牛青青：我累了，不跟你绕来绕去了。这么跟你说吧，这次出门，一时不打算回去了。你太寂寞，我应该伴伴你。我陪你逛逛，陪你到卡拉 OK 厅唱歌，陪你说话到天明。白天，我就不屈不挠干那件事：收集证据。

成小娥大笑了：好啊，你蹭我，想住不花钱旅馆啊。

牛青青：谁叫我们灵魂有约呢？无论怎样伪装，无论怎样违心行动和虚情表达，我俩真实灵魂，同是一只死扣的蝴蝶结。

死扣？果真是立马抱得铁紧。连体人站着，又连体人倒到床上。

姚秋桂家养了十五只羊，这在雷打石凹很耀眼。人尖子滑子仁是挣钱狠汉，天山乡政府封他为首批小康人家，滑子仁也不过养了十一只羊。男人有男人挣钱力量，女人有女人挣钱门道。姚秋桂那年为一斗荞麦失身滑子仁，看似漫不经心，其实心里窝着火。滑子仁那老糙货是什么东西？脱掉鞋脚丫臭烘烘，裤裆里黏黏糊糊，她敢肯定这邋遢男人至少三个月没洗澡没洗屁股。滑子仁指甲崩缺，茧花刺硬刺硬，他"抱儿子"（养子）当兵不心疼，他就用这种刀锯手，在她嫩得娇豆腐出水的身上，到处瞎摸乱抓狠抠，姚秋桂从白胖胖奶子到白胖胖屁股，被整得血痕纵横交错。反正不是自个老婆，狠玩一回是一回，趴上去，就不下来，灌了一次又一次。太阳偏西了，他才偏身下马。就为这点事，姚秋桂立志要活得胜过狗日的滑子仁。两年前，她有了第一次成功行动。那时候，不少人都在传说山口镇大老板罗锡贵好爱好爱小牛寨的牛青青，光是给牛汉成送钱送礼物，就有个专门劳力王龙。姚秋桂灵机一动，她不羡慕牛汉成牛青青，她羡慕王龙打听王龙。她晓得王龙身世很惨家里很穷至今还是个王老五，她还晓得王龙人品差，是个只知道向主人摇动狗尾乞怜的真正狗奴才。却是姚秋桂心里叫好，着啊，要的就是这样的王龙。这一天，摸准了王龙又去小牛寨送礼，找一处山嘴大转弯僻静山道，姚秋桂一屁股坐地守株待兔。焦人地候了一两个时辰，姚秋桂爬到山嘴上瞭望，隐约看见王龙背着背篓，缓缓爬了上来。姚秋桂滑回山道，松开裤带等候。有脚步声了，有吭哧声了，姚秋桂赶忙拉下裤子蹲下，太阳般耀眼的白亮大屁股对着山嘴，煞有介事假装着屙尿。王龙刚转过山嘴，果然就被这白花花太阳射得睁不开眼睛，他知道这个埋头屙尿女人太专心了，他把她屁股已经看得很细致了，屙尿女人竟然丝毫没发现他。背背篓的王龙，就走也走不过去，歇也歇不下来。王龙的手，就在姚秋桂翘起的屁股上又像拨拉又像抚摸。姚秋桂装作惊恐万状的样子，一边急忙拎裤子一边和王龙吵。她说：你流氓！这也摸得？

王龙说，我没摸，我是拨拉，你挡住我的路了，我拨拉一下。

姚秋桂：大路朝天，各走一边，我咋挡你路了？

王龙说，山道这么窄，你的屁股那么大，我擦边走，"滑脚"了怎么办？

姚秋桂：这么说，你摸女人屁股有理了？

王龙嬉皮笑脸：没理。有感觉。

姚秋桂见风使舵，她噗哧一笑：什么感觉？

王龙卸下背篓：像高级丝绸。挺舒服的。

姚秋桂佯装不好意思凑过来：真的？那……那你就……再摸摸呗……

是天上掉馅饼。是走路一脚踢出金元宝。在罗家花园，王龙是罗锡贵哈巴狗，但他在所有女佣那儿，却是一匹地地道道公狗。做清洁的女工，常常被王龙逼进洗衣间，结果是女佣衣服没洗，先洗屁股。王龙也没少钻溜伙房，只要掌勺大师傅不在，他就逮住烧火厨娘又啃又摸，摸到要害，厨娘吓得动也不敢动。这一回，根据视觉与触觉的联合检验，王龙觉得这大屁股女人比厨娘洗衣妇白嫩一又二分之一，再看女人脸，大是大了点，可眼睛也大啊，大嘴巴也格外性感，脸面也很亮堂。王龙就毫不犹豫应女人之约，他就对她“再摸摸”。

一直摸上山，一直摸进槲树丛。接着就摸掉了上衣，摸掉裤子，七摸八摸，就摸进去了。完事后，王龙看看太阳，急着起身赶路。姚秋桂说，你往哪儿跑？我就这么被你白用了？王龙没当回事，他说，是你要我用。王龙就背起背篓大胆往前走。

姚秋桂不紧不慢厮跟着，她说，走啊，走啊，不就是上小牛寨吗，我跟到小牛寨就是了。

王龙这才着实吓了一大跳：你是谁？你怎么知道我去小牛寨？

姚秋桂：我不光晓得你上小牛寨，我还晓得你要去牛青青家。老牛家，我可熟了，我对牛汉成说，这流氓汉子把我拦路强奸了，他是你们家什么人，他毁我身，我要毁他一生名誉，我要到派出所告他……

王龙急慌了，连声说，大姐，好玩好耍的，你这何必呢！大姐，你是看中我篓子里东西了，要哪样，任你选……

姚秋桂瞅了瞅篓子，吃的喝的穿的，应有尽有。她想，你也是滑子仁一斗荞麦打发我？没门。姚秋桂就说，我啥东西也不要，你想私了，呶，这么着——姚秋桂拇指捻食指，做点钞状。姚秋桂接着又说，呶，再这么着——

她伸直五个手指。

王龙不猪，他说：五十块？

姚秋桂：刚才还说我是高级丝绸，咋就这么不值钱了？没五百，没完！

后来肯定还有许多扯皮，还有许多讨价还价。道路是曲折的，目标是坚定的，姚秋桂下定决心争取胜利。最终，王龙把老板孝敬未来老丈人的四百元彩礼连同自已荷包里一百元私房钱，一子儿不剩给了这骚娘儿们。

姚秋桂可不是骚娘儿们，她是扒家娘儿们，你滑子仁有十一只羊不得了，我家三只羊就做人抬不起头了，老娘花五百元买八只羊羔，老娘也是十一只羊，老娘跟你平起平坐。

有十一只羊的姚秋桂，及时获得重要信息：山羊奶是女人脑黄金。奶山羊比肉羊价钱高一倍，她不能羊毛出在羊身上，卖肉羊买回奶山羊，那样，她又在小康滑子仁名声下边了。她直率感觉：名在下边，身就在下边。姚秋桂就拿定主意，“羊毛”要出在关峰身上。关厂长想儿子想得要命，一次又一次梦里有了一个又一个白胖小子。他就一次又一次做姚秋桂，姚秋桂也就一次又一次做手脚：事先服避孕药。反正有口头协议，做一次，厂长付六十元鼓励费；怀上了，开三千元奖金；生下是儿子，兑现款一万五。姚秋桂不是傻妞，十月怀胎多辛苦，三千元远远抵不了那酸水一吐一盆儿的恶重怀孕反应。一万五倒是个诱惑，虽说以前一个家胎一个野胎生的都是儿子，谁能晓得抽烟如雾嗜酒如蜜的关峰，跟她干事种的是旱地还是水田？她听人说，男人烟酒太狠了，要么种地旱涝不收，要么种水田生个水性杨花姑娘伢。越来越像个羊专家羊场长的姚秋桂，也就越来越做任何事都想着羊，与羊联系起来，姚秋桂想，关峰的六十元种地费，顶多买两只羊腿，有些事急不得，只能慢慢做慢慢来，慢慢挣钱慢慢买羊。关峰就唠唠叨叨：“不是说你是卤水点豆腐，一着就灵吗？”姚秋贵开始是鼓励：“你勤奋点嘛，别怕苦怕累嘛。”唠叨多了，姚秋桂也冒点儿小脾气：“我是实践检验了的，我没问题。怀不上，那是你的毛病。”关峰听这话，家伙都差不多吓软了，连声说：“好好好，我的姑奶奶，咱们谁都别丧气，行不行？”

当然行。

那就一直行下去，姚秋桂就很行地又“行”出了两只奶山羊两只绵羊。

两只山羊奶，喝得三十岁姚秋桂去年十九今年十八，白净似雪，嫩如二月韭三月苔。她的日子越过越有想头，她家的羊，今年至少要产五六只羔，她不给下虎头那个姓关的生儿子，姓关的今年也至少能给她生四五只羊，照此下去，发羊财不是不可能。

拥有了羊权的姚秋桂，丈夫齐光华就越来越没权。姚秋桂就总是说话像吆喝：光华，我跟你说几遍了？怎么老是牛耳朵只晓得打苍蝇！羊身上灰脏灰脏，赶快到热水洞找一眼温泉洗涮洗涮。

齐光华去了老半天，回来时，身边除了十五只白白净净漂漂亮亮羊，还有个白白净净漂漂亮亮女孩。姚秋桂立马一说三笑：啊哈，什么风把你刮来了？稀客稀客。

沈虹也一见就笑：嫂子不想我，我想嫂子嘛。

姚秋桂狐眉狐眼打趣：想我干吗？我也是没把柄的，不好使唤。

沈虹当然晓得骚娘儿们姚秋桂十句话九句黄，她装作傻妞说道：你又没缺点，怕什么把柄。

姚秋桂：就是有缺点啊，不是缺那么一点，你这么漂亮，我早就收做二房了。

沈虹就捶姚秋桂，就说姚秋桂好坏好坏。

闹腾着，齐光华煮好糖蛋茶，两个女人一人一碗，齐光华靠着门框干笑。

姚秋桂说："蹭痒痒啊？快放羊去！"齐光华连声哎着，卷地风般跑去了。

沈虹就说姚秋桂好福气，找了个柔顺听话男人。姚秋桂不以为然，她说她宁愿找一个有本事挣大钱的不听话的男人。"跟上齐光华，油盐钱都靠我来挣。一个一文不值的男人，敢不听话，管叫他活着床上没骚味，死了坟里没棺材。"

沈虹只当没听见死后有没有棺材，她只抓住姚秋桂活着为了挣钱。她说，嫂子，我是在温泉山庄看见齐大哥给羊儿洗澡跟来的。你家的羊养得真好，齐大哥又那么会照料，咋就不多养点儿呢？南天山北天山姐上山，靠养牛养羊发了财，怕是有二三十家了。

姚秋桂坐正了，说正经了：谁不想多养羊？我做梦在想，坐马桶也在想。空想有什么用？一只羊羔，涨到八九十块，我们家赤手打巴掌，一文没攥的，上哪儿弄钱买羔子呢？

沈虹在路上听齐光华说他婆娘越来越像个羊专家羊场长了。说他老婆除了羊，跟谁都不亲热。说姚秋桂把他看得不如一根羊毛……沈虹晓得，姚秋桂羊迷心窍了。这个总是想入非非的女人，想有漫山遍野的羊，做一回人上人。沈虹就说，钱有啊，你想养多少只羊？

姚秋桂不含糊：我想养一百只，想养一千只。

沈虹：一千只可以当作理想，一百只我保证两年实现。

姚秋桂：月亮当月饼，馋我哄我。

沈虹抓住姚秋桂的手：秋桂，在这条丁冬溪，我总觉得咱俩是最新潮女人，咱俩不应该老是受穷老是过不上好日子，这没道理，不公平。总算老天有眼，机会来了。南州市丽人集团老板杨雄，泡上了咱丁冬溪打工小妞成小娥，杨老板就和他的妞到丁冬溪玩儿。这一玩儿不打紧，杨老板不但爱丁冬溪美人，他也爱丁冬溪江山。杨雄决定投资一个亿兴办丁冬溪旅游公司，准备花五千万搞花轿游，一乘乘大轿小轿滑竿，抬着客人游山玩水。杨雄是个精明老板，他晓得要想游客掏空荷包，就不能光让他们坐空花轿，他就把花轿公司的导游小姐，一一定位定名为“花轿新娘”。游客打扮成新郎，导游小姐打扮成新娘，男女成双坐在花轿里游玩，那多有情有味，那好开心。游客高高兴兴花钱，公司开开心心赚钱，你说杨雄伟大不伟大？好了，咱不能光羡慕杨雄了，咱也该羡慕羡慕自个了。丽人的联络站长住进温泉山庄，我就闻风而动，跑去毛遂自荐当花轿新娘，还算有火，站长一眼看中了。深入交谈后，竟然把我喜欢成宝贝。站长就要我再给她推荐几位花轿公司导游小姐，我谁也没想，一口就说出你。我说你人长得别具风味，性格开朗大方，是天生花轿新娘料子。站长说，行，我信得过你的眼力。秋桂，明儿你就去温泉山庄好生面试，通过了，大把大把赚花轿公司工资赚游客新郎小费，你还愁齐光华在家里放牧不上一百只羊一千只羊？

本以为姚秋桂笑得扯喉，欢得打蹦子，却是不见笑容见愁容。沈虹闹糊涂了：咋了？

姚秋桂不好说出她做了亏心事，为了占小便宜获得胡石柱那份赏钱跟杨雄结下了隐患，她只说：进旅游公司，可不敢说定就定，我要多想想。

沈虹吃惊了：这么好的事，还想什么？

姚秋桂想，不想怎么行。我得先去青石坡老胡家问问，探听探听他们有没有良心，供没供出我这个线人，要是没抖出我，杨雄成小娥不知道我是恶人仇人，让我在花轿里光屁股当新娘我都干。

姚秋桂还想，干五年新娘，挣一千只羊，我也当老板。

想归想，姚秋桂面对沈虹，既不能感激又不能诉说心曲。

沈虹就好不高兴，觉得好心当了驴肝肺。无论姚秋桂怎样盛情留她吃饭，沈虹也不肯在雷打石凹多待半分钟了。

周婷找成小娥找了一圈。赶到温泉山庄，听贵宾接待室小姐说南州客人是一个叫什么胡漠雁的女人，她想，这与成小娥风马牛不相及。既然成小娥不在温泉山庄，牛青青也肯定不会在这里了。周婷就没进贵宾接待室，转身回去了。

第二天，周婷没再敢出门找人，她怕罗锡贵突然回家。罗锡贵可以进入她的肉体，她却永远进入不了罗的内心。好猫乖狗跟了罗这么多年，周婷至今也摸不准罗这个人。罗可以十天半月不要周婷，有一回罗锡贵到广州参加交易会，然后又是厦门温州谈生意，一个月零五天才回家，周婷心慌慌，赶忙跑到浴室洗澡，弄得干干净净喷喷香，又赶忙往卧室跑。进了房，老板已经脸朝里墙躺在床上。周婷知道犯了大错，罗这么多日子没女人，她不应该不晓事，应该晓得男人已是烈火干柴。她应该一丝不挂窝在被窝里准备着，罗会急匆匆走进卧室，罗会有一个惊喜，她也就又有一次获得爱情加分机会……现在一切都错了晚了，罗锡贵面朝里不理她，周婷就膝盖头很响地跪在床边，一只手插进被子，哆哆嗦嗦滑向罗的下体，嘴里是不尽忏悔：“对不起，我不知道你这么快就进卧室。我不该在浴室里花费太多时间。给我机会吧，我一定让你快活开心……”罗忽然一个激灵，他打开她的手，转过身疲惫地睁开眼皮。罗说：“闹什么呢？不知道我多忙多累吗？出去出去，我要睡觉。”罗三十五天没沾她，罗还能呼呼睡觉，这在周婷生命史上不能想象。那次，罗不仅出长差回来时没要她，第二天第三天，他都是疲劳不堪独自睡到天明。罗能很久不要周婷，罗又一天之内三次要周婷。这种现象，也是周婷另一种深刻记忆。大约是暮春初夏不太分明的季节，罗锡贵和周婷共度良宵。太阳已经钻过窗户亲吻幸福脸了，告天子和凤头鸦也在浑身灿烂地歌舞长天。周婷先醒了，她轻轻推推仍在半抱着自己的男人：“罗总，你不是说上午有个很重要活动吗？”罗锡贵眯眯盹盹：“几点了？”周婷说八点了。罗锡贵就从被窝里往外爬，爬了半截儿，发现晨光泻在周婷脸上很鲜亮很美丽，复又缩回被窝抱着周婷狂热冲撞了一回。中午，罗锡贵那个活动大概很成功，他和武汉那家大酒店山珍供货洽谈渐趋一致，合同文本将在下午形成，晚上就可以喝香槟签字了，这天中午罗就和那位酒店经理大喝茅台。麻花步扭进家扭进卧室，一迭声呼叫周婷。周婷说，我在呢，给你沏茶醒酒呢。罗锡贵说沏什么茶醒什么酒，罗说，酒能醉我？要醉，也只有你能把我弄醉。罗锡贵很兴奋很有酒劲地把周婷做得毫无招架之功。晚上，风云突变，武汉那个酒店经理是他妈的出尔反尔小人，大概在罗与周婷分享午间床笫之欢时，小人经理又溜达到大祥工贸公司和李石磷勾搭上了，大祥公司山珍生意从来不是强项，李石磷历年都是顺带儿做的，却是这一回一百多万元供货单，热乎乎揣进怀里了。罗锡贵那晚没喝成香槟酒，回家后却像醉汉一路撞坏了庭院里的水榭，踢飞了客厅里的汝窑瓷瓶，打烂卧室外间两处雕栏。那时王龙周婷麦子黄都战战栗栗跟在罗老板身后，罗锡贵吼道："滚，给我滚!"王龙周婷麦子黄谁敢不滚？罗锡贵进了房，一屁股夯在床上："周婷，你个臭婊子，老子栽了个小跟头，你也狗眼看人了？你给老子滚过来!"刚刚滚走的周婷，就又赶忙滚回来。接着罗锡贵就和周婷滚上床，兴奋是力量，愤怒也是力量，晚间和午间，一般狂放一般勇，一般鲜艳一般红，罗锡贵把周婷做成一床烂泥。

有这些往事，周婷当然谨慎行事，步步小心。她在心里老是念叨着庄律师的话，和富人结婚，富人只晓得一味在外扒钱，扒进来后，实际上都成了内当家的。和富人离婚也挺幸福，分割时，他是千万富翁，你就是五百万富婆。周婷知道，她现在手中有好牌，她还有赢的希望，关键时不能急躁，要稳扎稳打。周婷就在罗家花园心潮一涌一涌地等待罗锡贵。

这时，罗锡贵也是心潮一涌一涌地在小牛寨等待牛青青，等了两天零半天，这对于时间就是金钱，对于日进斗金做生意的大老板，是等待得太长太久了。牛汉成管翠兰就说了很多歉意的话，牛力两口子也一再说他们就是不吃不睡也要三天内找着妹妹带进罗府。罗锡贵就墙倒屋塌地回到山口镇。周婷一眼瞅出老板不开心。好，罗不开心，她开心。聪明的周婷开心不开脸，她不多言不多语只一味伺候。时不时，瞄一眼大床，等待着老板怒潮裂岸做她。却是罗锡贵歪在沙发里默默坐了一会儿后，喊王龙：吩咐司机，我要去万州。

在商务不忙时或赴外意向性谈判，罗锡贵有时也带上周婷。万州之行老板带不带她呢？周婷赶忙讨问：罗总，要不要我随行？

罗锡贵：王龙随行。你在家好生接待牛力牛青青，他们来了，就住在花园内部客房，我三四天就回来了，让他们等我。

牛青青牛力没等罗锡贵，倒是周婷烧心焙肺苦等了一天也没等到牛青青。第二天，周婷不再如此无为地等天黑了，她请麦子黄辛苦一趟，打探打探牛青青牛力到底在小牛寨什么时候出门，麦子黄受韩水生重托，也正急着这事，他穿上麻耳草鞋捷步如飞赶到小牛寨，一打听，牛青青不在家，她一直没回来。

周婷算着罗锡贵行期，属于自个自由空间也就剩一两天了。她知道，唯一的希望还是要找到成小娥。有一种感觉坚定地告诉她——牛青青和成小娥就住在同一家宾馆同一间房。

周婷踏破铁鞋，终于在塔影酒店第十三层找着了成小娥。一如所思所想，周婷还同时找着了牛青青。

接下来的事，可以是严酷现实，也可以轻松如戏。周婷苦寻牛青青，牛青青何不也是时时想找周婷这等重量级证人的证词呢？两个女人一拍即合。周婷就敞开心扉放开喉咙谈，牛青青脸红脸白地听。

里间的成小娥偷着听偷着乐。她知道，她们三个女人都是幸福的了。

丁冬溪花轿公司肯定会拥有一位卓绝的首席花轿新娘了。牛青青肯定解脱了。周婷也肯定得到谁都猜得出的那个奢望那份期求。

三个女人，似乎都赢了。

尽管爱情秘密和商业机密都是多多，成功的老板们都不另类，在二者相左和两难时，他们都倚重后者。杨雄在给古塔方面打进实质性第一笔资金前，还是秘密派冯豹最后一次验证投资环境。冯豹就和胡漠雁一样，进入丁冬溪也没有告诉成小娥。

冯豹住进古塔县的一家不起眼旅社。一路劳顿，天一黑就蒙头大睡。他是忠诚事主的人，出外做事，不喝酒，不搞女人，心里尽想着要做的事。冯豹就夜夜都是早早入睡养精蓄锐，第二天早早起床做事。如此一连三天，他收获颇大地在电话里给杨总做了汇报。杨雄指示范围还要做得更大些，调研还要更细致点。冯豹不敢马虎，今天就去了丁冬溪偏远的三家寨。

先搭车到六盏灯，然后步行四十五里崎岖山道才能到三家寨。冯豹在六盏灯下车后，赶忙走进一家牛杂店武装肚皮。六盏灯的牛杂又辣又香又耐饿，冯豹几筷头下肚，鼻头碎汗闪烁起来。他喊老板给杯白开水，生意好人手忙的牛杂店，没人理茬。

冯豹只得自个起身走到水锅边舀了一大碗白开水，站在灶火前也是洗涮麻辣舌头也是浇淋心火咕嘟咕嘟喝掉了。冯豹又舀了一碗端起往自个餐桌走去。就是这么“一盏茶工夫”，冯豹的座位没有了，他的餐桌四方四正坐了四位食客。冯豹的牛杂面碗，孤零零地推在桌子一角。

冯豹一声不吭站着，他想，他们会不好意思让座的。他不吭声，他们甲乙丙丁一窝蜂喧哗。冯豹一听，有意思，关于要座位和吃牛杂，顿时扔进爪哇国了。

甲乙丙丁都是脸膛黧黑皮肤粗得像栗树皮山里佬，他们面熟，又显然不是一个村子的。甲的筷子当当敲响了乙的碗：“老哥，多吃点多撑点，往后是娘儿们天下了，再这么吃香的喝辣的不容易了。”丙咬住话尾，他也说乙：“没事没事，你老婆花也不容月也不貌了，就剩下床上有股骚劲，那就有力不好使有武艺没用场了。听说花轿公司规矩大得很，谁想在花轿里卖骚，一子儿赚不着，还要老鼻子罚款。”丁是个很阴损家伙，他总是关键时刻毒辣冒出一句：“屁了。那不是赔了水货又赔硬通货?”

四条汉子呛起嗓子坏笑连声。

乙笑过后，反攻了，他矛头指向丙：“你老婆被你破坏性耕种，搞得土贫地瘠，剩余价值也就和这牛杂面汤差不多了。我看你小姨子行，奶子屁股两头翘，中间夹着水蛇腰，往花轿里一坐，趁着李松柏那帮狗日的乱颠疯轿，就势真真假假往客人怀里一歪，坐着花轿可劲收小费，那日子过得，喊!”甲马上助攻：“这叫会玩的玩门道，不会玩的玩热闹，人贴进游客怀里，手贴进游客荷包，有这么个小姨子，姐夫哥给她提提皮鞋，一天也少不了三十五十劳务费。”

别人都在笑，丁又正正经经损上了：玩门道?那是那是。有门就有道，进门就知道……

丙赶快打起小姨子保卫仗，他将一块牛肝，照直塞进丁的啰啰嘴巴。

冯豹听着，一副专心致志的样子。别的桌子食客们瞅着这个傻站着的大个子顾客，都认为是个很黄的家伙，听到女性题材故事，腿都挪不动了。冯豹忍受着形象污损，他没办法，杨雄总经理投资筹建丁冬溪公司，已经到了最后行动时刻。杨雄就把他当作心腹，派他亲往丁冬溪暗访民心，主题是：老百姓对女人在花轿里打工的看法。成小娥为这事，已经在丁冬溪有风有浪工作了两三个月，如果丁冬溪两岸百姓认同或基本认同这样敏感的旅游项目，杨雄就最后签名发文，将投资一亿元总量向“花轿游”做突破性倾斜。时间紧急，事关重大，冯豹觉得应该把杨总的信任，时时刻刻化作耿耿忠心回报才是。冯豹这时就拖了一条凳子挤进桌角，他朝甲乙丙丁笑笑，端起自己的残存面碗呼呼啦啦喝了一口。

甲乙丙丁很不好意思了，他们抱歉说，大哥，对不起，对不起。我们以为客人不合口味，丢下碗走了，没想到……

冯豹很谦和：“没关系，没关系。桌子凳子都不是我家的，谁坐都可以。来来来，抽根烟。”冯豹往桌子上拍出一盒烟，一人打了一支。

接过烟，瞄那烟盒，我的天，大中华。

甲就很敬意地说：大哥，听口音，外地人吧，在哪方发大财？

冯豹赶忙搪塞：不敢不敢。发什么大财，在上海做点小生意，搞累了，听人说丁冬溪好山好水好姑娘，跑来旅游休闲了。

乙美滋滋抽着大中华：丁冬溪是个好玩地方，大哥可惜来早了，明年来就有旅游公司接待了，坐上大花轿，想往哪儿游就往哪儿游。玩山有人把你抬上狼脊梁；玩水有丁冬溪原汁原味竹排漂流；玩小姐，坐进花轿里，陪游的新娘都是咱丁冬溪原封原装姑娘，又漂亮又清纯又没性病……

又是一轮满桌子欢笑。

冯豹故作好奇问道：哪来的老板？这大胆子搞旅游？不怕山民们朝他扔石蛋蛋，闹个死无葬身之地？

丁不损了，但他还是关键时刻说话：朝财神爷扔石头，这事我们不干。当然，有一阵子听到成家沟回来一个女孩要帮一位大老板在丁冬溪开发旅游新项目，搞花轿旅游招花轿新娘，爷儿们也是憋一肚子火，本指望天堂山区女人自产自销，谁晓得一拨子好看姑娘让当官的续二房了，一拨子好看姑娘被大款收做二奶了，一拨子好看姑娘东西南北各自在城市住青楼了，好不容易留下一拨子，这又来了个旅游公司收购成花轿新娘，咱男子汉们哪能不窝火？火了几天，女人们不买账了，她们说好不容易有个抬头露脸日子有个机会就业，却叫你们三言两语糟蹋成卖屁股。真要是卖屁股，管得住丁冬溪你管不住不是丁冬溪，老娘到深圳广东上海南京北京哈尔滨一直卖到俄罗斯，你撵在后边屁都闻不上。又过了些日子，男人也说上了，丁冬溪汉子十个九个抬过滑竿，他们说花轿公司办起来后，咱背土豆的背篓就换成背钱袋子了。往日身上直冒穷气，往后咱走到哪儿，身上冒的都是神气。男的女的都这么说，忽然有一天就把那唾沫洗脸的花轿新娘说成天经地义了。

冯豹抑制不住内心激动了：说得好。发展是硬道理，赚钱才踏踏实实过得上好日子。不过我还是担心，万一女人们在花轿里打工也打炮，那不是把纯朴的丁冬河民风真的搞坏了？

甲连忙说：坏女人好不了，好女人坏不了。坏女人不在花轿里坏，她在山林竹园河滩柳障，哪儿都能坏。再说，人们乍听花轿公司挺刺激挺新鲜，有点攻击话开荤话，八成都是打趣儿。实际上，人家是很规矩很成功的大老板在操作，逗逗游兴玩得开心可以，扯下裤子开放门户是绝对不允许的。

冯豹：你又不是那个老板，你怎么晓得？

甲：听啊，长耳朵，听别人说啊。更重要是咱有眼睛看啊，咱看到成家沟那个成小娥招的第一批新娘就是小牛寨的原来在乡政府做事的牛青青，还看到她招自个亲嫂子杜文竹，这都是很漂亮很正派女子，这些人做花轿新娘，当然是搞很正当旅游了。

冯豹高兴得不行，他说，各位慢用。我有点儿事儿，想到街上打个电话。他把那包中华烟丢下让甲乙丙丁享用，自个跑向一处偏街打手机。

片刻，手机通了。冯豹绘声绘色学说了刚才生动的一幕。杨雄就很高兴，他现在太需要这类决策依据了。他说冯豹，工作还要做得再细致些，不能以点代面，以个别代替一般。六盏灯毕竟是乡政府所在的小镇，我说的诸如三家寨小牛寨那样一些偏远村庄，你还是一定要深入听听。丁冬溪公司是集团二次创业，成也萧何败也萧何都在此一举，冯豹你懂吗？冯豹就说请杨总放心，我知道一亿元是什么分量，它的成败对谁都是致命，我一定按照你的指示把事情办细办妥。

忠诚的冯豹就脚步不敢片刻迟缓奔向三家寨了。

刚走到三家寨村头，看见一个汉子在疯狂鞭打一头黄牛。那牛的牛绳搭在树杈上，汉子借助树杈扯起绳，牛头就被吊了起来，牛在这种状态挨打，逃避躲闪的空间极小。那汉子的鞭子就像雨点，牛在鞭雨中蹦跶，脊背和肚侧凸起硬硬实实鞭痕，屁股和生殖器部位打出一片血花。

冯豹觉得这人太残忍，他说，老乡，它是可怜的畜牲，别虐待了。

打牛的汉子和远近观望的男女，齐刷刷瞅起冯豹。

打牛的汉子执着牛鞭，雄纠纠走到冯豹面前，他上上下下打量着冯豹说道：原来是个买茶的外地佬，我还以为来了村长乡长呢。

远远近近轰的一声笑。

冯豹不明白他有什么让众人好笑的，他说：朋友，牛是你家的，打伤了打死了，都是自家损失啊。

一位看客插嘴道：余小死人损失已经够大了，他老婆跑掉了，到外头找有钱人去了，他掉得大。死牛，那算什么损失？是不是啊余小死人！

这说话男子就笑得没了眼珠龇出了大牙。

余小死人立即转身回敬：放屁，我老婆回娘家，你老婆才跑掉了找大款了。

一个抱伢女人不依了：你是狗眼睛？老娘直直站在这里，凭什么说老娘跑掉了？没本事打老婆有本事打牛，你屁！屁得很！

就有男男女女帮腔抱伢女人，指责余小死人确实是狗眼看不清人。跑掉的，说没跑。没跑的，抵在眼前，硬说跑了。男男女女们都说余小死人胡说八道要不得。

余小死人太阳穴突突突，他一蹦三尺高：我弄他妈妈！墙倒众人推，鼓破一起擂，都欺负老子。搞烦了，老子点把火，把三家寨全烧掉！

看客们稀里哗啦你牵我拽走掉了。本是闲得慌，你打牛，我找乐，没想到热闹没瞧上，还要遭到烧房子，这还玩得下去吗？他们就边走边说，小死人，打吧打吧，牛不牛，就看你能不能把这头牝牛打进锅里熬成牛肉酱。

一轰而散走了人后，冯豹费了好多心思气力，才将恶气呼呼的余小死人劝坐在脚边石块上。余小死人说冯豹是买茶客，冯豹就权且当起茶商，他将心比心劝余小死人，他说他今年贩卖茶叶赔了几十万，朋友指责他无能，老婆骂他笨蛋，人生不得意到这种地步，有时真想死。可是死了又怎样呢？又有人会说，这种东西还配消费一口棺材？挖个坑，死猫死狗埋掉算了。朋友，我看你跟我一样，肯定有一场窝囊。有窝囊不打紧，千万别窝囊死了。人有的时候，就要好死不如赖活着，只有活着，才有明天才有希望。

余小死人听冯豹这么知己说话，就感动，就有温暖了。他就吐起了心中块垒。

原来三家寨这个余小死人就是抬轿抬滑竿行，其他都很不行。别人种玉米，一亩收六七百斤，他的地跟人搭界，一亩硬是少收二三百。再说养牛，别人养牝牛他也养牝牛，春天花红柳绿，牝牛漫山遍野撒欢发情，余小死人学着别人样子，恭恭敬敬请来牡牛，殷勤周到伺候牡牛，他给牛们热情介绍对象，热烈送进洞房，激动地瞅着牛们做了好事，却是别人家牝牛一头一头下崽，他的牛，就像没做过那事一样，苗条秀气，肚皮紧绷绷。庄稼不争气牛不争气，老婆说他真是个“小死人”，干啥都不行，当初瞎了眼，随便在大路上遇到个长把子也比他强。余小死人气狠狠回敬：“那你到大路上去啊，天下有那么多条大路，爱上哪儿上哪儿。”老婆说：“你当我不敢?”女人就很响动地收拾起包袱行囊。余小死人不理茬，他悠闲抽烟悠闲说话：“一路好走，一步也别回头。回头缠我也没用。你以为那时候我还在种庄稼养牛?谁不晓得成家沟成永贵姑娘引来一个发大财姑爷？那姑爷就要在咱丁冬溪开花轿公司，我上公司抬花轿，凭咱绝活，一年挣个万元户绰绰有余。你前脚走，我后脚就到花轿公司，包准赚大钱还当花轿新郎。”老婆嗤的一声笑：“春天梦做到秋天。到头来呢，雷炸破天，雨没下一滴。丁冬溪穷山恶水是什么好地方？傻B才把亿万票子树叶儿扔上天堂山。”老婆说完这话，神气地扭起屁股，真的走了。余小死人依旧坐在凳上抽烟，他不着急，他老婆好多次都赌气出门赌气要走，可是走不了多大工夫，老婆却走进菜园摘了一把白菜豆角什么的，很伤心很暗淡地又自个回来了。余小死人抽了两支烟了。余小死人抽了七支烟了。这时候他才感觉到有点不对劲，跑菜园里一看，老婆影子都没有。余小死人顿时火冒三丈，混屌老娘儿们还真敢说跑就跑了。他就地取材在菜园的竹篱笆下扯起一条竹鞭，呼啸奔上山路追老婆，他要狠狠鞭打婆娘教训婆娘，看她日后还敢不敢撒野！追到太阳当顶，追得肚饥腿疼，山高林密，婆娘硬是不知道跑哪儿去了。余小死人像战后伤兵艰难返回三家寨，这时他家的牝牛对主人热情哞了一声，余小死人想，你吼什么？你他妈的要是生个崽子，老子也不至于这般落荒。余小死人没鞭着老婆他就狠鞭这头牝牛。

冯豹想，余小死人很有代表性。这人是轿夫，还有修花轿游乐场修旅游宾馆的瓦匠，还有疏通丁冬溪漂流航道的石匠，还有在旅游公司的民俗村里纺纱织女和磨匠舂工水车匠，还有厨娘保安宾馆楼层小姐，还有浓墨重彩闪亮登场的花轿新娘……这些人恐怕都在连阴雨天盼日出盼着丁冬溪旅游公司快快诞生。冯豹想，他要告诉杨雄董事长，丁冬溪公司决不单纯是丽人集团的一次发展一次赚钱机会，它也是让余小死人和不是余小死人的人不再妻离子散的机会。他们快快活活就在家门口赚钱，他们很快意地数着钞票搂着妻子或偎着丈夫，他们很爽口喝着包谷酒很靓丽穿着时装……冯豹就对余小死人说：朋友，别难过，我是个走江湖跑生意的人，耳朵肯定长点儿。我这次真的听到可靠消息，丁冬溪花轿游乐公司不是本月就是下月要成立，过不久你就抬起轿子大把赚票子，你老婆一准又神兵天降回来了。

余小死人陡地兴奋了：这话可靠？我的天！那就别说老婆什么的，我娶个小老婆也不成问题……

有了证人周婷的铁板钉铁钉的证词，事情终于踏踏实实有了着落。牛青青知道父亲多么严厉多么情义多么信誉，但她更晓得父亲多么传统多么保守多么要名声。她的父亲决不会把女儿嫁给一个偷鸡摸狗乱搞女人的男人，不管这男人多有钱多殷勤，在爱女即将做新娘的洞房里，这男人和别的女人肆无忌惮玷污圣洁的床单，父亲肯定认为这首先玷污的是他侮辱的是他。现在的牛青青是在自己心路上，彻底走出泥泞走进阳光了，她坚定地握着好朋友成小娥的手，坚定地如同正式签订花轿公司聘用合同，坚定且优雅地返回小牛寨了。

牛青青踏踏实实走过山路十八弯，成小娥也就踏踏实实走通了九曲丁冬溪走通了雄关上了天堂山边。她的笑，一点儿不比牛青青逊色，那份高兴，和牛青青完全是半斤八两。兴奋的成小娥决定，就在今天就在此时，无论如何回一趟成家沟，无论如何都要去看爹妈看哥嫂。也许爹依然是黑脸门神，他什么也不想听就把她关在门外，那不要紧，女儿没有跟爹妈计较的道理，她可以站在门外依着门框轻轻诉说：爸妈，真的啥事都没有了。牛青青那个订婚男人在和别的女人私通，她的婚事也彻底黄掉了，她已经正式答应到我们公司打工。牛青青帮了我一把，杨雄那边我就能够交待了。往后，我也不担心杨雄嫌我工作能力低下炒我鱿鱼，你们也不必担心我嫂子进花轿公司。爸妈，我们一家从此都安安心心和和美美过日子好吗？谁都别生气，人人都开心，好吗？

说着心里话，走着通畅路，成小娥下车转入山道，脚下仍似有车轮。太阳刚当顶，她就暖洋洋到了天堂西。

走进成家沟，擦身着老枫树，雀跃着打谷场，家就到了。

很静。大门严严关闭。小娥想，这是收获季节，爹妈哥嫂一准都在庄稼地里忙活。她试着推了推，门吱呀开了。

穿过堂屋，成小娥听到闷声闷气说话声。细听，是压低嗓子怒骂。再细听，声音来自哥嫂卧房。成小娥一怔，脸面立马像白纸，她嗵嗵嗵跑过去，嗵嗵嗵撞房门。

膀子撞痛了撞红了，房门还是没开。成小娥一遍又一遍说："是我，是小娥，开门，快开门，你们在干啥，快开门……"里边的人好像都不认识成小娥，依然是成三泰低沉怒骂"打死不要脸骚货""打死你这个母狗畜牲"，依然是成永贵粗重叹气安四娘饮泣。成小娥越发害怕了，房间里面到底发生了什么事，为什么听不见嫂子丝毫哭叫与求救？这要闹出人命……或者——已经闹出人命？成小娥叫道："开不开门？不开门，我到村里叫几位壮汉撞门，要不，我到派出所报案去……"

安四娘一听，吓了，赶忙拔门闩：姑奶奶，嚷什么，嫌出丑不够……

成小娥不答妈，不看爹，她不知哪来的力气，一把夺下成三泰手里的柞木棍子，一掌推开哥，她紧紧抱住杜文竹。

杜文竹的手被绳子捆着，嘴里塞着抹布，薄薄的衬衣多处渗着血。

成小娥顾不得谁是爹妈谁是亲哥了："一窝法盲！这叫家暴，叫私刑，这是犯法！"成小娥就飞快地扯掉抹布解绳子。

成三泰好像重新整理了情绪整顿了武装，他就依然是勇士，他像拿一件东西甩一件东西，他把成小娥拉起来甩得很远。

成三泰眼珠打人地瞪着妹子狮吼：少跟我侉声侉气讲大道理。这事你管不着！谁也管不着！

是吗？这到底是什么事？爹也管不着？成小娥瞅爹，爹急慌慌跑出去关大门。娘也管不着？成小娥瞅娘，娘是泪人，除了哭，好像没有别的功能。

成小娥只好问杜文竹：嫂子，是什么事？你别怕，不管为哪桩，我哥也没权利打你。

杜文竹堵着嘴憋了很久，面对小娥的关切，她的回答竟是憋足力气哇的一声大哭。

成三泰轻蔑地：骚货，有脸你就讲啊。

成小娥：哥，你文明点儿，什么骚货不骚货的！

成三泰气愤得很："骚货，大骚货！出尽天下丑的大骚货！老成家一天也容不了她！要么她给我死，要么滚到我永远也看不到的地方！"这么吼着，成三泰又飞起一脚，将跪在地上的杜文竹踢得嘴啃泥。

如此打闹下去不是事，成小娥拉着三泰，要跟他到外边说话。三泰犟着不动，安四娘说："人多说不出口，你就到院子里跟妹妹讲讲吧。"成永贵也是这个意思，他也把儿子往外推。

成三泰老大不情愿，推搡了半天，才一脚门里一脚门外。杜文竹就哭叫说：求求你们。要说，让我跟小娥说吧。说清楚了，我会找个地方去死的，再不会为难你们了。

成小娥就求爹妈和三泰出去一下。成永贵脸上一瓶酱油半桶漆，黑不溜秋先走了。安四娘见当家的离开房，一副没主心骨的样子跟着走。成三泰还在门口挨着，小娥推着哥，强行关上了房门。

阴暗的房子里，只剩下姑嫂。

小娥劝慰道："嫂子，别人不知道你，我还不知道你？你文静贤惠，我就不相信你做了什么龌龊事。"见文竹满眶泪水依然低头不语，小娥进一步宽慰："就算有一时糊涂，做了点儿不好的事，我也能理解你，帮助你。"

杜文竹沉沉地：做了这样丑事，你再也不能帮助我了。

成小娥："嫂子，可不能别人说丑事，你也就说丑事。再说，你我关起门窗，再见不得人的事，听不得的话，不就是你知我知吗？"杜文竹听了，反而是哭。哭了老半天，哽咽道："我说了，活着你还见我吗？死了你能给嫂子收尸吗？"

成小娥把软瘫的杜文竹依在自个怀里。她的泪珠，滴落在杜文竹颈项上，再三郑重点起头。

要说难，真有口难言。要说简单，这也真是再简单不过的事了。

甚至，简单得就像一只萝卜。

"罪恶"的萝卜，现在被说话人自觉羞耻地扔在床头旮旯里。成小娥不时看着那只萝卜，觉得很洁白很干净，很光滑，长短粗细也很正常。成小娥越听嫂子往下诉说，就越觉得这是一枚无罪无辜的萝卜。

萝卜的故事，始发于昨夜凌晨两点。

那时，杜文竹起床小解。厕所在后院拐角处，和大多数人家一样，修造得粗疏简单，基本上是下雨天淋不着屁股就行。在这样百孔千疮的厕所里，没有什么动静听不着，尤其是深夜里，真是“蚂蚁脚步声也瞒不过耳朵了”。

蹲厕的杜文竹正在哗哗啦啦，厕所以外的地方也哗哗啦啦。杜文竹侧左身，左边哗哗啦啦。杜文竹侧右耳，右边哗哗啦啦。

杜文竹提起裤子，好奇地靠院墙站着伫听。声音由动作引发，有女人呻吟，有男人粗喘，有汉子豪言壮语，有婆娘骚浪言词，这混含交响曲，听得杜文竹脸上充满午夜阳光，她的心，顷刻变成一面羊皮鼓，洪亮地混入午夜交响。

往左稍移几步，就是那个高大雄壮的堂哥家。堂嫂是个面黄肌瘦的矮小女人，雄壮的堂哥老是不解饥渴地在河滩柳丛里或山坡玉米地青纱帐里，闹点儿风流韵事。有些做事婆娘嘴巴不稳，夸赞堂哥胯下如何丰富丰硕英雄了得，就不良反应地引发另一拨浪女人好奇，如此下来，这堂哥就性福地生活在山沟山岭上。大概这汉子仍觉不是十分圆满，尤其是成家沟乃至是丁冬溪大美人杜文竹没能云雨际会一番，实在莫大憾事，堂哥便经常眼光火辣勾杜文竹，言词直率挑逗，有两至三次，在衣单天热干农活的歇晌之际，瞅准空子面对杜文竹雄起。杜文竹既羞耻又燥热，她闪往一旁躲避却又不太遥远地逃避。她不明白同为男人血肉之躯，缘何竟有霄壤之别。多少个星寒月冷的长夜里，杜文竹抚慰和期求着丈夫成三泰，巴望他雄起和伟大，盼着爱，渴着性，有时甚至渴盼成三泰变成虎狼，不惜对她野蛮进攻粗暴吞噬。可是一切都是周而复始空想与煎熬，她所想象的男人不在自己房里，“他”在邻家，在别村别处，“他”可能是堂哥和许多类似堂哥。但她不能苟合堂哥，她的鲜活生命，毕竟是恩人成三泰漩流里救出来的。现在，这堂哥深更半夜里，又差不多是在她对面雄起。杜文竹烧心地听到堂嫂的求饶与哭泣，听到堂哥动物凶猛。

杜文竹步履艰难走到右边去了。右边邻家有位很秀气的新媳妇，这小媳妇有一副金嗓子，会唱很多山歌情歌，成家沟姑娘嫂子老是围着听，都夸她比宋祖英唱得还水灵。让杜文竹想不到的是，新媳妇在午夜把床铺做舞台，在她男人指挥棒下，吟唱得更动听更美妙。杜文竹听得好销魂，心破膛而出，舞上长空，化为银河多情织女星座。她是那么虚弱和战栗，那么有泪又有话要说："让我做一回你吧，让我也能像你一般歌唱吧……"

那时，杜文竹浑身狂热狂躁，生命有虚脱感觉，虚脱了还继续冲动，她就失控变形，不知对错，也不明美丑，东倒西歪往回走时路过厨房，杜文竹看见了这枚白萝卜热爱上白萝卜。她把白萝卜很温暖地揣在怀里，很激动地带到床上。她把白萝卜当作男人，她接受白萝卜生硬的进攻……

杜文竹不应该学习那个新媳妇或变成那新媳妇，她不应该午夜歌唱，她的歌唱没有引发成三泰喝彩，倒是成三泰惊醒后，对她的可耻行为进行了殴打式惩罚和骚情母狗一类的辱骂……

听嫂子艰难痛苦陈述，小姑子成小娥却是不觉得艰难和沉痛，她反而是相当平淡轻松地说，这有什么？这叫女性自慰。大城市里，多如牛毛的性用品商店或夫妻用品店，就有很多自慰器，有的还是电动的。何况，你还是在我哥性无能的情况下自慰，这就更是没有什么大惊小怪的了。

罕世丑闻，无脸人世，忽然变成——无需"大惊小怪"变成自慰——自我安慰快慰，杜文竹简直怀疑自个耳朵生在别人脑袋上了。她诚惶诚恐问道：你……你不是哄我吧？你真的判我无罪？

成小娥笑道：你扰乱社会了？损害公物了？伤害他人了？嫂子，你无罪，就别找罪受了。

杜文竹不放心，她探问城市里出售女性自慰器具销售情况和市民反应。成小娥说她不做这一行生意，具体情况不很清楚。但可以肯定说，那应该是消费者认同商品，应该销路不错，否则性用品商店就不会越开越多。"什么东西多了，那就普遍了。普遍了，就没什么新奇惊怪了。我想这大概就是市民的心理反应市民的态度。因为市民总是群居的，他们的思想行为最大特点就是从众。"成小娥精辟地结论着。

杜文竹佩服小姑子真不愧是大学生，是大城市里人。小娥像一位解放军。杜文竹忽然觉得浑身咔咔响，一根又一根无形的绳索，在挣断，在销毁，她在被解放。她不再吞吞吐吐脸红脸白说话了，她说："我也是正常人，我有一个女人正常要求。三泰不能自己不正常，就把我看成异常，视为异端丑恶。这个问题不解决，今天一场霜，明天恐怕是一场雪，后天就是……”话没说完，堂屋传来巨大骚动。听得出成永贵安四娘劝阻不住儿子言行，于是脚步咚咚咚，于是房门咚咚，成三泰连踢带吼：“开门！开不开门？”砰！门踢烂了。

成三泰叉着腰，威严耸立，庄严发话：“杜文竹，你给我听着！我见你就恶心。你在我家多待一分钟，我家就多一分肮脏多一分耻辱。给你两条路。一条，滚！说滚就滚。二条，杀！不滚蛋，我立马杀你。”成三泰大手一挥，表示立马执行。

成小娥走到成三泰跟前，一句话还没讲半句，就吃了三泰重重一嘴巴：你有能耐，到外头能耐去，这个家，还轮不到你说话！

成小娥捂着嘴，她冲到成永贵跟前：爸，三泰疯了，你也不管管？我嫂子没偷人养汉，怎么就出丑丢人了？

成永贵没理女儿，他眼神复杂地瞅着杜文竹，老半天，慢慢无力地闭上眼说道：文竹，你就走吧……

关峰厂长对副手说，最近两三天他要外出谈生意。嘱咐副手盯班盯岗，生产营销都不能丝毫马虎。副手唯唯诺诺，头点得鸡啄米。关峰就很得意，他指挥部下和指挥女人都很灵，用部下和用女人都顺手。

关峰在下虎头有一幢三层小洋楼。关峰在风景如画的五叠泉后边毛竹园里，还有一幢一院两厢青砖黑瓦房，有个茶厂退休老头看门守院。关峰平时不常来，来了，不是带三个男人打麻将，就是带一个女人过夜。关峰这次走进毛竹园，看门老头硬是半天关不上门，他左瞧右瞧左等右等，关峰后边既没走来男人又没走来女人。

关峰说：“呆看什么呢，把门关好，没我吩咐，不准开门。”看门老头是个好老头，他从茶厂到五叠泉，一直对厂长只会说一句话一个字：是。

关峰走进整洁卧室，呼吸清新空气，心情美妙地从皮包里拿出两盒正宗长白山鹿胎膏。他想，姚秋桂跟他干活从不偷懒磨洋工，这个女人又染上养羊成癖毛病，就算不为他，就算为多有一头羊，姚秋桂也会诚心诚意给他生儿子的。却是一年半载过去了，姚秋桂依然颗粒无收。偏又是实践证明，姚秋桂点水就灵，无论家汉子野汉子，沾了就生儿子。关峰没由头了，问题无疑出在自己身上了。关峰就住进毛竹园吃鹿胎膏，幽静消闲躺在竹椅上或睡在床上养精。有个郎中告诉他，吃鹿胎膏，吃瘦猪肉，吃驴鞭，只吃不干活，养精蓄锐三天后行房，没有不百发百中的。

关峰交待看门老头到六盏灯买瘦肉和驴鞭，吩咐老头去一趟雷打石凹，让姚秋桂三天后到毛竹园来。

老头一一遵命行事。炒瘦猪肉很香，炖瘦猪肉很鲜，煮的驴鞭又嫩又滑，进口就酥。关峰吃得再饱，也不忘加食鹿胎膏。他想，姚秋桂呀姚秋桂，这一回，老子精心选种，使力耕地，你那肚子要是再鼓不起来我就不姓关！

如此三天过去了，第四天五更没残，关峰就催老头起床上雷打石凹。

日上三竿，老头两裤腿露水赶回来了。

关峰只见老头没见女人，立马瞪起眼睛：姚秋桂呢？

老头：她说她不来。

关峰从躺椅上跳到地上：什么？你再给我去说一遍！

老头：姚秋桂说，她忙着呢，没工夫来毛竹园。

关峰：没工夫来毛竹园？妈的，反了！她除了偷人，有什么忙的！你给我再跑一趟，告诉她，死了人等着埋，也得给我来！

老头平生第一回不敢说“是”，他苦巴巴颤动着腮，蠕磨着牙：厂长，姚秋桂靠上大腿了，她恐怕不像以前那么听你话了。

关峰不屑地：靠上大腿？在天堂西，哪条大腿比老子粗？

老头就不敢搪塞不敢含糊地告诉关厂长，有一个什么亿万富翁要在丁冬溪办旅游公司，那家公司又搞了个什么花轿公司，要招收好多好多花轿新娘，雷打石凹的姚秋桂不知凭啥关系开了哪道后门，被选中为花轿新娘了。要不了几天，那位亿万富翁就要来丁冬溪，所有花轿新娘都等着大老板过目签合同……

关峰无力躺回椅子上，他不想听了。他说：狗日的杨雄真的干成了。

片刻后，关峰又冷笑起来：想在丁冬溪称大，没那么容易。别忘了，强龙还压不住地头蛇呢。

关峰养精蓄锐三天，果然走路都雄纠纠。趁着好精力，他决定到山口镇找罗锡贵老板好好谈谈。他要告诉罗锡贵，关某宁愿拥戴罗老板称大称王，也不能让外地佬杨雄在古塔企业界称霸。

走着走着，身上发热，鹿胎膏就在体内格外发作。关峰铿铿跺着山道：杨雄，你这混蛋，你晓得不晓得，你这是和我有夺妻之恨、杀子之仇！

茶厂厂长关峰的咆哮和种包谷汉子成三泰的咆哮，都让人更加听不清楚谁应该是花轿新娘谁不应该是花轿新娘了。

第三步

温泉山庄旧名云水寺，地处热水洞。晚唐始建，明代中兴，到了嘉庆，鼎兴时，“庙宇方圆二里，僧众两百余，钟鼓悠扬四岭，香烟云雾九沟”。驻寺和尚两百多人，还有大量云游僧，吃粥就成了大事。住持老僧韩蓑想了个办法，他特铸三石米铁锅一口，铜制水车（又称粥车）一具，粥熬好了，开饭时将粥车伸进锅里，两位力僧如同农夫踏水车取水踏着粥车，僧人们捧着钵子依次在车口哗哗啦啦接粥。这有点机械化，也相当科学，很先进地解决云水寺吃饭问题。嘉庆十八年四月春荒惨烈，饿殍遍野，许多没饭吃的人剃了光头，开后门烧出临时戒疤，真真假假混进云游僧队伍，跑到云水寺吃粥。寺里的大铁锅从早烧到晚，粥车哗哗啦啦天明淌到天黑，还是有人饱有人饥。捧着空钵子排队到天黑没沾一粒米的真和尚假和尚，饿一天肚子还硬挺着，两天三天没捞上一口吃的就阿弥陀佛不下去了。四月初九，发生了骇人的抢粥事件，斋房里大打出手，顿时禅杖柴棒芒鞋瓦钵全成为武器，有的和尚被甩到天上，有的和尚踩在脚下，至于鼻青脸肿，臂断腿残，不计其数，最后还是韩蓑亲自指挥本寺著名十八武僧破戒“赐杖”，才平息了这场粥乱。次日，由武僧领班的吃喝稀饭的和尚们果然排得齐齐整整了，谁知安安静静的吃粥队伍，接二连三发出惊叫，说是吃着了骨头。素餐的佛教徒们齐齐掼钵，跪地念佛恕罪，武僧们以为这是辱没山门的更大闹事，正待举杖发作，粥车也嘎地卡住了，一查看，是颗人头骷髅挡住了车辐。住持僧慌作一团集众点名，果然少了一名小沙弥，这么说昨天粥战有人掉进粥锅了，云水寺出了“人粥”大事，别说和尚逃难，连庙也一把火烧掉了。好在云水寺都是石墙石柱，又好在云水寺紧挨南天山著名温泉区，解放后，政府看上这里水好风景好，利用云水寺石墙石柱的“基础工程”修修补补搭搭建建，三四十年下来，倒也形成了山楼、水楼、林楼、竹楼四个颇具特色的建筑群落的温泉山庄。一朝天子一朝臣，当年络绎不绝的香客，变成了车水马龙的达官贵人。

唐朝的这座古庙，越往后越热闹。进入二十一世纪，在一个层林尽染的日子里，如同满山红叶的风韵一般，住进了两位大红大紫男女。他们分别下榻在温泉山庄山楼三〇八和竹楼三〇六房间。住三〇八的杨雄，似乎和住三〇六的成小娥使命相似，他们的工作都可以称之为“组建”“筹建”，只不过一位是筹建丁冬溪旅游总公司，一位是筹建总公司的一个分公司——花轿游乐公司。

“两筹”同时进行。杨雄总是非常思维，超常运作。总公司分公司“母子并重”，说明他对花轿公司所好与情钟。副总刘家驹提出过不同看法，以为应该集中全力促成丁冬溪旅游公司诞生，不可在此重要时刻里困难环境里，再分散力量运作花轿分公司。成小娥鉴于筚路蓝缕的筹建工作，也劝告杨雄把思考和运作花轿公司的事放一放。杨雄说，放得下吗？花轿公司是我的激情，我现在还有坚韧，还能坚持，真的是全靠一份激情在打拼了。

杨雄的话，近似悲怆。他还更悲壮说过：我们现在都是狼脊梁上轿夫，我们九十度弓着脊背攀越，我们瞪大眼睛涔着冷汗，小心复小心生怕一个“滑脚”葬身悬崖峡谷。我们是一次沉重起轿困难起轿艰险起轿，我们太想把美丽的花轿和花轿里的美人抬到天堂山最好的地方，可是那个地方也许让我们抬断脊背抬断腰啊……

公司筹建，真是如此难上难。这天大难处，诸多不好办，又好像都生长生发在人的一个简单器官上。这个器官叫做“嘴”，嘴的精妙和伟大是会说话，有一种说话叫做谈判，得，丁冬溪旅游总公司的筹建工作，所有障碍好像都是那张闪亮光滑的谈判桌子了。

谈判桌边，脸对脸坐着甲方乙方，丽人集团是甲方，甲方首席代表是董事长兼总经理杨雄，乙方是古塔县政府，首席代表是一位分管“三产”的副县长。几个回合下来，集团旗下的万国丽人妆饰总公司副总经理刘家驹，集团所属的天使宝贝儿童玩具总公司经理袁太阳，都认为古塔副县长是假凤虚凰，他只不过是一名虚与委蛇的高手，而真正的高人真正的乙方代表肯定是尚未正式出面的县长陈阵。

就像乡下演社戏，主角出场之前都会有一个戏帽子，天堂山区老乡们叫做“打闹台”。隔山跑死马的大山里人，看戏是好不容易的一场聚会，见面总会有很多话很多笑或很多苦情相诉，戏场就热热闹闹嘈杂鼎沸，这时就要狠打锣狠敲鼓和演一段笑破肚皮的戏帽子，以便达到把嘈杂人群的注意力吸引到舞台上，那急急风的锣鼓也就成为对看戏人搞联谊活动的高声镇压，这便是俗称的“打闹台”。一切真的惊人相似，庄严的隆重的温泉山庄置产兴业的甲方乙方谈判，真的酷似一场乡戏。

杨雄是个过于认真的人，头几天，他和刘家驹袁太阳九人高层谈判队伍，从不迟到早退，更不准有谁缺席。甲方的谈判人员，男着红人西装女穿维娜名服，全部衣冠楚楚和纪律到位精神到位。甲方发言，杨雄也有严格要求，在任何情况下，不准有失语言文明，不准哪怕是悲壮式出击和奴隶般起义。杨雄说大公司就要有大公司风度，“风度，有时就是肚量”。古塔方面的谈判者好像都是自由战士，他们懒于正规军操作，他们一派人才济济景象，红脸关公黑脸张飞素白脸面诸葛齐备，他们嬉笑怒骂皆成文章，有时风驰电掣，大地似乎就要遭受雷击陷入汪洋灭顶之灾，忽然就有妙手一挥驱散浓云，于是阳光灿烂，花草笑吟吟，更有助兴者说起女士难逃的黄段子，温泉山庄谈判就好像极是轻松顺利愉快……如此几轮战罢，杨雄深知企业不是党政对手，他精神憔悴，浑身疲惫，晓得了政界战商界的厉害。

人如果身心都很累，反倒睡不好了。杨雄本来就睡得晚，却是凌晨两三点了，眼还是似睡非睡地恍惚，胸膛就是温泉山庄就是谈判的那个会场。他的耳朵一阵又一阵蜂鸣，谈判者的男腔女调豪言戏语，争相在胸腔的会场里混音合成和在耳廓里轰击。杨雄就不停翻身不停扭曲身体。成小娥这时总像心有灵犀从竹楼悄悄溜进三〇八，她很痛心担心杨雄，她跪着给杨雄按摩，像一位母亲哄拍着杨雄催眠杨雄。她很努力，但没有效率。成小娥就把一直咬在唇边的话吐出来了。

成小娥说，花来花迎，泥来泥糊。现在是别人“泥糊”你，糊弄你，你认真你急迫，闹得不好就是命也难保财也丢。成小娥说，与其这样，不如以其人之道还治其人之身，他们马拉松，你干脆闲庭信步。我是这一方人，我晓得这帮县老爷们心眼儿，他们丢命不丢钱，你放着让人眼红眼绿的厚厚高高的一亿元，他们能像绕着一块石头绕过去？所以，眼下温泉的事儿，不急就是急，不为就是为。他们潇洒轻松地玩权术，你也轻松一次，潇洒一回，在人生道路路口上，搞搞“胜似闲庭信步”。成小娥这番话真的把杨雄说折服了，他心情渐次开朗，血肉也逐渐温暖。在不近女色的紧张谈判日子里，杨雄忽地心血来潮忽地雄起，他和成小娥激情燃烧做爱后，第一次深度睡眠到第二天日午。

杨雄睡大觉，乙方代表们在熟悉的谈判桌边仿佛忽然迁境到异国他乡，他们奇闻奇事地寻找那个忽然变成奇人闲人的杨雄。那个一丝不苟敬畏时间敬畏事业的杨雄，怎么可能不与会呢？于是张三问来李四问去，打探杨总在何处做何事。刘家驹是真不知道，胡漠雁附和着不知道，有人就不避嫌疑地问成小娥，成小娥也不避嫌疑地说：在睡觉。

副县长就说，杨总昨夜一定开夜车草拟合同文本了。副县长说杨总既是商业巨子又是才子，许多重大合同都是亲手一气呵成。副县长就要求在场的部属们多多向杨雄董事长学习。

成小娥说不。成小娥说，杨总好像就是想睡睡觉，他大概没有开夜车。他昨天还问我，丁冬溪还有哪些好玩的地方，他要我做向导，带他游山玩水散心。

成小娥说得没错，其后接连几天的谈判，果然是刘家驹支撑着谈着，杨雄真的和成小娥游山玩水去了。

世上的事，总是那么又矛盾又有趣。有认真，就会有散漫。有人清闲，有人就会忙碌。杨雄游山玩水，乙方认真了着急了。古塔副县长，温泉山庄管理处主任张前，陈阵县长的秘书乔文以及其他几位乙方代表，连夜开紧急会议，认真研究谈判动向与对策。古塔的代表们就十有七八坐不住板凳了，有人就说雄心壮志奋发努力认真负责的杨雄，忽然不开会，甚至连温泉山庄也不愿待，领着他的情人优哉游哉玩儿去了，这恐怕真的是一次悲壮出走，表明杨雄对我方诚信诚意失望，他真的可能迅即携资回南州。有人说，事情如果这样，我们就是千古罪人，古塔将失去历史上发展得最好甚至是最后的一次机会，大山儿女们还得贫穷十至二十年。张前说，我现在是猪八戒照镜子，里外不是人，往后呢，我更可能是丧家之犬。杨雄一门心思要我们贱价出手温泉山庄，我算了一下，他顶多投资三千万，就可以把温泉山庄改造装修成丁冬溪旅游总公司吃住玩及办公的好地处。他为我算了一下没有？我这个温泉山庄六十多名管理人员服务人员集体下岗，连我自己都无家可归。我们有那么多温暖的浴室浴池，有那么多好花好草和独具特色的客房，这一切一切，都一下子从国有资产变成姓杨的私人财富，我这个与此血肉相连的人，我这个多少年置身其境的人，能想得通吗？可是现在倒好，想得通想不通，杨雄都干脆不让你想，不准你想。你敢想，他就干脆理也不理你，拔腿走人……副县长听不下去张前唠唠叨叨了，他说张前你有完没完，你有工夫唠叨扯淡，我还要不要时间反省检查？我告诉你们，如果这次谈崩了，把正要进笼子的一个亿，又水漂漂一样弄丢掉了，从我开始，一个一个都跑不了撤职查办，至于恶名，无须太多，一项渎职罪足够。我们要赶快冷静反思反省，我们是过高估计了杨雄投资热情，过多运用了谈判技巧。我现在很担心，杨雄真要是哀莫大于心死，他要是真正失望真正认定了一次失败，温泉山庄可能就是我们的坟墓了。

当然，副县长也绝非无能之辈，他进坟墓，必须有人陪葬。他不甘心当替死鬼屈死鬼。闹成眼下这种无话可谈和找不着谈话对手的局面，事实上都是大权操纵在握的陈阵一手造成的。是陈县长精心组织一个高智商高技术的精英谈判班子，是陈制定寸土必争，大利必渔，小利也努力不弃的谈判原则，是陈确定温泉山庄的这场游戏规则应是：古塔第一，古塔至高无上……现在游戏做不下去了，戏的主角就该出场了。是演英雄还是演王八蛋，唱喜剧还是唱悲剧，该你拿出吃奶力气和日天本事了。

副县长就和乔文秘书单独谈话，副县长要乔秘书在第一时间以第一要事，找第一要人做紧急汇报。

大概是杨雄和成小娥玩到北天山的老北口时，乔秘书在古塔宾馆的专用房间里，找到了常人无法找到的县长陈阵。乔秘书就开门见山一二三四做起了汇报。

天堂山区即使有九百九十九处名胜，老北口也奢谈不上是一处景点。究其原因，一是村子太小，人穷得住不下去，世世代代再怎么发展，老北口也没超过十户人家。二是树木太少，到处是光秃秃的石壁石壳壳，无法长树长草，山一旦失去绿意，要多难看有多难看。三是女坏男孬，老北口的女人偷汉子成风，这里的女人如果没几个别处相好的，十有八九就度不了一家子春荒。女人那东西装进了别处汉子那东西，她的衣袋麻袋也就同时装进了丈夫儿女的钱粮。老北口女人敢这么干，老北口男人心里都有数，他们就团结一致装孬，你逞能，可以，你狗日的就别想精力旺盛地抱着老婆睡在床上，你狗日的肚子瘪得挑不出血肉睡进黑漆漆棺材里去吧。老北口这么弱这么劣，别说外地人来此游玩，就连本地人也不到这里串穷亲戚。

大红大紫的杨雄成小娥，舍弃温暖之乡温泉山庄，跑到寒气直冒的树木凋零的老北口，游玩是假，寻人是真。

几番艰难跋涉，都已经看到老北口了，成小娥还在劝杨雄阻拦杨雄：真的，我最后一次请求。我们到此为止还来得及。

杨雄：什么意思？我做错了？这里是悬崖，我们必须勒马？

成小娥：你没错。可是我们的花轿新娘资源也决不会贫乏到一定需要兰芳。

杨雄：兰芳算不算丁冬溪漂亮女人？一方诸侯丁丙也收揽于怀？如果不是，为什么好多人都说兰芳酷肖丁冬溪大美人杜文竹？我的错误是：信息获得太迟了，我想兰芳不但漂亮而且是和杜文竹媲美漂亮。我的原则是：凡是丁冬溪漂亮女人，花轿公司是一个都不能少。

成小娥心颤动得很厉害，腿也格外哆嗦，她真不愿意在这条路上再往前走了。冒犯也好，抗争也罢，甚至大好前程尽失，甚至被胡漠雁取代，甚至从此一无所有，她也要一诉骨鲠在喉之痛了。

起因当然不是厌恶胡漠雁“处处插手，越俎代庖”。杨雄就说“不是厌恶”是什么，女人就是小心眼，喜欢妒忌。成小娥说：“只要真正呵护丽人集团发展丽人集团，我可以无条件和胡漠雁合作，无条件膺服胡漠雁……”杨雄立即很不高兴打断：“漂亮女人不一定连说话也要漂亮。你回办公室去吧，我累了。”这是昨天。一场一触即发的矛盾，被杨雄“挥手而去，关门即止”。

今天成小娥又想找机会谈。杨雄不给机会，杨雄说：“跟我去一趟老北口。”成小娥就稀里糊涂上老北口。直到明确无虞知晓此行是聘请老北口的兰芳当花轿新娘，成小娥坚决停止了脚步，她心颤腿也颤地坐在老北口村头小路旁，她说，杨总，这是一条错误路线。

谈判桌前遭遇对手盘算，自己的属下甚至还是情人，也在拧劲儿对着干，怎么一不顺都不顺了？杨雄震怒了：错误路线？帽子很重很大。可是你有资格这么跟我说话吗？

成小娥：我人微言轻。事关丁冬溪旅游公司前途，关乎我的爱人事业成败，我不能不说。

杨雄：不是谈前途谈事业吗，少扯淡爱不爱！

成小娥不愿屈服。她说谈事业不谈爱情，很好。丁冬溪旅游业若想做成盈利做大做强，倚重花轿旅游也是你过人之处英明之举。特别是你提出的“丁冬溪人物旅游人文旅游”，更是杰出企业家区别我辈庸人之处。我在好长时间里才领会到其中的博大精深。一条好的思想路线，就是一条优质的旅游路线。可惜你听信胡漠雁的蛊惑迷惑，对她私招滥聘沈虹姚秋桂这类下作女人做花轿新娘，居然首肯。今天又亲自礼聘绯闻缠身的兰芳，这都是什么“人物”？这在办什么“人物旅游人文旅游”？杨雄，我念你对我之恩，你也念我对你之情，远小人听忠言吧：花轿旅游是匠心独运出手不凡，它的风险也肯定不同寻常。花轿旅游公司要规避风险，就一定选体形美也心里美的好女子，只有这样，才是取胜之道。

这是简单的道理，杨雄既能想得到也能听得懂。但是，简单能赚钱吗？简单能潮流能时尚？没风险还叫创业？所以他听取了胡漠雁的献言献策。他就在南州丽人集团高层会议上放言了：丁冬溪旅游取胜于否靠花轿旅游，花轿旅游成功于否靠时尚靠解放思想，要勇敢冲破大山的封闭，在传统与现代之间要有人开路架桥。杨雄就决计决议：丁冬溪公司必须拥有一批思想开放敢于人先的花轿新娘，闭月羞花当然不可少，狐媚风流断然不可无。杨雄料想成小娥会异议这项决议，他也不想过早公开这个决议，尤其是在今天在一条羊肠山道上，他的全部精力就是要采摘一朵芬芳野性的兰花。

成小娥知道她在螳臂当车了，可是老北口女人的丑陋，兰芳的不雅失身，怎么可以玷污绚烂美丽的花轿旅游业呢？无奈的成小娥，只得无计可施地借鬼吓人了。她说杨总，我们暂且不说兰芳，我们还是先说说丁丙好吗？天堂山区四山一河，凡有井水的地方，都争说丁丙是一条巨型蝮蛇，从聚敛不义之财到欺男霸女，可谓无恶不作，你作为外来人，不知深浅如此轻率行动，不怕丁丙视为夺人所爱，不怕这条地头蛇咬你吞噬你？

财大气粗的杨雄，是觉得小女子成小娥可怜可爱了，他哈哈大笑："是担心我还是担心自已？如果是后者，那我再一次誓言：杨雄此生只有成小娥只爱成小娥。任兰芳多芬芳，我也不嗅不采。"

成小娥无力辩白：我不是这个意思。

杨雄：那是什么意思？我请兰芳到花轿公司工作，我们并没有限制私人生活，我也没权力不准兰芳和丁丙上床。

成小娥：可是你知道吗，贫困的兰芳并不真爱丁丙，她一旦有了基本生活保证，有了生存权利，是不会再和丁丙有瓜葛的。

杨雄：这就对了。我们花轿公司永远质量第一，我们需要美丽女人但不需要烂女人。兰芳进花轿公司获得自立自由和尊严，我们就双重意义做了好事，我们就更完美。

成小娥：说到底，你不担心丁丙。

杨雄：说到底，你怕丁丙。他就幽默地拍拍小娥：亲爱的，什么都别怕。连一个外省人都知道：在丁冬溪，胆小怕事你就别做事！

丁冬溪说小真小，它就是一条小河和几条窄窄的山沟。说大也真大，甲方丽人集团冯豹一行四人，乙方古塔县政府张前也是一行四人，在窄窄的丁冬溪或鱼游活水或虎啸山林般高速高效寻找两整天，才从谁都料想不到的小破村老北口，找着了杨雄请回来杨雄。

陈阵笑容满面迎候在温泉山庄会议厅门口，他一把逮住杨雄的手脖子，八百年老朋友般既有力度又有温度摇撼着：杨总，我就佩服你。工作，休闲，干什么，投入什么。你是圣贤古哲啊，真正是文武之道一张一弛。

杨雄笑道：陈县长过奖了。一个做公司的人，自然不能和做一县之长等同而语。我这个人毛病多多，爱玩就是其一。县长百忙，害你久等了。对不起，对不起了。

陈阵：哪里哪里。你是贵客，我应该多看望多陪才是。无奈县穷烂事多，你不蓝青官话或指手划脚一通，真好像天要塌，地球不转。

杨雄：那是那是。百姓百家，家家都有一钵子生蛆的酱。县乡当官，非人才，不敢为。

一切都这般知彼知己，亲热亲切。你有慧眼，也休想看出心中芥蒂。县长和老总就这样行云流水走上主席台，开起了“丽人集团——古塔县政府置产兴业洽谈会”（简称温泉谈判）。

陈阵礼让三先地：杨总，你是主角。你先谈。你纲举，我们目张就行了。

杨雄：我就那点儿东西，前几天，每天都坐在这里谈。老话说，话讲三遍如枯草，再讲三遍草不如。我真的没啥卖弄的了，今天我就是带两只耳朵一副肚皮，好好听好好装。

陈阵笑道：成就伟业必是伟人者。君子总是听万句话念一句经。行，我打闹台。正戏，真经，你随后派上。

看来今天是个愉快的日子，即使正式发言，陈阵县长也要把轻松愉快进行到底。他说，朋友们同志们辛苦了。你们天天翻土浇水栽树，我今天摘桃子来了。所以，我理所当然地满嘴桃汁很甜很甜说谢谢在座各位了。当然，再甜美的事业，也是汗水浇灌的。汗水不是桃汁，那是有苦有涩的。我们正在进行的是有目共睹的大好事，是好事，必多磨。磨起来，很累也很烦。烦了，就要交交心。交心，还是谈。所以，前天谈昨天谈，今天还要谈。谈对劲了，就共举酒杯。谈得不对劲，那杯合饮的胜利酒还是摆着放着，不会泼洒的。这时我们闻着酒香，你先喝还是我先喝？这就要让一让。所以，只要是成功胜利的谈判，都是互让的艺术。我先表个态，为了真诚感谢丽人集团感谢杨总刘总袁总对古塔对丁冬溪的钟爱，甲方让一分，我们乙方就要让两分，甲方让五分，我们让十分。这道谈判数学公式，我们乙方决不更改。温暖的温泉山庄不再是荒芜的云水寺，古塔方面谈判的人也不准有一个歪嘴和尚，我更不能是庙败人亡的住持僧韩蓑。那么我就来念第一句经：破除一切框框套套，在温泉山庄什么都可以谈，包括先前忌口的整体出售这座山庄。杨总能办出个旅游公司，我们就不能再建一座山庄吗？当然，山庄怎么卖，这又要谈。谈起来又会是好事多磨，最后又要互让。这都没关系。一、温泉山庄可以出售，这已经磨出来了。二、丽人让一分，古塔让两分，这也磨出来了。这么磨下去，那就一定是磨合一定是成功！陈阵这么说着就走到杨雄座位前亲密作秀握手，县电视台记者赶忙摄像拍照。陈阵说，好，好。杨总和我合影就是一张商业广告，温泉谈判，最终就是这样的结果。

陈阵的演讲技术和现场操纵能力，从上到下都是有口皆碑的，谁都公认，陈县长开会，没人打瞌睡。却是杨雄另类，他在陈阵纵横捭阖行云流水演说时，一再思想开小差，他对眼前这位真正的谈判大鳄，想得并不多，他在这时老是想到他的可爱的女人成小娥。小娥真是太聪明太智慧了，当自己在谈判桌边疲惫不堪力不能支时，是小娥调教了他。她要他暂且跳出那个谈判怪圈，走出温泉山庄，弄弄"闲庭信步"。是小娥真理一般告诉他"不急就是急，不为就是为"。果然，他"不急"了，陈阵就不能潇洒了就不得不急了，县长大人终于急急忙忙赶到温泉山庄会议室来了。

陈阵讲得好讲得不好，杨雄觉得都不重要了，重要的是，他来了，"到位"了。这说明温泉山庄里的这场戏，儿戏少了，正戏总算开台了。

杨雄就喝着丁冬溪著名的"天山顶上茶"。他滋润着喉咙说，陈县长今天与会，是鼓舞鞭策我们来了。我真的没有更多的要说的了，我真的就是想借古塔一方宝地，想做点事，想赚点钱。我在南州感觉到发展空间的狭小，我为丁冬溪山高水长折服。我想争取早一天早一个时辰拥有温泉山庄作为旅游公司基地。不是说时间就是金钱就是效益吗？我们公司在这里早一天挂牌，就是利税双方的甲方乙方早一天双赢。请朋友们相信，心急必心诚。我如此急迫，就是希望催生温泉谈判的合同文本。只要这个合同过目时大体能过得去，我就会绝不手软地草签……

两方头脑，声调优美清脆地唱响了主旋律。在场的其余商务谈判人员，就都是和声重唱了。温泉山庄似乎云破日出，每个人脸上闪耀着阳光。

休会后，陈阵和杨雄共进晚餐。两人喝了两瓶杏花村，其中一瓶半是杨雄干掉的。

饭局完毕，杨雄有酒劲更有酒兴。他说，小娥，陪我溜达溜达。

小娥见杨雄有点儿踉跄，就关切问他行不行？

杨雄笑呵呵：你行不行？我通宵都行。

成小娥脸红如晚霞：人家说正经呢。要是不行，回房休息。

杨雄：哪里话。这么好的黄昏，如此美丽风景，我能躺进屋里？你看，这些楼台亭榭被一棵棵苍松古柏千年银杏树掩映装点，既仙气又傲气还美气。它们都将归属于我。任陈阵如何刚柔运作，作态作秀，这片建筑园林底价决不能超过一千二百万。加上热水洞十六眼温泉，一千五百万搞定。

这是杨雄酒话吗？成小娥不无忧心地说：我听说古塔那边也有底线，好像不能少于两千五百万。还有丁冬河乡政府，丁丙也手长长伸过来了，他说温泉山庄地产地界历来划分不清，他们起码享有五百万元地皮，这么算下来就是三千万，高出你的底价一倍。

这时晚霞愈发如火如荼，山庄树木，全是金枝金叶。楼房平房，全成了宫殿。杨雄说，好时光，好景致，咱们说开心的吧。你看啊，那栋房是山楼，总计有四十四套房间，我想加盖一层，那就是五十五套，十套设计为豪华单人间，四十五套设计为两人间和三人间，一般情况下可以解决初期游客住宿问题了。与此同时，在山楼右边那片空地，兴建九层接待大楼，取个吉利的酒店店名，住宿事就算最后解决了。那栋楼是林楼，我楼上楼下转悠了好几趟，改造一下，做旅游公司办公楼挺合适的。这片竹楼，地场最大，丁冬溪旅游总公司要下设山水游公司、民俗游公司、漂流公司、花轿游乐公司和温泉洗浴公司，我考虑把民俗游公司和花轿游乐公司都设在竹楼。将来竹楼要成为游客最开心最难忘的地方，它也是丁冬溪总公司的最粗最大摇钱树。水楼温泉多，我们要把它变成冬游胜地。黄山也好，庐山也罢，冬季都是淡季，游客人迹罕至。丁冬溪有这么一大片温泉区，我们就完全有条件把冬游办得不逊色春游。那时，丁冬溪旅游公司就会一年四季兴盛，春夏秋冬发财……

杨雄越说越有兴致，越说越投入，得意又忘形，沉迷又陶醉。成小娥笑着说，好了好了，乐得你不知今夕何夕了。再差五分钟就是九点了，你不是说陈阵县长晚上还要约你谈谈吗？

杨雄就收住了脚步。他拥了拥小娥说：今晚的交谈，可能比会议室谈判更重要。一些主要问题，往往是私下解决。小娥，祝我好运吧。

成小娥就在杨雄的两边脸颊上，各是温暖有声地吻了一下。

杨雄大步走向陈县长住宿的水楼三〇五房。刚到楼下，秘书乔文满脸歉意地迎了过来。乔说，真对不起，我们有家小煤窑出了重大事故，陈县长匆忙赶往现场去了。陈县长要我代请杨总晚安，他说明天一定赶回来陪杨总。

杨雄平和又宁静地点着头。他想，也是的，这么大一个县，什么样的事都可能随时发生的。

兰芳每次出门前，都要絮叨男人覃年：“晚上记住关鸡笼。鸡不是猪，喂鸡不能光是剩饭剩菜，要喂碎包谷，不然又下软壳蛋，一分钱也卖不掉。听见没有？可别木脑壳又记不住……”兰芳唠叨是有根由的。覃年在她上六盏灯过夜的日子，老是夕阳西下眼巴巴望着山路、期盼兰芳归来的身影。覃年想兰芳望兰芳，他依着大门，忘记鸡笼门。夜里就发生了黄鼠狼给鸡拜年的故事，六只下蛋母鸡全军尽失。老北口人家，母鸡大似牛，吃穿用，一大半都靠着鸡腚，他们也因此把鸡蛋干脆唤成鸡元宝。覃年家没有了母鸡没有元宝，日子果真拮据，有时紧巴得向左邻右舍借盐借灯油。村邻们对一户人家瞧得起瞧不起，也大都是数数这人家有几只鸡。比如说张家有三只鸡，老北口的乡亲们就对张家三分瞧得起。李家有十只鸡，老北口人就对李家十分瞧得起。覃年忘记关鸡窝做了糊涂事，日子不好过还叫人十分瞧不起，兰芳就要下决心加以改变。有一回，又该是兰芳到六盏灯过夜的日子。因为没有鸡，兰芳出门前再也用不着唠叨，覃年也就安安静静做那件必做的事——给老婆烧洗澡水，帮助兰芳打香胰子搓背擦大腿。覃年给老婆搓着擦着，他的男枪就渐渐威武雄壮起来要求战斗。覃年朝枪刺击了一掌，覃年说，老枪，你闹什么。婆娘也可怜，她今晚累呢。她为咱挣钱，她要买母鸡呢……覃年就手抖抖地帮兰芳洗干净擦干净穿衣服穿鞋袜。那一趟兰芳不走运，她又落了空。掐指头算，日子没记错，那天虽说不是逢三，那天是八。丁丙规定兰芳每月三号八号十三号十八号二十三号二十八号，到六盏灯规定的房里过夜。兰芳守规矩，在三八日子里，总是洗得干干净净赶到六盏灯。丁丙就不那么守约了，他是书记，是忙人。他不能逢三逢八就不到县里开会，就不出差不下乡。他也不能逢三逢八一定逢不上有情人，他在这样的日子也可以睡在另一个小丫头小嫂子床上。兰芳在那个八月十八的大吉大利日子里，守了一夜空房。那天丁丙一直到傍晚还在六盏灯，忽然间来了电话，请他去古塔参加一个宴会，兰芳就无怨无悔睡了一夜空房。直到九月十三，丁丙才一片歉意一片情和兰芳云来雨去畅酣睡了一夜。天明，丁丙又是老一套，送一件廉价的但不失时髦的水货时装，在新衣服口袋里，塞进二十元三十元钱。丁丙想，他的女人应该漂亮但不应该有钱，一个女人如果很漂亮又很有钱，必然很糟糕，这样的女人绝对不乖顺不听话，更不会三八日子里有戏没戏都风雨无阻赶来六盏灯过夜。

九月十三那天，老北口二十三岁很水嫩很美眉的兰芳，似乎第一次不很乖顺。她从时装里掏出二十元钱，把新衣还给丁丙说，衣服我就不要了，我想要一百元钱。

丁丙大吃一惊，他当书记，月薪也不过千元左右。你兰芳是三八，我还有一四七二六九娘儿们过夜呢，都一出口一伸手就是一百元，我喝着西北风玩你们？丁丙就说，兰芳，你是个好女人，你不爱财，你是爱我，是吧？兰芳说，书记，我二十岁嫁到老北口嫁给覃年，我十七岁就沾了你的身。六个年头了，我年年最缺的是钱，我没有一次提出找你要钱。这一回，你就帮帮吧，你给我一百元吧。

丁丙做了些让步：五十元行不行？

兰芳说，给我一百元吧。

丁丙艰难地退了退：那就六十。

兰芳还是那句话，给我一百元吧。

丁丙很难地再退了退：八十元。

兰芳跪到丁丙脚下：算我乞讨了，你给一百吧……

女人落泪了，丁丙掏出一百元揩了揩兰芳眼泪。这张泪斑斑钞票，好不容易揣装进兰芳怀里。

兰芳从那间房子里走出来后，躲在街角可劲哭了一场。然后她掏出还没有在怀里焐热的钞票，向鸡贩子买了六只母鸡。

鸡挑选得不错，都是下蛋的蛋鸡。鸡贩子对兰芳的钞票挑选得不满意，他把那一百元大钞反复揉捏反复迎着阳光照影儿，鸡贩子说："日他妈，这票子是假的，照影儿又是真的，说是真的，咋这么没骨头这么软绵？"兰芳说："是真钱，票子湿点温热点，手感就软绵了。"鸡贩子凶她熊她："你把票子弄湿干啥？你这不是要人作弄人吗！日他妈，人长得漂亮做事咋就不光亮？"兰芳在鸡贩子骂咧声中提走鸡，一路上想着那张泪斑斑湿乎乎钞票，好几次走神儿差点"滑脚"百丈悬崖。

二○○二年十一月三日这趟出门，老北口覃年又有六只下蛋母鸡了。兰芳再怎么絮叨覃年，覃年也不烦。一是自个的确犯了大错。二呢，鸡是女人挣的，“元宝”是女人挣的。三是覃年后来没犯大错，但也不排除犯小错误，比如覃年等兰芳从六盏灯回来吃饭，结果是丁书记留兰芳吃饭，吃过饭后丁丙又好兴致留兰芳多过一夜。覃年家里就剩下了兰芳那份饭菜。那时是夏季，覃年怕饭菜馊了，就啾啾啾唤鸡喂鸡，鸡们吃饭又吃菜，日子过得好，活干得不好，下起了软壳蛋卖不掉钱，覃年和兰芳像吃苦药一样吃着一只只软壳蛋。覃年想，他再不会木脑壳对待鸡们吃和住了，他只是木脑壳地听着妻子唠叨，木脑壳地坐在灶下给妻子烧洗澡水。

兰芳在卧房里一件一件试衣服。兰芳说，覃年，听见没有，你咋不作声？你在干啥呢？

覃年说，我做老事情呢，我给你烧洗澡水。

兰芳：烧哪门子洗澡水，不要烧了！

覃年：你不洗澡？

兰芳：不洗。

覃年像听到福音，浑身顿时有一种解脱的轻松。他知道自个很软弱很无能，若不是丁书记扶贫白送给他一个天仙般老婆，他这辈子肯定一辈子打光棍，对不起列祖列宗当绝代户头。他老婆别说丁丙有偿分享，就是无偿占用也自觉无道理反抗。可是村里的女人给别的男人用，没有那么多啰唆事，她们在庄稼地里或锄草或施肥，相好的男人喊一声或咕咕咕学鸟叫，她们扔下锄头撂下粪勺，一身泥土一身粪臭，就和相好的男人欢欢地翻天覆地翻云覆雨。她们从没有交欢前要净身洗澡一说，只有丁书记才这么麻烦这么啰唆。覃年想，这是个好开头。柴要人砍，水要人挑，做那事东西长在身上现成的，以后就这样多省事多轻松。

覃年到底还是不放心。丁丙总是衣服一尘不染，皮鞋锃亮锃亮，头梳得油光油光跌得死苍蝇。女人不洗澡，要是被丁书记拒之门外，不是一子儿不挣白跑一趟吗？覃年就不放心走到兰芳跟前嗫嚅：不……不洗澡，行……行不行？

兰芳：我到那边洗去。

覃年：那……那方便吗？

兰芳：十几眼温泉，想要什么水温就用什么水温，怎么不方便？

覃年：没听说六盏灯有温泉呐。

兰芳：木脑壳。去什么六盏灯，我去温泉山庄。

覃年：去温泉山庄？你去温泉山庄干什么？今儿逢三八啊。

兰芳心痛眼珠痛地望着可怜巴巴的丈夫，她扭着脸，把泪水流在看不见的地方：覃年，如果我这次能顺利应聘，我们就一起过上是人不是畜牲的生活好吗？我们做一做一条脊柱两条腿的人，好吗？兰芳这么说，到底还是放纵哭了。她想不明白衣冠楚楚冠冕堂皇的丁丙丁书记，脱光衣服那么丑陋那么下流那么污秽，她想不明白丁书记怎么说出那种话："兰芳，女人都是母狗。你和别的女人区别，就在于你是一只漂亮的小母狗。其余都一样，一样骚，一样翘起屁股……"

覃年就慌忙给女人擦眼泪。覃年说，这么说，杨雄成小娥看上你了？这是好事啊，你怎么不早点儿告诉我？好事啊，好事啊……好事你哭什么？

兰芳不哭了。兰芳试衣服化妆。兰芳说，好事是好事，做成了才是好事。

覃年一生都没有过地挺胸大嗓门儿说道：我看一准成。我老婆，哪个敢比！

兰芳就微笑地"贼"了男人一眼。

乔文秘书日子过得下去，但决不算富裕。他干的那一行，除了文件材料多，就是票据多。什么车票船票飞机票饭店食宿费旅游景点门票乃至舞厅包厢最高最低消费芬兰浴土耳其浴小姐"到位按摩"费……十天半月的，差不多装满了一档案袋。这些票据，有些是他经办的，有些是私人掏腰包买单后，知道乔秘书"收藏"消费票据的爱好转赠他的，有的是乔秘书干脆找饭店酒楼熟人老板要的。乔的票据林林总总装满一只档案袋后，就轮流在全县那些效益好关系好的厂矿公司报销。给乔秘书报销最多的是罗锡贵李石磷两位老板。去年，屁事也没给通达公司办过的乔秘书，罗锡贵还是给他报销了三四万元差旅费。小家碧玉周婷很心痛，她说罗总，你是熬红眼睛捻断头发精力耗尽才挣下每一文钱的，你大把大把扔给乔文干什么？那种人心里只有书记县长，天天巴结巴望着大官们给他升官，你不能让他高升，他拿了你再多的钱，除掉报销时候想起你，我敢说三百六十五个日子里，他没有哪天早晨哪个黄昏会想起你。罗锡贵说，妇人之见。一个好公司好老板，过人之处就是善于投资。我这不是白扔钱，我这是眼光远大效益良好的投资，懂吗？

石头掉井里——不懂（扑通）。大约又过了一年多，周婷才真的懂了，信了，服了。

这天，乔文夹着公文包又来到山口镇的通达公司。周婷一边倒茶递烟热情接待，一边怒目偷觑那只鼓鼓囊囊公文包，她晓得，那里边，肯定又是一档案袋报销单。

罗锡贵老熟人老朋友说，乔秘书，你是县长身边的人，难得清闲，自由空间有限。咱哥儿们直说吧，是喝酒洗桑拿还是跳舞，要是报销，我叫出纳员。

乔文笑得呛嗓子：知己，知己啊。罗总，老话说，知恩不报非君子。兄弟贫寒，年年月月你没少接济，感谢不尽，总想有个机会报答。现在机会来了，我很想为罗总效力。

罗锡贵立即脑浆欢腾，眼球翻滚成火球，他慢工细活不屈不挠就等着这一天。现在，乔秘肯定是千年等一回地给他送来发财机会了，他不能不兴奋地说道：乔秘书真不愧是本县第一秘。我就信服你的品质人格魅力。跟你打交道做朋友，总感到放心。你带来的福音，兄弟我一定洗耳恭听。

行，罗锡贵说是福音，乔秘书就嗽嗽喉咙发布福音。乔说，温泉谈判有重大突破，成功在即，合同签订在即。乔说面对这样重大机遇，罗老板千万不能坐失良机，应该迅即挤车搭船，参股融资于丁冬溪旅游公司。

乔越说越亢奋，罗锡贵听了，却像性交后，反而没劲疲软了。这算什么福音什么机遇吗？他晓得温泉谈判是困难的谈判，他更晓得温泉谈判一定是成功的谈判。谈判有何突破，合同何时签订，与我罗某人何干？心狠手辣财大气粗的杨雄，见到好女人就夺，见到财运独霸。罗锡贵已经多方证实，杨雄决心独资开发丁冬溪旅游业，无论是古塔本县老板还是外县老板们，休想有一分半分投资染指。他就干笑道：那好啊，祝贺古塔县做成了一件大事。

乔秘书说，我不管大事，我只管你的实事。丁冬溪的鬼斧神工天然旅游资源，是老天爷扔馅饼扔给我们古塔的，这只又香又甜的大馅饼，凭什么白白让外省人独吞而让当地人流涎水饿肚子？所以，古塔的有实力的企业家，应该毫不犹豫分享这只馅饼。

罗锡贵说，说实话，我天天都在眼巴巴望这只馅饼，鼻子酸溜溜闻这只馅饼的香味。可是我能吃着吗？古塔的有权的达官贵人们见着亿万大老板杨雄，就像清宫遗老遗少们见洋人，骨头立马轻成四两，一肚子文章只剩下一个“是”字。杨雄只说一次他独力投资独立开发丁冬溪旅游业，古塔县委县政府就十次百次传达宣告丁冬溪旅游公司是引进独资开发的本县最大的亿元企业。县老爷们都钦定了独资开发，我们这些小老板们，饿死也休想分得一杯羹了。

乔很清楚一提到开发丁冬溪旅游公司，罗锡贵就把杨雄恨成八国联军，把县领导们骂成李鸿章慈禧太后。乔秘书说：说归说，做归做。规矩是方的，话是圆的。在机遇面前，一定要相信事在人为。譬如说，不能八方融资，可不可以一方融资？不准众人投资，能不能网开一面，只让你罗老板等少数几个人投资？特别是要能将大企业带小企业，引进的企业扶持本地企业纳入温泉谈判的最后话题，那么这个筹码就会立刻变成金钥匙，你罗老板要是有了这把金钥匙，什么金仓银库打不开？

罗锡贵果然听得眼直了嘴张了心跳了血热了。他没看错人，他长年累月花钱不是养一条狗，乔就是第一秘，第一高人。是啊是啊，县域企业融资投资共同开发丁冬溪，若是能列入温泉谈判的最后话题，说不定还真能山穷水尽疑无路柳暗花明又一村呢。罗锡贵就很感谢乔秘及时高明点悟。他拜托乔秘多在陈县长跟前为县域企业家们多烧香多拜佛，让他们有机会报效古塔父老乡亲报效养育他们的丁冬溪。罗锡贵也千保证万保证即日起振作精神全力投入到这件事上去。

乔说，他人微言轻，在县领导们面前只能审时度势适当地提一提。关键是你们这些企业明星名流要赶紧拿方案拿出行动，你们出击了，我作为犄角势力才好配合。

两人又事在人为地信心雄心说了一阵后，乔秘推辞了罗锡贵午宴，他说陈县长的会快要散了，他得赶快回去。

送走了乔，罗锡贵果然满脑子转动旅游开发事儿，成天惦记起温泉山庄。屁大的山口镇，通达公司再怎么开拓发展也到极限了，要是真能打进丁冬溪旅游公司，依托别人的大资本做自个事儿，傻帽儿也晓得发大财日子到了。

罗锡贵这么想着就想起一个人。下虎头茶厂厂长关峰多次气愤难平地找他，扬言拼死也要打进丁冬溪公司。罗锡贵说过关峰："你能拼，你能死，你就是打不进去。"关峰说："那我们的四山一水，白白地让外人拿走，让坏人侵略？还有我们的妻子儿女，也让他们俘的俘杀的杀？"罗锡贵冷笑道："想赚钱就想赚钱，不要一肚子沦陷江山失美人的情绪。不就是个姚秋桂吗，除了屁股大奶子肥有什么值得相思成鼻涕一把泪一把的？再说那个姚秋桂也不一定一准儿就给你生个带把子的。这种女人真要是进了丁冬溪花轿游乐公司，除了卖屁股，不会混得下去的。所以，我劝你少想点女人，多想点种茶卖茶。"关峰说："拉倒吧，你罗老板跟我来轻松，暗地里还不是为一个小女人牛青青跟杨雄咬牙切齿较大劲吗？讲来讲去，咱俩是一根绳子拴的两只蚂蚱，要高飞一起高飞，要勒死一道勒死……"罗锡贵这时候就很自然地想起这只蚂蚱了，他立马打电话叫来关峰了。

关峰听了罗锡贵如此这般后，像注了海洛因，既亢奋，又云里雾里游走着美梦。关峰说："好极了好极了。时间紧迫，长话短说。一、立即组织一个攻关组住进温泉山庄，不择手段不惜代价开展工作。二、你出资八百万，我倾其所有拿出二百万，以一千万元规模进军丁冬溪旅游公司。三、丁冬溪公司当属花轿游乐公司和温泉洗浴公司最富创意最能看好，我建议一不做二不休，我们就是要打进杨雄苦心经营的花轿公司。"关峰越说越像一只红冠长脖子锦鸡，神采奕奕。

罗锡贵满意地微笑着。他知道，他和关峰都算不上什么精英，但是谈起做生意，他们都是鬼精鬼精的很不平常的人。罗锡贵就对"三条"逐项分析研究，他们由后向前，从第三条开始议事。结果是，第三条建议如同一个人建议，他俩以最通俗的观念作指导，他们就是为金钱为女人，参股投资丁冬溪旅游总公司的花轿游乐公司。

第二条有些分歧，罗锡贵先要四六开，后来让步成三七开，后来他借上厕所之机打了几个电话，知道关峰眼下可控资金实际只有一百五六十万，这家伙为面子也为了一个日思夜想的美梦，才决心借贷四十万凑足两百万元的份额，罗锡贵就装作很痛苦很艰难的样子，认下了八百万元投资额度。

第一条也可能是最重要的。生死攸关，成败在此一举。罗锡贵和关峰全力开动脑筋，他们上穷碧落下黄泉想办法拿主意，最后谋来谋去，说来说去，这个世界上最好的办法好像还是那个最普通的办法：扔金钱，上女人。而且要舍得多扔钱，奉上最风骚最漂亮女人。他们办事就信一条硬道理：女人压阵钱开路。

宗旨有了，罗锡贵以第一时间第一速度组建了攻关组。组长由他本人亲任，副组长是关峰，通达公司办公室主任邢秋雅任温泉山庄常驻副组长，通达公司经理秘书周婷为总联络员。

次日天明，周婷邢秋雅一行人等，住进温泉山庄水楼，做起了特殊的攻关工作。

乔文所说出了重大事故的小煤窑，就是西峰煤矿。其实，那件事在乱挖乱采的星罗棋布的小型微型采煤矿井里一点儿也不重大。那天西峰矿其实只死了一个人砸断了三条腿，古塔矿管局对三条以下的人命事故，都作为日常工作办理，规矩是：发放三万元抚恤金外加赠送一副棺材。发生了这类事，矿主们煤照采，人照埋，猫捉老鼠狗看门，该干什么干什么。西峰矿在小煤窑行当里算是较大的矿，这天他们除了要埋一个人和要医治三条腿以外，要说比平时多点儿什么事，大概就是省城一家影视公司要拍什么绝版爱情大片，他们的制片主任领来几个性感的电影明星来到西峰拉赞助。矿长对这种事经得多了，从县报县电视台到地区到省里各种纸刊物电视台，走马灯往效益较好的一家家小煤矿跑。西峰矿长以不屑的语气称干这号活计的人“一二”或“老朱”。好多人开始没听懂，后来才晓得矿长是称他们和尚或要饭的。化缘的和尚光头上有十二个戒疤，朱洪武做皇帝之前是叫花子，西峰矿长就文采斐然地把拉赞助者命名为“一二”“老朱”。矿长听办公室主任汇报这件事时，一点儿也没影响他在老板椅上假寐打瞌睡。只是后来听到这个“一二”带来了两个颇为耳熟颇有酒窝深度和胸部高度崛起的女明星，矿长才灵机一动和精神一振。他想，他的矿今天死了一个人，要是死了十一个人怎么办？他必须居安思危未雨绸缪。平日里，一个小煤窑主想巴结达官权贵，人家打心眼里嫌你黑嫌脏。尤其煤窑是开是封的生死大权在握的陈阵县长，八抬大轿也抬不进矿山，踏破铁鞋也休想谋面。今儿西峰老山沟来了女明星，在古塔民间有爱花采花“花县长”之称的陈阵，很可能破天荒光顾西峰。届时，把赞助款揣在口袋里，让女星们裸着大腿露着肚脐亮着一又三分之二乳，给陈阵扭动包裹欠严的小屁股唱小曲儿，搂着陈阵嘣嚓嚓擦出火花，点燃激情，燃烧岁月，县长大人一准是彻夜良宵。县长有良宵，矿长想，我往后也就逢凶化吉，有好日子过了。西峰矿长，当下就带上“项目”请陈县长到矿上玩儿。

陈阵给了矿长面子，他有点儿文不对题地说，晚上他要挤出时间，下矿井检查矿工夜班劳动安全。矿长不懵不糊涂，他高高兴兴回去安排去了。

当夜，陈阵和那个酒窝深深的女明星玩得很投机，两人言语和动作，都充满了激情。因为通宵达旦不疲不倦，第二天，陈县长只好在西峰旅馆呼呼睡白日觉。

县长醒来，已经是下午四点。乔文赶忙提醒，说杨雄等候会见。

陈阵没理会乔文，他点燃雪茄，一番吞云吐雾后说道，你先回山庄，做做调查研究。

乔文：调……调查研究？

陈阵：调查丽人老总谋划花轿公司和预选花轿新娘的最新情况。

乔秘还是直直站着没敢走，他轻声说道：是不是召集温泉谈判工作班子开一个私下碰头会，了解分析一下甲方筹办丁冬溪旅游公司总体日程和温泉山庄转让的最后底线？请县长指示。

陈阵：小乔，我发现你的大脑有些迟钝。做事，有直接做，有间接做，有正面做，有侧面做，有先主后次，也有先次后主，要达到目的却是一样的。我们现在和丽人谈判的最迫切话题，好多人以为是尽快拿下项目，尽量少出资，尽量多获资源资产转让资金，这就是我们的工作人员素质不行，层次上不去，看问题过于表面，工作方法太直接。其实我们现在迫切需要掌握的，是调研甲方诚意，了解得越具体越好，研究得越深刻越好。听说杨雄在如此紧迫的谈判时期，一再抽时间研究花轿旅游事宜，还具体参与预选花轿新娘，这对于操作运行一个大集团老总来说，似乎不可思议，好像杨雄是事无巨细，可是要从实干家意义上理解杨雄呢，那就不是事无巨细了，那就是可贵精神。假如这些都是真的，温泉谈判也就是真的。他都在干了，他还能假谈？有了真就会有诚，有真诚，我们还愁招商成功与否和那最后的一纸合同吗？

乔文听得出神入化，他打心眼里折服：县长就是县长，秘书就是秘书，不承认水平差距不行。乔文就连声说，他一定遵照县长指示，把这项调研做细做好，尽快向领导汇报。

打发了乔秘，矿长就来了。矿长说，我已安排好了，酒窝一会儿就来。陈阵面无表情，他说他在等电话，有可能连夜回县城。矿长说，县城哪有我这老山林里空气好，在县城里睡觉真的不如在我这里过夜。陈阵说，都是夜晚，都是睡觉，都是老一套，有什么这里好那里不好。矿长精得像猴子，他又一次领会了县长说话精神，他就赶忙跑回去找制片主任和那个奶大明星协商。一小时后，奶大进了陈阵房间。

酒窝换了奶大，天上的月亮和地上的夜色果然就不相同。都是女人，只能说女人和女人一个样，不能说女人和女人是一个人。酒窝是言情剧，她喜欢说话，甜言和荤段子，都久吃不厌，长饮不醉。奶大是功夫片，她喜欢动作。陈阵就急风暴雨骑马驰骋，奶大汗马功劳后，香喘欲眠，陈阵躺在一边，人离鞍，手一夜都搁在这个女明星的波霸上。

就像玩石蛋健身球，陈阵彻夜摸着捏着玩着。陈阵爱玩，他从不玩物丧志。在古塔，平心而论，他的“工作狂”比“花县长”名声更要大。他现在手不停地动，脑子也在不停地动。他想，他前天去温泉会谈，还是韧性不足，还是失策了。杨雄有能力吃丁冬溪这块肥肉，他怎么可能闻着肉香，过屠门而不大嚼呢？这个南州商界巨子是和他斗法了，他在和他比耐心，以便更好实现他的心愿。陈阵这时似乎对一只很大很酥的奶子毫无手感，他瞪着漆黑的夜色在想，杨雄一千五百万搞定温泉山庄是不行的，我们原定的三千万元指标也是右倾的。陈阵已经派人到南州摸清万国丽人实底，杨雄远不是一般亿万富翁，他的公司决不是他自个声称的身家不逾两亿。杨雄混合资产其实已近十亿，他随时可调动的资金就有两亿多。他完全可以花五千万买下温泉山庄。他有那么多钱，而我们古塔，公务员们又是三个月没发工资了。中小学教师薪金拖欠逾亿，我这个当县长的，不心狠手辣抓钱怎么办？

古塔县长陈阵，在西峰就颇为有辱清白地过了一夜。说他为一个波霸女明星一夜销魂，真不如说是为古塔经济和建设操心无眠。

第二天上午，乔文早早赶回西峰。陈阵让他关好门窗，谢客打扰。乔文就聚精会神做汇报。

乔说，县长真是料事如神，杨雄董事长果真游离主战场，他这些日子几乎不进谈判会议室，时间、精力，大都花在花轿旅游的策划上，给人总体印象是，温泉谈判顶多是他的一项副业。对此，我们的谈判工作人员大都有看法有议论。有的说他借八字见不到一撇的所谓“花轿旅游”的由头，干起了选新娘当新郎事儿，坐花轿玩上一通后，然后他就真正打轿回府——回南州。有的说，杨雄撇开丁冬溪旅游总公司筹建谈判事宜，煞有介事操心花轿公司，这到底是先有鸡后有蛋，还是先有蛋后有鸡？有的说，哀哉，古塔这次招商引资的流产合同书，又是一篇涕泪祭文……

对部属一向威严著称的陈阵，今天却是一直面带笑容听秘书汇报。乔文察言观色，既受宠也受惊，他就一再辨析县长是不是在冷笑？最后，他确认了县长的确是愉快微笑。

果然，陈阵县长没有指责他的谈判班子智商智能，没有斥骂张是饭桶李是粪桶。陈县长就继续笑着说，是吗？又是一篇涕泪祭文？嘿嘿，有些人就爱哭，不过这种毛病也不算太大，哭和笑，都是人的正常表情嘛。好，你接着说。

乔文说，杨雄有劲有味做了三件事。一是陪着成小娥一起当主考官，亲自选聘老北口的兰芳做花轿新娘。二是颇似三顾茅庐求贤若渴地亲临上虎头，诚邀李平平入主花轿公司金牌新娘。三是在山庄竹楼大草坪，组织了一场花轿游乐表演。李家窑的李松柏父子抬来了皇花轿，牛青青杜文竹两个丁冬溪大美人即兴当起了花轿新娘，合作完成了一整套轿艺和嫁娶秀，杨雄刘家驹袁太阳都快快活活做了一回新郎。这场乐子闹得可大了，温泉山庄的人和周边老百姓，人山人海观看和欢呼，都说外地和尚会念经，丽人集团日后开发这个旅游项目，肯定会招惹人，能老鼻子赚钱。

陈阵说，是吗？嗯，会招惹，能赚钱，好啊，那好啊。我们招商，就希望别人发财嘛……哎，你刚才说杨雄亲选兰芳和三顾茅庐诚聘李平平，这两个女孩是何了得人物？

乔文事无巨细、吃喝拉撒地跟随陈阵县长多年，他基本上就是陈县长肚子里的一条蛔虫，听县长如此发问，乔文立马明白旨意，他知道县长大人那个“小小的爱好”又来了。乔文就如实导引县长找乐了。他说，杨雄看上的女孩，当然都是丁冬溪上等女色了。只不过兰芳要烂些，她一直跟丁丙上床。倒是那个李平平可能还是黄花闺女，至少没嫁人，听说长相中国第一世界第二……

陈阵直打哈哈：“真敢说。真有这么伟大，古塔早就驰名了。好，好，哪天我这个父母官过过目，咱们要多搞实事求是，少搞过誉过奖……”仿佛忽地意识到什么，陈阵话头一转：“你说兰芳那个女人什么来着？哈哈，丁丙这家伙，小日子过得滋润啊。”

“蛔虫”乔文就像尿战般激灵了一下，他用不着聚精会神听县长打哈哈，更不关心丁丙小日子过得如何，他要牢牢记住的是县长“过目”事情。乔文就打开公文包，速写般写了一条记事。

长话长说地汇报完县长感兴趣的重点话题后，乔秘书没忘记稍带一点儿自已的利益，没忘记过几天他又要找罗锡贵报销发票。他说，县长，我还想汇报一些新情况，温泉山庄可真是热水洞，丽人和古塔置业兴业还在热谈中，四面八方就顿时热了起来。罗锡贵等本县工商界诸多老板们，一个个都热乎乎动作了，平时三请四邀五动员，让他们投资上项目比上天还难，这一回不邀不请，却是齐刷刷跑进温泉山庄租房住进“攻关组”“联络处”什么的，都想及时了解积极参与丁冬溪旅游开发事业。

陈阵说，邪门。三令五申，丁冬溪旅游是丽人集团独资开发，这块蛋糕谁也不能分享。

乔秘书说，县长，我斗胆进一言。本县工商企业大都经营情况不好，相当一批临近关门大吉，要是借东风搭大船，依托丽人大老板带动发展一下，对我们县地方经济发展有利无弊。

陈阵：这是明摆着的。你都看得这么清楚，杨雄能不看得更清楚？他的牙关咬得很紧，除了丽人，任何单位任何人，不得染指丁冬溪旅游开发。

于是县长就让他的秘书心有不甘地结束了这个话题。他问：还有没有什么新情况？

乔秘书说，没有了。陈阵就说，那你通知有关部门，我要在西峰召开一次全县安全生产会议。

乔秘书说，好的。便问起会议具体时间。

陈阵说，就今天下午。

乔秘书关心地说，和杨雄打交道很累的，说不准儿磨来磨去，日以继夜也谈不完。县长您明天上午能不能赶回温泉山庄?

陈阵：我说过参加明天上午会谈吗?我告诉你，我今晚还住温泉山庄。

陈阵又悠悠抽雪茄了，他想，杨雄，还是你沉不住了吧?花轿公司都闹起来了，不给我开足五千万温泉山庄转让费，我是按兵不动的。

杨雄站在竹楼草坪边，既不要绅士风度，也不端老板架势，他就像乡巴佬赶庙会，该怎么快活就怎么快活，该怎么来怎么来。他击掌拍屁股为矮子功轿艺喝彩叫好，他也直嗓门嚷嚷某个轿夫功夫差劲，呵斥朱老三余小死人的组合不默契。看到牛青青作秀新娘，冯豹临时陪练充当花轿新郎时，杨雄为他们一丝不苟合作，由衷高兴。上路的新姑娘牛青青，按照丁冬溪风俗，浓艳盛装站在一只巨大的圆簸箕中央，图一份大团圆吉利。吉利归吉利，新姑娘即将与父母兄妹分别，是要歌歌扬扬哭嫁的，杨雄欣慰自己慧眼识珠，他和成小娥克服重重困难选聘的牛青青，此刻是那么敬业那么投入，这个美貌丽质的女孩儿，哭得一整个露滴红桃。爱屋及乌，杨雄对冯豹背新娘入轿的夸张动作，也就一并认可。其后作秀牵红绳下轿拜天地拜高堂以及夫妻对拜入洞房激动人心揭开红盖头……都好像真是那么回事，都让杨雄喜不自胜。

杨雄情绪更佳。他问成小娥：张大雷来了吗?

成小娥：来了，呶，那个戴毡帽的就是。

杨雄：来了，怎么不吹唢呐?

成小娥：我的杨总，你是高兴得犯傻了，咱们还是借居别人屋檐下呢。这地方，现在还叫做古塔县政府接待科温泉山庄管理处，你以为这里已经是丁冬溪旅游总公司?

杨雄：我岂但以为。我就是认为温泉山庄是丁冬溪旅游总公司。我就是要非常操作，筹备成立总公司的活要干，公司成立后，现在能干的活也要干。叫张大雷把唢呐吹起来!

成小娥：不可以的，昨天还没吹完一趟轿艺，张前主任就跑来交涉，他说山庄经营的最重要一条规章，就是保证绝对宁静，有一种真正宾客山居的氛围。

杨雄：张前是末代皇帝，没几天蹦跶的，不必听他那一套。杨雄就兴趣盎然地挽起小娥胳膊，邀请她“友情出演”。他说，小娥，你不能当外行官，你要提前进入情况，熟练业务。你当新娘，和我一起坐一趟花轿怎么样？咱们让李松柏们玩出十八般武艺，让张大雷吹破腮帮儿，玩就玩他个昏天黑地！

成小娥怎么瞧杨雄都有点儿不对劲。竹楼这块大草坪，山庄里的人和山庄周边老乡，熙熙攘攘看轿艺的至少也有千儿八百的，杨雄怎么不顾场面不避嫌地要和她坐花轿呢？小娥就说，不行，万万不行。

杨雄不悦：那你说，谁行？

成小娥：杨总，你真要表演新郎？

杨雄：怎么，是不是当总经理就不能当新郎？告诉你，我今晚当定了！杨雄就一脸风驰云涌。

成小娥心怯了，忙说，行行。我安排杜文竹做你搭档。

杨雄吊睛瞅着小娥，一种束缚感又一次产生。花轿公司的宗旨是：解放思想，提高生产力，成小娥如此当“小脚女人”如此传统裹足不前，不解决是不能主政的。他环顾草坪上一张张欢乐的脸，知道快乐应该进行到底，就暂且决定说道：可以。但是你要记住，你每天必须至少坐一趟花轿做一回新娘。说罢，就和杜文竹一起进里屋更衣换帽，他们俩要化装成状元郎驸马爷和千金公主。

张大雷领导的吹奏手和锣鼓班子，已经鼓乐震天了，李松柏们也换上了那乘金碧辉煌打扮一新的皇花轿，观众们欢呼着驸马和公主上轿。

杨雄瞅着珠光宝气华美非常的杜文竹说道，杜公主，勇气鼓足了吗？千万别怯场啊。反正我当驸马你当公主，都名副其实大姑娘坐轿子头一回。

杜文竹说，杨总，我心慌慌的，假如配合得不好，请你多多原谅不要怪罪。

杨雄整理好自个帽翅后，帮助杜文竹插花戴头饰，他说，文竹，不是我原谅你，是你届时恐怕要多多原谅我。我今天其实原本就很憋闷，刚才又汹涌一种沉甸甸的担心，我真的好想放松，我需要发泄。就说成立公司的谈判事宜吧，古塔到底想搞什么？陈阵依然在玩小儿科捉迷藏。我没时间跟他们瞎造。明年三月三，我的丁冬溪旅游公司要正式开业。那些混球硬是要把我逼疯掉！我是生意人，我最花不起的就是时间！

杜文竹：杨总，水流千转归大海，多打几个漩涡，不碍事的。他们哪敢把你逼疯，他们只不过想你的腰包里多逼出点儿钱。

这时，窗外锣鼓声敲打出急急风，欢呼呐喊声震耳。杨雄精神一振：文竹，从这一刻起，咱们就是洞房花烛夜金榜题名时。不愉快的话，半句不提，咱俩要堆起笑脸，拿出好心情。

也许是杨雄杜文竹表演得真不错，也许是轿师傅都是马屁精，他们在杨总坐轿时，冲轿颠轿疯轿都达到了极限速度危险度，这趟驸马轿硬是让观众巴掌拍红了嗓子喊哑了。

喝交杯酒时，杨雄心头一揪一颤地瞅见：杜文竹一滴眼泪，圆圆亮亮滴答进酒杯。

水楼的通达公司攻关组电话不断。罗锡贵差不多两三个小时就过问催问一次，关峰也没少关注，邢秋雅周婷急得团团转，成天头痛头晕地周旋应付想办法拿对策。

关峰就对罗锡贵说，女人有什么好办法？女人拿出好办法就是拿出自己。

罗锡贵正色说道：关峰，我不说周婷邢秋雅是我公司的人，我说她们是我的人，没错吧？为事业，我什么都舍得牺牲。但是，商品社会里，没有没代价的牺牲。

关峰：我懂。我喜欢直来直去坦率坦诚合作。牺牲谁，罗总说吧。牺牲周婷，我出两万；牺牲邢秋雅，我出一万。

罗锡贵沉默良久：这事也就周婷做得了，不过你得再多出一点。

关峰一听，真的很痛苦：罗总，我赤字投资，一贫如洗了，再拿出三万五万，借贷无门啊。

罗锡贵：那就算了。你炒你的茶，我做我的山货生意，大家一如既往糊弄一口吃喝算了，别打丁冬溪旅游开发主意。罗锡贵说罢就打电话，他要攻关组立马从温泉山庄撤回来。

关峰像抓救命稻草抓住电话线夺过话筒，他说：“邢秋雅小姐吗？罗老板喝醉了，现在……没事了。请你们安心工作，谢谢。”关峰放下电话，专注着罗锡贵：“你这是大鱼吃毛虾，毛虾吃泥巴。行，我砸锅卖铁，认账。

但是，绝对不能上错床，我再也赔不起了。”

罗锡贵笑道：这你放心。上丽人集团刘家驹副总的床，我想我们应该不谋而合吧？

关峰好像还是不太放心：刘家驹底细摸清楚了？

罗锡贵：你以为我这些日子白吃干饭？我告诉你，刘家驹在丽人集团商品海洋里，是条大鱼，他拥有公司百分之二十股权。也就是说他提五条意见，杨雄必须采纳一条，他说十句话，杨雄至少要听从一两句。

关峰好像硬是对他多掏几万元死不心甘，他依然语音平平地说，那就刘家驹吧。你决定的女人，床上功夫我不发愁，我就怕床上的话题会不会走样跑题儿。

罗锡贵：如此多虑，你这个攻关组长应该亲自去一趟温泉山庄，应该和你的组员当面谈。

关峰当然知道自己是谁，周婷是谁，他立马向罗锡贵致歉了：对不起，我多虑了。我一没这种资格二没这份威信，我和周小姐谈什么。

罗锡贵脸色声调都很低沉地说道，关峰，这件事我做得下作。为事业我是可以牺牲，但是你要记住，我们的合作来日方长，该你牺牲利益的时候，就是抱着儿子跳井，也得给我蹦下去！

罗锡贵撂下话，驱车赶往温泉山庄。晚上他和周婷早早关门上床。一番酣畅云雨后，罗锡贵就一点儿也不温柔半句儿也不含糊地说了他的决定。周婷不是表达羞涩就是表示难过，总之她就那么蜷缩着身体，沉默无语着，一点儿也没有阳光总在云雨后的感觉。她知道她仍然只是罗老板随时可用的女人而不是罗锡贵的女人。她也记得做这类事并不是头一次，两年前，罗为了平歇他与大祥工贸公司李石磷之间的恩怨，就毫不含糊地让她在一处度假村里和李石磷过夜。周婷现在有所匪思的是：牛青青已经在温泉山庄红红火火当花轿新娘，罗锡贵苦心谋娶牛青青再无可能，罗在失掉牛青青以后的日子里，哪次和她做爱都亲亲热热叫她宝贝，就是在今晚，他气喘吁吁之际，也不忘宝贝喊过来宝贝喊过去。可是一瞬间，他又眼睛眨也不眨将宝贝送给别人……

罗锡贵从不和女人啰唆，他将关峰的票子扣下两万后，扔一万给周婷：这阵子忙过后，你给家里送点钱吧。爹妈哥嫂们，是不是又揭不开锅了？罗锡贵裸着上身，坐起来抽烟：记住，让刘家驹力逼杨雄尽快完成温泉谈判，要刘劝说杨雄接受外资异股，合力开发丁冬溪旅游。

第二天，周婷没有走出温泉山庄，却也不少昭君出塞的悲壮，她裹着一身夜色不辱使命地溜进刘家驹客房。

一个漂亮女人想上男人床，似乎不需要太多的时间。一个女人说服男人做一件不想做的事，那确实是很难很难了。刘家驹对罗锡贵调教的美丽风骚的周婷，一看就中邪，一说就上心，一摸就有感觉，一睡就舒服。他很愿意和这个一见钟情的女人此生常来常往，他也可以郑重许诺和直接兑现给周婷诸多好处。刘家驹就是不想让周婷的老板罗锡贵参股开发丁冬溪旅游，不愿听从这个女人像画眉鸟一般好听地劝他吃小亏占大便宜，搞什么放弃局部利益，打开温泉谈判僵局。刘家驹推托说，周小姐真的太有心胸眼光了，就我个人而言，我愿言听计从。可是，你可能不太了解我们杨董事长，在我们丽人集团，他一言九鼎，决定下来的事，谁都不可异议更改，所有的人只有一条路，老老实实做下去，勤勤恳恳干起来。

周婷：刘总谦虚了。别人的话，杨董事长可能一句不听，刘总的话，杨雄十听一二。

刘家驹一惊：谁说的？这是没有的事。

周婷：别人说的，我不必听。听了，也不必信。我只相信自己的判断。刘总在万国丽人持有百分之二十股份，你不控股，却也是栋梁股。说句笑话闲话，你的股抽一抽，丽人大厦能不摇晃摇晃？所以我想，一个有五分之一股权的大老板，他说的话，不至于轻如鸿毛吧？

刘家驹一怔，他亲吻着周婷鲜艳的小嘴：“周小姐嘴巴厉害。”

周婷知道这是给力的时候，丝毫疏忽马虎不得。她在刘家驹手语指挥下，就像段子里说的“可口可乐”美极了。

一阵忙活后，嘴还原主体功能。周婷说，刘总，我虽不才，倒也帮你算了一笔账。旅游的旺季总在春天，丁冬溪真正开春大约是三月底四月初，如果你们抓住了黄金季节抓住了时间，肯定就是抓住开门红抓住金钱。不过，满打满算，从现在起到黄金季节，也就剩下五六个月了。你们要盖楼修路，修建温泉洗浴中心，疏浚丁冬溪漂流航道，还有电力通讯设施完善，还有诸多人才培训、设备购置、业务手续办理，等等等等，繁如牛毛。何必为每一件或大或小利益都寸权必争寸利不让呢？恕我瞎讲乱说，你们就算吃一千万元的亏，我敢说只要能争取在明年开春开业，就会翻番成倍轻而易举赚回来……

刘家驹不想休闲了，他明白这个女人不仅嘴功厉害，脑瓜也厉害。是啊是啊，与其甲方乙方天天在温泉山庄或舌战或静坐示威，不如赶快打破僵局抢时间干实事。刘家驹归根结底是做事业的男人好样的男人，他推开周婷，一跃而起给杨雄打起午夜电话……

丁丙这几天心里很烦。他要在温泉谈判桌上拿到五百万，陈阵私下里是答应了的。可是不知何故，县长大人说改口就改口，他电话中告诉丁丙，恐怕只能落实两百万。丁丙就像崽失爹娘地哭苦他的穷乡艰难财政，陈县长说，那就二百五十万封顶吧。

去他妈的二百五。丁丙气呼呼赶往温泉山庄，他非要找陈阵当面力争不可。

丁丙下了车，看见温泉山庄人们都往竹楼那边赶。他定了定神，找个高处朝竹楼看去。他知道了那里在闹什么，杨雄成小娥们不打鼓自开张地在培训花轿公司的轿艺人才呢。再往下看，丁丙的眼睛生生地直了：他看见兰芳身着红装，月貌花容地欢欢喜喜和一个男人上花轿。

丁丙顿时五雷轰顶，沸水浇心。他这段时间实在太忙，却也不过个把礼拜没见兰芳，这小婆娘怎么一扭屁股就进了那个八字还没见一撇的花轿公司了？他的女人招呼都不打，忽地就是杨雄的女人了……这……这……他妈的不行！肯定不行！兰芳是我差不多在人贩子手里抢夺下来的一朵奇葩。那一年，十六岁的兰芳和她的山村，被一场大面积山体滑坡掩埋，古塔县委县政府动员官方、民间一切力量进行大营救。一支人贩子乘危乘机，混入抢险营救大军，他们已经成功地“抢救”运走了七名年轻昏厥女孩儿，当这帮人贩子正将第八个受害者兰芳急送“外地医院治疗”时，赶来援救的丁冬河乡乡长丁丙（那时还未升任书记）简直是心有灵犀地盘问起这支“救援队”。丁丙问这帮人是哪个单位哪个村的，他对他们弃老弃小、择人而救的行动，有疑心有意见，人贩子们倒也是跑码头经场面的，他们说你也不是这个乡的头脑，我们爱救谁怎么救，你管得着？人贩子就驾起拖拉机，屁突屁突开跑了。丁丙越想越不对，他驾驶一辆浑身作响的破嘉陵摩托狠追，摔车栽掉了一颗牙，和人贩子打斗弄折胳膊，硬是出生入死把兰芳拦截下来。其后他将兰芳带回丁冬河乡卫生所治疗，又过了些日子，找到了在另外一处乡村卫生所疗伤的兰芳母亲和弟弟，丁丙将这一家难民安排到丁冬溪老北口一户外出不归的空闲房屋过冬。他治疗自个的断臂治疗兰芳腿伤，治疗兰芳母亲胸伤和兰芳弟弟眼伤，前前后后花了五六万元，收殓埋葬兰芳遇难的父亲，也一整个出钱出力。兰芳母亲是位有良心的老山沟女人，她遇到这样一位素昧平生的好人好官，成天寻思如何报答如何感恩。她常常负担巨大苦难深重地对儿子说，我要是一条狗，也能给丁乡长家看看门，我也不能成一泡屎尿，给丁乡长肥田肥地。我们什么都不能，我们只是坐吃山空的三张嘴，成年累月吃丁乡长的用丁乡长的。孩子，我们欠丁乡长太多了，我们该怎么办？兰芳的水灵灵大眼睛就被母亲问得泪水滔滔，她也心苦苦地无法回答母亲无法报答丁丙乡长。总算还好，这种良心拷问，苦心煎熬的日子并没有持续太久。一日，丁乡长在外地开会，很晚了还来看望兰芳一家人。吃过饭，天就黑漆漆了，老北口到六盏灯，大白天也要走三个多时辰。兰芳妈妈就留丁乡长过夜。兰芳的弟弟在六盏灯学校住宿，母女俩打地铺，腾出床让丁丙睡。睡了老半天，丁丙还在床上咯吱咯吱，兰芳母亲抱歉得不行，说是床铺太简陋太委屈乡长了。丁丙说，我怕是睡不着了，还是你们上来睡吧，我坐一宿行了。兰芳母亲说，那怎么行？你是不是让硬床板硌痛了腰？我让兰芳给你捶捶背吧。兰芳就捶得很细密很温柔，母女俩都觉得这是平生第一次能为乡长做点儿事能有点儿报答。这么捶着捶着，丁丙忽然将兰芳拉进被窝，他说，你捶得太舒服了，你就干脆躺在我身边捶吧。结果那天夜里，丁书记就将含苞欲放的一朵美丽鲜花兰芳，收入怀抱破了身。打那以后，有始无终，丁丙隔三差五到老北口和兰芳过夜。日子久了，就有了风声，丁丙为了长远之计，他和一位已经是此生无望娶婆娘的老北口光棍覃年达成协议：兰芳无偿嫁给穷光棍覃年，但是女人每逢三逢八，必须上六盏灯过夜。覃年除了做梦，从来就没想到会娶上媳妇，他立马张口应承，只是提了一个小小要求：老北口别的女人总能给家里挣点儿油盐钱，兰芳上六盏灯，能不能给点儿小费？丁丙忽地火冒冒骂道：你他妈说什么呢？你以为她就是你的女人？该怎么打发，要你吩咐？后来的岁月，丁丙在兰芳日渐成熟的身体上，找到了许多愉快和幸福。这个女孩也是丁丙所玩的女人中最漂亮的一位。丁丙想，我一定要罩住她保护好她，留着一生慢慢享用。可是，他的花朵他的人，怎么摇身一变成了杨雄的了？丁丙就越想越生气，这个女人如果真的进了花轿公司，肯定会全面地完成和彻底地独立。他再也不能有钱能使鬼推磨，她那美妙身躯，将既不可望更不可及……

丁丙就先不去找陈阵，他让秘书周全到林楼订了一间客房，吩咐周全到轿场将兰芳带来。

周全磨蹭了半天，两手空空回到了林楼。

丁丙黑着脸问：怎么回事？

周全：兰芳说她上班，又是试用期，怎么可以无组织无纪律乱跑？

丁丙鼻眼直冒火：什么？我要她，叫做无组织无纪律，我喊她来，叫做乱跑？妈的，才沾上杨雄，舌头根就这么硬了？你再叫一遍，就说，如果不来，后果自负！

周全就再跑轿场再次找兰芳说事。

兰芳笑道：什么后果自负？我把花轿新娘当好了，我的后果就好得很。我练不好，做不好，那当然要后果自负了。请你告诉丁书记，我现在只对花轿公司负责，只对杨总负责。

周全只得将兰芳的话，原汁原味汇报给丁书记。

丁丙咬牙冷笑：好啊，杨雄成了大树了。这棵树，既能给这个叛逆、变脸的女人乘凉，又能给她撑腰。行，我的腰里还别着一把斧头呢，我要把这棵树砍掉！我要将丁冬溪旅游公司夭折！自古以来，就有冲霄一怒为红颜一说。把我惹怒了，看谁能在我的地盘上做得成事，活得下去！

丁丙从公文包里立马掏出《关于丁冬河乡政府与丽人集团协议建议书》，他要周全修改第三款，具体内容是将土地转让金由三百六十万改成七百八十万。增补第四款，把丁冬溪航道疏浚的环保费由二十万增至二百二十万。他想，我就先当当这只出头鸟，单单是一个天山乡政府就要掏你杨雄一千万。古塔的其他部门以我为榜样一起伸手一起上，你杨雄还办狗屁丁冬溪公司，你把兰芳从哪里拿走送回哪里去！我看她到底是你的花轿新娘还是我的婆娘！

罗锡贵倒霉透顶地做砸了一单大生意。他花两个月时间和那些武器现代化的一流猎人们明里暗里打交道，整整拼掉四百万元收购费，将包括獐子麂子巨蜥猫头鹰装了两大货车，准备运销给广州的老客户。挂了假军车车牌号的货运车，在衡阳市郊遇上了不信邪的交警，当时是午夜，架势六对二，罗锡贵雇请的司机和押货保镖们面对扣车查货的两名威严交警，闹不明白这叫寡不敌众还是众不敌寡。算是平日里深受罗锡贵耳濡目染的领班王龙手快脑子灵，他一挥手果断袭警，他们把交警们整昏不整死扔在路坎下，焚车弃货，逃进衡山。王龙就和难兄难弟们凭借在天堂山练就的手脚，他们在南岳密林里七躲八钻侥幸脱身了。虽说破财没遭刑拘和罚款，可是这年头生意越来越难做，丢了四百万，也就差不多两三年白干了。

窝火的罗锡贵，狂躁的毛病又犯了。他见谁骂谁逮啥摔啥，闹得王龙麦子黄们一脸唾沫地跟在罗老板屁股后头收拾破烂。家里公司里的人们见老板这么闹下去不是事，都在想方设法让罗锡贵消气消火。办法想了很多，罗锡贵还是疯牛狂犬，搞得天塌地陷。王龙就私下说道，我看啥“药”也别用了，最好的剂方还是赶快叫周婷回来。这么多年来，老板窝上心火，都是靠周婷这剂泻药。

王龙是罗锡贵的“跟脚狗”，他的感觉不会错，他们打算立马去温泉山庄接周婷。

车子刚发动，罗锡贵知道了。他凶声狠气问道：“接周婷？谁的馊主意？嫌老子死得还不难看？嗯！”就听“叭”的一声，一只价值一万多元的古瓶，随着罗锡贵咆哮，被主人粉身碎骨。

王龙哪里晓得，他的良药竟是主人的禁药呢？

罗锡贵除开飞禽飞了走兽走了这件窝囊事外，最灼眼烧心的就是迟迟搞不定丁冬溪旅游投资。泼洗脚水一样泼掉了四百万，花轿游事儿再沾不上边，他的公司黄昏时刻就到了。罗锡贵挥手给了王龙一嘴巴：攻关组事关重大，谁干扰她们，我剥他的皮！

罗锡贵打骂第一亲信王龙，家人和公司职员们吓得不轻，一起惶惶不可终日。看着身边人个个如丧考妣，人人投鼠忌器，该做的事也不敢随便去做了。罗锡贵就觉察出了问题。老话说，叶黄只是一片儿，树死可就是一棵。他是大树，是栋梁，他决不能倒了，他振作，大伙儿才会有为，公司才能良好运转。眼下首要大事，是丁冬溪旅游投资攻关。他想，他应该立马住进温泉山庄，和攻关组一起闯关。想到做到，说干就干，罗锡贵叫上关峰，旋风般赶到山庄。

不休息，也不吃喝玩乐，罗锡贵在水楼住下就开会。他对攻关组全体人员说，咱们现在糟得很憋屈得很，差不多活得像个小丑，过的日子真正叫皇帝不急太监急。温泉谈判的甲方，周婷小姐出色地做了上层人物的工作，刘家驹副总也语重心长分析了紧迫日程，劝告杨雄大得小失，必须时不我待地确立丁冬溪旅游开发合同，无奈杨雄这人傲气霸道，他的规矩大得很，特别不情愿有个不理想的开头，他认为一开始规矩坏了，以后就没完没了，将来的电力交通土地通讯旅游工商税务等等系列谈判，都会援引温泉谈判先例，那他就会吃也吃不了兜也兜不了。杨雄的固执，甲方这块骨头我们是很难啃了。他有日进斗金的万国丽人和天使宝贝两大公司，他能耗得起，我们不行，我们有燃眉之急累卵之危。我们要打丁冬溪旅游这张牌，必须立竿见影，必须明春草长莺飞就见效益。所以，我们还得急攻猛进。从现在起，我们把突破口定在乙方，虽说陈县长的头也不好剃，可是不管怎么说，陈阵与杨雄相比还是底气不足，他没胆气真的让亿万资金在一个穷县小县大门口溜走。所以，今天这会，就是“攻乙”“攻陈”，围绕这个主题，请各位出点子拿主见。

与会人众，有时低头沉思，有时相互审视，大家都默不作声，搞得会场肃穆而又沉重。

罗锡贵点将了：周婷，你先谈谈。

周婷：罗总要我说，可以。我要是放肆放谈，各位领导不见怪吧？

罗锡贵关峰邢秋雅都鼓励周婷尽管放开谈。

周婷说，攻乙攻陈，我们要做好两篇文章。一篇是做什么，另一篇是怎么做。“做什么”？我以为真的不需要伤脑筋，千万年的时间，五洲四海的空间，答案都是永恒的：送美女送金钱。一切的一切，硬是这么俗，硬是老一套。你想雅一点，想有新花样，最后都是毫无意义毫无用处，反而是白白浪费了精力物力和宝贵的时间乃至机遇。至于“怎么做”？乙方是八面威风的堂堂县长大人，一般的女人，上不了他的床，有钱也不一定能送进他的口袋，所以“怎么做”这篇文章，我无能为力了，这是需要高人高招才能做得出来的。周婷说罢，瞅着罗锡贵，明明白白表露着希望他拿主意。

罗锡贵笑了，他说，周婷小姐操练出来了。她的方案让我们少走许多弯路，直截了当认识了真理逼近了真谛。仔细想想，谁的脑子都会忽然一亮，今天，以后，凡是遇到这类事，不需要开会不需要谋略，金钥匙就是美女和金钱，别的方法都是瞎折腾。周小姐的第一篇文章做得很好，我不多说了。周小姐的第二篇文章要请高人做。谁是高人呢？诸葛亮。还有没有诸葛亮？有。谁？臭皮匠。三个臭皮匠，顶个诸葛亮。我们攻关组今天是七个人开会，那就是两三个诸葛亮。“怎么做”这篇文章今天要是拿不下来，诸葛亮也好臭皮匠也好，谁都别想吃饭休息，我们就开会开到死！

这就把肃穆的会场，又搞成悲壮会场了。

关峰化解氛围了：罗总决心大，还好，天助神佑，我们不会就这么死得很难看的。这不，老天爷有眼，天上就掉下个林妹妹，这个林妹妹美艳惊人，要上陈县长的床，也只能是她了。关峰说到紧要处，忽然停下话头，悠闲地吹起烟圈儿。

罗锡贵：老关，你名副其实啊，总在紧要关头上卖关子。时间就是机遇就是金钱，别卖弄了，快说是谁吧。

关峰就说出一个人来，顿时会场一亮，果然四座皆惊，她就是——上虎头的李平平。

罗锡贵：不会吧？我听说，李平平发誓今生四海为家死不还乡，她会回天堂西回上虎头？

关峰：要是听别人说，我也不相信。可我亲眼看见李平平了，一问，才晓得李平平已经回来个把星期了。

罗锡贵立马像扎了一针吗啡，他拍案欢叫：好。好啊。太好了！这个女人就是我们的日出，她给我们带来一片光明！他立即转入下一步议题：怎样把李平平送进房送上床，李平平怎样把他们的钱“顺便”带进房带上床。

围绕这个话题，攻关组花了很多心血，费了很多口舌，最终功夫不负苦心人，他们商讨出一个绝妙策划。

因为这个会一直开到日落西山，那个绝妙策划出台时正好满天晚霞烧红了千峰万壑，罗锡贵就将这个策划冠以一个很好的名字，他把它命名为“红霞行动”。

攻关组组长组员们都松了一口气，微笑了。倏忽，罗锡贵脸上又紧绷绷。他们把命运全部寄托给一个女人，这就有风险有代价。

李平平肯出山吗？她真是他们的机遇？

花轿演练出了些问题，轿夫和新娘们没少拿出场费，却是出现了松劲情绪。

这一天，已是吃早饭时间，还有人睡懒觉，成小娥敲门批评，床上人不是腰疼就是腿疼，一个比一个会喊累。到了练轿时间，一点名，新娘少了沈虹，轿夫少了李立春。

成小娥青着脸儿问怎么回事，人上哪儿了。

问了半天没人吭声，最后还是姚秋桂憋不住说道：还能是什么事，有点儿守不住呗。

成小娥：守……守不住？怎么守不住？

姚秋桂：害怕守的是一只竹篮子。

李樵就噗哧一笑。

成小娥走到李樵跟前：笑什么？

李樵马上收拢面部肌肉：成经理，我哪是想笑，我只想哭。

成小娥：想哭？

李樵：哭竹篮子打水一场空。成经理，你能不能告诉一声，我们是不是在冒傻劲瞎干？你想想，丁冬溪旅游总公司都在云里雾里，从哪儿冒出个丁冬溪旅游总公司花轿游乐公司？咱们这不是没娘没老子的石猴猴吗？

成小娥明白了：所以溜号的溜号，睡懒觉的睡懒觉，认为在欺骗你们。

李樵：有点儿这个意思。

成小娥沉默了片刻，说：李樵，姚秋桂，我不批评你们，因为不管怎么说，你们还是在上班在干活。沈虹李立春无组织无纪律，我们研究后再作处理。其他不说了，请大家不要胡思乱想，努力认真完成训练科目。

可是，成小娥再怎么要求怎么说，抬花轿的，像是吃了扁担，直挺挺的，扭不起来欢腾不起来。坐花轿的，也没哪个像新娘，小姐们像坐在针毡上，躁得很，烦得很，特别是姚秋桂，轮到她作秀新娘了，就是不想动不想上轿，害得张大雷一遍又一遍吹奏起轿唢呐，腮帮子都吹肿了。

成小娥说，姚秋桂，你到底还干不干活？

姚秋桂：我想羊嘛。

成小娥：想……想羊？

姚秋桂：我的羊，不同别人家的羊。我的羊，哪一只都来之不易。也不晓得齐光华喂养得怎么样，要是弄病了，弄丢了，我往后日子怎么过……姚秋桂嘴唇哆嗦，眼圈儿红红的了。

成小娥：行了行了，什么乱七八糟的。不想花轿，一门心思想羊，你真有出息！成小娥就把姚秋桂臭批一顿。

姚秋桂不服：许别人想野汉想皮绊，我想想羊都不行？难怪说官能放火，民不能点灯，我看花轿公司真要是办成了，也就是哪样霸道哪样搞了。

越说越邪，越吵越邪乎。成小娥气得不行，又不能不注意影响，她轰散围过来劝说的人，要他们继续操练。她就和姚秋桂关起化妆室门说话。

成小娥说，先不和你理论谁不能放火谁不能点灯，我只说，你是花轿公司的人了，一举一动，要注意形象，尤其要好好管住你那张破嘴。

姚秋桂：谁破嘴？

成小娥：你！

姚秋桂：我怎么了？

成小娥挺了挺腰，瞪起眼。她觉得憋屈，像是受审问，一整个儿看瓜的被偷瓜的打了。这不行，她应该主动，她应该“审问”她：你胡说谁想野汉想皮绊？

姚秋桂：我不胡说。我有一说一，有二说二。

成小娥：那你就把这一二说给我听听。

姚秋桂：一、沈虹为什么没上班？她昨晚去六盏灯了，她想周全，两人是老皮绊关系你又不是不知道，见见面，亲热亲热，也是人之常情。二、李立春撂下轿子干啥去了？黄豆花把他和你们成家沟的成芳搞到一起了。花轿公司办得成办不成，谁也不是鬼谷子，一算一个准。李立春肯定在想，花轿公司搞不成，他和成芳也搞不成，那不鸡飞蛋打一事无成了。

成小娥：我明白了，你也一样。你怕这边坐不成花轿，那边又丢了羊。

姚秋桂点头：成经理，我是实心直性子，你别见怪。

成小娥叹了一口气：这不能全怪你。秋桂，我喜欢率直。不过，情绪闹过后，还是要静下心来认认真真做事。你作为一名普通职员，一心一意做好本职工作就行了。旅游公司怎么会黄掉呢？丽人集团每天在温泉山庄大把儿大把儿花钱，这也闹着玩？

费了一番口舌后，总算把姚秋桂的情绪稳定了。小娥看见姚秋桂愉愉快快地坐进花轿，就急忙向山楼走去。

进了三〇八房，成小娥劈头就问：杨总，合同到底哪天签字，公司到底什么时候正式成立？

杨雄怔怔地瞧着成小娥：怎么了？你也沉不住气了？不是告诉了你吗，水流千转归大海。坛子里的乌龟跑不掉。

成小娥：我不想听这类话了。你就说，温泉谈判到底还要谈到何时何日？合同的最后签字日期，心里有没有底线？

杨雄立马不悦：你怎么也说变就变了？也和刘家驹一个腔调了？好，都来围攻我逼我吧，逼我伤害丽人出卖丽人吧。我告诉你小娥，丽人是我们的老巢是最后战线，坏了它的事，我们就会死无葬身之地！

成小娥：这些我都明白，我不是逼你逼集团，恰恰相反，我是要你逼古塔逼陈阵。要不然，明年开春旅游旺季我们肯定开不了张。还有，轿场现在也乱得很，走的走，溜的溜，磨洋工的磨洋工。这也不能全怪新娘们轿夫们，他们也是怕我们合同谈不下来，怕旅游公司黄了，怕自个是在耍一场猴戏。

杨雄松垮地坐进沙发，他低沉地说道：小娥，我也心急如焚。可是，陈阵一直患着妄想症，他找我们要的东西太多了。为了达到目的，他又老毛病犯了，不是跟我捉迷藏，就是见面打哈哈。以前，我们总觉得他们是单纯玩伎俩玩权术，骨子里是不敢把件大事好事做黄掉的。这几天和他接触，听其言观其行，我真的越来越灰心了，细想想，这些官老爷有什么不敢的，不办丁冬溪旅游公司，他们还是照样做县长，薪水照样不少拿一文。真是这样，我们这回就输得惨了……

见杨雄越说越伤感，小娥赶紧和他坐到一起，她抓着他的手，温暖地偎上他：是我不好，不知不觉参与了四面埋伏八方围攻……杨雄，对不起，我向你道歉。不过我还是要劝你，宁可相信好事多磨，不可轻信坏事临头。要知道，陈阵不只是稳稳当当做县长，他还想做市长做省长。要想升官做大官，发展是硬道理，古塔搞成了丁冬溪旅游业，那就是大发展。这道理，陈阵比我们更明白。所以，我们在一如既往坚持大利益的同时，我建议，放弃一些小利益局部利益，想方设法把谈判搞活而不是搞僵……

杨雄专注听着，他的僵硬肢体，就被成小娥一再传导着温暖。

罗锡贵关峰盯上李平平，李平平若不是遇上麻烦走投无路，恐怕真的此生此世再也不喝丁冬溪水了。

这些年，李平平一直在一个不大不小城市的不大不小公司里做公关。七月的一天，检察院忽然查封了这家公司的账号，诈骗款额涉及千万之巨，经理外逃。公司二把手是经理儿子，被监视居住。李平平当时正在这间住宅里，她是经理儿子首席情妇，由于案情调查的需要，李平平也被监视行动。历经三个月的准囚禁生活后，李平平获得自由。

走上华灯闪耀的大街，数不出哪盏属于我的光明，那些灯红酒绿的美食楼歌舞厅曾是李平平偕同情人出没的地方，现在诱惑变成了惶惑。在这种闹市是荒野、万众我孤独的心境里，李平平长街夜逛，是那样凄凉绝艳又凄楚动人。一位刚从楼盘工地回来的小包工头，身上土渣尚未抖落尽，也敢斗志昂扬地尾追婀娜的李平平说：小姐，开个价。

被视为妓女的李平平愤怒骂道：驴！到牲口棚开价去！

李平平搞公关，普通话说得很不错的。很可能当时太气愤太急，李平平骂“驴”骂成“玉”，那个小包工头非但没激怒，反倒亲切问道：小姐，你是天堂山区人？咱俩天涯遇乡亲了。

李平平当时实在是凤凰掉毛，虎落平阳。她就没有扔下这个坏老乡昂首而去。他们站在街头谈了些道歉话后，就谈进一家咖啡店。滋滋啜饮，苦咖啡忽然喝出了甜头。李平平在打探乡事乡情时，知道继胡石墩坐牢后，胡石磙胡石柱胡石碱也因一起绑架罪，全部锒铛入狱，青石坡的獠牙恶虎们，一起收进牢笼。

死不还乡的李平平，忽然思乡情切还乡意决了。

今天是李平平回到上虎头的第九天，亲戚乡邻们还是那样美丽那样友好，还在杀鸡宰羊，请阔别的李平平吃饭。

这次吃请，东家是远房三叔。李平平梳洗打扮正待出门，母亲走进来告诉她，茶厂关厂长看望你来了。

李平平赶忙从后院卧室走进前边堂屋，关峰也赶忙迎了过来。

关峰熟人熟音地说：平平，回来也不说一声，害得我接风迟了。

李平平想，茶厂虽然离她家两三里地，她可从来没给茶厂做过事，和关峰本人，也只能说认识，她就不太明白关厂长为啥要为她接风洗尘。李平平就说，厂长太客气了。你是大企业家，能光顾柴门，真的蓬荜增辉了。

关峰笑盈盈说道，李小姐，要说增光添彩，那是你啊。我走到哪里，都有人说，老关，你是下虎头人啊？好地方，好地方，人杰地灵啊，丁冬溪美人沟，最漂亮的姑娘就数你们下虎头的李平平了。李小姐，你的知名度高啊。就像歌里唱的：我为你骄傲，我为你自豪。

李平平说，不好意思。其实最漂亮的人，当是成功的企业家。关厂长既实现自己人生价值，又为社会做贡献，这样的人才是最美丽最可爱的。

关峰想，不愧是做公关的。我再可爱，这工夫也不敢爱你或被你所爱了。关峰就说，为大众我没做什么贡献，不过今天我真的要为你贡献一回。走，我请你到塔影大酒店吃生猛海鲜。

自古无功不受禄，李平平怎么也想不出吃生猛海鲜理由。她就真话真推辞：谢谢关厂长。今天恐怕不行，三叔要我到他家吃饭。

关峰说，没事没事，上虎头的饭菜无非是腊猪蹄熏羊排什么的，这顿不吃，下一顿也不馊，明天我陪你一起上你三叔家吃饭去。

李平平不好说三叔家不光是准备了腊货，他还特地为她洗尘杀了一头羊。她说关厂长这么客气，真让我不好意思。我总该为贵厂有所效劳，才敢受禄吧。

关峰说无非吃顿饭，谈不上受禄。再说我那个茶厂庙太小，也不能劳驾你。

李平平说那我这顿饭吃得更没由头了。

关峰说，不不。我请你，是为乡梓接风洗尘。还有一个人也同时请你，由头可大了。

说得李平平一愣一愣的，一餐饭还怪复杂的，她是要讨教个明白了。

关峰告诉了真意。他说他的好朋友本县大老板通达公司总经理罗锡贵，正在酒店恭候李小姐，罗总慕名你才貌双全，又有公关经历经验，让我一定引荐引荐，我想他大概有什么事想请你帮忙。

李平平回家后，乡亲们请来请去，表面上热闹得很，实际内心有失业的凄凉，有前途渺茫的悲苦。既然本县大老板有事相求，这是机遇，这比她主动求老板主动求职，好一万倍。李平平说，这是赏我脸。好的，我这就去。

到了古塔大酒店，走进豪华包厢，等候多时的罗锡贵周婷双双迎了过来。李平平看了看酒席规格，又看了看一身名牌气概不凡的罗老板，颇是受宠若惊。罗锡贵倒是很平易很随和问寒问暖，吃饭时也不端大老板架子，反倒频频给李平平布菜。

一席饭吃到一半时，罗锡贵说，我这个人什么都能做，就是不能作假。李小姐刚回来，还没有好好休息，我们做生意的人，也是一天到晚穷忙，大家今天聚一聚，也并非无事登三宝殿。具体说，我手头有一笔大生意，怎么做得好，怎么赚，事在人为。对方品味很足，规格高，我们就不得不劳驾高品味的李平平小姐做做公关。按照市场经济规矩，这是预付的八千八百八十八元劳务费，事成后，再付一万。罗锡贵把一扎票子推到李平平面前，请李平平笑纳。

李平平看着一大沓钞票，心潮翻滚。她给老板公子当情妇，储蓄颇丰，谁知刚到六位数时，她的钱被检察院南瓜瓠子一锅煮，一并儿查封了。李平平赤条条去赤条条回，到了下虎头进了家，没半个时辰就明明白白，家乡还是那么穷，家里最缺的还是钱。村子里最普通的风景还是借钱打酱油。

李平平的手准备移向酒桌钞票时，心忽然下意识揪了一下。八千八百八十八元，很吉利很吉祥数字。却是这个数字对于李平平一点儿也不吉祥，它让她很痛，留给她的是悲风习习的记忆。

八年前，李平平十八岁花季，如牡丹娇艳如芙蓉清纯。青石坡暴发户老胡家一眼看上她，要聘她做大儿媳。李平平晓得胡家大儿子胡石墩名声臭，还晓得胡家也不像媒婆黄豆花说得那么富有，但是胡家开的彩礼却是天价，八千八百八十八元聘礼，这在贫寒的丁冬溪见所未见闻所未闻。李平平父亲颇有心计，他不忙于收礼而是忙着请一位能人打探胡家经济实力，避免时下许多人举债办喜事的尴尬，避免女人头天做新娘二天做牲口——牛马般卖力挣钱还债。平平父亲请的人很神很能干，很快就可靠打听出，胡方余包蜂腰峡大桥桥墩工程赚了很大一笔。这些钱谈不上劳动所获，胡方余当然就很怕露富，老胡家家底恐怕真是很富有的了。拿八千八百八十八元做彩礼，也许是动了动胡家一根小指头。听这么说，谁不想把女儿嫁到吃穿不愁的人家，何况青石坡那边还做了重大让步，把新郎由胡石墩改成胡石磙，李平平和对象见面后，就笑微微地把八千八百八十八元接下了。这一接，就接下了沉重的苦果……

现在又是八千八百八十八元，它是甜橙还是苦果?

见李平平犹豫，罗锡贵说："都怪我们素昧平生，交谊太少。"他就煞有介事看了看劳力士手表，"平平小姐，我和关厂长还有点急事，不能多陪了。我们让周婷小姐和你谈谈，你看可以不可以?"

李平平说：当老板，哪有不忙的，可别为我耽搁了事情。

罗锡贵用眼光示意了一下关峰，关峰赶忙向李平平敬了一杯酒，匆匆跟上罗锡贵向门外走去。

纷纷扬扬下了一场大雪，千峰万树银装素裹，朔风在雷奔大峡谷狂躁奔驰，然后聚集力量冲进大大小小山沟，一路惊掠着雾淞丁零零作响。

杨雄推开三〇八窗户，生猛的风雪，小刀子扎人般往衣领里钻。他打了个寒战，心潮立马翻滚：好运好梦的春天还没有消息，刺骨冰心的寒冬寒流已是扎扎实实攻城掠地，杀绿凋红了。

他又幻觉幻现起"山路轿夫"了——

在狼脊梁或不是狼脊梁的陡峭山道险路上，轿夫哼哈嗨哟着抬滑竿抬轿，他们快要撑不住了，脚在滑，肩在倾斜，路边的岩石在排挤撞击，悬崖下的山谷，河水召唤着他们安息魂灵……他们真的累趴了，他们伏地喘息歇息，他们似乎永远静无声息了……忽地一声哦伙，蓦然一个铁硬的挣扎，他们……又起轿了……

杨雄眼角潮湿了。

成小娥悄悄关上窗玻璃。杨雄制止，他声音缥缈说道：小娥，看见了吗?

成小娥近瞧远视，除了一坡坡雪和裸露雪原的巨石，什么也没有。

杨雄：你没看见吧?我看见了。我看到轿夫不仅是在峭壁上抬滑竿抬轿，我还看见他们在夜的山道冰雪的山道上起轿抬轿。

成小娥太知道杨雄这种心境这种心情了。她强按心酸，劝道：别。这会把你搞垮的，还是休息吧。这帮官人，几个说话有准，你独立寒风，他们在呼呼大睡。何必呢，他睡你也睡……

杨雄立马竖起眉毛：怎么了？要我加紧加劲是你，要我睡大觉还是你，我怎么做才对才好？

成小娥深知杨雄多么累多么烦，他已经完全把自己变成起轿悬崖的轿夫了。她就默默承受无名之火，静静退到一旁了。

胡漠雁凑上前：杨总，那我再打电话问问？

杨雄木然坐下，不点头也不摇头。

胡漠雁就把电话打过去。

接电话的还是那个男声比女声温柔的人。回话也还是那句话：陈县长在开一个非常重要会议，请原谅让你们久等了。这样吧，我向县长汇报一下，争取尽快赶回温泉山庄。

一次一次听这些老腔老调，胡漠雁也不耐烦了。她撂下电话说，咱是投资方，上哪儿不是金太阳银月亮。也只有破古塔敢把我们晾在一边过日子。杨总，该吃，吃。该玩，玩。该睡，睡。我就不相信他们不有求我们。

杨雄：怎么都是这般见识？都是钱大爷阔老板姿势姿态，能和别人合作得好吗？我告诉你们，我真的想做事急着要做事。我的心情是：现在能谈的事不留到明天，明天能谈的事，不拖到后天。

看到董事长不高兴，丽人的职员们都不敢吭气吭声了。

山楼就和山庄和南天山，一起融入寂静的冰雪世界里。

突然，从一楼传来喧哗骚动，抓贼呼叫声门窗碰砸声钝器打击声，轰鸣一片。因为一楼豪华间住着刘家驹副总，杨雄让冯豹赶快下楼看看。

片刻，骇人的喧闹又瞬间平息了，除了一些围观的客人还在你一言我一语外，没有任何打斗声息了。

刘家驹和冯豹走进杨雄会客间。杨雄笑道：怎么了？小偷也想到山庄会客？温泉管理处主任昨天还跟我吹牛，说他们保安工作是一流的，太平得很。这个小偷真笨，他要是偷成了我们刘总，可就一夜成名百年享福了。

杨雄把大伙都逗笑了。

刘家驹冯豹没笑。刘家驹说，他妈的，什么破地方？正经事办不了，邪事倒不少。县长来不了，毛贼跑来了。

杨雄又脸色阴沉了：真偷你啊？没损失吧？

冯豹说：是偷刘总。幸亏发现快，抓捕得力，没受损失。

杨雄拍拍刘家驹肩膀：行。老刘抓小偷，英雄。没受伤吧？

刘家驹说，我能抓小偷？那贼身手硬朗，功夫好着呢。没想到强中还有强中手，住一楼的一位房客，身手更加不凡，一两个回合就把毛贼撂倒在地，跺了个半死。

冯豹说，杨总，你猜这个了不得的房客是谁？

杨雄：糊涂话。我们在温泉山庄人地两生，怎么猜得出一个住店客人是谁。

冯豹：能猜得出，你认识他。

杨雄：越说越邪乎。不过认识不认识都无关了，这位客人已经是朋友了，他帮助了我们，应该表达一下谢意。杨雄当下就要胡漠雁和一位职员带几件礼品下楼看望抓贼好汉。

冯豹说，还是我下楼把马车请上来吧。

杨雄在沙发里弹了起来：你说什么？抓贼人是马车？

冯豹：没错，是他。

杨雄拉起成小娥："走，看朋友去。"刘家驹胡漠雁冯豹也当即尾随。

片刻，温泉山庄通宵夜总会的一间豪华包厢里，杨雄成小娥刘家驹胡漠雁冯豹马车落座下来。

杨雄就讲了一大堆感激话，频频询问马车身体受伤害了没有。马车说，小意思小意思，逮个把毛贼，不过拍苍蝇捏臭虫而已。

杨雄：马先生真乃壮士，更是我们的贵人，我的公司两位人员前后得到你的帮助救援，这是一定要好好感谢的。杨雄就让成小娥拿出几件南州特产礼品和一只五千元红包。

马车推辞不受。他：我也不知道毛贼惊扰的是贵公司副总客房。就是任何普通住店旅客遇到这样事，我都会该出手就出手的。

杨雄就又连声赞叹马车古道热肠豪侠风骨。这时，小姐送来酒水，杨雄让成小娥给马车敬酒。

杨雄和马车碰杯时，说：马先生，你是哪天住进温泉山庄的？

马车说是昨天。马车说，他的老板和住在温泉山庄的一位老板有业务往来事宜，他就住进来了。

杨雄就问马车现在何处发财。马车说我能发什么财，混饭而已。马车就说起珠海一家大公司聘他组建保安公司，他带了五六位弟兄，当起了看门打更的。

杨雄：待遇不错吧？

马车：老板太抠门了。弟兄们一个月才七八百元，我月收入也就一千二三……马车越往下说越不得志。

这时候，杨雄忽然萌发了一个主意。他：到我们公司来干，怎么样？

马车谦声地：杨总也晓得，我这人除了胆大力气粗，别无所长。贵公司都是商界精英，依靠智能与资本赚钱，而这些，我都一无所有。我怎敢钻到贵公司混吃混喝呢？

杨雄诚挚地：马车我告诉你啊，我这次可不是到丁冬溪旅游。我们丽人集团即将在这里投资一个亿兴办一家大型旅游公司，届时，你到丁冬溪旅游总公司保安公司出任负责人，如何？

马车当真很高兴很激动了，他说，天赐良缘，天赐良缘啊，我能在杨总手下有份做得了的差事，真是太万幸了。

于是，当下就达成了初步协议，丁冬溪旅游总公司一旦成立，马车即从珠海辞职返乡就任旅游公司保安经理。

杨雄也觉得此刻有幸了。在这个大雪飞舞异乡漂泊的日子，在这个又是一事无成的日子，他身与心一并寒彻，平淡与无聊注册了岁月，马车的出现就理所当然有一分欣喜。他开启一瓶洋酒，每人一杯碰了起来。

喝着喝着，酒兴又慢慢淡下去了。杨雄谈判桌上郁积了厚重的块垒，一瓶酒是无论如何浇化不了的。他最终推托头痛不太舒服，要胡漠雁冯豹继续陪马车喝酒，自个由成小娥搀扶而去。

怎样让杨雄轻松些快乐些，成了成小娥沉重心思。为此，她收住了所有严肃话题，诸如遴选花轿新娘标准上重大分歧，诸如胡漠雁愈来愈越界的小动作，诸如沈虹姚秋桂兰芳们鱼贯而入……一重又一重心思，一句又一句擂鼓胸膛的话，成小娥都强行按捺打住，眼下最迫切的，是杨雄需要一份合同，需要一点儿快乐。合同，她帮不了，快乐她应该给予。

成小娥首先想了想在这大雪天大山里，自己曾经有过什么快乐。很快，一个温暖的回忆出现了。她想，她要复活这个快乐。

踩着没膝深积雪，小娥走进一间更棚。

打更人姓张。建筑较为分散的温泉山庄因为常住达官贵人，就四方设了四个更棚，老张头负责着保卫“一方”平安。成小娥热情给老张头递上一瓶茅台说：“大爷，你为我们保平安，辛苦了辛苦了。”张老头就好这一口，何况这又是一瓶他一辈子想喝总没喝上的好酒。他真想立马收下这瓶酒，可他不能还没喝酒就醉酒，他不能糊涂。他说：“成小姐，真对不起。闹贼这件事，打扰贵客了。不过这贼真的不是从我这一方闯入的。我守的是西方，贼雪地留下的脚印在东方，即便如此，我们做更夫的都应该道歉。”成小娥潇洒地：“没事没事，小花絮小故事啦，过去了的事啦。”酒瓶儿好像在不知不觉中塞进老张头怀里了，小娥这才说起现在的事：借老张头烧着热乎乎火塘的小更棚用于一次临时聚会。她递给老张头两百元大钞，请他弄些土豆红苕青椒腊肉冻豆腐冻柿霜橘包谷烧酒以及盐巴大葱。老张头一边接票子一边说：“小事小事，我这就给你办去。”

那些温馨的记忆，那份温暖，一一在现实中立马复活了。干燥的松木柏木梓子，一片一片向火塘投去，红火焰蓝火舌五彩缤纷，散发无尽松香的灰烬，堆积着厚实的热量，小屋子顿时热火得有如南国的夏天。

宾客不多，聚会只是两个人的聚会。杨雄起先依然冷飕飕阴沉沉，不一会儿他也脱掉棉袄，腰肢灵活地跟着成小娥忙东忙西。

他们把土豆红苕青椒埋进炭灰里。他们在火塘上支起木架，将腊肉腊鸡吊在木架上烧烤。他们在火塘上煮一罐冻豆腐，腊肉烤出的油花，不偏不倚滋滋作响滴进瓦罐豆腐里……一切都是成小娥主谋，一切又都好像渐次离不开杨雄这个帮手了。

更暖和了。更喷香了。“心寒身冷”——是杨雄身上看不见的却又沉重附体的一宗物件，现在这“物件”变成一只该死的苍蝇，它在香气袭人中逃窜，在火塘烈焰中葬身。杨雄血脉热了涌了，他热情话语多多了。

他：你们以前就这样在火塘边过年？

成小娥：要看什么年成，丰年才能这样。

他：灾年就不过年就不烧火塘了？

成小娥：火塘当然要烧。一年两把火，四季一团烟嘛。

杨雄兴趣很浓问起“一年两把火四季一团烟”是什么意思。

成小娥就说起大山里人贫穷，没衣穿没被子盖，只能偎着火塘睡觉，火塘这把火，是一年四季不能灭的，所以巴人死了就说是“熄火”了。还有一把火就是火把照明，黑漆漆的深山，夜间没火把，出门不是“滑脚”了就是被豺狼虎豹生吞了，这把火也是三百六十五个夜晚都要有的。四季一团烟是说村子里炊烟驱蚊烟，庄稼地里刀耕火种焚烧秸秆烟，汇在一起聚到一块，那真是抱成团的一团烟了。

杨雄问道：现在山民们生存状况不至于这样吧？

成小娥说：好不了多少。当然，大姑娘没裤子穿是没有了。

杨雄：所以，我一定要办成丁冬溪旅游公司，让天堂山里人，都到我们公司里赚钱，能当轿夫当轿夫，能做新娘做新娘，还有修路盖房挖河道造竹排烧火做饭种原生态蔬菜水果酿包谷酒养草种花……老鼻子了，我发财，大伙儿沾光。

真是好话说到恰到好处。就见肉烤熟了，瓦罐豆腐突突沸腾了。包谷酒炙热酒气穿肠走胃，马铃薯红苕的“锅巴香”更是不可埋没地散发与弥漫。世界充满着诱惑，人充满着快活。

杨雄吃肉，说从来没吃过如此十分到位的熏肉烤鸡。杨雄喝酒，大讲土烧锅吊出的丁冬溪水包谷酒，比中国的十大名酒都应该更出名。他学着成小娥，像一只快活的小耗子在灰烬里打洞掏红薯，然后把烫手山芋玩球般左右手轮流置换，然后他也学着成小娥噗噗噗吹着芋灰说：连灰尘都喷香喷香。

成小娥掏出一只真正的虎皮辣椒，她熟稔地在辣椒上裂一道缝，撒进盐末递给杨雄：“尝尝。这道菜看看合不合口味。”杨雄又立刻欢叫：“好吃，太好吃了。”

成小娥多想说，这是山里人没钱买油啊，这是一道最粗的菜啊，她没说，她曾是大山里穷人，而杨雄呢，他是富人里的苦人啊。

成小娥就拿出全部好情绪与杨雄开怀畅饮。碰杯，交杯，合伙杯，咋快活咋喝。两人都醉得不成样子了，他们就抱作一团，放浪形骸地睡了一回真正的“火塘觉”。

也是在这天晚上，距离老张头西更棚不远的温泉山庄餐饮楼的一间悠静包厢里，周婷问李平平小姐喝点儿什么。平平说，咖啡，不加糖的苦咖啡。

周婷笑道：平平小姐巾帼不让须眉，饮食习性也丈夫味十足。

李平平：周小姐夸我了。其实我的理想一直是很女人的。

周婷：做女人，你也是顶级的。在丁冬溪，在古塔，我就没见过哪个女人比你更漂亮更有味。

李平平：周小姐，就算你说对了，那也只是对了一半。要知道，有句老话永远不老：自古红颜多薄命。

周婷：可是，平平小姐，就在此时就在此地，那句老话不灵了，你的好运气春风马蹄般走来了。

李平平矜持一笑：但愿吧。不过不管怎么说，罗老板给我开了这么一大笔赏钱，应该说是我莫大幸运。我是个懂规矩的人，按劳取酬也好，以质论价也罢，我都要做得出色对得起人。如何效劳，我洗耳恭听周小姐吩咐。

周婷笑了笑：不敢当不敢当。我是个办事人员，充其量是老板传声筒。我没资格吩咐你，我只能原汁原味转告罗老板指示。具体讲，我们公司想聘请你完成一次重大交际活动。你要接触结交的对象，就是本县县太爷陈阵。给这样一位超重量级人物送礼，罗老板不得不反复思考着三个问题：一是能不能送得上去，二是收得喜欢不喜欢，三是收过后有没有回忆（没有回忆也就想不起来给你办事）。这都说明送礼是一门高超艺术，是一项重要技能。执行送礼的人，要有天姿天赋。罗老板关老板想尽古塔风流人物，两人公认非李平平小姐莫属。

李平平：谢谢老板对我的抬举。不知道你们要给陈县长送什么？

周婷做作地笑道：李小姐走南闯北，给权势大人物送什么，肯定比我们清楚。

李平平：我清楚，一送财，二送色。这么说，你们是要我给陈县长送去一笔钱，顺便也把我作为礼物奉送给县长大人。

周婷：李小姐智商真高，我要不好意思对你说，我们老板就是这意思。当然，我们还要让你捎给陈县长一封信。讲白了，就是送财送色送信。

李平平冷笑：这是看重我还是作践我？周婷小姐，请罗锡贵老板来一下，我要和他谈谈。

周婷慌了：平平小姐，正是有些话只有女人之间才能谈，罗老板才回避了。其实，我还没说完呢，比如说，我们要把所送的十万元人民币，填充进你的乳罩，把那封重要信件，放在隐私的内裤里……这些，只有你我私下说话方便。

李平平龌龊地冷笑一声，她搔了搔头发，从包里拿出那沓八千八百八十元人民币：既然罗老板不肯见面，钱如数奉还。

周婷急了：李小姐请坐请坐。有事好商量，好商量。我这就给罗老板打电话。

片刻，罗锡贵走来了，刚要寒暄，李平平劈头盖脑打断：对不起，罗老板，我可能连八千八百八十八元都不值。这笔钱，实在享受不起。

李平平就告辞走人。

现在不仅周婷发慌，罗锡贵也稳不住了。

就在周婷和李平平谈话时，罗锡贵再次给乔文打电话，为了万无一失，他需要确凿核实县长大人对此次人选到底兴趣如何。乔文说罗总把心放在肚里吧，几天前我就暗地里做工作了，为这个女人又吹喇叭又抬轿子，甚至说她比首席花轿新娘成小娥还要首席花轿新娘，县长当时就心花怒放说，有这等奇女子？届时我过目过目。罗锡贵说县长要“过目”？好，太好了。乔秘书，余情后感，余情我一定后感。人选没问题了，罗锡贵也最后落实了陈阵今晚肯定住温泉山庄水楼贵宾房。万事俱备，如何能欠东风？罗锡贵诚惶诚恐摊开双手拦李平平：“李小姐是不是责怪罗某人做事不周全？我先向你道歉，再作坦诚交流，如何？”

李平平：我喜欢坦诚。你是商界巨子，世间上的一切，在你看来都是商品，这我不会惊怪。不过，事到这一步，我也坦诚告诉你，八千八百八十元买我，价钱是不是太便宜了？

罗锡贵：李小姐，刚才你好像没有推辞这只红包啊。

李平平：收礼金，那也应该让我知道为什么事和用什么手段办事，在什么场合什么时候办事。

罗锡贵：时间肯定是迫在眉睫，明说吧，这事就在今晚。我希望李小姐以最佳心情最饱满情绪，帮助我们把事情办好。

李平平：那就对了。罗老板，你事前付了八千八百八十，事后还要给我一万，这我都很感谢。可是，你也是闯荡江湖的人，既然是马上要办，又还要在那种场合办好，按程序，你现在应该付给我一笔激励小费。

罗锡贵：激……激励小费？

李平平：这边是任重道远的罗老板，那边是红人陈县长，我一个平民女子夹在中间做事，真的太需要激励鼓励了。我需要增强信心增添激情，我需要……

罗锡贵不想听了，不就是婊子要价嘛，有什么值得说得头头是道的？他：我知道了，开价吧。

李平平一笑：不多，对于你罗老板九牛一毛。她伸开手掌，优美地收起拇指。

罗锡贵大吃一惊：四万？

李平平：本来是五万。想到日后还会有事请罗老板帮忙，算是交个朋友，打了个回扣。

罗锡贵：这有点损了吧？

李平平：你这么用我，就不损吗？还是老话说得好，买卖不成仁义在。罗老板，你另请高明吧。

罗锡贵知道他没有时间没有人选了，罗锡贵更知道，他的前景不妙的公司如果不能染指杨雄旅游业，不搭乘上丽人这座美丽大花轿，他的家庭如果不能挽住面子夺回牛青青……这一件件损失就不是四万，那就可能是四百万四千万。罗锡贵打落牙齿肚里吞了："平平，算你当一回姑奶奶。行，这笔钱我出了。不过我要告诉你，四万元在贫穷的丁冬溪，差不多是几十个壮汉累死累活一年所得。如果今晚要是再缺乏激情干不好活，恐怕就不好理论了。"他嘶啦拉开手提包，扔手榴弹般狠狠掼出四扎大票，正色吩咐道："让周婷给你设计晚妆，半小时后，我到贵宾房验妆审定。"

粗重地打开门，走出熊熊无名火的包厢，罗锡贵透了一口气。他打手机："乔秘书，万事俱备了，剩下的就是万无一失了，请你无论如何让陈县长回水楼贵宾房过夜。安排好县长起居后，你到攻关组来一下，邢秋雅小姐会以非常开心愉快的形式，付给你劳务费的。"

听到乔秘肯定的回答，罗锡贵在寒冬的温泉山庄石径小路上，忽然脚心透热地走了一段又一段，心情渐渐走出了舒畅，他便饶有兴致地走上水楼了。

进了贵宾客房，晚妆完毕的李平平，惊鸿照影撩人魂魄。罗锡贵就从头到脚审视起来。

眼睛大，自不待说了。李平平的眼珠似两泓秋水，波光粼粼。翘而傲气的鼻子不时耸动，桃红小嘴，哂成一朵红玫瑰。李平平的脸是欢悦动人的，李平平的脸又是敬业的，你以金钱给了它的价值给了它公平，它就可以刹那变得无比妩媚动人。

李平平且还素有大乳美人之称，她的奶子大得好看，主要得益于自身的坚挺和细腰的烘托，现在又有十万元人民币做奶罩垫充物加以扩张宣扬，这个女人的乳房会让任何男人眼花缭乱心花怒放进而爱花沾花的。

李平平的下三角区，也特具美人本色。她的小腹平整结实，到了下三角，忽地耀眼隆起，本是体瘦体轻的赵飞燕，到这里，又转眼变成肥腴的杨玉环。古代两大美女皇后的精典之作集于李平平一身，再穿上衬着一封长长的厚信的比基尼，平平的三角区，完全是一座魔幻梦幻的快乐家园，它给男人强烈发送着归家的感觉。

高佻的身，修长的腿，洁白皮肤，汗腺蒸腾的袅袅清香……罗锡贵差点儿都忍不住小腹发热错乱方寸了。他赶紧点头称佳，表示满意，匆匆退走。他知道，在这个女人面前，神仙也休想逃出魔掌了。

说陈阵在温泉谈判过程中，专门耍手腕玩伎俩，是心术很邪的人，那不公平。他是争利益，他同时也是很努力很辛苦做着完成谈判的诸多无法绕道回避的工作。已经是下午六点了，从上午一直开到现在的“七局一乡”会议还在开。陈阵让工商局长税务局长交通局长土管局长环保局长旅游局长电信局长和天山乡书记乡长们讲哑了嗓子吵破了喉咙，才响亮咳嗽一声，开始批评性发言。他说，温泉谈判我一直是寸土必争见利忘义，但是什么事都有度，更何况谈判是一门高级妥协艺术。今天在这间政府小礼堂里，各路神仙真是大显神通，你们都好像很敬业，很热爱自己的部门很热爱自己的工作。实际上，都是一方土地公，一方土地婆，没有全局观念没有大将风度大家子气。陈阵县长说，你们再神，能比得上杨雄这位大财神吗？只要把这位活神仙祭请进来了，今天投资一个亿，明天还可以请他投资两个亿。关键是我们要好好为他修建一个“庙”，给他一个良好投资环境。我们现在要和万国丽人一起做好蛋糕，而不是急着分蛋糕多吃一口蛋糕……如此这般一大通后，陈阵最后说，温泉谈判我们要争取拿下五千万是一条底线，我和县委郭凡书记商定的另一条底线你们也要很明白很清楚，那就是：谁也不准把杨雄吓走撵走！必要时，可以“卖国”屈从“万国”；必须时，撤掉某些大大小小领导人留住“丽人”！

陈阵就给会议室里留下一片惊惧面孔，扬长而去。他钻进小车，乔秘书凑上说，县长，你太累了，晚上休闲休息事宜，我已经安排好了。

陈阵斜躺着，正要打瞌睡，听乔秘书话，眼皮又睁开了。“休闲休息事宜”是一句老话套话，但他晓得，小乔可以重复这句话，不会重复内容，这位能干的秘书，总是做得既投其所好，又新鲜精彩。陈阵七分心知肚明三分笑意说道：不会又是什么电影明星吧？

乔秘书就说那些人脂粉太厚了。这一位清洁清纯，在丁冬溪，在古塔，都倾国倾城，长得正像你在西峰煤矿说的要“过目过目”那个女孩。陈阵说有点意思。莫非又是“长在深山人不识”？

乔秘书：就是就是。

陈阵作秀地打哈欠：呵哈，不谈这些了。小乔，你今年三十二三了吧，我舍不得你，也不能误你，干了这个年头，还是到下边锻炼煅炼，做做乡长乡党委书记，这是必要一步，不走不行啊。

乔秘书自然是一路感激连声。

快到温泉山庄了，乔秘书还是不放心，他又一次打手机给罗锡贵，罗说，包括点式着装在内的一切大小事宜，全部安排到位，李平平在水楼贵宾房花容以待。乔说，好，把你们作陪的周婷人等全部撤走，我们马上进贵宾房。

车停在水楼前，按照惯例，乔还是上去检查安排一番，片刻，乔走回车前，几分神秘地交给陈县长一把钥匙，说，县长，我就不上去了。

陈阵不说话，他钻出车门走上楼梯。

掏出钥匙打开房门，一室橘红灯光温暖浴人，一室夜来香，开放得醉人。

陈阵坐进客厅沙发，打开一罐咖啡，提神地啜饮着。他乜视着虚掩的卧室，充分做好准备后，推开房门。

第一幕情绪是既定的大吃一惊。作为政要，他需要尊荣需要面子，他需要作秀，需要匠心地维持和维修体统。作秀的大吃一惊同时也是实在的大吃一惊。这个女人，眼睛太大了，嘴太小了，唇性感隆起，脸面酷似他一直心仪的某个亚太小姐。修长婀娜，窄腰翘臀，在讲究定身讲究酷的女界，并不是多么稀罕，满世界都在流行着“练功房女人”，“修身”技术一个比一个专家。真正出击陈阵惊骇陈阵，是女人奶罩里的巨乳和通体没有多余脂肪的突然肥腴三角区。女人动情区域如此鬼斧神工，陈阵实在想不出前有何人后有何者。

当然，再神奇的女人也是女人。县长，总归是县长。陈阵就县太爷审案般问道：你是什么人？谁让你进来的？

李平平莞尔一笑。心想，许多陈词滥调是该修改修改了。譬如说，做梦竖牌坊，不一定是婊子。县长大老爷实在没必要跟我假正经。为了你，他们把我的乳和三角区，作为送钱送礼的封包，能这样做，他们对你能不知彼知己吗？既然是熟人办的事，你实在没必要作秀生疏。李平平就很乖巧说道：我是您需要的人。我的主人说，您很忙很累，我想我会胜任地当一名轻松女人休闲女人。

陈阵仍旧坚持着绷住脸：你的主人是谁？

李平平：通达公司罗锡贵总经理。

陈阵在长期领导工作中，娴熟地练就了变通技巧，他毫不惊怪地一笑说道，操蛋，有这么关心我的吗？好了好了，老是这么三点式站着，别受凉了，快进被窝暖和暖和吧。

李平平：“先生如此有情有义惜玉怜花，我更应当好好为先生效劳。”她脉脉含情一颗一颗解着陈阵的上衣纽扣了。

躺下后，陈阵瞪着天花板：知道我是谁吗？你的主人告诉过你没有？

李平平伸出玉臂，搭到陈阵身上：主人只告诉我会获得什么利益，而我也恰恰只关心利益。

陈阵：说得对。利益就是人民。如果利益只属于一个人，那么世界也就剩下一个人，那就没有人民，所以，我说利益就是人民。利益就是社会，社会是融汇、平衡与共存。利益可以出点问题，因为我们一直生活在问题社会里，利益不能出太大问题，问题大了，社会就要大乱，就土崩瓦解。

李平平惶惑地听着，她不明白她是遇到了政治家还是哲学家。她相信自己绝对美丽，绝对香气袭人秀色可餐。她通体散发的温馨，应该是很厚重地包裹了这个男性胴体。在如此近体接触里，不存在礼让，更不必对垒，唯一的是，男人如煤如炭，猛烈燃烧女人，男人是狼是虎，凶猛侵犯女人，男人迅速简化成一枚性器，武器化地自以为是消灭女人……却是这个男人非但不冲动不疯狂，反而心潮不起、脑海波澜不惊地在这种时候跟她侃侃谈论又似哲学又似玄学的什么利益不利益。不快的想归想，不躁的说归说："哇噻，先生好才华噢。你的见解很哲学很深奥噢。我爱死你了！"叭！就是一个香吻。

他是精英人物，他能绝对控制。所以，他继续神色不动：你见过我吗？或者说认识我吗？

她：我没见过你，也没听谁说过你。这很重要吗？我以为，我最重要的是拥有今宵。

他：你要么很聪明，要么就是难得糊涂。你不可能不认识我，因为我有一张裸脸，我是公众人物。好了，不说这些了，还是继续关于"利益"的话题吧。平心而论，我见到你是不能释手了，那么你就严肃负责任地告诉我，你在我这里要获得什么利益？

她：先生，你多虑了，我的利益已经从罗锡贵老板那里获取了。

他：简单的事，我从来不做。罗锡贵是罗锡贵，我是我。两万元了断今夜，怎么样？今后除了我想起你，你不可以提起我。除了我找你，你不可以找我。怎么样？

还能怎么样，简直是棒极了。李平平再会做美梦，也没想到这位她假装不认识的一县之长，能给她小费给她钱。她一直认为，乡长也好，县长也罢，要女人，统统白要。乡长县长哪怕是省长，只有别人给他们送钱的责任，没有他们给别人出钱的道理。也许是表达意外收获的喜悦，她一边脱去亵衣一边说，谢谢，我拿身家性命保证照办，我以赤裸证明赤心。

严肃的岁月已经过去，浪漫生活热烈开始。

他侧过身，叉起五指，朝着她那撞得人眼睛迸溅金星的大乳摸去。乳很结实，却是不怎么硕大，甚至颇嫌瘦小。他想，女孩子们也真可怜，她们希望得到男人垂爱希望支取男人利益，在乳罩上做了多么厚重的学问。

也许是表达歉意，她将他的手导向小腹。凡是和李平平交往过的男人，都颂扬她小腹平整结实，挑不出一分多余的皮肤和一两多余的赘肉。果然，陈阵热烈摩挲她的小腹后，还用指头轻弹了几下。这是礼赞。当然，他的手继续下滑时，发现三角区又不如想象丰腴了，那里亦如小腹一样平坦平整。他想，又见鬼了，又有会赚钱的内衣商人，在帮助女人挑逗和戏弄男人。

接下去就是男人和女人通力合奏的小夜曲了，月亮的温柔和太阳的炽烈，小溪叮咚和大海喧腾，急风暴雨和春浓秋醉……在丑陋的进行中，因为双方不乏努力，倒也顺利完成了。

第二天已经不是早晨的时候，李平平才睁开仍是疲惫的眼睛。筋骨和肌肉，一处处一阵阵无名酸痛。望着还在酣睡的陈阵，李平平强行爬起下床。她记住了罗锡贵的嘱咐，写了张便条——

亲爱的，一夜夫妻百日恩。为了感谢你让我成为一名真正的女人，我将积蓄着我的神秘我的温馨的乳罩和内裤赠你。希望你不要忘记我，祈求你依然爱我需要我。吻你。

悄悄开门关门，李平平悄悄走出一个她业已完成的世界。

省旅游局领导层里，肯定有非凡人物，他们居然邀请尚且不知胎死胎生母腹中丁冬溪旅游公司，派员参加一个重要的旅游规划会议。杨雄就指派成小娥赴会，今天，小娥打电话报告了一个重大消息说，省局正在雄心百倍打造新世纪旅游新形象，主题是：开放旅游思想，解放旅游资源，让旅游成为本省举足轻重产业。为此，二〇〇三年春节，要组织一个大型的民间文化民俗风情旅游展览团，赴武汉南京上海青岛杭州厦门广州深圳长沙做激情艳情巡回表演，宣传、广告、推销旅游精品，时间从正月初一至月底……成小娥详细通报情况后，激动地说：“杨总，我看我们花轿公司是生得逢时了，我把我们的创意策划和精选人才精心培艺的情况，在规划会上做了发言，省局很重视，他们热情邀请我们抬上大花轿参加春节旅游展览月活动。杨总，这是丁冬溪旅游公司创业的重大机遇，我们的花轿游乐旅游项目完全可以借助展览月活动一举成名天下知。我们的花轿游遍天下，我们对天下广而告之。

我建议你和刘总袁总召开董事会，把这件旅游产品推销工作，从组织领导到财务支持，形成一个全面有力的决议。力争明年春季举起我们这个拳头产品且开张大吉……”成小娥越说越激动，越说越喘吁吁了。

心有灵犀，杨雄也越听越激动。他更加自信旅游总公司和花轿分公司“母子并重”“两筹同时”的正确性了。放下话筒后，他为此和刘家驹袁太阳胡漠雁开了一个简单的碰头会，然后就直奔竹楼花轿训练场。

轿场上只有三个轿夫和牛青青杜文竹两位花轿新娘，围观的人也由前些日子人山人海变成眼下两三个看点三五个人群。训练的人不卖力不投入，稀稀拉拉的看客也无喝彩。一个精彩世界顿时消失，曾经激越激扬的礼赞已缥缈无踪。

杨雄顿时周身血液发冷，心一揪一揪。他这几天全心全力忙于达成温泉谈判最后协议的繁复事宜，没有过问花轿游乐培训工作，但他在成小娥赴省开会的当天，是把这项工作郑重交待给胡漠雁的。杨雄的眉峰就一升一升地问胡漠雁：怎么回事？

胡漠雁怯声地：新娘们轿夫们都是山沟沟农民，太眼光短浅太讲究实际了，他们总觉得山地里的事石头小院子里的事实实在在，觉得温泉山庄的活儿是提虚劲玩花活儿……

杨雄：“好了好了，我知道下边你要说什么。我问你，新娘们轿夫们不了解不理解我们的温泉谈判，你也不了解不理解？他们等不及了，以一股失望的情绪作鸟兽散，你呢，也当败家子？胡漠雁，我告诉你，公司为了获得每一位心仪的新娘，不惜花尽心血，她们如果走失，就是你完全彻底的失职！你既然敢失职，我就叫你失业！你看看轿场，为了应付我，他们三个人抬着四个人抬的花轿……你看看这蹩脚劲！你看看这惨淡经营！这是在杀我！毁我！”杨雄的咆哮，把轿场上吓得鸦雀无声。胡漠雁更是诚惶诚恐，一迭声做检讨。

李松柏赶忙放下轿子跑过来，他一边劝慰杨雄一边自责：“杨总，对不起，对不起。这件事，我责任也很大。我连自己的儿子也没管住，立春要是没走，不管怎么着，四个人还是能把花轿抬起来的。杨总，我立马把立春找回来，我们以后再不犯组织纪律错误了……”李松柏低下苍头，老泪刷刷流。

杨雄从来没怀疑过李松柏高尚人品和精湛轿艺，他对他寄托着火红的事业理想。他说，老李，我不会糊涂透顶，真正的责任主要的责任，应由我们公司来负。你今天还在轿场上还在干活，仅凭这一点，我就要感谢你和各位坚守的新娘轿夫们。这样吧，大家先回房休息，只要不离开温泉山庄，你们睡大觉我也发工资。等我们把有关工作做好后，再请大家全力培训精心表演。

杨雄说罢就往回走，走了几步又突然转回来：对不起，刚才一冲动，忘记告诉大家一件重要事情，春节期间，我们的花轿，我们的新娘，要闪亮登场，跨省到全国诸多大城市做展览表演。我们的旅游总公司不但要办，而且要一举成功一鸣惊人。我们的花轿公司将和母公司同日同时美丽诞生。

杨雄说罢，用力拍了拍李松柏等几位抬轿人的肩头。然后，他走到默默无言一边旁听的牛青青杜文竹跟前，咬着唇肌坚定地一笑：姑娘们，请相信我一言九鼎。来，我们击掌，它比握手响亮漂亮多了！

啪啪啪。叭叭叭。有点儿爆竹欢炸的味儿。

彤云密布的天空下，衰草惊风的大地上，两个万语千言无处诉说的女孩儿，顿时间有了暖冬的感觉。她们和轿夫们一样，僵直的无能作秀的身体，刹那间温柔了许多。

胡漠雁关起房门，剥茧抽丝悠长悠长哭泣着。杨雄呵斥狠批，就像一通急风暴雨皮鞭，她是通体受伤，浑身疼痛了。想想敌人成小娥在省城里春风得意，事业灿如春阳冉冉升起，自己却朔风吹彤云密布，挣扎在荒山雪原，别人在做事业，她面临失业，这太揪心撕心了。

胡漠雁想不通总是望成小娥的项背。近一年来，万事都在成小娥之后。慢一步进天堂山区，晚几天参与丁冬溪旅游业，迟一个时辰了解杨雄部署，直到前天派员参加省旅游局会议，和成小娥都是热门人选的她，在投票决定时又仅仅以一票之差名落孙山。这很撩人又很杀人。差得很远自然无话可说，真的不行也心服口服，她心傲气盛地想，哪怕真是有一比有一拼，她也能认账你荣我枯。虽说万国丽人集团公司将她和成小娥同誉“丽人双花”，可是论学历、资历、成绩、贡献，直至才智容颜，胡漠雁自信无出其右。在很长时间段里，她是集团公认的“大姐大”。究竟什么地方输分了？胡漠雁痛苦拷问。

解答不了的问题，最简单的办法是求助“亲友团”。胡漠雁径直走进刘家驹房间。

刘家驹打哈哈：哎呀这雪下得，出门就挨小刀子，我看你想雁南飞了吧？

胡漠雁马上卖乖接话头：我听从刘总跟着刘总，你雁南飞我就雁南飞。

刘家驹给胡漠雁倒上一杯热茶：丫头，不是什么话都能说的，你跟着杨总才越飞越远越飞越高，跟着我这个老头子，那是要折翅西山的。

胡漠雁一整个女侠不平：谁敢说刘总老，我口诛笔伐他！你正当壮年，力撑丽人大厦呢。

这话把大雪天都说暖和了。五十五岁的刘家驹，最喜欢混入青年舞蹈队，最怕编进老年合唱团。他心情极好地说道：行，把我逗快活了，什么难听的话我都可以入耳了。

胡漠雁睁着水汪汪大眼：刘总，你是神？你怎么知道我想说些不中听的话？

刘家驹：杨雄从我这里刚走，我有什么不知道？

胡漠雁紧张地：这么说杨总不是说气话了，他在公开我的过错，说不定真的要炒我鱿鱼。

刘家驹：杨总事业心很强，忙于办事急于成事，都是值得我们学习的。别说你，就是集团上层，他办事你败事，那也决不留情。

胡漠雁眼泪出来了：刘总救救我。我把美丽的青春倾心倾力献给了丽人，现在无论在感情上在事业上都无法一走了之。再说花轿操练这件事，公司都没正式成立，无论轿夫还是新娘，只能是乌合之众，你能对他们立以制度绳以纪律吗？更何况我是临时负责暂时接手，务实务虚，都来不及到位……

刘家驹抽纸巾打断胡漠雁，他边拭美人泪边说：我都知道了。你也别越想越复杂越说越复杂，把我也搞复杂了。其实这事很简单，我提一个问题你能回答就解决了。

胡漠雁是来求助刘家驹解答问题的，一被动皆被动，不知道刘家驹有什么怪题难题，反倒要她解答。她诚惶诚恐：不知刘总要我回答什么？

刘家驹：你比成小娥是好是差？

成小娥是一只可恶的闹心虫，一提起这个女人，胡漠雁眼珠就想迸出打人：我比成小娥境遇差待遇差，成小娥比我才智差能力差。我这样说应该是持论公允，舆论公平。

刘家驹：某种反比率越大就越不公平。求公平最简单的办法就是摆平。摆平谁？当然不是成小娥。你要摆平杨雄，这事成了，还愁什么境遇差待遇差还愁不公平？更不屑说愁劳什子丢饭碗了。

胡漠雁一声叹息：我怎么可能摆得平杨雄。

刘家驹：那你觉得谁能摆平杨雄或者有可能摆平杨雄？

这当然可以不假思索，胡漠雁说：那当然只有您刘总了。

刘家驹调整坐姿，舒适躺着沙发。他从走进天堂山区第一天起，一下子就眼热起这块风水宝地，杨雄要在这条老山沟里挖出大金蛋，决不是脑袋发热一时心跳，这一方水土肯定有大财气。接下去应该是谁来理财如何分财，自己如何在此获得最大利益？这都要能人而为。谁是能人呢？当然是“丽人双花”。成小娥是铁定杨雄的人，胡漠雁虽然跟杨雄有一腿，如果有一天另一条腿站得不很稳时，他就要适时把她拉扯到自己身边。“有一天”终于就是今天。“适时”恰好此时。刘家驹好不暗自心喜，爱江山还能爱美人，多惬意，多好。他说，漠雁，你这么看重我倚重我，我是要尽力了。我想，我的责任大了去了。这不可能一两句话说得清眼下事，也不是分分钟策划得了今后前程大计。这样吧，今夜你就别回去了，我们通宵合计合计。

刘家驹说得很流畅。胡漠雁也立即顺畅地想起刘家驹经常跟她说荤段子，开男女大防的玩笑，有一次同车，她还遭遇刘家驹手脚出轨……她真的不愿女人靠男人，可是，你不“靠”，成小娥“靠”。胡漠雁也就装作轻松轻快说道——

“好的。”

中午请旅游局杜局长吃饭，半下午了，成小娥还面如桃花。酒是一定要喝的，头也一定要疼的，心是甜丝丝的。杜局长已经口头承诺，花轿游可作“第一单元展览”，这就是说，省局在组织筛选过程中，“花轿游”可作首选节目，省局在领导展览过程中，“花轿游”应是保留节目。成小娥喜出望外，生怕杜局长酒话不是“久话”，杜局长说：“小成啊，放心吧，我就是喝醉了也不会当糊涂官。前些日子我和开发处长考察雷奔峡谷冬季枯水险礁，在温泉山庄住了一宿，适逢你们轰轰烈烈练轿，牛青青新娘的山沟沟羞美，李松柏轿夫的抖轿颠轿，张大雷的哭嫁唢呐和洞房欢歌，把混在观众中的我们，震撼得失态失声叫好。若不是你们的公司还在组建谈判中，我们当时就和你们联系洽谈了。现在你们胸有成竹大大气气地先有蛋后有鸡式地申报参展节目，我这个决定就算也是支持也是祝贺丁冬溪旅游公司的指日诞生了。”如此好人好官，成小娥能不酒逢知己千杯少吗？

坐着想躺着，躺着又乱翻滚着，被杨雄指定做成小娥司机兼保镖的马车，认定小娥酒精中毒，他想送小娥看医生。成小娥哈哈大笑：“马车你什么眼神？我喝高了？我高兴！”马车忙说是高兴是高兴。马车说，咱们上哪门子医院，咱们应该高高兴兴驾车兜风去，咱们看看省城新面貌去。成小娥就说这主意不错。马车偷偷笑，心想不把你哄进车，能送进医院吗？

正在楼梯东倒西歪往下踉跄，这就和疾步上楼的杨雄差点儿撞个正着了。一阵慌乱问答，杨雄大致晓得了事体，他稍有犯难后，还是决定成小娥暂不去医院，先回房休息。

马车退出，轻轻关上房门。小娥依然那样，通体躁热不能安宁，一会儿床上翻滚一会儿沙发上折腾。

杨雄说，小娥，你安静休息会儿不行吗？

成小娥：不行。都在忙工作，要我休息你为什么不休息？

杨雄：“行行行。我陪你一起睡大觉好不好？”他当真往床上挤。

成小娥掀掉被子：“不好。我没……没醉，我清楚得很，你决不会跑……跑到省城就是为了睡……睡觉。你一定有什么大事急……急事，你一定告……告诉我是什么事！”她舌头发大，上下唇不自然闭合，语音不清，意思说清了。杨雄就哄小娥说没什么大不了事，就算有事，明天办了就是了。

世界上一半喝醉了的人，都是被吓醒的。成小娥就是这一刻突然醒酒了，她敏捷地下床，正正地站立，语气严肃，语言清晰：明天是件什么事？告诉我，是不是温泉谈判失败告终了？

杨雄一声叹息坐进沙发。

成小娥目光如电盯着无力窝在沙发里的杨雄，突然像母虎发威，一声接一声吼道："不行！这肯定不行！丁冬溪旅游公司要成立就是要成立！这是双赢项目，谁坏事谁是罪人！"一阵子尖叫后，女人的另一个优势功能又淋漓尽致，她哭得呼天抢地一塌糊涂，反复嚎啕："刚刚在省城跟杜局长谈成了，古塔那边怎么就谈败了呢？无法不让英雄气短壮士心寒，我在失败，我的公司在失败……这……这是我一生的失败啊……啊啊……"

杨雄抚慰地：小娥，冷静点吧。哭也哭了，叫也叫了。我们可以平静地谈一谈了。

原来杨雄急急赶往省城，确实事出有因，迫不得已。大约昨天黄昏，温泉山庄突然乌云翻滚，失败的情绪如晚雾弥漫，到处交头接耳窃窃私语，后来连更夫厨娘都传言，丁冬溪旅游谈判不可能继续了，不出三五天，温泉山庄里的人哪里来还到哪里去，原来干什么还去干什么。

成小娥更加伤心了：妇孺皆知了，就剩下我们几个傻蛋了。

杨雄：傻就傻吧，不到最后一刻誓不甘心，死不瞑目。

成小娥愈发悲凉：那也就三五天了。

杨雄定定地：三五天也是时间，足够我们最后一次努力。

成小娥问道：怎么努力？

杨雄：郭凡正在省委党校学习，我来省城，想请他吃饭。中国国情是党政一把手党在前面，只要县委书记出面说话，牛皮烘烘的陈阵恐怕就会收敛收敛膨胀的欲望，理性科学地回到谈判桌边。

理是这个理，事如何办呢？杨雄成小娥都听韩水生说过，郭凡这个人过于正派，思想也较僵化，古塔这几年发展慢与他有很大关系。宴请这么个人喝酒吃饭谈事，实在虎咬刺猬不好下牙。

两人合计来合计去，否定来否定去，还是没有什么好招数。杨雄说，那就按我来时的想法办吧。

成小娥立马高兴得小猫吃小鱼：嗨，你有新招好招了，怎么不早说？

杨雄：什么新招好招，还不是全国通用老一套。

温泉山庄里飞传谈判谈黄了的消息，小人物吴桔香一丁点儿不知道。下午她被胡漠雁冷不丁狠训了一通。胡漠雁说："不想干，立马滚回去！"挺规矩的吴桔香想不通犯了哪条王法，她惨兮兮说："胡站长，我是一直想好好干的，我不知道做错了什么？"胡漠雁说："你把公司当家了吗？"吴桔香想"公司当家"？公司不是还没成立吗？想归想，说归说："我一定把公司当作自己的家。"

胡漠雁："那你还每晚往家跑？你也跑我也跑，稀稀拉拉，人气都跑光了，我们这里还是个抱团做事的集体吗？"

吴桔香这时才醍醐灌顶，明白自己"每晚回家"是犯了纪律。她嗫嚅着说：你是说要住进山庄？以前没谁要求啊……

胡漠雁：吴桔香我告诉你，以前是以前，别人要求没要求是别人，从今往后，你和所有的花轿新娘，一律住山庄！谁违反辞退谁！

吴桔香在怒火冲天的胡漠雁面前，乖顺地连连说："行，行。"她说她这就回门槛岭家中拿行李去，明天保证一早赶回。

胡漠雁说：多带些衣服，日常用品全部备齐。我们的大花轿游乐项目，省旅游局看好，杨总马上开大会宣布。从今往后，无论新娘还是轿夫，谁也不准白脚猫，眨眼儿就开溜！

这时传来开大会的喊声，吴桔香好高兴，她被选中轿艺巡回表演的花轿新娘。刚散会，她撒欢儿往家跑。

门槛岭距离温泉山庄十三里，这在人烟稀少的大山里，简直就是对门人家了。所以吴桔香差不多都是早出晚归，天天回去过夜。沈虹姚秋桂都哄笑她。沈虹说，桔香，没王法堂睡不着吧？跟姐说，法堂一夜给你灌几次迷魂汤？花轿新娘们不少是过来人，听沈虹这么一说，全笑得东边倒西边歪。姚秋桂这时就野得很给沈虹帮忙，她说，桔香，招不招供？不招？行，检查！姚秋桂人高马大一身肉膘，论力气，她在这帮窈窕俊秀的新娘里是独占鳌头的。她一撵二抓三扑，吴桔香就被她牢牢压住了，三下两下吴桔香的裤子被褪了一半。剩下的一半，倒不是吴桔香嚎叫求饶姚秋桂就不扒了，主要原因恶作剧演到这份上，突然无人喝彩，牛青青杜文竹兰芳都从喧闹的房间里退走了。姚秋桂就朝门外无所指地骂了声假正经，嘟囔着"不玩了不玩了"，自己给自己找梯子下台。

吴桔香把这样的恶作剧以及平日里许多许多关于她和丈夫之间的取笑哄笑，今夜差不多都向睡在身边或身上的王法堂讲了，吴桔香床上汇报时，真的很脸红很尴尬，丈夫王法堂不以为然，他说，三个鸭子一塘，三个婆娘一房。她们身上骚劲要发泄，不闹闹还行？你别当真，噢。吴桔香说，你吃灯草，讲轻巧话。你不知道姚秋桂她们多野，闹腾起男女间故事，劲头就像冬枯季节起山火，要多旺有多旺，谁都扑不住灭不了。公司里，兰芳算是文静的，那也能听得到从她嘴里冒出几句貌似友好轻松的取笑取乐话儿，还不是照样让我想钻地缝？

王法堂听了，一点儿不犯愁，他反而又一次来劲，猛猛地进入吴桔香身体。一阵冲锋陷阵后才缓缓问道：兰芳说啥了，你学说学说，我评判评判，看看究竟有多大恶毒。

吴桔香确实很爱王法堂，她对丈夫的性爱，有准备无准备，都顺从都配合都有圆满。她这时就以喘息的余音说道：你夜里把我搞得很累，我上班在化妆室待轿，时常不经意打盹儿，老北口的那个兰芳就说，桔香，别做白日梦了，可别抱着我们当做王法堂胡啃。我倦怠，总喜欢坐不想动，兰芳又说，听别人讲，白天爱坐的女人，晚上爱仰天躺着，桔香，你说对不对，我就爱听你的。兰芳说这些话从没笑过，听的人，差不多都笑断肠子，你想想，我钻不钻地缝？

王法堂一本正经：兰芳做老实人说老实话，不错不错。看看，你这不是仰面躺着吗？

吴桔香轻轻咬了一下丈夫肩膊："不跟你说了。"她小泥鳅一样七扭八滑，脸朝床里屁股抵着丈夫使小性子。

王法堂晓得他这时候要有足够的耐性哄妻子，茧巴厚重的手，也要像一根鹅翎轻柔地撩拨妻子的背和臀。他深谙"春不到花不开"道理。

果然，吴桔香转身微笑了。微笑后，吴桔香又一次甜蜜很动人地钻进丈夫怀里，她的眼睛亮晶晶向丈夫闪烁说道：法堂，杨总真是圣人，他办丁冬溪旅游公司，头件事就是看好花轿游。听成小娥说，几亿元大公司老总的大脑，居然三分之一装着花轿公司事儿。果然，杨总看好的，一下子就成了旅游专家们认可的。成小娥经理从省城打回电话，我们的花轿游乐项目，被省旅游局筛选为正月正旅游展览金牌节目，要到上海广州大码头表演。杨总好高兴，跑到花轿训练场讲了许多鼓劲话，要求我们从今天起，完善制度，整肃纪律，精益求精练轿艺，美上加美做新娘。他说，新娘轿夫选中参加旅游展览者，每人发两千元奖金，展览时表现突出的，再发三千元奖金……

王法堂立马睡不稳了，他扳着妻子肩膀，一跃坐起来：我的天，有这么好的事！我在门槛岭累断骨头种包谷，不吃不喝从正月干到腊月也赚不下五千元。老婆，咱家这三间老屋晴天漏阳光雨天滴尿水，也该翻新了，还有那头老黄牛，牙齿都掉光了，真的犁不动地了，你可一定争口气，把这五千元统统赚下来。

吴桔香亲了王法堂一嘴：咱俩想到一个心窝里了。可是……

王法堂打断说道，可是什么，没有“可是”，只有可劲儿干！

吴桔香：我是要可劲儿干，你也要可劲儿支持。

王法堂笑嗤嗤：我咋支持？你练累了，我男扮女装代替你坐花轿？我再怎么支持，也只能晚上给我的宝贝捶捶背捏捏腿。

吴桔香：我就是要说这件事。明儿起，我要住进温泉山庄，晚上不回家了。

王法堂一怔：杀我！

吴桔香：我说真的。

王法堂：不行。我早就说过，你白天是丁冬溪旅游总公司的，晚上是我王法堂的。

吴桔香：晚上要加班。我们的火把花轿游乐项目只有天黑了才能训练。

王法堂：让别人干。我不管。我晚上没你睡不着。

吴桔香：刚才你还说可劲儿支持我呢，这就变脸变卦了？

王法堂：这叫支持吗？这是活活拆散恩爱夫妻。

吴桔香：不跟你歪缠了。支持也罢不支持也罢，反正我都跟你说了。

王法堂：那总要有点儿商量余地吧，不天天晚上回来，一四七，三六九，让我搂搂也不行？他摇着妻子，抚着妻子。手又很不老实起来。

吴桔香：你咋就那么馋呢？肉搁在锅里，还不是给你吃的。我在外十年八载，那也永远是你的妻呀。

王法堂：那我再退一步，你不能回来，我三五天上温泉山庄跟你歇一夜，这总行吧？

吴桔香：行啊。我们是住集体宿舍，你想过夜，只要付得起一百元房费，你就开房间好了。

王法堂：扯淡。什么破房子还要一百元？

吴桔香：算你说对了。要是好房子，要是什么贵宾房总统套间，那就五百元一千元不眨眼地掏。

王法堂：这不是把我往死里整嘛。俗话说，不怕累，就怕憋。我憋死了，你守活寡吧。

吴桔香挠着丈夫撒娇：嗯，有你这条好汉，我守活寡，天地不容呢……

王法堂也乐了，他纵身一跃，就快活地骑马驰聘起来。嘴里不停嘟囔：坏老婆，这往后的日子，你是活活让我旱也旱死了涝也涝死了……

躺在浴缸里，努力泡化昨天的酸痛，成小娥更痛苦的是今天应酬宴会。无论杨雄故作简单要求，努力轻松解释，成小娥都觉得这是她的鸿门宴。

浴房衣架上摆放着杨雄刚刚买来的精美艳丽的时装，化妆间的口红、眉笔、香水、润肤露，不是意大利产就是法国造。如此奢华妆饰，是拜见一位县委书记，还是拿下一位县委书记，能不心慌气喘问一问究意吗？

杨雄说，没别的意思。就是让你动人一点，让郭凡动心一下，创造一点轻松愉快环境，否则我这一百万，怎么能送进郭书记的僵化怀抱里？

说到一百万，成小娥又莫大不快，她是丁冬溪女儿，丁冬溪人有谁见过一百万？天堂西村家家户户财产合拢起来有没有一百万？杨雄就说小娥是山沟沟小女人小家子气，他说他把大账早算清楚了，一百万元办成了事，不过是丁冬溪旅游项目前期投资的十分之一。

成小娥：这是投资吗？大把大把甩钱给贪官，我就是心痛。

杨雄说，这就是投资。许多大公司大企业家，都把这种投资名正言顺划入成本纳入预算。何况我们办成了，那也是净赚一千九百万。

最后这句话，成小娥听懂了。温泉山庄的甲乙双方目前谈判焦点就是多出两千万或少拿两千万，出一百万，得一千九百万，大老板的账不一定小百姓就算不清。

“算账”这条路走不通，成小娥只能从浴室走进衣帽化妆间。

穿上内衣，乳夸张得出奇，成小娥攒眉一声叹息。接着是不敢怠慢梳理发型。描眉，抹唇，眉顿时漆黑得像某种动物的毛发，猩红猩红的唇，几乎就是某种动物的生殖器。她赶紧抿住，话还是冲出口：杨雄，我恶心。

杨雄说，怎么了，受凉了？

成小娥：不是生理原因，是心理。

杨雄：心理？又想什么了？午宴只剩下个把钟头了，宝贝，求求你别找歪了。

成小娥悲凉地：你在成心把我打扮成妓女。

杨雄：荒唐！你怎么有这种感觉？

感觉还在继续推演，各种想法蜂拥而出。莫非真的悖论不悖理？成小娥刹那间对杨雄产生了人格怀疑：他没有与众不同，老板们在左手搂女人右手掳金钱时，他也一样合理合群毫不犹豫伸出了右手。如此推演推论，可怕的崩溃式答案就油然而出了：她不是他最宝贵的，更不是宝贝。

成小娥不想如此残酷自思自虐。她爱杨雄，这份情感，甜得是糖是蜜，大得是地是天，美得是诗是画。她希望改变思路寻求突围让自己获救。她要多想想杨雄处境，想想他的艰难想他的坑坑坎坎。

明明想杨雄，为什么又突然想起了胡漠雁呢？胡漠雁为什么迅速蹿红？胡漠雁为什么可以越权招聘风流放荡女人充任花轿游乐新娘？胡漠雁初见端倪的不正经的经营理念为什么被高层赏识？这都说明她和杨雄走得很近靠得很紧。由此疙瘩也就解开了：一个男人只有有了新的心仪女人，他才不在乎原来的知己。对他爱过的女人才可以轻松抛售与转让……

成小娥就反复喃喃“抛售”“转让”。泪水潸潸而下。

杨雄没有拭泪，他也不愿做任何劝慰。他说小娥，我们今天都在挑战极限，都在倾诉委屈和悲凄。前天，昨天，乃至今天，我经历了太多太多，我现在已经陷入深深泥潭而无望自拔。前天刚接到你在省城传来的喜讯，我就和胡漠雁生了一场恶气，她把轿夫和花轿新娘们全放羊了，把我的大事当作儿戏，这件事我跟她没完！而你，现在还吃我和胡漠雁的醋！这就是女人永远是女人，丈夫终归是丈夫。再说昨天，我一大早好不容易把人招齐了练轿了，兴冲冲迎接“正月正旅游展览”，刘家驹说，还折腾什么，全山庄人昨晚都知道了就瞒你一个，丽人集团与古塔县政府旅游项目谈判告吹。乙方的人员，性急的都已经打道回府了。刘家驹甚至嘟哝这个项目的胎死，已经给他造成了巨大的损失，说他不来丁冬溪，早把一家工厂办成了……刘家驹这是要挟我清算我。我真是无路可走才火速赶来求你。我看准看好丁冬溪旅游，我不甘心这么好的项目日后旁落他人。我是出于下下策去求见讨好一个我始终不想接触的地方大员。前天昨天直到今天才知道，我是多么孤独，无依，悲凉……

成小娥默默无声地继续化妆美容了，她既然在倾听，甚至是由衷而听，她就知道她还在爱着这个男人。她也知道男人为江山而生的，那她也只能为心爱的男人西风瘦马地“昭君出塞”了。真若出现“危急关头”，再丑陋一变吧，或河东狮或母老虎发雌威，龇着獠牙瞪红血眼抗拒吧……

一小时后，没有出现“单于”，也没有出现“昭君”，古塔不是匈奴，郭凡也只是地地道道县委书记。这个书记不具备任何幻想也拒绝所有传说。他酒喝得开心，话讲得平实：杨总，我喜欢你到古塔投资，不喜欢你今天如此做派。一百万，的确如你所说“差不多是我一生工资”，拿工资是我心安理得，拿红包那是胆战心惊，我每天能平安平静地做事，也能时有如此开怀饮美酒，岂不是人生大美大趣？还有成小娥小姐，你是我们天堂山区姑娘，那里的女孩儿长得俊美，是美于朴素美于天姿天然，更美于巴山道德文化熏陶，我多么希望你朴素纯正地为贫穷的家乡多做些好事实事……

郭凡当然是官场艺术的高手了，他不会把得罪财神批评客人的傻事进行到底。郭凡接下来就尽是酒话笑话了，他甚至还说了个开怀的荤段子。如此这般，他才满杯碰杯正言：杨总，谈判是妥协的艺术。艺术无穷无尽，谈判不能无穷无尽。看在古塔穷人太多的份上，也看在我这个朋友的脸面上，你再适当适度让一点利益，让我有理有据有效地为你们服务，极尽所能快捷完成温泉谈判。

杨雄和成小娥都喜出望外，感动涕零。他们顿时觉得在过着恍如神话般美好生活。

一夜折腾，陈阵夜觉连着午觉睡到半下午。

房间里依然弥漫着女人的馨香，床上也仿佛依旧残留美人体温，陈阵大手大脚伸了个长长的懒腰，这才依依不舍离开房间走进会客厅。

茶几上，很显眼地放着一张字面在下的便条，陈阵读不到仍在回味的女人身体，他读起女人留下的便条。依据便条儿按图索骥，果然床的另一头被角下面，压放着女人的胸罩和内裤。他赶忙抓过来，很想闻闻那股怦然心动的味道。却是嗅觉没开始，触觉便有了异常。陈阵感到乳罩和内裤沉甸甸，重量超常，衬垫物远非海绵之类。

先是玩味乳罩。摸一摸，特厚。捏捏，有哗然响动。好奇心让他非常想知道这种厚实的奶罩究竟是什么新科技材料填充的，他用水果刀拆开了乳罩。

填充物竟然是一张又一张眼下人们普遍俗称的“红头纸”——十万元人民币。

陈阵蠕动牙床，不知道咕噜了一句快活话还是吐一句骂人话。这个罗锡贵道行不浅，做出绝活送财送色，是上人，是高手。乳罩有此精妙文章，内裤里是不是也别有江山？联想到女人三角区肥腴得异常，陈阵又急忙摸捏起那条粉红裤衩。

马上就发现了裤衩里充填了纸质物。陈阵又一次拿起水果刀，拆除了裤衩的衬里，一封万言书长信，立刻显山显水出来。

信是本县两位企业家联名写的。先是一大段马屁精，做官的陈阵，这类话听得两耳起茧了。县长大人对此一掠而过。直到读到第五页，陈阵才像学习红头文件，字斟句酌研读琢磨。

罗锡贵关峰不是等闲之辈，给陈阵的感觉真的非同小可。

罗关两位本地企业家入股投资丁冬溪旅游业，应该是提升了古塔名气，增加了古塔形象筹码，是一件发生得相当及时的好事。好事做得不大气，有霸气。他们的一千万，只定向投资花轿游乐公司和温泉洗浴公司。陈阵还不至于那么外行，他已经明明白白，丁冬溪旅游总公司没有淡季旺季区分的全天候全季节最赚钱的两家分公司，就是花轿和洗浴。从初步掌握的情况，陈阵了解到杨雄筹办的花轿公司，将是一门高级轿艺，新娘轿夫一一卓越，品位很高，它将旅游学的两门主课——诱惑与刺激，既囊括不遗又淋漓发挥，这家花轿公司真正是精英创意，谁都看好是一株枝繁叶茂的摇钱树。杨雄创办洗浴公司也很匠心。洗浴场将有两处药浴，广选天堂山区的名贵天然中药材，以鲜活原材直接投泡于温泉泉汤，洗浴者可治理筋骨、气脉、皮肤等多种疾病。洗浴公司还要发展精湛的按摩业和浴后茶艺休闲。这家公司也是很另类很有前途的企业。罗锡贵关峰既是狗鼻子又是鹰眼，他们哪里也不去，专往摇钱树上爬。

你们非等闲之辈，杨雄也是如何了得。丽人之所以是全国知名企业，关键是他们人物风流，领袖才华横溢。想打他们马虎眼，要他们钻陷坑，没门！哪个果子好吃摘哪个，杨雄不让你吃得噎住气才怪。

陈阵是感到罗关之辈，太钻营太功利了，太小人相了。这封信也就真正成了女人袦中之物，有一种见不得人的意味。

总是恰好的时候，乔秘书就进来了。乔说，县长，我让小姐送午餐来了。

门已经打开，送餐小姐还是按规矩摁门铃。陈阵说进来。

送餐小姐走后，陈阵让乔秘书将门关严。他问：你上哪儿了？

乔：没上哪儿，一直在水楼。你这几天太累了，我怕影响休息。

陈阵：如果影响的仅仅是休息，世上的事就很好办了。

乔：县长，出了什么事吗？

陈阵当然不会回答秘书提的问题，他的一以贯之的工作作风是秘书回答他的问题。他问，那个女孩你了解吗？

乔说，不太了解。不过这是罗锡贵办的，我反复跟罗谈过，我认为他是很诚恳很认真的。他觉得你很累，希望你开开心休闲休闲……

陈阵：你知道个屁！这些奸商把我们卖了你还帮他收款数钱。他们金钱美女一起上，要搞乱我们重要工作，重大建设。

乔秘书装糊涂：说送来的那个姑娘是美女，不过分。不过送金钱，罗那个人吝啬，恐怕未必。

陈阵：少废话。你尽快把那个女孩给我联系上。

乔就急忙打电话。打到第四个电话时，总算找着了李平平。乔说，李平平小姐，我们头儿要和你谈谈。乔将话筒交给了陈阵。

陈阵：李小姐，忙啊？本想请你吃午饭，没找着人。这样吧，晚餐我做东，吃海鲜。

李平平：陈县长，你是贵人忙人，我不敢打扰。县长要是记得住我这个平民女子，日后能给些关照，我就感激不尽了。

陈阵：你认识我？既然熟人，就不讲外话，现在不是我关照你，而是你关照我。

李平平惊讶连声：县长真会讲笑话，你是父母官，我有关照资格吗？

陈阵：你我有赤诚之夜，我们说话也就无需遮掩。有道是，解铃还需系铃人。我请你面告罗锡贵，让他把钱拿回去。

李平平顿时茫然了，十万元，那是好多人挣一生半世的，不要白不要。真白不要，无需作秀，自己退，不就得了。反正自己已经拿了报酬，一了百了，不想再有其他事。李平平就说，何必呢。有钱不要，大清官打一个电话，罗老板不就过来了吗？

陈阵：你曲解了。看来电话里说不清楚了，这样吧，既然你不肯来，我让乔秘书见你。我希望你们谈得愉快。

陈阵放下电话。

乔文拿出纸笔，准备听县长指示。

陈阵说，干啥？什么都记！

乔文慌忙收起纸笔。

陈阵如此这般交待一番。中心意思是，告诉罗关，李平平艳事没有做成，钱带回来了，悉数归还原主。

乔文愣住了：县长，这是何必？

陈阵：罗锡贵关峰小兔崽子，他们不光吃窝边草，还要吃天鹅肉，他们一一下筷子。丽人答应吗？温泉谈判本来很困难了，他们还屎一堆尿一泡糟践，行吗？

乔秘书也就和上司有了差不多口气：可是这件事让李平平做，行吗？

陈阵：当然行。让她一口咬定，县长拒绝见她。

乔：现在什么时间？上午十一点了，罗锡贵关峰那种人，早就迫不及待到李平平那里讨到口信了。

陈阵：这还用你说。讨到口信又怎样？出尔反尔，难道不是人类一种行为？李平平的钱退得回去最好，退不回去，她必须改口为联系不上县长见不着县长，总之是，没这回事！

乔在这件事上有既得利益，乔就起劲：她不这样说呢？许多女人有大小姐脾气，一旦牛起来，谁都不合作。

陈阵横眉竖眼了，他斥道：你是饭桶？这么件小事都没办法摆平？

乔文往后退着，三孙子一般低着头，半句话不敢讲了。

这时候，陈阵手机响了。

电话是郭凡打来的。两个人说了很长时间。陈阵不时说道："我听一把手的。""你是班长，我相信你的决定是正确的。""困难肯定有，工作我来做……"搞得郭凡都成了丈二和尚，不明白他与陈阵怎么突然如此配合如此顺畅顺心？要知道陈阵总是以"思想解放、工作作风泼辣"自居，谁都公认他的上层关系好，前途似锦且锦上添花。却是他今天如此俯首郭凡，真的是十分诚心诚意。他要了女人收了钱中了奸商们的计，正愁着怎样解脱怎样出卖乙方利益，现在好了，县委书记亲自指示让利，今后无论有何诟病或罪责，都由一把手承担，这郭凡还是郭凡吗？郭书记简直就是救苦救难观世音啊……

通话毕，陈阵立马精神一振，他愉快又威严地给温泉山庄张前打电话，莫测高深地指示张前暂停骚动与喧哗，收敛散布温泉谈判失败的舆论。

张前一脑袋糨糊了，县长刚刚很精明地制造了失败空气，广发谈判告吹舆论，打压对方让步就范，怎么才三两天就朝令夕改呢？张前就孤臣泪烈士心啰嗦着，陈阵嗒的一声卡掉了话机。

陈阵这才瞅着乔文揪出一根烟狠抽。烟散了，气也好像烟消云散了。人骂了，好像活还要人去干。他语气一变，不无关爱地说道：乔文，你在我身边做事，也确实太难太苦了。可是放你下去当乡镇长什么的，还是一整个艰难困苦。这么着吧，土管局樊局长明年退居二线，我和郭书记研究一下，有可能，还是上土管局吧。

乔立马感悟感动：县长，你是最爱护我的人。为你效劳，是我的职责。

陈阵微笑了，他又拿出一根烟，乔刚要打火，陈阵说，忙你的吧。陈阵就很轻松愉快玩弄玩弄他的秘书了。他一点儿也不担心乔文把到手的钱真的退掉了，凭他多年潜规则历练，利益驴打滚应该到来了，只是这头驴能翻几个滚呢？总之，应该是好运来。

乔文这时已经嗵嗵嗵到了楼下，驱起车急奔下虎头。

敲错了两家柴门，乔才在一处低矮的小院里，找到寒门美女李平平。

寒暄三两句后，乔文急于正事，他问道：昨晚的事，你还没给罗老板汇报交割吧？

李平平：不是我要交割，是他们早早跑来找我的。怎么了，这事不是已经两清两结了吗？

乔说自己的：你都跟他们谈了？

李平平：我也是跑过码头的，游戏潜规则多少懂得点，别人付酬，我就要干活，活干得好不好，也有责任禀告雇主。

乔文懊恼：这就麻烦了。

李平平：怎么了？有什么让你不高兴的？你无功受禄，在罗老板那里白拿钱，我都晓得。好事都让你轮上了，还这麻烦那不高兴？

乔文有口难言，他：细话不讲了，你现在就去山口镇，找罗锡贵把钱退给他。

李平平：退钱？退什么钱？

乔：十万元以及你的小费。

李平平：讹诈我？十万元在父母官大人那里，跟我扯淡什么！

乔：你误会了。十万元我带来了，我请你交给罗锡贵。你就说做了错事讲了假话，十万元县长拒收。你给他道个歉，后边如果再有麻烦，统统由我们摆平。

乔秘书是说得太轻巧了，他低估了对手，以为李平平就是纯粹山丫丫一个，是他们治下的小民。他哪里晓得，李平平在外面世界里经历了多少精彩和无奈。处世行为和为人态度，都有了质的变化。李平平就告诉乔：谢谢，我想我没有什么麻烦需要你们摆平。真有麻烦的话，我可以到法院里解决。

乔秘书脸面立马白如纸，但他还是努力镇定：算了算了，一件鸡毛蒜皮小事，还跟我谈法院什么的，你明着说不想帮忙不就得了。这事不麻烦你了，我找罗锡贵退钱去。但是，你咬定你没在温泉山庄过夜总该可以吧？

李平平想，这帮贪官肯定有麻烦了，这时不敲敲他们更待何时。她说，那也不能空口说话，你得付费。

乔直到这时候才晓得遇到了一个多么可怕多么难对付的女人，他嘶啦打开手提包，给李平平扔了两千元。

离开下虎头，乔边开车边想出了一个和李平平相同想法：十万元留着自个花。既然搞定了“李平平没在山庄里睡觉没送成钱”，罗锡贵关峰也就无权找县长急于分获丁冬溪旅游公司那杯羹。他就可以告诉罗锡贵，把十万元留给他做“公关费”慢慢打通方方面面关节，然后再水到渠成地投资丁冬溪旅游业……对，一句话：十万元算是他的活动经费。

想得美美的，手机响了，温泉山庄主任张前打电话打听情况，他说，竹楼前草坪，隆隆开动钻探机，说是杨雄他们要施工建轿艺广场，我们去制止，丽人那帮人很横很硬，特别是那个刚从省城赶回来的马车，好像得了尚方宝剑，牛皮烘烘差点打了山庄工作人员。我想，他们有这种气势胆量，是不是和陈县长达成某种协议了？

乔秘书先是一头雾水，后来他慢慢地模模糊糊感觉出县长在水楼里接的那个手机，可能就是郭凡打的。郭书记的话极有可能就是对温泉谈判批评与建议。郭这个人不轻易表态，真有指示，折扣是不行的。乔秘还模模糊糊想起县长也曾跟什么人说过“谈判总归是最后成功的谈判，甲方办企业，讲究时间效益，他们如果提前介入未来的丁冬溪旅游公司某些实质性建设事宜，有我的同意，就不要干涉……”他顿时像憋着尿战猛打激灵，没好气地说道：“这么大的事，还用怀疑还要问吗？你不要打听县长点没点头，你只管敲敲自己的脑袋笨不笨。”

乔秘呵斥张前脑袋笨，他自己的脑袋当然就更不能笨了。他想，既然花轿公司的轿场都在建筑施工了，我还怎么“慢慢打点”和“水到渠成”？罗锡贵关峰听到钻探声打桩声，一定急成热锅上蚂蚁，这些商人们一定会上蹿下跳左冲右突，他们渔利，有时比战场上勇士还敢于冒险冒死的……乔文秘书恐怖地想道，我这时昧下十万元，那不是给自己昧下一笔坟头纸钱？

乔就加大马力奔向山口镇，他要威逼利诱，战抚双全地跟罗锡贵直接解决这件事了。

这天吃过晚饭，竹楼早早安静了。

以前不是这样。以前天黑后，许多人都挤进李樵房间里，听这位闹洞房专家讲着没完没了的花烛故事，李樵那张嘴，能把人讲得眼睛发直，脸蛋烧得通红，心痒得厉害，口干，血烫。无论是轿夫还是新娘，谁听了，都放不下。譬如李樵讲“听新”：“诸位，桐木寨的覃石蛋认得吧？”大伙晓得李樵在卖关子，生怕他把时间拖拉掉了，管他覃石蛋覃九担，都瞎叽叭扯一声“哦伙”：“认得认得。”李樵说，覃石蛋新婚夜那真叫石蛋。他说那晚听新程序老一套，每个听新者脚下捆上草把儿，走路比蚂蚁还轻，窗侧窗下猫好了，一个个竖起兔耳。这时就听新郎覃石蛋说，脱吧。新娘说，你不看我，我就脱。覃石蛋说，我就看一眼。新娘说，看啥？覃石蛋说看庄稼。新娘说看庄稼你到地里看去啊。覃石蛋说，我就是要看庄稼地。窗外听新的愣头青们，步调一致舐窗纸了，都一只眼对上“窗眼”了，都晓是好戏开台了，都晓是女人生娃叫生产，都想看看女人生产的庄稼地了。这时新娘就说，男女平等，要看都看。万一你真是石蛋，我这庄稼还不糟蹋了。眼见着动作要开始，听新的一个后生叫起来了：“别挤了，我憋不住，我要屙尿……”李樵就说，后边就没啥好讲的了，好听好看的，都让这王八羔子一泡尿冲掉了……往常这种时候，轿夫花轿新娘们都会起哄闹腾，满屋子追打卖关子的李樵，满屋子欢乐满屋子嘻嘻哈哈。以前天黑后，成小娥牛青青杜文竹，也常常“三个女人一台戏”，“戏文”的内容除了讲同学故事姑嫂故事，她们仨也讲不完对未来的蓝色向往和又红又紫的期待……以前并不遥远，它也可能只是五天前四天前，却是骤然猛刮起下马风解散风，一转眼，江河直下，竹楼一楼夜色一楼暮气，快沉寂成一座坟墓了。

牛青青原来和沈虹住一个房间，沈虹三天前接到周全电话去了六盏灯，至今也没归队。

牛青青看看这，摸摸那，在空房间转了一圈又一圈，最后还是不想上床睡觉，她转到杜文竹房间里去了。

杜文竹说，你也睡不着？来得正好，我正想找你。

牛青青：我找你，你找我，然后咱俩一起找……

杜文竹和牛青青几乎同时说：找兰芳。

牛青青苦笑道：咱俩同一心声了。

杜文竹侃侃而言：我相信杨雄，更了解小娥，他们要做的事，谁也别想废掉。温泉谈判就像丁冬溪走水，七弯八拐恶礁险滩都是有的，最终还是直奔大海。我现在既没娘家又没婆家了，我是跟他们一条道走到黑了。我相信丽人和古塔双方合同书，是九个月身孕了。我也相信杨总说要参加正月正旅游展览不是给我们鼓虚劲……青青，我没办法，你说我糊涂也行，吃了迷魂药也行，我就是看一千眼想一千遍，觉不出杨雄成小娥在温泉山庄打得赢就打，打不赢就跑。他们是南天山倒了丁冬溪干了，也要把旅游公司做成的。

牛青青：所以你就要我和你一道赶快把兰芳叫回来，千万别做树未倒，猢狲先散的事。

杜文竹翘着嘴唇笑了笑：你不也是？兰芳是人才，咱俩要帮衬着小娥，千万别让人才流失。

牛青青：我看咱俩今晚也别睡觉了。走，点火把，上路。

两个女孩儿比男人还干脆利落，说走就走。

云水寺到老北口，两条山沟一道岭，三十里还有出头。有些路，像是粘在悬崖上，左边峭壁，右边深渊，一脚半脚虚的，就粉身碎骨。有些路，又像从天庭上抛一根绳儿，揪着往上爬，一身汗透了，岭头崖顶还不晓得在哪儿……好在牛青青杜文竹都是山里生山里长，好在她们硬是心里一团火浑身热乎劲。她们很是位卑未敢忘忧国，她们不能参与温泉谈判，她们还是很努力地做着力所能及的工作。

换上第三支火把时，牛青青才吞吐说道：兰芳昨天是哭着回去的。当时老北口村民组长把她拉到房后鬼鬼祟祟谈了好长时间，她就流着泪跟组长走了。我撵过去问出了什么事，什么时候回来，她说她妈生病了，要回去抓药煎药，我感觉不是这码事，这里边有猫腻。

杜文竹果然一惊：你……你说是组长接走兰芳啊？

牛青青：是啊。兰芳亲口对我说，那汉子是他们村民组长。

杜文竹：坏了。

牛青青：坏……坏了？那个组长是坏人？

杜文竹：组长不是坏人，书记呢？

牛青青：书记？你说丁丙是坏人？

杜文竹：不是坏人就不做坏事？

杜文竹就说起她有个远房亲戚是老北口的，杜文竹把这位远房亲戚讲过的兰芳身世，兰芳和丁丙灵魂与肉体的离合故事，一股脑儿说了。

牛青青鼻子直发酸。这是一个“雪后寒”夜晚，岭头的残雪和横扫山谷的朔风，都在刺激人的呼吸道。只有牛青青自己晓得，她鼻酸心酸，是因为自己与兰芳太感同身受了。兰芳和丁丙的故事，牛青青和罗锡贵的故事，好像完全不同，又好像完全相同。钱在丁冬溪就是比人大，女人的命运如果一直在山道上山崖上，就是很可怕很悬。牛青青就说了一句最近常说的老话：“我们可能都要靠花轿公司救命了。”

千辛万苦赶到老北口，村里一片死寂。树棵里竹林里散落的人家，没有一星灯光。牛青青杜文竹敲错了三家门，才找到了兰芳。

两个女孩儿一进屋，覃年就慌忙朝后门溜去。

牛青青说，大哥，天这么黑，外边好冷，还上哪儿呢？快过来偎火塘，咱们一块儿说说话。

覃年好像压根儿没听见，依然径直朝门外走去。

兰芳的脸霎时像染了猪血，她吼男人：叫你回来就回来！往哪里跑？她俩是我公司里姐妹，又不是外人！

可怜覃年哪晓得“不是外人”呢？丁丙除了要兰芳在六盏灯过“三八”，他也偶尔来老北口睡觉。来时，不是跟着乡秘书，就是乡妇联的人陪同。丁丙讲好了今晚要来老北口过夜，覃年就以为是乡妇联们打前站了。

火塘里加了几片柈子，火头呼啦旺了起来，屋子里顿时暖和了。

牛青青喝着火塘煨茶说道：你妈病好点了吗？我们看看大娘吧。

兰芳不好意思说道：妈是老毛病。山体滑坡时落下老寒腿，前些日子下了一场雪犯上了，雪晴后也就慢慢好了。

杜文竹：那就好。我们正发急呢。

兰芳：发急？公司里有急事？尽管公司还没成立，花轿新娘们平时说话，早就一口一个公司了。

牛青青：是有急事，不然我们三更赶五更往你这儿撵？

兰芳：对不起，劳驾你们了。什么急事快告诉我。

杜文竹：急事也不一定急着要谈。兰芳，我和青青就是想跟你说，你虽然与我们相处不久，我们都很爱你很喜欢你，都觉得真正是好姐妹一场。我们仨，这时候可一定要一个心眼儿，不能听胡叽八扯，不能信没根没由的话。温泉谈判是很困难，丁冬溪旅游公司也难产，这时候，我们就更要相信杨总，更要帮成小娥经理。可是眼下，花轿公司的人，走的走，溜的溜，这伤杨总他们的心，也更害了咱们自己。这么干下去，我们还是要走回老路，走进黑暗老山林啊……

兰芳嘴唇一张一翕，身体骤烈战栗。

牛青青：成小娥从省城打回电话，要我们抓紧训练轿艺，参加春节旅游展览，要到上海广州表演呢，可我们倒好，三个人抬着跛花轿，不是缺新娘就是缺新郎，培训完全搞得不像样子，杨总能不寒心气愤吗？

兰芳：我错了。其实，我一回到家就后悔，真的，我深深后悔……我没别的说了，我这就和你们连夜赶回温泉山庄。

牛青青：那也不一定这么做。明晨起早走也行。

兰芳：不行，那样就晚了。

牛青青杜文竹听得蹊跷，她们就问根问由。

兰芳：别问了。再耽搁就不好走了。

兰芳就大反常态地不留客人拽着客人出门了。

兰芳没讲错，她们在老北口山道上才走了里把路，迎面便碰上夜行人丁丙和带路作陪的村民组长。

杜文竹晃着火把招呼着丁丙：丁书记，你真辛苦啊，这么晚了还来老北口办事啊？

丁丙就心疼嘴不疼地不失流畅说道：我不能像你们啊，什么时候都能无忧无虑扎堆扎伙儿玩。我拿五斗米俸禄，上头有事，我就得没日没夜这村那村跑……

牛青青就说，丁书记，山高路黑，小心啊，一失足，准会滑脚的。

三个女子都抿嘴一声坏笑。

这些日子，“红霞行动”确实搞得罗锡贵腰酸腿转筋心肌绞痛，他是太苦太累了。现在，总算是基本上大功告成，罗锡贵这才长长舒了一口气，关起门，让周婷伺候洗家庭桑拿。蒸了一遭，冲了几遍，机械行为再科学再先进，罗锡贵总觉得不如人工桑拿，他就让周婷在他身边不停地嬉水击水，要周婷既为他做优美的“水底捞月”，又做勇敢的“水上飞鲨”。他让桑拿运动着，让周婷运动着，他自个顶多轻轻动动手指头，弹一弹周婷光洁的皮肤。

正在尽兴地休闲舒服地休养，浴房壁挂电话响了。罗锡贵不作理会，他正在和周婷做水下活动。可是这只乌鸦嘴电话，停不了两三分钟就又烦人鸣叫，罗锡贵到底忍耐不了了，摘下话机吼道：“麦子黄，你是爹死了还是娘嫁了？我不是跟你说过了吗，我要休息，天大事，也给我拦住截住，你要是连个看门打更的都做不好，立马卷铺盖滚蛋！”麦子黄可怜兮兮回道：“老板，我……我真没办法，是乔秘书来了，他说他要立马向你传达陈县长重要指示……”罗锡贵：“行了行了，你把乔秘书请进小会客厅，我一会儿就到。”

十分钟后，罗锡贵衣冠楚楚面容生动地走进小会客厅。才寒暄几句，罗锡贵就感情深重地表达对乔秘书的谢意。他说，这次要不是乔秘书尽心尽力帮忙，我罗某人就是使尽浑身解数，也无法通天无法向陈县长表达我的建设家乡报效乡梓的诚意和热情……吃水不忘挖井人，我的资本一旦进入丁冬溪旅游公司运作后，我的利润里一定不会少了你的利益。我希望你永远多做修路搭桥好事，我也永远不会过河拆桥……罗锡贵滔滔不绝，乔秘书坐不住了，他说，罗总，你和关峰到底托李平平给县长转了一封什么信件？

罗锡贵打哈哈：你说信啊，哈哈哈，信，好信啊，那是我们几位企业家关注县域发展，热心家乡建设的信，是我们赤胆忠心报效乡亲父老报效祖国中华的信，好信，好信啊……

乔文不苟言笑地咽了一口唾液：罗总，我们俩，你想说什么都行。现在是陈县长很不满意你们写了一封这样的信，他要我把这封信退还给你。

罗锡贵瞧着退件，知道信封信纸都沾染着一个女人的肮脏。不过，他不接受这封退信的理由，却是正大伟大的“我建设家乡我过错何有”？

罗锡贵就和乔秘书执意舌战一场了。

谈了两个多小时，还是毫无结果，乔文不敢久缠了，他知道在一个看中了巨大利益的商人面前，他是多么无足轻重。他说的一句句话，如一片片枯叶随风而去。乔文只得赶快回去当面向陈县长言说他的失败之行。

乔文青着脸从沙发上起身了，正待迈出小会客厅门槛，罗锡贵拉住了：乔秘书，卖给你一个面子：我退出洗浴公司，只保留花轿公司。

乔：给我面子，我当然感动感谢。可是县长话讲得很死，丁冬溪旅游公司如果不是丽人集团独资股份，已经万分艰难的温泉谈判会更加雪上加霜。请罗老板一定多多体谅政府的难处。

罗锡贵不听废话了：行了行了，我再给四十万，凑个二分之一的一百万。我只有这么点家私孝敬县长大人了。

乔：不是钱不钱。这里有政治，有政府行为准则。你在商言商，许多事不懂。

罗锡贵懒得听一个秘书谆谆教导，他一边将一扎一扎大钞强行塞进乔秘公文包，一边故作艰难困苦嘟囔着：我在古塔，有钱都花不出去。我是投资无路，报国无门啊……

乔赶回温泉山庄，不敢耽误立马向陈阵汇报。

陈阵拧着眉头，乜斜着眼睛：这是跟我公开叫板！只能退出洗浴公司，决不退出花轿公司，他罗锡贵关峰铁着心狠着劲要到花轿公司分肥，他们的一千万，变成神奇的大母鸡年年月月下金蛋。肉他们吃了，骨头别人啃，谁比谁傻？口口声声报效家乡报效祖国，念咒般念着推动古塔建设发展，可以啊，去投资丁冬溪公司植树种花项目啊，那不是钱用得出去报效有门了吗？奸商的嘴脸德性，贴十层金箔也盖不住！

陈阵怒火怒言一通后，像收拾文件般，将五十万元收进抽屉。他把自个的秘书玩得可以了，他在郭凡下达指示后，谈判即将成功之前略施小计让十万元增值为五十万元，虽不是很理想，也只能暂时驴打滚到此为止。他知道光想歪事是不行的了，他得思考正经事了。温泉谈判几番交手的杨雄，让人体会到斯人非凡了得，这家伙不可能轻易让罗锡贵投资钻营分肥抢利。一个身家亿元的大老板，怎样出手都能漂亮潇洒：他可以干脆利落地立马撤资飞回南州紧紧拥抱他的丽人，他也可以用审视作为不作为的眼光，把问题一股脑儿交给古塔县政府。两种情况无论出现哪种，都是陈阵头上的紧箍咒。当然，现在念这道头痛咒与其说是杨雄，不如说是郭凡了。这位一把手绝对懂行，他在电话中，给温泉谈判放宽了很多条件，却是在花轿公司的经营方式上，强硬指示要绝对尊重甲方。陈阵当时还为此说了许多地方经济“搭车”“搭船”，共同进入快行道的道理，真心想给罗锡贵们留一条康庄大道式的后路。郭凡说：“你我都是父母官，我们都爱这方水土这方人。我想说，我们越是热爱这块地方，就越是要摒弃地方主义。如果杨雄不能走进这块地方，搭车有车站搭船有船坞吗？”头痛！头痛！陈阵甚至后悔收下五十万，甚至反省好美色那一口了。

树高多悲风，官大难处也大。再难再苦，活儿还得干。无奈的陈阵县长吩咐乔秘书了：联系罗锡贵，我和他谈话。

乔秘书打罗锡贵电话说道，罗经理，县长找你。他把话筒递给陈阵。

县长说，罗锡贵同志吗，我是陈阵。这么说吧，花轿公司你给让了。温泉谈判很艰难，就算你这次支持我。你有钱还愁没地方使？下一步我们有的是好项目，到时我第一个想到你。怎么样？

罗锡贵好像压根儿没听见陈阵说什么，他一片丹心辉映着忠心，十二分孝子贤孙说道：县长，您太操劳了，看到您那么累，我们这些人揪心死了。这次收购山货，意外收到了几件天然大补，一件补品补肾，一件补脑。老规矩，好东西总要让好漂亮的美人送来。只要县长健康愉快，我就最快乐最幸福。

这番好话，陈阵听出是恶咒。他心里骂道，王八羔子，你在要挟我。

说话时，陈阵当然还是官腔：锡贵，不要跟我打哈哈，就这么定了，你不能投资花轿公司。

罗锡贵：县长，这不公平。天天喊招商引资，资金来了，又拒之门外。当然，真的不发展不招商也可以，却是杨雄的钱张张都尊贵得如圣旨，我的钱都是草纸。难道真的是外来的和尚会念经？还是多多请陈县长帮助我们鼓励我们，让我们也能为家乡旅游业贡献微薄力量吧。

陈阵：积极招商，这是我县既定政策。你的热心决心都值得赞赏。你一定投资丁冬溪旅游业，我们热诚欢迎。这样吧，山水游公司和漂流公司，你任选其一。

罗锡贵：县长，我已经很听话地退出洗浴公司，花轿公司是再不能退了。人可以有地位高下，不能有骨气多与少。

这是一个小老板在教育他的父母官。陈阵立马按捺不住了，刚发作几句，电话那头传来嗲声嗲气女人说话声：陈县长，我是平平。你有什么不愉快，都怪我做得不好，实在怨不得罗经理。我是个小女人，懂不了大道理做不了大事，我只是想，县长和老百姓都是人，是人都有对对错错，对的要原谅错的，错的要服从对的，那样才会顺利如意平安无事……

咔，陈阵胳膊发抖地挂掉了电话。他窝在沙发里大口大口抽烟。混蛋罗锡贵，此刻大腿上一准坐着李平平，他们男奸女坏，沆瀣一气对付他。他恨不得自个是黑旋风李逵，抡板斧剁了这对鸟男女。

叮铃铃，电话又响了。乔秘书望着县长。陈阵：不接。

铃声很顽强，你不接，它就不屈不挠呼唤下去。乔秘书说，县长，还是让我应付对付吧。

才说上一句，乔对县长说：是张前找你。

陈阵：什么事？

张前：县长，丽人在竹楼轰轰隆隆开起钻探机，很吵人。你也晓得，温泉山庄这些日子正在开一个重要会议，他们是不是缓几天再施工？

陈阵一头雾水：施工？施什么工？

张前：修花轿广场啊。怎么，你不知道？

陈阵：乱套！我怎么知道？

张前：这就奇怪了。连你都不知道，他们不是胡作非为吗？我立马把他们撵滚蛋！

陈阵想了想，知道面临危局了。杨雄有钱壮胆也罢，现在恐怕还有郭凡相助，胜券在握，他是铁定地以自己的意志把“路线图”“时间表”划下去……陈阵就说，张前，那不过是地质取样，打几个小洞洞不碍大事，实在没用处时，请一个民工半天就填好了。由着他们干去吧。

说得貌似轻松，吩咐乔文时就很不轻松了：联系杨雄，争取在第一时间里安排我和他见面！

兰芳回来后，竹楼轿场上两人抬的小轿从早到晚断续练着了。大花轿和皇花轿还是搁在一边闲着抬不起来，轿夫李立春还没回来。李松柏就老觉得对不起杨雄，他从家里找到城里，从头天五更找到第二天三更，老头子还是没找到儿子。

其实李立春也好找，他并没有找什么成芳，这工夫他就在山口镇。李松柏找他时，他在找唐影。大前天，丁冬溪老乡们赶到温泉山庄竹楼轿场看热闹，人堆里有个女孩瞅空儿告诉轿夫李立春：“唐影回来了。”李立春吃一惊：“真的？”女孩说：“我跟你素昧平生，讲假话干什么？”李立春正想问女孩是唐影什么人，李立春还想问魔头武林森是不是和唐影一道回来了……父亲李松柏杀猪杀牛般喊叫：“立春！立春！立春上哪儿了？浑小子，起轿了，快点！”父亲就又喊又拽把他拖进轿场，骡马驾辕地把皇花轿粗重的轿杆搁上他的肩头。等待出完了这趟轿，李立春再找那个女孩时，人海里过筛子也找不着了。这天傍黑，李立春谁也没告诉，他裹着夜色，小夜风一般溜走了。

李立春心情乱，脚步乱，目标不乱，他直奔牛头岩。

二更天气，冬夜的牛头岩比冰块还凉，李立春趴在岩头上，热胸脯开始冰凉，由此引发的心寒，把他的泪花结成冰花花。冷酷往事，每时每刻都在流动，又每时每刻化作凝固冰川。

那一年，李家窑二十二岁毛头小伙子李立春和雷打石凹二十岁毛脸大姑娘唐影，都想不出自个有何突出贡献就稀里糊涂参加了古塔县林业表彰会。那个会除了不掏钱吃饭和一人拿一张奖状，似乎别无收获。所幸的是李立春和唐影还不至于一无所有，他们因了这个机遇，从相识到相知，成了好朋友。那以后，李家窑至雷打石凹的山路，就有了这对青年男女你来我往，第二年春天，姑娘小伙的友谊发展成爱情。

雷打石凹也是丁冬溪苦得出名的地方，那里的春天，映山红燃烧着一坡又一坡，鹅黄色竹枝，小鸟立在枝头上一悠一悠唱歌，一切看上去都很美，只有唐影和村里许多女孩儿走沟沟爬岭岭挖野菜，才会看见篓子里篮子里装满着凄寒。李立春是在一个春风撩衣阳光暖背的日子，按照乡俗拎一颗猪头背十斤烧酒扛一筒布料（以前多是家织布），春山春水好春光地跑到雷打石凹提亲。

小伙子刚进门，唐父唐母就不满意。小伙子仪表堂堂，带的见面礼也中规中矩，李立春不知道两位老大人不满的缘故。唐父说，你们老李家是抬喜轿世家，按理说，比我们更明白男婚女嫁操办事理。不管你和唐影成不成，今天也轮不着你兴冲冲跑到我家里。

李立春立马听明白了，他赔情赔笑脸说道，这事不周到，请两位上人多包涵多原谅。他说，都怪我跟黄豆花打交道太多，太晓得她的根底了。我就和唐影说，咱们免掉黄豆花差事吧，省了她雁过拔毛，一桩婚事捞一百顿吃喝不算，大包小礼，没上千元打发，新娘硬是进不了房……唐影父母不高兴打断：“丁冬溪倒流了？从溪头到溪尾，谈婚论嫁，没黄豆花能名正言顺？什么叫三媒六礼？你们老李家不懂规矩，我们老唐家可不能黑七黑八嫁姑娘。”

李立春耐心细说：伯伯婶婶，我和唐影自由恋爱，想说什么想办什么，都面对面理论得一清二楚，实在不需要媒人中间人。没黄豆花，我保证事事做得比有黄豆花还叫二老放心开心。

唐父就古色古香地咕咕咕抽起水烟袋，他纸媒子一闪一闪指指点点说道：放心不放心，开心不开心，就看是不是哄我们了。有诚意，你就交两万元订婚聘金。

话说得太直了，就没有转变的余地。李立春和唐父唐母周旋不下去了，他只得求唐影了。

唐影大眼睛晶晶莹莹闪烁着。她说，春哥，我是爱你的，这事办不成，我这辈子也活不出意思了。你要我说服我爹，我可以听你的，能不能说服得了，我没把握。我们家打从人民公社起就是超支户，八二年分责任田责任山，也分下了八千多元欠债，那时银行利息高，到了九二年，利滚利，滚成了一万八。我们家现在欠村委会差不多两万元，欠亲戚村邻四五千。我爹是讲面子有骨气的人，他说父债子还，这辈子还不了，下一代也决不赖账。我爹还说，他死了不准买棺材，一个欠钱的人，睡进棺材里也不会安稳，掏个坑埋了，尸骨化成泥土还好些……唐影哭起来了，她说，我想做你的好妻子，我更想做父母的好女儿……我不知道如何面对你说话，也不知道如何转过身跟我的父母怎么说怎么谈……

李立春抱着唐影抚摸唐影，他说，那你就别跟父母谈这事，我回去跟我父母谈。

李立春找父亲要钱下聘金，底气还是足的。一来是丁冬溪男女订婚，没有空口说白话的，聘金不存在有没有，只存在多和少。二来是老李家在这条大山沟里，算是殷实户，他们父子抬轿抬滑竿，是挣了钱的。谁晓得李立春话一出口，李松柏眼就横了：老唐家出了仙女？我抬了一辈子喜轿，天堂西大小山沟沟，还没听说哪个女人值两万元！

李立春央求着：爹，别把人和钱放在一起说好吗？

李松柏：好啊。老唐家嫁女不要钱，当然好啊。

李立春：不是这个意思……

李松柏：那是什么意思？

李立春：是……

李松柏：是个屁！还是他家女儿出手就是两万块啊。

是亵渎什么了，是伤痛了，既然诉说和辩白都苍白无力，李立春只得一个主题地求一家之主李松柏，他要父亲立马如数解囊。

李松柏说，我没两万元。李立春说，你有。李松柏说我有两万元，老子还做牛做马抬轿子？老子不晓得扛起长烟杆抱着罐罐茶享清福？

李立春坚决说，你有。

李松柏：两万块，玩儿的？天上掉的还是地下冒的？李松柏就坚决说“没有”。

李立春没办法，他抵着父亲面撕开窗户纸。他把这几年出轿费，一子儿不差报出来，又一五一十减去各项开支，李立春最后认定家里应该有两万两千元存款。

因为“证据”太确凿，李松柏懒得没大没小地和儿子分辩。他说，就算有两万元，那也是李家中兴、创业的命根子钱。李松柏明确告诉儿子，这两万元，谁都不能动一个子儿，他要全部用于翻修装新皇花轿。

在李家父子为聘金喋喋不休争论争吵的日子里，媒婆黄豆花因为“花轿业务联系”数次光顾李家窑。黄豆花不愧高人高手，她得知雷打石凹老唐家那个漂亮女孩唐影正在谈婚论嫁中僵持不下，就从李家窑转身直奔山口镇石板巷武林森家，黄豆花说，小武，三个多月空房日子不好过吧，好消息来了，一位漂亮大姑娘又等着你享受艳福了。

武林森立马来劲：好啊，咱瞧瞧去。

黄豆花：急什么？

武林森：能不急吗？你是饱汉不知饿汉饥。

黄豆花“俏”了他一眼：“还不是怪你自个。十年内，吓跑了两个女人，打走了三个老婆，你也太虎狼了。我这回跟你直说，这次介绍的女孩儿，可是水做的，细皮嫩肉，天生丽质，打不得，破坏不得。”武林森是山口镇出名混混，街头斗殴，家里打老婆，是一四七三六九事儿。黄豆花这番交待，还当真算是人话。

武林森说，看黄姨说的，好看的姑娘我舍得打吗？抱都抱不够，哪能甩得开胳臂抡拳头。

黄豆花说，别贫嘴了，谈正经的，这个名叫唐影女孩儿，人鲜亮，价钱也大。订婚聘金，少于两万不谈。

武林森说，哪里出的货，这么高价？

黄豆花说，正是因为唐影出生在雷打石凹那个穷山寨，姑娘的聘金才要得高。

武林森：一万元不行吗？

黄豆花：一万九千你也别谈。

武林森不多啰唆了，他大大方方拿出五百元给黄豆花，算是媒人的“草鞋费”。他要黄豆花今儿就去老唐家通报，明儿在雷打石凹等他。黄豆花认为做这种事，都是由媒人安排，她觉得权力丧失，程序也不对。她说，小武，说媒是慢功细活，急躁不得。

武林森眼珠一翻：“怎么了，你干事，我付报酬，哪有那么多废话！”武林森手一挥送客，黄豆花果然腿一软走了。

武林森立马叫来一帮糙哥和屁虫们，一番策划准备后，第二天就浩浩荡荡开进雷打石凹老唐家。

俩老的正在和媒婆黄豆花争论不下，唐影更是在闺房中哭成泪人死活不从这门亲事，唐影说我爱立春，我跟他有过婚誓，你们不能这样狠心棒打鸳鸯……唐影可怜的哭声，很快被这帮涌进来的糙哥嘈杂声淹没了。

喧闹一阵后，总得坐下来谈。先是和唐父唐母谈，武林森把这个季度从石板巷到山货集贸市场辛辛苦苦收的“摊主保护费”，心痛牙咬地扔出两万元，唐父喉结动了一下就没说什么了。唐母说，武小哥，你看得起我们，拿了这么多礼钱，我们一家子谢谢你了。可……可我闺女真的花开有主了，她和李家窑李立春好上了，我们不敢再做一女二嫁的荒唐事了。武林森说，是吗，我问问唐影。

唐影话不多，主题鲜明。总的意思是，对李立春爱得坚决，对武林森拒绝得彻底。

武林森说，唐小姐不要这样，其实女人嫁谁都是嫁人，其实李立春远不如我优秀。我今天如此声势浩大赶来和你订婚，那就是强烈爱你。你总不能叫我们这一大帮子人没脸没面子灰溜溜回去吧？

武林森再怎么说，唐影就是不肯，唐母也不点头。

武林森不耐烦了，他头一扬，糙哥屁虫们按照策划行事了，他们有的踢门摔凳子，说这些破木头太松了该换换了，有的朝屋顶上扔石头，把房顶小黑瓦稀里哗啦砸成碎瓦片，他们说谁还住八百年前这号小黑瓦屋，早该换上水泥预制板了，有人划火柴点烟，随手把火柴头丢进柴火堆，刹那起火，吓得唐父泼了几桶水才扑灭了。更有一个混混一屁股坐到八仙桌上，拉开夹克衫，腰里别着七八支雷管……老唐家里人，全吓得面如土色，颤抖得立不住身子。

武林森笑道：二位老大人，唐影小姐，我这些哥儿们人是粗了点，事做得并不粗。我这是表达大爱深爱，爱到非死不罢手不罢休。我就是要娶唐小姐。我还要说，别人也没哪个有胆量敢娶唐小姐！

黄豆花这时候就恰到好处地说话了：娶唐小姐可以，爱唐小姐也对，凡事不能过分，你们这么个爱法，谁不吓死了？小武，快给二位大人赔礼，给唐影道歉。

赔礼道歉不是多难的事情，武林森就千不该万不该说了一通。

唐父唐母是精明人，他们看清了形势，认准了架势，收了钱默许了。

唐影还是哭着顶着。黄豆花说，小武，你把唐小姐吓哭了，你来哄。你要诚诚恳恳向唐影保证，一辈子不准欺负她。

武林森觉得黄豆花果然是非同寻常的伟大媒婆，他就在唐影闺房里哄了半天又保证了半晚上，直讲得唐影困倦难支，昏昏欲睡头一点一点地打盹。武林森赶紧趁机说，唐小姐点头同意了。那就按规矩办事，明天派上大花轿接新娘，轿子轿夫都按最好的雇请，我要给足我老丈人家面子。

雇最好的花轿当然是李家窑的皇花轿了，请最好的轿夫当然要请李松柏父子。

李家父子压根儿不知道这码子事，他们欢欢喜喜以为又是一次赚钱发财的机会。直到进了雇主家的门，想反悔也来不及了。有个糙哥把李立春叫到一边，咔嚓打出弹刀，啥话也不说就在李立春裆部悬而又悬地“削”了两个来回。糙哥说，李立春，干活就好好干活，工钱我们双倍开。要是三心二意，不好好干活，闹出差错，到时候你这命根子就算白丢了！

李立春至今说不清说不尽那天抬花轿的感觉。在李松柏朱老三余小死人的抬轿搭档里，李立春是最年轻最有力气的轿夫。平日里抬新娘爬坡上山或涉滩过丁冬溪，别的轿夫都汗水浇背气喘如牛，李立春汗水也会有几滴，气喘不闻一声。却是这次抬唐影，他像抬着石头抬着山，腿像茅秆草柔软，脚步发飘，好几次膝盖头差点儿跪地。人累比不及心伤，李立春后来不知道跟多少人都说过，人世间最大的伤痛就是“情人嫁”！你爱的女人，活生生被别人抱进怀里拥进被窝，你的心，生生拉了一刀，泪往脸上洒，血往肚里流……那种怆悲，叫人头颅直撞石头墙。那天李家窑这个年轻英俊的轿夫，他不是把心爱的女人抬回自家，他拿着工钱卖着力气将美丽的情人抬到山口镇抬给武林森。他觉得自个是畜牲，是活王八。不是有乌龟驮石碑的故事吗，他这个王八现在就驮着一个碑刻“情人嫁”的女人。他背负太沉太苦，他受不了，时时有跌跤摔轿的危险。

坐在花轿里的唐影，走一路，歌歌扬扬哭一路。丁冬溪世世代代办喜事，都盛赞会哭的新姑娘是好新娘，“哭嫁”也就成了千秋万代的美事美谈。一个女孩儿，爹娘屎一把尿一把养到十八岁，然后赔箱赔柜赔马桶，白白地把拉扯大的女儿送到陌生的山寨陌生的人家……爹娘尽是付出，爹娘没享到女儿福，新娘子越想越心酸怎能不哭？又想起哥哥，自个从走路那天，哥就护着她的脑袋，不让别的孩子掴妹妹欺负妹妹。上山摘茶锄包谷，哥要下力干自己的农活，又要猎犬一样盯视四野，生怕一只老狼从地边树林里扑向小妹。长到十五六岁，山里女孩儿就是一朵笑眯眯粉嘟嘟山花了，采花郎盗花贼屋前屋后窜，哥的砍柴刀，总是呼啸地别在腰里，一个当哥的就是一个战士一个将军，他像保护疆土保护妹妹处女地。花轿里的新娘子想起哥，怎不泣雨滂沱？还有嫂还有小妹，三个女人一台戏，成天在一起，不知道有多少私房话开心话，她们就讲到星走月歪，笑得山坡上乱滚……今天轿子抬进陌生小院，那里都有什么人？她们谁能像我嫂谁能像我妹？新姑娘上路就又是情缕丝丝哭不断……这哭那哭，花轿抬了十八里，唐影还在越哭越凶。坐在小轿里的武林森不能停轿劝，媒婆迎亲傧相们也不能劝，哭嫁是美丽，美丽是不能阻止的。只是抬轿的李立春听不出美丽，他听到的是堆得如山高、填得如沟深的怆悲，听到唐影杜鹃啼血呼唤他舍不得他，听到了唐影的窸窸窣窣战栗。唐影哭，李立春也哭，哭自己贫穷，哭自个在家里没有地位，他当时要能立马拿得出两万元票子，也就不会有这场剜心的“情人嫁”。他也哭人情薄世情恶，媒婆黄豆花，一年三百六十日说是联系业务，共谋她做媒他们抬轿的喜事，实际上是把他家当伙房，三天两头在他们家喝包谷酒吃腊猪头，可是一旦武林森给了她更大好处，她就做了这等伤天害理的事。李立春更多的是哭唐影，她是那么温柔善良，武林森这根恶棍，日后还不知道怎样棒打她……

李立春就越走越稳不住步子了，越抬越没力气了，越想越是个王八蛋了——只有王八蛋才会把自个心爱的女人送进别人房送上别人床……李立春就借着牛头岩的光滑和岩下的峭壁，不费事儿在离山口镇还有二十里地的这片石壳壳上，闪了腰崴了脚，不费事儿“滑脚”跌下悬崖……

李立春跌伤了腰跌断了一只胳膊，李立春原来想跌死自个和跌烂大花轿，他看着抬轿的父亲，脊背越来越弯弓了，父亲的头发，在山风中花白地飘零……他听着轿子里年轻的尖细的哭，想着唐影年轻的完美的脸……他最终选择了最小的牺牲，既不摔死别人也不跌死自己。

……趴在牛头岩上的李立春，往事如烟却不能烟飞灰灭。他站起来，继续走夜路。他想唐影回来了，那个在温泉山庄观看轿艺的神秘女孩捎话要他看唐影，肯定有来由。武林森娶了唐影后，果然依旧是条中山狼，他常常把唐影打得青上身红下身。武林森也在外边不停打架，终于有一次割了一个人的耳朵和剁掉对手两根指头，带上唐影落荒而逃……走夜路的李立春想，莫非恶习难改的武林森又在外地犯事了？可怜的唐影，活得太苦太惨了。

赶到山口镇，已经是午夜。好在这些年，深山小镇也兴起了夜生活，一处处卡拉 OK 还在牛吼马嘶地唱，橘红灯光的发廊里，洗头妹裸露的大腿披光闪彩。一家又一家小酒馆，正在小夜酒喷喷香劝人宵夜。李立春进了石板巷，他在武林森家的铁门前转了几个来回后，就近进了一家酒馆。他要了一杯酒两碟凉菜，拍出一张二十元纸币，老板找六元零头回他，李立春很懂规矩地做了小费说，老板，这六元钱就算买一句话了，我想问你们家斜对面的武林森回来了吗？老板说，小哥，你问武林森啊？他老婆回来了，武林森没见着，街坊人都在说他在一个什么山头市又打了恶仗，闹下人命收进号子里了。李立春就说了一声谢谢，一口吞了酒，咚咚咚跑到武林森铁门前死劲敲门。

……今儿，李松柏费劲加韧劲终于找到李立春时，唐影不再是泪人儿了，李立春的眉头霜雪也化了，他俩正偎在沙发里看一部爱情电视剧。

李松柏说，立春，我们的大花轿马上就要抬到南京上海展览了，大伙都忙得人仰马翻，你怎么还敢躲在这里清闲？人家杨雄是干大事的人是讲情义的人，他要让我家的大花轿抬上大码头露脸，要让李家窑轿艺名扬四海，你这个小没出息的，开小差开得太没谱了……

任父亲如何数落如何骂，李立春今天都是乖乖孝顺儿，句句领教句句听。唐影也大伯前大伯后，口口声声说自己的不是。

李松柏就多多少少晓得儿子和唐影发生了新故事，也晓得武林森在汕头回不来了。老头子却没工夫听这些新故事，他喝道：快走啊，还要赶下午练轿呢！

李立春就屁颠屁颠跟着老头子上路。唐影笑眯眯把他们父子俩送出石板巷。

导师，良师，大师，其实，时间才是一位真正非凡的老师。古塔县长陈阵，本想在温泉谈判中打一打迂回战持久战，刻意等待于我有利的战机，取得成功和胜利，他没想到人在时间面前，是要聆听教训的。时间越长，教训越多。若不是温泉谈判拖延至今，他一位堂堂县长，怎么会低三下四跟他的草民罗锡贵也要屈尊谈判，怎么会玩女人反而让女人指点着他的鼻子眼睛玩他，怎么可能出现就在温泉谈判的大院里，甲方旁若无人钻机隆隆施工唢呐喧天练轿，怎么能让同僚亦是对手的郭凡不阴不阳教诲不软不硬出拳……这个谈判再拖下去，还不知道有多少奇兵伏击他包围他。是非了断刻不容缓了，他必须在最快的时间里赤膊上阵，他要在温泉谈判这部游戏机上，来一次由他命令为“裸脸赤心”的玩法。陈阵立马亲自给杨雄打起电话。

杨雄更是让时间老师教训得坐卧不安。他掐着指头算日子过日子，时时刻刻担心明年春天公司能不能正式开展业务。成小娥这几天又在省城不断报告“正月正旅游展览”的好消息，“时间就是金钱”的观念本来就非常浓厚的他，不是和尚却老是在云水寺耗时间真的有如消耗生命了。陈阵这时候突然要和他裸脸赤心私下会谈，这不啻就是福音。杨雄便非常愉快地受请应邀。

会谈不在豪华的会议庭，也不在备有香槟的酒桌上，既然裸脸赤心，又何不赤身裸体？甲乙双方的两位谈判领袖硬是把一篇题为“赤诚”的文章做足。他们就把会谈场所定在热水洞洗浴中心的第六泉。

丁冬溪真是“一山一水皆名胜”。就说这原始自然没作任何人工开凿的第六泉，地形就非常奇特。这个容量二十二立方的青石石槽，形状酷似女性子宫。山庄工作人员文雅地称作宫泉，当地老百姓没这个雅兴，他们就叫它婆娘泉，把那五十度的温泉水，也粗俗称之为婆娘尿。婆娘泉还有两处副泉，由于泉涌物理作用，形成了独特的环流。流体对人体的摩擦，超越任何一位高级按摩师。婆娘泉以前只接待省市领导和本县一二把手。这几年抓效益，住进山庄的大老板们如果出手不俗，也可以滑入宫泉，享受享受温暖抚摸的婆娘尿。

陈阵一米六五，他现在一丝不挂，净体重也是一六五，属于矮胖型。他上下黝黑，胸毛浓密发达，脐下更是体毛茂盛地发展到裆部，赋予人一种原始粗糙的视觉冲击。

就像谈判中对峙，宫泉里的杨雄形体，与陈阵又是那样对立与不同。杨雄浑身白净如练，他身高一米八二，体重一百四十六斤，除了肱二头肌和胸肌有所发达外，削不出一块赘肉。他皮肤无痣无疣，干净整洁，唯一不足的是右肩有一道三寸多长伤疤，这道伤疤收疤处，还有几粒刺眼的收疤瘤。

陈阵不断地变换位置，他希望宫泉的环流把每块肌肉都能愉快地按摩。他说：杨雄老弟，咱们现在谁都不是什么老总了县长了，咱们现在就是两条生命两个斤两不等的肉坨。人到了这种时候，别人的长处，自己的短处，都直观了裸呈了，都无从紧要了。面子，气质，修美，似乎是男人至高无上的三要件，泡进宫泉里，这些玩意全都化掉了洗掉了，我们总归都是宇宙自然里的一种平凡物质。

这么说话，果然就扫荡了谈判时那种谋略与对抗气氛。杨雄极为认同地说，你讲得很对。我有时就想，人类文明进化穿上衣服，是不是个错误？穿衣不仅退化了人的抗寒防晒能力，更重要的是它在潜移默化滋生伪装功能。我真的在想，人际之间，不仅人心隔肚皮，有时一件衣服就足以把双方有力隔离隔膜。

陈阵：古代的帝王将相，衣冠三六九等，皇冠纱帽玉带蟒袍，不是位尊九五，就是威震八方。实际上，像老百姓说的，皇帝娘娘穿龙衣，裆里都是一样的，谁不比谁了不起。今天在宫泉里，我黑不溜秋，你肩伤长肉芽，假如有一个乞丐和我俩一起混泳，说不定他最完美无缺。所以，杨雄老弟，你也不要想你是亿万富翁，我也不想是什么一县之长，互相不要比试伟大完美，咱们只干一件事：光屁股说掏心话。

杨雄：行。赤裸裸以诚相见。

陈阵：同时还要兄弟相帮。我比你大几岁，那我就当哥的先说。温泉山庄在下午商谈的基础上，我再让三百万。

杨雄：就是说一千五百万成交。

陈阵：对。你说我诚不诚?

杨雄：我不说诚不诚，我只说：成!

陈阵：痛快。今后我们还有许多交道，许多合作，我希望你我都是这种宫泉风格。

杨雄笑道：宫泉风格，嗯，是个出言不凡的命名。好，咱们发扬光大“宫泉风格”。

可是陈阵别说脱光了衣服，他就是扒掉皮，还是玩惯了政治手腕的陈阵。下午谈判，他大讲如何依靠杨雄这棵大树，带动本地民营资本开花结果。杨雄想，只要不牵涉公司既定的独资项目，能吸纳融汇开发丁冬溪旅游资金，不是坏事，他就很感谢陈县长的支持。当具体成罗锡贵关峰要投资花轿游乐公司和温泉洗浴公司时，杨雄立即警觉，立马认为这不是投资而是投机。杨雄说，不管贵地哪位老板与我合作合资，我都热诚欢迎。但是游戏有游戏规则，受资方应该是丁冬溪旅游总公司这个法人整体，而不是它的某个项目。陈阵对此当然心知肚明，做商人的，都讲究个利轻利重。他知道罗锡贵一千万投资花轿公司五百万投资洗浴公司方案，无论如何过不了杨雄这一关，他才忍辱负重艰难困苦地和罗锡贵达成最后协议，那就是“砍五百保一千”。陈阵下午谈判不亮底牌，他花里胡哨大讲大企业带动小企业外地吸纳资本融汇本地民间资本，是如何重要如何精彩，是如何如何发展古塔振兴古塔的良方良药。到了宫泉，到了现在，他觉得氛围足了，机会到了，他就一揽子生意做起来了。他说：我已经说了，山庄价位让三百万，罗关投资也去掉一个项目，就是说要力争不让他们染指眼前的这片纯净温泉，只让他们投资一千万于花轿游乐公司项目。杨总，你看我赤诚不赤诚?

杨雄不吭声，他钻进宫泉一股冲天的水柱里。

陈阵看出了对手在逃避。可以逃避。只要不抵抗就行。他：杨雄老弟，云在天上天上暗，人在世上世上难。我有时想，我何苦要当这个县长?别人以为我八面威风，谁晓得我常常八方作揖。就说丁冬溪旅游开发吧，天大的好事，办起来也有压力。市委书记县委书记都要求我把这件事不能目光短浅小脚小手地做成一宗赚钱的买卖，而是要做成搞活一县、全面发展的一篇大文章。要大资本带小资本，大企业家带小企业家，外地带本地，带出一大片生机一片光明。我也知道罗锡贵小肚鸡肠，他就是小地方小心眼小老板，我一时无法改变他。我和你一样，很讨厌这种唯利是图的人。可是我真的没办法，如果拒绝，无论是舆论压力还是事实困难，都让我不能承受。所以，我才在宫泉两次让步。我再也没退路了，我现在就算是赤裸裸恳求你了……

杨雄在喷泉里震颤。他想，如果不是闯入丁冬溪，如果没这件事，一县之长何求之有？何况，让步可以一而再，不能再而三，逼人太盛，只能逼出梁山造反。毕竟没丁冬溪旅游开发，陈阵照样做官当县长。毕竟，自己也太想做这件生意。毕竟他再没时间打消耗战了。在卫国战场上谈判妥协是罪人，在商业战场上谈判妥协是艺术。杨雄就走过来抓住陈阵右手猛烈举起。他说：成！上岸。喝人头马，跳劲舞。为成功，为今夜星光灿烂，也为这赤条条身体，怎么愉快怎么放松，咱们就怎么干！

丽人集团和古塔县政府关于开发丁冬溪旅游合同书的签字，其实只是一分钟的事情。这一天剩下的美好时光里，杨雄一口气开了丁冬溪旅游总公司挂牌办公会议，以董事长头衔任命刘家驹为丁冬溪旅游总公司总经理任命胡漠雁为丁冬溪旅游总公司总经理助理任命成小娥为花轿游乐公司经理等一揽子人事会议、基建会议、花轿游乐公司正式成立及其参加“正月正旅游展览”动员会议、温泉洗浴公司豪华池建筑装修和普通池短期内开业会议、漂流公司冬季枯水期炸礁除险会议……开完最后一个会，南天山已经曙光熠熠了。按照日程，今天是盛大的丁冬溪旅游总公司暨花轿游乐公司成立庆祝大会，古塔县各界各部门，丁冬河乡干部和老百姓，林林总总一万人前来致贺。杨雄对刘家驹胡漠雁说，丽人那边要办的事积案如山，我在庆祝大会上简短讲话后，马上赴省城乘飞机回南州，余下的庆祝活动，你们一定操办好，该花钱，花；该乐和，乐和。要让大伙吃好玩好，要让客人成为朋友，办旅游靠朋友，朋友多了路好走……

果然，上午十点，杨雄悄然离开会场，驱车直奔省城。

成小娥是在省局“正月正旅游展览”项目定案会场上接到冯豹手机的。冯豹请小娥找一家环境好点饭店。冯说杨总太累了，需要好好休息。小娥说：“知道了。杨总呢？”冯说：“杨总在车上睡着了。”

成小娥就去湖畔饭店订了客房。杨雄冯豹赶到时，正是午饭时间。杨雄说，你们吃去吧，我睡一会儿。

这一睡，就睡到了晚上八点。

吃了饭，洗了澡，又喝了一壶好茶，杨雄算是精神体力完全恢复了。他揽着成小娥走到窗前向西边夜空望去，一副神往的样子对成小娥说：看见了吗？温泉山庄今晚最少要点亮一千支火把。省歌舞团在我走进湖畔饭店的同时到了古塔，县剧团搭台唱你一直向我夸口的家乡戏《假婿真妻》，我们自己也推出大型轿艺表演，牛青青杜文竹李松柏李立春李樵张大雷，没准儿就成了明星……啧啧，温泉山庄今晚可是开心之地啊。

成小娥嗔他：那么开心，你溜掉干吗？

杨雄："笨了吧，你就不会让我更开心？"他扳着成小娥的脸，热气呼啸地狂吻她的嘴她的眉她的耳垂……

成小娥由接吻变成对吻，不一会儿她就气喘吁吁，呻吟不支。她倒进杨雄怀抱，又从杨雄怀抱倒到床上。

杨雄的眼睛放射着血红光芒，他的手完全失控地揉摸成小娥乳房，小娥不是痛快呼喊就是痛苦呼救，她简短地尖叫着：杨雄！杨雄！杨雄我不行了！不行了！杨雄……

杨雄抽出手，一整个暴徒地撕着成小娥亵衣，他重手重脚摆平小娥，狂轰滥炸扑向小娥。

进入是高空蓄势地进入。冲击是旋风漩流冲击。他充耳不闻女人的呼救，面对成小娥一脸泪水，他更加毫无怜悯之心地侵略和扫荡……他和她抱成毫无间隙的连体人时，他们合作完成了大海狂潮的壮丽一幕。

现在，成小娥面如桃花，不凋不谢永恒地开放着。现在杨雄安详温和，他搁在成小娥胸部的手，像小娥乳房一样温柔。

成小娥：太谢谢了。你知道吗，我们好长好长时间没有这样辉煌做爱了。

杨雄：对不起，亲爱的。在温泉山庄的这些日子，我几乎力不能支，灵魂出窍了。我佯装着强大，作秀着至尊，其实，我真害怕某天晚上睡下，第二天就永远起不来了。我的精力体力从没有过如此超支，我想，我不是累进医院就要疯进精神病院……古塔的人物，我是充分领教他们厉害了。我能最后签下这份合同，是多么不易多么狂喜，我把我的这份热烈这种感觉，理所当然要热情传达和热烈奉献给我的爱人……

成小娥伏到杨雄胸脯上，情泪春潮般注满杨雄的心窝窝。

情感互诉，绵绵无绝。直到凌晨转钟时，杨雄才转换话题谈工作。他：小娥，这次任命你做花轿游乐公司经理，真担心这副重担会压坏你的稚嫩肩膀。我没办法，我差不多就是冲着丁冬溪的花轿滑竿才产生兴办旅游念头。我虽然看好丁冬溪已有的全部旅游项目，也准备增添诸如攀岩蹦极天堑缆车等等新项目，但是花轿公司绝对是龙头老大，它在旅游总项收入里，估计要占十之三四的份额。这不是幻想，我的估计是有科学根据的。一、找苦吃的游客不能说没有，但是坐轿坐滑竿的游客肯定是绝大多数。二、做什么事都要靠创意靠人才，我们的花轿新娘是那么纯朴漂亮，她们无论是做导游还是做嫁娶秀，都会绝对出色出彩。我们还有轿艺高手李松柏，唢呐高手张大雷，闹洞房高手李樵，他们演绎的大红花轿传奇故事，会给天南海北游客耳目一新有口皆碑。所以，小娥，我把重担和重托，既心疼又别无选择交给我的爱人了。

成小娥在杨雄的胸上越发扑得紧，她的嘴贴着杨雄心窝说，亲爱的，我会像爱你一样爱花轿公司，我会像和你做爱那样，激情地努力地做好花轿公司工作。

杨雄紧紧攥住成小娥的手，他几乎是眼睛贴着眼睛，与成小娥激情对视。良久良久，杨雄说，好。你还有什么困难吗？我也想听听。

成小娥：困难肯定不少。头一条就是我不能和你经常在一起了，不能在你直接领导下工作了。你平常基本上住在南州，我在丁冬溪主要接受刘家驹胡漠雁领导，刘是个老好人，求平稳和怕风险，也就理所当然成为他的短处。胡钟情过你，爱过你，胡和我的关系就有些庸俗，有一种难堪，外人的说法叫争风吃醋，我的说法：胡是失败的情敌。有这样的背景，我不知道她会不会在日长月久的工作中寻机趁机挟嫌报复？一位领导如果不是千方百计想着支持下级帮助下级，而是去找茬子小事弄大、大事弄垮，我肯定很惨的。那样，我就真有可能是生在丁冬溪，葬身依然是丁冬溪……

杨雄赶忙打断说，别，别别。别越扯越远了。瞎说啥呢，我对你说啊，你不要以为我只是商界高人，我恐怕也是政治精英，玩人际，玩人事，我会像大把赚钱一样玩得漂亮。这次回南州，处理完急务后，马上召开董事会，我将提议任命你为董事长助理兼丁冬溪旅游总公司花轿游乐公司经理，你的主要工作当然还是领导花轿公司，甚至你自个也可以以身作责作秀新娘，但是你有了董事长助理这个头衔，和丁冬溪公司领导层处理关系时，可能就会微妙些灵活些有利些。当然，我想你不会滥用“董助”，不会辜负我的苦心。在我们集团，每一种环境改善，目的都是唯一的：生长和培育摇钱树。

成小娥微笑了，她意味深长地说：我接受你的阳光。我会在轿场上种出粗壮的摇钱树。

杨雄：好。还有什么困难吗？

成小娥就收回微笑。她说，有。坦率说我有一桩心头大患。当然，你也可以把它叫作困难，也可以称它为巨大隐患。

杨雄惊愕了：巨……巨大隐患？为什么不早说？

成小娥：我已经隐约说过了。

杨雄不无威严地：隐患能隐约说吗？你赶快明明白白说清楚！

成小娥：你到丁冬溪投巨资，主要看中的是花轿旅游项目，实现这个项目盈利，主要靠花轿新娘，她们要美丽温柔古朴端庄热情大方，要善待游客，要聪颖应变……她们为人处世，多做了一点就会越界，就会出绯闻，会给公司带来名誉损失；少了一点呢，又让我们这个旅游项目做得不足分不到位，同样影响公司做大做强，这就要求我们不多不少恰到好处。所以，花轿新娘们永远是质量要求而不是数量要求。像沈虹姚秋桂兰芳们，是绝对不能进入花轿公司的。必须对她们实施解聘……

杨雄打断：为什么？

成小娥：她们太放荡！她们太想钱！

杨雄：是放荡还是解放？我不怕山沟沟女人放荡，我就怕她们封闭保守思想不解放。

成小娥不得不直截了当了：那要是在花轿里苟且呢？在轿艺洞房表演后弄假成真呢？

杨雄发火了：照你这么说，我们砍掉这个旅游项目算了！

成小娥：我怎么敢砍摇钱树呢？我是希望多多选拔牛青青杜文竹们的高品位高品质的摇钱树。

杨雄：牛青青杜文竹们也不能思想不解放！她们不能完成公司分解到人的定额利润，照样炒鱿鱼！

成小娥睁圆眼睛了：杨雄你怎么了？牛青青杜文竹不是你的首选吗？你怎么不认得人了？

杨雄：你认得不认得我是老板呢？一个老板要认得人也要认得钱。

成小娥不退让：你这叫认人不认钱！

杨雄：行了行了。你只记住，我办公司目的只有一个：赚钱。至于花轿新娘们怎样做能赚钱多赚钱，怎样做不能赚钱或少赚钱，那是你这个花轿游乐公司经理的事。

成小娥更加坐卧不安了，她没好气地说：黄色旅游最赚钱，能做吗？

杨雄：这不是抬杠吗！合法经营和合理经营是两码事，丽人集团不允许不合法，丽人可以允许不合理。

成小娥：听不懂。理解不了。

杨雄：慢慢就理解了。这件事就谈到这里。

成小娥：不行，这事一定要谈个明白。否则执行起来，困难很大很多。

杨雄：这就算很大困难？那就让我告诉你真正大困难吧，刚刚结束的温泉谈判，我接受了最后一项妥协：吸纳了罗锡贵关峰一千万元旅游开发资金。这两个家伙眼毒心狠，他们只定向投资花轿游乐项目。分肥捞外快是肯定了，最让我不能安心的是他们今后会以股东身份干扰你的工作。

成小娥果然惊雷炸耳，电火燎心：你在干什么！这种烂人臭钱也接受？说死了独资开发丁冬溪旅游公司，为什么出尔反尔？我告诉你，罗锡贵是个很阴很损的人，他从来就没想放过牛青青，他要是插手花轿公司，牛青青今后怎么工作？关峰和姚秋桂，好像也有一腿。你接受了他们的资金，肯定同时接受了隐患。

杨雄：我知道。我也是没办法。陈阵是以这件事跟我赤裸裸摊牌的。表面上扶持带动地方民营企业发展，实际上县太爷和这帮小老板们肯定私下里有猫腻。小娥，我真的三十六计用尽，实在走投无路。我总不能为这件事最终崩掉温泉谈判毁掉丁冬溪旅游业吧？再说，罗锡贵关峰什么样阴暗心理都会有，赚钱应该是他们最主要心理，男人晓得男人，在事业和情事之间，在金钱和女色的天平上，十有七八重量在前者。罗锡贵关峰这些钱可买色之流，那就百分之百前者为重了。我想，我要尽快出台一部丁冬溪公司股东守则，我尊重股东保证他们获取红利，股东们也必须保证支持公司经营活动。

总之，就算出现困难、问题，我一定和你并肩解难。

夜很深了，杨雄明天上午还要起飞，成小娥心乱如麻，她百感交集化成一声叹息，无可奈何帮杨雄盖好床被。

杨雄闭了一会儿眼睛还是睡不着。他说，春节是丁冬溪最传统的大节，忙年，团年，都是隆重的。现在已经是残腊，打糍粑做豆腐杀猪宰羊腌腊货，即将忙得不可开交，花轿公司职员们能不能不开小差不溜号练下去？还有大团圆团年，会不会男人离不开，女人拉后腿，“正月正旅游展览”的花轿队伍会不会走不了开不动？

真是一事未了，一事又生。成小娥是丁冬溪人，丁冬溪的过年诸多讲究和浓烈氛围，一下子让她深刻感到杨雄提出的问题紧迫和重要。他们就你无眠我无眠，一直商谈到天明……

第四步

腊月二十四是农家小年。小年是大年三十的预演，它没有春节那么热烈浓重，过年的讲究，过年的滋味，过年的快乐，这一天却也略见端倪。

轿艺练到这时光，温泉山庄是被年的气氛浓浓包围了。花轿新娘们和临时聘请作秀的新郎，都能时时听到山庄院墙外的舂杵年糕声，有些性急的汉子，已经鸡飞狗跳宰杀年牲，谁家做豆腐的小石磨，吱吱呀呀唱彻五更天。轿夫们也不时受到老婆的打扰，她们对许多年事做不了主，比如说杀一头牛，卖多少送亲友多少自家食用多少，比如说幺儿子要买皮鞋二姑娘可不可以买一套毛料新衣，比如说是做五斗黄米年糕还是做五斗糯米年酒……这些请示，轿夫们是不能不理的。轿夫也有一些诸如杀猪舂年饭精米泥墙换门装修拜年堂屋的男人活，非得回家亲手打理。这事那事，年关来了，到处都是事，人人都忙事，经理成小娥是土生土长的丁冬溪人，当然心里很清楚的。成小娥就在腊月二十四决定，花轿公司放假三天。她说："不好意思了，大年过不成，只能让大伙回家过小年了。我们参展争取成功真不容易。我们要珍惜机遇，要严格纪律，不出差错，腊月二十七上午十点统统归队！届时我将以省旅游展览总团丁冬溪轿艺旅游展览分团长的身份，宣布参展的新娘、新郎、轿工、乐师大名单。"于是员工们每人领一千元过年费，花轿公司的新娘轿夫们瞎喊乱叫小娥万岁，揣着票子野马脱缰往家奔。

吴桔香是最利索的一个，她差不多是新娘队伍里最先往家开拔的。大步流星蹿到总公司大门口了，再走几步就是脚板发热心发痒的回家小路了，吴桔香这时突然被保安部经理马车狂撵急呼住了。马车说，吴桔香，回来。成经理要你去一下。

吴桔香说，不对吧，成经理刚刚要我们回家的，怎么又要我回去？是不是大名单没有我？

马车：这我就不知道了，反正我也是刚接成经理手机，她要你回去你就得回去。

吴桔香没往前走，却也没往后退。她原地不动，瞪着眼鼓着嘴嘟囔：我不管，我就是要去。我是缺鼻子还是少眼睛了……

回家的姚秋桂这时正好路过，见马车拦吴桔香，搞笑劲头立马飙起来：马车，你要多多积德做好事啊。人家王法堂已经在家得相思病了，跑马（梦遗）的床单十盆水洗不干净，桔香恨不得插上翅膀救夫呢，你拦路打劫干什么？

马车当然不恼，他说，你们花轿公司新娘们，哪个我都想拦路打劫一次。可惜有贼心没贼胆啊，你们万般风流，我只能站岗放哨一旁当呆头鹅。

姚秋桂：只怕没望过我吧，光是呆望吴桔香小姐吧。

吴桔香噘着的嘴终于咧开了："哪个跟你们扯咸（闲）淡啊。经理也真是天上的月亮，初一十五不一样，刚刚宣布放假，一转身又要回队，闹心也不是这么个闹法……"一百个不愿意，回头路还是要走。

进了花轿公司办公室，吴桔香头也不想抬，她一边揪着衣角一边说：经理，是你叫我回来吗？

成小娥：对。噢，你坐。

吴桔香："我哪有时间坐。啥事，你说吧。"心里想，女观音活菩萨，你可千万不要把我打入另册。

成小娥：桔香，你也知道，公司培养一个花轿新娘是很不容易的，高薪聘请中国民间学会民俗专家对你们讲课授艺打造包装，花几万元定做高级新娘装。金银头饰，湖丝花鞋，湘绣红盖头，都是不问价钱采买。更不要说那一乘乘有如名车一般贵重的新打造的花轿了。杨董事长，旅游总公司，对花轿公司对新娘们，真是有多大绿灯开多大绿灯。所以，桔香啊，你……

好像不关名单上的事。就这，吴桔香也听得头皮有点儿发炸，公司不惜血本打造花轿新娘，是人人目睹人人感动，她不明白成小娥这时候又对她单独唠叨一番是何用意？她听不下去了，问道：经理，你说的那些我们都明白。你叫我回来，不会只是让我听这番话的吧？

成小娥：也是也不是。

吴桔香真的很焦急。年关光景，一个山里农家的家庭主妇，真有七坛子事八柜子事要做的。年迈的公婆，也许有衣帽鞋袜针线活儿要打发，他们缺牙断齿，新年的特别美食要她伺候。正月里不能给爹妈拜年了，三天假无论如何抽一天回一趟娘家。当然当然，她是很喜欢王法堂的。这个缠她缠断骨头的男人，是要花时间好好陪他，让他尽情缱绻的。一切都火烧眉毛，她不能陪成小娥扯淡什么“也是也不是”没边没际没阴没晴的劳什子。她说，经理有话直说吧，我会一切听你的。

成小娥：行。那我问你，是不是这次回去就回不来了？

吴桔香瞠目了：回……回不来，你……你听谁说的？

成小娥：不要问我听谁说的。我只想对你说，你们是花轿新娘，其实也就是在花轿里打工。在沿海，在南州，厂方资方，对打工仔打工妹都有严格纪律的。我们也一样，我不能因为是你们的老乡，也不能因为丁冬溪旅游公司是在内地古塔，就对打工人员管理松弛混乱。假如放假后逾期归队或不再归队，这将严重损害正月正旅游展览。我们不可能短期内找到一个轿艺熟稔的花轿新娘，我们将按劳资双方的合同书有关规定，追索或追诉打工方的经济赔偿。我想，那不会是太小的数目，至少在丁冬溪，是没有哪个家庭或哪个人有能力承担的。这一切，我觉得我有责任事先告知。

吴桔香从来没有感觉到，这位亲切的乡亲经理，是如此严肃郑重说话。成小娥几乎不带任何乡音，使用的也全是让人透不过气的书面语言，这都让吴桔香无比沉重。她不能不胆怯地说：经理，我从来没想过要违反打工者劳动纪律的。

成小娥：你没想违反，有人想违反。

吴桔香吃惊：谁？

成小娥：王法堂。

吴桔香：我丈夫？他不是公司员工，他怎么可能违反公司纪律？

成小娥：我把你喊回来，是因为我刚刚接到王法堂打来电话。我告诉他放假事，也请他支持你新年期间外出参加旅游展览，你丈夫听到你不能在家团年，立即火冒三丈说猫狗都有三天年，你们什么鸟单位，一点儿都不讲人情味，我们家桔香不干这份鸟活了！我就听到王法堂乒乓摔掉电话。我认为你的丈夫很没礼貌很缺修养。我还要不客气地说，这是一个欠缺理想，没有事业心的男人。他如果不改变说法做法，肯定对你对我们公司都要造成损害。

吴桔香突然眼泪汪汪，她没想到一个热烈挚爱她的男人，竟然如此粗鲁地给她的领导打电话。她喜欢逛街，羡慕和领略新潮时尚，她也经常跑到家住城边的一位当年女同学的家里看电视，激动和感叹着外边世界的精彩，她因此不断地冲动过改变自己改变家庭的美好欲望，终于有一天，天堂山区春雷一般宣布成立大型现代企业丁冬溪旅游总公司，她也像春雷呼唤春雨沐浴的春笋，美丽又茁壮地生长在前途无限的花轿公司里，可……可是，她的男人，她的丈夫王法堂，忽然抬起粗鲁的大脚，肆无忌惮践踏花轿踢断生机盎然的春笋……这不行！绝对不行！吴桔香泪花晶莹说道：成经理，我代表我爱人向你道歉。王法堂这样说话也许是一时冲动，请你多加原谅。我回去后，是要和他义正辞严理论的。当然，他认错也好，不认错也罢，我都会把公司利益视为高于一切。我要说，我尊敬我的职业事业，我喜欢做花轿新娘。无论什么人都不能阻拦我的前途我的理想。我郑重保证分秒不差按时返回公司。我请领导信任我，检验我。

成小娥终于微笑了。她一边拿纸巾帮吴桔香擦泪花一边说，快去洗把脸，重新化妆化妆，回去让王法堂大吃一惊发现：一位真正的合格的花轿新娘，是多么漂亮多么不俗不凡……

人去楼空，往日喧嚣热闹的竹楼，就剩下成小娥杜文竹和一位守夜值勤的更夫。四面八方都是小年的浓郁氛围，此刻的竹楼就格外孑立和清冷。

成小娥几次走到杜文竹房门前，却是话到唇边讲不出口，手举起来敲不响房门。她猜不准房间里的杜文竹是凭窗瞩望是枯坐沙发失神还是躺在床上饮泣。她只记得昔日这位嫂子忙年的感人情景。一大早，家里总是杜文竹最先起床。小年这一天，早晨是要“试年糕”的，杜文竹不声不响从泡年糕米的水缸里捞上几碗糕米，赶到磨房里磨出年糕米浆，又跑进灶房把米浆蒸成年糕，这时候，慵懒的冬阳刚刚伸着懒腰爬上山头，成小娥随着爹妈和哥哥成三泰陆续钻出热被窝，刚走进堂屋，嫂子杜文竹就端来了热腾腾香喷喷年糕，于是，一家人坐在餐桌边试年糕品年糕。成永贵当然是权威发言人，只要他说一声，成，还算黏，我看糕米泡得差不多了，今儿可以开蒸，安四娘就会立马忙着蒸笼的屉布，成三泰挥锯磨斧，劈很多很多树蔸提供柴薪。丁冬溪一般农户都要蒸一两石黄米年糕，山高天冷，年糕浸在冰水里一两个月也坏不了，这种好吃又方便的食物，不是穷得揭不开锅的人家，都在残腊季节里热气腾腾储备着，杜文竹这时候就只长耳朵不长嘴，她听清了公爹的说话后，三筷头两筷头吃完早饭，转身一头扎进磨房，脱下棉袄褪掉棉裤，在小姑子成小娥帮衬下，磨年糕磨歪了日头磨肿了胳臂磨破手掌般红血泡……下午，一笼又一笼金灿灿年糕蒸出来了，一家人望着摞起的金山灿烂地欢笑，杜文竹也笑得酒窝甜、眼波亮。又总是匆忙又总是笑容短暂，她还要杀鸡宰鹅，要到丁冬溪边洗菜剖鱼，小年年夜饭吃得香不香，就看女人们会忙不会忙……成小娥如此回想就怎么也想不出腊月二十四杜文竹会清闲独坐会关门睡觉。如此天壤巨变，会不会引发大脑轰炸和胸腔爆破？成小娥立马痉挛战栗，身体歪斜，她的半边身子，无意间很响地撞击杜文竹房门。

开门。

进房。

站在成小娥面前的杜文竹，泪花晶莹。

不要问为什么，家总是女人的第一个梦和第一等温暖生活。杜文竹在那个家里生活了二十年，吃了无法计数的家常饭和记忆尤深的年饭，无论生活多么平淡多么贫寒，到了新年，婆婆总要给她做新衣新鞋，公爹在破旧的烟荷包夹层里摸捏出一两张皱巴巴票子，老人一边哈着酒气一边给儿媳压岁钱，小丈夫也许还不谙世事，他埋着头啃鸡腿，偶尔对她一瞥，倒也笑嘻嘻的。最是小姑子成小娥，吃年饭时也不忘跟她帮忙剪窗花糊红灯笼，山村长夜，狗倦鸡啼了，姑嫂两人还在房前房后树树挂灯笼……年是那么温暖温馨，它把遥远拉近，把曾有的幸福加浓，把隔膜和不快尽心尽力稀释和淡化……杜文竹在人去楼空的竹楼里，突然强烈想念成家沟，想念那个农家小院里的磨房。她不知道公婆小年之夜的饭碗里，饭菜是不是很可口，她也没有道理地担心起那个让她伤透了心的男人，会不会胡喝海喝包谷烧酒，醉得呼天抢地不省人事。杜文竹甚至担心挂念成家小院的每一棵树，她害怕它们是孤独之树，没有色彩之树，是成家沟荒诞荒凉之树，这些没有红灯笼照耀的树木，在寒风中哆嗦，受到非礼鄙视和唾弃……杜文竹就哭声嘹亮地说：小娥，我想回家！

成小娥略有凄寒地微笑着说，嫂子，你尽可以大步流星回家。我相信我爹我妈这时候已经在村口眺望你，两位老人待你从来都是比待我更好。我在外边野了这么多年，回不回去团年，他们已经习惯了。你不同，你年年春节跟他们在一起，少了你，他们无论如何也觉得年过得不团圆，年过得不像年。还有我哥，怎么说你们眼下也还没有正式办理离婚手续，就是将来脱离了，我哥那人闷犟是闷犟，心肠不坏，你无论嫁到何处嫁给何人，他都会像娘家哥哥接你回家过年的。嫂，你信不信？你不信，我信……

杜文竹一声哭叫：“别说了！”她鸵鸟一样，一头扎进被窝，瓮声瓮气，哭得凄惨又沉闷。

小娥说，文竹，回去吧。其实，我现在也好想回家。爹妈把我臭骂撵出门，他们一时之气，决不会是长久之恨。我敢肯定，他们在想我念我。我要是能飞，现在就往成家沟飞。可我没办法，我今天必须赶到省城参加旅游展览准备汇报会。我的心情心思，只有请你代为转达了。

像变戏法，成小娥一阵风从她的房间里拿来一大堆年礼。她给嫂子杜文竹送上一套泼金的太阳呢礼服，配上白狐围领，雁翎绒帽，杜文竹立马变得那样美丽崇高。小娥给爹妈各送五千元拜年礼金，给成永贵两条熊猫烟两瓶茅台酒，给安四娘送上一套黑丝唐装和獭毛里衬皮鞋。给哥哥三泰拜年礼金两千元和一套红人牌高级西服。

眼花缭乱的杜文竹大吃一惊，别说云水寺六盏灯只有南货小店，就是山口镇古塔城关，她也没见过如此精美豪华衣饰。她说，小娥，你太用心了，这破费也太大了。

成小娥笑道：不大不大。别忘了，我现在当经理了，总公司给我的年薪是几十万呢。

杜文竹愉快地边试穿太阳呢礼服边说，上次到省城开正月正旅游展览筹备会时买的？

成小娥：有的是。有的托人从南州捎过来的。

杜文竹系着白狐围领笑道：幸亏咱们这里没有动物保护协会，否则我肯定挨揍。

成小娥：要挨揍，也是挨俄国人揍，这可真正是西伯利亚银狐。不过也不一定，听说他们专门有一个大型银狐人工繁殖区，专供猎人俱乐部的百万富翁们狩猎，一切都合理合法。

杜文竹：你真是知识面广博。

成小娥说什么广博，“网打听”呗。一条条网虫，厉害着呢。噢，对了，参加旅游展览回来后，你也买一台电脑吧。

杜文竹：那你教我。

成小娥笑道：只要你付师资，没问题。

杜文竹也笑了：好啊，别当高价老师就行。

两人正在说笑，不知附近何处农家突然噼噼叭叭响起了爆竹。成小娥杜文竹这才又回到欢乐又沉重、甜蜜又苦涩的过年话题。

杜文竹就说，你真要我回去？

成小娥：当然是真的。怎么，到了这工夫，我还和你扯淡？

杜文竹：小娥，我勇气不足。他们要是拒绝我进门，不是把人羞死了。

成小娥：你有这种感觉？

杜文竹：有。

成小娥沉默。片刻后，她拿起电话拨号：是韩水生老板吧，我是成小娥。水生叔，我因为马上到省城去，有件事拜托你给办一下。我们家事，你都很清楚，你跟我爹也是熟人，我请你去一趟成家沟跟我父母我哥说一说，今天是腊月二十四过小年，我出差，嫂子杜文竹一个人在山庄竹楼很孤凄的，我希望他们接嫂子回家过年。

韩水生果真是热心人好朋友，他说，成经理，你说得在情理。没问题，这事包在我老韩身上了。家庭矛盾，没什么大不了的，逢年过节，几杯酒几句话，一家人就又热热乎乎拢在一起了……

山道上急匆匆的吴桔香，走着走着腿酸了，走着走着脚步慢下来了。

翻过前边小山梁，她就能看见那棵高大的老槐树。槐树树冠上至少有三个喜鹊窝，吴桔香仿佛现在就已经听见鹊们热烈的欢叫声。不知道为什么，她欢不起来，反而是近乡情更怯。她有把握确定，无论这时王法堂在杵糍粑还是打豆腐，只要见到她，都会乒乓哗啦撂下手中活计，定然是火热迎上来，连拉带拥进卧房，几个热吻，就被他三两下宽衣解带塞进被窝，王法堂酷爱房事，强壮的他，好像永不疲惫永不马虎。她被丈夫有时弄得疲惫不堪，却从来不拒绝。她作为一个女孩儿，很小很早就接受了山沟老一代人文化，她和别的女人一样，都认为男人房事多就是爱情多。丈夫深深爱她，她当然也就真情回报，可是直到进了花轿公司，她才从公司领导杨雄成小娥和许多进取心很强的职员身上体味出，人活在世上，事业才是第一位的，是最需要倾心和尽心的，而自己，这一辈子差点儿就和王法堂一起把房事当成了"事业"当成"第一位"……每每想到此，吴桔香就羞惭脸红。人，活明白了多不容易。可是，就在眼前，就在脚下，吴桔香强烈感觉到再往前走几步，她确定无疑要走回"房事第一"和"房事就是事业"。只要进大门，王法堂肯定径直把她拉进房门，进了房门，王法堂真的有可能让她关门过年，真的有可能动粗阻止她外出参加正月正花轿旅游展览。她和他结婚八个月了，她对他在这件事上是太了解了。

越想越不敢走，越想越走不动。转回身，回公司，回温泉山庄，怎么解答总公司和各个分公司的领导与同事们这位问过来那位问过去？今晚的小年，她在竹楼怎么吃年饭怎么熬年？公司是不能回的，吴桔香愣神儿站在路边，瞅着岔道上路人行影……仿佛一个激灵，仿佛是陡然想起，这岔道再岔两次，就到了娘家桐木寨。娘家……对，回娘家。就是这个主意，回娘家！

吴桔香转身走上娘家路，心里亮堂了。天堂山里的小嫂子小媳妇们，在婆家受了气，和丈夫窝心闹心，杀手锏都是回娘家。男人们开始还在要面子，熬了三两夜就熬不住了，屁颠屁颠低头三尺给丈人丈母娘认错赔小心，再好话一箩筐哄媳妇接媳妇。别的男人这样，吴桔香肯定她的男人绝对等不了"熬三夜两夜"，他肯定要在今天到她的娘家接她。到时，她就可以摆好架势拿足底气要王法堂今后别干涉她的工作，别给她的公司她的领导出难题，别瞎打电话给她出丑。她要王法堂当她父母面保证，三天假后让她顺畅归队参加正月正旅游展览。

有了办法有了劲，吴桔香一阵风欢欢走进娘家小院。

过年真是好时光好日子。年给人人带来祝福，年给成三泰真的带来吉祥如意好福气。

进入腊月，大巴山区悬壶名医郭老先生给成三泰配了第八帖药。三泰说，老先生，你帮我救我，恩情我领了。可就是我这病，恐怕真没治了。我想从今天停药。八十一岁的郭老先生，出生中医世家，五岁便由父亲以医书为教材，启蒙学文化。九岁就能朗读父亲的药方，毫厘不差配药抓药，十六弱冠，已是一方小有名气的郎中。郭先生一生见识的大病小灾及经历的救死救活，车载斗量。一般的血气调理，伤寒祛除，郭老先生有如拨雾吹灰。就算稀罕疑难怪病，老先生也是见识多多治愈不少。杜文竹离家后，苦闷彷徨的成三泰，日子越过越寡淡，做事无望无力，做人更是未老先衰，安四娘瞅着摇摇欲坠的儿子，背地里不知道流了多少泪，终于有一天悄悄爬上百丈高的老石猴，给显灵显圣的无所不能的大圣爷一口气烧了九斤香。大圣爷却是依然没给长跪多时的安四娘发签，安四娘就爬到香火箱跟前又投了两百元香火钱，圣帐里就忽然悠悠飘下一片纸签。安四娘不识字，自然读不了解不透，老石猴庙的一位缺牙断齿老僧，口音模糊意思也模糊地给安四娘唠唠叨叨解签。很多话安四娘听不清听不懂，她只听清听懂了“西北太平”“西北贵人”几句话。安四娘回家后和成永贵细说，成永贵说，你给儿子烧香拜佛求签，这签仙人指路，说儿子的活路通向西北方，搭救儿子的贵人也住在西北方。成永贵说成家沟的西北方正是北天山，儿子是求佛问病，大圣爷手指北天山，那北天山没听说有悬壶世家杏林高手，儿子的病找谁医治呢？安四娘说，大圣爷还能有错，那北天山没有妙手回春的，北天山那边不还是西北方吗，北天山那边会不会有救药我儿的名医呢？也许安四娘才是真正的老石猴大圣爷，她的发问，便给成三泰问出了郭老先生。郭老先生详细问诊切脉，他足足花了两个时辰给成三泰摸裆。最后老先生终于一笑说，能治。成三泰当即喜不自禁，连连叩头连连问，郭爷，真的？这病真能治？郭老先生很有把握说，能治。小伙子，万幸啊。也许这就叫好人总归有好报，好人不该绝代断后，你裆部致伤时，双睾流掉了一丸，剩下一丸也被坚物刮走了一半，剩下半丸一直退缩阴囊顶上部，形成了隐睾残睾。这种病，五四年我医过一例，那是一位抗美援朝的复员军人，开城战斗中子弹打中精囊。伤愈复员，也是结婚不能行房求我诊治，那位复员军人也是万幸，他也是留下了一只残睾，服了我配制的十帖药，阳盛阳举，不但有了房事还养了儿子。所以我说你能治就能治。

能治就好。那日起，成三泰就开始遵从医嘱熬药吃药。每帖药熬了又熬，吃了又吃，吃得成三泰一肚子黄连，苦不堪言。夏天吃过去了，秋天吃完了，吃进冬天吃进腊月，成三泰夜夜细心摸裆，那残睾依然按兵不动没见增长。成三泰便在长长的冬夜里苦闷悲凉睡不着。他披衣爬起来，夜游神到处转悠，故意这家窗下那家门边偷听别人男女好事，听汉子铿锵撞击，听婆娘放浪呻唤，成三泰赶忙解裤带摸裆，摸来摸去，还是拉拉塌塌软绵绵废物。成三泰望着寒夜惨淡星空一声浩叹：我就是那颗照不亮的淡光星，我认了，我废了……

成三泰认了，郭老先生不认。成三泰说，我停药，原先说好的十帖药钱，一帖不少付给你还不行吗？

郭先生说，不行。

成三泰说，老先生，你这话就没道理了。

郭先生说，后生，你反咬一口了。你没道理，怎么能说我没道理。

成三泰：我怎么没道理？病没治好白付了钱，反倒是我没道理，这话说得通吗？

郭先生：听听，这就是没道理。我治病，你不听医嘱，擅自断药，这是有意坏我名声，让我晚节不保，落下庸医贪钱的坏名誉。这是不可以的。

可怜又无奈的成三泰说，进入腊月了，快过年了，别人酒肉鱼腥，快快活活吃香喝辣，我呢，什么病也没治成，还要忌嘴没完没了吃苦药，郭老先生，就算求你行善了，饶了我受罪吃苦吧。

向来和气悦颜的郭老先生，想不到突然气冲冲踢翻药碾摔掉药枕，他将开方的一砚墨水泼得到处黑污，一尺长髯揪成一团狠声说道：“十帖药，不想吃也得足数吃完。否则，你我就要打一场医患官司！”郭老先生说到做到。他的措施是：成三泰从腊月初四开始，住进他家，每天在老先生眼皮底下按时按量一丝不苟服最后两帖药。成三泰还是想抗想溜，一来住在郭先生眼皮底下，溜起来不方便；二来郭先生扬言闹得不好就要打官司；三来成永贵安四娘又骂又哄要儿子一定听先生话完成疗程，成三泰才天天有如喝尿吞粪艰苦艰难就医。药吃到腊月二十三吃到第十帖药的“第四熬”，成三泰忽然小腹一阵轰鸣，似有一股浩荡之气畅然热烘烘俯冲，俄顷，三泰既惊呆了又喜疯了，他活了三十岁，第一次发现男人的阳物竟然可以“长”得那么粗大铁硬，他喜泪狂流扑通跪到郭先生膝下：“老先生，我好了，我行了。老先生，你是神，你是我祖宗。老先生，我这辈子啥也不做了，专报答您老人家大恩大德。老先生……”

郭老先生挽髯一笑：起来起来。救人济世，是我郭家医德家风，你不必想得太多说得太多了。反倒是我，一辈子行医，唯有这一回做了生硬强横的事情，虽为好心，总归蛮理，不文明的。

成三泰说，哪里哪里。郭老先生，我是愚氓，糊涂起来，呆痴无救。你不发火，不吓唬，我这次治病肯定半途而废。

三泰就又给郭先生叩响头。

郭先生说，后生，真的别叩了。今天都是腊月二十三了，连灶王爷都在忙，你还不赶快回家忙年？快起来快回家吧。

成三泰又讲了一通千恩万谢的话，这才高高兴兴蹦蹦跳跳翻越北天山有如行走平地般跑回成家沟跑回家。

治好了这样的疑难大病，老成家一夜欢腾不眠。第二天就是小年腊月二十四，成永贵说，今儿再忙，也要先忙两件事，一是三泰娘带上一千元上老石猴给大圣爷隆重还香愿，二是三泰扛半边猪挑半担酒携两千元红包，到天山北给郭老先生贺小年。

打发了婆娘和儿子，淘豆打豆腐的成永贵突然灵机一动扔下豆浆盆儿，是啊，还打什么豆腐？接儿媳啊，快接儿媳杜文竹回家过小年回家跟儿子团圆啊。成永贵为自个好主意其乐陶陶，他不仅看到儿媳归来，他还仿佛有了一个活蹦乱跳小孙伢了。

成永贵火急火燎往温泉山庄赶，半道上正好碰着帮忙说项的韩水生。两人见面刚对上话头，就晓得了一个要补锅，一个要锅补，都是忙活一件事。开心的成永贵还是坚持按丁冬溪规矩要付韩水生的跑腿儿草鞋费。韩水生开心说道：“老东西，应该是你儿媳给你付草鞋费。过丁冬溪时，你就屁颠颠背儿媳妇过河吧，那感觉，嘁嘁……”说得成永贵像喝了醇酒，脸通红通红的。

罗锡贵成了股东，他在丁冬溪旅游总公司慢慢地上上下下有了一些熟人，有的诸如马车等人还成了心腹知己。罗锡贵自然就在第一时间里知道了花轿公司放假事儿，晓得牛青青要回小牛寨。

以往，每年腊月二十四，罗锡贵都要给牛家送一份厚礼。逢上无雨无雪好天气，罗锡贵就将成担儿的猪牛羊鸡鱼鸭，装进一乘小轿，再将衣帽鞋袜烟糖酒装进另一乘小轿，两乘轿子都披被着大红绸布，让收足了脚钱的轿夫们，亦如抬新娘般快快活活悠轿颠轿，引来路人和路边村寨的老少爷娘们眼直直观看，嘴咂咂称赞。就是逢上大雪封山，罗锡贵也要派上王龙一帮年轻力壮伙计背起背篓，风雨无阻滚雪球儿把未婚女婿的大大小小年礼丁点儿不差背上小牛寨。今年情况有变化，牛青青大闹婚变，三令五申解除婚约。罗锡贵先是曲突徙薪灭火补救，后来看到收效空白，就干脆不闻不问不搭理，不清不楚不明不白拖着。这就拖到了腊月二十四。罗锡贵这天说，王龙，准备牛家年礼。王龙问什么标准。罗锡贵说，这也问？老规矩咋办就咋办。当然，红包要大点，听说花轿公司给打工仔打工妹每人发一千元，我给牛青青两千。王龙就赶忙买这买那雇轿请轿夫，小晌午，两乘披红礼轿抬出山口镇。

罗锡贵凭窗瞧着轿子上了山路，转身给黄豆花打电话：豆花，我是罗锡贵。忙年忙得嗷嗷叫？好哇好哇。哎，再忙也别忙丢了我的事，我请你上小牛寨。我的事你要忙得有头有尾。

黄豆花打哈哈：罗大经理，你的事，我敢不办？可就是小牛寨那条路太难走了。牛青青见我就骂，到处说我是违法乱纪臭媒婆。牛汉成管翠兰也大玩特玩驴推磨，死活转圈圈，转了半天，还是稀里糊涂在老地方。

罗锡贵：老地方就行。只要俩老的不好开口不敢开口解约，这牛青青就还是我的未婚妻。我这个做未婚女婿的还是要礼节到位。我的礼轿已经上路，你抄近路先上牛家报信，顺便再催催我和青青的婚期。

黄豆花一听，顿觉有话要说，可是罗锡贵那头已经放下话筒。黄豆花知道，这趟倒霉差事省不掉了，她收了罗锡贵太多的婚介费，白拿不办事，肯定不行。

这样，几乎同一时间空间里，领轿的王龙、媒婆黄豆花、旅游公司的花轿新娘牛青青，都向高高的小牛寨走去。

第一场际会是在蜂腰峡，回家的牛青青和上小牛寨的黄豆花几乎同时走上蜂腰峡大桥。

牛青青一愣。逃吧，有点儿像看瓜被偷瓜的打了。躲让吧，身子可以搁在一旁，面子搁往何处？看来，最好是大路朝天，各走一边了。

黄豆花倒是身子一热眼睛一亮，觉得这是机遇，应该抓住不放好好“做业务”。她笑呵呵说道，青青，上哪儿忙财呢？在花轿公司发了，瞅见穷婆子黄婶也认不得了。

牛青青不敢随便搭话，她晓得黄豆花一举一动全是机关都是圈套，只要和她说上话，她马上就话里有话，马上会不像话。牛青青就一门心思加劲儿走路。

她加劲，黄豆花更加劲，三赶两赶，黄豆花拦到牛青青面前：你不理我，我还是要给你送喜信，罗老板今儿又给你家送厚礼了。

牛青青立马脸青了：我跟他没干系，请你告诉他不要跑错了路进错了门。

黄豆花：罗经理真的死心塌地爱你。他太喜欢你了，有道是，甩手不打笑脸人……

牛青青：笑脸人？我看你和姓罗的都是笑脸虎。

黄豆花：今儿过小年，好日好时的，可不敢讲气话怪话。

牛青青：那你要我讲什么？

黄豆花坏笑：这我就不晓得了，你和锡贵讲啊，多多讲，好好讲啊。

牛青青：黄豆花，看在今天是过小年是好日子，我不骂你，我只让你代办一件事，请把我打工的一千元还给罗锡贵。过去我家收他的礼物收他的钱，我都有一本账，一笔一笔记着，我也保证一笔一笔还清。我已经宣布和他解除婚约，他再送礼送钱就不关我的事了，他也别指望再有人偿还。牛青青就把刚刚发到手还未在怀里焐热的一千元钞票扔给了黄豆花。

黄豆花说，青青，你看看，你看看，你这是干什么……黄豆花傻了结舌了，她看见牛青青飞身跑进对面黑漆漆山林里去了。

披荆棘，钻灌木，攀岩，滑坡，牛青青好不容易重新走上一条山道，却又差点儿际会了王龙和那两乘礼轿。

牛青青赶忙缩回身，小兔子一样战战兢兢躲进灌木丛，她偷觑着悠然而去的礼轿，一目了然它们的目的地，清清楚楚它们装载着什么。两行泪潸潸而下，又冷又凉。她不能哭出声，她只能在心里喊：我要回家过年！为什么不让我回家过年？爸，妈，我想你们，我要跟你们一起过年！

喝了许多酒，酒桌上又说了许多话，半下午了，送礼贺年的成三泰才快快活活走出郭老先生家。

嗵嗵嗵一口气爬上陡峭北天山，成三泰不喘，脚步不飘，浑身力气好像一点儿也没支使。他就对着一棵古松咚咚擂拳，树皮儿松球儿打落一地，成三泰还是觉得有劲没处使，他张着大嘴，猛灌老北风猛吼山歌——

新娘新，胖墩墩，
两个奶子十八斤，十八斤，
今年不生明年生。
新娘新，白生生，
屁股一翘照眼睛，照眼睛，
屙出个尕崽压断秤。
哎——嗨——
压断秤，压断秤！

还没过瘾。还是像身上什么也没使，还是什么也没少也没丢。成三泰就冲着一块大石壁撒尿，尿滤得像水枪，击打石壁哗哗作响，水珠水星儿溅天溅地。成三泰抓着捧着自个粗挺的阳物，又是好一阵欣赏好一阵乐。

太阳落山了，成三泰才走进成家沟。刚踏上自家晒场，安四娘一溜风儿刮到儿子跟前：儿子，猜猜谁来了？

成三泰先猜大舅后猜二姑妈，再猜三叔四婶，再猜五姨小六姨，猜了一大圈，成三泰猜累了便笑道：管他呢，今儿过年，谁做客，我都要跟他没大没小喝得东倒西歪乱作一团。

安四娘笑道：说话算话？

成三泰笑得更响了：我怕哪个？就是舅父输拳，我也敢拔他胡子，婶娘赖酒，我也逮着撬开嘴巴灌。

安四娘也笑得更响了：好，好。儿子，今晚你就这么开心这么喝。你把杜文竹喝输了，要怎么整她就怎么整她……

成三泰平地一怔：妈，你……你说什么？你是说文竹回来了？妈，你……你也逗我？

安四娘：逗什么逗。走啊，自个看去啊。妈跟你说啊，你现在是好男人了，见了文竹，一定要待人家好……

成三泰一肚子蜜汁直往喉咙嘴头溢：妈放心。她是我老婆，往后待她一百个好一千个好，妈，你瞧着吧……

说着话，就到了门口。一脚踏进堂屋，成三泰两眼电光闪闪般瞅见好耀眼好漂亮的杜文竹。一肚子话，忽然不知道先说哪一句。成三泰就很近很近地抵着文竹笑笑笑。

杜文竹顿时像已经提前喝下了一大杯糯米酒，心里肚子里又甜又暖和。毕竟离家这么久，毕竟那次走得唐突走得惨，她似乎也是一时找不出话头儿跟三泰说，她就陪着一笑。

成永贵咳了一声：都坐下都坐下。三泰啊，你看看，等你，一桌子菜等凉了，是不是自已罚一杯啊？哈哈哈哈哈。

老头子打哈哈，儿子也不再矜持了，连忙说道，对对对，我自作自受，敬酒不吃吃罚酒。我喝，我喝。脖子一仰，一杯包谷烧咕咕灌下去了。

成永贵捋了捋胡子：小子，你说什么？敬酒不吃吃罚酒？这边是你爹，有爹敬儿子的？那边是你老娘，娘敬儿子？小子，你给老子打哑谜啊，这桌上能给你敬酒的也就是你媳妇了。你想讨文竹酒喝就直说啊，哈哈哈哈哈。

成永贵几声大笑，笑得烛花连连开放，笑得小年夜暖意洋洋。精明的安四娘连忙接住成永贵话茬：文竹，快挑大杯，好生灌灌三泰，有便宜千万别放过。

杜文竹当然晓得这是爹妈端梯子给她下台阶，是给面子给机会，是让她回来过一个舒心年快活年。她笑吟吟给成三泰倒了一杯酒说道：祝你新年好运，如意吉祥。

成三泰手脖儿抖抖地端起酒杯说道：“也祝你新年愉快，一年更比一年好。”就一声响亮，把酒喝下了。

成永贵：文竹的话说得不错，三泰真的交了好运，我们一家都交了好运。

杜文竹兴奋地：是吗，太好了太好了。三泰哥，你肯定赚钱发大财了，别忘了，过大年时给我大红包。

安四娘：过大年晓得你在南京还是在上海呢。

杜文竹：那不要紧，红包给我留着呗。咯咯咯咯。

成永贵舒舒服服点火抽烟：三泰，你走了人世间一场最好的运气，那你就把在天山北边交的那场好运讲一讲，让文竹也分享分享嘛。

却是成三泰满脸涨得通红：爸，这……这咋说……这有啥说的……

杜文竹忽然感觉一种久违的亲情回归，感觉家庭温馨风在徐徐吹来。她和三泰又像当年两小无猜的阿妹阿哥。她既纯真又调皮地说：三泰，说嘛，你交好运我也沾光嘛，你说嘛……

有心眼的安四娘赶忙出面圆场了：“文竹，他这场好运交得可深可大了，短时间，几句话，说不清。咱们还是好好喝酒好好吃年饭，吃过饭后，让三泰给你一夜讲到天明都行。”成永贵立马听明白了老婆的话，他放下烟锅又端起杯子：“对对对，堂屋里喝酒，厢屋里说话，什么山上唱什么歌，在哪个地方干哪样活，这工夫，咱们一家子就是要好好吃好好喝。来来来，一起干杯……”

像一位外乡人，牛青青在这片混交林里转来转去已经两个多小时了。莽林子阴森黑暗，她依然知道外边的小年二十四，日子是多么精彩。精彩是别人的精彩，她能上哪里呢？回小牛寨等于是一只飞回的燕雀，王龙那帮人正在笼络父母哥嫂对她张网以待，一只燕雀和一张罗网，对比度太悬殊了，那张网，太绰绰有余了。回公司温泉山庄，成小娥这工夫肯定已经到省城了……想到此，她突然觉得没有成小娥，她就没有了力量没有保护人，那个罗锡贵那个冠冕堂皇公司股东，暗中将许多触觉已经伸进山庄，他可以轻而易举骚扰她。她当然抗争，当然不怕他，可这是过年，没有吉祥，没有愉快，还把心情闹得很糟糕，实在太可怕可畏了。

太阳匆匆往西山尖上梭。牛青青总不能在山野在莽林里过小年。她朝山岭望去，翻过这座山就是老北口。牛青青想起了老北口有个小山村，想起了花轿公司里那位不错的同事兰芳。一个决定就那么简单诞生了：到兰芳家寄宿，到兰芳家过年。

有了主张就有了道路，有了道路就有了速度，太阳刚刚落山，牛青青也正好落脚兰芳家。

兰芳又好奇又好客，她对牛青青上她家过小年又感动又感激。她吩咐覃年把火塘烧得更旺，把门前红灯笼再多挂几盏，把年的气氛搞得更热火。她自个则丁丁当当重新配菜，重新设计年饭。

牛青青不好阻拦兰芳，这是忙年过年，就算是有意盛情招待她，她也不便多说什么。牛青青就只能帮忙烧火，噼噼叭叭栗柴火，渐渐烧暖了她的心，她笑吟吟说道：兰芳，你这么会做饭做菜，一下子进了公司，覃年不馋死你啊？

兰芳：会做饭会做菜有什么用？老话说，巧妇难为无米之炊，我不怕讲丑话，要不是到花轿公司打工，今晚的年饭米恐怕都要成问题。

老北口穷得揭不开锅，牛青青早有所闻。丁冬溪歌谣唱道："嫁人嫁到老北口，床上油渣被，锅里榆钱天天数，女人就像一条狗。"这些年，这歌谣的最后一句更是被唱成"女人就像小母狗"。牛青青刚刚涌出的一点好心情，忽然变成了担忧，她不知道丁丙书记现在还骚扰不搔扰兰芳……

正想着，院子里传来一声惨叫，兰芳一惊，手里的菜碟乒乓摔成八瓣向院子冲。牛青青随着，也朝院子撵去。

劈柴烧火塘的覃年，痛苦地弯着腰抚着脚呻吟，兰芳婆婆一边帮儿子包扎一边数落：你看看，你还能做什么事？劈点儿柴火咋就劈到脚上？

兰芳的身子有些颤抖，她弯下腰边包扎丈夫边说，妈，别数落他了，他心里有事，走神失手了。算了，这柴不劈了，就烧大树蔸吧。

闹腾了一会儿，兰芳又回灶屋配菜炒菜，牛青青也重新坐到灶下烧火。

片刻，牛青青说道：你说你爱人有事？都过年了，不就是忙吃忙喝吗，还能有什么事？

老半天，兰芳也没作答。牛青青抬头望去，发现兰芳泪流满面，下巴颏上，老大的泪珠在烛光里亮晶晶闪烁。

牛青青起身，悄悄地关严灶屋房门。她挨着兰芳轻声问道：出什么事了？

兰芳哽咽，摇着头说道：没。没啥事。

牛青青：咱俩是姐妹，是好同事好朋友，你有难处说出来，看看我能不能帮忙？

兰芳惊愕：瞎说。你以为世上什么事都可以帮忙的？

牛青青：唔，还这么严重，那我更想知道了。

兰芳：你上我家过年，我只能给你快乐。我们家的事，你千万别打听，你若是晓得了，肯定不愉快，肯定……恶心……兰芳的饮泣变成哇的一声哭。

牛青青就好像更有责任要知道这是一件什么事情了，她捉住兰芳的手摇着：到底什么事？憋在心里决不是味，说出来吧，我们一起应付对付好吗？说吧，说吧……

也许是经不起牛青青一颗真心一片真情，也许经不住牛青青苦苦要求，兰芳只得一把鼻涕一把泪讲了事情——

兰芳回家过小年，覃年别提多高兴，他和妻一边磨豆腐一边讲悄悄话，他说他想她，夜里抱湿了枕头蹬烂了被，他说他今晚要和她疯到天亮快活到天明……正说得上劲，组长来了，组长说，兰芳，丁书记要与民同欢同乐，他今晚到你家熬年。就这么一句话，把覃年眼睛讲黑了头讲晕了，他像刚才劈柴时一样失控，身子一整个栽向石磨，若不是兰芳拦得快，这男人肯定当时就血染磨房……

这件事真的把牛青青讲得站不住坐不住了，肚子里有一股气运动得很凶。丁丙长期觊觎这个漂亮女人霸占这个女人，兰芳进了公司，牛青青想，丁丙大概再不敢欺负她了，可是，事情远不是她的想象。就在今天就在小年夜，丁丙又要来明目张胆过夜，大摇大摆和兰芳上床，而兰芳的懦弱老实的男人，又要像一条看门狗守在大门口，又要忍受奇耻大辱和煎熬，而好姐妹好同事兰芳，又要灵魂无助肉体伤痛遭蹂躏……不行，这不行！

心思忽地变成声音，牛青青爆出一声喊：不行！这就是不行！

兰芳啜泣：不行，可是……怎么才行呢？丁丙太强大太狠了，我一见他就怕得要命。

牛青青：兰芳，听我说，你不要怕他，真的不要怕他。人怕人，无非有二：一是政治地位悬殊，二是经济实力强弱。丁丙毕竟是共产党的官，明目张胆搞政治压迫，他还不至于那么糊涂胡来。他掌控你，主要还是经济权力金钱权力。我想来想去，我俩有很多相似。罗锡贵要掌控我的命运，也是因为他有经济实力金钱权力。这帮男人总是感觉太好，他们以为女人的命运总是装在他们的钱袋里。他们总是觉得我们女人现在离不开他的钱，我们过去欠他的钱，我们将来需要他的钱。我们要说不。我们有了可爱的公司，有美丽的花轿，我们能打工挣钱。我们总会有一天和这些先生大人们结清欠账，我们也会很人格很地位生活着……

这些话，兰芳当然特别爱听。她不爱丁丙，又屈从丁丙，她在他的身下，感觉的是真正胯下之辱。本是痛苦呻吟，还要伪装成叫床。她到花轿公司，一半是打工赚钱，一半就是想挣脱丁丙。可是今天回家过小年，一听说丁丙要来过夜，她和她丈夫，一下子又回归本能，回归成可怜和可怕，她才晓得老虎就是老虎，羊总归是羊。尽管牛青青谈了对"政治地位"的见解，兰芳还是挣不脱、解不开"官强民弱"的死结。她说，青青，我知道你是好心，讲的也是好话。道理我听明白了，我就是心里不行，怎么着也怕他。

牛青青：是不是丁丙救过你的命，你要报德感恩？兰芳，报答一个人不能是肉体，女人的肉体是比男人更加深邃地注入灵魂的……

话有点儿深奥，兰芳好像还是听懂了：这我知道，他对我是有救命之恩，我是要感激，但我从来没想过肉体报答，他对我是百分之百强占。

牛青青：百分之百强占就是百分之百痛恨。恨就是力量，从现在起，从今天起，就要拿出力量抗争。

兰芳苦笑：抗争，容易吗？你今天不是也在怕罗锡贵躲避罗锡贵吗？也许丁冬溪的女人，天生就怕男人。

牛青青：你说得不对，我若不是抗争，早已经进了罗家花园，成了罗锡贵笼中金丝雀。我如果现在是逃避，那也只是逃避我的父母可怜的目光，我在父母面前确实软弱得不敢抗争……

这么说来说去，一直说到做好了年夜饭。两位丁冬溪旅游公司的花轿新娘终于说出了力量也说出了办法，一种告别耻辱告别旧人生的决心，在小年夜里在小小山寨上，如一根石笋矗立又坚强。她们就鼓励兰芳丈夫覃年勇敢地一起行动。

吃过年饭后，估计丁丙快要来了，两个女孩儿按计划行事：覃年照例像一尊石猴蹲在大门口屈辱地守望，兰芳睡到婆婆房间，牛青青睡进兰芳卧室。

刚刚各就各位，醉醺醺的丁丙从组长家打着饱嗝过来了。他看到覃年狗一样坐在门口，就知道那个年轻漂亮女人已经像一道祭品摆在床席上准备供他享用了。丁丙便一如往常，简单地朝覃年点了点头算是招呼。丁丙的血就在黑暗中急切燃烧。大门到房门不过一二十步，丁丙也一如既往脚步咚咚冲锋。

丁丙一连串喊着亲亲、肉肉，他呼吸响亮，衣服如秋风扫落叶脱落，身体山倒山摧压过来……

就有了女人推搡与尖叫：你是谁？你要干什么！你流氓……

喝醉了的丁丙听不出声音有异，他只顾淫笑："这就不对了，才进公司几天，就把老相好忘了。你说我要干什么？我要做你。这么多天没做，快把我想死了。"他就又是摸胸又是撕牛青青衣服。

牛青青坐起，狠力推着丁丙：你到底是谁？滚开！

丁丙：好。我让你认得我是谁。他倏地揿开长电筒，黑暗的卧房顿时雪亮。丁丙大惊：床上坐着怒目圆睁的牛青青。

丁丙拔腿就走，覃年突然砰地关起大门，他手执撑门杠，长年按捺的委屈积压的恨，让他陡地变成一尊凶恶的执杠门神。他说：丁书记，我家是小菜园，想进就进想出就出？

丁丙：你想干什么？我帮你找了老婆，你才不是王老五。我是你的恩人，我和兰芳的事也是你亲口许诺的。快给我开门！

覃年道：就算我给你说过什么，可是你今晚是来强奸我家的客人，你这个书记也当得太可以了。

丁丙：你这条伪装绵羊的狼竟敢血口喷人，你给我滚开！丁丙就奋力推开覃年的纠缠，伸手拉门。

就有两个女人忽然像两座山挡住丁丙的路。

牛青青：丁书记，我真没想到你的政绩又多了调戏侮辱妇女一项。来时那么热烈，走时也不能太悄然了吧，总要把话讲完了才好。

丁丙：我没话和你们说，你们在合伙陷害我。

兰芳：谁害谁，自有天地良心。

丁丙：你还配跟我谈良心？不就是进了丁冬溪公司吗，以为进了金銮殿，当上皇帝娘娘？

兰芳：不错，我既然进了公司，就要维护公司形象。

丁丙：一个花轿新娘也奢谈形象？供游客玩乐也要形象？你少给我婊子竖牌坊。

所有的矛盾都被这一句话激化。牛青青说道，丁丙，这个小年夜看来你是没幸福可言了。你污辱我们的职业，践踏我们的形象，今晚你必须做两个小时深刻检讨，再花一个小时写保证书。不过关，休想出这道门！

丁丙真不敢想象，这就是他管辖的贱民、畜牧的羔羊？一个丁冬溪旅游公司一夜间就将这些可怜巴巴的山丫丫一下子变成如此傲骨铮铮？他扭着头，一百个想不通。

牛青青：丁丙，我们也是顾及名声，诚心诚意要用这种形式和你私了。你如果做不到，不做检查不写保证，那我们就挨到明天，一起到县纪委或县法院说理去。

丁丙不敢无言对抗了，他说，可以，我……我们坐下谈谈……

就像丁冬溪许多白胡子长者说的那样——各家石头小院里有各家太阳月亮，成家沟的小年夜真的和老北口小年夜大不同。

吃过小年年夜饭后，虽不像大年三十晚上要通宵熬年，但是小年总是大年的准备，就说那大年夜熬年喝茶吃零食（这些零食又不同于城里人的吃饴糖果脯），小年夜里是要做好准备的。丁冬溪熬年零食和正月里招待拜年客的零食，绝大部分都是炒货。家家户户炒花生，炒蚕豆，炒葵花子，炒杏仁，炒玉米花，炒得一条条山沟一座座山寨喷喷香。老成家不例外，吃过年饭后，老头子成永贵一屁股坐到灶下烧火石上，把往年从无例外的“烧火工”杜文竹顶替下来，他勤快挥着火钳，噼噼啪啪逗弄呼呼火苗。杜文竹几次要拉走公爹，希望坐到她熟悉的位置上，做烧火活计。灶台上当炒手的婆婆安四娘一边挥动木铲搅动锅里的炒货一边说，文竹，你在外打工也够辛苦了，今晚回家过年就好好歇息吧。安四娘还大声吆唤儿子：三泰，泡壶好茶，拎到房里跟媳妇好好聊聊。

这时，成家沟的月亮和老北口的月亮肯定不同了。老成家的卧房里男女是好好聊聊愉快说话，老北口覃年的房子里，男人女人却是令人窒息的剑拔弩张谈判。

好像杜文竹成三泰都在小心翼翼回避他们之间无数不愉快夜晚，两人就都在高高兴兴地大谈白天的生活白天的事。

杜文竹说，三泰，咱家的猪长得真快。我走时，还像条小狗，眼下长得像条小牛了。

成三泰咧着嘴呵呵直乐：猜猜多重？三百三十斤还出头！腊月二十八杀年猪，爹犯愁能不能逮得住呢。

杜文竹：是个事。到时候多请几个壮汉吃杀猪饭，我看非一个人逮一条猪腿才行。

成三泰：哎，你猜咱家今年收了多少包谷？

杜文竹掐指头算地亩算产量，说，怕有三四千斤吧？

成三泰：错，咱今年改种山东李登海的掖单二号，产量翻了一倍多。我和爹在谷场上马马虎虎过秤，就那也少不了一万斤。文竹，这个山东汉子可了不得，他的玉米良种要咋神有咋神。

杜文竹笑道：是吗，我看你干脆正月初一闯山东，给那汉子拜个早年。

成三泰也被逗乐了：行啊，我领上你，咱夫妻俩给李登海磕响头去。

一句话，忽然说得血涌脸泛红。“咱夫妻俩”……咱们是夫妻俩？咱们……不是夫妻俩？咱们是什么？咱们……谁是谁啊？杜文竹不觉缓缓低下了头。

成三泰恍惚意识到什么，他不再惭愧不再怯懦，他想，文竹，一点儿不错，咱俩就是夫妻，是真正夫妻！他就感触到了有一股豪气荡气，自心胸冲锋小腹，自小腹冲锋裆部。他明明白白感觉到它在英雄崛起，豪迈挺立。他那曾经尊贵尽失的男根，是如此有力量支持他的男性尊严。成三泰就忽然开天辟地头一回地如此凶猛强横地抱住杜文竹狂吻杜文竹。抱得杜文竹浑身发抖，吻得杜文竹惊慌躲闪，以为三泰又是一次变态，又要强做男人，以为又一场无为无理的凌辱开始。

杜文竹的慌乱，丝毫不影响成三泰狂热前进勇猛占领。他剥脱她的衣裤，生疏笨拙但又百折不回无坚不摧解除她的乳罩。他的扑，铺天盖地，无所不在。他的抱，是力的捆绑。他的吻，是干柴焚烧……

杜文竹由慌乱变成恐惧了，害怕有一场残酷虐待，她无比后悔回成家沟过年。她夺路，才到房门边就被三泰打劫住。她想呼喊救命，三泰扑倒她，背朝上脸朝下，褥子严严捂住嘴。什么都由不得她了，时间和命运都同时掌握在这个疯了一样的男人手里，留给她的是刺入与伤残，是血与疼痛，是魂舞魂飞与昏厥。

成三泰在眩晕中听杜文竹哭泣，他从没有过像这一刻爱杜文竹，他的内心真的希望抚慰她关怀她，他却本能地一任坚挺和坚挺地推进……

等到姐上山血红杜鹃烂漫，等到丁冬溪夏洪狂泻后，两个人才渐次清醒。清醒的成三泰是对妻子的轻抚和慰问。清醒的杜文竹是痛的惊异与泪的欣慰。

她：三泰，这是真的吗？你咬我的耳朵，掐我的鼻梁好吗？你让我走出梦境好吗？

他：我的傻妹娃子，你怎么到这种时候还以为是一场梦？我告诉你，一切都是真真实实。我已经是真真实实的男人，你也真真实实是我妻。

她：可是，你总要告诉我根由，道理。我们夫妻的床上生活是根本不可能的，这没根没据发生的事，我觉得太魔幻神巫了。

成三泰就快乐自豪滔滔不绝讲了他去天山北求医的故事，讲了杏林高手郭老先生医道神奇的故事。

杜文竹伏到丈夫宽厚的胸脯上，浑身通畅地大哭一场了。她说，三泰，你……你又一次救了我的命……

花轿新娘沈虹是又一篇过年故事，她在放假的日子里，几乎全都和周全泡在一起。

周全说，沈虹你当哪门子花轿新娘，你干脆当我的新娘算了。沈虹说行啊，你开工资啊。

周全：什么话？哪有老公给老婆开工资的。

沈虹：就这话，不只是要开，还要开足。一个月一千。

周全：吓我。我做公务员当秘书，月薪也就六七百，你不过抬抬屁股坐坐轿子，又开心又轻松，丁冬溪公司又不是印钞票的，他们能让你一月挣一千块?

沈虹：我这是往低处说。丁冬溪旅游总公司，王牌就是花轿公司。董事长杨雄说，人财物，全面向王牌倾斜，花轿游乐项目，是公司的拳头。成小娥经理也说，花轿公司只有保底工资没有封顶工资，做得好的，保守估计一个月也有三四千元进账。即使淡季，也有六百元保底工资。

周全逗沈虹：要是哪天你的花轿里坐进大款，飞飞媚眼，送几个香吻，感情通上电，拜华堂，进洞房，弄假成真睡上床，如此这般出一次轿，说不定就海赚一万两万什么的。

沈虹一本正经：这是你教我的，到时候我做了，你别跳崖。

周全：有些活，靠人教。有些活，用不着教。比方说，放着一沓钱伸手去拿，这就绝对用不着教。

沈虹：也是。就说我们公司那个大屁股大奶子新娘姚秋桂就不止一次跟我嘀咕过，她说她跟游客坐进大花轿，轿幔一拉，轿子里也就是一间小洞房，只要游客肯出钱，摸奶子脱裤子，都行。反正男人肉女人肉都是肉，谁也没占谁，谁也没亏谁，反倒是女人赚了票子，脑子有毛病才不干。

周全：不得了不得了，这个姚秋桂太时尚太新潮了。这人肯定是你们花轿新娘师傅，闹得好，不出三年五载，必是丁冬溪首富。

沈虹说，羡慕了吧。告诉你，童谣都有了：要发财，坐进花轿让人抬。要致富，先脱（奶）罩子后脱裤。

周全就说他恨死了自个是男人，要是女的，怎么着也要挤破脑袋到花轿公司发财去。

沈虹说，这不是男的女的性别问题，主要是男人太俗，他们总是把仕途看成前途，哪怕是一顶窄窄巴巴乌纱帽，也要抢戴到头上风吹雨打舍不得丢。

周全：这是说我吧?

沈虹：大秘书，我敢说你?

周全：别说小秘这么个破官，就是书记乡长，我要是女的，也辞官进花轿公司。

沈虹忽地正襟危坐：这是你说的。是不是大丈夫，就看你是说人话还是放狗屁了。

周全大吃一惊，他好像从没见过沈虹如此粗鲁，他不明白沈虹的心思用意。他说沈虹你怎么了？

沈虹：我怎么了？我好得很。

周全：有话你直说吧。

沈虹：还要怎么直说？你待我好，我爱你。你帮我走进花轿公司，我要报答你。我这次和你在一起不只是鸳梦重温，我想怂恿你，说服你也去花轿公司打工，希望你又能开心又能赚钱。

周全笑了：我进花轿公司？你这不是让男人生孩子吗？哈哈哈哈哈……

沈虹：别笑了。我跟你讲真格的。公司这次参加花轿旅游展览，要临时聘请几位做表演的新郎。原来有冯豹，董事长杨雄最近要出国，冯豹这个贴身保镖肯定要带走。这就是机会来了，你脑瓜灵活，无论乡里搞文艺演出还是正月里闹花灯，你的表演天赋都是第一流的。记得那年唱《西厢记》，你扮张生演得台下好多女孩都想当崔莺莺。你作秀新郎，百分之百无师自通。

周全：嗯，好主意。既玩大码头大都市，又能赚大钱。反正正月里乡政府清闲无事，我向丁书记请假，跟上我的小亲亲一道玩花轿去。

沈虹："好，那就说定了。"她笑成一朵花，很响亮地叭了他一口。

周全浑身暖洋洋。他想，他的新鲜活法大概真的开始了。

操碎心的儿子媳妇事，落了地，成永贵安四娘瞅着三泰文竹出门形影不离进门有说有笑，舒服得就像喝了母鸡汤。半下午，老成家烟囱早早冒着炊烟，一改以往"早饭晏，中饭晏，晚饭挨到鸭生蛋（一二更天气）"，太阳刚刚歇脚山尖尖，山雀们也才叽叽喳喳投林，他们家油嘴一抹涮锅洗碗了。成永贵这时候很响地关起大门，碗口粗的门杠牢牢撑着门扇，生怕村邻们串门围炉夜话，扯闲白，讲古经，茶泡二更，烟熏三更，全家人陪着耗着睡不成觉。安四娘围腰儿不离身，衣袖卷到肘上，她刚夺下文竹扫帚，又抢起媳妇抹布，她说，文竹，这点儿活我一会儿就做掉了，你进房休息吧，噢。杜文竹不好意思还在抢活干，安四娘就给成三泰使眼色，要儿子拉媳妇进房……俩老的心思一致目标一致，就盼儿子媳妇早点儿上床早点儿生养大胖孙子。

成三泰笑着牵手，杜文竹低头红脸儿走路，听到小夫妻俩哐咚关上房门，老两口总是噗哧一声笑。成永贵歪在太师椅里，老眼眯成一条线抽着上好的旱烟，安四娘也文绉绉地吹着茶叶末儿，香喷喷品茶。

儿子媳妇不操心了，老两口这时多半都在拉呱女儿成小娥。

安四娘说，老头子，娥儿跟你脾性一样，心气硬得狠，上次你把她骂出门，至今脚尖儿也没挨过成家沟。明儿天亮就是腊月二十六，我揣摸娥儿开会也该回来了，你还是到热水洞接娥儿回家吃顿饭住一宿吧，我好想好想我的娥儿。

成永贵笑道：好主意。我也好想好想我的好闺女。咱老成家，能成龙成凤的，恐怕还是娥儿。

安四娘：小娥这回可是为咱一家人争了光，给足了面子。这次带回来这么多过年费过年礼，成家沟哪家哪户不眼热不夸赞？都说咱俩生养了雌唐宗女宋祖，可不得了啦。

成永贵哈哈哈：是吗？一个个真敢说。出皇帝，咱家祖坟还没发热到这份上，要说我女儿是八十八里丁冬溪人尖子，那不过分。

安四娘：我听文竹说，小娥领导的花轿公司，实际上差不多领导了半个丁冬溪旅游总公司。杨雄就指望花轿公司是摇钱树，日后成箱成捆钞票都要靠花轿公司赚下呢。

成永贵心窝儿咯噔响了一下：老婆子，花轿公司这么重要，文竹咋办？

安四娘：文竹咋办？好好上班赚大钱呗，这还不好办？

成永贵：哎哎，脑子有病了吧？昨晚可是你跟我说的，儿子三十出头了，媳妇也老大不小了，生孩子，传宗接代，是迫不及待的头件大事，无论如何要留住媳妇怀孩子……这会儿你又要文竹好好上班，是不是改变计划了？

安四娘：计划不能改。硬留也好，暗藏也行，反正媳妇这次不能参加什么正月正旅游展览。文竹安安闲闲在家过大年过正月，怀上娃再去好好上班也不迟。

成永贵：算哒算哒，怀上娃就更担心更舍不得了，还是让我们太太平平抱上孙子后，再让文竹上班赚大钱吧。

安四娘：行。老头子，那你就更要把小娥接回来。想闺女是件事，还有更大一件事是要小娥给文竹批假，要女儿为老成家香火着想，给文竹放长假一年。

成永贵愕然了。关于休假这件事，他的设想是文竹不去参加旅游展览，安安生生在家过春节，一来小两口有时间修复往日感情裂痕，二来求菩萨保佑点燃成家香火。他没想到老婆子要让媳妇休假一年。文竹是在打工，不是国家干部，扯什么样由头，也没“休假”一说，真这么做，她自个也不一定同意，小娥更不可能答应。成永贵就说，老婆子，媳妇能在家过年就不错了。你要她回到家里待上一年，这合适吗？

安四娘笑道：你们大老爷儿们只晓得搂婆娘舒服抱娃儿快活，你们哪晓得女人十月怀胎辛苦。头几个月吃什么吐什么，后几个月乏力浮肿，两条腿又粗又亮，一走三摇晃。你想想，怀胎保胎，女人多难，怎么敢让文竹成天陪人坐花轿弯腰撅屁股拜天地？要是遇上痞子游客动手动脚，文竹挺着肚子推来挡去，有个闪失，滑了胎，那就掉得大了。老头子，你可不能老糊涂。

成永贵越听越是个事，他立马坐不住了，这就要给小娥打电话。

电话倒是很快接通了，女儿在那头“喂”了一长串，成永贵在这头还没找着词，毕竟是他把小娥骂出门的，讲的狠话，发的誓，永生永世不认女儿，都是他这个尊严的家长说出口的，现在没回旋，没转折，拉下脸面儿跟女儿套近乎讲亲热话谈正经事，真的一下子哽了喉咙开不了腔。

成永贵僵了半天，还是把话筒递给了安四娘。

也许真的是娘和儿女打断骨头也连着筋，安四娘啥也不想就只想女儿，她一张口，舌头儿就颤抖：娥儿，我的娥儿，你在哪儿？都要过年了，还在忙啥呢？妈妈想你，好想好想你……

成小娥也不轻松：妈妈，我也好想好想你。我爸好吧？我哥我嫂都好吧？

安四娘说，你爸好着呢，三泰文竹也相好着呢。

电话那头的成小娥，一定是很投入很专注，她像天文爱好者在宇宙中发现新星一样，极是兴奋地捕捉住妈妈说的一个词儿——相好，对，妈妈说哥哥嫂嫂“相好”着呢，莫非是哥嫂修复了感情破裂的篱笆，重返伊甸园重为亚当夏娃？果真如此，她的家和和睦睦，新年是多么吉祥如意幸福安康啊……

正在美滋滋陶醉，心肌却忽地一扯一揪：和睦，吉祥，那不是杜文竹又重新走回那条没有性爱没有人性的坎坷荆棘路吗？文竹挣扎，抗侮，好不容易胜利逃亡，可……可是现在又请君入瓮重入樊笼，这不是又把她送进精神牢狱吗？成小娥越想越害怕，她觉得把杜文竹重新关进牢笼的狱卒正是自己，让文竹下地狱的恶魔正是自己，她若是不让或者稍作阻拦，杜文竹决不会回到成家沟过小年的。她便非常提心吊胆地问道：妈，你说我哥我嫂相……相好了？

安四娘：是啊是啊，你哥你嫂可恩爱了，日日夜夜形影不离，好得像穿连裆裤，嘿嘿嘿……

怎么可能呢？妈是在说疯话吧？对了对了，一准儿是嫂子在作秀，哄着一家人乐呵呵过年呢……

却是安四娘的“疯话”还在继续：娥儿，日子是越过越有盼头了。你给咱家抬高了门槛争了光，十村八寨都在夸老成家出了金凤凰。文竹呢，也是温顺好媳妇，我看这回十有八九要“害喜”（怀孕），你就等着抱大侄子吧。

文竹要害喜？这不是做美梦天方夜谭吗？成小娥劝道：妈，春节就要到了，你跟爸吃好点儿穿好点儿，多走走亲戚开开心心多玩儿。可别七想八想瞎想，头痛伤脑筋坏身子……

安四娘截住话头：这丫头，咋说话的。我快活得都来不及，伤哪门子脑筋坏什么身子？我告诉你，老石猴庙堂里的大圣爷给咱家显灵了，大圣菩萨指引我们到天山北给你哥寻医治病，果然就寻着了神医郭老先生，十帖药服下肚，你哥精气就来了，现在不是能不能生孩子，就看咱家想要几个孩子了。哈哈哈哈……

成小娥本来是躺在宾馆的席梦思上接电话的，一听有济世神医治好了哥哥“阳病”，一下子从床上蹦了起来：真的？太好了太好了！妈，什么时候你带我去一趟天山北，我一定重谢这位郭老先生。

安四娘：好啊好啊。还有老石猴大圣爷，你去还一个大大香愿，给大圣爷抹金粉增佛光好不好？

母女俩越说越兴奋，谁都刹不住车了。扯了南山扯北山，安四娘才说道：你明儿几点钟能到县城？你爸说他要去古塔长途汽车站接你。

成小娥一脸幸福相：老爸到底想我了？妈，我要跟爸说话。

话筒换了手，成永贵立马听到女儿亲亲热热一声“爸”。他连忙应答连忙说，娥儿，省城那边冷不冷？成家沟大小溪流都封冻了，你明儿回来，路上穿厚点儿。你说个时间，我去车站接你。

成小娥：好啊好啊。我跟你从古塔一路走回家一路说话儿，人就不累，腿就不酸了。

成永贵高兴得很：好啊。你回来，爹陪你说上三天三夜。

成小娥：那可不行。我最多在家住一晚，后天一早就和文竹嫂子一起回公司上班，后天下午全部人马要赶往省城报到呢。

成永贵：这么急？就是那个正月正展览喽，还真的重要得我的姑娘媳妇都不能在家团团圆圆过大年？

成小娥：是啊，万事开头难。这次花轿游乐展览是太重要了。没关系的，明儿我和嫂子提前给二老磕响头拜大年。你老人家可要给我们发压岁钱啊。咯咯咯咯……

话题是这么愉快，心情是这么美好，成永贵急在心里哽在嗓眼里的一句话，实在一时说不出来了。

老头子想，那就明天当面谈吧。女儿是讲道理人，她哥三十多岁了，要孩子，继香火，说啥也比参加什么旅游展览重要一万倍吧。

公司要召开一个重要会议，刘家驹总经理指示：各分公司经理，各部门主管，与会率必须百分之百。办公室主任给省城的成小娥打电话下达了会议通知。主任说，成经理，我已经给你派车了，估计再有个把小时就到。

成小娥一听，立即给家里打电话。接电话的是安四娘，小娥说，妈，我爸呢？

安四娘：你爸啊，听说你要回来，乐得像老小孩，四更天就闹床，硬要我造饭，天没亮就赶路进县城接你呢。

成小娥：糟糕，我要到公司开会，暂时回不了家了。

安四娘：开会？那你爸在车站瞎等，望你不望断脖子？

成小娥：端别人碗，服别人管，我也没办法。这么着吧，我路过县城时，弯进车站跟爹讲一声吧。

打完电话，成小娥还不放心，她怕路过古塔车站时万一碰不上爹那就麻烦了。她要赶着开会不可能等爹，她又给办公室主任打起电话说起了这件事，希望公司干脆派一个人到古塔车站跟她爹说一声。主任说，行，那就叫牛青青去吧，她认识你爹。

成小娥一边说可以可以，一边心里“咯噔”：怎么回事，青青没回家？明天就要参展出发了，养兵千日用兵一时，牛青青是大牌新娘，可不能关键时刻出什么问题啊。

正想着，公司的小车已经到了下榻的宾馆。成小娥上车后说道，赵师傅，路况好就开快点。到了古塔县城，绕进车站停一下，我有点儿事儿要办。

赵师傅是从万国丽人调过来的，他是个脑筋十二分开窍的人，早晓得成小娥与老板杨雄的深层关系，他说，好的好的。成经理，你尽管吩咐，往后不管有啥事，我能效劳的，都请你给个机会。

成小娥笑道：赵师傅真会说话。说机会，谈不上。让你辛劳的事，恐怕还真是不少。

赵师傅：哎，眼下就有个机会，不知道成经理给不给我？

成小娥眼珠活泼地转了转：眼下就有机会？不会吧。

赵师傅：这次正月正花轿旅游展览，总公司可重视了，要派一辆沃尔沃大巴供你们专用。成经理，你派我开车吧，我保证安全胜利完成任务。

成小娥：你说的我还不清楚，就算有这差事吧，你不想回家过年了？

赵师傅：成经理，有钱就天天过年，我可是大俗人一个，谁不晓得杨总刘总这回是多么厚待你们春节出差，听说光出差费，每天补助一百。

成小娥：这么高？不会吧？

赵师傅：春节至正月十五，绝对是一天一百元补助。我的信息准着呢。成经理，你就让我发个小财吧。

成小娥：好，我帮你要求一下，这类事最后决定权在胡漠雁副总那里。

赵师傅：那就太好了。胡漠雁副总能不买董事长助理的账吗？

两人都被说笑了。

心情愉快，路程就好像短了许多。说笑间，古塔就到了。

绕进车站，成小娥果然没碰见爹。倒是牛青青瞪着眼睛在四处张望。

成小娥喊道：青青，我爹呢？

年前岁尾，车站上人群拥挤不堪，牛青青打仗般挤过来。她说她眼望酸了腿等麻了，也没见成大叔，又等不着你，人都急死了。

成小娥眼光异样地在牛青青身上搜索，她拉她走到人流稍稀的地方。

成小娥：青青，实话告诉我，你怎么了？

牛青青：我……我没怎么着啊。

成小娥：没怎么着，为什么没回家，为什么一个人住在公司里？

牛青青："你问这个啊？"牛青青目光刷地暗淡了。

成小娥：是有事，还是有难？快告诉我。现在不同以前了，你是公司人，你的身后有一个巨大的丽人集团，天大困难我们也能帮助你。

牛青青立马就有暖流在身上通关走穴，她就讲了两个人两件事。特别是说到罗锡贵，她还谈了许多不好的预感。这人能量太大，总像一只蛛王在她前后左右织网。

成小娥奓开拇指和食指，撑着左右眉骨思索。她的公司日程紧迫，岗位人员安排得很紧张，是丁点儿乱子出不得的。牛青青是杨总直接首选的职员，长相又特青春靓丽，技能素质训练优良，在花轿公司的确首屈一指，这次旅游展览，无疑就是公司形象大使，在这样关键时刻她如果不能随队参展，不能在各大城市出轿展示美丽的风范，必将给公司形象造成巨大损失，给公司的舆论传媒带来深远的负面影响，对公司经营效益留下阴影。这就是杨总说的"一个人才就是一个事业""一位优秀的花轿新娘就是一面招商旗帜"……这么想着成小娥很紧张了，她赶忙打起手机："杨总，有些新情况要向你汇报。我们那个股东旧病复发，他在骚扰我的花轿新娘。"

杨雄：是骚扰牛青青吗？

成小娥：对。

杨雄庄严了：小娥，你们公司有其他问题都好说，就是不能出这个问题，像牛青青杜文竹，她们都不仅仅是一两个人，她们甚至就是你们一整个公司，是我们全部命运！我这样说你懂吗？

成小娥：我懂。

杨雄：牛青青在哪儿？她能接电话吗？

成小娥把手机递给牛青青说，杨总要和你通话。

牛青青就说，杨总你好。

杨雄：我请你谈谈罗锡贵，既说事，也谈想法。

牛青青：说起来恶心。他像一只虱子，沾上人，就咬着不放。我已经明明白白宣布和他断绝关系，他小年那天还是派人给我家送礼，第二天，他自己也跑了一趟小牛寨，也不知道花了多少钱哄我父母哥嫂，反正一家子都欢迎他，礼遇他。我听说我父亲还当着罗锡贵的面信誓旦旦说，牛家是讲诚信讲道义人家，从来说话算数，牛青青生是罗家人，死是罗家鬼……杨总，我真烦死了。他们还要怎样，非要逼死我？我……我……牛青青哽咽不成声了。

杨雄：青青，这是非常时刻，我请你一定要冷静，镇定。相信我的话，世上没有翻不过去的山蹚不过去的河。从今天起，你的事就是我们公司的事。我想，你父母总不至于喜欢那个罗锡贵胜过喜欢自己的亲生女儿。两位老人讲道德讲信义，总觉得不完成女儿这桩婚事就是欠了良心债，就是骗钱骗物，不地道，没德性。我建议你把罗锡贵这些年来给你家的钱与物列一份详细表册，合计出人民币总额，然后花轿公司按此额度给你支取这笔钱送交你的父母。你只要坚定决心，不懈努力，耐心说服父母，你父亲会带着表册带着钱，问心无愧和罗锡贵了结这场恩怨的。青青，怎么样，同意我的看法吗？

牛青青：谢谢杨总。我觉得你的考虑和分析是对的。当然我也有不同意见：我不同意公司帮我出钱还债。

杨雄：为什么？这点钱，对于公司来说是微不足道的。

牛青青：杨总，说到底，我是一个打工的。打工者，知命。我干了多少活，就赚多少钱。我不能不欠罗锡贵，又欠了别人。我的想法做法是，杨总给我饭碗，我要好好端着。我在公司多多努力多多挣钱，一月一月赚着，一年一年还着，不愁还不了姓罗的。

杨雄很感动，他觉得这个女孩可能是他的丁冬溪旅游公司最有人品素质最有人格尊严的一位员工。他明白，如果一定要给她钱，有可能是帮倒忙，是伤害。他就和成小娥继续通话，很是深谋远虑交待成小娥：一、为顺利完成正月正旅游展览，即日起，牛青青作为重点保护对象。我马上给刘总打电话，调派马车和你们一道出差，让他负责你们的安全，尤其是牛青青的安全。二、在第一时间，在第一地点——也就是你现在的车站，立即给牛青青买车票，要她先住进省城，在那里等候和花轿公司参展人员会合。在这期间，牛青青只和你单线联系，你也不向任何人泄露牛青青所住的旅馆。三、青青的家人如果进温泉山庄，一定要热情耐心接待，有理要求要满足，无理要求要忍耐。杨雄最后说道：小娥，这是你独当一面担任一个具体单位的领导，现在处在关键时刻，花轿展览成败，影响和意义太重大了，我很挂念你，也很担心你。有困难，及时向我报告，我会全面支持你，倾力帮助你。

成小娥：杨雄，你挂念我，我也想念你，我会听你的话，不让你失望的。

杨雄：太好了。听好，我在电话里吻你了。

成小娥刚听见第一个“吧嗒”声，就赶紧说道：别忙，我还有话呢。你刚才对牛青青的几点安排，给人印象好像是有准备的，是不是你听到什么消息了？

杨雄：不错。韩水生给我打过电话了，老韩这人不得了，是眼观六路耳听八方角色，做朋友又很讲情义，以后有时间去看望看望韩师傅。

成小娥就说好的好的。

打完了电话，成小娥把杨总的指示告诉了牛青青，并且立即给青青买了车票又亲眼盯着青青登车，直到那辆大客车消失在视线里才长吁了一口气。

齐光华因为丢了一只羊，姚秋桂非常生气，骂人的口水暴雨般浇着男人的头。过去挨骂不敢还嘴，现在姚秋桂进公司当上了百里挑一的花轿新娘，齐光华就更怕老婆了。第一个晚上姚秋桂没让男人进房，齐光华哈巴狗般窝在房门外的椅子上过了一夜。第二个晚上齐光华房是进了，老婆又不要他上床。他一忽儿坐在床头柜上熬夜，一忽儿躺在踏脚板上假寐，身上像是有小虫子咬，一些地方痒得不行。火塘烧得很暖和，齐光华燥热难熬，姚秋桂却是睡得又香又温暖，时不时还热火地从被窝里溜出圆浑浑一条胖腿或袒露雪白半边胸，下弦月钻窗透屋照着，齐光华就像看着极品银器，吞咽口水赞赏和惊叹，一次又一次萌生偷窃银器念头，却又一次又一次惧怕河东狮吼，咬断他行窃的手。姚秋桂夜里小解，坐在马桶上哗哗啦啦撒尿，齐光华竖起耳朵像听一首哩哩啦啦歌谣一般美妙。姚秋桂重新裹进被窝里，那股婆娘骚，更是让齐光华失眠到天明。第三夜，齐光华横了。杀头也就一蹬腿，女人软刀子不流血割了他两天两夜，丢一只羊难道真的就让他活该受如此凌迟大罪？他也许真的被逼疯了，像一把天火，像一股狂飙，齐光华扑上床掀掉被子，他愤怒地席卷姚秋桂，炽烈地燃烧姚秋桂，他把这个在温泉山庄养得更白更肥更嫩的女人，势不可挡地做了一次又一次。却是奇怪，身下的母老虎非但没狮吼，反而是吟唱般柔声哼唧。齐光华想象中的老婆血盆大嘴也没有咬他嚼他，他很热烈很厉害时，她反而嘴唇温柔吻他。事后，齐光华脸蛋儿贴着姚秋桂屁股蛋儿，清脆又马虎喊道："观音菩萨，我的救苦救难的观音菩萨！"

天刚蒙蒙亮，姚秋桂就不是大慈大悲救苦救难的观音菩萨了，过去这个家差不多是靠她卖着大屁股稳坐当家宝座上，现在她是大公司拿薪水职员，还是和牛青青杜文竹那样美人儿平起平坐的花轿新娘，灰头土脑一整个农民的齐光华，往后更应该是个男佣了。姚秋桂就面孔一板，吆喝"男佣"：起床起床，到古塔集贸大市场赶集去。瞅着好马头羊和威尔士羊，可劲给我买。

齐光华眼皮倦懒，浑身每个汗毛孔也都在快意地吸纳热被窝里的气息，他哈欠连天说，你又不在家过年，买那么多羊杀给谁吃？

姚秋桂：敢！你敢杀羊，我就杀你！

齐光华往老婆热身子凑着：不敢不敢。丢一只羊，不说丢了我的命，也实实在在让我丢两天两夜魂。糊涂事，再不敢做了。

姚秋桂："少死皮赖脸，快起床啊！"她就重重地一脚踹得齐光华差点儿滚到踏脚板上。

齐光华只得边穿衣服边嘀咕：大冷天，这么早赶路，霜花不冻烂耳朵才怪呢……

咕咕噜噜煞紧裤带儿后，齐光华又问上一句：那到底买几只羊？

姚秋桂：我不是带回来一千块吗，全买羊。

齐光华：冬天买羊，又不让杀着吃，到哪儿闹饲料喂养？

姚秋桂：你是木脑壳？热水洞那边有温泉有地热，草和灌木都长得绿绿葱葱的，你每天去割一担青饲料不就得了。

齐光华：你是活生生要让我办一个养羊场了，行，那我就多买些母羊。

姚秋桂这才有点儿高兴：这不就对了嘛。光华，我告诉你，我以后的薪水，都拿回来让你买羊。我在大公司里做事，我要让雷打石凹谁都数不清我的羊，谁都不敢小瞧我。什么滑子仁，还有下虎头茶厂那个姓关的，有一天，我都要让他们变成我的羊群里的一只羊！

齐光华听不懂了。听不懂也得做。这个有幸是花轿新娘的男人齐光华，就在寒冬腊月的山路上，第一个踏碎霜花向古塔走去。

都是赶早，大约在下虎头，成永贵碰着了齐光华。

齐光华赶忙凑上来寒暄。八十八里丁冬溪，谁不晓得成老爷子了得，女儿是大经理，传说她的钱要是分给丁冬溪男女老幼，谁都少不了三千五千。成老爷子又有一个花枝招展的儿媳，这个女人和小牛寨的牛青青，在花轿公司里是扑克牌的“大小王”，过罢冬，旅游旺季一开始，老婆姚秋桂说“大小王”一月一万块轻松得不抹汗珠儿就挣下来了。齐光华对拥有如此姑娘媳妇的伟大老爷子，自然口若悬河大讲马屁拍得响如春雷的话儿。他的用意很明显，老婆姚秋桂在老爷子姑娘手下干活挣钱呢，他想他们一家子，是要靠老爷子福星高照呢。

成永贵笑眯眯免费享受齐光华滔滔不绝奉承，他听到了自个被歌颂成丁冬溪人的“老靠山”“老福根”，这些话有些玄，细想想，也不能说没影没踪。反正年关岁尾，谁不讲高兴话吉利话。成永贵也听到了一位普普通通山沟沟里老百姓对女儿的夸奖。齐光华说，过不了两三个月，花轿公司就是日进斗金了，十天半月收的票票，就是丁冬河乡全乡全年钉耙锄头们总收入。领导这般会赚钱的公司，那当然就是雌陆贾女萧何了。齐光华说，陈阵县长丁丙书记多神通多气派，老百姓见了，不是跪求早饭米，就是哭诉有冤无处伸，可天上有天，人上有人，陈阵丁丙见了成经理，孙子一样哭穷，眼巴巴望着丽人集团掏钱袋，鞍前马后拜托成经理照应……

齐光华一溜儿赞扬到杜文竹。说成老爷子儿媳杜文竹是花轿公司百丈粗万丈高的摇钱树，是丁冬溪旅游公司最好的景点，是白天的红太阳晚上的蓝月亮，是月月有她月月红，一日缺她一天黑……齐光华的华丽口才长期被母老虎姚秋桂压抑，他这工夫甚至把杜文竹说成丁冬溪公司里的当家花旦，须臾有缺，公司的好戏就演不成。

成永贵大约就在这时候失去微笑吃了一惊。他说，光华，讲过头话了吧。丁冬溪公司票子一沓儿一沓儿摞着，什么样人才招聘不到，怎么能说缺少杜文竹，好戏都演不下去呢？

齐光华说，老爷子，这不是我瞎讲的。我老婆好歹也在公司里混口饭吃，她对花轿公司还算了解的，我老婆说，人世间有可能还有女孩儿比牛青青杜文竹聪明漂亮，丁冬溪是没有了，而花轿公司呢，搞的是民俗风情游乐，外地女孩再怎么会作秀，骨子里也缺少丁冬溪土生土长的花轿新娘的那种天堂山秀美和丁冬溪水般清纯。我老婆说，这是杨总的结论，杨总能成亿成亿赚钱，就因为眼光比别人贼亮。我老婆说，这次正月正花轿旅游展览，实际上就是展览杜文竹牛青青，她俩一亮相一展览，全场甚至一整座城市都眼热，都耳熟，大家伙儿一传十十传百，百传千万万，争着届时到丁冬溪旅游。天下的钱可都是在男人手里，阔佬们，大官老总们，就都争先恐后跑到丁冬溪过过花轿新娘瘾了，到那时，四面八方的票票，树叶儿往天堂山区沟壑里落……

成永贵忽然听不下去忽然烦躁了。如此说来，儿媳杜文竹真的在家过不成年了，老成家千辛万苦千难万难治好了儿子的病，本是一鼓作气刻不容缓抱上孙子，传宗接代有指望，那鸟花轿公司咋就须臾不放文竹呢？媳妇刚刚和儿子接上感情的头绪，还没巩固就跑出去“展览”，“展”出问题怎么办？现在的女孩一旦跑码头，有几个不跑出事？成永贵越想越沉重：这么闹下去，闹得不好就不只是闹掉孙子，甚至还要闹掉媳妇……

女人的事业，丁冬溪公司的事业，是远远比不了老成家家业的。三泰和文竹感情需要刻不容缓加以修复和巩固，女人只有有了孩子，花花世界里才不会花心，老成家的床单上有小伢屎尿，才会有人气……如此想来，成永贵一步比一步走不动路了。他明白，他没必要到车站见女儿接女儿了，成小娥早已经把丽人集团和丁冬溪花轿公司当成真正的家了，这次旅游展览，她是绝对不会放过杜文竹的。

成永贵就忽然怪怪地对齐光华说，糟糕糟糕，光和你说话，忘记了要到六盏灯办点事。他这么说着，立马转身往回走。

齐光华喊道：成老爷子，接人耽误不得。晚了，去车站就碰不着成经理了。

成永贵头也不回地说，不会的不会的，省城开来的车，哪能那么快到古塔……

刹那间，真的是女儿轻如鸿毛媳妇重于泰山了。成永贵一边往回走一边想办法，他要保险稳妥地把儿子媳妇雪藏起来，在明天花轿公司开拔之前，绝对不能让公司的人找着了杜文竹。

开完会，成小娥就给家里打电话。听到安四娘声音，小娥撒娇说，妈，是不是在想我等我呀？

安四娘：还说呢。总有一天，妈成了疯子你就好了。

成小娥：妈别吓我噢。

安四娘：哪个吓你？世上想儿想女想疯了多的是。

成小娥咯咯：再多也轮不到我妈，我还要跟我妈一块儿过上一百零八年好日子呢。

安四娘也笑了：好啊，到时候别说我活成老妖精就成。不跟你瞎说了，你爹要跟你讲话。

话筒就传到成永贵手里。成永贵撒谎也撒得很长辈很老到，他说，小娥，你是咋搞的？车站人山人海不假，我人老眼花，你年轻人眼尖也瞅不见我？害得我白等两个时辰，一把老骨头差点儿叫人挤散了。

成小娥就连连说对不起。她说她在候车室和站前广场找了几圈没找着，后来公司催着回去开会就等不及了。她调皮说道：爹，为了赔罪，我送你一部绝对新潮的LG手机，怎么样，心意还算诚吧？

成永贵：别瞎花钱噢。你爹一肚子土豆一脑袋高粱花，赶什么新潮？再说，老山沟里，手机没信号，带上它，还不如给烟袋锅上带一只玉佩儿。

成小娥：山沟沟里是没手机信号，逢上今儿在县城车站不就有信号了吗？眼下正逢上万事开头难的花轿公司活儿，过两年，头绪理顺了，不忙得邪乎了，我还想把你和妈妈接到南州市住下呢。人总要换换活法，不能一辈子都在成家沟里面朝黄土背朝天的。该享受车载时代我就给你们二老买轿车，该享受信息时代就给你们配手机。

成永贵：那敢情好，爹妈等着享这份洋福。不过丫头啊，我们到南州住十天半月还行，一年半载那肯定待不下去。你二姨家在大平原，我去走亲戚，三五天没见着山，人一下子像是空壳，走了魂儿。还有石头，树，栗树蔸儿熬红豆粥，包谷面地瓜糊糊，还有好钢火老镢头开山挖地，一挖硌着石头蛋儿火星四溅……那都是我离不开的，离开了想死人的。

成小娥能听得懂。父亲山里生山里长，靠山吃山一辈子，他自己也许就是一座山，那是移不了的，也不能去移的。

成小娥就换了个话题：我哥呢？光晓得跟我嫂说亲热话，也不晓得跟我说说话。

成永贵：冤枉啥呢。你哥村上串门去了。

成小娥：让我嫂接电话吧，我要跟她说件事。

成永贵：文竹也不在家，她跟你哥一道出去了。

成小娥：那就劳驾爹了。你老把文竹叫回来，我有急事要告诉她。一刻钟后等我的电话。

成永贵：有什么急事？明天再说不行？

成小娥：是这么回事，我们刚接到省旅游局通知，行程有所提前，明早七点半必须开车出发，公司所有参加正月正旅游展览的工作人员，今晚必须归队。爹，我现在忙得很，要么这么着吧，你老找着文竹，让她立马赶回温泉山庄。

成永贵嗯啊嗯啊应付着。他想，你那叫什么急事，不就是到外边大码头玩儿吗？这也比得上老成家等着抱孙子等着有人继香火更急？

杜文竹这几天真开心，从白天到黑夜，全天候一整个幸福样子。她的一双大眼，总是水汪汪瞅着丈夫，桃红小嘴，有着和三泰说不完的话。她知道自己由少女完成为少妇，她没想到的是，她能这么快将三泰由恩人完成为情人爱人。他们之间，原来真的障碍不多，那个难以启齿的困难一旦克服，两人无论深情叙述既往还是激情描写未来，都你依我靠地话题丰富。

成永贵上县城半道转头回家，听到儿子媳妇猫在房子里热热闹闹叽叽喳喳说话，大概比站在山顶顶上“打山歌”还要好听。他神秘兮兮把老婆子安四娘拉到柴房里一阵耳语后，就背上竹箕麻绳和铁铲扫帚抹布以及厚厚的褥子棉被什么的，匆匆出了家门。

成永贵出手大方地花三十元钱在邻村雇了一名小工，两人大步流星赶到天堂山的上天崖。

顾名思义，上天崖是异常陡峭了。三百三十丈悬崖峭壁，仿佛神工抡鬼斧砍削而成，自上而下是直上直下，不存在任何坡度，谁想攀上上天崖真的比上天还难。上天崖石壁再壮观再著名，当然也远远赶不上石壁上的悬空斋闻名。这石壁在地壳运动陆沉断裂时有点儿怪，它在距上一百丈距下两百丈处，横冲出一块巨石没有跌下去。相传明代古塔县一位万贯家财员外，眼睁睁瞅着独生儿子不学无术寻花问柳挥金如土，深感家族败落末日来临，在老泪挥尽劝儿无果情况下，颤巍巍从背坡（缓坡）爬到上天崖崖顶，正欲纵身一跃了结自己针挑土兴家和儿子浪淘沙败家的苦痛人生时，忽然眼睛一亮，鼻子底下的那块悬空横冲而出的巨石，倏地成了老员外救命神石。这员外顷刻间就形成了个主意，他花了一百两银子请十名石匠，费时两个月将“神石”凿平后，盖了一间石头房子，并亲自命名为悬空斋书屋。老员外接着花重金请来了一位学富五车的塾师，某一天骗儿子陪塾师玩神石，这个败家浪子只要是好玩寻刺激，就高兴得头昏，他快快活活坐进竹箕，几位汉子用麻绳将竹箕拴牢，缓缓向神石吊落。紧接着，汉子们又将塾师吊落在神石上，接着吊下十箱书，等那浪子明白怎么回事后，竹箕已经收回了。老员外在山顶对儿子说，从即日起，你必须老老实实明志劳心地跟着塾师苦读文章，何时先生说你的书念好了文章写得笔走龙蛇了，可以进京赶考了，我才能将你吊上来让你回家。浪子听了急得不行还不敢跳脚，万一闪失可就是粉身碎骨。那以后，无可奈何的浪子不得不变成拳拳学子，他和先生吃着员外一日三餐派人吊下来的饭菜，在悬空斋日灯夜火苦读圣贤书。五年后，塾师批阅学生最后一篇文章，满怀喜悦通知员外可以让他们师生离开悬空斋了。果然不出一年，员外的儿子中举，悬空斋从此声名大振，至今学生春游，教师或家长们都带孩子们到此景仰，谈古励今……

成家沟成永贵老头，也许七八年后也要带着自个孙伢子到上天崖拜祭悬空斋，祈求这块神石赋予孙儿孙女灵气能考上北大清华。成老头今天来此当然绝非此意，他在崖顶上用麻绳竹箕将小工吊到神石上，让小工好好打扫历时几百年无人登临的石头房子里卫生，使劲铲石房子里的青苔。打扫干净时，正好是安四娘按照成永贵的吩咐，说服儿子媳妇游玩悬空斋接近成功的时候。

成永贵赶回家，知道火候差不多了，他就进一步劝诱说，文竹，今儿可是三九天里难得的好日子，风头软，太阳晒得汗毛懒歪歪的，你在公司成天忙，趁这光景和三泰到上天崖一路玩儿一路说话，那多开心。要是有兴趣，爹把你们俩用麻绳竹箕吊放到神石的悬空斋……噢噢，说到这儿我倒想起事情了，你现在是丁冬溪旅游公司职员，你就把悬空斋好好实地考察一下嘛，回去后跟领导好生推广介绍，日后那悬空斋要是成了旅游景点，你还立了一大功劳呢……

成永贵的游说果然立竿见影获得成功，儿媳杜文竹含情脉脉对三泰说，爹有这么好心意，咱们坐在屋子里也没事，那就去玩玩？

成三泰这几天对待老婆差不多是有求必应。他说，好，好啊，咱们这就走。真要是给你们公司发现了景点，拿奖金时别忘了给我开一份。

杜文竹笑着撇嘴：去你的。走吧。

于是，老子，儿子，媳妇儿，精神爽气像是比腿劲，一会儿就从背坡爬到了上天崖崖顶。

三个人俯瞰绝壁，浩叹神工，感慨大自然雄奇。

成永贵指着石壁上那块横空出世的神石，格外景仰格外传奇地讲了神石书屋悬空斋的故事，杜文竹心潮浩荡，神情肃穆凭吊那位应是永世长存的老员外。

杜文竹就说，这次回去后，一定要找刘家驹总经理汇报推介上天崖悬空斋这个富含人文历史的文化景点，希望山水游公司拿出开发方案，早日让神石和老员外一起陶冶游人，名扬天下。

成永贵连声附和："好，好啊，我们家文竹进了公司，心境眼界都比我们广大多了。"老公公的话夸得杜文竹脸颊飞红，她赶忙说道："上天崖真要是成了景点，给公司赚了大钱的功臣就是我爹，到那时，我一定找杨董事长给我爹大把大把发奖金。"

成永贵乐呵呵：这么说我要发财了？嘿嘿嘿嘿嘿……文竹，你不是说玩话吧，你真要给丁冬溪旅游总公司领导汇报这件事？

杜文竹：面对这么非凡的神石这么伟大的老员外，我哪敢讲玩话？

成永贵一本正经了：那就要把事情做得过细点，最好做一番实地考察研究再做汇报。你们年轻人就喜欢探险寻刺激，一来是玩儿找乐，二来是替公司干工作，我建议你和三泰一起到神石上的悬空斋里亲眼看看，具体地体会体会，做汇报时也好说出个一二三四。

杜文竹就在崖顶上拍手欢跳，称赞公爹的好主意。

成三泰说，主意是好主意，我也喜欢惊险刺激，就是……就是我在天堂山爬了许多悬崖绝壁，从没见过上天崖这般陡峭架势，这种斧子削的刨子刨的光溜溜直上直下石壁，真攀起来恐怕没把握。

成永贵：吃豹子胆也不能攀上天崖啊！我就怕你们年轻人好奇，一冲动干危险事，我幸亏带你们玩上天崖之前就做了点准备，你们看——

随着成永贵扬手所指，杜文竹和成三泰同时惊喜地发现麻绳竹箕。

成永贵在崖顶的老楸树上挂好死扣麻绳，再将绳子一圈一圈在楸树上缠好。竹箕是一寸多宽的楠竹篾片做成的，盛上三五百斤也不成问题。文竹就和三泰放心坐进竹箕，成永贵将盘在楸树树干上的麻绳缓缓解放。

大约费了半个时辰，成永贵终于将儿子媳妇小心安全地吊到神石上，看见俩人走进悬空斋，老头子鬼精地将竹箕赶忙收回崖顶。

一准是文竹和三泰惊异悬空斋里为何有人打扫还放了过夜的被褥，他俩挤出悬空斋石门，双双举头仰望，正待要说什么，成永贵抢先说了：小心，注意安全！千万别往神石周边走。你们就待在悬空斋里，我回去和你妈做好吃的，待会儿就给你俩把饭菜吊下去……

一辆本田大巴，一辆东风大卡，人和花轿上了省城公路。

成小娥憔悴不堪，假寐和小憩肯定是她这时最奢侈的享受，却是不能，也不可以。她每隔十来分钟往家里打一次电话。安四娘就像一位最忠诚最守纪律的接线员，她总是那句话："还没有消息。"接着，妈妈总是劝女儿不要急："文竹和三泰都是大人了，丢不了的，他们一准是贪玩了，一时赶不回来。"

成小娥：我爹呢？

安四娘：你把事情说得紧急，搞得那么紧张，你爹还敢在家闲着待着？他正在山应应地到处喊人寻人呢。

说不准原因，说不清道理，成小娥不知道为什么忽然不敢相信亲爹亲妈了。昨天下午得知杜文竹突然失踪，成小娥立马赶回成家沟，她举着火把发疯地找人找了一夜，迎着朔风寒冷呼号，荆棘拉扯得衣衫破碎飘零，可是无论亲朋宅院还是成家沟山山岭岭，就是找不着活脱脱的杜文竹影儿。到了凌晨四点，她不能再找人了，天一亮，她就要带队赶赴省城。在离开成家沟赶回温泉山庄的最后几分钟里，她和爹妈终于发生了争执，她认为这种事不光是发生在她领导的公司，而且更直接发生在她的家庭，太让她威信扫地脸面丢尽。她不相信杜文竹这么没有职业道德，她只能相信如果不是什么偶然和意外，那就必然是有人捣鬼。成永贵就理所当然表达了威严，他就在那一刻责骂了女儿。成小娥说我没工夫和你们吵架了，这件事总要水落石出的……

现在的问题是，等到水落石出就一切都迟了晚了。明天在省会就有一场展览表演，缺少杜文竹这样好形象好轿艺的花轿新娘，会不会坍台？能不能成功？成小娥坐在车子里，一路上心里直打鼓。

进了省城，丁冬溪旅游公司人马住进江天酒店。成小娥对大伙说，下午给你们一点儿自由活动时间，好多人是第一次进省城，想看看大都市，要上街玩玩就跟马车说一声，由他带队结伙逛街，不敢发生迷路走失的事情。下午五点半，一定赶回江天酒店，晚上还要排练，明天就是此行的第一场展览表演……成小娥说得有点儿絮碎唠叨，新娘和轿夫们能理解，毕竟放几天假就失踪了杜文竹。

大伙儿就跟着马车鱼贯而出，待到牛青青正要走出江天酒店大门时，成小娥突然拉住她。

牛青青一愣：有什么事吗？

成小娥：对。

牛青青：行，有事我就不上街了。她就跟着成小娥返回电梯。

小娥住的是豪华大套，客厅简直就像个会议室，她拿起电话喊来服务员，要求她们将客厅里的桌椅沙发以及冰箱酒柜，统统移到边角上去。

一阵忙乱后，客厅更空旷了。成小娥再次和家里通了一个失望电话后，对牛青青说，没办法了，只有劳驾你了。

牛青青：劳……劳驾？哎，你到底要我干啥？

成小娥：干啥，要你当师傅，我跟你做徒弟。

牛青青：瞎说。乡亲，同学，那都是以前的事。现在，你是我的领导，你我是上下级。

成小娥：我哪有时间跟你瞎说。杜文竹不能归队，谁来顶她的空缺？你总得让我临阵磨枪，不快也光吧？

牛青青惊异了：怎么？你要亲自当花轿新娘？

成小娥：不行？

牛青青：行是行，那谁当领导谁做现场调度呢？

成小娥：现场领导艺术，恐怕赶不上花轿新娘的表演艺术吧？好了，不想别的了，就想你怎样当好师傅我怎样当好徒弟吧。

这么说着，当真说练就练了。

应该说，成小娥天天盯在温泉山庄轿艺广场，虽说没有身体力行当角色，花轿新娘们的教练轿艺，是时刻耳濡目染的，表演的程序和技能都透熟于心。成小娥就是不马虎，从化妆，着装，迎新娘，上喜轿，直到轿内应变知识，下轿如何娇柔作秀博取观众，拜堂怎样令作秀新郎的游客高兴愉快，进洞房怎样让新郎游客一辈子回味难忘……她都要牛青青按部就班，毫不含糊地从心理到形体教练训练。

练了一遍又一遍，牛青青说，有些科目是省民俗研究所专家和丁冬溪民间轿艺艺人传授，有的课还是你上的呢，这工夫怎么反要我给你上课呢？

成小娥：我跟你说真话，我现在心里有些慌，不太自信。

牛青青笑道：你是当官做领导了，你要是跟我们一样在花轿里打工，从漂亮到轿艺，哪个敢跟你比？别的不说，就说你这双羞答答雾蒙蒙大眼睛，揭开红盖头就让人魂飞魄散。我对你说，你就是天然的一位美丽新娘，你在任何时间出现，我都有这样的感觉……

成小娥打断：别害我。瞎吹乱捧！我不想听任何评价，我只想问你，我像不像杜文竹，能不能赶得上杜文竹？

牛青青愣了：你是你。你跟你嫂子比什么比吗？就算文竹比你好，你还会吃醋？

成小娥：这就对了。你是实话实说了，我比不上杜文竹。那咱们还得从头来从头练，一气练它十八遍。

牛青青站着不动：你疯了？三九寒天，别人冷得淌清鼻涕，咱俩内衣拧得出汗水，还傻练什么呢？

成小娥：没办法，青青。知道吗，明天是大年三十，江滩广场人山人海观看省局组织的第一场旅游展览，各家有各家高招，各山有各山大王，我们觉得我们很美妙，谁敢保证别的旅游公司的节目不比我们更精彩？因此，从明天起，我们这个展览大团里，天天都有着竞争对手，天天都是对抗赛。跟别的旅游公司较劲当然不是目的，但肯定是动力，展览活动中好强争胜，才会赢得千千万万观众青睐，召唤千军万马到丁冬溪旅游，这是从大处讲，往大处想。小处说，作为个人，我也不能砸杜文竹牌子。我们的花轿游乐广告小册子印了几万份，随着展览活动在各地分发，在这本小册子里，你和杜文竹的形象广告誉为“大小王”。我明天就不能是我，我就是杜文竹，就是“小王”，我有丝毫差池，就是对不起杜文竹，损害杜文竹。她在竹楼轿场，可以说是训练得最吃苦最认真的一位新娘，她让人冒名顶替第一次出面江湖，如果让观众视作丑小鸭灰姑娘，我怎么对得起她？

牛青青就被说得心里沉甸甸了，她问道：你说文竹到底还回不回来？

成小娥：你说呢？

牛青青：我闹糊涂了，真的答不上来。要说，文竹在花轿公司里是最敬业最守纪律的，这样的节骨眼上，她不可能不回来。文竹在丁冬溪土生土长，没有哪座山哪条沟能让她迷路失踪。从这两点看，这件事恐怕就不那么简单了，我的直接感觉是她再也回不来了……

成小娥眼睛都吓直了：别。别瞎说。

牛青青：不会瞎说的。她和你哥同时失踪，你哥治好了病，也同时治好了两人的心情，感情急骤升温，需要日夜厮守，形影不离，爱情打败了事业，一起到外地夫唱妇随打工去了。白天快乐挣钱，晚上快乐同宿。这是其一。还有一种可能就是三泰和文竹依旧是冤家，两人心灵伤痕无法愈合，你哥就把文竹绑架了，眼下正在哪处山洞里威胁逼迫呢……

成小娥：别别别。再说下去，我脑袋要炸了。从现在起，咱们立个协议：非轿艺，不谈！

于是，两人又专心致志紧张训练起来。

可是不大一会儿，成小娥自己先破坏了协议——她放不下那颗悬着的心，她想念挂念杜文竹，她对她望眼欲穿……她就又给家里既沉重如山又颠三倒四打电话。

隆冬之夜，上天崖漆黑严寒。朔风拥挤着峡谷，猛虎般冲撞啸吼，十足的干冷，冻得石头噼噼叭叭炸裂。衰草与枯枝败叶，惊魂失魄地作粉身碎骨飞翔。

神石上的悬空斋里温暖如春。成永贵在天黑前，吊下火盆和栗炭，炭火烤暖了人的身上每根汗毛，烤热了地铺的被褥。

成三泰在炭灰里煨土豆，在炭火上烤羊肉。一罐低度黄米酒，在炭火映照下散发着扑鼻的醇香。

肥羊的油脂一次又一次滴答到炭上，发出滋滋响声。成三泰往烤羊肉上撒盐后，割下一块尝着。感觉味道还不错，他就割下最好的一块肉，倒了一杯米酒，殷勤地给妻子递去。

杜文竹绷着脸低着头，视而不见。她说你有心情自个吃喝去。

成三泰涎着脸儿：咱傻了一回，咱不能傻第二回。咱不能饿死，饿死了你还怎么当花轿新娘？

杜文竹：别跟我唱歌。三泰，发生这种事，是不是你和爹妈一起预谋的？

成三泰：活冤枉。打死我也不会做这号傻事蠢事。

杜文竹：三泰，平心讲，这几天我们找到了做夫妻感觉过小家庭日子的快乐。我想，我是命中注定被你捡拾而属于你。你在山洪中不贪财只救我，就凭这一桩，我会感动一辈子爱你一辈子。后来，你我都知道了我们的爱的缺陷，我们有了忧伤悲伤……直到有一天，也许是神灵真的不负好人，你完美地修补了欠缺，我们俩真正花好月圆……但是就在今天就在此刻，我要沉重告诉你，我们可能又一次花残月缺……

成三泰急忙打断："文竹，别瞎说。文竹，我爱你……"他向妻子偎去。

杜文竹犹如虎狼近身，倏地抽离："请你坐好，我要和你谈谈。我是女人，爱我的丈夫和被丈夫所爱，是心醉心迷的。迷，不能迷住心窍，我除了有我的丈夫，还要有我喜欢要做的事。以前，我以为做饭生孩子，是女人最好的事。感谢你和我那场干戈，我没走出丁冬溪却也扎扎实实走进外面的世界。我看到了精彩，找到了我能做我喜欢做的事，我在花轿公司被重点培养，我被民俗专家表扬赞誉，我成了大家看好的花轿新娘。我的心倏地乐开花，因为我终于找到了我的人生一直缺席着的那个适当位置，我找到了打工和劳动的美丽，我惊喜地发现了我的价值，我在有尊严地生活着。从那一刻起，我陡然成了一个明明白白的人，我为自己制定了明明白白目标。我要别人愉快我也愉快，我要丁冬溪公司发财我也发财，我要和你一起住进自己的别墅坐进自己的小车，我要你爱我更要你尊重我……有了理想有了事业的我，这时当然把丁冬溪公司视作伊甸园，我从伊甸园里走进美丽的大花轿，我才知道我和花轿一样漂亮一样光彩。我有了位置，有了舞台。我高兴自信，我会在这个舞台上获得喝彩，这条花轿路就是我走进天堂之路。可是……可是……”杜文竹突然出气不畅，饮泣不成声。

成三泰当然又劝慰了，他又在向妻子温存地靠拢。

杜文竹目光寒冷，严肃的仪容拒人千里之外。

成三泰低声问道：那你到底要怎样？

杜文竹：我要立马回花轿公司，我要和大家一道出发。我要是缺席正月正花轿旅游展览，我的生命也就可能在这个混沌的人世上缺席了。

成三泰：别瞎想胡说了。我把你的命从洪水里救起，你有责任好好珍视。

杜文竹：我是珍视生命，可是别人硬要践踏我的生命。

成三泰：谁？

杜文竹：你。还有你爹你妈！

成三泰：这话好没道理。

杜文竹：怎么没道理？你们不是把我已经装进悬空斋这口“悬棺”里了吗？

成三泰：又说气话了。文竹，还是先吃饭后睡觉，一切等天明再说。

杜文竹：不把这件事闹明白，我不会吃饭。不离开石棺材，我也不睡觉。

成三泰：现在闹得明白吗？明天等爹妈送饭送水时，问出究竟不就得了。

杜文竹：当然问得明白。可我首先问你，你欢迎不欢迎他们这样干？你要讲实话，不准扯谎。

成三泰沉默片刻说道：那你答应我，我讲了实话，你要吃饭睡觉，再不要糟蹋自个身体。

杜文竹：我确认了是实话，才能答应你。

成三泰就先从自己谈起。他老老实实承认，他现在就是片刻都舍不得离开老婆，结婚结了七年多，床上打的是八年抗战，直到这一天，男人的太阳才破腹而出，炽热光芒初照人。他这一天才晓得女人真甜女人真好，一个男人要是睡在没有女人骚味的床上，简直跟睡坟坑墓穴差不多。成三泰老实说道，与其让你一整个正月见不着影儿跑大码头，还不如就困在这悬空斋里啃着搂着日夜厮守。成三泰说起爹妈为什么要做这样的事时，有事实也有猜想。他说他在天山北郭神医那里治好病，爹高兴得合不拢的嘴说出的第一句话就是明年一定要抱孙子，我是独子独苗，老成家天大事地大事，继承香火是头等大事。我娘完全赞同，我娘说，小娃儿是妈妈房门上的锁，女人心气再高，有了孩子就有了定得下斤两的稳得住镇得住的秤砣。我琢磨爹妈的心思是，你在花轿公司里太漂亮太出众，招惹人眼目，又做着出头露面事儿，成天作秀大众情人，谁家当老人的对这样的媳妇也不敢放心，他们是想让你有了孩子有了“锁”有了“秤砣”，再让你安安全全做花轿新娘和跑码头……

成三泰这番话说得很长，杜文竹也就听得很累很苦。她揣摩三泰说的确是实话，但她也是彻底败了胃口，更加拒吃香喷喷的煨土豆和烤羊肉。

成三泰：都快下半夜了，不吃饭总不能不睡觉吧？

杜文竹揶揄地：你想睡觉？

成三泰早就想和老婆睡觉了，到了这样的时分，他差不多就剩下一门心思，就想跟婆娘做那上了大瘾的事儿。他就把杜文竹的揶揄冷笑看成是一个微笑。他搂住老婆又扒胸衣又抽裤带儿。

一准愤怒就是力量，细腰俊秀的杜文竹，出人意外地将五大三粗的成三泰猛地推成屁股打礅。她对坐在地上犯傻的成三泰说——

“明白吗，这是龌龊，无耻。你爹你妈要把我当作禽畜，当作母鸡母狗关在这间石头屋子里圈养，他们要我发情，交配。他们是什么东西啊……我更不是东西啊……啊啊啊……”杜文竹打开长发，在地上翻身打滚嚎哭。

哭得门外山风格外悲鸣，哭得悬空斋格外孤独荒凉凄冷。

成三泰费了很大的劲，才将乱翻乱滚的杜文竹扶到被褥齐整的地铺上。

杜文竹厉声厉色吼道：想干什么？告诉你成三泰，只要你在这石头屋子里敢近我的身，我立马冲出去跳进大峡谷！把我当禽畜，逼我绝命，我就让他们家绝代！

这个一辈子文静平和的女人，真的是这么说这么吼吗？那么，她恐怕真的是疯了。

胡漠雁的办公室里，电话响个不停。成小娥请公司寻找杜文竹，督促文竹迅速归队，火急得像下十二道金牌。胡漠雁不急不忙，反倒是几分幸灾乐祸。杜文竹是度假不归，这个假谁放的？杜文竹是在何处不归，那是在成小娥家。这两条就是两条皮鞭，你成小娥不是风头正劲走运走红吗？不是眉毛竖起眼睛里没人吗？该用皮鞭抽抽了。胡漠雁就一边在电话中哼哈对付，一边派吴奇走过场般到成家沟看看。高材生吴奇，一向恃才傲物，愤世嫉俗，吊儿郎当当个小办事员，他此行成家沟倒也称职，吴奇办这事，也就算是“凡事总得有个交待”了。

又一次接毕成小娥电话，刘家驹的电话紧跟打过来了。刘要胡漠雁到他办公室谈事。

胡漠雁问道：“一办还是二办？”自从与刘家驹有了那层暧昧关系，办公室的名称也暧昧了，私下里，两人一唱一和将丁冬溪旅游总公司总经理办公室命名为“一办”，将刘家驹的卧室称为“二办”。

刘家驹：这种时候你还有心思扯淡，快来总经理办公室！

胡漠雁进门就嘟噜着脸嘟噜着嘴：什么这种时候那种时候？我扯淡什么了？这种时候怎么了？

刘家驹脸像棺材板：“这种时候天塌下来了！”刘家驹就说他是在古塔开基建会中途赶回来的，他说杨雄为杜文竹缺席花轿旅游展览一事大光其火，责成公司不遗余力查找，务必令其二十四小时内归队，谁完成不力处分谁！

胡漠雁左耳进右耳出，懒洋洋说道：爱处分谁处分谁呗。

刘家驹：杨雄牛脾气还不知道？惹急了，恐怕我当不成经理你也当不成助理。

胡漠雁：心放肚里吧。没人拿得走你的肥缺。

刘家驹：漠雁，公是公私是私，不要什么时候都随随便便，什么事都开玩笑。

胡漠雁就说她没开玩笑。

刘家驹说没开玩笑，你怎么对杜文竹一点儿不经心呢？这样下去，既对公司经营不利，又给杨雄留下把柄。

胡漠雁说，这都是没有的事。她说已经交办吴奇，督促也没少，还怎么下劲给力？她看着刘家驹可怜相，走过去给他捏肩推背，宽心宽慰说道：咱俩谁都没担待的。是成小娥有职有权放的假，是在成家沟失踪，这事杨雄不追查，我们还要追查呢。

刘家驹果然精气神一振：有道理，说下去。

胡漠雁：人无今日虑，必有他日忧。洗浴公司，弹性洗浴（鸳鸯浴）方案受阻，这个分公司撸钱的耙子就大大缺齿。山水游分公司，硬件没说的，配件也不是三天五日吹一口仙气就成的。六盏灯至天堂西村村部的必通公路通不了，雷奔大峡谷除礁任务很重，这就陆路不畅水路又阻，山水游的经营形成规模，时日尚远。至于农家乐园游，游客们无路可走还怎么进乐园？这种严峻形势，你看到了，杨雄更应该看到了。杨雄为什么只急着花轿游乐公司的这事那事呢？想来想去，只有一种解释：陆路不通车，水路不行船，只有坐滑竿坐花轿了。这是为什么？抬举成小娥，火成小娥！她功高人伟了，她就是渔人，你我呢，他日必成鱼鳖！

刘家驹历来佩服胡漠雁有头脑。杨雄这次要刘家驹在水瘦山寒的丁冬溪牵头搭架子创业，他决不是因为有个漂亮女人在身边驱寒送暖而首选胡漠雁当副手，他真是觉得这人是女萧何雌陆贾。现在听其高论，刘家驹明知有过激有嫉火，明知杨雄大事不糊涂，“水陆双通”的事杨是操心日甚的，但是对胡漠雁这番想法说法，至少也应算是勾起淡淡的忧愁，至少小心不无理。刘就说，谢谢你的善意与提醒。可是刘毕竟是股东是直接利益者，他不同意消极等待定局，等待一推二六五，等待最终杨雄处理干系人成小娥。那是胡漠雁打情敌。他要打的是商战！

胡漠雁何等精明，她见机船掉头：积极办法有啊，我早就有一份积极备用方案。

刘家驹喜出望外：真沉得住气，快拿出来啊。只要有办法，上天入地我们也在二十四小时内把杜文竹送往展览团队去。

胡漠雁莫测高深一笑：刘总，我们不缺花轿新娘，我们什么时候都可以送过去。

刘家驹：我没听明白。你送谁？

胡漠雁：姚秋桂。

刘家驹：“胡闹。这能捡个萝卜就能啃吗？”刘家驹不是一点儿原则性没有，成小娥向他汇报正月正花轿旅游展览的新娘名单时，对从业的道德和形象的美感有很高要求，姚秋桂兰芳等人都是不符合要求的人员，刘对这个汇报是赞扬首肯的。

胡漠雁顶撞道：姚秋桂不是萝卜，她是优秀的花轿新娘。

刘家驹大跌眼镜大惑不解：姚秋桂是优秀花轿新娘？那成小娥为什么确定展览团大名单时要淘汰她？

胡漠雁："不是淘汰她，是淘汰我！"趁着刘家驹一脸茫然，胡漠雁说起根由，挑明姚是她亲自招聘，喜欢拉山头的成小娥就不高兴，"表面上是给姚秋桂穿小鞋，实际上是抽我胡某人的脸。"

刘家驹：别扯远了。咱们就事论事，姚秋桂形体超重，身材太胖，欠缺流行美感。

胡漠雁：刘总，作为大公司，最可怕的就是单一化经营。骨感美是美，丰腴肥嫩就不是美？我还不知道你们男人，好多汉子还就喜好姚秋桂那一口呢。

刘家驹笑道：这是让新娘展览，又不是让新娘上床。

胡漠雁也笑了：本来就在山沟沟里办公司，你可不敢再搞封闭搞思想不解放。我这次是豁出去跟着你搞事业，如果在这天荒地老的地方既立不了业又赚不了钱，本姑娘的青春就算付诸丁冬溪了。

刘家驹点起一支烟，抽上几口踱一圈，又抽几口踱一圈，他说漠雁，万国丽人有一条座右铭是：会搂钱进财就是最好的职员。你为公司利益收益豁出去我很感动。不过光是你我豁出去，成本太高风险太大，杨雄陈阵也要和我们一起豁出去才好。好了不多说了，可以让姚秋桂兰芳们探探路，你重点和姚作一次高明谈话，既鼓励她出类拔萃做另类新娘，又告诫她要合法经营，也就是说只能赚游客情感投资的钱。姚此行取得经验或教训后，我再和杨总交换意见，任何成功的突破性经营理念，总是在实践中摸索和完成的。

胡漠雁兴奋地领了一把尚方宝剑，她冲动地吻别刘家驹："晚上我去二办。"她为刘家驹的"情感投资"理念，心里直呼"万岁"。我们国家没有"情感罪"，我们丁冬溪公司确实有高人……

岁末寒冬的云水寺，真如古刹寂寞冷清。山庄里，有事的都去忙事了，剩下的就是花轿游乐公司的“跛腿轿夫”和“麻脸新娘”。加在一起，也就五六个人，谁也不是麻子跛子，可是不麻不跛，成小娥为什么鸡爪子一划，就把他们从展览团大名单中划掉呢？有人就骂骂咧咧，扬言说卷铺盖回家不干了。姚秋桂说：“傻B！公司是成小娥开的？咱在这里好吃好睡熬着日子熬着年，谁敢少一文工资！”也是的，老话说，“有钱过年，没钱隔壁（别人家）过年”，咱是春节坚守岗位，到时候要求发双薪。

坏心情说出了好事，大家伙身子骨就有了点暖和，于是回房间，真的睡大觉去了。

兰芳和姚秋桂同住一室。兰芳说，姚姐，咱俩练练吧。

姚秋桂：咱俩练，没公的啊。

兰芳：什么公的母的，多难听。扮新娘还是扮新郎任你选。咱们按天堂山区喜事程序，从站簸箕待嫁到跳火塘入洞房，一个节目一个节目扎扎实实往下练，谁也不比谁笨，我就不信轿艺过不了关。

姚秋桂说，兰芳你呆，拿着个棒槌当针，那就是别人针扎你，你还槌自己。咱俩真比别人轿艺差？屁！花轿新娘为什么都要向牛青青杜文竹看齐？专家都说轿艺要各姿各雅。

兰芳：那就是咱们还不够雅。

姚秋桂：不雅那就是俗。俗不好吗？雅俗还要共赏呢！我早看透了，轿艺没好坏，只有风格不同，流派差异。

姚秋桂这番话，硬是把兰芳愣住了镇住了，看来姚胖子听民俗课比自己听得明白。兰芳不得不虚心求教：姚姐，那你说咱俩落选的真正原因是什么呢？

妙秋桂：没原因。只有歧视，侮辱。讲白了，就是咱俩名声不好，是不正经女人。

这话让兰芳脸红，心痛。但是她不能苟同姚胖子。她住在老北口荒远偏僻的深山窝，是杨董事长成经理披荆斩棘走坎坷，推柴扉进草屋，诚心实意古道热肠亲自登门聘为花轿新娘的，如果说歧视鄙弃，讲不通嘛。兰芳就很自然数落姚秋桂了：你这话不地道。是成小娥让我活得像个真正女人，咱不能背着人家讲怪话说坏话。

姚秋桂：小娥说我们是坏女人，我说坏话又咋了？

兰芳：成经理什么时候说过我们是坏女人？你听见了？

姚秋桂：事实已经说了，还用得着口头说。

正在争论得不可开交，有人敲门要姚秋桂去胡助理办公室。

一小时候后天上掉馅饼，姚秋桂兰芳喜出望外赴上海。胡漠雁隔着车窗说："记住，一定要给公司争气，给我长脸！当然，公司日后发达了发财了，也会记住你们的贡献。"姚秋桂兰芳就小鸡啄米般点头，声声脆生生应承。

丁冬溪旅游公司的本田大巴和东风大卡，又奔驰在沪蓉高速公路上了。

豪华舒适的软座车厢里，大多数人都闭着眼睛迷糊，余小死人还睡出了很响的呼噜。

兰芳睡不着，她瞪得大大的眼睛，既不看人，也不看窗外。她只想看得准她的工作，看得见她的前途。严格说，她和姚秋桂风雨兼程赶撵 K 省正月正旅游展览团还不到三十个小时，却是来得早不如来得巧，她就赶上了大年三十晚上和正月初一的两场花轿表演。第一场还算风调雨顺。第二场邀请观众现场作秀新郎时，她喘气不匀地和那个陌生男人端坐在花轿里一任李松柏疯狂颠轿。颠轿颠到轿艺巅峰"侧甩"，那个男人有意向她侧压过来，虽说一路同行的姚秋桂跟她大谈解放思想，坚决不做让人瞧不起的封闭式山沟沟女人，要当新潮流新时尚花轿新娘，她还是本能地推挡和挣脱，慌乱成一团。男人却不慌不忙地伸出手插进她的怀。兰芳羞坏了吓坏了，赤红着脸说，先生，请……请你自尊。男人一派轻松潇洒说道，旅游不就是玩嘛。那男人就在花轿里放肆地玩她的乳……她羞耻，痛苦，愤怒，可是轿外万头攒动，众目睽睽，本能懦弱的她，不能斥责，也不敢逃逸。她的眼角甚至渗出了苦涩的泪，而那个男人却是一脸的陶醉。下轿后，兰芳仍然要拿出笑容和他拜堂，男人弯腰跪拜时低声对她说，小姐，我一定会去丁冬溪旅游的，我的许多当老板的朋友也一定会去的。希望到时候你们能给我更多的幸福接待。兰芳听了，从那时一直害怕到现在，这些城里人太胆大了，太直接了，一些家伙简直就是赤裸裸色狼，而我们的旅游展览是毫不含糊地引狼入室……一个花轿新娘往后是这样工作这样过日子，前途太可怖太迷茫了。是回老北口继续让丁丙发泄呢，还是在温泉山庄忍辱陪游？前是火山难上，后是火海难泅啊……

兰芳勤思细想，难题依然是难题，困惑无解。姚秋桂却是什么问题也难不住，她给自己配的心理钥匙是——想得开放得开。是啊是啊，一个女人只要想得开放得开，你出难题试试？没有解答不了的！

姚秋桂的故事也是和一位参与作秀新郎的现场观众发生在花轿里的。当轿夫们表演着大摆步时，当张大雷唢呐吹破天时，那位从观众席里勇敢走上来当新郎的男人这时更勇敢了。他说，新娘子，你知道是什么鼓励我参与表演吗？姚秋桂含笑说不知道。男人说，那我告诉你，是你的屁股。姚秋桂说先生真会开玩笑。男人说不开玩笑，我喜欢大屁股女人，刺激，耀眼，就是说又实用又有观赏价值。姚秋桂说，谢谢先生夸奖。男人觉得这是鼓励，他就一鼓作气扒她的裤摸她的臀。姚秋桂说，谢谢先生抚摸。

一忽儿，轿艺就结束了。时间过去了，姚秋桂和这个男人故事也就结束了。什么也没增加，什么也没缺少。什么也没伤害，什么都不成问题。那个男人将一张大钞塞进她的亵衣高高兴兴回到观众席，姚秋桂也愉愉快快回到休息室。而且，这些愉快，姚秋桂现在还在回味。

牛青青眼睛也是瞪得大大的。她的不倦与无眠，让人错觉是亢奋是激动。不错，省城两场展览，牛青青不出众人所料，立刻成为当场明星。高潮时，万名观众形成人浪，牛青青名字被欢呼者接力绕场两周高喊不息。省电视台以《美在深山人不识》为题，在很有观众率的《今天之美》强档专栏里，对牛青青作了汪洋恣肆评述报道。展览总团的《工作快报》也称牛青青的表演让人耳目一新，“前憾无古人，后叹无来者”。据悉，明天的省报还将通栏推出《我们要去丁冬溪旅游》长篇通讯，其中一大章节，大写花轿新娘牛青青的人气号召力，表达游客际会这位“出手就出众”的花轿新娘渴望渴求。这些，是让年轻的牛青青很激动，很快乐。但她这时，的确是在想唯一一件发生在展览中的不快。

那件事的主角现在就坐在她前排。她不明白花轿公司为什么要临时聘请周全作秀花轿新郎。因为旅游展览的特殊性，公司的新娘新郎专业示范表演是必要的，可是那也没必要特邀品质很坏的周全加盟。果然，在江滩首展时，周全便把花轿当作六盏灯的录像放映室，故技重演骚扰牛青青。

青青不能大声，但很严厉：周全，你以为是在坏我吗？你在毁坏一家盛名大公司，也是在破坏古塔经济建设腾飞。我的工作要靠激情，更要好心情，你的流氓行为让我作呕，你要对这次失败表演全职负责！

周全就在那时停止了拥抱与抚摸。他清楚牛青青与成小娥的关系，接下去就是出轿和作秀拜堂了，牛青青稍有不合作和表演不到位，便是展览的第一炮就打了臭弹。真出了这种事，成小娥岂能用他！要打进丁冬溪公司也永世妄想。这边无望，政府那边也恐怕如牛青青所说是“坏了古塔经济建设”，极有可能小官也丢了。周全便改邪归正，没把鸡飞蛋打的事做到底。

青青顾大局，还是和这个恶心男人尽力完成了那场表演，其后，观众也接受了他们的精彩，好几位男士观众模仿周全，争邀牛青青，作秀演绎嫁娶秀，将展览的群众参与推向了高潮，整个江滩广场就数丁冬溪花轿公司的展览活动最抢眼最活跃。

尽管如此，牛青青事后还是找成小娥要吐心中块垒，她想劝成小娥趁早辞退周全，让他的丑恶，“不出省界，到此为止”。可是当她走进小娥客房会客厅，听到小娥正在向在场的公司人员大赞周全妙笔生花，说他写的花轿公司展览通稿，专业记者和报社编辑都说观点新鲜写法新颖，省城四家有影响报纸全都割爱自己的记者，采用周全的新闻。报社总编辑们都夸赞周全得天时地利，他把天堂山区的美景奇景心感身受地写得特别冲击视觉，特别激动人心。如果在那样美景的画面里，再增加一乘火红的大花轿，再增加一位纯美如山花纯洁如山泉的花轿新娘，坐轿游的游客，刺激与快活，还敢相信在人间吗……成小娥就说：“我们初出茅庐做旅游，就是靠做展览做宣传做广告。周全先生人才难得，功不可没，大家都应该像周先生这样建设公司，为公司争光……”周全在争光。大家要学习周全。牛青青知道，她找成小娥说事，太不是时候了。

一件骨鲠在喉的事没有说，牛青青现在坐在车上，心里便反反复复说……

车厢里第四个没睡觉的人就是成小娥了。虽说总公司强行派来姚秋桂兰芳令人不解不快，最是搅扰她的肯定还是杜文竹。她就是成寐，也会在梦中和这位亲嫂子不屈不挠打交道。成小娥也还要花相当精力和时间自省总结省城两场展览的经验与教训。实践才有理论升华，成小娥领悟到：花轿都市旅游展览和花轿在温泉山庄轿艺广场上表演，是有区别的。前者是视觉艺术，更讲究动作形象，更追求冲击力。是让大伙看了，“一传十、十传百、百传千、千传万万”，是很讲究行为艺术和立体广告艺术的。而后者呢，是游客的自娱和逃逸城市后寻求放松与开心，花轿新娘们不是面向广大观众，她们差不多主要是面对某一位具体游客，她们就更要讲究的是情感交流优美化和服务热情周到化。成小娥这样思考时，决定明天在上海首场展览要作一些重要变动，一些不具备视觉艺术和动作冲击力的新娘轿夫调整，像姚秋桂余小死人都要退为候补人员，她本人和牛青青要准备吃大苦耐大劳，要不停地作秀新娘，要昏天黑地拼上去。而李松柏李立春父子，也可能要累散骨架……没办法啊，上海是中国第一大都市，是开发游客的最大富矿。上海成败，就是丁冬溪旅游公司大战略的成败。

这又让成小娥特别焦念盼望杜文竹，所谓“边烽思良将”，就是这个意思。这不光是上海太需要杜文竹了，就是在省城那场展览，成小娥也诚惶诚恐，几近狼狈不堪。

当时和成小娥共进洞房的那位作秀新郎观众，很礼貌地提出想和她谈谈。马车说，先生这是不可以的。新郎新娘进了洞房，这个游乐单元就结束了。那位作秀新郎说，我不会打扰你们的，五分钟就行。马车为难地望着成小娥。成小娥莞尔一笑说，行，游客是我们的上帝，上帝的要求，我们是不可以拒绝的。作秀新郎说，谢谢新娘。其实我只是想问一问，你真的就是丁冬溪花轿公司旅游展览小册子里介绍的那位杜文竹小姐吗？成小娥一怔，但很快平静了：“我是。是不是我让先生失望了？”作秀新郎说得很机智：“哪里。我想是编写这本小册子的作者太有文字能力了。这我理解，每个公司的敬业职员，都是努力的。”成小娥听了客人委婉批评后，万千滋味在心头。她自信，她的美丽不成问题，那就是表现和表演火候不足了。她明白了，有过严格的职业训练和没有这种刻苦训练，肯定有差距……

车厢里还有谁没睡吗？

有。是李立春。

李立春眼睛睁得大大的，不知道这位年轻的轿夫在想什么？

过年了，谁都吃好的，丁冬溪人家，牛肉羊肉腊猪蹄火锅，一片咕嘟声。别人吃好的，杜文竹不吃不喝，肚子饿得像土鳖。成永贵安四娘送饭吊饭时，站在高高的崖顶老泪纵横地劝求媳妇好吃好喝过好年，杜文竹也热泪泉涌抓牢送饭送水的吊篮，苦求公婆把她吊上去，她说只要爹妈让她赶快归队参展，她保证以后在公司上班夜夜回家。她的话就差没直接说夜夜陪男人睡觉早日为老成家生孩子了，却是公婆面软心硬，他们根本不答应儿媳的哭声求助。杜文竹无奈，死揪着吊篮不放，逢上这种事，成永贵就只得破费地扔下竹箕和长长的麻绳，老两口心痛地算过，筐和绳加在一起要二三十元呢，不过白扔钱与得到孙子，那总归是投资小小的，收益大大的了。

白天绝食不吃喝，晚上不睡不眠，老是这么煎熬，人又不是铁，总会犯软犯晕的。这时杜文竹就会依靠墙角瘫坐着。有一次，她还做了一个白日梦，梦见自个和公司花轿新娘们一路鲜花如虹掌声如雷展览到深圳，深圳的高空蹦极和飓风过山车等洋玩意玩得人脸色犯紫血压升高，够刺激开心了，深圳却是毫不排斥他们的轿艺表演，争上花轿争做新郎，比坐过山车的人多多了。一位和她搭配的阔佬新郎说，你们就在深圳安家落户吧，我投资租赁一家最好的公园给你们建设表演场馆。像你和牛青青这样的花轿新娘，月薪一万，游客无论多大红包，概不交公。杜文竹说，谢谢。不好意思了，我这个人太传统了，古诗中不是有“恨不相逢未嫁时”吗，我现在就是这片诗意，我对不起老板厚爱了。这位阔佬新郎不无惋惜，临别时豪爽地给她封了一只万元红包。杜文竹想，他的一万元大概就是我们丁冬溪人口袋里的一元，她就笑眯眯收下了……一直专心关注关爱也一直虎视眈眈的成三泰看到了妻子这个微笑，他就轻轻走过去，温柔搂抱她亲吻她，杜文竹立马惊醒，她像逃脱陷阱躲避屠刀，响箭一样射出去跑掉了。她跑到悬空斋另一处石墙墙角，先是站着挺着，然后又像现在这副样子，虚弱地或蹲或坐在墙角里。

杜文竹在犯软犯晕，成三泰也好不了多少他也在活受罪。他的心火太高，他的周身热血就烧得太烫。他的大脑里反复翻腾着那个欲仙欲死的瞬间极乐，他的这种极端感觉从脑袋里夺路沿着脊骨奔驰到下体，它们在他的裆部聚集呼啸起义，这时他就不顾一切揭竿而起了。他凶猛地杀向杜文竹，生擒杜文竹，他让她别说还手之力连招架之功都没有，他扒她剥她，如同逮住一只鹌鹑扒毛拔起一只萝卜剥皮，他的工作太轻松了，实现太容易了，他的进军已经占领了她的高耸的乳峰，跋涉到脐的凹地，他不该在这样的时候又听到了不在佛界在人间的“凄凉寺钟声”。不再反抗也不再慌乱的杜文竹，镇镇定定敲响“凄凉寺”警钟：“成三泰，你做吧，就像一条公牛公狗那样做吧，做死了最好，做不死，我立即撞墙或跳崖，只要让我真正看出你是公牛公狗，悬空斋坚硬的石墙，上天崖石壁深渊，都会是一个自杀者的天赐恩赐!”可怜成三泰到底没有疯，面对如此姣好的美妙女人，你是要她一次，还是要她一辈子？成三泰就牛喘着复又狮吼着一声哭，不顾生死向后一仰，哐咚一声摔倒地铺上。

女煎熬，男煎熬，大约熬到正月初三，成三泰熬不下去了。花轿公司残腊放假日子里，而立之年的成三泰，才真正完成与妻子灵魂际会和肉体访问，他这时仿佛才第一次正视杜文竹是那样灿烂艳丽，他枕边对她耳语，你不是杜文竹，你是杜鹃花。现在，三四天不沾水米的杜文竹，一片花残。她灵气的眼神，在可怕地枯死。那流光溢彩的容颜，一寸一寸灰暗。妻曾对他说，三泰，我们耽误了一些夫妻岁月，我们因为惋惜而懂得珍惜，我一定好好做你的妻，我会加强爱的浓度补救我们的以往。妻说到做到，她对他白天无尽关爱夜晚无限温柔。可是心醉的小两口生活仅仅过了三四天，他和她的日子就由春日春阳变成冬至大寒。在这样的日子里，杜文竹正在慢性消灭那如花似玉的鲜活肉体，她咬牙嚼舌，渗血宣告：“如果这是三泰和爹妈一场合谋，如果这样危急时刻丈夫对妻子无助无救，我宁可玉碎，决不瓦全，要么是死，要么离婚!”这不是宣告，这是雷轰，是电火烧他。成三泰熬不下去了熬不下去了熬不下去了。

正月初三中午成永贵送饭吊饭时，成三泰大男人放悲哭求了，他说，爹啊，别送了，文竹至今没尝过一口，她快要不行了，你老行行好，快把她吊上去吧。成永贵骂道，没出息的东西，老子大冷天翻山越岭给你们送饭，你举手之劳喂婆娘吃饭都干不了？成永贵就气哼哼往上收吊篮，神石上的成三泰死揪着不放。成永贵一跺脚，松手扔了吊绳，心里骂道，又白扔了三十元。

初三送的晚餐非常丰盛。成永贵中午回家后把儿子说的话告诉了安四娘，安四娘说，文竹再年轻再身体底子好，熬到这份上也该差不多了，今天的晚饭咱们动动脑子精煮精做，每个菜烹得喷鼻香，别说张嘴吞嚼，就是鼻尖碰一碰也流涎水。老两口说干就干，他们挖地三尺挖出孩儿冬笋，他们跑到热水洞地热区剜荠菜，他们不惜血本宰杀了那头半岁嫩羊，俩老的上穷碧落下黄泉，搜寻菜肴和使尽烹调手艺，终于夕阳西下时，一起立在崖顶，将散发着透骨香一钵钵菜一罐罐汤，呼儿喊媳妇吊下去。

儿子媳妇不接不理，他们双双跪在悬空斋门前神石上，他们什么都不要，他们只要回家，回家，今晚就回家！

凄凉的呼号后，是小夫妻俩合声的恸哭了，哭声山应应的哀过巴山猿啼。

安四娘受不了，慈母泪潸然而下。成永贵见状，低声喝道，“眼尿”什么，糊涂！咱欢喜都来不及呢，快回去。也不管儿子媳妇接不接饭菜，成永贵扔下吊绳就走了。

成永贵拉着老婆子下山，安四娘还在一步三回头担心儿子媳妇吃不吃这顿上好的晚餐，挂念文竹再要饿下去，昏厥休克怎么办。成永贵边走边开导说，你咋这么笨啊？没看见儿子媳妇第一次跪在一起哭在一起吗？他们一起求情一个声音呼喊，这就是说媳妇与儿子不对抗了，他们之间没矛盾了，他们就剩下跟我们矛盾了。只要他们做有情人，我们做恶人怕什么？他们一起骂我们，他俩晚上就一定一起睡……懂了吗？

安四娘当然懂了。

悬空斋里的杜文竹还是不懂。她不明白这天下午两人推心置腹情恩并重一场交流后，成三泰郑重表示从即日起，他和妻子一道绝食，支持妻子敬业争自由……却为何出尔反尔说变就变，丈夫现在不但在大吃大喝，还一再夸赞晚餐精美绝伦，一再力劝杜文竹饱餐一顿。杜文竹拒绝美食的诱惑，心灰意冷重新瘫坐墙角里。回忆这个男人两个小时前和她一起泪水交流颤作一团……那份真诚，怎么就这样立马演变成虚伪与贪婪呢？她想，这个男人完了，自己也完了。

吃得饱饱的成三泰，在收拢爹妈三次扔弃的竹箕和麻绳，他将三条麻绳逐一连接，每个结头他都使出吃奶力气打牢死扣。最后，他从三只竹箕挑选了一只，很细心很用力拴牢在长长的麻绳绳端。做毕了这些事，成三泰将麻绳另一端在腰上拴好，低沉却是坚硬地说：婆娘，你可以走了！

成三泰的言和行，让杜文竹恍然大悟了。她颤巍巍站起来：你……你把我吊下大峡谷？

成三泰无神无色：你也看明白了？难得。

杜文竹立马还原腊月假日里的杜文竹了，她欢喜地偎在丈夫身旁：

你……太好了。

成三泰：我好不好没关系，只要你好就行了。

杜文竹：三泰，别讲傻话。你这么理解我爱我，我们俩一定会好，我们的日子一定会好。

成三泰：那都是以后了。你要是真对我好，眼下就听我一句话，吃饭。吃得饱饱的，你才能赶夜路，才能回温泉山庄，才能明天出远门赶车。

杜文竹连声说，我吃我吃，我听你的话，我吃……

杜文竹就果然吃得很香很凶。

喝汤时，她说，你估计够到底吗？

成三泰：你是说绳长？放心，足够了。

杜文竹看着丈夫在腰上一道一道挽麻绳，还是不放心：你能撑得了拉得住吗？知道不知道，你现在就等于崖顶上那棵拴绳的老楸树，你一圈一圈放吊我，要是把腰骨弄伤了怎么办？

成三泰：没看见我搬过石磙吗？别的瞧不起，我的一份蛮力你也瞧不起？

杜文竹眼含泪花了："三泰，你是粗人，但你更是个好人。丁冬溪里你救我一次，上天崖你又救了我一回，我除非狼心狗肺才敢瞧不起你啊……"她伏在他身上，很动心很动情哭了起来。

成三泰：算了。好了好了。坐竹箕吧。

杜文竹知道竹箕是她的诺亚方舟，她坐进去就是坐进归队赶队的汽车火车，就是坐上日思夜想的李松柏大叔的大花轿。她却磨蹭起来，心灵和声音都颤抖地说：三泰，我苦了你熬了你，我对不起你，要么，我们睡一会儿再……

成三泰只是有些粗重地吻了一下杜文竹：你太虚弱疲劳了，下去后，还要赶路。我等你回来再蒙着头睡上三天三夜吧。

杜文竹哭声响亮地坐进竹箕……

上海的三场展览，一场比一场轰动，在春节长假日子里，见惯了劲歌狂舞男则杰克逊女皆麦当娜洋玩意的上海人，实在为土风土味的丁冬溪花轿游乐拙朴表演而耳目一新鼓掌喝彩。浦江两岸，人们因为丁冬溪的大花轿"花发春风说上林”。

杨雄得到好消息，兴奋得不行，他乘坐红眼航班，连夜从南州赶到上海。成小娥是他的恋人，成小娥更是“上海成功”的第一人，她那惊鸿之貌和骇俗的天才轿艺表演，几乎是前者倾国后者倾城。杨雄就把一个相当重要的营销联谊大型活动推给副手，呼啦啦一下子飞来了。

这时已经是凌晨三点四十分。成小娥发热越来越厉害，体温升到四十度。随行的生活服务公司经理宁蒙急了，他再次提出打120，尽快将小娥送往医院。

成小娥热汗如雨，她声音嘶哑地说，不行，我就在饭店里吃药，冷敷。

宁蒙：我不同意。出了问题怎么办？

成小娥：出什么问题？如果我住进医院不让出院怎么办？明天晚上我不能出轿怎么办？宁蒙，这才是真正问题，懂吗？

宁蒙：“我懂。可是成经理你这叫什么？叫生死不顾。你是要把自己活活累死，即使你能熬到退烧，那也会晕轿的。成经理，听我劝，还是住院吧。”他又拿起话机。

成小娥：宁蒙，放下。是我领导你，还是你领导我？宁蒙你给我放下！你以为我们只是面临一次展览一场演出吗？这是丽人集团关乎成败的战斗，也是我这个深山大峒的野丫头穷女孩秤称自己身价夺取生命价值的一场拼博，你不能乱来。

宁蒙在温泉山庄当了多年生活服务科长，这位小官小角色一直愿效犬马之劳般眉笑眼笑手脚勤劳地为那些到山庄疗养的达官贵人们服务，宁蒙却是陷入怪圈，他越服务周到服务好，前来疗养享受的大官们越是觉得服务无止尽，服务大有潜力可挖，宁蒙也就越累越挨批评。这次温泉山庄转交给丽人集团，他是几位坚决不吃皇粮投身丁冬溪旅游公司的公职行政人员之一。他当即拜访了老乡成小娥，成小娥对宁蒙一番了解后，向杨雄作了郑重推荐。打这以后，当上丁冬溪旅游总公司生活服务公司经理的宁蒙，仿佛一下子擦净了小职员的冷鼻涕，工作非常努力非常出色，短短的时间里受到一次总公司口头嘉奖和三千元红包鼓励。他知道他这才找到了生存位置，更知道找对了乡亲成小娥。他眼睁睁看着成小娥累得病成这样硬是束手无策，便躲到洗手间里给杨总打手机。他想，只有杨雄才能抢救成小娥了。

杨雄这时刚下飞机刚开手机，他依然没给成小娥打电话，他想让她熟睡一下，也想给她一个扎扎实实的惊喜……正想着，手机响了。听了宁蒙的报告，杨雄想也没想喝道："宁蒙，给我听好了。限你一刻钟一定将成经理送往最好的医院。我现在已经到了上海，半小时后，我直接检查你的工作！"宁蒙就一边传达杨总命令，一边急呼120。

成小娥感觉着救护车车轮飞旋，感受着医护人员救治的紧张气氛，她流泪了，这让宁蒙和医护们误以为成小娥是对他们努力工作的一种感动，只有成小娥明白，这种时候，作为病人和恋人，她真的太想念太需要杨雄了，她的泪花，在为杨雄绽苞开放。

这时，成小娥陡然发现，杨雄静静地目光炯炯专注地站在医生们背后。她知道了，她的太阳在恢宏地升起，而再温暖的阳光也是不事喧哗的。她就对杨雄灿然一笑，杨雄就对她微笑地伸V形手指。

用针用药处置完毕，杨雄向院方好说歹说才获得一刻钟陪护机会。他向她倾过去，轻轻地挨着她的脸，抚摸她的肩胛。

他：宝贝，你在玩命啊。当然，你也在玩我的命。你应该知道，我爱江山，更爱美人。

她：杨雄，真是太好了。你这时候突然来到我的身边，这才是真正紧急抢救。我觉得你就是我的最好的医生，我感到我的病一下子好了许多……

他：是吗？小姑娘，你让我飘飘然了。那么，我祝你早日健康了。

她：不，你应该祝我今天就健康。

他：好啊，我祝你立马康复。但是，那也不准今天上花轿。

成小娥真正的痛苦病因，一下子让杨雄挑明了，她不能不讳疾忌医说道：杨雄，不能啊，千万不能啊。知道我们怎样努力吗，知道一切来之不易吗？假如你真的做出这样的糊涂决定，我们就肯定是虎头蛇尾，前功尽弃，我们在上海在整个中国旅游界的一场美丽的日出，会突然演变成日薄西山，我们的丽人，我们的丁冬溪，还有你我，都将陷入可怕的黑暗。

杨雄：我完全和你认识一致。可是，我不能没有你。在这激烈飞旋的年代，累死人的事太多了。

成小娥笑了：我是山里的野丫头，我没那么娇。

杨雄："世界上，唯有科学和生命开不得玩笑。"他看了看表，"这样吧，你只管治病养病，剩下的事我来办。”

成小娥：傻话。你能办男人生孩子的事吗？你再有本事总不能当花轿新娘吧？

杨雄：那当然。可是我能让一个和你媲美，不辱你的形象你的使命的女孩，完成今晚的重大展览表演。

成小娥：你是说杜文竹？这绝无可能。数小时前我还打了两次电话，杜文竹依旧石沉大海。

杨雄：这我知道，不过，我们还有别的办法。

别的办法？别的什么办法？杨雄怕生病的成小娥还要担心着急，连忙说，还记得我所心仪的如数家珍的花轿新娘们吗？我的梦，始终月缺一角。丁冬溪天然天才的花轿新娘，你，牛青青，杜文竹，我都没看走眼，那么那个李平平，我也一定没看走眼。我始终没放弃对这个女孩猎头，最近有线人报告说，李平平就在这座城市就在上海。无论是眼下你生病不能参展，还是从长远利益考虑你要全力以赴做领导工作，还是花轿公司一直不屈不挠追逐丁冬溪四大名旦……我想，都应该迫不及待把李平平请进展览团请进公司了。

成小娥宽慰一笑说，你真行。这时候要是立马办成这事，当然再好不过了。李平平虽然没有程序化训练轿艺，不过我正在策划推出原始新娘、天然新娘节目，充分表达“大姑娘坐花轿——头一回”那种原生态感觉。平平伶俐，只要我们把意思说到了，她肯定能做到。

杨雄说，太棒了，我们肯定会柳暗花明！

李平平多年漂泊，始终一无所有。她的第一桶金，反倒是在家门口掘得的。这个女孩并不感谢厚重的故土，她毫无眷恋地又离开丁冬溪，她的父母官对她没有父爱只有性欲，她在家门口结交的人在让她疯狂鬼推磨，她把理想还是寄托都市了，哪怕是寄托在上海屋檐下，寄托进广州蟹壳船。李平平就携带五六万元打进上海了。

上海真是苍蝇屙屎都是金蛋蛋的混账地方，李平平的五六万元资本融汇进这座城市，没有一只眼睛好瞧与正视。她办厂，摸不着厂房一角，开店，挤不出半个门面，一番颠踬闯荡后，李平平晓得了，在豪华上海，五六万元不附加漂亮脸蛋和浑圆屁股，方寸江山也休想打下来。

脑子灵光了，办法就有了，事情就好做了。李平平想起了一位阔绰舞友阿宝，这人赚钱赚色都颇有力度，李平平觉得这是一位最现实的合作伙伴。她对阿宝说，她想开一家家政服务公司，希望得到支持帮助。阿宝说，支持可以，帮助也行，但我必须有利益驱动。李平平说，你是直爽男人，就凭这一点，够我喜欢了。这么着吧，你投资，我干活，挣下的钱，五五分。

阿宝说，不可以的。怎么着，也是我六你四。

李平平：家政公司成本投资很小的。

阿宝：既然是公司，就要有办公场所，既然有办公室就要有现代化办公用品武装，有家政服务员，就有公司管理员，有……

李平平笑道：好先生，别给我上课了。算你狠，六四就六四。不过丑话讲在前，干这项买卖，我能拿出的钱不超过五万。

阿宝淫猥一笑：李小姐总还可以拿出点儿别的什么吧？

李平平喊“坏”，打了阿宝一记痒心拳。

当夜两人就开了房间。人，虽然颠鸾倒凤，事却策划得顺理成章。半个月后，他们的家政公司就在瑞金路挂牌营业了。

也许上海人太高贵了太需要伺候了，家政服务公司一开张，生意就火得不行。阿宝这个烂角，押对了一只大宝，气都喘不圆了。他立马觉悟，瑞金路这棵摇钱树，不应该有外乡小女人乘凉。烂角阿宝轻车熟路演了他拿手好戏，他让一位知根知底的大佬，大价位大手笔地直接聘请家政公司业务经理李平平做一回高级示范服务，李平平在电话中笑声朗朗说道：“请一位经理当用人，创意好极了。实现这个创意，先生的钞票一定是大大的有了。”大佬说，钞票不成问题。有点儿问题的，是我花钱的心态：我一高兴，就会忘记数钞票。李平平说，是个好毛病。行，这件事咱们说妥了。

那天，李平平的家政服务既不是拖地板也不是下厨房，她的服务差不多都在床上。服务得很开心，大佬也就手脚大方地给她拍出了一方钱（一万元）。

李平平美滋滋做完了这次家政服务，她做梦也没想到，拿得刮刮响的一方钱，实际上是阿宝开支的，那位大佬实际上是享受了一次免费的床上用品。更让李平平没想到的是，第二天她就被派出所请了去，因“不良营业”

享受七天拘役不说，还罚款两万元。李平平数来数去，身上只有万把块，阿宝这时就到派出所做人情，他说，平平，你真糊涂啊。你这么一做，公司形象一落千丈，你自已也失去从业资格。念你我朋友一场，罚款我代你交了。

李平平感谢一番后，谈起了她的五万元投资，她说，家政公司是没我的位置了，我想抽回我的投资。

阿宝说，不可以的。你这么一闹，公司损失很惨啊，一大批正经人家，一大批小心眼太太，都不敢请我们的家政服务员了。别说什么五万，我再花十五万也恐怕很难重塑形象重振雄风。

李平平就不敢再说什么了，她知道阿宝很霸道黑道的。有一位四川打工妹在一次家政服务中，遭到雇主投诉，阿宝过问时，泼辣的川妹子顶撞了几句，阿宝说你是牙齿痛了舌头痒了，他一个电话叫来小兄弟，那帮烂仔冲上来硬是用电工钳拔钉子一般，血淋淋钳掉了川妹子两颗牙。李平平为此，一连做了几夜噩梦。有一回子夜噩梦正酣，惊呼起“魔头阿宝”，阿宝当时正摸到房门前，听到呼唤好高兴，叫欢不迭说来了来了。没等李平平闹明白怎么回事，任你一百个不愿意，还得在他凶神眼光照耀下，任其戏弄蹂躏。往事如此历历不堪，李平平知道她是三十六计走为上计了。

在上海撞了鬼，李平平还是舍不得魔天魔地上海。李平平走出让她倾家荡产丧魂落魄的家政公司，李平平并不想走出上海市。她现在凭着几个神秘的电话号码生存生活着。白天，她以廉价的时尚时髦的鞋帽服装，以冒牌的法国口红香水，打扮着本应不必修饰的美丽天体，相当风景地在繁华的南京路淮海路，东摇西摆，挤来撞去，累了饿了渴了，就钻进快餐店冷饮店消磨。打发了白天，她在手机的铃声里期待黄金黑夜，如果有星级酒店的召唤，至少一星期生活无虞。碰上洋鬼子，还能赚美金欧元，虽说是“小费”，买一套真格的湖丝湘绣晚礼服，还是拿得下的。

这一天，李平平接到一个陌生电话，她在脑海里搜遍记忆，确认不是任何鸡公鸡婆打来的。她小心说道，先生，你是不是搞错了。

打电话的人说，李平平小姐，不错的不错的，这是一位红遍南国的亿万富翁盛情邀请，请你一定不要错失机遇。

李平平还是不放心：“我和你素昧平生，我不知道你我之间的游戏规则。”

打电话人说，李小姐考虑得过细，我也正想告诉你，做成这件活，你我都会从这位大老板那里领到丰厚酬金的。只是有个约定，务必不要告诉这位老板你在上海所做的一切。接着打电话人告诉了酒店房间，而且要求她必须一小时赶到。

李平平还想问点儿什么说点儿什么，那头手机关掉了。再打过去，已是忙音。

时间很紧，那家五星级豪华酒店也确实是重量级富翁才敢光顾，李平平不多想了，打的赶了过去。

真有点打仗的味道，杨雄只用十五分钟，便将初衷的渴望和眼下的救急，公司丰厚的纳贤待遇和丽人集团四海归心的前景，蓄洪启闸般倾泻给李平平。李平平知道，她的真正的正大光明的青春事业开始了。她就直率不等于草率地立马签了合同。

杨雄就叫牛青青李松柏李樵们，紧急训练李平平基本轿艺。

有一点，杨雄像成小娥一样火眼金睛看得准：李平平就是个天然的花轿新娘原生态花轿新娘。当她按程序走了两遍轿，杨雄就不再担心“时间紧任务重”了，他放开思维放开手脚，既让这个新娘角色有着丁冬溪山水无限钟灵有着山野丫头可歌可泣的古朴忠贞，也让花轿新娘吸纳一些时代风采都市浮华，让每一位出任新郎的人激动地挥霍感情和挥金如土……

有了初步完成，杨雄赶忙从排练场赶进医院，他详细告诉成小娥关于李平平的天才表现和今晚参展不成问题的安排。成小娥咧开干燥的嘴唇，笑了。她想，今夜可以抱头一睡了。

第二天，成小娥接到了杜文竹电话。详情来不及细说，文竹只告诉今日起程来沪。小娥好高兴，病都一下子好多了。她对杨雄说，没事了没事了，我的病没事了，展览也没事了。南州那边等着你，快回去吧。

杨雄见小娥这么轻松高兴，笑道：嗯，看来咱们真的是风调雨顺了。人气也来了，发达也来了，我看好的花轿公司，一切都在“好”了。

成小娥趁着杨雄好情绪，赶忙问起一件事：哎，丁冬溪旅游总公司分解给花轿公司的一千万元的年度创收指标，集团终审了没有？

杨雄：没有。这个指标通不过。

成小娥：这就对了。我们是第一年，一切都在褴褛开疆。你想想，一千万元，连雨雪风霜的日子都算在内，每天需两三万多元的进账才能完成。这个指标确实是高了。

杨雄：账不能这样算，比方说“五一”黄金周，比方说中秋节国庆节，日进十个两三万也不算多。还有，我们可以向管理伸手要钱。

成小娥：向管理……伸……伸手……要钱？

杨雄：对。管理水平越高，公司的收入就越高。比方说定额管理，我们可以把总额化解人头定额。人头定额再分解成因人制宜定额，配备张榜奖励和暗箱奖金，把花轿新娘和轿夫吹鼓手们的潜在力与积极性不遗余力挖掘出来，那才叫盛世辉煌日进斗金。所以，我审批的目标，不能低于一千五百万。

发烧淌热汗的成小娥，立马惊出一身冷汗。一千五百万当然是吓人的指标，成小娥更惊慌这是个捅娄子指标。无论出自职业精神还是私人感情，她都要严肃地和杨雄谈谈了。她说，层层目标管理，科学的人头定额，无可厚非。但是我们不是工厂，不是物质生产。我们是非物质生产，是开发非文化遗产。我们干的活，说白了，就是在商业化操作人际关系，职业化推动人类感情。公司的收入，是靠天堂山区女孩儿花轿里打工完成。这就从理论到实践，都提醒我们这是一项高风险事业。简单不过的道理是：我们给某个新娘定额超高，她只能越规完成，而且是女人与男人的越规完成，那将造成什么样的后果？公司的名誉职员的尊严，都将如何是好？

杨雄出身贫贱，他是一路风险创业过来的，跟他危言耸听是小儿科。成小娥微言大义也好侃侃而谈也罢，杨雄是听其言想他事，是注视着这个女人想着另外一个女人，想胡漠雁电子信箱里的“尤物”，想起胡漠雁解放思想闯险解难的《关于丁冬溪公司实现赢利的总则与细则》。那个总则是激动人心的招财进宝总则，那个细则更是精心精致的如何招财进宝的细则。两相对比，显现出成小娥思维陈旧，精神状态疲软和突出的山沟沟封闭意识。他又一次陷入苦恼和彷徨，坚定和反决定在折磨他，感情上他要阻止一个重大举措，理性上又要出台重大举措。他太爱这个女人了，现在又累成这样病成这样，无论如何是不能把问题解决在病房里了。杨雄就说，小娥，要安心养病，不要操心太多。你现在就两项任务：尽快养好病和胜利完成全程旅游展览。

成小娥张开嘴欲待争辩，杨雄抱住她吻她，唇肌咬住了她的舌子。

这时成小娥手机响了，接过后，小娥对杨雄说，是一位观众打来的。我的手机号打印在展览广告宣传小册子上，有益电话和无聊电话都特多。

杨雄笑道：那这个电话有益还是无聊？

成小娥：无聊。

杨雄：哦？听听。

成小娥：这个家伙说，昨夜灯火阑珊，他怀疑我们新推出的一号花轿新娘没那么漂亮，他认为化妆和灯光误了他的眼，他强烈希望在阳光下直面新娘，通过交谈，考验你们的新娘是不是才貌双全。

杨雄：这怎么叫无聊电话？小娥，你的工作方法要开放些。你是在搞旅游业，社会群众的任何方式参与，都是积极的有益的。我们的新娘在参与的活动中，努力展示形象，热情宣传公司，我们才会通过每条涓涓细流汇聚滚滚滔滔财源，才会完成一千五百万元而不成问题。

成小娥只好低下她的欠缺经济头脑，暂且默认了。

杨雄急着赶飞机走了以后，成小娥立马走出病房回到工作岗位。她打电话叫来李平平和马车。她称赞李平平昨晚的表演，告诉李平平观众的评价与喜爱，吩咐平平与一位电话有约的观众见面。

李平平说，是一位什么样观众？

成小娥：不清楚，我也是刚听到汇报。我们就权当一位普普通通观众吧。

李平平：那就让牛青青沈虹她们去吧。

成小娥微笑着看着李平平感觉李平平。她知道，她这是浮躁与浮华。她想说，平平，你也是丁冬溪山沟沟里人，你也是普普通通女孩，你为什么拒绝普通与平凡呢？我们做旅游，不是在神山仙阁里做，也不是在皇帝御花园里做，我们就是在朴素美天然美的丁冬溪，很古朴地很民俗地做一份工作。我们每天接待的都是普普通通的游客，他们大多数时候都在忙工作忙于生计，他们游山玩水，是一次奢侈，是稀罕的轻松潇洒，我们不要以为他们是帝王。其实他们度假后，完全和我们一样，一样忙着干活赚钱，一样算计着该买一双怎样的价廉物美的皮鞋……不知为什么，成小娥没把这番话说出来。她只坚持要李平平见那位观众。和观众直面交谈，听他们的意见，推介我们的旅游项目旅游特色，这都需要从每一个人每一个地方做起，需要我们每一位公司人员，很到位很热情去做。她说这既是我的意思，也是杨雄董事长的指示。

李平平一听，连连说对不起对不起。她说她要是知道杨董事长都在吩咐她，她哪里还敢在这儿站着说话不腰痛呢?

成小娥更不想多说什么了，她告诉了那位观众的姓名和联系方式后，吩咐马车随行，做好保安工作。

又处理了一大堆事，成小娥躺进沙发，觉得好累好累……

南京展览时，一位作秀新郎很感激花轿新娘牛青青，说青青在这个新春佳节里给他带来了最大的愉快。他说他复姓司徒，是个世代生意人，说他们家祖祖辈辈都很讲究一年的开头，如果在新正月里幸福愉快，这一年生意肯定开心顺手，钞票大把儿赚。他就执意要给他带来好心情好运气的牛青青，送一只红包。牛青青谦谢再三说，司徒先生，要说感谢，其实是我们应该感谢你，你的真诚的动心动情的合作，帮助我们公司向千千万万观众推介了花轿游乐这个服务品种，你向南京市民们亢奋地呼喊了丁冬溪呼唤了丁冬溪，我会在温泉山庄轿场期待你的光临，我期望在我们公司的轿艺广场上再度与你漂亮合作完成嫁娶秀，我会努力让司徒先生旅游度假幸福快乐。至于先生的这份赏钱，我还是在丁冬溪等着领取吧。这么互相感谢互相推让，司徒老板还是把那只红包硬塞给牛青青了。

红包里是一枚银行卡和一张密码纸条，因为要立马启程赴杭州展览，牛青青第二天才在西子湖边一家银行里得知这笔小费实在不小：两万元。要是两百抑或两千，牛青青也就安心装在口袋里了，可这是两万，是她和她父母兄嫂在小牛寨累死累活十年也难挣下的，她不能不惶惶惴惴，她拿着银行卡找经理成小娥如实做了汇报，征求领导对这笔不小的小费处理意见。

成小娥当然深信青青的为人，但她还是例行公事问道：没有违规吧?

牛青青脸红了：我是什么人，你应该知道。

成小娥："其实花轿里头的事，我们看不见也很难管住，我们只能一再强调规章纪律，严禁色情服务。我们也反复告诫新娘们在做展览宣传时，一定要注意广告词语的准确，可是有的人还是违规，她们还是向作秀的新郎们向观众们召唤说，她会在丁冬溪为每一位有求必应热心热情陪游。这怎么能行呢？我们公司的规章明明白纸黑字写着你们是花轿游乐员和花轿导游员，导游，陪游，一字之差，谬之万里，不只是犯规，还可能犯罪……好了好了，你没有让我不放心的，那么，红包你就放心收下吧。”小娥想，丁冬溪旅游公司还没有正式挂牌营业，职员营业定额和利润分成还是个争议议题，青青又欠着罗锡贵的钱，这笔小费就让它救救急派上用场吧。

姐妹们知道这件事，就起哄着要牛青青请客。

青青说，一定要请啊？

杜文竹：一定要请。

沈虹：一定要请。

兰芳：“不请，我都不知道我们的生命价值了。以前，或许几箩包谷一头牛，就把我们这些山沟沟里苦命丫头搞定了。我姑妈家的二表姐，九九年在民兵小分队抓人收三提五统时订的婚，姑妈米缸刮刮响，还是交不齐摊派款，男方揣着三百元钱挑一担红豆，媒婆黄豆花担心不够，帮忙赶走一头绵羊，又顺手摘了男家门框上的两大串红辣椒。在就着萝卜白菜和一只腊狗腿喝订婚酒时，两边都把账算得精细精细。聘礼敲定五百元，男家拿出三百，然后就抬起绵羊过秤，称来称去算来算去，这只羊硬是不争气少长了三斤凑不够剩下的那两百个元。黄豆花说，看看，看看，幸亏我多长个心眼，少三斤羊肉，这里还有两斤干辣椒呢，怎么着也齐上五百元了……”兰芳这么说着，哽咽起来了。

李平平说，兰芳，不哭不哭。往事想不得谈不得。我们就想今天怎么喝牛青青的酒，想往后怎么赚小费。

姚秋桂说：“对头，太对头。”姚秋桂在花轿新娘里算是最壮实有力的，她就连说带笑把牛青青推进的士里。很快，出租车司机把她们送进柳莺酒楼。

绍兴黄酒度数低又爽口，姑娘们咕咕咚咚干了杯。

杜文竹重新满杯：我这次出了大错，给公司带来损失，给姐妹们添了麻烦，我很惭愧，我自己给自己罚一杯。

杜文竹喝干后又满杯，她走到李平平跟前：平平救驾帮了我，我敬你一杯。

李平平：好啊。不过，光和我碰碰杯可不行，你也像青青这样，找一家好酒店请大伙撮一次。

杜文竹笑道：行。等我有钱了，一定请姐妹们撮一顿。

李平平：文竹，你这就不坦白了，我可听说你也收了一只不小的红包啊。

杜文竹：瞎说，我没收过红包。

姚秋桂就高声大嗓跟着嚷：收红包又不是当小偷，遮遮掩掩怕啥呢？胡总明明白白告诉我：打工就是赚钱。不管花轿里打工还是花轿外打工，都是有偿的。胡总说，我们就是奔着发财走到一起的。公司要千方百计发财，个人也要千方百计发财。全公司上上下下要喊响一个口号："发财有理，发财无罪！"胡总是丁冬溪公司二把手，是女中豪杰，她说话多中听，多豪迈！有胡总撑腰，我是有多少红包收多少红包。

沈虹连声叫爽。"这就叫领导英明指示高明。胡总有胆有魄搞改革开放搞发展，我最敬佩这样的领导拥护这样的领导。我们就是要千方百计发财，不光在花轿里躺着收钱，花轿外能收钱，也大大方方收。"她衣袋里，现在还暖暖和和揣着姚秋桂带来的胡漠雁亲笔信，她说话就格外有底气有力量。

杜文竹总觉得有点刺耳：那也不能乱收。

沈虹：什么叫乱收，什么叫不乱收，你能立个标准吗？

杜文竹：立就立。收钱丢脸不丢脸，就是界限就是标准。

李平平嘲笑道，文竹，你不能总是当"小媳妇"，总是做山沟沟女人。不能只谈丢脸不丢脸，不谈思想解放不解放。

牛青青马上顶牛了：解放可以，做坏女人不行！

兰芳也放下酒杯附和：没钱没脸面叫人瞧不起，有钱了没脸面就更叫人瞧不起，那样儿活着还有什么劲！

姚秋桂摔起筷子：脸面来，脸面去，你有资格叫嚷得这么凶吗？愿意穷不要挡着愿意富的，愿意死的不要拦着愿意活的，这不就得了！

兰芳耳发炸，很受内伤，她便和姚秋桂大吵起来，过激时，甚至出现了"屁股卖钱"的不雅言词。牛青青觉得是她请客引起的，吓得两边喊姑奶奶叫停。杜文竹李平平沈虹这时也思想一致地息事宁人。这场架就最终没有吵下去。

酒当然也喝不下去了。西子湖边走着一群丁冬溪边的女人，五颜六色灯光从不同的方向投射着湖水，女人们在湖水里的倒影是那样变形和斑驳陆离……

到羊城时，正赶上元宵节，省旅游展览总团在当地媒体打了许多广告，有钱又爱玩的广州人，一下子沸腾了，丁冬溪分团的几部对外公开号码的手机，铃声不断。

柳莺酒楼那次聚会虽然不欢而散，花轿新娘们私下里倒也有了一致口号：为公司争光荣，为自己挣小费。待到深圳展览结束时，这些丁冬溪女人到底收获多少小费无法统计，不过某些信息还是透露出富丽堂皇。譬如花轿新娘们不再是展览时才拥有一套公司集体购买的华贵服装，她们连家境最穷的兰芳也有了一件八百多元的时装，至于李平平，她的那套“时尚巴黎”，据说不下万元。又譬如，这帮丁冬溪女人一阵风配上了彩屏手机。又譬如她们到哪个城市后，都频繁进出美容店，杨雄成小娥频频告诫，要她们千万不能在脸蛋上眉眼上丢掉了丁冬溪，所谓“野花偏艳目，村酒醉人多”是有深刻道理的，花轿新娘们不反对，她们展览时，依然古风古朴，野味纯真，她们还拥有不是展览的时间，还有另外的世界，她们在第二空间里追求时尚的仕女和世纪的美丽。又譬如……如此种种渗漏而出的信息，都表示这些丁冬溪姑娘嫂子们走进了消费的时代。她们就有可能是人人小费颇丰。

比赛小费，姚秋桂时时反省和痛恨自己所处的劣势。她太比不了别人。她不明白，男人们为何都姓芈都是楚灵王的子孙，他们对女人的细腰酷爱到顶礼膜拜的程度。她在花轿里没少奉献丰乳肥臀，也有不少的风流作秀新郎摸她的大奶子和拍击她的胖屁股时似乎十二分心花怒放，可是真要人生有约，事后交朋友，他们总是“到腰为止”。姚秋桂就几乎被壮实的腰围毁了。腰啊腰，大佬们逃之夭夭，小费逃之夭夭，而牛青青李平平杜文竹们小费成灾，还不都是纤细柳腰结下的硕果？姚秋桂就不止一次暗自掐自个的肥腰，这种自戕弄得身上青一块紫一块，她依然不屈不挠不悔恨地掐，终不悔是终不悔，可就是不能衣带渐宽。

这天，花轿新娘们每日例行的排练完毕，姚秋桂又在人去楼空的排练场干傻事蠢事，又在仇腰击腰掐腰。不得要领地瘦腰正忙得不可开交，忽然听到手机悠扬如歌的铃声，循声走过去，知道是牛青青坤包忘记拿，姚秋桂就接起牛青青手机。

打电话男人说，你是旅游展览广告中说的那位首席新娘牛青青小姐吧?

姚秋桂愣了愣，但她马上镇定自若：我是。先生贵姓，有什么事吗?

男人道：免贵姓钱，本市汽车销售总裁。新正月嘛，也没什么大事，就是慕名啊，想请牛小姐喝茶啊。

姚秋桂的脏器强烈一搏，知道一次难得的机会来了。自从展览团和成小娥经理要求全体展览人员多渠道全方位融汇所在的展览市场，要求每一位花轿新娘不失时机大力广告宣传丁冬溪旅游业，公司里成小娥牛青青李平平杜文竹四大花旦的铃声不断，红包小费财源滚滚，可怜自己的手机总是寂寞无声，纵是名花也无东风相信、蜂蝶青睐。姚秋桂就不知有多少次迁怒世人的鼠目寸光而无洞穿铁石的火眼金睛，一地又一地的人头攒攒的观众，只是看花轿新娘们脸蛋俏丽，只是目测新娘腰围几许，他们争欢争宠的，总是四大花旦们，这实在让人英雄气短。姚秋桂不必斗胆，她可以毫不骄狂地说，有人金玉其外，有人金玉其中，我正是后者。如果有可能大家都脱净华丽衣衫洗净铅华地直面观众，山摇地动的欢呼一定为我而狂！我比牛青青李平平们，皮肤白嫩多了，我的光滑我的细腻，具有的是媲美贡缎的品质！下虎头那个茶厂老板关峰，据说睡的女人从北斗数到南斗有如星星多，可是睡来睡去，爱不释手的还是我。关峰一次次爱抚她的体肤说，你的肥白细嫩可歌可泣，你是隐在万里银河河尾的大星，你是藏在后花园的名花。你是不脱不知其妙，不睡不知其好的真女人！姚秋桂知道关峰的歌颂，是想让她动情投入床笫，好珠胎暗结为她早生贵子，姚秋桂更知道烂睡女人的关峰也是实实在在做着“比较”学问，她的肥白细嫩不必言辞，你对她的身体任何部位一个长吻就有血痕，你略微对她加重按摩便是青花紫花灿烂娇艳，她是真正美得实在美得实用的女人……藏在深山无人识的姚秋桂，便立刻决定借用牛青青的虚名与这位钱大爷来一次双赢两不负、你我共婵娟。她这时就嗓音极是温柔姣嫩地说：“哇噻，能得到钱先生的召唤我好幸福啊。时间，地点，悉听钱先生吩咐。”

两人就商谈喝茶地点。钱先生报了两处经典茶寮，一是文化见长，一是历史悠久。姚秋桂就怕文化，遇上一家太有文化的茶寮，她肯定就很没文化。姚秋桂也怕历史，“讲不尽唐，说不尽宋，明朝清朝是无底洞”，谈历史，她能插上嘴的也就是宋徽宗嫖李师师和慈禧太后把光绪小老婆珍妃填进井里。姚秋桂就说，还是找一处酒店订一个房间吧，关起门，既有家的感觉，又能想说什么就谈什么。

钱先生没说二话采纳了。

见面后，钱先生不停地擦镜片，他不明白传闻有如春雷响亮的首席花轿新娘，怎么可能是一位胖大嫂？这位汽车商每天都能大饱眼福香车美人，那些亭亭玉立的售车小姐，谁不是修竹一竿春笋一枝，哪个也比这胡吹瞎捧的大红大紫花轿新娘漂亮一倍还有零头儿。汽车商正在私下愤怒二五眼的世人们以讹传讹，错把噪鹛当惊鸿，姚秋桂却恰是时机地露了一腿，随着一只脚的翘起，羊绒裙一下滑到大腿根儿，姚秋桂“肥白嫩”三绝，果真让汽车老板转怒为喜惊绝浩叹，他恍然明白，名是不可虚传的，从苏杭沪上一路盛传叫绝而来的花轿新娘们，没特色没真实内容，是不会在当今爱玩的男人们面前幸免遇难和侥幸存活的，那一双双利剑般色眼，不早把她们刺杀得尸横遍野埋骨荒山才怪呢。

当然，露一腿才是好文章的开头，往下读去，那冰山的胸，那白雪大地的腹，那嫩膏嫩玉的臀，一一让这个汽车商一唱三叹叫绝连天……

这天晚上的旅游展览因为是“首日公演”，正面的观礼台坐了不少红人要人名人，总团便对各分团要求很高，成小娥不敢马虎，她不但自个亲自上阵上轿，还让姚秋桂坐了冷板凳。那个汽车商也来了，他观赏展览，又一次一次擦镜片了。他很遗憾，到底没看见与他鱼水之欢的“首席新娘”出场。

坐冷板凳的姚秋桂不遗憾，上不成花轿能收到小费就行，傻妞们在花轿里再会卖弄风骚，乞得千儿八百小费就破天荒了。而她呢，只不过睡了一觉就睡出五千元。

广州方面对元宵节这场旅游展览极其重视看好，他们结合浩大隆重的流花湖公园元宵群众游园活动，专门为展览团搭设了一座高度为一米的三百平方米平台。台上铺设红地毯轿路，五十盏大瓦华灯，分别以赤橙黄绿青蓝紫主宰着哭嫁区走轿区拜堂区和洞房区的色调色彩，营造出花轿游乐表演空前未有的玄妙氛围。

李松柏就觉得今晚肩上的轿杠特别沉重，他一次又一次在流花湖公园这座巨型平台上走台，策划着表演的技能和表演情绪。是啊是啊，今晚可是十万游园人众啊，十万双眼睛看着一个世袭轿户一位传统的轿夫表演绝技轿艺，看着一乘最正宗的具有几百年历史享有文物价值的大花轿，这乘轿抬过皇帝的威严，更抬过千千万万平民百姓的欢乐，它是丁冬溪的国宝，是李家窑的有如南北天山高高耸矗的伟大与骄傲。当然，皇花轿更多的是对一位老轿夫困顿的心路历程和疲惫的人生之旅的呼救与慰藉，他想，不知道有没有人相信，很多时候，他其实就是为一乘花轿活着和活下去。

李松柏老泪潸然抚摸着搁在平台中央的皇花轿守望着皇花轿。儿子李立春说，爹，干啥呢，丁冬溪边老等（一种水鸟）似的，可这是轿子不是鱼，死盯着有什么用呢。猫捉老鼠狗看门，咱们的活儿在晚上，看护花轿活儿是马车们事。爹，走啊，没听说羊城是中国的纽约，好看好玩又好现代化，咱们山沟沟这些老土们，这辈子恐怕也就摊上这么一次机会了，不观光，后悔药上哪儿买啊……

李松柏瞪着儿子恶狠狠吼道：有完没完!

李立春吓一跳，小耗子似的溜得无影无踪。

李松柏身边就剩下了李樵和方满仓。他说，咱们仨再把花轿清洁一番吧。

方满仓还算随和，他陪着李老头喷洒“一喷净”，清洗着大花轿的华盖和轿帘，让红的红如玛瑙，黄的黄如纯金。李松柏跪在轿前抹洗着踏垫儿，方满仓看老头儿干得太久太认真，也只得蹲下清洗花轿的底座。

李樵始终一旁袖手旁观。当别人干累了，他也就看累了，好在有红地毯，坐一坐挺方便的。

李松柏抬起头，说：李樵，今晚你要是拿不出绝技，可就再没有用武之地了。白活不白活，全在这个羊城元宵节了。

李樵正在嗞溜溜吹烟圈，他目不旁视说，白活咋了？不白活又咋了？新娘香喷喷，轿夫臭苦力，是凤凰还是草鸡，不认命也让你命定了。

李松柏扔下抹布，他朝李樵走过来，很近地面对面坐下。

李松柏：有情绪啊。我跟你说，就算有什么天大事，你也得给我搁着。

今晚是闹元宵，不是看你闹情绪。

李樵：别人闹红包，我闹情绪都不行？

着，一句话点题。

关于这段日子越演越烈的红包事儿，李松柏也眼红过心动过，他也和轿夫们一样，颇是愤愤不平。一次好的成功的展览，公平说，新娘和轿夫都必须各有千秋，甚至当新娘隐身轿内时，价值取向更直接指向轿夫，那些随着摇轿颠轿直到疯轿高潮到来引发了万众喝彩，轿夫是血肉煳味浓重地燃烧，是骨骼随时咯嘣断裂，他们在三九寒冬，身上热汗蒸发着丁冬溪般浓雾。一个晚上作秀下来，谁都像尸体一样掼在床铺上一动不动到天明。可是这帮轿夫们除了李松柏在上海收到过一束鲜花和李樵做媒公媒婆表演时媒体做过豆腐干儿表扬报道，谁都没得到过一分钱额外实惠。然而轿艺肯定是合成艺术，是共同劳动，富新娘穷轿夫，肯定不公平。李松柏便将心中块垒诉说给成小娥经理。小娥也为此事日渐头疼，会上会下没少给花轿新娘们念经，要大家一定既热烈又尊严从业，如果出现任何不名誉的事严惩不贷。说是这么说，执行很难。她总不能钻进花轿里检查监督。小娥甚至萌生红包一律交公的想法和措施，汇报给杨雄，受到了批评。杨说：“你怎么总是山沟沟意识？完全是个年轻老太婆！商品经济时代我只听说发红包没听说交红包。这么说吧，你们这次既是展览，更是练兵，如果新娘们不会收红包，她们回去怎么迎接丁冬溪春季旅游首战开门红？怎么完成不菲的份额利润上交？没利润，我是投资旅游公司还是投资白玩耍公司？”成小娥听得头晕脑涨，俯仰无凭。她要尊严没错，老板要利润也没错。怎样才做得都不错呢？她心中块垒又向谁诉说？李松柏就不但没在成经理那里讨要到公平，反而为家乡女子成小娥担心和忧愁。

李松柏就无奈说道：“这怪不得公司，也怪不得我们自己，只怪世人势利眼。观众游人自个愿意给新娘小费，他们就是不给轿夫们赏钱，这有什么办法？”

李樵：怎么没办法？向小娥反映，小费交公，集体平分。

李松柏自然想到成小娥说起杨雄那番话，他顺嘴说道：什么年头了，你还在搞人民公社啊。

李樵：这没什么不对，不是你们父子那样卖力那样出色抬轿玩轿，不是我李樵小丑般令人捧腹地当媒公媒婆，谁能在意牛青青？谁赞叹杜文竹？谁又好奇李平平？还有沈虹兰芳们，也都是我们苦心营造氛围和努力提供环境，也收上了红包。更叫人不平的是，连姚秋桂那样肥婆烂角，听说也有七八千元进账了。人比人，气死人，咱们还玩啥呀，这是活生生耍弄爷儿们啊，在丁冬溪哪条山沟沟里，我李樵什么时候连个婆娘姚秋桂都赶不上？

这话当然对上李松柏心思。再怎么境界，怎样表现价值，可说到底，他也是打工汉。既然打工，目标就无法旁骛，你就是多多挣钱和想办法赚钱。你再高尚，赵公员外也会冷笑。他赞同李樵的率直坦白了。

李樵又说，我要是你，更想不通。你的传家宝皇花轿，实际上是最有价值的旅游展览资源。胖子挤得汗淋淋，瘦子挤成三根筋，抻直脖子瞪直眼，就是想一睹皇花轿。更有临场作秀新郎们，也大多是皇帝屁股坐得我也坐得才登上花轿的。你把他们召唤来了，新娘们一颦一笑在你的花轿里把他们的钱召唤进腰包，老李头，我小傻，你大傻啊。

李松柏再也沉不住了，他：那你说怎么办？

李樵：好办得很。皇花轿是借展品，公司方面虽然为皇花轿支付了高额广告费，那也要付给你道具费，这笔钱，我想比新娘们小费要高得多。至于我们这些轿夫轿艺人员，要么平分红包，要么公司开奖金。

李松柏：公司答应吗？

李樵：那就看你了。你是轿头，又跟杨雄私交不错。估计好话好说，好事也就成了。退一万步讲，万一不成，咱们集体撂挑子，搞起罢工罢轿，保证让他们立马蟹子过江慌了爪（手脚）。

是个绝招，却也是损招。李松柏一时拿不下来了。他这时就想到儿子，他很想和李立春谈谈，听听儿子主见，然后确定自个秤砣应该挂在人生秤杆的什么地方。

唐影是“最后花轿新娘”，她是最后一个由李立春引荐进花轿公司的，她在这次展览中，是名副其实的替补队员。唐影就不知道别人收过多少小费，她绝对只有一次。那个坐花轿的深圳人很喜欢她的酒窝，他在轿子里一再对她手动脚动，唐影机警躲闪抵抗，有一两次，她实在吃不住了，差点儿置展览不顾喊抬轿的李立春帮忙驱逐流氓，可是这个作秀新郎是不是流氓？

也许他纯粹是穷开心找乐子，她如果喊李立春出手，既打砸了展览，又打伤了一个其实并不是多坏的男孩，那就办了一件糟糕事。唐影就一边抵挡一边连连低声警告：“再这样，我喊了。”“别乱来，否则我跳轿……”那个深圳人却是反复说：“我怎么乱来了？坐进花轿里，不来这个来哪个？谁坐花轿不想新娘？谁进花轿不想洞房……”大约在战斗最困难的时刻，唐影做了个让步，她让这个作秀新郎亲了亲酒窝，她觉得亲脸蛋是唯一能接受的了，她晓得世界上很多很多地方见面都要亲亲脸蛋的，既然亲脸有如见面握手，唐影只得以此安抚一下对方，以便完成这趟嫁娶秀表演。那个花轿里男孩真的以为是在酒窝里喝上了茅台，他长饮不止，并且以两瓶茅台的价钱付了款，唐影就有史以来得了八百元小费。

揣着八百块钱，唐影并不开心地在荔湾路闲逛，她已经进了三家男士店，她想给李立春买点什么。有一套西服很挺括很适身，死说活说，老板的底价不能少于一千，唐影惋惜，甚至有点下作，她想，她当时在花轿里坚持只让那个男孩吻左颊酒窝，如果右颊酒窝不坚持抗战，她是可以红包再大点儿的，此刻，她也不至于在西服架下流连忘返，徒叹奈何。唐影对那双四十二码一岁黄牛皮鞋也相当青睐，那双鞋做工考究，质地抢眼，尺寸也似乎是量着李立春的脚定做的，一问价，一千五，唐影想，她是对不起李立春脚了。

揣着八百块钱，很沉重，唐影走到哪儿，都不轻松都累，她总觉得欠李立春不是八百元也不是八千元也不是八万元。她曾经躺在李立春怀抱里甜蜜地接受他对她的胸部手语说道，进了牢笼的魔头武林森魔爪彻底斩断了，从今往后，你是这个世界上与我手语畅谈的唯一男人，我的骨肉乃至每一根汗毛，都唯一属于你……可是深圳那场表演，李立春就在咫尺就在身边，他和她只是一（轿）帘之隔，她听着他气喘听着他的呼吸，她在他眼皮底下，让一个陌生男人贪婪地拥抱贪婪地亲酒窝……

唐影在街上就越走越艰难。她不知明日还要走向何处？当她返回温泉山庄，差不多是春花春树春山春水了，一个城市到另一个城市的参观展览的观众们都表示立马要到丁冬溪旅游，要到花轿公司游乐销魂，至少有一打观众半玩笑半认真说要在丁冬溪娶她这位新娘。武林森让她恒久地树立了男性阴影，今后的每天每天里，她将如何在花轿里打工在花轿里与男人周旋？在花轿这个美丽战场上，每时每刻高悬着威胁利诱双刃剑，她都能迎面抗击吗？都能不流血流泪吗？何况还会剑走偏锋，那就很可能失策失身……唐影是越走越迷茫越走越苍凉了。

被李松柏吼跑了的李立春，这时也在荔湾路胡乱转悠。正月的南国阳光，也像撒了辣椒面，投到身上，火辣辣发烫。李立春喝了一瓶啤酒，又在饮料投币机前取了一罐雪碧，在一家“吃在广东”的餐馆前，他的手在裤兜里多次伸缩，满打满算他只剩下一百元了，他很难断定，一百元能不能吃在广东。

说不上是唐影发现了李立春，还是李立春发现了唐影，反正这两个人当时都心情不畅，他们就愁脸对愁脸蓦地发现了对方。

唐影自然很想说话了：立春，你怎么逛街了？你老爸不是派你差事吗？

李立春：他有什么差事。偌大花轿，又不是芝麻粒儿，小偷就那么好偷？老头子脑瓜完全出了毛病。

唐影：大伯心爱皇花轿，心情是可以理解的。

李立春：心爱顶屁用？就算是传家宝是瑰宝国宝，这宝物也是给别人争光挣钱。

唐影就觉得一两句话是讲不清讲不完了。她说，立春，你是不是要在这里撮一顿？

李立春：是啊。你想请客？

唐影媚了他一眼：你是客吗？

李立春高兴了：我当然不是客。我是老公，对吧？

唐影：少没脸皮噢。走，进去。

点了几客粤菜，要了一小坛女儿红，这就香喷喷吃喝起来了。

唐影敬李立春：喝个满杯。这些日子，你着实辛苦了。

李立春：不是辛苦，是心苦。

唐影：什么意思？

李立春叹了一口气：没有比我们爷儿俩傻的。带着传家宝，怀着绝技，腰酸腿痛屁滚尿流地替别人赚钱。

唐影就很敏感了。她说，立春，你是指给公司赚钱还是说帮花轿新娘们赚小费？

李立春：都有吧。就说我家的轿子我们父子俩轿艺，从上海一路展览到广东，不是瞎吹，我琢磨至少已经给丁冬溪旅游公司形成了五千万到一亿元的无形资产。一旦三月清明四月花泛，你就看好吧证实吧，我们的皇花轿我们的轿艺在滚滚如潮的游客到来之际，肯定像印钞机给杨雄成小娥印票票。

唐影：这有什么不好？公司兴旺发展，既是员工们责任也是员工们希望啊。

李立春：公司是你办的？你开的？

唐影就颇是沧桑很是伤感了：立春，你现在想的说的，让我心痛。我这几年横遭劫难在外漂泊，最盼望的是有一天能自由自在干一份活，有一个好单位让我端饭碗。花轿公司效益好，那就是好单位，我们能在家门口的好单位稳稳当当端饭碗，这多好。

李立春：我们端饭碗，别人呢，端聚宝盆。

唐影：可是总比我们过去没饭碗好吧。我就不说自个了，就说李家窑说你们家，算是在丁冬溪混得好的，一年也没敢超过一万元收入。可是进了公司，李大伯月底薪一千二，你是八百，一年下来，怎么着也是两三万。

李立春：两三万是两三万，可就是挣得不舒畅。我们是抬轿子，是拼死拼活扭屁股挣的，你们新娘呢，是在花轿里舒舒服服坐屁股就能挣三万五万十来万。

这把唐影说得惊慌了：谁挣三万五万十来万？

李立春：你真不知道？李平平一副来者不拒的架势从上海玩到广东，小费捞了两万出头。杜文竹假正经，那也是万把块。就连肥婆姚秋桂，也鬼使神差捞够了五千元。至于牛青青，首屈一指，不是十万，也跑不了五万。

唐影：我不信。都从哪儿瞎打听的？

李立春：瞎打听？我要是说你也赚了万把块，是不是瞎打听？

唐影：瞎编。没人给我小费，我也不收小费。

李立春忽地几滴硕大的泪珠打得杯中酒花四溅：“唐影，我他妈是王八蛋。我在喝老婆卖身酒！”他把酒杯掼了个稀巴烂，夹风夹电奔驰而去。

唐影又喊又撵，没追上，反倒是叫城里人看热闹，引发一片嗤笑嘲笑。她心里的五味瓶儿，一下子碎了泼了……

隆重的元宵节羊城旅游展览，按惯例，第一个出轿的花轿新娘应该是牛青青，却是成小娥作了调整：牛青青压轴，杜文竹首出。

因为准备工作做得充分，媒体广告也特别成功，加上格外宣扬了优秀的客串新郎有意外惊喜有特别大奖，大白天里要求作秀花轿新郎就电话不断。成小娥从他们自报家门中做了简单归档，大体是商界巨贾居多，也有一些来羊城过年的思想活跃的政要，当然，港澳肥佬是最踊跃的一群。成小娥反复权衡筛选，最后确定了元宵夜新郎名单，她一一事先通告，并分配了序号。一位香港的李姓大亨拔了头筹，他和杜文竹内定过一把“夫妻瘾”。

第一趟轿当然出的是皇花轿，由于粤港澳观众开放和热情，客串新郎火爆，花轿新郎周全就失业另择业了，他顶替李樵客串媒婆。周全顿时精神一振，觉得机会难得。羊城展览是重中之重，他的媒婆嘴一定要充分煽情营造热潮，调动出沸腾场面，且暗藏机关于嬉笑中，宣传广告丁冬溪旅游公司的好与妙，将中国最富有的南方一族，将来统统拉到丁冬溪旅游，到那时，他就不是要想方设法钻进旅游公司了，杨雄成小娥一定会把他当作伟大功臣和特殊人才，请进公司了。周全这么想着，果然顿时才思喷涌口若悬河了。他以为他比电视台那些名嘴们还名嘴，他哪里晓得，要不了多久他就是招惹一场大是非的臭嘴，他的嘴非但未吐出美丽的象牙，还险些吞噬了一家美丽的企业一个美丽的人。

这时观众果然赞赏起周全的幽默和搞笑。这时媒婆周全正在嬉笑怒骂自个在南北天山姐上山翻山越岭做媒的种种酸甜苦辣，然后他又拉瓜扯藤闲扯起时来运转进了丁冬溪花轿公司当上红娘，专门为八方游客一说一百个准地介绍对象找老婆。他说：“我的X光眼睛亮晶晶，男人女人花花心思隔着肚皮我也看得清。我的嘴巴滑溜溜，你想哪个我就把哪个说上钩。我的脚有风火轮，大步流星帮你追女人。我们丁冬溪实在好，专门出美女和大花轿。请到我们公司来，花轿任你坐，女人任你往家抬……”男扮女装的周全，从衣装到发型都很夸张很搞笑，他的眼睛化妆得圆溜溜贼溜溜，他的嘴变形得像丁冬河里阔大的鲇鱼嘴，他男儿腰比女孩腰身还柔软还会扭，他念念有词一番顺口溜过后，又用山歌俚调极是好听地唱了一通天堂山水多么美丁冬溪公司多么让人快活姐上山女人多么会相思……此时的观众们，想没想过周全胡编瞎唱无人知晓，反正他们好像都接受了这种“形象化广告”宣传。待到周全真刀真枪推出丁冬溪花轿公司的美女新娘们时，台下十有八九都被煽情得坐不住了，百分之七八十都想坐一坐乾隆爷坐过的大花轿，都想和野花偏艳目村酒醉人多的丁冬溪漂亮女娃子玩一次花轿入洞房了，觉得此生不去丁冬溪玩新娘大概是白活了。

周全如此卖弄卖劲后，这才千呼万唤始出来地走出花轿新娘杜文竹。文竹身高一米六八，她虽然穿的是古装新娘服，大红绸衣的腰身都做了现代加工，文竹的腰就细得可怜，胸挺得可爱可餐。文竹为公婆所困，参展迟到，老是觉得对不起公司对不起小姑子成小娥，她每一次出场出轿都希望自己以十分成功来弥补她的过失损失。杜文竹的脸蛋就特俏特生动，她的笑容天堂山野柿一样纯甜丁冬溪包谷酒一样香醉。她的黑玛瑙眼睛在流花湖公园表演场的一流特技灯光里，闪烁着天使与魔鬼合而为一的勾魂摄魄光彩。

杜文竹就引起绝对喧哗与骚动。

杜文竹在周全“打闹台”后成了绝对召唤。

参观展览的观众席上，借助媒婆周全灌注酒精的老男人少男人，顿时呼嚣冲出一大群作秀新郎，他们全都无拘无束无规无矩要和美丽的杜新娘派对。周全当然心知肚明那位已经事先内定的与文竹配对的花轿新郎，可是，他这时却神来之笔地做了一篇文章，他说，这么多新郎个个都阔绰都多情都可爱，我手头只有一位美人到底介绍给谁呢？各位就用礼包分量大小解决我的难题吧。

展览台上，刹那上演了一出空前绝后的闹剧，那些争做新郎的人，花钱买美大有之，借机摆阔小有之，元宵节狂欢发泄偶有之……总之总之，一窝蜂又一团糟，向着新娘杜文竹和媒婆周全塞红包扔钞票。

这么闹，就不是闹着好玩的了，既闹得新娘上不了轿，又闹得周全下不了台，人人都要做丁冬溪女婿当杜文竹夫君，场面混乱不堪，有人踩跛了脚，有人挤折胳臂，若不是当地警务人员得力，硬是九牛二虎把台上发狂且发情的男人们强行弄下台，展览表演恐怕尚未出师就偃旗息鼓了。

开场如此不利，展览进行一半，又出了事。

当时出轿的新娘是唐影。按照事先安排，唐影展览是坐民间小轿，抬小花轿一般情况下李氏父子是不必登场出力的，抬唐影的轿夫就内定为朱老三和余小死人。可是派对儿当唐影新郎的那位既不属名流大腕又不是老板大款的观众，恰好正月十二在澳门赌场捡了狗屎运气，他以一万八千块港币起家，一天一夜狂赢一百八十万。这个爆发的百万富翁上台就“罢轿”，他坚决不做平民，坚定要当皇帝要当驸马，他要改坐皇花轿。成小娥经理不敢破坏热闹气氛，她从头到尾都是客气和气地与这位“新郎”协商，新郎语气和嗓门也从头到尾不更改：皇花轿别人坐得我就坐不得？告诉你们，这轿子就是值一百万，我今儿也把它买下了！口干舌燥的成小娥无可奈何，只得打乱工作程序，把李松柏李立春等人派上场。

开始，皇花轿玩得还算正常顺利。第一个回合疯轿后，观众掌声如雷，欢呼地动山摇。坐在轿子里的那位新贵新郎以为为他喝彩，他情绪亢奋，热血大河奔流，猛地抱住唐影乱摸乱啃，一股劲喋喋不休：小妞儿，大山沟里的野花还没开苞吧？初夜权，我预订了，价钱由你开……

唐影白天在荔湾路和恋人李立春遭遇不快，心情一直很沉重，她真的好爱立春怕失去立春，见立春猜测她在花轿里出卖色相争创小费收入，更是不安。她虽然没“争创”，也没和新娘姐妹们在红火的小费高潮里攀比红包大小，可是不管怎么说，她毕竟收过八百元，这笔钱，她想她这辈子，也和李立春讲不清白了，唐影就一直沉浸在懊恼沮丧情绪中。成小娥见状，曾在后台批评她，要她在广州元宵这场重大表演里，务必出色出众完成展览任务，不能带着情绪上轿。唐影现在就十分尴尬十分艰难，她既害怕李立春又害怕成小娥，既婉绝这位贵客又不敢过分得罪，她就尽力保护自己又尽量不闹出展览事故。

唐影扭摆躲让。唐影又不致怒。那个新贵新郎以为这正是山沟沟女孩可爱与好处。大都市女人，还有几个是羞涩的是躲避丘比特之箭的？越是这样的女孩越是机会越是不能路过错过。这角色玩了个摆手舞般花招，可怜的唐影被他舞得眼花缭乱不知左躲为好还是右藏才是，男人的另一只阴谋之手，迅雷不及掩耳掏了唐影的心窝窝，占住了唐影的胸峰。

唐影轻声尖叫，大力挣扎……

虽然那时正处于二次疯轿高潮，张大雷的唢呐吹破天，上万名观众为李松柏等人的高超轿艺喝彩直上云霄，可是情人是有第三只眼的，李立春一定是透过厚重轿帘看到了里边的一切，他也一定比别人多长了耳朵，他听到了花轿里唐影的痛苦心声，他就在表演高潮时，故意失足仰八叉摔倒。他摔了不要紧，李松柏方满仓朱老三们全都收不住阵脚了，全都齐刷刷摔倒。

皇花轿立马失去尊严失去美丽，它像屎壳郎推的粪蛋儿一路滚翻着。

花轿里滚跌出来的新郎新娘，大雅失尽地抱头鼠窜。

台下观众，蜡烛，红灯笼，礼花炮，鸭脖鸡翅啤酒罐，在一片喝倒彩声中，流星雨一样满天呼啸……

每一个村庄，每一座城市，正月正，都那么正宗那么传统地乐极生悲。丁冬溪花轿公司好像也应该概不例外，它的旅游展览一路顺风好评如潮，一传十，十传百，百传千万的广告效应也在展总团里一枝独秀，它却在羊城元宵节把大戏重头戏演坍了台子。

“倒台”时，杨雄恰好在参观旅游展览的现场，他喜气洋洋地在万众中穿梭着，他要尽可能逼真地观摩每一张兴奋激动的笑脸，尽可能多多益善地聆听观众们赞誉喝彩和争相喋喋不休，要去丁冬溪旅游的诺言。杨雄的收获和快慰，就变成了盈盈满腹的欢喜。可怜他也一样，也是命中注定乐极生悲。一切都是瞬间之变，他真的吓坏了惊呆了，他揪着头发，希望验证这是噩梦，他擦眼睛，竖起耳朵，让视觉听觉全力以赴辨别真伪。他最终瘫在地上，差点儿被众人践踏成肉泥。

第二天，粤港澳众多媒体的娱乐版，争相报道丁冬溪花轿公司旅游展览煽情场面混乱和表演人仰马翻的负面新闻，报道丁冬溪公司因险些酿成踩踏重大事故而遭罚款的消息，有的媒体干脆说他们从组织工作到临场作秀是一整个草台班子。丁冬溪旅游公司花轿游乐展览，决战羊城就变成了兵败羊城。

虽然长沙的最后两场展览，仍然获得很大成功，但是就在回到温泉山庄的当天，杨雄下令暂停成小娥丁冬溪旅游总公司花轿游乐公司经理职务，责令她反省检查。

代理成小娥职务的，是胡漠雁。

成小娥从这天起，除了写检查，就是偶尔客串新娘。

正月是新春，春天给人们带来那么多温暖那么多抚慰。天在蔚蓝，大地在葱绿，太阳雨洗出一张张微笑脸。成小娥似乎例外，她走出腊月冰凌，又走进一场倒春寒。

第五步

仿佛专为丁冬溪旅游公司而生而长，今年天堂山区的映山红开得烧红了天烧红了地。红彤彤世界，红红火火的旅游，让名不见经传的古塔小县，让处女得不行的寂寞得不行的丁冬溪，忙得不亦乐乎地在省报中央大报和电视台上频频抛头露面。那些老记们（记者）就和游客一样，哪里热闹哪里奔涌，纷至沓来采访报道丁冬溪。

杜文竹这些日子出轿率太高，人累得摇摇欲坠，成三泰又每天都有新理由往花轿公司打电话要她回家，胡漠雁终于发了一回善心，准了杜文竹两天假。文竹就感激胡漠雁寒暄胡漠雁。胡漠雁笑道，别为我操心了。我倒是操心你，成三泰像头公牛，你回家，可不能比在公司里还累啊。杜文竹刷地成了一株映山红，脸面红彤彤。

杜文竹大约还没走到成家沟，一位名叫周军的记者下车伊始直奔花轿公司找她采访。公司办事员以为周记者是游客，他说杜文竹这两天不能做轿艺也不能导游，他热情向周记者推荐了沈虹兰芳们。记者周军以歪就歪，他就干脆当游客，他让沈虹兰芳都为难，他就是要跟杜文竹坐花轿。办事员就无奈地说出了文竹请假事。

周军在山路上一件一件脱衣服，赶到成家沟还是汗流浃背。他一次又一次问路总算进了老成家。

安四娘坐在门槛上剥竹笋，她问周军找谁。周军满脸堆笑：你老人家就是杜文竹妈妈吧？

安四娘想，这话没错，文竹说是媳妇，更是女儿，她从小在咱家养大，也从小喊老头子爸喊咱妈，就连丈夫成三泰，文竹也从没改口“三泰哥”呢。安四娘就说，我是文竹妈。怎么，你认识我闺女？

周军：我们是朋友。

安四娘：朋友？什么时候结识的？我怎么没听闺女说过？

周军：时间不长，正月里我到厦门游玩才认识的。她是个好女孩，我很欣赏她。

安四娘愕然睁大眼睛。她是一条很老山沟里的很老女人，在她的记忆里女人是贤，女人是良，女人是烧锅的，女人是焐脚的……女人还可能是这样是那样，就是不能是“欣赏”，你欣赏女人，你左看右看女人，上看下看女人，你想干什么？想要什么？安四娘刚要质问，周军抢了口：“请伯母通报一下，我有好多好多话，急于想和文竹谈谈。”记者周军这么说着，就想越过门槛进堂屋。

安四娘慌了，急忙翘起腿拦住。儿子成三泰想老婆快想疯了，杜文竹进家连水都没喝一口，就被他又拥又抱弄进房，这一刻小夫妻俩正在床上疯呢。你这陌生汉子算哪根葱，无头苍蝇瞎撞娘的个鬼哟。她生气喝道：干什么？没名没姓没规矩！

这一“喝”，喝醒了周军，知道自己是贸然是唐突了，便连声说道，对不起，误会了误会了。这样吧，我可以站在门外，请你老人家跟文竹说一声，我保证她认识我。

安四娘威严地：她认识你，我不认识你！

周军：这……这是什么意思吗？我不过是想和杜小姐谈谈嘛。

安四娘更恼火了，好好的一个杜文竹，怎么就变成了杜小姐？在咱丁冬溪，小姐，太太，谁听谁刺耳。安四娘正告：这里没有杜文竹小姐。找小姐，到古塔城里去。

周军啼笑皆非，他慌忙解释：伯母，我是老实本分人……

安四娘怪腔怪调：“看不出。”她转身就要关大门。

周军慌了，毫无斯文地往里挤。

正当大门关上又挤开，挤开又关上，成永贵从地里干活回来了，老头子一见，以为陌生人是强盗，扑上去就给周军两个大耳光外加连城拳铲镰腿。连拳带铲，可怜兮兮的周军，伏在地上啃黄泥。

花轿公司对新娘和轿夫，一律采取“亮相挂牌”工作制。亮相，即张榜公布个人档案，张贴半身全身两幅照片，“图文并茂”地广告宣传新娘轿夫们优秀优越之处，让游客透明享受旅游消费，自选喜爱的为其服务的旅游工作人员，这有点儿像时下各大医院流行的广告栏做派，患者自选“栏目医学教授”“栏目医师主任”。挂牌是挂胸牌，花轿公司从领导到职员都要佩戴胸牌上班，胸牌上有该工作人员登记相片工作单位和工作证号，下方还印有游客投诉电话号码。这就无形中让每个工作人员格外努力格外认真，大家都较劲儿塑造自我形象。胡漠雁就是胡漠雁，她不愧是老牌的万国丽人管理人员，她的经验她的工作方法是独到老到的。

罗锡贵的一位温州有过生意来往的亿万富翁秦贯，听了杭州朋友介绍丁冬溪旅游公司在杭花轿游乐展览盛况后，恰逢到武汉这边做一单大生意，就顺道儿打了个拐弯来到山口镇罗家花园。秦贯快快活活喝罗锡贵招待酒，兴致盎然要到丁冬溪旅游。罗锡贵问游哪些项目，秦老板说，他想玩嫁娶秀，过一把当新郎瘾。

罗锡贵是花轿游乐公司股东，他有经济利益，他当然愿全天下有钱人都到丁冬溪花轿游。罗锡贵和代理经理胡漠雁关系远非原经理成小娥，他们私交相当不错。罗锡贵就理所当然拍马屁秦老板脑子好使眼睛好用，说到了咱丁冬溪不玩花轿，百分之百白来一趟。

秦贯被拍得很舒服，他立马就要罗经理推荐花轿新娘。

罗锡贵笑道，这就用不着我说了，这家公司经营管理很科学很现代化，你一进公司大门便一目了然。罗就相当详尽介绍了花轿公司的挂牌服务。

秦老板筷子开心地丁丁当当敲打菜碟：你这家伙是闻名的女学专家床第技师，且又是又粗又长一条地头蛇，我再一目了然总不能撩开石榴裙看究竟吧。

罗锡贵坏笑：懂了。你是务虚务实，既图虚名又要实用。行，那我就给你推荐一位包你永世难忘的新娘吧。

罗就呷了一口酒，慢条斯理挑菜嚼菜。他真的不是吊秦贯胃口，他着实有点儿难处。一方面，他对平日里请都请不来的实力雄厚的秦贯大老板突然造访，很是喜出望外，这两年北天山漆树长得不错，他一直想和秦老板做一笔生意，把秦老板接待好招待好，意义天大地大。另一方面，若是真心真正让秦老板享受这趟超级旅游，他就应该真实真诚地推荐花轿新娘牛青青，无论是出于情人眼里出西施的心理，还是牛青青国色天香实力，他都应该舌头不打弯儿向秦举荐她。可是最近罗锡贵变化很大，牛青青越是久离越是远去，他对她就越来越淡出商业化越来越情感化，他也就越来越真实地怕人游戏牛青青，更怕有谁玷污青青。罗晓得秦是王牌好色之徒，他们有一年同赴广交会，秦竟然一夜挑破三名处女外带还玩了一位十万元钟点女明星。罗锡贵权衡再三，煞有介事推荐了杜文竹。

秦色迷迷笑道：杜妞儿有什么好处?

罗锡贵：好就好在特殊特别啊。咱们这些当男人的，其实大多都是憨汉傻佬。从这个女人玩到那个女人，玩了个一字长蛇阵，再玩偌大圈儿铁桶包围，累了，也该静下来想想了，于是我就想起有一回我到省里参加作家企业家联谊会，一位作家大吹大擂大哲学家大思想家马丁·路德，说马丁·路德比马克思还要骏马千里马还要良驹烈马，那个作家学说了马丁·路德许多精妙的哲学神学我都记不得了，我只记得马丁·路德说：瞧，这男人，上帝配给他一个女人。她胸前有两个乳房，两腿之间有一个小洞……就凭这句话，马丁·路德是有点伟大了，我们总在女人裸体前眩晕和忘乎所以，马丁·路德很冷静，他说她们都是两个乳房和一个小洞。我们玩一大圈儿玩一字长蛇阵，结果还是千篇一律玩“两点突出”和“一点不足”，反省反省，没味没劲。而这个杜文竹就不同了，她是很特别的女人……

秦贯差点儿笑呛了嗓子，他打断话头：杜文竹有什么不同？她有三点突出两点不足?

罗锡贵：那当然不是。可是你玩过像她那样大奶子女人吗？你别笑，别打断我。我知道你会说，手球奶子足球奶子南瓜奶子西瓜奶子都玩过，更大的奶子恐怕就不是天然的了，它们不是手术之功就是激素之力，人造肉他妈的有什么玩头！可这个杜文竹就不同了，她男人裆下吊着废物，是只阉鸡，这阳萎男人偏又占有欲极强，霸道得厉害，他越是睡不了婆娘就越是夜夜疯狂折磨婆娘，他的折磨，他的进攻，当然不在女人脐下而在女人胸前，久而久之，谁知坏事变成好事，那男人的疯狂折磨也许变成神奇按摩，杜文竹的乳，一整条丁冬溪男人们瞅一眼就眼红口渴，大老远地和她路过，都觉得让那奶子挺了硌了。这就是真正的女人和女人不雷同。再说那个“一点”，杜文竹长年累月赤身裸体和男人睡着滚着，虐待着也是刺激着也是调理着，她的冲动和欲望，就江河一样汇聚和大海一样的储存，这种女人性欲又与普天下女人大不同了，真要做起来，肯定是海啸是火山爆发……

说得秦老板口都渴了：行行行，那就杜文竹。

敲定了，罗锡贵就给胡漠雁打电话。他说，胡经理，罗某为你效劳了。给你搞定一单大生意，我从温州拉来了亿万富翁秦贯大老板，他明天到你们公司游乐休闲。胡漠雁连声感谢，说罗总太太阳了太月亮了。太阳送光明，月亮送温情，这就前程和温馨咱都有了。罗锡贵说，胡经理人靓嘴甜，我辈眼羡心羡啦。别的感谢我也不要了，什么时候给点儿“月亮温情”，我就一辈子不忘一辈子没白活了。胡漠雁咯咯笑道，罗总抬庄抬举了，这不是成心让我做好梦吗？

说笑嬉乐一通后，罗锡贵声音正儿八经了：胡经理，还得跟你说点儿正经事。我这位温州朋友虽然是位一掷千金的主，可就是不管做生意还是玩儿，都特讲品位。我也不知道他从什么渠道获得信息，这次无论是花轿游乐还是花轿导游，他都指定要杜文竹小姐。我给你通个气，请你多多关照了。

胡漠雁一愣，傻眼犯难了。杜文竹回家逾假未归，公司派员去催，办事人两手空空回来说，老成家闹成一锅粥，两口子关门打架，谁也进不去劝不了，看架势，杜文竹是三五天回不来了。胡漠雁就和声细气说道，请罗总放心，你的客人，公司一定提供第一流服务。

罗锡贵偏不放心，你提供第一流服务，可别把我的心肝宝贝牛青青提供给秦色狼了，那样我就是引狼入室，那就惨死了。罗锡贵就认真到底：胡经理，我是把钞票成堆儿给你送来了，给这一大堆票子的收条签字人只能是杜文竹。他就要这个女人，他好这一口子，你可一定安排好。

罗的电话搁下了，胡漠雁搁不下。她是个进取心很重事业心很强的女人，她很清楚自个很偶然交了一场好运，获得了一次如梦如诗的机遇。她的职务，她的单位，在整个丽人集团都让人垂涎三尺的。现在才是全年的第一个旅游高峰期，她就接近完成了总公司下达的经济收入一半。杨雄两次对她口头嘉奖，刘家驹也按合同给她兑现了五十万元奖金。胡漠雁好飙好热火，但她脑子很冷静，她要想稳稳当当占住人生这么好的一个位置，早日把代理经理变成正式的，她就必须不乱方寸地始终从一件事做起，把一件事做好，这就是：花轿公司一定要创造良好的经营效益。花轿公司永远是丁冬溪总公司的龙头企业。这一条做到了做好了，一千条一万条都好办了。连那长期春光不明媚的对杨雄的一份爱，说不定也峰回路转，柳暗花明。做好这件事，她有许多经验，最主要的就是抓大客户集体公费旅游和散客中的豪客即兴花轿游，特别是后者，遇到真正的挥金如土的富豪，一个人就顶上一百一千。胡漠雁这么想着，眉头一蹙抓了抓头皮，只得有如张良胯下受辱般去找和自己关系紧张的成小娥了。

她有求成小娥。她希望成小娥回家做工作。她想也只有成小娥能把杜文竹弄回来了。胡漠雁走到成小娥住所前，屈尊地举起手敲门。

检查也书面口头都做了，反省也大会小会说了，连李立春唐影的责任，也大包大揽承担了，杨雄还是不满意。成小娥说，你到底要我怎样呢？杨雄说，要挖根子，挖保守思想根子，封闭意识根子。成小娥说，我不明白，你讲得具体点。杨雄说，不是不明白，是装糊涂。我讲过一百遍了，做旅游就是打拼新思维新创意，山水是越老越好，人是越新越妙。你就是不听，以自己的守旧意识，约束着花轿新娘们的手脚。唐影若不是受你影响，能那样封建顽固吗？她只要略略时尚新潮点，我们能在广州人仰马翻吗？成小娥不服气：“这不怪唐影，那个男人就是个赌徒加好色之徒。”杨雄：“我们只有游客，没有这徒那徒！”成小娥还是不服气：“我仍然坚持要对我们事业做好足够的风险评估。我觉得我们不是在天堂山抬花轿，我们是在雷池边上做轿艺。一步之差，必然谬之千里。杨总，犯规犯法的事千万不能做啊。”杨雄：“我说过，犯规可以，犯法不行，要有证据，谁火眼金睛透过厚重的轿帘，看见了里面姑且妄论的犯法证据？”成小娥就是这时候拂袖走开的，老板们就是这么权谋的赚钱的？杨雄胡漠雁们到底想让我们丁冬溪女儿干什么？这是一场底线的战争，杨雄与成小娥都顽强地对峙着，战争的谈判不成功，成小娥就别想复职。

打仗的日子不好过。很生气很愤怒，都可以，拒绝谈判也没问题，却是那份情感那太多恋情，非但无法割舍，反而更加奇怪地缠绵。成小娥不能不顺着这份情感从原始梳理。

那年大逃婚一口气逃到南州已经是身无分文，在火车上就没吃东西，成小娥这时摇晃在大街上时时眼冒金花。她太饿了，更不晓得今夜寄宿何处屋檐下。有个在人行道上写粉笔字行乞者给了她灵感，成小娥捡起一张包装纸，娟秀工整写了一行字：“过往贵人，我已三天没吃东西，求助十元果腹。”她哆嗦着蹲在街角铺开包装纸后，迅速打开绾结的头发，让乌黑的长发遮住美丽的脸庞，她不能在过江之鲫的行人前丢脸。她的求助信果然被人围观，却是更多人贪看她的婀娜身材，浪漫猜想黑发遮盖后面的白嫩脸蛋水灵灵眼睛和樱桃小嘴。有人拿出十元币摇晃着：“小姐，你只要掠开头发让我看一眼，这钱马上就是你的了。”成小娥像抗拒辘辘肌肠抗拒这个有条件的施舍者，女人最丢不起的就是巴掌大的脸，她决不能让人看到此刻脸面上的卑贱容颜。又有人将百元大钞摔得刮刮响：“过一眼，只过一眼。你不但美美吃一顿，连过夜费都有了。”更有人拿出港币炫耀：“香港今年就回归了，你身材这么好，只要不是麻脸婆，我带你到那边发展。”就有一只又一只手蠢蠢欲动了，成小娥怯懦地哆嗦，惊恐不已。正在这时，一辆沃尔沃轿车停下了，杨雄和冯豹推开众人，他们打量着女孩，看着透露文化水平的求助字体，立马塞给成小娥两百元钱说道：“外地来的吧？这里不能待，快走。”成小娥披头散发鞠了一躬，旋即离身而去。她注意到那辆沃尔沃车一直在缓慢行驶着护送着，直到不怀好意的围观者全部不再尾追了，才正常行驶。在这个过程里，小娥想掠起长发恭敬地面谢，杨雄探身车窗说：“别。千万别掠开。那是你的美丽，更是你的尊严。”杨雄没看见躲在黑发后面的晶亮泪珠，成小娥的泪眼看清了沃尔沃车号，她牢牢记住了这个号码。一个月后，成小娥拿到了第一笔打工工资，她一刻也没迟缓找到了那个车号的主人，她把两百元恭恭敬敬还给这个看顾她的尊严的好人……

友谊的肇始，爱情的源头，都是从两个字开始的。这两个高贵的汉字叫做“尊严”。成小娥突然身躯一颤，心很重地扑通着。她责问自己了，她想她曲解杨雄了，当年初到南州那样卑微猥琐，杨雄素昧平生尚且都能给予她尊严的生活，今天他怎么会让众多美丽的花轿新娘们，蒙羞或放荡生存呢？成小娥就对自己的过错一刻也不能容忍了，对爱情的焦渴，对爱人的追悔，让她和乘坐的特快列车变成同一物质。她在南州过着销魂之夜和灵魂拷问之夜。在宽大舒适的席梦思上稍稍平静后，成小娥终究还是难言之隐般建议："亲爱的，千万不要着急。我想我们只要走出一条好山好水好女孩的旅游路线，花轿公司的利润肯定非常可观。花轿新娘们热情致力导游奇山异水，只要做出大品牌，游客是不计较门票和花轿滑竿代步费的。我在这段停职的日子里，以平常心做了花轿新娘，我带客人们游山玩水时，努力用语言和表情煽情游客们热爱天堂山惊奇天堂山敬畏天堂山，这时即使有谁对我有猎奇或不洁想象的眼光，也会不知不觉移情山水，忘我山水。我的努力已经有了很好效益，我的游客几乎每天都多玩一至两个景点，仅此一项，公司就每天多收入三五百元，我个人每天绩效工资也比别人高几十元甚至上百元……"杨雄说，这条路可以走，但是我们的财源应该四通八达，所谓"三江之水滚滚来"才是公司盛世气象。我想，李平平沈虹们走的更是可观的财源路，她们每天为公司至少多挣五百元。成小娥惊身坐起："这不可能。不是说我比她们优秀，我是说我的综合素质不可能比她们差。杨总，这有问题。"杨雄："什么问题，别人挣钱了，我们想歪的，这就是问题！看来，你是不想复职了。"

又是一次谈不拢！成小娥天一亮就执意返回古塔。杨雄没有强留，只叮嘱她继续深刻反省。

反省来反省去，她不能闭门思过枯坐下去了，她现在毫无目的在温泉山庄四周转悠。

成小娥在一处尚未改建的云水寺断壁残垣处停下脚步，她好奇地看见一堵歪斜的青砖庙壁上有斑驳的褐黑异色，她轻轻摸抹，辨认出一首题壁诗。那诗云："花在头边酒在唇，不簪不饮不为春。人生最是平常甚，参透平常也圣神。"心情际会诗意，让她流连徘徊，反复吟哦。她想，该用反省纸张书写请长假报告或者辞职报告了。

请假？辞职？成小娥返回房间，坐在桌前愁眉苦脸。正在这时，笃笃笃，有人敲门。

来者是韩水生。

老韩皱巴巴的脸，笑开了花。他说，小娥，我给你报喜道喜了。

成小娥边倒茶边说，韩叔取笑了，我有什么喜。

韩水生一边擦汗一边大口咕噜茶水：“大喜，大喜呀！天堂西村大喜呀！瞅瞅，小褂子都汗透了。我骑着辆破自行车，山道上直翻跟头赶来送喜帖……”老韩音量宏大，动作夸张，一大串说道后，才表述清实际内容。原来天堂西村今儿召开村民大会海选村长，成小娥以百分之九十得票率当选。

小娥又惊又愣：“我当村长？这不可能？再说我也一直不在家乡……”

韩水生：“不在家乡你户口还在天堂西嘛。现在办丁冬溪旅游公司，你不是又回到家乡吗？”

成小娥说，这话也对，关键是我没资格也没能力当村长。我当村长没有任何理由。

韩水生说，资格？黄家树是老资格，领导天堂西领导这么多年，除了他自个贪污致富，老百姓全被他领导成一穷二白。所以，你当村长是众望所归，理由大得很。

成小娥仍然觉得这事发生得荒唐。就在韩水生到来之前，她和牛青青交谈了一次。两人都越说越心灰意冷，许多事实说明胡漠雁推行杨雄首肯的丁冬溪公司经营方略几近邪恶。胡漠雁公开在大会上说“要打法制擦边球”，杨雄就跟着说“可以犯规不可以犯法”，还美其名曰“彻底解放思想就是彻底解放生产力”。胡漠雁说“发展是第一要领，赚钱是第一要物”，杨雄说“那么第二第三，当然要让位第一”。在如此和唱中，成小娥屡屡呼唤丁冬溪公司“天堂之美”“人之尊美”，就在喧哗与浮躁的氛围里几近湮没了。成小娥和牛青青当初都是争获女人自由女性尊严，才最终闯入时代大潮的，他们当初是认定丁冬溪公司美如天堂的，可是现在她们每时每刻都提心吊胆人格丧失，抗争着被误导的游客，抵制沈虹姚秋桂们的嘲讽，很累很疲惫，她俩就打算联合杜文竹集体辞职，走出是非地到上海去，那里有成小娥很熟的一家公司，不行的话就到那里求生存谋发展……老韩偏偏不早不迟，他在这时候“送”来了一顶村官乌纱帽，成小娥理所当然“辞职”。

韩水生：“辞职？那不行！”老韩就一二三四说道道。他说，你是大能人，大救星，你一只手把丁冬溪公司领导好，另一只手也就给天堂西村拎来了聚宝盆。公司办好了，游人越来越多，他们不能只游山玩水不吃不喝吧？

乡亲们就希望你这个村长同时也是天堂西农牧公司经理，在我们这个公司里，你领导大伙办高山蔬菜公司，绿色牛羊公司，野生果茶公司，富硒矿泉水公司，我们要让游客们吃不了兜着走，大一包小一包装回天堂山区绿色食品，让他们赞誉我们的产品，广告我们的产品，总有一天，哈哈，“天堂西走向世界，世界感谢天堂西”，总有一天，咱世世代代穷苦的山民，纵身跃出几大步，华丽转身进了真正的天堂！

韩水生这番话，有如万仞石峰上掷巨石震惊幽深雷奔大峡谷，成小娥的血脉成了峡谷湍流，骤然地冲撞，激越地奔涌，让她战栗依窗才不至于俯仰无凭。

凭窗远望，成小娥承认了她有一个久远的梦，承认了眼前出现幻景。一架又一架大山，忽地变成了牛羊坡。一棵一棵大树小树，不是红柿满枝就是板栗挂绣球。山谷的小草是一棵棵鲜活的“高山娃娃菜”。而她老父亲成永贵，正在甜津津地悠闲喝茶卖富硒茶……

成小娥泪流满面。她说，韩叔，给点儿时间，让我想想……

从前天中午，闹到今天黄昏，打也打了，骂也骂了，“三堂会审”也审了，杜文竹除了一息尚存，心是全死了。

本来，文竹这次回家，是很愉快很激情的。丈夫在上天崖悬空斋最后关头良心未泯，他忍痛割爱，认同了她服从了她，放她一马。她知道，这不仅是放行让她参展，也是给爱放了一条生路。文竹就铁定心思要好好报答丈夫报答爱情。她一踏进家门，成三泰就没打弯儿直接和她上床。面对炽热与疯狂，她没有感觉到烧灼和疼痛，她和他风云际会，江河合流，让爱情进行曲渐渐行云流水，花好月圆。

事情好像就那么偶然，点着导火索有时不必干柴烈火，它也许只需芝麻粒儿火星就能引燃，于是——一粒火星儿烧毁了整个伊甸园。

这粒火星，便是有罪实无罪、有过实无辜的那个记者周军。

就是从那一刻起，一个过于漂亮的女人，一份太让人提心吊胆的敏感职业，一种古老的丁冬溪与旋转的现代都市的时空阔大距离，顿时让老成家陷入混乱混战。成永贵安四娘成三泰，既不需言语沟通也不必眼神交汇，他们心相映，心相约，几乎在同一秒钟里眼睛雪亮地看出了杜文竹此行不轨的重大问题。

关门提审就是从那一刻开始的。温暖的婚床变成肃杀战场就是从那一刻开始。外地人说直爽，丁冬溪人说是直肠通屁眼，老成家直通通的成三泰直通通逼问：这个打上门的混账记者，你是怎么勾搭上的？

杜文竹：三泰，请别这样说话好吗？你知道我爱你，我对你是忠贞忠诚的。

成三泰：好听的话谁都会说，我只问好丑的事谁做的。

杜文竹：谁做好丑的事了？

成三泰：野男人都打上门来了，还敢说没做丑事？

杜文竹：我跟你说一百遍了，我不认识这个人。

成三泰：我也跟你说一百遍了，你不认识他，他为什么说是你的好朋友，还说什么好欣赏你好想念你，还千里迢迢跑来硬要找你谈谈？

杜文竹：你要充分了解我们工作的性质，你不相信我，还可以问你妹妹成小娥，我们这些花轿新娘一旦参加旅游展览，那就是公示人物，是大众情人了。每个观众都可以和我们作秀，都可以说是我们的朋友。因为已经日程化，工作化，我们不可能记住每天接触的那么多观众姓名与面貌，而观众却能很自然地记住了我们。由于我们展览的成功号召，这位记者朋友到丁冬溪旅游，想请我做山水导游或在轿艺广场作嫁娶秀，都是十分正常的事，这怎么就让你们看得那么邪乎呢？

也许爱有多重，忌妒就有多重，也许女人十分漂亮，做丈夫的就十分提心吊胆，成三泰不但不听妻子的解释，反而越是杜文竹解释他越是觉得此地无银三百两。于是审问，斥骂审问，拷打审问，一级一级提升到了此时此刻。

有那么一瞬，暴怒的成三泰为了提取老婆与记者通奸口供，他把她像一只甲虫踏在脚下，他狠力扯她的头发，再让她的头咚咚碰地板。他还千钧泰山地骑坐着她的软细的腰，武松打虎般狠打她的赤裸裸臂和光溜溜肩。可怜杜文竹不是虎，她的细皮嫩肉，自然是皮开肉绽了。

她求生，她想屈打成招算了。但她还是咬破唇咬碎牙挺了。她招了，她这辈子还能活吗？还有那个无辜的周军，他能不能从丁冬溪逃出性命？还有丁冬溪公司，那还是一家企业吗，那就是“一盆脏水”！文竹就说，三泰，我和你真正是生死冤家了。我们的婚姻，我们的家庭，像一道残破的篱笆，多年来修修补补惨淡经营，好了又坏了，坏了又好了……今天是彻底毁了。

成三泰：彻底毁了？你想毁就毁？告诉你，你一逃不掉，二死不了！

杜文竹：你没把话说完，你是说一逃不掉二死不了三活受罪，对吧？

成三泰：还算明白。你不傻，为什么要做傻事呢？

杜文竹：我不明白。不明白你反反复复如此污蔑我侮辱我，是自悲自惭，还是胸窄心黑？

成三泰：我不跟你扯淡！咱们言归正传，对我说，你跟那个王八蛋周军到底搞了几回？

杜文竹趴着，她的嘴咬着被角，面对一种罕世的粗俗，她不再哭出声音，她的泪水浸湿了一整条枕巾。

折磨到太阳落山，杜文竹拼着最后力气说道：亮底牌吧，你究竟要我怎么活受罪？

成三泰抖动着毒蛇一般皮带：一、不准在公司过夜，每天晚上必须回家；二、三天一小跪，十天一大跪，反省在花轿里跟客人做坏事没有；三、在胯子上屁股上刺青，标明你是我成三泰婆娘，除了老子，谁也不准动用；四、只要我听到见到你和那些游山玩水的闲人们有丁点儿不正经，老子就用皮带把你抽成白花花骨头！

杜文竹突然像母兽嗥叫：成三泰，你总算让我死心了！告诉你，你别跟我一二三四，你什么也得不到。摆在面前，不是四条，是两条。一条，你就把我关在这间房子里打死，我死了，你再享受枪崩。二条，你要是打不死我，只要我出了这道门，也就等于离婚了。我再不回忆过去，再不存在幻想。我们不是死别，就一定是生离！

杜文竹说得这么狠这么重，成三泰是万万没想到的。他睁大眼睛盯看杜文竹，他看见这个温顺善良的女人，脸面铁青，唇肌紧咬，眼球冰凉，高耸的胸脯，怒潮波动。他突然意识到，他把事情做到绝境了。

这不是成三泰想要的结果要达到的目的。他的真实想法是，借用周军这个把柄，好生威胁警告婆娘，要她在风光风流的花轿公司，不准有丝毫忘乎所以，不仅她的乳她的裆是绝对禁区，就是她的唇也不许任何游客偷吻，她不可以和男人们拥抱，甚至连握手也要戒免……他为此与老婆苦战两天两夜，现在倒好，战争的最后结局是鱼死网破。她，死了算，活了离！

成三泰就努力冷笑：你想离，老子不离，老子倒要看看这个婚离得成离不成！

杜文竹：那就看吧。要是分居一年离不成，和你分居一辈子看看离得成离不成！

这时，天就完全黑了。黑漆漆的卧房里除了两败俱伤，似乎什么都无影无踪荡然无存了。

轿艺广场建设规划全部到位完成后，夜晚的轿艺就比白天更漂亮更精彩了。花轿，红妆，拜堂仪式和洞房夜话，都好像特别倚重灯光神秘神奇作用。丁冬溪旅游总公司重金聘请了国家大剧院的一流灯光设计师，破费三百万装置了五光十色的现代灯具。夜幕降临，轿艺广场的魔光幻彩，被当地山民惊为神光，外来的游客也叹为观止。

于是，日落正是花轿新娘们的日出，星月是轿夫们的福星高照。时值阳春旅游旺季，做得好的花轿新娘，一晚就有上千元收入。

和牛青青作秀花轿新郎的一位胖子游客，心情特好，他在轿艺广场的准备车间预选新娘时，对七种色彩里的牛青青，一一惊叹惊魂，觉得无论是暖色还是冷色无论浓妆还是淡妆的这位美女，都是人间西子天上七仙。到了轿艺表演车间，胖子出了三倍票价，把五圈轿艺改成十五圈，五百米轿路，就一下子延长为一千五百米。

胖子和牛青青坐的是皇花轿，皇花轿有六个透光孔。变幻无穷的灯光，开始时只照耀新娘的红盖头，不过在花轿里游客摘除新娘红盖头是人人皆知的公开秘密，胖子当然不例外，他太需要如此近距离欣赏这位美轮美奂的纯朴巴山女娃了。胖子觉得牛青青北斗星大眼睛好漂亮，胖子也觉得青青的樱桃嘴好仕女，胖子想，这样的眉眼这样的唇，如果再添置几分笑意，那肯定是一笑倾城，三笑倾国。胖子就将一张张大钞准备好，牛青青每笑一次，他都出手一百元小费。

牛青青在花轿里打工是很敬业的。她知道游客们无论此时此刻多么快乐逍遥，大方花钱，他们荷包里除了贪官的赃款权贵的公款，大多数人在单位在家里，腰包并不丰盈。不少人是三年五年地苦做苦挣，三元钱五元钱积攒，才有这么一趟潇潇洒洒旅游。牛青青就无论是花轿导游还是作嫁娶秀，对游客都很热情友好，尽善尽美，希望客人游有所值。在花轿里，游客亲吻拥抱，一般她也不愤不恼。如果是攻城略地到女人神秘敏感部位，她会一边微笑一边坚决地拒绝。客人们不轨，牛青青尚且还有微笑，若是正常的轿艺表演，她会是笑得桃花灿烂的。却是今夜，胖子无论怎样取悦怎样讨好，牛青青硬是不笑。

胖子无奈说道，看来牛小姐讨厌我了。

牛青青：先生错怪了。每位游客都是我们衣食父母，欢迎还来不及，哪会讨厌呢。

胖子：是啊，我们大老远出门游玩，就讲究个心情，你总是绷着脸，从头到脚拒人千里之外，我都不知道再怎么和你往下作秀了。

牛青青：对不起，向你道歉。

胖子：我不需要道歉。

牛青青知道，这是坐在煽情的花轿里，正在经历着浪漫之旅，一些游客往往就是在这时候滋生非分之念，他们或言语挑逗或动手动脚，有些人干脆提出拜堂后，真正过活过活洞房花烛夜，享受享受情爱燃烧的良宵。她瞟了瞟胖子，头皮悄然发麻问道：那先生需要什么呢？

胖子：我需要微笑服务。你给我一个微笑都不行吗？

牛青青真正顿生歉意了。为了挂念一个人，着急一件事，她下意识不自觉地得罪了一位其实是很好的游客。牛青青便向胖子甜美地一笑，真诚地纠正自己的失态失常。

胖子果然看见芙蓉出水始绽开般惊魂掠魄的一笑，他立马给了一百元小费，连声说谢谢你的美好服务。

可是胖子硬是没有听到更多的欢笑声。后来胖子就直率说道，牛小姐，你笑一次，我给一次小费。

牛青青还是没笑。

胖子：我真的那么不堪入目？我很可恶？

牛青青几乎失声欲哭了：先生，我心情不佳真的与你无关。

胖子不信，他不明白在两个人世界的花轿里，新娘的心态举动，怎能与新郎无关？

牛青青无奈，她只好向一位陌生的游客，做了一次泪雨涟涟的倾诉。

她就对这位弥勒佛般花轿新郎说，她有一位情深谊长的好姐妹好同事，只因为是做花轿新娘在花轿里打工，只因为工作出色，让游客尊敬感动喜爱，便遭到丈夫无尽猜忌，被打得皮开肉绽，一个生动美丽的好端端的人，顿时身体不支，灵魂不在。牛青青说，我不能挥去她那痛苦的阴影，我也不能想象做花轿新娘为什么就是原罪。牛青青说，她还有一位好同学，原来就是这家公司负责人，生性冰清玉质，为人讲究，做事努力，只因为提倡人格与尊严，就被污为思想封建的“小脚女人”，纵使英雄也无用武之地。牛青青不知道为什么越说越止不住嘴，她甚至连“若不是好同学被乡亲看重，山沟沟山寨寨都在依依挽留，她与这位好同学恐怕现在已经在上海谋生了”，也滔滔不绝于这位绝非红颜知己。牛青青最后说，我们希望人人心情美好，希望快乐永驻人间。我就感觉到工作着是美丽的。可是，我的好朋友们的遭遇，给了我接二连三打击。我对我的前途，对我的事业我的命运，黯然心伤，十分焦虑……

胖游客听了，吃惊不小，感慨良多，才晓得有句谚语是绝对真理：条条蛇都咬人。原以为，天下活计儿七十二行，没有哪一行能赶上干旅游，导游小姐们成天置身青山绿水，呼吸着新鲜空气，嘻嘻哈哈，玩玩笑笑，就把工资赚到手，哪像工人抡锤农民挥镰，哼哧哼哧臭汗横流，才有一份柴米油盐。就说政府当官的公司当老板的，想贪污想赚昧良心钱，那也是搞钱之前几天甚至几个月策划谋划得睡不着觉，搞钱之后又怕报应还要洗钱，还是劳心劳神没快活没轻松。胖子这次游丁冬溪，就更把花轿新娘们羡慕成天仙，瞧瞧这帮山丫丫，不但嘻嘻哈哈把工资赚到手，还每天都坐着爱意辉煌的花轿，每天都诞生爱情享受爱情。胖子就万万没想到，花轿新娘们的生活还会如此麻烦如此痛苦。陪着牛青青一声叹息，胖子说，为了凭吊你那两位好朋友好姐妹，我建议：我们停止花轿游乐。

胖子是一位工厂主，他生产的童车，已经艰难地越过太平洋印度洋地中海，开始赚取欧元。胖子掏出五百欧元委托牛青青给那位挨打受伤的花轿新娘买点儿营养品。

就在这时候，牛青青泪眼闪光地拥了拥胖子，红唇轻轻贴了贴胖子脸颊，算是轻吻告别。牛青青当然不仅仅感谢五百欧元，她感动的是一位陌生人对花轿新娘们的尊重和理解。她感慨她的游客真是太好太有素质了。

大清早，秦贯老板就赶来了。

因为是股东罗锡贵的客人，花轿公司经理胡漠雁亲自出面接待。

秦贯开门见山说，胡经理，我是个生意人，命里注定穷忙。我今天还有商战谈判，后天就得往回赶，丁冬溪再好山好水，我也不能久留。我只能“半日游”明晚“一夜游”了。听说夜晚灯光里的花轿灯光里的新娘，都格外美丽。当然，灯光里的洞房，肯定更浪漫更温馨。这样吧，我先预付“一夜游”游资五万元，剩下的事，有劳胡经理安排了。

胡漠雁一听就明白，罗锡贵已经电话里指名道姓要杜文竹作秀新娘，罗锡贵说人家百忙偷一闲，大老远赶来就是为了慕名际会杜美人。胡漠雁就想婉转说点什么，却是秦老板又接着说起来了：胡经理，我很慕名贵公司花轿游乐这个旅游新项目，如果真像你们旅游展览和报刊电视广告说的那样让游客欢乐开怀，我打算让我们公司五百名员工，人人都来享受一次花轿旅游。他们人均消费，我想不会低于一万元。

胡漠雁的心，咯咚咯咚跳。我的天，这可是天大地大一单生意。听罗锡贵说，秦老板的公司效益特佳，职员平均年薪七八万。这些财神爷们来了，花轿公司就要大发一把了。胡漠雁激动地感觉到她的辉煌她的实现，也许就从秦贯真正开始。

激动归激动，做生意归做生意。做生意的规矩是微笑服务，是交易公平。胡漠雁就说，谢谢秦老板对我们公司的厚爱和信任。她谦谦地推了推五扎大票：秦老板，就算高消费，我们也只敢收五千元，你十倍破费，我不敢当了。

秦贯：那不是破费，那是小费。

胡漠雁依然一脸微笑：小费是你奖赏新娘本人的，公司不敢代收。

秦贯说，新娘小费我另外准备着，这五万元，或者是给你们公司，或者……就是给你的。你放心，我不会白送钱白花钱，我相信，我的价钱到位了，你也就会为我把“一夜游”安排到位了。

话说到这里，胡漠雁只有一件事了：怎样才能安排到位。而且，这还不是一个人“到位”，这很可能就是五百人“到位”，是秦老板全公司员工到位。

可是现在最大的困难是杜文竹不能到位。

让谁代替杜文竹呢？胡漠雁开始大动心思。

因为花轿游生意越来越好，新近又陆陆续续招聘一批花轿新娘，按照杨雄的要求，这些女孩儿仍然是清一色丁冬溪女娃子，她们最大的二十二岁，年纪小的十五六岁。这些小女孩看中丁冬溪旅游公司家底厚实，赚钱快，她们的家长又能早早晚晚隔三差五看到打工女儿，于是父母女儿一番商量，就把十五六岁改成了十八九岁。做这件事当然也不容易，十有八九都是走周全的后门，周全收下两三千元，就找派出所拜把哥儿们把这女孩儿一夜间长大两三岁，第二天，这女孩就跳跳蹦蹦到了温泉山庄。胡漠雁一看，水灵灵，嫩秧秧，两只大眼睛油亮油亮，她就男性化捻了个很响的榧儿："着啊！"这就收下了。成小娥是本地人，她记得她上学时，这些小女孩才牙牙学语，她就要胡漠雁审查一下新招职员年龄，以免误用了童工。胡漠雁大笑道，你怎么这样眼力不济？你别老是瞅她们那张娃娃脸，你瞅瞅胸，那波，比你还成熟呢。成小娥不跟胡漠雁逗笑，她说，山里姑娘吃五谷杂粮，又从小爬山越岭干农活，这就符合现代健美观：多吃粗粮多锻炼，所以丁冬溪女孩儿，十五六岁丰胸的比比皆是。胡漠雁是一朝权在手，便把令来行，她懒得听成小娥啰唆，依然是她说招谁就招谁。现在，胡漠雁脑筋一股劲儿缠这帮小姑娘打转转，脑筋转痛了的时候，她就叫来姚秋桂。她说，秋桂，你看新来的花轿新娘，谁长得最像杜文竹？

冷不丁一声问，足足让姚秋桂懵了三分钟又三十秒。也不明白胡经理为啥要提这个问题，她一时也真想不出谁长得像杜文竹。

胡漠雁见姚秋桂愣着，说道，是不是我问得笼统了？这么着吧，咱们分解一下杜文竹，看看她作为女人美在哪里好在何处，然后再用别的花轿新娘一个部位一个部位与她对照对比，然后再确定谁与杜文竹相似相近。

姚秋桂在沉鱼落雁的花轿新娘队伍里，"汁水"最欠，质量最差，她也就危机感很大，时常想，幸亏经理换成了胡漠雁，要是成小娥，她恐怕早就末位淘汰了。姚秋桂就大拍胡漠雁马屁，她比胡漠雁大半岁，站在胡漠雁跟前，姚秋桂每时每刻都是十足的乖乖女儿。胡漠雁就有满足欲，有几次甚至把极隐秘的女人事儿也交付姚秋桂帮办，姚秋桂总是只愿汗马不获功劳地帮胡漠雁办得顺利又圆满。一来二往，胡漠雁和姚秋桂在花轿公司里成为知己了。

是知己那当然无话不谈。姚秋桂说，你问屁股还是问奶子？在姚秋桂心眼里，要论女人“部位”，最重要的就是奶子和屁股了。

胡漠雁不是不清楚姚秋桂粗俗，有时她对她的浓雾般俗气也反感也驱赶，可是没办法，一来姚秋桂和沈虹是她亲自招聘的，她现在需要有自己的人马，需要亲信；二来她已经和这么个女人有一场特别深交了……胡漠雁就只得底气不足地媚俗说道：那就先比屁股吧。

胡漠雁精神气不足，姚秋桂却精神一振，激情燃烧。她就是笆斗屁股，她在花轿新娘里，唯一的优越优胜，也恐怕是这张臀了。她神采飞扬说道，胡经理，女人和男人真正区别，就在于下身就在于屁股。我也晓得，我是让我这副冬瓜腰害得不起色不抢眼，可是我屁股大啊，我就很女人很特色。在我们丁冬溪，汉子讨婆娘，没几个男人用心思打量女人瓜子脸不瓜子脸，他们那眼光，鹰眼儿直盯盯女人屁股，都晓得，大屁股女人一是会生伢，二是坐得稳坐得住。会生伢，那自然床上活做得好。坐得稳妥坐得住，就守得住家。男人们总是说，养个女人不守家，那就不如养条狗。还有，男人总喜欢玩女人，有个大屁股，男人左拍拍右拍拍，多了玩法多个乐子。还有……

胡漠雁忍了又忍，还是心里犯呕。这个姚秋桂是俗气如山，无可救药了。她到底有了点儿担心，姚真有可能影响花轿公司文明和文化。

胡漠雁便说，行，我知道了。你上班去吧。

姚秋桂说，我还没说到杜文竹的屁股呢，我还没有比较呢……

胡漠雁厉声了：叫你上班你就上班去！

姚秋桂吓一跳，走了。她想，这不是白日里鬼打仗吗？

吼走了姚秋桂，胡漠雁回到独自思考中。她想，罗锡贵说秦贯点名要杜文竹，秦对杜从不认识更无了解，那无疑就是喜欢杜文竹外表了。杜的外表，一是脸相俏，二是眸子活，三是皮肤白，四是胸部挺拔，五是两腿修长，仅就这些表象特征，能与其媲美匹敌的，也只有成小娥牛青青了。胡漠雁敲了敲写字台：就成小娥。

主意拿定，胡漠雁给罗锡贵打电话：罗总，为了让你的贵客游玩得开心，你是不是帮我做一做旅游指南。

罗锡贵大笑：这指南还要做吗？我就是指南。

胡漠雁：别深奥了。你怎么指南？

罗锡贵依然大笑：我坏啊。就说我见你吧，十次就有八次想把你弄上床。

胡漠雁与他苟且既不是十次也不足八次，但她起码是和罗锡贵上过床了。那是个下雨天，雨下得一瓢一瓢的，游客们躲在宾馆里，湿漉漉的花轿也就没有了生意。胡漠雁站在窗前闲愁，一片一片数着雨中香椿树绽开的嫩芽，这鹅黄嫩绿，挑不动点点滴滴春雨，却挑起胡漠雁无限春情。她觉得两乳有些涨痛，身上的一管又一管血液，如同那一目了然的丁冬溪春潮奔涌。她和杨雄那次做爱，是在雨夜大连，大连港的涛声雨声，让她永远有着湿女人的美好回忆。她和刘家驹过夜，窗外也是雨打芭蕉，刘说，漠雁，你的雨太让人滋润了。胡漠雁脸色绯红承认，她是又一次春潮了。这两个男人培养了她的谈不上良好还是不良好的习惯，胡漠雁在下雨的日子里，就翻云覆雨要男人。杨雄远在南州，虽然羊城事件后，他俩合作得愉快，但是重温床第，似乎还不是水到渠成。刘家驹并不遥远，他和她只隔一栋楼房，刘这个人向来谨慎，他和胡漠雁那次过夜后，似乎有所反省，他觉得和同事和下级有暧昧关系，将会影响工作质量，刘家驹后来就和古塔县城里一位与丁冬溪旅游公司八竿子打不着的一个编写地方志的文绉绉女人，文文静静平平静静过性生活。杨的不可能，刘的背叛，让胡漠雁过起了沙漠荒原生活。她是个很讲究地位很有贵族气的女人，平民男子，等闲之辈，挑不动她的的欲望，勾不起她的性之趣。她就常发无名之火，常有无名烦躁。“女人精”姚秋桂，一眼猜中上司胡经理心事，她心里就依然粗俗地说话：“这是发情。”姚秋桂就和胡漠雁七套近乎八套近乎，七掏心窝八掏心窝，终于闹明白了胡漠雁想要男人又不是什么男人都要，她需要门当户对地门户开放。姚秋桂也只有那么多阅历那么多见识，她翻来覆去想，也只能想出罗锡贵。她想，能配得上和胡经理乐和乐和的，只有这位罗经理了。姚秋桂就一口气跑到山口镇进了罗家花园，借口说她和关峰之间事儿，想请罗经理帮忙，求见罗经理。那个雨天，罗锡贵不便进山收山货，正好闲着，他闲人闲情地一半是管闲事，一半是想听男女之间新闻权当休闲，他就接待了姚秋桂。结果罗锡贵没听到姚秋桂关峰之间新闻，他得到的新闻是，美人能人业绩惊人的胡漠雁，要与他倾城之约。于是在姚秋桂向导下，罗锡贵顺利敲开了胡漠雁的玫瑰之门，他在竹楼布置得有如香闺的客房里，每句话都热情访问女人的神秘身体，每一个手语都在抚慰胡漠雁出窍的灵魂。他的抱，他的吻，充斥着窒息力量。他让胡漠雁几近丧失预备期直接进入高潮期。火山烧红了马荣顶峰。大山洪注满亚马逊河。强海啸改写马尔代夫海平面……事后，胡漠雁甜蜜地吃惊罗锡贵多么会塑造女人，多么多么会做女人。罗是造爱大英雄，罗是真正大色鬼，当然——做鬼也风流……

现在，罗锡贵说他就是指南，大英雄大色鬼罗锡贵也就等于说：秦贯是他，秦贯是色鬼。

行，说来说去，是要对付一个上等色鬼。那就让成小娥对付吧。对付不了，花轿公司既丢了现钱又断绝了往后五百富有的游客巨大财源，这样重大损失，胡漠雁是要向刘家驹深刻检查向杨雄流泪检讨的，以杨雄的事业心，他不会对成小娥既往不咎。对付得了，那就更好了，那就花轿公司赚钱胡漠雁赚人——杨雄岂能容忍成小娥被人玷污？他会一脚踢开成小娥，然后手一挥，将胡漠雁揽进心潮起伏的怀抱……一步枯棋终于解了，一切，喊，美妙如诗！

这岂是旅游指南？这是奥妙无穷的人生指南！

枯棋是解了，胡漠雁还是有难于拿捏的。节节失利的成小娥真的已经后退进"冷宫"？这个女人太完美，她与杨雄感情有厚度有深度，他们眼下的矛盾冲突真能冲决这个深厚度？假如杨雄对成小娥是恨铁不成钢呢？假如杨雄与成小娥就是"冤家"型情侣呢？真这样，有一天杨雄知道是她操作流氓企业家秦贯奸污了成小娥，我胡漠雁这身皮还不扒得血淋淋！

冷噤。战栗。推掉棋子收棋盘吧……不！不是说风险就是机遇吗？这是赢大钱的一盘棋，更是赢江山的棋，多年来和成小娥明争暗斗夺杨雄，在此一举！让杨雄像扔破鞋扔掉破女人成小娥在此一举！现在不是下不下棋，是如何把棋下好下妙。却是妙着好像也只有一着：后果自负。

胡漠雁猛击桌面一锤定音。她就煞有介事拿起话筒了：成经理，有件事我决定不下，请你帮我定夺定夺。

成小娥：胡总，你称呼有误。我是成小娥不是成经理。

胡漠雁：干吗呢？我没看见总公司对你有任何免职的红头文件。

成小娥说，那至少现在不是。你说“定夺”是过分了，需要参考意见尽管说。

胡漠雁就说起亿万富翁秦贯，说起秦贯的五百名富得流油的职工，说起五百万元的生意大单。胡漠雁说，这件大单能不能拿下，全靠杜文竹在花轿里和秦贯去谈……如此这般，胡漠雁就顺理成章央求成小娥请杜文竹回公司。

成小娥明白这件事确实非常难“定夺”。现在让文竹立马归队，是在做小耗子拉马车那样的难事蠢事。可是这也确是只有她才能做的事。还有，她不是经理了，好像又当上了什么村长，她必须做事做事做好多好多事，才会实现一个天堂之梦。她就不能不应承了。

回家的路上，成小娥一处又一处被山民们拦住截住。桐木寨的大爹大妈硬要她喝油米蛋花茶，他们说成村长，往后你领头，我们决不给你丢脸。你看噢，我们这坡坡没别的，就是地耳多。以前都把它当草芥，现在倒好，你们旅游公司的酒店里，地耳成了“生态大菜”。我们以后就好好保护“大菜”卖“大菜”。成村长，你可要为我们把这菜价提高一点，张前那狗日的又钻进你们公司当起了酒店经理，我们不把地耳当草芥他当草芥，黑心压价，也没地方说理，也没人撑腰……此刻的成小娥，好像理所当然以村长口气说话了：“有这种事？那还行？乡亲们放心，我将筹建天堂农牧公司高山生态果蔬分公司，今后公司化动作，定价就由不得他了。”

离开意绵绵桐木寨，成小娥索性改变主意，她在山道上打弯儿，几个转悠，转进裤裆沟。

纵深走一走，阴暗与压迫感觉油然而生。姐上山扔下缓坡，兀自在这里与天堂山矗立对峙。星星点点散落的一二十家山民，据说都是独庄独户，他们在裤裆沟夹缝求生，男人穿笋壳蓑衣戴箬笠，砍毛竹编竹排走竹排，女人围麻裙绩麻，种土豆生娃，祖祖辈辈如此薪火相传。直到二十世纪末，黄家树也讲不清裤裆沟究竟是十五户还是十八户，据说毛泽东那样大搞人民公社化，裤裆沟也没有一天是集体化，也没有吃过一顿不花钱的共产主义大食堂。没有干部去过无税无费可收的裤裆沟，哪年春荒，山口镇六盏灯都能见到裤裆沟山民捧着竹碗乞讨。成小娥念中学时，记得班上有位同学在《我的理想》作文里，写了要让裤裆沟老百姓种药材，人人吃得饱饱的穿得暖暖的，过上天堂里的生活……那篇作文有许多病句，老师却打了九十九分，全班同学也一致欢呼叫好。真能种药材致富吗？成小娥想再往深处走走看个究竟。这时候竹海渐次狂啸，异禽怪兽不具名状尖叫，神秘的裤裆沟迅即钻进巨大的山洞，蓦地在深邃的黑暗中消失。小娥顿时经受着逼人的阴森，她通体冰凉，每个骨关节都在战栗。正在进退无力不知如何是好，倏地从山洞里钻出一架箭形竹排，成小娥急忙大呼求助，撑排汉子打了好几个旋转才停下。

汉子说，远方来的游客？迷路了？我就知道胡漠雁不行，要是咱村村长成小娥还在当经理，你们这些游人谁都被伺候成神仙，哪能如此狼狈不堪。

小娥大吃一惊："你认识胡漠雁？还晓得成小娥？"

汉子让小娥坐稳，边撑篙边说，我又不是外星人，她们我都熟稔着呢。胡漠雁搞鬼搞邪的，人一坏就出名，能不认识？成小娥是村长，要带我们办天堂公司，天天搞调查开村民大会，我们是老熟人。

成小娥抿住了亦苦亦甜的笑，一本正经说道：想不到你这个从大山洞里钻出来的汉子，知道的事情还不少。

汉子说，可别瞧不起大山洞，洞那边桃花杏花满枝头呢，香得人淌口水，一竿一竿春笋，水桶粗，柱子长，壮观得谁见了眼球都瞪得像牛卵。汉子说着，陡然叹口气："可惜了，藏在深山无人识。丁冬溪公司那帮笨蛋，有哪个晓得把大花轿抬进蟒蛟洞。"

成小娥忙问道：蟒蛟洞在哪儿？

汉子：你刚才迷路那地方就是蟒蛟洞。

成小娥"哦"了一声，她问：洞那边除了好玩，有什么好吃的吗？

汉子笑道，你们这些游客，个个都爱玩好吃。好吃的东西有啊，蕨粑蕨菜，绿色食品之王，那是真正"深绿"。懂吗？告诉你，裤裆沟也就是我一副竹排走过汉江游过长江，外地码头饭店酒楼一片"绿"，哄鬼，没咱蟒蛟洞蕨菜，绿个屁！

成小娥：真的？什么时候我去尝尝。

汉子：行，你找成小娥，让咱成村长领你去。

小娥就又是一阵大笑。

话题不错，谈得渐次开心。竹排惊心动魄冲出几处险滩后，顺畅走出裤裆沟进入丁冬溪，当那棵大枫树舞枝招呼时，成小娥要求上岸。

汉子说，不走了？我还想多赚点脚钱呢。

成小娥乜睨一笑：要多少。

汉子直直举起一条臂：一百。

成小娥一边故作讨价还价，一边开心掏了一百元。分别时，问起汉子姓名，说是想交个朋友。撑排汉子不肯通报。成小娥想，这就是山民的狡黠，多收了钱，岂能给你留真名。

老枫树，成家沟，都近在咫尺了。成小娥掬一捧清澈溪水洗脸，索性坐在溪滩一块鹅卵石上，歇息歇息，整理整理情绪。

要想的事很多，桐木寨的地耳，蟒蛟洞外的蕨菜，还有成家沟的娃娃菜，还有富硒茶，还有矿泉水，还有火塘老玉米，还有炭烤腊肉……把这些做成旅游伴生商品，首要事是自个真正做村长办农牧公司，首要的是赶快履任。

蟒蛟洞真正别有洞天。应该赶快请来董事长实地考察，这很可能就是二十一世纪真正未受任何污染的"桃花源"，如何在这里打好花轿游竹排游组合拳，如何把这处新景点开发成丁冬溪旅游公司最大经济增长点，不仅人民（游客）大幸，公司大幸，自己也大幸——事实将雄辩证明，自己提倡的山好水好新娘好的"花轿山水游"，是多么正确的旅游路线，杨雄一旦稳步踏上这条路线，胡漠雁邪的歪的，就会立马此路不通了。当然，顺利走红这条路线，首要的还是要有脚踏实地的领路人，首要的还是义不容辞返回花轿游乐公司经理位置上。

当然当然，这首要那首要，今天的最最首要是：一定请回杜文竹，一定赚下五百万元，一定做出别人不能为不可为的事，自己在董事长那里才有说话的分量，办事的力量，做人的重量……

沉沉思绪中的成小娥振振臂立起身体，赳赳走向成家沟了。临近村口，连连踢上了绊脚石，打趔趄差点打出跟头。她像是忽然想起，她真能打得赢这场家仗吗？文竹"被囚"的种种信息，她比谁都知道得多，之所以不闻不问，是自己那时想辞职赴上海。现在一百八十度大逆转，成小娥在这样旋转中是晕倒还是华丽转身呢？

二〇〇三年四月二十八，绝对可以命名“平民纪念日”。这一天在中国的中西部，有一位叫做兰芳的顶级草根平民，是这样履历她的时辰的——

凌晨两点。

温泉山庄三〇五房门响起轻轻敲击声。兰芳激灵拉开灯，喝问是谁。敲门人说是齐光华。兰芳和姚秋桂同住一室，她就以为齐光华是来找他老婆的。这让兰芳很为难。实话实说吧，害怕齐光华深更半夜大闹温泉山庄。撒谎遮掩，又诚非心愿。姚秋桂夜不归宿不是一次两次了，这个女人和游客风流造次乃至苟且，早在竹楼上下窃窃耳闻。因为同室怕日后担当责任，兰芳慎言慎语含蓄地向胡漠雁报告过，胡漠雁毫不含蓄，径直批评兰芳是搬弄是非老娘儿们。胡漠雁说我只管你们人头定额利润完成，我不管私生活。兰芳有说不出的委屈，她不知道自个什么时候长了生厌的老婆舌管起别人私生活？这下好了，她没管别人私生活有人来管了，齐光华查房来了，她只得编派理由搪塞，说姚秋桂到省城定做新娘装去了。齐光华说：“这就麻烦了，我是有很大急事找老婆拿钱的。这样吧，你能不能借我一点。”

有急事用钱，兰芳就开了房门。才说上三两句，急事反倒成了兰芳吓破胆的事。原来这件急事是：成小娥被哥哥成三泰打成重伤，连夜送进古塔县城医院。

这件急事竟然与八竿子打不着边儿的齐光华沾上了干系。这些日子，姚秋桂一天比一天风光，肥屁股把鼓胀起来的裤兜顶得更加扎实突出。姚秋桂衣袋里越有钱，齐光华就越降辈分，这工夫差不多由乖乖儿变成三孙子了。做饭，洗衣，倒洗脚水，端尿盆样样干，这么干下去，给婆娘擦屁股恐怕也为时不远了。齐光华就很郁闷地上表兄朱斗家喝酒。朱斗劝慰：“别闹心发愁，我看翻个个日子到了，到时候咱爷儿们还是爷儿们。”朱斗就说上了新村长成小娥一定会领导我们大翻身，咱天堂西汉子们荷包一定也会鼓起来。只要有钱了，当家还是咱爷儿们。齐光华说，我也眼巴巴指望着小娥，她当村长，我就到天堂公司畜牧分公司养牛羊去，弄得好，我十天半月就能给旅游公司的饭店酒店卖一次羊，我还能比婆娘差！这么往下说，两人就不约而同举杯祝成小娥早日到天堂西上任，祝咱爷儿们早日直起腰翻身。心情好了，话头好，谁也收不住杯筷了，直喝到夜半，忽然听到隔壁老成家传来打斗声和尖叫嚎啕。两人掷杯慌忙去拉架，晚了，成小娥脸上血泪交流。乡亲们赶忙绑担架，齐光华就和大伙抬上小娥送县城。赶到六盏灯时，闻讯的韩水生弄辆车拉人，齐光华就转身上温泉山庄，他想找老婆姚秋桂要点儿钱买些点心和水果，好去县城医院看望成村长。

兰芳听清了原委，也想清了前前后后。这个山窝窝女子，还真有点儿“宁静致远”的气质，她沉默片刻后，沉稳地说话了。她吩咐齐光华眼下不要上县城，“要紧的是，赶快去成家沟，告诉成家沟乡亲们务必不可声张这件事，一定要像什么都没发生。”齐光华不解地问起根由。兰芳只得略述皮毛：“这么跟你说吧，成家沟今晚发生的事，直接关乎丁冬溪公司五百万元进账。没成小娥没杜文竹，就没五百万。懂吗？”不懂。不，懂得一点点。齐光华想，成小娥能拿下五百万，那她就是温泉山庄第一红人，有可能当更大经理。如此良性一循环，成小娥在丁冬溪就更有权，她在天堂西当村长就肯定更顺溜更出色。她一出色，咱山沟沟老百姓就出头。

齐光华无须懂得更多，兰芳也没更多工夫开导。她只强硬要求齐光华赶快去做一定做好。齐光华刚点头转身，兰芳就找上宁蒙要了一辆车。五分钟后，兰芳火急心慌往县医院赶去。

清晨五点。

兰芳坐在古塔县医院病床前与成小娥执手。

哽咽寒暄。

含泪慰藉。

成小娥瞅着兰芳，很感动，直觉得体伤不及心痛了。她说，兰芳，我一直在曲解你，我把对老北口的偏见，也概括到你身上。把老北口女人的陋俗，丑恶地不分青红皂白强加于你。你受侮辱被蹂躏，我不伸援助之手反而加上一脚……我知道我踢了好姐妹……

兰芳不让小娥再往下自责。她说别说你身体不好，需要好心情安静休养，就是你健健康康，现在也没工夫谈这些，我有急事要急办呢。

成小娥就问有何急事。小娥说那你跑来看我？有急事还不赶快去办？小娥咳嗽了几声后说，事好办吗？需要不需要我帮帮你？

兰芳笑了：不是你帮我，是我帮你。

成小娥：帮我办急事？我现在都这样了，还能有什么事？

兰芳：有。不只是急事，还是大事。

越说越玄，小娥就一定要问出个究竟了。

兰芳就说给公司拿回五百万，能不是急事大事？

成小娥听糊涂了。杜文竹被囚，自个被殴，五百万元肯定泡汤了，她的宏图理想也极有可能跟随着泡汤，弱女子兰芳又有何能力做这等大事。

见成小娥瞪眼无语，兰芳说，咱们公司那边上上下下都知道，秦贯不管是发正经财还是发横财，他是真发财不会有假。他要鼓励他的员工继续帮他发大财也不假。他要把天堂山区定为他们公司员工们带薪休假目的地，只要丁冬溪公司做得让他高兴愉快，这“目的地”恐怕也不是假的。所以我要是帮你把这件大事做成了，你就有回旋余地把两边事都做好了：杨董事长那边，你将是无可替代的第一助手；天堂西那边，你也是无人可及的唯一村长。你有权领导丁冬溪公司了，我就能愉快赚钱，幸福生活。你把天堂西领导好了，我爱人覃年即使上高山摘野黄花采蕨，你也会让他点石成金富裕起来自尊起来……

话是这话，理也是这理。成小娥可以毫不含糊承认兰芳言之有据。可是一切皆为空想了，秦贯财大气粗吐沫成钉：除了金牌花轿新娘杜文竹，谁也别想掏走他一个子儿。成小娥就苦笑说道：兰芳，算了，这就是命，我们老成家是天堂西村民追求幸福绊脚石，我出院后一定到村民大会上谢罪……

兰芳：谢什么罪？我们村民总有一天要给你庆功。

成小娥：不可能了，兰芳，真的不可能了。没有杜文竹，一切都不可能了。

兰芳：有，有啊，有杜文竹啊。

成小娥：有杜文竹？

兰芳：对。

成小娥：在哪儿？

兰芳：在你面前。我就是。

成小娥瞪大眼睛盯住兰芳。越看，还真是越像。难怪有人跟杜文竹开玩笑，说她有个双胞胎妹妹嫁在老北口，也难怪当初杨雄亲选花轿新娘，执意到老北口聘请“第二杜文竹”兰芳。兰芳——杜文竹，真的酷肖极了。

成小娥到底不愧是睿智干练的女强人。她的神经迅速接通了兰芳的思路后，刻不容缓地在病床上做起了一系列部署：一、兰芳形似杜文竹不等于神似杜文竹。文竹思想、情操、人际交往才智，都是一流的。文竹的大美总是辐射着女性尊严的光芒，这正是成小娥敢于请嫂嫂出山与秦贯完成花轿游和嫁娶秀。现在改换成兰芳出轿，她不能不对兰芳有一番语重心长的交待。她先从来头很大声势不小的秦贯谈起，把对这个男人已经掌握的信息，一一和盘托出。她真心劝诫兰芳在尽力维护公司利益同时，不要忘记维护自身利益。她说她在丁冬溪办花轿公司的初衷，就是想让丁冬溪两岸的大山姐妹们过起抬头做人尊严自重的生活。现在要完成这样一个任务确实需要足够的活力，但一点儿也不要有压力，能两全则全，不能两全则自全。二、当场给杨雄打电话，简洁准确汇报了当下方方面面情况，直截了当要杨雄给权给力给帮助，在有了良好客观条件下，她力争五百万元失而复得。三、立马干练部署全面封锁“成家沟事件”一切消息，做到没有任何“例外”、“负面”。接待贵客秦贯，立即如常正常进行。

兰芳耳濡目染成小娥快速反应、敏捷决策、雷厉行动，内心深处再次涌动那股强大激流，丁冬溪也好，天堂西也罢，山川增色也好，苍生增福也罢，最不能或缺的就是这个妹娃子，兰芳就更加坚定地认为成小娥一顺大家就百顺。

上午九点三十五分。

秦贯在罗锡贵陪同下，几乎提前半个时辰赶到温泉山庄。

接到杨雄严令的刘家驹胡漠雁，丝毫不敢怠慢地紧急行动起来，以严谨紧张的工作姿态，决心拿下这单大生意。刘家驹这时就亲自接待秦贯，胡漠雁则在轿场化妆室亲自为兰芳最后定妆。

秦贯圈定了轿游路线图。刘家驹看图说：“一切按秦总指示办。略有抱歉的是‘天黑就快活’那个景点，宾馆还未竣工，我们在那里设置了几间豪华帐篷，虽说炊饮洗浴一应俱全，总是赶不上现代化酒店的，无奈让你屈尊了。”

秦贯说，哪里哪里。帐篷好，杜文竹是山丫丫，我理所当然当农夫才是，住帐篷合情合理合兴趣。

在场人，就一起欢笑称好。

刘家驹这边谈笑风生，胡漠雁那边是语重心长。胡一边审妆一边说，兰芳，任何时候不能露马脚，死死记住你是杜文竹杜文竹就是你。秦贯是钱太多了，我们是万事开头难太需要钱，这就是你们山里人说的“一个要补锅，一个要锅补”，你这个新娘角色就是补锅匠。你把我们这口大锅补好了，锅里有了，决不会少你碗里的。杨总一大早就在电话要我转告，今天的事办成了办好了，破常规奖励你。所以，你今天不是陪游秦贯，你是伺候财神爷。在财神面前，没有“不”只有“是”。姐指望你了拜托你了……

胡漠雁还在滔滔不绝，吴奇报告说，秦总已到轿场了。

看着整装如仙的美女新娘，“江湖大家”秦贯，暂且宁息狂涌心潮，他就沉稳地在公文包里取出一份他们公司与丁冬溪花轿游乐公司就旅游事项具体权责的履约合同书，胡漠雁激动得头晕眼花，这个自认“功大贡献大”的伟大女人，只看清看准一连串数字，譬如甲方五百旅游人次，甲方给遵守定向旅游员工补贴报销五千元休假经费，甲方付乙方丁冬溪旅游公司花轿游乐公司五百万元食宿费门票费劳务费服务费……胡漠雁就大笔一挥龙飞凤舞签名了。

秦贯签字后，胡漠雁热情伸出手交换文本，秦贯没有交换，他一边登轿一边说，胡经理，好事才开头，不忙，不忙的。现在交换合同也无法生效，你看，还要花轿新娘完成轿游后副署呢。副署后合同才能完整生效……

上午十点十五分。

双轿上路出发（山路皇花轿，崖路滑竿）。李松柏李立春方满仓余小死人朱老三张大雷们担纲轿工轿乐，吴奇负责联络和生活保障，马车负责安保，一切安然有序，一路浩浩荡荡。

花轿游乐的景点，本来定的是牛瞪眼和“天黑就快活”。秦贯后来得知“石小姐嫁娶图”是天堂山绝景，罗锡贵更是怂恿秦贯，要他和杜文竹学着石小姐完成嫁娶秀，然后才是牛瞪眼才是“天黑就快活”“洗了睡”，这是一整个快乐流程，缺一不完美……秦贯就又甩出五万元，临时增加了狼脊梁“石小姐嫁娶图”景点。

只要不是攀绝壁钻山洞挤岩缝儿，再不平再坎坷都叫山路。秦贯严格按合同办事，凡是山路，他都稳坐皇花轿，轿工们累趴了，他也不坐滑竿。兰芳说，秦老板，皇花轿自重就是三四百斤，加上咱俩，压得轿工们气都喘不圆和了，这段上坡窄路，改乘滑竿吧。秦贯说，不行。坐滑竿多颠人，你冰肌玉骨，娇着呢，颠散了，岂不罪过？再说保护好夫人，是咱绅士男人美德。兰芳不敢搭茬，只是继续恳求："李松柏大爹五六十岁人了，这趟路真要把他累坏的，不行的话，就歇会儿吧。"秦贯："歇什么，人家是卖老命挣钱呢。"兰芳还要说什么，秦贯的大嘴把她的小嘴啃得严严实实，与此同时，狼爪子的手又一次伸进她的胸衣乱抓胡捏。

兰芳不再无谓反抗，那样除了让轿工更加在崎岖山道上失去平衡，别无任何意义。她自从决定了今天的生活，选择了这个工作日这趟旅游线，也就选定了镇定与悲怆。也许将来有人赞扬她是在奉献和牺牲。她却一辈子也不敢过高评价自个一回。她想，就当我没去温泉山庄吧，就当我又一次在六盏灯吧，就当这个人不是秦贯是丁丙吧，就当我人生屈辱的日子又多一天吧……兰芳就努力把自己变成行尸走肉，一任秦贯揉搓。

世人怎么活着是另一回事，老北口那个小女人小百姓就这样心态，那个弱女子就这样在这个想好了的画好了的路线上走。

秦贯快乐极了，美极了。他觉得这个"杜文竹"真是尤物是奇女子，他今天真是物有所值物有所得。他就对这个绝对乖顺的新娘大加赞美，他也在皇花轿里又一次给新娘发红包。

当然，在狼脊梁上石小姐身边作嫁娶秀时，兰芳终于"忤逆"一次反抗一回。那时轿乐吹奏着欢快无比的《凤还巢》，李松柏们的轿艺也玩耍得像亢奋的狮子舞绣球。秦贯的嘴笑得像破火盆。却是兰芳突然发话："张大雷，你是在做酒还是坏糟？没瞅见石小姐出嫁哭成泪人儿吗？你乐和个屁！快吹《山风送悲，喇叭如咽》！"张大雷果然三孙子顺从，轿工队轿乐队出发前，都记住了胡漠雁那句训诫："兰芳今天就是姑奶奶，你们要一百个顺着姑奶奶伺候好姑奶奶。谁有差池，以破坏论处！"张大雷们的喇叭就立马吹得像大出殡。秦贯虽然大扫兴不舒服，到底也没说什么，他怕言词不当，让人耻笑没文化，不谙丁冬溪雅俗。

到牛瞪眼，兰芳暗骂马车是十足混蛋，这鸟人在牛瞪眼温泉一道坎时，就要花轿公司所有工作人员驻足，他太监禀皇上一般禀报秦贯："秦总，你和杜小姐尽可如入无人之境上去吧。今天的牛瞪眼绝对只是两个人的仙境。"兰芳知道她是昭君出塞了。走过二道坎走过三道坎，牛瞪眼就在眼前了，那是温泉吗？也不能说那是陷阱，总不能是自己给自己选择陷阱吧。她耳边回响起《山风送悲，喇叭如咽》，回想起老北口寒村犬吠午夜鸡啼。什么也不是，什么也不是啊，只是命，是命啊……

折腾到太阳落山，这队轿艺人马才名副其实到达“天黑就快活”。

吴奇是又一个混蛋，他在“天黑就快活”居然点燃了那么多灯笼火把，他在一处荒凉的山谷，把“进洞房”轿艺指挥演绎得绝对热烈与华丽。兰芳甚至不记得过场过程，她只是在洞房窗前，深深惊恐着那根巨石人祖，刹那间全身都在颤抖。

秦贯温情地倚过来扶持她抚摸她。秦贯说，我知道，杜小姐丈夫是个废物，我知道一位处女在如此雄壮阳物前的应有惊惧。别怕，相信我会温柔进入，相信我给你带来做一个真正女人的幸福……

兰芳什么都不想听，她说，秦总，你要真让我相信，就首先让我副署那份合同。

秦贯笑了：“宝贝，你太伟大，太爱你的公司太敬业了。”秦贯啪地将那份价值五百万元合同扔在豪华帐篷的宽厚席梦思上，他说，宝贝，让我们在床上舒适地完成签字吧……

丁冬溪公司日进斗金打了大胜仗，杨雄很高兴。他万忙中抽身赶到温泉山庄，决定开座谈会总结经验，进一步挖掘潜力迎接夏季旅游高峰期的更大胜利。他指示大家自由谈，放开顾虑说，他自己带头大胆谈了三点设想。一、万国丽人集团经营模式作战略调整，将过去“兼营”旅游业改为“主营”旅游业，公司资产投资，即日起大规模向丁冬溪倾斜。二、在丁冬溪公司花轿游乐公司试行明星人才管理制度，这场“五百万战役”，大家应该具体认识到我始终提倡的“明星经济效应”，全公司一定要充分认识“大明星就是大财富”的深刻道理。凡被评上明星级人物，至少享受普通员工的三至五倍工资，对他们的奖励上不封顶。三、大力储备丁冬溪公司尤其是花轿分公司的人才资源，充实加强花轿公司的领导力量。

杨雄上午十点赶到丁冬溪的。他是大忙人务实人，屁股刚坐下就通知开会。他心潮滚滚谈罢三点意见，午饭时间也就到了。刘家驹指示吃工作餐，下午一点继续开会。就在这样紧张的午餐时间里，胡漠雁更紧张地跟刘家驹开了个碰头会，不知道他俩碰头什么，只见两人频频相互点头。

下午的座谈会，杨雄要求增加与会人员，特别是要有基层员工代表，他还点名请李松柏牛青青李平平参加。

吴奇坐在胡漠雁旁边，胡在桌子下边碰了碰他，高材生吴奇就第一个发言说，丁冬溪公司之所以发展得这么好，就是因为有明星式领导。他说刘总胡经理是真正大明星，他们在天堂山这个大舞台上，导演出穷山飞出金凤凰，恶水唱响发财歌的划时代大戏。吴奇说，杨总要求我们评明星，开大奖，我认为刘家驹胡漠雁当之无愧。一个单位卓越不卓越，就是看领导优秀不优秀。当然，我们还有一位优秀的总领导杨总。我要在这样一批明星级企业大家领导下，为丁冬溪公司鞠躬尽瘁死而后已！

李松柏听了，立马不舒服，感觉不公平。成小娥住院不能开会，这就把她忘记了？李松柏就说，给领导评明星也应该，那我就给成小娥经理投一票。

张前说，我是温泉山庄旧人，地方是老地方，房子是老房子，过去温泉山庄每年向国家至少要两百万元财政补贴，现在的温泉山庄每个月净赚两三百万，上缴国家费税月月都是六位数。这才是开头，在杨总刘总领导下，各方面硬件完成后，咱就是明星级亿元旅游公司，所以我评杨总刘总胡经理当明星。

这么一来，大家以为座谈会就是评明星会议。宁蒙赶忙说，我评牛青青杜文竹李松柏。

接下来的发言更踊跃。有提名李平平沈虹的，有提名兰芳张大雷吴桔香李立春……甚至连姚秋桂都应该当明星。

牛青青说，评明星，我理解是依靠明星人物，把丁冬溪旅游公司建设成明星企业。如此光荣重大，有人提我当明星，我要说我不行，李平平沈虹们也不行，姚秋桂更不行。

吴奇立马站起：都不行，谁行？

马车跟上：是啊。什么样人行，什么样人不行，总要说出个道理。

牛青青说，道理就四个字“德艺双馨”，或者叫“德才兼备”。

吴奇说，那你说谁“双馨”谁“兼备”？这么完美，咱公司还有没有？

牛青青：有。成小娥就是。

吴奇说，成小娥是，胡漠雁更是。

张前：对。胡经理更应该是。

有人说李平平“更应该是”。有人说沈虹“也应该是”。

会场就乱了。胡漠雁扬扬手，对着大伙一一甜美一笑：杨总讲得很清楚，今天评明星，只局限于花轿公司。花轿公司评人才，不评成小娥就不公平。所以，我不但赞成成小娥是明星新娘，她还应该是金牌明星新娘或者叫第一新娘……会场立刻有人鼓掌，胡漠雁的发言就被叫好声打断。

热闹了好一阵子，杨雄说，看到大家这么热情高兴，我一直不想打断各位好心情。不过我要说，我们今天这个会不只是议论谁当明星，至于把我和刘总也评成明星那就更不当了。下边我请大家就花轿公司如何加强领导，如何优化管理，如何优质为游客服务，如何实现夏季超春季利润大翻番，多多献言献策。杨雄这么一说，“献策”的就说，公路要二十四小时施工，宾馆修建改建工程，提前完成重奖，按期完成有奖，滞后完成不但追究责任还要重赔。照现在发展势头，暑期游客很可能真是成千上万，就算大搞“帐篷游”临时解决睡觉问题，吃什么喝什么，游客怎样吃好喝好，我们又怎样在吃喝里赚钱，这都不是花轿公司能解决的，也就是说解决了这些问题，花轿公司才可能在丁冬溪旅游公司里成为龙头企业，才可能做出更大贡献。“献策”的说罢，“献言”也是纷纷，说得最多的是“涨工资”“发奖金”，鼓实劲提高公司职员工作热情。

座谈会结束后，杨雄刘家驹胡漠雁又开了个“晚餐会”。三人边吃边谈气氛轻松愉快。

杨雄说，咱们三人一起为丁冬溪旅游公司“开门红”干一杯。这个项目在考察决策阶段我就知道一定能赚钱，但我没想到这么快就能赚大钱。你们二位功不可没，领导有方。“干！”三人都喝得滴洒不漏。

重新端杯时，刘家驹说，杨总英明我不多说了，我如果做了些事也全是该干的。我在这里要说说小胡。她是真正巾帼不让须眉。我敢说花轿公司能这样高速发展，为公司创造出难以置信的高利润，漠雁功高居伟。杨总真是慧眼识珠任人唯贤，换任何人都不会有今天的成就。所谓“思想有多远，成绩就多大”，漠雁是也，当然，小胡不光眼界开放，心胸也宽阔无私，今天座谈会，她提名成小娥当选首席明星新娘，这种谦己利人精神是真正“女丈夫”，我到现在都在感动。所以，我敬小胡一杯！

胡漠雁说，刘总感谢我，我要感谢我的明星员工。兰芳只是顶替一下明星新娘杜文竹，一个工作日就赚五百万，所以我们今后就是大力开拓明星经济。我可以毫不夸张地说，像成小娥那样大牌明星，一人可抵半个花轿公司！

杨雄就是这时忘杯沉思的，他最终喝下这杯酒时，也最终拿定了一个主意。他起身说，我明天一早就要回南州，现在不能再喝了，我得赶快去古塔医院看望看望成小娥。

杨雄走后，胡漠雁刘家驹同时一笑。笑得很会意很默契很开心。两人都知道，他们是用心用力把成小娥光荣美丽地装进大花轿了，小娥再天大明星，也只能坐花轿不能坐办公室了。

胡漠雁就说，走，上“二办”。

丁冬溪总公司接连下达两份文件。一份是正式任命胡漠雁为花轿游乐分公司经理，另一份任命成小娥为花轿游乐公司轿艺总监，批准她为首席明星花轿新娘。与此同时，牛青青杜文竹李平平也被正式命名为明星花轿新娘。轿艺广场广告栏从此就多了一道亮丽风景，四大明星的姣美真人秀巨幅照片，白天阳光下炫目，夜晚在霓虹灯光里让人梦幻梦游。

周婷因为老是跟罗锡贵哭穷，诉不尽爹妈家里那个债坑有多深，总是初一十五哼哼唧唧变招儿要钱，罗就烦了，终于没好气说道：“行，想要钱，到花轿公司去啊。”老主子当下就给新主子打了电话，胡漠雁说：“行。公司正值人才储备期，让周婷来吧。”花轿新娘周婷现在就站在轿艺广场广告栏前，面对着四大明星，心里特不是滋味。她觉得她不比她们欠缺艳丽，也不输青春气息，却是这四个人底薪工资平均五千元，成小娥更是离谱的八千八，自己呢，只是这个女人的零头儿八百元。她们的相片，每人三米见方，自己呢，搁在“亮牌服务”栏里的“小样儿”，满打满算也不过八寸。周婷越想越愤不过，冲着“明星栏”吐起唾沫。

调度长吴奇冲过来喝道：哎哎，干什么？搞破坏？跟我上马车办公室去！

周婷立马傻了瘫了，央求道：吴调度长，我错了，饶了我吧。我心里太难受，一时犯糊涂做傻事，我保证以后再不敢了。

吴奇觉得周婷哭模样比笑模样甜，才晓得罗锡贵为什么与这个女人缱绻这么久，他有滋有味盯着盘算着，说话的口气平缓了好多：我就不明白，你心里怎么就难受了？

周婷：都是女人，谁比谁不差什么不缺什么，凭什么成小娥值八千八我值八百。

吴奇：八百还少啊？告诉你我也是不到一千。听说你在罗老板那里，五百都难挣呢。

周婷说，我不是嫌工资少，我是一对比，心里就酸就苦，你瞅瞅这位“首席”，多神气多得意，笑得多开心……

吴奇打断：你看出成小娥在笑？我看她是在哭。

周婷不可理解不能理喻。吴奇说，不明白，想听？周婷说，太想听了。吴奇就说这不是三言两语的事，也不能大庭广众随便讲，想听就到他宿舍听去。

进了寝室，吴奇关门说话，果然还真机密。为了说得透彻，也为乘机和这个女人套近乎，吴奇采用谈心方式一路娓娓道来。他说，周婷，你在罗锡贵那里做了多年，应该知道当老板的，说一千道一万，就是一个字：赚！杨雄再优秀，他也是念的这“一字经”。丁冬溪公司眼下论赚钱，最有可能的两个女人是成小娥与胡漠雁。我们应该承认，成小娥的好山好水好新娘的花轿游与胡漠雁的花轿新娘开放游，都能赚钱，都会财源滚滚来。前者人文地理大品牌，具有深远意义。后者做到了，是险道奇兵大胜利，具有现实意义。可惜老板们都把“今天有钱决不等到明天赚”奉为金科玉律，他们浮躁地提着钱袋子，疾眼鹰隼地寻找商机寻求合作伙伴。杨雄就在两个伙伴前徘徊踟蹰。成小娥是他至爱，这个女人漂亮高雅，尊严尊贵，小家碧玉和大家闺秀兼之一身，在商业化商品化时代拒绝物化庸俗化，向往富贵追求丰富的物质生活同时又从不“精神抵押”“人格赊欠”，投入事业完成事业更是努力最大化到位。胡漠雁也是美人女强人兼具一身，对比成小娥，她似乎更简洁更实际。杨雄急于要钱急于大力二次投资丁冬溪公司，她就赶快大把大把赚钱，杨雄要发展，她就开门红，打响一炮又一炮。她懒得深刻，认定老板发财我发财，老板发展我发展，老板快乐我就得到幸福。胡漠雁就这么实际，突出。她让财富看得见摸得着实打实抓得到。杨雄权衡再三，终于认定了胡漠雁是一只会捉老鼠好猫，是一只实实在在钱袋子。他就默认了胡漠雁那点儿女人小伎俩，满足了她的醋瓶子需要的容量。他以合作的姿态虚化彼实化此，让成小娥荣誉化，让胡漠雁实际化，高明地完成权力转移。对于这一切，以小娥聪明睿智，能不心明如镜？她真的很需要实实在在权力，完成花轿游乐公司与天堂农牧公司的联姻合作，很想两条腿走路和双袖起舞，她没有这个权力了，她的路就很难走了。也许天堂山上面真有天堂，也许天堂西距离天堂真的很近，这个痴恋故土热爱故乡的女人，却是只差一步之遥没能进入巴人所说的“六步天堂”。你想想，这是什么样的悲怆，她怎么能不恸哭？

周婷惊奇精深地听着这一切，茅塞顿开，大有高人醍醐灌顶感觉。她佩服吴奇太有文化，赞叹吴奇博大精深。她真诚希望高人吴奇也分析分析她，给她指点迷津走上幸福快车道。

吴奇说，幸福是有层面的。简单说，你现在也只能在初级层面完成对幸福的有限追寻。在这个层面上人们都是疯狂地抢掳财富，你我都不例外。你既然看重我，我愿从此不把你当外人。如此我们就可以整合资源开发财源，通力合作做点初步财富积累。

周婷只能听得“似乎明白”。她说愿听其详。

吴奇就说，花轿公司为我们搭建了很好的事业平台，你是新娘我是调度员，我们可以很好地在这个平台上放开手脚做事。

周婷说，我又不是明星新娘，能做多大事？赚点小费就不错了。

吴奇说，那是你单干，你跟我这个管理人员合作后就不一样。

周婷说，怎么不一样？

吴奇：你能最快获取信息，能优先获得机会。吴奇还进一步具体化实质化。他说据我所知，市交通局一位科长今晚想到“天黑就快活”过一把嫁娶秀瘾。对这号中不溜人物，我就可以帮你争取上轿。剩下的就是你“胆子大一点儿”掏科长腰包了。

周婷：尽开玩笑。我才没那个贼胆呢。好不容易走进了花轿公司，真造次，被领导炒鱿鱼才划不来呢。

吴奇说，你真是个新来的，啥都不开窍。不过来得早不如来得巧，你赶上好运气了，现在是胡漠雁名副其实主政，你只要赚钱不忘上交利润，老鼻子捞去吧。

还真叫吴奇说上了。果然这天晚上，周婷在财力雄厚的市交通局一位小科长身上，可心可意挠痒痒捞了五千元。事后，周婷激动得不敢想象。她给公司财务上交一千五，给高人吴奇交一千。

李平平虽然金榜题名，当上了大红大紫明星新娘，可是就像天堂西人说的“谁家都有一盏不省油的灯”，她还没怎么得意，就明星反被明星累，丽人反为丽人愁了。

这事还得从古塔县政府大院说起。

县长陈阵与丽人李平平，本是各为渔利，结下了恩怨，心中块垒似乎如石如铁了。事过仅仅半年，陈阵与李平平化干戈为玉帛，两人不但修好，还经常在一起过着良宵苦短的好生活。

今年，陈阵很顺。经济建设发展快，财政状况好转，在古塔可谓空前，令周边县市难以望其项背。特别是首次有了效益良好的亿元企业丁冬溪旅游公司，陈阵现在到省里市里开会，坐的椅子都靠前了好多。省委书记、市委书记，都在不同会议不同场合表扬了古塔表彰了陈阵。

陈阵心绪好，“花县长”花儿就更加开得红艳艳。他一如既往，泛爱辉煌。如同好一口好酒，那酒瘾必然时时发作，陈阵喜欢上乘女人成瘾，这似乎是他的时尚或习俗了。

这一天，陈阵对古塔县委书记搞的上通关下联手战略战术奏效，郭凡就明升暗降，调到市里当政协副主席去了。县委大院和政府大院的屁屁虫们，晓得陈县长很快是陈书记了，都嚷嚷着要策划一个明正言顺的旗号，为陈阵设宴庆贺一通。只有乔文不惊不乍，依旧不吭不哈默默无闻的样子。也只有乔秘晓得，县长如此好心情时刻，一定给他安排一个良宵。

乔秘躲进办公室，两个电话就搞定了。地点选的是“天黑就快活”度假村，妞选的是李平平。乔文这事办得精致完美。“天黑就快活”度假村是丁冬溪旅游总公司投资半个亿的辅助设施，由于方方面面重视与努力，终于抢在立夏节完成了主楼工程。这块风水宝地，主要是为中长期游客夏季避暑服务，当然也安排消费不菲的夫妻游、情侣游客人们的食宿，因为有壮阳石男和丰胸石女前后左右做伴作陪，夫妻们情侣们还有伺机而入的神神秘秘花轿新娘们，住进“天黑就快活”度假村，无不此刻销魂他日难忘。乔秘想，顺水又顺风的陈阵，一定要有个销魂夜，乔秘就给“天黑就快活”度假村打电话，不说谁入住，只说包主楼北一号。

乔文给李平平打电话，总是不无尴尬心情复杂地想起那次搞掂这个女人的一串往事。

自古道，爱人如爱花。花再多再好看，总会这人偏爱牡丹，那人珍爱丹桂，有人爱菊有人爱梅，陈阵爱了好多女人，有一天躺在沙发上回味无穷时，突然强烈想念李平平，总觉得那天晚上与李平平在温泉山庄胜负还没分晓，陈阵充分占有享用了那个美丽女人，李平平也计谋运用到位治服了他。这不行，这是挑战陈阵男权，这是不能容许的。在他身下的每一个女人，总是永远在其下，为什么李平平与他不分胜负或者还略胜于他？陈阵把心事直截了当对乔文说了，乔说，县长放心，我尽快把这事办好。乔真是个能干至极的人，无论李平平多了不起多高傲，他也能找到突破口有地方下手。他想，李平平在外混了那么多年，你那么傲那么了不起，怎么又混回来了呢？这一定是那外面的世界某个地方某个环节出了问题，行，只要你有问题，县长的心事问题就能解决了。乔当然没时间没精力外出大海捞针调查李平平问题，他只给县公安局打了个有关电话，县局就传讯李平平，稍稍攻战，略施小计，虚虚实实真真假假，就把李平平的嘴撬开了，尽管李平平一再说她只是交友不当，她真没参与诈骗，公安说，行，你在上海与骗子同吃一锅饭同睡一张床，你说没参与诈骗这本身就是诈骗。现在是别人告到我们这里，我们本来是多一事不如少一事，你这种态度，我们就不欣赏了。自古道，亲帮亲，邻帮邻，乡亲帮乡亲，你这么不老实，我们怎么同情怎么帮忙啊？李平平想，真倒霉，刚刚光光荣荣当上风光无限的明星花轿新娘，就碰上这号烂事，真是一身是嘴说不清了，倒是这几位家乡公安蛮有人情味，她就说，我错了，我请公安大哥帮忙。

公安大哥说，要说帮忙，我们也只能给你指指路。我们是小和尚，你得找方丈。

李平平说，方丈？谁是方丈？

公安说，就是当朝当政的啊。

李平平说，我家八代平民，八竿子也够不着一位当官的。

公安说，亲人没当政的，你也不认识做官的当权的？

李平平想了半天，结结巴巴说，认识倒是认识一位，可是……

公安说，还“可是”什么？快快去找啊。难道还不知道，你离监狱就剩一步之遥？

李平平“认识”这位当官当权者，当然就是陈阵了。陈阵能帮她？没办法了，为了救命，只有病笃乱投医了。

李平平当然还是先找那位中间人乔文秘书，她哭着说，她有一桩心事一直梗塞心头无法过平静日子，她对不起陈县长，她想有一次机会给县长道歉认错。

乔文打哈哈：算了算了，全县对不起县长的人多了，我们县长是罗汉肚皮弥勒心肠，他一不在意二不整人的。再说，我成天在县长身边工作，也从来没听他提过你的名字，更谈不上派你的不是。

其实那次跟陈县长玩美人计，李平平事后知道秘书乔文“功不可没”，可是，乔文现在一本正经，好像他压根儿就不知道那场是非，这未免太小人了。李平平当然不追究乔文小人不小人，她晓得小人就一定别人能用我也能用。李平平蓦地眼波粼粼，一脸情意盎然地娇声说道：你也就是帮我找县长说一句话，而我呢，会一辈子感恩戴德回报你的。

乔秘读眼神读脸谱是专家。他这辈子总是看领导眼神看别人说话做事的。乔秘书就心跳跳的，血热热的。乔秘说，是吗，你怎么感戴我啊？

李平平说，我是个穷女孩，拿钱做谢意，你恐怕也看不上，我……

乔文说，知道了知道了，走吧。

李平平：上哪儿？

乔文：你想见县长，我总要给你安排会见的地方。

乔文就把李平平带到县长一处“午休”房间。

乔文端详着美不胜收的李平平，心里明明白白：鱼是有了，就剩下猫敢不敢沾腥了。他想，公安那边已经把李平平搞定，她现在已经是热锅蚂蚁落水之犬。时间对于她，肯定是一把逼杀刀。而他，什么也别说什么也别做，只需把时间拖一拖，想要的就应有尽有了。

这样，乔文就坐在沙发上看报，从一版看到四版，似乎索然无味，乔歪在沙发上迷糊了。

他不急，她急。李平平问道：乔秘书，县长什么时候能过来？

乔文一动不动，他好像真的是一门心思睡觉。

不能推拉，也不能呼喊，有什么办法能让乔文赶快清醒赶快办事呢？闯荡江湖多年的李平平坚信一条放之四海而皆准的道理：女人的事，花女人本钱去办。她就紧挨着乔文，几乎是贴着乔文耳朵骚声浪音说道：乔秘书，我说过我要感激你。我没钱，我有色。你真的好花不过目吗？你……

乔文便蓦地由眠虎变成醒狮，他就快手快脚采花。他在沙发上做她，他们又抱作一团滚地板，最后在县长午休的宽大席梦思床上，结束了高潮。

满足了的乔文，这才似乎工作很忙很累，声音极度疲惫地给陈阵打电话。

这一晚上，陈阵一点儿也不知道身边这个让他恨又无法让他不爱的女人，已经被自己秘书过了一水。李平平为当初温泉山庄那事忏悔了一夜，补偿了一夜。陈阵说，平平，你让我一夜长于百年。我希望一百年你都像今夜这样对我好……

一百年，肯定还长着。眼下，两人是郎才配女貌，好得一塌糊涂。陈阵只要觉得需要休闲或有时间休闲，他就叫乔文立马给他安排李平平。

今天，一把手调走了，如同县长肚子里蛔虫的乔文想，好心情的陈阵肯定需要清静地休闲而不是什么张扬庆祝，他就把陈县长和李平平安排进“天黑就快活”度假村北一号房间。

北一号是度假村最昂贵房间，它的价值并不是房间面积房间豪华设施，其实，它的室内设备和其他房间没有什么区别，它的价值全在于外部环境：推开窗，正对天下第一爱神石男，从窗户伸出手，似乎可触石男壮美的男根人祖。就因为这一硬件，北一号接待外宾的标准收费一夜是五千美金，对内优惠，但是神州情侣们再怎么享受优惠也不能低于八千元。

这时，陈阵拥着李平平站在窗台，两人都在激情燃烧地望着石人。陈阵顿觉立体化雄起，李平平却是液体化汹涌奔腾。

陈阵的手，已经在李平平身上到位了。陈阵说，自然，这就是大自然啊，多壮美，多伟大。可惜，本是大自然的一类一员的人，总想摆脱自然，人类用衣服隔膜自然，用伪道学语言诋毁自然，我们蠢头蠢脑把蠢事进行到底，却依然是“不废江河万古流”。平平，来吧，让我们无愧爱神，真正回归大自然。

说干就干，顷刻间，两人卸盔弃甲，赤裸裸寸纱不留。

他们面对石男赤裸裸谈情说爱。他们面对石男赤裸裸舞蹈。他们面对石男赤裸裸做爱。

几近两个小时疯狂后，陈阵和李平平双双仰在地毯上休息。

李平平：陈，好感激你给我带来激情带来幸福。

陈阵：不是我，是石男。

李平平：不，是你。我知道，没有你就没有北一号，没有北一号还有什么石男。

陈阵笑了：女人总是会过日子。没关系的，和你在一起，八千元一夜，值。

李平平：不。不是你，八万元今晚也住不进北一号。

陈阵：喔？是不是你们公司旅游黄金季节开始乱收费了？

李平平忙说，不是不是。我的县长大人，你可别乱批评乱罚啊。

陈阵：那怎么八万元都住不进来呢？

李平平：北一号本来是订给一位广东来的大富豪游客和首席明星花轿新娘成小娥过夜的，听说那阔佬万贯家财，挥金如土，哪里有名花哪里采……

陈阵：慢。你刚才说什么？你说成小娥要和一个什么老板在度假村过夜？

李平平：是啊。

陈阵：哪个成小娥？

李平平笑道：成小娥就是成小娥，还能哪个成小娥。

陈阵：那不是杨雄的情儿吗？

李平平：是啊，可杨雄远在千里之外。常言说得好，县官不如现管，这里的事都是胡漠雁说了算。

陈阵：那成小娥愿意和这位老板过夜吗？

李平平：她怎么会愿意。可是她在鼓里啊，胡漠雁安排小娥和这老板在温泉花轿游乐场颠轿疯轿后，再点燃火把进行传统的“翻山越岭接新娘”游乐项目，小娥蒙着盖头捂在轿子里，一气抬进“天黑就快活”，接下来就由胡漠雁那条走狗马车来办了，管她成小娥愿意不愿意，用钱铺路的阔老板，绝对会大路通天地把成小娥带进北一号——当然，我们住进北一号，那他们可能就是南一号、西一号了……

陈阵：胡漠雁胆子也太肥了点儿吧？连杨雄的爱也敢分给别人？

李平平：什么分爱不分爱，杨雄是商人，只要不分他的钱就行。再说胡经理只安排你出轿并没安排你“出事”啊。

陈阵不能跟着两个蠢女人一起蠢了，历史上“千金一掷为红颜”，“拔刀一怒为红颜”少吗？他顿感事态严重，如果不保护好成小娥，就极有可能保护不住一家给自己带来无限前途无尽好处的亿元企业……

陈阵立即找度假村经理，询问成小娥现在何处？经理说，小娥正在完成嫁娶秀，估计半小时后能到“天黑就快活”。

陈阵就急忙给刘家驹打电话：刘总，我是陈阵，我马上到温泉山庄宴请几位重要客人，请你和成小娥一起参加。

刘家驹似乎想说什么。陈陈说，我知道，不就是要应酬大款吗，换别的新娘去吧。

刘家驹正在为征地修路跟古塔扯皮得一塌糊涂，他真的不敢再得罪县太爷了。他说，行啊，好嘞，我按你的指示办。

一般说来，花轿游，火把游，嫁娶秀，轿艺表演，黄金时间都在下午和晚上。花轿新娘们上午就相对轻闲。从大城市涌来的游客们，还是爱山爱水的居多，他们有的攀狼脊梁，际会石公石婆石小姐，有的钻一百弯山洞，享受探索迷宫之妙，有的放浪形骸在丁冬溪漂流，人在风景里，心在惊险中，有的洗浴牛瞪眼，尽享情侣之乐。还有鱼泉药泉五叠泉，还有猴子岩“天黑就快活”……都是看不尽的，说不完的，玩不够的。上午游玩的客人，多数是自助式，像独来独往的独行侠，他们摆脱导游的“领导式”束缚，他们自己买景点门票，自个阅读和解释山水。也有一小部分愿意组团结队，那是一些四平八稳游客，他们认为在外游玩也如在家上班干活，安全总是第一位的，有导游带队，又有大伙儿前后照应，这就像有了前村后店，心里踏实也方便多了。这一小部分游客，就是导游式的花轿新娘们财神。可是力推“新娘人才储备”策略后，花轿新娘人数成倍翻番，胡漠雁又一再降底薪，赚不到出轿费和小费，“全员定额”的人头利润上缴一文不少，一些人捉襟见肘了，上午揽活，就成了非明星花轿新娘和不走野路子花轿新娘们的重要谋生手段。

兰芳已经一连四五个上午坐冷板凳。她只怪自个运气背，哪里晓得是胡漠雁暗地对吴奇有交待，吴奇调度长派工时就把被暗箱操作成“末位新娘”兰芳，门旮旯儿扫帚闲搁着。兰芳想不明白，连姚秋桂那样儿胖大嫂也派不上上午活儿，自己不是“杜文竹第二”吗，怎么就冷落如此呢？她不服气，找吴奇问讲究。吴奇口里说是游客摘牌没摘中，心里话：“你死脑筋啊，谁叫你逞能去赚五百万？那是胡漠雁给成小娥做的笼子设的套，是胡一箭双雕击败成小娥战略举措，是一个女人苦心经营的事业爱情双胜利，你搅局了，你还能不蹲冷宫不坐冷板凳？”兰芳当然听不见“心里话”，她就偷偷委屈得流眼泪。

这一天刚吃过早餐，有人吆喝兰芳，兰芳心头一喜，以为是要做花轿导游，赶忙大声答应。喊她的人说：快去二分场，有人找你。

兰芳气喘吁吁跑到轿艺广场二分场，一看，找她的人是覃年。

丈夫覃年，什么时候都是勾着腰低着头说话：兰芳，你……你吃了吗？

兰芳一看覃年的样子就想发火，却又是最不该最不能对覃年发火。一千条不说，一万条也不说，只挑一条：女人偷人，有几个做丈夫的不是扒掉婆娘裤子，照着骚处，巴掌连带着鞋底儿可劲抽打。可怜的覃年从来没打过她，在丁丙抱着她躺在床上舒舒服服睡觉时，覃年两腿发麻地站在门口守门……兰芳就又一次不能发火，她顶多只能冷冰冰说道：你大老远地打着露水跑来，就是问我吃了没有？

覃年赶忙笑笑着说，那倒不是，那倒不是。

兰芳说，那是什么呢，不能痛痛快快说？

覃年：我……我是想问，你有钱吗？

说到钱，就像病婆子说到鬼婆子。兰芳现在最怕提钱。底薪四百，屈指可数的几次出轿费加在一起不足五百元，上缴公司抽成后，所剩无几。和她作秀花轿新郎的，要么是穷人穷开心，要么就是碰上小气鬼，他们有的一文不名，有的也只塞上二三十元。小费这事，公司有严格规定，做花轿新娘的，只准“笑纳”，不准强求。拮据的兰芳就说，上个星期不是把钱都给了你吗，这么快花光了？

覃年说，你给的三百元钱，照你吩咐开支了。两百元买了羊羔，一百元买瓦补漏全用掉了。

兰芳说，这不结了吗，还要钱干什么？

覃年又有点结巴了：不……不是我要钱，是……是……

兰芳：烦死了。谁要钱你快说啊。

覃年：是……是丁丙他们……

兰芳脸绷了：丁丙要什么钱？

覃年说，这不是麦季清场了吗，乡里村里正闹翻天收“三提五统”呢。

这事兰芳当然晓得，年年“搭车式”收“三提五统”八种税费，收得家破人亡天塌地陷。她问道，咱家要交多少？

覃年：两千五。

兰芳大吃一惊：两千五？怎么这么多？

覃年：我哪晓得？那么多税费，名字我都背不出来，他们合拢合拢，就说是两千五。

兰芳再也忍不住火气了：说不上名称也算不了账？去年税费历年最高，那也才两千一。

覃年：涨了四百块我清楚。这都怪你。

兰芳：怪我？

覃年：你硬要买羊羔，四只羊就收了四百元特产税。

兰芳：有这个税吗？

覃年：有没有，我不知道。反正是五日内交清，交不了，到乡政府住小房子。

乡政府的“小房子”，兰芳晓得。六盏灯真正牢实一点儿房屋，就是那两排“小房子”。房子是钢筋水泥修砌的，铁门铁窗，院墙墙头很高，大门进得了汽车，可是厚重的铁门关起来，那就苍蝇也飞不出去了。这些小房子以前是计划生育学习班办班的地方，女人超生超育，拉进来关进去，什么时候肚子里的货拿掉了，什么时候出学习班。这几年，人们慢慢想开了，男人女人只在床上做快活事，不在事后惹麻烦，计划生育也就渐渐不是“农村第一难”了，取而代之，“第一难”变成收税收费。每年麦季秋季，庄稼一登场，由乡村干部、派出所民警和民兵小分队混编而成的收款队，天天撵张三逮李四往小房子里送，“讲卫生，一天十次冷水澡”，“站操，白天黑夜站着减肥不长膘”，“自打自，不干公家事”……什么苦头都想出来了派上了，看你要命还是要钱……

兰芳望着又黑又瘦的丈夫，心揪得很痛了。她说，覃年，别急，噢。你先回去，我想办法就是了。

覃年背过身，眼圈酸痛酸痛走了。

无奈的兰芳，这时只得去找胡漠雁了。她记得公司领导许诺过，一旦五百万元合同获签，她是可以拿一笔丰厚奖金的。一个多月过去了，公司不提，她也不想问，那是一次苦痛一场伤害，就让单位和自己都忘得一干二净吧。就让“天黑就快活”那个漆黑漆黑的倒春寒夜晚，永远不留踪迹消失吧。可是可怜的覃年要住丁冬河乡政府“小房子”，她得怜夫救夫啊。兰芳就说，胡经理，把那笔奖金发给我吧。

胡漠雁说，奖金？什么奖金？

兰芳脸泛红，心发疼，声音低涩：就是……就是……五百万那事的奖金我……

“那事”杨雄批给的可观奖金是三万元，现在就搁在这张豁亮写字台抽屉里，胡漠雁却说：五百万是公司的，你要什么钱？

兰芳：这我知道，我是说奖金……

胡漠雁：那你告诉我，你做了什么好事了跑来要奖金？

兰芳脸更红说话更不顺畅了：我……我……我没做什么……事……事……

胡漠雁冷笑：没做事，要奖金，胡闹！

兰芳终于正色瞅住胡漠雁了：我胡闹？我副署了五百万元合同，公司许诺过给奖金的。

胡漠雁：是要给副署的花轿新娘开奖的。可是是你副署吗？

兰芳：当然是我副署的了。

胡漠雁拿出那份合同文本：看清楚点儿，是你吗？不会连杜文竹三个字都不认识吧！

兰芳急了：不是你们让我代杜文竹副署吗？

胡漠雁胸中块垒一吐为快吼道：无理取闹！出去！

兰芳就大哭着被马车推出去了。

兰芳太心酸太伤悲了，她越哭越凶。正好赶上唐影路过。唐影就把战栗抽搐的兰芳扶进自己宿舍。

兰芳还是止不住大哭。唐影关起房门说，兰芳，想哭就哭吧，哭出来好受些。

兰芳哆嗦嘴唇说，唐影姐，我在单位……家里……两头受辱两头受气……我……我都不想活了……

唐影急忙劝道：兰芳，可别胡想乱说。人，最重要是活着。受辱受气，我也不比你少。咱天堂山里女人，有几个是舒坦的？我现在想通了，我不但自己要好好活着，我还要为李立春好好活。你呢，一样，也要为自个为覃年好好活着。

提起丈夫，兰芳更伤心：我的覃年可怜啊。不是为他，这个胡漠雁一手遮天的花轿公司，我是一个时辰也不想待了。我没办法，我要厚着脸皮在这里挣钱，我不挣，覃年就要蹲……蹲小房子……

哭着，诉着，劝着，唐影想帮助困境中的兰芳，也就这点儿能力了。她就说，兰芳，姐把今天上午这趟轿让给你，你好好做，兴许能赚点儿。听说“新郎”是日本人，是个很有钱的“老外”。

兰芳就好感动地望着唐影，她想，覃年，你遇上观音菩萨唐影了，你兴许有救了……

可是兰芳遇着观世音却是没遇上财神，她遇上了日本鬼子，那个吝啬鬼给了兰芳六百六十日元，走南闯北的李平平帮她换算换算，怎么着也就是人民币四五十元。

牛青青正要出轿，手机响了。她问：谁呀？

那人说，我是周婷。青青，你可以多么多么地不信任我，我只求你信这一回，相信我对你现在说的话：罗锡贵要害你。他越来越像个疯子，他歇斯底里了，他真要害你……

牛青青听毕，一句话没说关了手机。

罗锡贵想害人，这不新鲜，新鲜的是周婷为什么打这个电话。牛青青很清楚，周婷是恨她的。周婷的人生理想是要当罗少奶奶，做罗家花园的内当家。周婷一直视牛青青是通往理想道路的一枝荆棘一块拦路石。她在几近理想渺茫的岁月里，依然甘受凌辱，蛰伏等待，顽强守候在伊甸园之北。可是终了还是一无所有，进不了伊甸园却是进了温泉山庄……牛青青就想，这个破灭的女人是恨我的，就算她不害我，也不至于会帮我……

这个电话就让牛青青格外不轻松了。她顿时失去坐标找不着北，周婷想干什么？罗锡贵时至今日为什么还要害她？美丽少女忧愁有如雨中一株郁结的丁香。

沈虹就在这时走过来。由于胡漠雁赏识与培植，沈虹现在已经升任为花轿公司业务经理，除了某些特殊场合，一般情况下不再做花轿新娘了。沈虹就介绍身边一位小伙子说，青青，这位徐先生要游五叠泉，点名请你做导游，你要给徐先生多做景点介绍，危险路段要注意徐先生安全。祝你们游程愉快。

沈虹说完例行公事的话，便召唤轿夫。方满仓就和三个新招的轿夫抬着花轿过来了。

“花轿游”和“花轿游乐”只是少一个字和多一个字，区别却是很大了。“花轿游”就是坐上花轿以轿代步旅游，因了也不需什么启轿仪式，也无唢呐锣鼓吹吹打打，坐在轿子里的花轿新娘，这种时候其实就是导游小姐，既不披红盖头，也无需羞羞答答。铅华洗尽，作秀全无，牛青青从容大方地和游客交谈起来。

牛青青问徐先生名字，徐先生说他叫徐许。牛青青活泼地说，你不会比我大，长得也很可爱，很像我的同学朋友们。我不叫你徐先生，叫你徐许可以吗？

徐许一直一本正经地坐在花轿里，他这时候才有了第一个笑容。他说，好啊。我就怕别人叫我先生、经理什么的。

牛青青就认真地看了看徐许。这是个帅气直冒的男孩，大而圆的眼睛，挺而翘的鼻梁，都像童话中人物。特别是一笑时露出的两颗虎牙，更是让他陡增甜美。

这是个温和的让人愉快的男孩。作为一个当红的明星花轿新娘，牛青青有这种感觉很不容易。每一个时刻，每一种地方，在她的前后左右，总有男人突出阳刚，凶猛作秀。他们热烈勇敢向她讨喜欢，也千方百计向她索取愉快。她知道，她只不过是个在花轿里的打工者，而打工者有打工规章打工纪律，她一边谨慎又坚决地防范着身体遭受攻击，一边又要倾情地做大众情人当大众新娘。她就很累很累，每一根神经都累得麻木了。牛青青就不知道还有谁值得喜欢，只知道坐上花轿，不喜欢也得喜欢。牛青青也几乎忘却了愉快，而别人觉得她天天都那么愉快。

牛青青决定珍惜今天这种来之不易的感觉，她希望和徐许说更多的话，谈更愉快的事情。她说，徐许，喜欢我们丁冬溪吗？

徐许：喜欢。不过我更喜欢它们的传说。

果真是个童话男孩。

她就更开心：是吗？那你想不想做新郎，到我们轿艺广场做嫁娶秀呢？

他：选新娘，疯轿，揭盖头，拜天地，入洞房，都挺刺激。但是，我依然老观点：不如传说。哪位新郎能赶上“天黑就快活”的石男？哪位新娘比得了鲤鱼背上石小姐？就说花轿游乐吧，恐怕也比不了丁冬溪的民风民俗花轿火把节。在那样的节日里，男人当新郎没负担只有放纵，女人做新娘没有欲念只有释放。坐进李家窑的皇花轿不是身份等级不是富有表示，而是走进历史故事，走进皇帝坐得我也坐得快慰情感世界里。所以，我到丁冬溪，好像不是一位游客，而是一位民间采风的艺术家。

她就知道了一位游客的特别心情心思，她的职业习惯很自然地驱使她的语言和行为了。她说，我明白了，你喜欢浪漫。这样吧，如果你不介意，今晚我来和你合作嫁娶秀，就按你的标准执行，坐皇花轿，点火把，举宫灯，吹长柄唢呐，在迎新山路上，依靠天然崎岖的道路，完成颠轿、抖轿、疯轿，在一个很优美的山谷里拜天地入洞房。这套花轿游乐价位我也可以帮你争取优惠，力争总支付不超过一万元。

他：谢谢。听起来不错。就是想不得。

牛青青乐了：做得的，一定做到位。想不得的，千万不能想。

徐许不乐：不想不行啊。我怎么老是想，你这是拉生意。

牛青青天姿天娇地瞟了瞟徐许，嘴角都流溢着甜美说：我不拉生意，我拉你。我要把你拉上大花轿。

徐许认真了：不。是拉生意。听听你的声音回放，什么“执行标准”

啊，什么“这套”花轿啊，什么“游乐价位”啊，有哪一点不是生意经，这与火把花轿节还有什么干系呢？

牛青青低下头。她明明是向徐许表达真心诚意，却也明明白白表达了商业行为。这让她惶惑、尴尬。是的，她是在花轿里打工，是想多多地赚钱，可是，她今天刚刚被恐吓，被一个电话骚扰安宁，她真想获取点儿好心情打发掉那些劳什子。她这时真的只想对这个男孩表达愉快，只想在一起尽兴游玩，然而天长日久的“商业行为”却已经病入膏肓地浸入骨髓，你不想有，它也无时不有。你不想流露，它也时刻不可自控地流露。

这是一场难堪的窥私，这是有冤无辩的审判。牛青青羞怯沉默了。

重新点燃谈兴，是在五叠泉的三叠泉。

观赏一叠泉，牛青青站在一旁，一声不吭。观赏二叠泉，牛青青依然不言不语。导游不作景点介绍，不谈地理趣闻民间传说，游客徐许好像满不在乎。坐轿游泉，游资不菲，没有享受旅游公司周到服务，徐许似乎也自愿当冤大头。观赏三叠泉时，牛青青觉得再这样下去，实在对不起这位无辜的少年游客了，她就站在离徐许较远的一处长满青苔的石阶上，以一种似有似无极是缥缈的声音说：正像一叠泉是生命泉，主持着人的健康长寿，二叠泉是事业泉，主持人的成功，四叠泉是福祉泉，主持人的洪福，五叠泉是功果泉，主持着人的最终修行，我们现在看到的水帘世界、太阳雨璀璨晶莹的三叠泉，就是主持着人的爱情泉了。在我们丁冬溪，在南天山之南，北天山之北，在姐上山之坡，以前每年都有好多娶不上妻子的光棍汉，嫁不着如意郎的妹娃子山丫丫，青年男女们攀上三叠泉，仰面痛饮滋情水，纵身沐浴爱情汤，祈求爱神赐爱。三叠情泉源远流长，它洗礼过的人从此以后无论回到哪里走向何方，男有情妹，女有少年郎……

是传说。是浪漫。牛青青知道，这恐怕也是徐许的追求。她想，无论她是多么例行公事漫不经心介绍三叠泉，徐许也会向她喋喋不休刨根问底，那么接下去，这位可爱的男孩一定会狂浇太阳雨，痛饮爱情泉……

然而……什么都没发生。徐许若无其事看着，逆风十里般听着。他非但不像其他游客满心欢喜急不可耐冲进爱情泉，反而是小心翼翼退避三舍走在远离泉流的地方，那样子似乎是生怕沾上一滴飞溅的爱情水。只见他独自凝视着郁郁苍苍的青岚，迎着山谷风啸吟：“古来何物是经纶，轮椎无限月为更；云门挂锁难留客，一片青山了此身。”

徐许的吟诵有着冷兵器的寒峭与苍凉，它穿越着牛青青的血脉与心脾。她想，年轻人都爱冲动，遇到失恋失业或突发事件，都冲动地言生言死或绝俗遁世，这并不多么可怕，只要心事得以改善，是能雨后彩虹的。牛青青就更加自责此时对徐许的商业伤害，她决定做些努力对他有所改变，也算是对自己错误的改正。她走到飞瀑跟前，两手合并，接了满满一捧泉水，趁着徐许不注意，突然浇到徐许头上。

徐许慌张狼狈地猛烈摇晃脑袋，期望将沾在头发和脸颊上的泉水，一珠不留摇晃掉。

牛青青大笑：徐许，你爱情淋（临）头了，你还摇什么头啊，你要狠狠点头才是。

徐许真正生气了，他令人难以置信地大声吼叫着：我不要爱情！我仇恨爱情！对你的恶作剧，我要投诉！我要投诉！

做旅游，就怕游客投诉。牛青青吓得舌不守嘴，她远近眺望，幸亏还好，除了山脚下方满仓几位轿夫在专心专意斗地主，整个五叠泉别无游人。

牛青青赶快道歉：徐许，对不起。我不该对你泼……泼冷水……

徐许：要是泼冷水，我不怪你，可是你为什么向我泼爱情泉水？

牛青青愕然了：你……拒绝爱情？

徐许：拒绝爱情？“爱情”只不过是两个汉字，是徒有其名的称谓。

牛青青：爱情是汉字？是名称？

徐许：对。你质疑，是因为你还没有遭遇爱情，等你是过来人，就会晓得我是哲人。

牛青青：徐许，这么说你被爱情伤害了。你，失恋了？

徐许没有点头，他只是低头叹了一口气。

牛青青真是一位善良女孩，她有些想哭，她不明白自己怎么会这样对待一位游客对待一位远方朋友。徐许，一位正是青春情生的男孩，在失恋的季节里走进丁冬溪想散散心里的郁气，让美丽的大自然，点化心中块垒，而自己身为旅游公司工作人员，又是怎样帮助这位忧伤游客的呢？牛青青就声音发颤说道：徐许，你累吗？我们能坐下说说心里话吗？

徐许将信将疑，他不明白人间还有什么“心里话”。他坐得远远的，并且打算一旦牛青青问及他的恋人是谁，他是怎样失恋，或者冠冕堂皇教导他怎样正确对待失恋……他会立即拔地而起，“打轿回府”。

牛青青：即使你不相信我向一个陌生人说心里话，那也请你相信我说真话。就在今天早晨，就在出轿给你当导游前，我接到一个电话，告诉我有个男人要伤害我。他将怎样伤害，于何时何地伤害，我现在都不得而知。也许我做完了这趟导游，回去后就面临厄运，但我真的不惊不惧，心地坦然。这是因为，一、在他伤害我之前的一分钟里，我还在工作着，过着有意义的生活，我在为一位游客导游，我帮助游客享受美丽的大自然。二、是别人伤害我，不是我伤害别人，我在这个人间，就靠近了正义，拥抱了善良……

牛青青自己也不清楚，她为什么在爱情泉边越讲越想讲，越讲越一发不可收。她讲到了罗锡贵，讲起了“反爱情”“伪爱情”，而三叠泉——爱情泉，却在音乐悦耳丁丁咚咚……

讲了很久，很久，徐许说：青青，我以为我不会再被别人打动了，尤其是年轻女孩。可是，你真的不该对我说“是别人伤害我，不是我伤害别人，我在人间就靠近了正义，拥抱了善良”……你知道你这样说话的后果吗？你让我恢复了久违的感动，让我重新获取期望。这可能使我失去我已经认可的灰冷人生，而让我重新激情生活，重新进取人生。一种“曾因酒醉鞭名马，唯恐情多累美人”的激情燃烧岁月，又周而复始……

牛青青欢跳了起来：好啊。徐许，你我才多大，我们还远远来不及苍老，我们当然要过激情燃烧的岁月。无论是你失去的那位她，还是我痛恨的罗锡贵，都只不过是燃烧岁月的一块湿柴，那彤红的火焰，最终总是照亮我们，温暖我们……

男孩徐许就是在这一刹那，在三叠泉边忘情地拥抱了牛青青，亲吻了牛青青。

事后，两人都觉得唐突，尴尬。但是，也仅是回头一笑而已。

胡漠雁和罗锡贵零距离关系，数量有限，质量优先。为数不多的床上活动，每次都轰轰烈烈，欲仙欲死，两人的鼻息与脉动，如凤鸣九天，如鼙鼓动山川。

这一次，一如既往。胡漠雁是典型的城市高级白领女人，她即使一丝不挂躺在床上，也保持着一种与众不同的优雅。她的皮肤如同她的白领职业，白皙得如雪如霜。她一身滑脂，细如精瓷。眼波总是浪打浪，小嘴微哂，那就是红桃炸裂了，嘴角蜜汁多多。胡漠雁胸山堆雪和草地之春更是两部绝世杰作，均让罗锡贵眼睛上火地孜孜不倦阅读。罗希望对这样的课文能滚瓜烂熟背诵，以便在即将进行的那种考试里获取满分。

与罗锡贵相反，胡漠雁不太注重对罗的身体阅读。她是个聪明女人，她不会自寻烦恼。罗从上到下，真的无美可读。他本来有一张女人爱看的国字脸，可是这个“国”字越往下写越奓，这么一来，罗锡贵的脸非但方正不成，反而让他变成尖头尖脑。罗锡贵的皮肤黑得泛紫，紫得泛斑，这使得他无论怎样锦衣玉食，无论如何会营养会保养，就视觉而论，他是粗俗粗糙的。罗锡贵也过于中部崛起，他大腹便便的肚子，几乎正好是自己胸围的两倍。凡此种种，给和他做爱的女人几乎毫无助兴，无法助威呐喊。胡漠雁所以能和罗锡贵上床，说到底还是“男威”和“男性功夫”。有些女人可能不喜欢男威，胡漠雁喜欢。撕衣，罗对她从来不是一颗一颗解开纽扣，他总是从衣领入手，将她的衣服一撕到底。罗锡贵褪她的裤子也不放在任何正儿八经地方，他总是把她的长裤短裤甩得满天满地。罗锡贵几乎不知道上床，他从来都是“摔床”，他把她或栽碑式或腾空式摔到床上，她摔得仰面朝天，他则从天而降。他以体重的优势对她重压，他的手揪住她的头发，一个人，头不能动了，就像蛇打着了七寸，瘫了老老实实了。罗锡贵就是这样张扬男威，他长期以周婷邢秋雅为对象，培训锻炼自己的男威，他不给女人自由，他只是对她们强劲有力地征服。如此前奏，他的战歌当然绝对嘹亮，他先是骑兵狂飙横扫，然后就是短兵相接射击刺杀……一团烂泥的胡漠雁真的膺服了，无论是骑兵还是短兵，她都叹服他是战士，她就这么怪，她喜欢的是战斗，而不是柔情的享受。

战争过后，总是和平时期。现在胡漠雁和罗锡贵都安安静静躺着了。

两人都没有睡意，各人都在想着各人的心思。

胡漠雁想得很清楚，她过一段时间就和罗锡贵做一次，绝对不是爱上罗锡贵，她认为这只不过是很平常的生活需要。自从当上了最具实力的丁冬溪旅游总公司花轿公司的经理，胡漠雁知道自己的身份地位。这个性欲很强的女人学会了克制。她不和一般男人睡觉，无论这男人多么英俊多么功夫。胡漠雁这就害了自己，她实际上让床上朋友变成两个很小圈子：一个是政界红人，一个是商界巨子。政界风险大。当今社会经典是：每一个贪官背后都有一个狐狸精。政界今天的红人，说不定就是明天挖出的贪官，为了不当狐狸精，不是很了解很保险的不能做，为一场愉快一次快活，后患无穷划不来。而商界呢，有来往、能匹配的也就两个人，一个是顶头上司刘家驹，一个就是股东罗锡贵了。刘家驹是爱情大叛徒，事业上也是谨小慎微的谦谦君子，在每一条征程上，刘都是小脚女人。胡漠雁爱情与事业都是统一商标：轰轰烈烈。“小脚女人”扭扭捏捏，轰轰烈烈的反义正是扭扭捏捏。胡漠雁就认为刘家驹叛徒当得好，他应该在她床上缺席。罗锡贵就不同了。罗是爱情大英雄，胆子大，点子多，行动勇猛。罗床上床下都轰轰烈烈。胡漠雁想，她的事需要轰轰烈烈做，她的问题也需要轰轰烈烈解决。她就理所当然需要轰轰烈烈情人轰轰烈烈战友。

胡漠雁需要轰轰烈烈解决的那个“问题”，是业务经理沈虹反映的。沈虹说，胡经理，你对我有知遇之恩。我是出于报恩向你报告：成小娥牛青青杜文竹，在拉帮结派，有小集团活动。她们自以为是花轿公司的大姐大，目中无人。我作为现场业务经理，经常派不动她们的花轿。今天，又遇到这种情况。有一位江西游客，也可能真是普通平民百姓，他说他除了回程车票，倾其所有只剩下六百元了，他想掏这笔钱，和牛青青小姐做一次嫁娶秀。我很感动，就答应了。没想到牛青青不答应，说她要请假回一趟小牛寨，晚上还要赶回来做预订的花轿火把游。说下午这趟轿出不了。我说，青青，做公司，首先做信誉。大生意小生意，平民生意贵族生意，应承了，都要做。我们应该承认，中国还是个平民社会，百分之九十，都是平民，我们敢得罪百分之九十吗？牛青青怒视了，她说你这叫什么话？我不是平民吗？我爱的人就是老百姓。我一直自豪我是一位大众花轿新娘。你如此指责我，不公平，不道德。我们就发生了争论争吵。这时小娥走来，她既不了解，也不劝解，而是歪脖子木匠的斧头——一边砍。小娥狠声狠气说，沈虹，你要不要关心员工帮助员工，牛青青遇到困难的家庭问题，你们不帮助解决，反而还乱扣大帽子，这会弄坏打工新娘们心情，搞得大家心情沉重。却是我们的工作，必须有一份好心情，每一个出轿的花轿新娘，都要愉快，都要有一张笑脸。你做领导，懂吗？成小娥最后还像个大领导指示说，沈虹你近来工作方法不对，你对待人的方法也不对。当然这不全怪你，公司领导没批评没纠正，也有责任……我就想，我不对，我的领导也不对，她们仨，怎么就全对了？牛青青有家庭问题，杜文竹更有家庭问题，还有想往她们伙儿里扎堆子的兰芳吴桔香，好像都有了家庭问题，她们有了家庭问题，难道就要让我们公司经营也要有问题？杜文竹回家不来，这就是擅自离职，是严重脱岗，在一家有威望有规章有现代化管理的公司里，她理应受到开除。牛青青不服从领导不服从管理，也应批评处分，可是因为有一位众所周知的慈禧太后，一切都变得不可能和无能。胡经理，我真为你忧心痛心，你知道人们背后喊你什么吗？他们叫你光绪皇帝……

胡漠雁心伤了，她愤怒了：别说了！出去！

沈虹出去了。不一会儿，胡漠雁也“出去了”，她直奔刘家驹办公室。

胡漠雁说，刘总，我想辞退几名花轿公司员工。

刘家驹轻松弹烟灰：辞吧，这是你职权范围内的事。

胡漠雁说，我是不是糊涂？我至今没闹清我的职权。

刘家驹笑着说，装糊涂吧？总公司对花轿公司是很放权的。像人事权，财务开支权，经营自主权，这三大权力，都直接交给了你。漠雁啊，你是慈禧太后，我这个丁冬溪旅游总公司总经理，快成光绪皇帝了。哈哈哈哈。

刘家驹大笑，胡漠雁却是一把辛酸泪。她用纸巾扑了扑眼圈：是有慈禧太后，但不是我。我像个贪嘴孩子只想要糖，我……我今天就是向你要权……

刘家驹目睹胡漠雁酸楚，愣了：漠雁，你觉得还需要什么权，直说吧。

胡漠雁：人事权，对职工辞退权，开除权。

刘家驹：这不是小菜一碟吗，想怎么下筷子就怎么下筷子就是了。

胡漠雁：行。我就要总经理这句话。我感谢总经理对我工作支持。

胡漠雁起身和刘家驹握手。她走得很近，鼻息的氤氲和汗泉馨香，是那次体肤之亲以来，袭人力度最强的一回

刘家驹有些摇晃。恍惚与朦胧中，胡漠雁已经成了淡淡远影。突然，刘家驹打了一个响亮喷嚏，他醉酒解酒，急令办事员追喊胡漠雁回来。

刘家驹重归谨慎本色，他对胡漠雁说，我想对我刚才说的话作一点补充。这就是经营权大于人事权，人事权服务经营权。

胡漠雁心肌一缩，那根痛楚神经又开始活跃了。她忍痛说道：你可以说得更明白点儿，也就是说直截了当指出我的不具备权。

刘家驹依然不能够直截了当：漠雁啊，我们做旅游，就是做名气，做名山，做名水，做名人。尤其花轿公司，我和杨董一鼻孔出气，那是一定要做明星的，包装不出明星新娘，保护不好明星新娘，花轿公司经营效益就要受挫，成小娥，牛青青，杜文竹，李平平，她们都是以一当十，以一当百，为公司，创造利润，这些人……

胡漠雁愤然打断：要享受人事豁免权。

刘家驹：对。我要补充的，就是这个意思。

胡漠雁：那我是什么？

刘家驹：你当然是经理。

胡漠雁歇斯底里了：我是经理，我的权力呢？她们享受四大名旦，享受明星花轿新娘，而我对她们……要执行豁免权。我受不了，为什么对她们，我就承担不具备权？

刘家驹：请你冷静点儿，我没猜错的话，你今天到我这里来，是要一把尚方宝剑。可是，你为什么要对明星开杀戒，非要把顶级花轿新娘斩落下马呢？听我话，让她们多多为你的公司创造利润吧。

胡漠雁：我听你的话，她们不听我的话，我领导不了她们，指挥不动她们。我就是要开除牛青青杜文竹。我可以负责任地说，不出半年，我可以塑造包装出更好的牛青青更多的杜文竹。我……

刘家驹威严了：不行！你这样做，太不避嫌疑了。往小处说，你在居功自傲。往深处说，是忌妒成小娥，是在清除成小娥。

胡漠雁哭了：这就对了。这就叫牵一发动全身。这也是证实：花轿公司有小派别小集团，还有慈禧太后，她们可以肆无忌惮对待公司领导，损害公司利益……

那场争论可以有始无终，但不可以依从胡漠雁意志。

胡漠雁深刻领略了刘家驹胆小怕事和不够朋友。胡漠雁也省悟，她并不是一条强龙，她在她的公司里，权力有深刻缺陷。这严重影响她的事业辉煌，爱情美满。她就学了一回阿Q，不是强龙也好，就是强龙还斗不过地头蛇呢……

也就在这时她突然一震。地头蛇？对，罗锡贵就是地头蛇，一条又粗又长地头蛇。胡漠雁要削弱成小娥基础，要撵走牛青青，罗锡贵要夺回牛青青，她和他——根本利益一致。罗因为牛青青事，迁恨成小娥，她和他——又利益一致。罗点子多，胆子大，就是说智慧又勇敢……胡漠雁的进行曲奏鸣了：让我把身体温暖地交给他吧，把感情炽烈交给他吧，让我鼓励他勇敢出征吧……

胡漠雁想事。罗锡贵也在想事，他是情场高人，又有钱财做后盾，别说身边有招之即来的周婷邢秋雅等等美貌女子，就是众多不知姓名含苞欲放的山花山妹子，他想睡也总能弄到床上。世上事总是那么怪，城里男人想山里女人，山里男人想城里女人。罗锡贵的一个夙愿就是要睡正宗的大城市女人，真正的名校女大学生，这在胡漠雁身上，也实现了……凡此种种都是津津有味的，罗锡贵现在仿佛都不去想了，他却反复进出围城地想那件心事：牛青青凭什么挑战我的权威？什么样女人都听我服我，牛青青为什么就可以例外？我不管牛青青有多少人喝彩，是花轿公司里多么高傲的“明星新娘”，她必须是我的老婆！

却是昨天上午，促成罗锡贵如此思索的那根坚强的神经，被重创地挑了一下：他花十万元暗地买下私人侦探马车，借着例行公事检查几位明星新娘的安保工作为由，偷偷地在五叠泉对面的密林里，拍摄了爱情泉边徐许和牛青青拥抱接吻的高清晰照片。罗锡贵看了这些照片，顿时天昏地暗日月无光，大厦将倾，地狱濒临。他匣中刀鸣，狠不得立马将徐许杀了。他打电话叫来马车，说看了照片，恶气咽不下，愿出资五万，要马车随便在哪片小树林里，把徐许简简单单结果掉算了。马车是切人头如切芋头的角色，做掉徐许，他满可以一只手就能完成。但他却惊得眼珠动弹不得反问道：你说什么？你要做掉徐许？

罗锡贵：怎么，害怕了？

马车：对，害怕。

罗锡贵：行，我另请高人就是了。只不过从今往后，枉费了你的江湖英名了。

马车：请谁也不行。这件事做不得。

罗锡贵来气了：我请别人，你也害怕？

马车：对，害怕。

罗锡贵：哈哈哈，马先生真是一位伟大的胆小鬼，哈哈哈哈哈……

马车啸吼了：姓罗的，我告诉你，我就是害怕。你在丁冬溪杀一名游客，那不是杀情敌，那是杀掉一亿四千万元的丁冬溪旅游公司！别人到丁冬溪是玩山水，即使是玩女人，那也不是来玩命的！没人再敢到丁冬溪游玩，杨雄能饶得了你我？陈阵能饶得了你我？你很笨很笨，明白不明白？一个想走江湖的人，起码要明白天外有天！

罗锡贵果然就失去了硬朗：那……那我就咽下这口王八气？我的女人，谁想碰就碰？谁想玩就玩？马车，想不到我罗某人竟如此无能无用……

马车目睹着罗锡贵的感伤，不阴不阳地丢下一串话：你如果真的那么在乎牛青青，真的想解开你和青青情事的死结，那我就奉劝你好好结识两个人：一个是花轿公司经理胡漠雁，一个是丁冬河乡书记丁丙。

罗锡贵不明白了，他说他和丁丙胡漠雁都是熟人，还要怎么结识？再说，他俩与他和牛青青有何干系？有何帮助？精明的罗锡贵，这时真的很蒙。

马车：那好啊，那就加强结识。加强，懂吗？罗经理，你应该始终不渝相信我马某是高人，你就努力做这两件事吧。你做好了，想要的女人有了，花轿公司八百万股份红利也有了。财色双收，做男人就做到位了。

罗锡贵还想刨根底，马车骑上摩托不再留言了……

罗锡贵现在就照着马车嘱咐去做，他想，马车这家伙说的话办的事，截至目前真的还没有闪失过。他可以不明白，但一定要坚定不移去办。

那么，和胡漠雁这场疯狂做爱，就不光是办女人，也是“办事”了……

事情从卧室办到浴室，男权大爷罗锡贵，突然有着一双桑拿女灵巧的手，他给胡漠雁精心搓垢，精细擦拭，精准按摩。从内裤到外套，一一伺候胡漠雁穿着。

事情再办到客厅，罗锡贵又摇身一变成男佣，他凡事躬亲，咖啡亲自煮，水杯亲自清洗消毒，亲自冲咖啡溶方糖，连胡漠雁的屁股下，也亲自加了一个软绵绵沙发垫褥……

胡漠雁不惊不乍，不蒙不晕。她说，罗总，有话，直说吧。有事，你交办就是了。

罗锡贵啜着咖啡，笑容辉煌。他说，漂亮女人我见过。秀气又慧气的女人，我见过的，你是唯一。行，那我就直说了：我很想念我的老情人牛青青，你们公司把她还给我吧。

胡漠雁像被点到了舒筋穴，真的一句话就舒畅了全身。她心明眼亮了，刘家驹绝对当不了强龙，罗锡贵肯定是一条又长又粗的地头蛇。现在，蛇吐信了，好事啊。只要搞走了牛青青，就等于搞掉了成小娥。她就欲扬故抑地说，罗总，你把事情说大了，这样的事我敢办能办吗？

罗锡贵：这就不明白了。你我都是经理，我们通达公司，我想解聘谁开除谁，都是一句话。你在花轿公司，用谁不用谁不也是一句话吗？

胡漠雁：常识上没错，作为一般道理也无逻辑欠缺。问题是你要我办一件不平常的不一般的事……

罗锡贵爽急打断："我知道规矩。"他递上一张银行卡，并且附上密码："二十六万八，又顺又发。"

胡漠雁没有接：我不是正人君子，做事收钱，做难事多收钱，是我一贯信条。当然，我还有个信条：做不了的事，就绝不能收钱。

罗锡贵：怎么做不了？

胡漠雁：牛青青后台太硬了，她有人罩着。

罗锡贵：我知道，她仗着的就是老同学成小娥。

胡漠雁：成小娥又仗着谁呢？

罗锡贵：你在说杨雄？扯远了。别人不清楚，牛青青祖宗八代也跟杨雄八竿子打不上边儿。

胡漠雁：靠上成小娥不就沾上边儿了吗？

罗锡贵：那也顶多是擦边儿，擦边儿的人和事是不牢实的。处理不牢实的人和事，我们会有办法的。

胡漠雁将信将疑。罗锡贵真有好办法，她当然是鱼和熊掌兼得了，不花钱除了心头大患，反而还得了二十六万八千元赏金，她真的迫切想知道天上掉下的这只大馅饼到底有多香有多甜了。

罗锡贵就把近些日子想牛青青要牛青青夜不能寐的一个绝妙想法，如此这般和盘说给了胡漠雁。

昨晚，天堂西女人又哭成一团，她们在外挖煤的男人，刹那间又扔掉了两条性命……温泉山庄的成小娥也跟着一夜泪眼未合，那两个命赴黄泉的乡亲，都是很熟的阿哥，他们的未亡人，也都是有德有行的好嫂子……天一亮，成小娥立即请了半天假，她没有寒门一一吊唁，她要赶往天堂西村部。

宁蒙开车，颠颠簸簸送了十五里，再往前，就不能开了。就这样，小娥也略有安慰，毕竟通往天堂西破天荒有了十五里公路，毕竟这条路还在往前修。公路两侧，高压线也在架设。光缆也正在村村通。这一切，都有丁冬溪旅游公司的给力。而这家公司的诞生，她是“始作俑者”……成小娥就颇是融化悲情魔幻幸福了。她步行着剩下的十公里山路，在这样干得掉渣的路上，真的想把这种幸福在今天贯彻始终，真想短暂忘却那场卑鄙“夺权政变”，她就在震荡的脑海里加油排除胡漠雁阴险奸诈嘴脸。对杨雄爱恨交加的人格重新审视，也因此疲乏疲劳了……该忘的忘记吧，该走的路还在走，回家的路还可以走，这就好。

新村委会由七人组成。成小娥向村委们简略问了问丧事安排和煤窑的令人唏嘘的赔偿事宜。她很明白很明白丁冬溪人的性命为什么如此不值钱，她更明白大山里人生命价值一定只能靠自己提高。她就免去一切客套直奔主题。

小娥村长讲话中心内容是：三条路线图，一份时间表。当然，图也好，表也罢，主题都是“向天堂出发，奔幸福生活”。

三条路线，哪一条路都“迈开第一步难”，却也实实在在的，因地制宜的，毫无喧哗浮躁奔小康的大轰大嗡。第一条路，绿色果蔬路。山坡地退耕种果树，形成有规模的板栗园山楂园桃园梨园柿树园，水果供应游客，果园提供浏览。高山蔬菜种植，禁施农药化肥。路修通了，开粪罐车去温泉山庄化粪池取肥，高山一般不宜农业害虫存活，只要严禁打鸟捕鸟，有点儿病虫害自有天敌清除。地耳区禁止放羊，山蘑、蕨菜丰富地方划为“禁游区”，一句话，让最纯净的“深绿色”包打天下包赢天下。第二条路叫“牛哞哞羊多多”。公司和个人，都一律放养不许圈养，也就是说半野生化畜牧，即使冬季，牛羊也要赶到温泉地热区放牧，青饲不足也只能喂食天堂山区干草，绝对禁喂“工厂饲料”，无论漫山遍野多么一片金黄（牛）多么一片雪白（羊），还是那个意思：一片“深绿”。第三条路是大办“农家乐”。欢迎游客到山寨做客，天堂西人家大门敞开迎接五湖四海朋友。煮“明前”（清明前）富硒茶，火塘熏肉、炭灰烬焐土豆、土灶蕨粑、石磨豆腐、栗炭烟熏冬笋，一起摆出来，再抬出封缸包谷酒，让客人们吃喝得三生有幸一辈子不忘。晚上庄院开篝火晚会，山歌情歌巴人舞一齐上，直到游客睡上散发清香的干草褥垫柏木板床，还在梦呓哼唱山里的歌谣……

村委们终于忍耐不住欢呼喝彩了。他们早就知道新村长鼓实劲脱贫致富，要办天堂农牧总公司，也知道天堂西村办的这个公司，是为丁冬溪旅游公司吃喝拉撒做服务的，村委们估摸着今天开会也就是议议公司筹建事宜和大小经理们的人选。他们真没想到成小娥带来这样一幅耳目一新的碧绿底色的幸福蓝图，在这张图纸上，最可贵的是没有空白，天堂西男女和钻出黑糊糊煤窑急急赶回丁冬溪的汉子们，谁都能实实在画上一笔两笔，谁都可以说“我能做”“我可以办得到”……

正在群情鼎沸，正期待小娥村长就“油气污染的城里人到咱天堂西过几天清肠爽肺舒心生活”确定“时间表”时，丁冬河副乡长领着两名乡干部急匆匆气呼呼闯进村部。

副乡长火急火燎质问在座的村支书：“不是定好了今天进门挨户收三提五统吗？村干部们一个个坐在这里像泥菩萨，指望刁民给你们上供？”

紧跟副乡长屁股后边的那个乡干部说：还指望有人跑来上供？哪年不是挨家挨户翻箱倒柜都收不齐全！

副乡长更加火上浇油了：丁丙书记严令“三日清”！三天完不成，我撤职，你们也跑不了，都给我卷铺盖上六盏灯办学习班去！

村干部们果然立马战战兢兢，一头冷汗，人人如临深渊如丧考妣，村部里的热烈气氛，也立即从烂窗破瓦中逃溃而尽。年年这“三只老虎五匹狼”（山民们对“三提五统”的恶称），总要吃掉几个村干部和小小老百姓，山谷里至今有冤魂呼号，谁还敢稳坐如泥胎？村干部们就赶忙扔下天堂公司事儿，屁滚尿流跟上副乡长收税收费去。

一脸怅然的成小娥坐着没动。一位乡干部从门口返身：“你是成村长吧？今儿可是你新上任履政头一功啊。你人熟地熟领头儿，我们挑起稻箩背篓跟你打冲锋保证完成任务！”

成小娥想，老一辈人总是说旧社会土匪稻箩队可厉害了，抢掠时，一只烂红薯也不放过地扔进稻箩里。她瞅也不瞅这个干部，兀自转身推窗远望：高高耸矗的天堂山顶，没有人收税收费，只有羊如牛牛如马，人们你投桃我报李，日出山歌日落情歌过着幸福生活……那是越千难历万险才能爬上去的天堂山顶，那是巴人列祖列宗一代一代说唱的天堂山顶啊，而她倚窗而立的地方叫天堂西。这里能很近很近望得见天堂，这里最有可能近距离走进天堂，可是这里还是叫天堂西。

天堂西——天堂之西，那就不是天堂！

兰芳一天比一天发急，再这样下去，覃年就要被如狼似虎的民兵小分队，赶牲口一样关进六盏灯小房子了。

掐着指头算日子，团团转的兰芳只得向花轿公司的姐妹们借钱了。

借了一圈儿，借了六百元，还差一大截。就这六百元，大部分还是“张姐姐几十、李妹妹十几”给她凑出来的，兰芳非但不见怪，还感激连声。原来，村村寨寨家家户户，都在鸡飞狗跳墙收三提五统七捐八税，花轿新娘们都是天山乡人，她们哪个不家庭困难不急着用钱。

借得广，范围大，公司经理胡漠雁就知道这件事了。

胡漠雁坐在非红木即柚木、非牛皮即羊皮的金碧辉煌经理办公室里，生气地训斥兰芳：你在干什么？这不是拆我的台吗？我向总公司汇报我们取得突出成绩，其中也包括员工们优厚收入，可是我在前头卖生姜，你在后头喊生姜不辣。我看你们老北口人是叫花子命，什么时候都改不了叫花子习性，你这么大轰大嗡讨钱借钱，算是把我和我们花轿公司脸面丢尽了！

训了一大通，胡漠雁也没叫兰芳坐下。兰芳直僵僵，她真的好想在松软的羊皮沙发上坐一坐歇一歇。胡漠雁没让坐，兰芳也就突然感到站直了好说话，这个老北口穷女人在竹楼的这间每一张椅子每一支签字笔都超过她家全部家私的豪华办公室里，以完全不像向姐妹借钱的恭俭温良口吻说：胡经理，你在打我的脸。一、我只借钱，没向任何人讨钱。二、我家穷与公司富，是两码事，它们都是现实事实。我不认为一个没干任何错事坏事的职员，只是因为家境贫穷，就影响了公司形象……

胡漠雁：给我住嘴！你还一二三四滔滔不绝了。你还有理了？家里穷，就更应该多干活，多到花轿里打工挣钱。光想着别人累死累活挣钱，你手一伸就轻轻巧巧把钱借过来，行吗？

兰芳：不是我不想干活，是调度没给我派活。胡经理，我从小就是喝苦水干重活长大的，我做梦都巴望着多出轿多干活，你能不能跟轿场业务经理沈虹和调度们说一说，往后多给我派活，哪怕日夜连轴转我也干得了。

胡漠雁：想不想干活，不是嘴上说说，要靠实际行动。要拿出好形象，表示出优良服务态度，游客才会选择你。你看你现在样子，从衣裤到鞋袜，哪一件不是十几元几十元的水货？脸上是劣质化妆品，耳环项链假得犯紫发黑，还有服务态度又不好，哪个顾客还认同你的胸牌还叫你的号？没人愿意要你搭档作秀新娘，沈虹和调度们总不能干上错花轿“嫁”错新娘的事吧？

兰芳想想也是。顾客（游客）是上帝，上帝不瞅你，你就是晾在墙角的小女巫。这好像真的不能怪沈虹怪调度了。可是，她想说明，穿水货服装，用劣质化妆品，那还是因为家里穷手头紧……想说不能说，兰芳心知肚明，穷人和富人对话不容易。兰芳想来想去，最后只说了一句：胡经理，请你放心，以后，我再不会在公司里向人借钱了。

从办公室里出来，兰芳身子发飘，下竹楼楼梯时，步步都有惊汗踩空的感觉。她心里犯凉犯悚了：转来转去，恐怕又要转回那条老路上去了……

四平米小房子住着四十人。覃年房子里那个老头实在“住”不下去，人头和石头较量起来，老头脑袋在小房子厚重的石墙上开了花。民兵小分队的人进来打扫打扫，不大会儿又塞进一个抗税分子。

小房子里传统游戏主要是“烤腊肉”和“喝米酒”。喝米酒是秋粮清场后的玩法，一个个“抗税分子”比赛喝凉水，喝得浑身尿战，血液冰凉，嘴唇乌紫，若不拿钱交费，小分队队员就一直令其往下喝，谁“耍酒疯”不想喝，就有牛鞭和打狗棍伺候。烤腊肉是夏粮登场后收缴工作期间的玩法。完不了税交不了费的天山乡农民，关在又闷又热又挤的小房子，人人汗淋淋，嘴像缺氧的胖头鱼，大张着嘴巴呼哧呼哧哮喘。乡政府“收缴办”干部领着民兵小分队队员，一间房一间房进行最后一次收缴，只要谁坦白了，愿意在最后时刻觉悟醒悟不当抗税分子，愿意老婆卖屄愿意自个给别人当牛做马换钱或者愿意挖地三尺把“不老实的钱”交出来，这人就能在最后关头赦免，走出小房子不必烤腊肉。剩下的死硬分子无论怎样哭喊哭求，无论怎样感天动地陈述实在无法弄钱交费，都必须烤腊肉。民兵小分队弄来湿柴和生鲜的玉米芯，在小房子中间垒起火塘，四个抗税分子分立四方，从此日夜比赛添柴和向火塘里扔玉米芯。烟与火，狠狠惩罚这些胆敢抗税的刁民，四个人也就比赛着泪流比赛着汗流比赛着昏厥，谁要是比赛不用心不用力，看管小房子的小分队队员和收缴工作队队员都是裁判员，他们会给予严厉判罚的。这一回，入天钻地也弄不着一分钱的那个老头，实在生火塘烤腊肉干不动了干不了了，他在大热天燠热的小房子里，烤腊肉快把自己烤成汗水全无的一只风鸡时，以残生余勇，一头撞墙呜乎哀哉。

老头的缺员缺席得到补充后，覃年他们继续各自一方烟熏火燎烤腊肉。覃年穿着短裤衩，胸和背，全是豆粒汗雨。覃年的湿乎乎脸上，泪水比汗水更多。那些泪，伤心泪比烟熏出的泪更多。

有那么一会儿工夫，覃年想心思想到了在花轿里打工的老婆终于赚够了钱一路迅跑六盏灯救命赎夫……他司职的那一方火塘，由于一次分心不专心导致火势明显减弱，尽职尽责的小分队队员在屁眼大的窗口处，嗓子呛得生痛地看见覃年偷懒，这队员冲进屋，挥起皮带对不守游戏规则的覃年一顿暴抽。

冬天喝凉水，夏天烤火塘，丁丙一干大小乡干们和乡“收缴办”人员认为并无恶意，他们是想以此敦促刁民快点儿交钱回家过太平日子。他们想，世上大概还没有不怕冷不怕热的人，不这样做，你就忘国家忘公家，不晓得政府困难、公家人冷暖。丁冬河乡干部们，又是三个月没开工资啊。

覃年肯定是冬天怕水缸夏天怕火塘的人，他挨抽后，向火塘里添玉米芯勤快许多。生玉米芯起始烟大，真正燃着后，又噼叭几声就烧没了，四个抗税分子战四方，他们都怕皮带那条毒蛇把身子咬伤，他们你勤快我更勤快，他们各自一方形成了不知不觉的烧火比赛，夏天怕火塘的覃年，轰然一声晕倒在地，若不是其他三位住小房子“房友”拉得快，覃年就真的跌在火塘里烤腊肉了。

从小房子里放出覃年和丁丙睡丁冬溪旅游公司的花轿新娘兰芳，几乎是同时进行。只不过，覃年再身体衰弱，山路难行，天黑时还是走回到老北口的家，而兰芳，是无须离开六盏灯了。

四个小时前，无力救夫的兰芳，无力地走进六盏灯老地方老房子。丁丙要开什么会，很急。半年没和兰芳上床的那股欲火，也很急。丁丙就急急办了床上事和急急给小房子那边打电话办了放覃年的事，然后是急急穿裤子急急交待了几句：你先好好睡一觉，开完会我就回来。

入夜，身心得以彻底清闲的丁丙，狠狠“口诛笔伐”一个忘恩负义、以德报怨的女人。他骑压在兰芳身上，不断调整战斗姿态，以便于揪坐骑的乳和抽战马的臀。他口诛道：兰芳小婊子，你以为你是谁，你坐进花轿就真是新娘？进了温泉山庄就敢对抗六盏灯？你还敢不敢联合花轿公司牛青青那伙傻B，出老子洋相？跟老子作对？嗯！

兰芳一声又一声：不敢，我不敢。

丁丙：丁冬溪旅游公司不是撑直了你的腰吗？你怎么还趴在老子胯下？我到温泉山庄唤人，你脸都不露一下，是不是想老子抽你？

兰芳：想抽，想抽。

丁丙就一声更比一声响亮抽打兰芳。

一声比一声响，肯定一下比一下更痛。可是兰芳肉体痛真的比不上心灵痛。平日里，瞧着丁丙西装革履，行走优雅，绝对找不出走兽痕迹。丁丙说话也总是阳光普照大地，送来老百姓久盼的温暖，他吐词文明，连一只小鸡听了，也不好意思当街拉屎。可是，现在同样是这张嘴，不绝于耳的是“老子”“小婊子”“傻B”，挤满眼眶的是这个男人动物凶猛。兰芳很痛心很可怜，她悲哀人类，忽然不认识人类。

口诛阶段性完成后，就是笔伐了。丁丙用笔尖肆无忌惮在兰芳臀尖和腿根刺青，给她文上“丁兰”字样和诸多丑恶象征符号。一边操你娘操你姥姥骂粗口，一边细致入微干活。丁丙说，从今天起你不叫兰芳，你跟我合二为一叫丁兰。丁丙说，丁兰我看你敢不敢和别的男人宽衣解带……

启明星耀眼地闪亮南天山山尖，六盏灯早市清脆地传出器具碰撞和猪羊挨宰惨叫，丁丙终于结束了这场口诛笔伐。

兰芳其身昏昏沉沉。兰芳其心浑浑噩噩。伤痛极致是麻木。麻木的兰芳，即使疗伤了又如何？即使清醒了又如何？你清醒了，你就清醒知道自投罗网，你清醒明白你的命运，你在温泉山庄好梦结束，你又在六盏灯噩梦开始，你还清醒干什么？

疼痛的兰芳，昏沉的兰芳，恐怕厥身不醒了。

子午时分，丁丙醒了。他撒了一泡热尿，洗了一把冷水脸，看看表，知道两小时后，他还要道貌岸然、文采斐然做一场报告。他就把昏睡的兰芳推醒，在两小时后那场大报告之前，他觉得还应该给兰芳做一场小报告。虽然这小报告可能车轱辘话，有重复之嫌。没关系，丁丙在古塔政界，一向以啰唆著称。

他当然还是很威严。他说，你以为靠上了杨雄这棵大树，进了亿元公司，当上风光无限喝彩连声的花轿新娘，你就像南天山北天山一样高耸了，就像丁冬溪奔腾自由了，没这回事！

有没有这回事呢？兰芳心里仍在挣扎。她走出老北口，也走出六盏灯一间老房子，她走进花轿公司一个色彩斑斓、热情似火的世界，她真的要把百般羞辱地躺在那个男人下边的身躯，在温泉山庄这片温暖的地方，奋勇矗立起来……可这，这是怎么回事呢？她怎么又在老地方躺倒了呢？

丁丙说，你贱啊，蠢得不能再蠢啊。公司是什么？政府是什么？那都叫单位。凡是单位，都有一种“单位关系”。花轿公司的经理和丁冬河乡书记，也就肯定有了关系。有关系就有关系网，而你只不过是一只触网小虫。即使你穿上漂亮的新娘装，那也是只彩色小甲虫。一只小小虫子，还能飞出高高的天堂山？

兰芳震颤，丁丙的话如砖在砸如斧在砍，但砸也是实处砍也是实处。丁丙借收税收费还收了她的男人，这在往年很平常，丁冬溪两岸很多拖儿拽女的女人，都能讲出这样怆悲故事。可是，今夕何夕，她不在老北口，她在温泉山庄在花轿公司啊，如果不是公司和乡政府真的“关系”了一下，如果不是胡漠雁和丁丙“关系”上了，如果胡经理稍稍关注关心一下她的普通员工，她怎么会如此心痛身痛呢？

兰芳就猛地想起成小娥想念成小娥了。假如小娥还在做花轿公司经理，又假如小娥这几天不是去了南州，她绝对相信不会如此下场如此凄怆。

丁丙以为兰芳在默默听他训斥，他更来劲，更是厉声告诫：以后给老子多多记住，别他妈以为进公司就是进金銮殿，当上花轿新娘就当上了皇帝娘娘，狗屁！你命中注定逃不脱是我的小女人，你这一生注定在我身子下边过日子……

正训得起劲，手机也起劲响了。丁丙看号，是胡漠雁的电话。

胡漠雁笑呵呵说，丁书记，夜生活幸福吧。我们的花轿新娘，即使是在有美人沟之称的丁冬溪也一个个百里挑一，你有如此艳福，可别忘记我劳苦功高啊，咯咯咯咯……

丁丙当然知道兰芳回归，胡漠雁功莫大焉。他也知道胡漠雁在和他进行一笔交易，这个女人心气很大，她要在六盏灯搞新娘一条街，由花轿公司投资建设，立项为“民俗游”，隶属丁冬溪旅游总公司花轿公司。主体游乐内容是仿照丁冬溪民间婚嫁风俗，让导游作秀媒婆，让游客扮演求婚人，进入新娘一条街任何一家完成求婚甜蜜对话，品尝“未来岳父岳母”做的风味饭菜，与羞羞答答的“准新娘”畅谈爱恋。这是针对游客心理集吃喝玩乐于一体的很不错的项目，这是胡漠雁和丁丙双赢的项目：胡漠雁以此惊人之举，充分展示她的才干才华，她要快速发展公司，让公司更多获得利益，让自己全面获得杨雄；丁丙也因此获得一次飞跃式发展乡镇建设，快速拉动六盏灯的商贸、交通、税收的机遇。胡漠雁心气大，丁丙是心劲足。丁丙晓得这个女人一旦狂热，就是丁冬溪那可怕的山洪也冲不动她的决心。丁丙就把本是一件求之不得的事情，故意东扯西拉，说得困难重重，其实他是爱江山也爱美人，他需要新娘一条街，他也要兰芳，他要工作胜利，也要生活愉快。他就或明或暗向胡漠雁表白了心病表达了心曲，胡漠雁就笑着说，你帮我大忙，这点儿小忙我能不帮吗？

虽然是小忙，胡漠雁还是帮得用心良苦天衣无缝。首先决然扣下那笔大额奖金。接着她在花轿公司的形象设计室和生产调度室做了工作，兰芳由此事业不振，很难有出轿作秀新娘的机会。再接着就是在那场“借钱风波”里将兰芳狠批，逼上绝路，使兰芳终于重返六盏灯那条不归路。丁丙对这些当然由衷满意，他这时就对着手机说了一大通感谢。

胡漠雁说，感谢不必了，我只需要合作。丁书记，新娘一条街建设事宜可以签约了吧？

丁丙：行。发展是硬道理，你我都要在发展中生存，发展中进步。我马上组织一个工作专班，从谈判签订合同到规划建设配套，全程为你们服务。

胡漠雁：太好了，明天我请你吃饭。听说韩水生的农夫山庄，最近有几道风味菜非常可口，我陪你好好品尝品尝。

丁丙笑道：鱼，我所欲也。不好意思，我可能还要熊掌。

胡漠雁：熊掌？丁书记，还有什么要求，你就直说吧，我现在上新娘一条街项目真的很急很急了……

丁丙走进卫生间，关好门后，说道：我不想让兰芳再当花轿新娘，这个女人只要回到温泉山庄，她就会忘掉六盏灯，她还在图谋叛变和反抗。而我又实在舍弃不了这个女人……

胡漠雁心情轻松了：就这事啊？丁书记，你痛痛快快交办就是了，我保证完成任务，行不行？

丁丙：好极了，那就预祝我们合作成功……

丁丙和胡漠雁的电话很长，兰芳只是有头没尾断断续续听到几句，但她的思绪已经很连贯了：她被出卖了，她被收买了……她不要妄想当花轿新娘了，她依然老老实实当老北口女人……

成小娥真是为了花轿里打工姐妹，为丁冬溪贫苦的乡亲们，为一个天堂梦……才强打精神，勉强从命上南州的。

杨雄给她安排了一处健康舒适的家，那是一座濒海别墅，八十八平米客厅，全部以青铜和黄栌装璜，青铜的纯质，黄栌木的金黄本色，都拒绝了含铅金属和化学漆。卧室为冷暖双色双套，尤其是那套冷色主卧，主装饰全部采用淡水晶。别墅内还有小型音乐厅和健身房，厨房卫生间的电气化也相当新锐前卫。别墅外花园里，最为夺目的是四株高达八米巴西籍纯种仙人掌，园丁告诉成小娥，这种仙人掌每株十六万。越过花园箭矛栏杆是漱洗的白沙滩是碧波万顷的大海，鸥的疾飞白羽和螺的缓慢旅行，海的暴躁和岸的镇定，全都是大印象大风景。

在爱侣归来的日子，千忙万忙一刻千金的杨雄，至少把夜晚留给成小娥。他陪小娥在涌月海潮里游泳，在晚风沙滩上散步，累了饿了渴了，选一处海滩“蘑菇伞小吃部”，挑螺剥贝喝生啤。他们海滩活动大抵在十一二点结束，这时，人少了，滩静了，海纯了，杨雄就提议和成小娥浪漫裸泳。小娥推托说太晚了不肯下海。

杨雄说，你以前不是很爱好裸泳吗？

小娥说，那是以前。

杨雄：现在变了？

成小娥：你没变吗？

杨雄大笑着拥过来：我变什么？我的小女孩，我们的爱是不变的。还是那句老话——让大海作证吧！他就狂吻起成小娥。

小娥不抵抗，只是身躯木然，嘴唇冰凉。“我的小女孩”是杨雄多年的爱情呼唤，可是今天呼号不在服务区。

杨雄察觉到了，他说，你不舒服。

成小娥：不舒服不一定是身体。

杨雄：不太明白你说什么。

成小娥起身：没什么，回去吧。

回到濒海花园别墅，重新洗浴后，杨雄裹着睡衣径直走进主卧。成小娥略略犹豫，还是进了副卧。

杨雄驻身：怎么了？

成小娥：有些疲惫，我想单独休息休息。

杨雄：你以前不是这样。我们忙忙碌碌，已经好几个月没体肤之亲了。过来吧。

成小娥明白，无论多大坎儿，也只是几步之遥。她只要不需美丽地转身，只要不必讲究地走进主卧室，在一个熟悉的男人身下，诉苦衷，倒苦水，要权力，要创业的给力，要成功的支撑，甚至要报怨解恨……都是一切皆有可能，都将一有皆有的。唯独没有的是爱，是尊严的缺失。成小娥就坚决矗立，很僵直地站着。

杨雄知道了，从广州失败，到“五百万”成功，这期间，是恩怨也重，误解也多了。他就亲自煮了一壶咖啡，招呼成小娥进了客厅。

没坐双人沙发，成小娥选择面对面。

杨雄微笑地说，真不高兴了？一定和胡漠雁吃醋？

成小娥不能报以微笑，她把忧郁进行到底：我不崇高，小女人的弱点我都有。

男人杨雄喜欢“小女人弱点”。不是说“爱有多浓醋就多酸”吗？他爱成小娥这只浓浓醋瓶子。对付浓醋瓶子，那就要耐心“释酸”。他说，现在都分晓了，濒海豪墅主人是你不是胡漠雁，董事长助理是你不是胡漠雁，以后和我朝暮相处、相濡以沫的还是你不是胡漠雁。就是说，我对胡漠雁真有什么爱，那也纯粹是爱她的开放的领导眼光，爱她务实的思想理念，泼辣的工作作风，爱她成功的经营策略……

成小娥不能自已地尖叫了：够了！没完没了的爱，一路数下去的爱，就这样当着我的面，数不完啊，爱不够啊，你够狠够残酷了……

杨雄又酸又甜，又好气又好笑：是傻妞还是装糊涂？我是说我在爱我的员工职业素质好工作能力强。丁冬溪公司这棵摇钱树，有了他们浇水施肥，才枝繁叶茂，硕果累累。

成小娥：是吗？那你就听听我的“盛世危言”吧。我真正痛恨胡漠雁，是她砍伐我们这棵摇钱树。她是从根本上搞乱搞坏公司经营理念。她务实笃实得只用一个“钱”字，开发和领导一家应该时刻追求美化，努力友爱化人文化的现代公司。她的这种粗俗和简陋，已经给丁冬溪花轿公司造成了“钱爹”“钱娘”“钱大爷”的浓厚风气，人们只晓得早上出去赚钱，晚上回来上交钱，半夜里数数自己应得的钱，钱代替一切人际关系和处理所有人和人关系，钱搞得山丑陋水臭污，一个美丽的事业，弄得危机四伏，矛盾一触即发。再具体点说，当初你我孕育丁冬溪公司这只“襁褓”时，确定她的摇篮是“火红大花轿”，她的奶妈、保姆们是“好山好水好新娘”。我们的丁冬溪旅游业要充满文化内涵和深厚的高雅艺术氛围。胡漠雁把火红花轿变成灰色花轿，把好山好水好新娘变成穷山恶水坏婆娘。“屁股打天下”的姚秋桂来了，“卖大炕”的沈虹来了，甚至滥污周婷都弄进公司来了……这样的素质这样的人，还奢谈什么文化，想不色情都不可能。这真是什么生财之道吗？就是用“烂思想”想一想，这条道也是无法养路的，玩女人，哪里没有灯红小巷？人家还要坐车坐飞机，豆腐弄成肉价千里迢迢跑到丁冬溪玩吗？我不是老板，开公司想着赚钱急着赚钱的道理，我也应该能懂。我的家乡美丽无价，那是需要慧眼识珠的。它的每一条溪流都是滚滚财源，它的千万峰峦都是钱堆，它的优雅人文，更是不可问价。恕我愤世嫉俗说一句，目光短浅浮躁粗鄙的刘家驹胡漠雁只会污染丁冬溪，决不会把丁冬溪变成滚滚财源。即使是我曾经崇拜挚爱的你，也在浮云遮目山雾迷眼。如此下去，结果只能是……

杨雄坚决叫停，他在公司大业上，是很讲忌讳很流行现代迷信的。他说，看来你是做好充分准备要来同我吵架了。是不是连辞职报告也携带身边？

成小娥：否。我只带来一剂猛药。

杨雄揶揄地：就是说你这位良医看准我病入膏肓了。照你看来，应该怎么投药呢？

成小娥蓦地潸潸泪下：杨雄，要说救药，我只想救救我的丁冬溪姐妹，我害怕姐妹们左脚走出贫穷右脚走进灾难，如果她们赢了财富输了尊严，我这个始作俑者，何以负责历史何以对待故乡？我也想救救我们共同孕育的那个襁褓，我承认我们曾经热诚相恋相爱，丁冬溪公司就是我们恋爱的结晶，这个还在襁褓中的孩子，是我们美丽的事业，是我们热切期盼，她的弱小生命在遭扼杀。杨雄，你就救救吧，你拯救拯救我们的事业我们的爱情吧……

杨雄就被一股强烈爱流冲激了，他走向成小娥，俯身依偎拭泪：小娥，我承认你让我深沉回忆，让我强烈触动。我也感触到你和胡漠雁不只是儿女情长小女人恩怨。你是忧患我的远大事业。你不忌讳冒犯，坚定喂我苦口猛药。不过就算是良药，恐怕也有消化过程。我们都给对方一点儿时间，都相对冷静后，检验检验“药效”。在这段时间，你按原安排工作生活。

成小娥：就是说在南州当董事长助理，每天和你一同上班一起下班？

杨雄：不可以吗？

成小娥：相对的时间里当然可以，长时间不行。

杨雄：你不爱我吗？不想我吗？不愿朝朝暮暮和我在一起？

成小娥：你问的这些，在温泉山庄风风雨雨日子里，我还真的想明白了。我想，我只有酷爱大山里一条小溪，为那条小溪传播美丽、扬名于世，从而跻身富丽堂皇，我才能有热度有能量热爱你恋情你。我也只能更加想念挂念我的贫苦的乡亲父老，朝朝暮暮想着为他们走向富裕走向文明走向幸福，奉献我的青春乃至我的热血，才能想念你和衷情你。我只有和这些穷人朝朝暮暮在一起，才最终有可能和你这位富人永远在一起。我说这番话，不是炫耀高深，更不是矫情。你只要那么长久地生活在一条贫瘠的深邃山沟里，那么虔诚永恒地仰望天堂山顶，你就绝对相信我是在裸呈心灵的真实。

杨雄无言啜饮咖啡，他品评这些又矛盾又统一的话，不能无动于衷无所信服。他想，她是深切希望有一个成功男人和一条清澈亮丽的小溪，帮助她实现幸福爱情梦和成功事业梦。杨雄就说：“这不是难解决的问题。这是信息化时代地球村时代，你在南州工作，想丁冬溪的人，办丁冬溪的事，也就是坐飞机坐坐汽车的事。也就是说在这个飞旋的时候，丁冬溪是很轻易和南中国海相连的。听我的吧，丽人这边目前大事要事太多，你就帮我分担分担吧。”

成小娥是“危言”也进了，“泪谏”也呈了，看来杨雄在感情上接受她在事业上是不能听从她了。他是认定认可“立马真金白银”的胡漠雁了。她本想把丁冬溪花轿公司的领导问题解决后，再一鼓作气向杨雄借贷一笔“天堂农牧公司启动资金”，再心情好爱情好陪杨雄游玩游玩蟒蛟洞……现在恐怕都是奢望了。可是她却不能再像当初逃婚那样，一咬牙一跺脚一走了之了。她现在是深陷丁冬溪漩流了，哪怕是绵薄之力，也要回去救一救由她引发而生的丁冬溪公司，也要护护花轿里打工的好姐妹们。她就舍主求次了。她说，杨总，你再也不用操心担心我和胡漠雁争权了，我什么都不要，就像当年我赤条条到南州来，现在我赤条条再回丁冬溪，我到花轿里踏踏实实当打工妹，我和我的丁冬溪姐妹们，骨子里本来就是挚爱这个美丽职业的，我回丁冬溪花轿里履职。

杨雄拉着成小娥走向窗台了，他说，小娥，你就那么执拗一条狭窄的丁冬溪？你看看这辽阔的大海，它在夜色里也是那样蔚蓝，壮丽。

成小娥困难地被杨雄依偎着，她说，我现在真的有些恍惚，我分辨不出一条山溪和一片大海孰轻孰重。

杨雄笑道：一般来说，重量取决于体积，小溪和大海的轻重，不说自明了吧。

成小娥：这么说来，你是决心把我养在这座别墅里了。

杨雄：什么话，应该是住进海滨别墅，走进丽人集团，当上杨总助理，做好董事会协调，你任重道远啊。

成小娥：可我就是喜欢丁冬溪，想念花轿公司，牵挂花轿里打工的姐妹们。

杨雄：这不是已经解决的问题吗？我再说一遍，你坐九十分钟飞机，再坐几小时汽车，说来说去也就是半天时间不就到了丁冬溪吗？想谁看谁，都能立马见到。

成小娥：我觉得我不应该是个探望者，我觉得我应该就是天堂山的草丁冬溪的水，我应该在那里报效丽人集团。

杨雄谆谆：花轿公司做得再好也是局部，丽人是总体是核心，让你早日熟悉核心工作，培育自己高层领导决策才能，对你的事业对你的人生，意义都是极大的。

成小娥听了，不信服，不舒服，认为杨雄的话大而空。事业也好，人生也罢，有无意义，就是看你是不是在做自己最喜欢的工作。她执迷火红的大花轿，醉心大红的红盖头，她想死了牛青青杜文竹兰芳吴桔香唐影等一大帮好姐妹，她总是把不远处的海岸纪念品专卖店里的螺号声听成张大雷唢呐……这一切一切，杨雄啊杨雄，你怎么就不知道？

心中的块垒，使得她必须与杨雄再次短兵相接了。成小娥说，你还是记恨我在广州元宵节花轿旅游展览的那场失误了，我为此无论怎样认错检讨，你都不原谅，那你就在丁冬溪将我一棍子打死有多好，何必要把我起解南州？

杨雄倏地转过身，惊愕地正面看着自己心爱的女人。他和她接触、生活这么多年了，还从未听见温柔善良的成小娥如此一而再再而三言辞锋利、声音激昂地抵面对他说话。他在今晚扪心自问是有男人胸怀的。他的容忍是不可以助长女人发泼的。他觉得他是把她惯坏了宠坏了，惯得她连公司利益都不知道服从了，宠得她信口雌黄随意指责一个成功的男人。这是绝对不能姑息纵容的。他说，小娥，你过分了。你不要以为你我的关系，能代替我与丽人的关系。我做什么，必须是对集团负责，而不是只对你负责。你不要翻老账，咱们就说现实，在管理花轿公司这件事上，你真的能胜任吗？你真的比得上胡漠雁吗？

如同病人怕喝凉水，成小娥在这种情势下听到胡漠雁这个名字，不知为什么刷地失态，她几乎是以一种丑陋连哭带叫：我不如胡漠雁，我向丽人集团辞职总可以吧。我回到丁冬溪回到成家沟，以民间平民女子，重新到花轿公司去应聘花轿新娘可以不可以？我什么都不要，我只像牛青青杜文竹一样，在花轿里打工挣钱过老百姓生活，行不行？杨雄，你说话啊，行不行行不行行不行……啊啊……

一个山地里的女孩在海边尖叫与呼喊，可能还在旷远继续。有节奏无节制的海风，将成小娥的叫声哭声沾上夜不能寐的海鸟们翅膀，向着苍茫向着苍凉飞翔。

要想达到目的，内奸线人马车要罗锡贵关注两个人。关注胡漠雁，道理一目了然，关注丁丙，直到这几天才略知端倪。

前天，罗锡贵因为预付药材定金的一笔烂账去了一趟六盏灯，药材收购站站长是个老滑头，他又一次“一声叫（穷）两脚跳三不管四（事）不急五音不全六溜溜”跟罗锡贵交道一番，结果是罗锡贵耗舌头耗日头，终了还是两手空空一文不名。罗锡贵不想如此下场，他想请丁丙周全到韩水生的农夫山庄吃饭，任你当站长的是一条怎样的恶狗，上边总还有个主人。

什么都安排好了，吃饭时只来了乡秘书周全。罗锡贵笑道，怎么回事，丁书记讲得兴冲冲，要好好跟我喝一壶，怎么又怕醉不来了？

周全连忙说，哪里哪里，能和罗总喝酒，醉得仰八叉，也只赚潇洒，不赚笑话。

罗锡贵笑得更响：周秘书出口就是名句名言。好话如好酒，舒服。耳闻不如眼见，丁冬河乡果然是人才比木材还多。

周全：罗总笑话我。好事，好事啊，笑口常开嘛，酒就能喝成不必启唇，那直灌式豪饮，要多快哉有多快哉。

入座前一番胡扯淡，韩水生和伙计们就把菜上齐了。周全就端起酒杯正式道歉：丁书记要我代表他向罗总赔不是，丁书记诚心诚意要喝这顿酒，早早把公务推得一干二净。公事是没了，突然又冒出了家累……不说了不说了，我代书记喝双杯。周全咕嘟咕嘟，两杯一口干。

罗锡贵一边喝，一边揣摩蹊跷。就在这时候，他突然想起马车那句莫测高深的话，罗锡贵就郑重关注起丁丙“家累”。他说，丁书记是个快活人，老婆在县城动物检验站每天盖“小戳子”（检疫印章），收屠夫们钞票轻松又潇洒，儿子念重点高中，就等着状元及第了，六十多岁老娘，健美秧歌选拔赛一直扭进了省城……大海捞针也好，银河岸边数月亮也罢，他的家累恐怕太有限了吧。

周全一直想巴结财大气粗的罗锡贵，他在官场上混出许多宝贵人生经验，其中有一条“交友经”“取信经”是：把顶头上司的家事秘事抖搂给你想结交的人，成功的把握就十有八九。所以周全一见罗锡贵，就包藏心机点到即止地说了句上司家累。现在罗锡贵窥阴癖地问了起来，周全觉得机遇来了，他神神秘秘关起了包间的门窗，连座椅也拢了拢：罗总真不知道啊，丁书记可比你思想解放，他是当干部，不亏待国家，当男人不亏待自己。

罗锡贵掩着嘴小声笑道：这么说老丁养一只情鸟了。妞漂亮吗？

周全：还用说。不漂亮当得上花轿新娘？

罗锡贵立马惊出冷汗，说起话来都不顺畅了：那情儿是……是花轿新娘？她……她叫什么名字？

周全笑道：小气了吧？放心放心，绝对不会是牛青青。不过，在花轿公司，那也是排上号的小美人。

罗锡贵：别玄虚了，到底是谁？

周全：老北口的兰芳。

罗锡贵在温泉山庄见过兰芳，那是一个嘴巴小巧眼睛澈亮极是秀色可餐女孩。他颇感兴趣地说，是不是庆祝花轿公司开业那天，县乡两级领导坐花轿剪彩，搭上关系的？

周全：那倒不是。兰芳十七岁就是丁书记的相思相好，屈指算来，情史五六个年头了。要说也是老夫老妻，什么不能好说好商量，偏就是打兰芳进了公司，丁书记想要兰芳就比见皇帝娘娘还难了。

罗锡贵眼睛大了，他蓦地明晰马车的神明了。什么叫仙人指路？这就是。他急急地问：这就是“家累”？丁书记今天能见得着兰芳吗？那帮女孩儿，可是十有八九不知天高地厚，以为坐花轿就是坐江山，神气财气一起上，牛皮得不行。

周全笑道：罗总和我们书记是难兄难弟了。你那个牛青青，就是丁书记的那个活脱脱兰芳。不过恕我直言，若论英雄征服美女，罗总还是要向我们书记看齐。兰芳无论多么想把温泉山庄当做独立王国，我们书记还是让她臣服六盏灯。

罗锡贵精神一振，他三分惊奇七分好奇急问：兰芳今天在六盏灯？

周全：当然。

罗锡贵：噢，总算花好月圆了。来来来，为庆贺丁书记深深艳福，多多爱情，干一杯。

咣当，干了。

周全为罗锡贵重新满杯时，罗锡贵像是自言自语说道：人也归，月也圆，好日好时的，我还真不明白怎么又“家累”了？

周全：人回来了，心是不是也回来了？书记不趁热打铁，不累点忙点，恐怕就做不好收心工作了。

讲到这时光，窗户纸算是全撕了。罗锡贵就直统统取经问道了。当兰芳回归六盏灯全过程裸呈后，罗锡贵想，丁丙有政权，他运用政权弄回他心仪的女人，我有股权财权，我应当运用股权财权弄回牛青青。罗锡贵还想，丁丙套住胡漠雁，让胡漠雁帮忙撮成好事，这条宝贵经验，自己应该吸取。

讨账取款未成功，取经成功也不错。所以请丁丙周全帮忙讨回药材站站长那笔十来万元的烂账，罗锡贵已经当作排位最后的话题了。

却是周全最后的话题可能是最重要话题：罗总，我想办一家花轿滑竿修造厂，目前最大问题是启动资金，你能借点给我吗？

罗锡贵觉得周全脑瓜还真灵，他要办这么个厂，既投资不大，又前景看好。他就爽快说道：别借不借了，我出钱，你出力，合股办，好不好？

当然好，好得天上掉馅饼。钻不进花轿公司不等于不钻营花轿公司，办一个厂子只要搭上花轿公司边儿，照样能靠上财神，票子可劲儿赚。周全就又是紧握罗锡贵的手又是替罗锡贵开启车门，几近脉脉含情送别罗锡贵这位真正贵客贵人了。

成小娥在南国海滨担心的人和事，真还有点儿一说一个准。

打冲锋的谁也没想到，竟然是后来人周婷，这位迟到的花轿新娘，琢磨赚钱事儿每天都赶早不赶晚。她总是鬼头鬼脑在云水寺农业银行对面马路上摇来晃去。周婷眼珠泛红且生痛地发现，李平平和姚秋桂光临这家银行存款次数日渐增多。这多少有点儿叫人英雄气短。老实说，在花轿公司，周婷最不佩服的就是这两个女人。李平平算什么明星新娘吗？她就是个烂歪货。当初执行“红霞行动”时，执行人周婷把她执行到陈阵床上，丑闻不堪入耳。现在她竟然不是出入政界府第，就是进出银行。有人说李平平比“一姐”牛青青阔绰多了，花轿公司这还有规矩吗？更“没规矩”的当然还有那个姚秋桂，李平平没德行总还有几分姿色吧，姚秋桂一整个笆斗屁股烧火婆子，她也烧包得又买羊又存钱，想都不用想，都是野路子打劫来的。

周婷就越来越浮躁越来越急了。老话不老："和尚偷得我也偷得"，靠吴奇调度来调度去"调"出点儿小关系，调理出一点儿小钱还要又上缴又进贡，猴年马月也休想致富。没有神仙皇帝，"唱大戏"挣大钱全靠自己。既然胡漠雁睁一只眼闭一只眼，我就睁大眼睛擦亮眼睛找目标。

正像圈栏里发情的骒马团团转，罗锡贵春雷般打来了及时雨电话。他俩太知根知底，说什么都不遮不掩。

他：想发财发了没有？

周婷：发个鬼。

他：怎么搞的！别人不都在嗷嗷叫发财嘛。

她：运气背呗。

他：思想解放点。见款爷就争抢上。

她：别人抢一个是一个，我冲上去偏偏抓瞎。就昨儿吧，有个从头到脚都是意大利包装的大佬，我是十二分热情向他自荐导游，那混蛋说，我夫人已经坐进花轿等候了，我们是"夫妇游"，你再拉来扯去，我投诉你！

罗锡贵大笑：行了行了，扔掉混蛋，我今天给你隆重介绍一个混混。

周婷大惊：老板，这玩笑开不得。遇上个混蛋就够烦了，哪敢再招惹什么混混。

罗锡贵：混混怎么了？人家混出了场面，混进财富达人榜，那就是好汉一条。他在一座百万人口的城市里，杀猪宰牛业半数麾下，威猛不威猛？

她：威猛。

他：直话跟你说吧，这人是我早年江湖朋友，他明天来丁冬溪旅游，我引荐，你跟他"威猛""威猛"，大把钞票等着拿吧。

她：老板取笑我。公司有四大名旦，真有大钱哪轮到我。

他：名旦怎么了？我不引荐，还不是藏在深山人不识？再说咱这混哥做的是威猛活儿花活儿，不是你这样操练过的人，想赚这笔老鼻子钱也赚不着。

周婷就像一如既往地赤身裸体站在罗锡贵面前了，不过真正在她眼前地面上却是一只破瘪的易拉罐，这就是命里应验了破罐子破摔了，她就不太艰难地问道：他开什么价？怪癖不太多吧？

罗锡贵：他说花五万元昏天黑地玩一回。什么怪癖不怪癖的，还能超出你我老一套？

周婷“嗯”的一声就把这事定下了。

还有二十个小时就是“明天”，毕竟是丑行糙活儿，需精细周密安排才好。虽说和刘家驹有过那么一回床笫，毕竟交情太浅，人走茶凉是常有的事。周婷就给业务经理沈虹“笑纳”了一只红包，打点的活计是花轿游加帐篷野营游。这事只有在见不得人的深山老林里，才不惧怕动静大小地闹腾。

第二天，一切遵照着既定的安排进行，周婷眼睛雪亮地看到那两个抬滑竿的轿夫下山走回去了，才放心大胆地和混哥支起帐篷大做放荡事。谁料阴沟里翻船，煮熟的鸭子竟然飞翔，有个长了第三只眼睛的人，看见了这个女人给美丽的大花轿悄然抹了一道黑。

濒海花园别墅一夜长于百年。那场生死疲劳的谈话，谁也没说服谁，杨雄还是承认，他的内心深处是震撼震惊了。无眠的他，拷问自己，“突破常规求发展”，“大胆搞活，不可以搞乱”，“可以犯规，不可以犯法”，等等异乎寻常做大做强丁冬溪企业的理念，是不是真的有如成小娥的“盛世危言”？丽人是个成功的企业光荣的事业，它的美丽是毋容置疑的。自己的“剑走偏锋”“弯道超车”的经营方略，真正执行是很需要素质和功力的。杨雄就在黎明前，不无担心地分别给刘家驹胡漠雁打了两小时长途。他在电话中责令两位下属立即以电子邮件迅即报告他所关注的一系列问题，特别是花轿公司是否“暗箱操作”和“滋生色情”？董事长的严厉查询，迅速有了回音。刘家驹说得很干脆：没有。胡漠雁电子邮件内容颇为细致具体：一、我们是合法企业，如果涉及公司化色情，那就是组织卖淫嫖娼，那是犯罪，我可以坦然相告，这是绝对没有的。二、把花轿比喻成暗箱，进而搞出个什么暗箱操作，这是不正经人的不正经遐想。很简单的道理：既然暗箱，怎么可能看见了操作？再说游客在花轿里真有所亲热亲昵，那也是快乐旅游的正常内容，没什么大惊小怪，否则人家大老远的为什么跑到丁冬溪烧钱？更不消说我们就叫花轿游乐公司，我们不可以禁止游乐。三、花轿新娘也是人，她们有血肉有情感，如果她们真的爱上某位游客，甚至做了出轨的事，这是不能禁止的。我们只禁止色情，不禁止爱情……杨雄终于长叹一口气，他得到的答复是满意的，他的同僚和部下是睿智的精明强干的，是改革开放的。杨雄就又一次给胡漠雁打电话，很激情很诚挚地说了感谢话慰问话。

这些电信往来，成小娥当然一无所知。她突然变得很幽寂孤独。本来在万国丽人集团总部，小娥是有很多熟人同事朋友的，她现在只和他们点头之交或匆忙一笑，她在大量的时间里沉缅家乡山水，想念和担忧山乡姐妹煤窑阿叔阿哥，老是梦游般坐进花轿，尽兴尽美地展示轿艺。白天状态欠佳，晚上回到濒海别墅，她也关门闭户拒绝杨雄造访，大大的尝试失眠的眼睛，长久瞭望着窗外海星星，星在海涛上跳跃动荡，她的心潮就更加骚动喧哗……

杨雄日渐看到成小娥消瘦，感觉到了她的一种伤害后的巨大疲惫，省悟了自己对小娥的强迫与摧残。不说爱意，就算恻隐之心，也不能把小娥硬留南州了。

还是在海滩上一处蘑菇伞小吃部，杨雄和成小娥一边吃海鲜一边进行不轻松的谈话，他们的主题都旗帜鲜明。

他：走向丁冬溪，真是一条不拐弯的直奔人生路？是不可能回头也无法止步？

她：是。

他：你是山里女孩，你应该比我更明白一山容不得二虎。

她：我不是虎，我是人。只要胡漠雁把我当人看待，让花轿新娘们有人格地生活着，我可以服从她。

他：就是说胡漠雁做经理，你做纯粹花轿新娘？

她：是。

他：董事长助理头衔也不要了？

她：鱼和熊掌不能兼得，我就可以不要。

杨雄：小娥，男人是理智处世动物，女人是感情用事动物。我想，我应该帮你做些“账面分析”。在职员逾千产值过亿的企业里，一位优秀打工者，在三百六十五天里，至少有三百个工作日耀眼辉煌，也得需要八至十年才有可能做董事长助理。如果这是一笔事业账，我们还可以算一笔经济账，董事长助理不说奖金，单是年薪就是五六十万元。而花轿新娘，即使明星级，底薪也就是几千，至于小费，在我们严禁色情的紧箍咒下，不可能丰厚到一年能捞十万八万。还有第三笔账：或多或少稀释了我们爱情的浓度。

成小娥：这些我都想过，可是我没办法，我现在第一想法就是要当花轿新娘。

杨雄：行，就算我开开心心让你重返丁冬溪做花轿新娘，胡漠雁能让你开开心心吗？

成小娥：那你应该明断是非，秉公执法。

杨雄：我们是这层关系，还存在秉公执法吗？我再怎么秉公，别人也会说是偏袒你。

成小娥急了，她泪花闪闪说，那……那我们就暂停……这层关系……

蘑菇伞下海滨月色，就又一次涛声依旧夜未央。

谁知第二天上午，事情出现了大逆转。

那时，杨雄因为夜里没休息好，只要靠上老板椅就想昏昏入睡。他很自责这种工作姿态，为整肃形象和精力专注，杨雄笔挺地站在落地窗前审读一份文件。

丁冬溪的接二连三电话，就是这时候打来的。

起初是胡漠雁，她报告了一件貌似很小实质很糟的事情：在游人如织、商机盎然的大好形势下，轿夫李立春闹罢工，使得摇钱树一般的狼脊梁“石小姐出嫁图”黄金景点，几近关闭，估计直接经济损失几十万元，还有延续的损失，还有间接的公司形象的无形损失，那就更可怕了……

杨雄身居南州，他什么时候不魂系丁冬溪？这份旅游产业的每个要害部件的按钮，都连接他的一条又一条脑神经。“石小姐出嫁图”的重大意义，还用得着别人向他聒噪？他现在要问的是：轿夫李立春为什么罢工？

胡漠雁：除了为钱还能为什么？上狼脊梁的滑竿费，他要翻番。

杨雄：不行。旅游公司的物价政策是科学的严肃的，任何乱涨价，都是为渊驱鱼为丛驱雀，都是把游客赶到非丁冬溪地方。

胡漠雁：这我知道，可是李立春倚仗“矮子功”绝技，非力资加倍，崖滑竿坚决不抬。他不干，又没第二个人能顶替，不是十分棘手难办，我也不会打扰你。

杨雄：李松柏是什么态度？

胡漠雁：李松柏当然通情达理，他为皇花轿提高租金事，和儿子李立春吵成仇人……

杨雄急忙打断：你在说什么？什么提高皇花轿租金？

胡漠雁：还不是李立春闹的，他要把他家的皇花轿，由日租金一百五十元提到四百元，否则，他就要封轿……

杨雄：好了好了，别说了。他气愤地扔下话筒。

他扔掉胡漠雁。他需要冷静，冷静不了。他需要思考，又一切乱糟糟。皇花轿，石小姐，恍如一记又一记重拳，直击他的心胸。

电话又响了，这一次是刘家驹。

说的还是这些烂事，只是“力度”加重了。刘家驹说，轿夫罢工加钱，新娘罢工要不要加钱？丁冬溪漂流的排工哪个不身怀绝技，他们罢工要不要加钱？皇花轿提高租金，我们民俗村里的纺车、木碓、水磨、织布机、包谷酒作坊里的烧锅、老糙室卧房里的大马桶……哪一样不是租来的？都提高租金，我们旅游公司喝着西北风帮别人赚钱吧。牵一发动全身的原则事，我决不让步！李立春这条地头蛇想咬我，必要时，我斩他七寸。

正是刘家驹这个电话，让杨雄脱口而出：家驹，你是领导，你要冷静，不能乱来，我立即派成小娥助理回丁冬溪，李立春个案，由她全权处理。

杨雄就立马打电话，把成小娥叫到董事长办公室。

谈话从上午十点开始，一直持续到下午三点。他们设想一条又一条困难，设计一条又一条对策，总的原则是，成小娥要努力调动各种乡谊，充分运用种种乡情，既要公司全局利益为重，又要多了解多关爱李立春，要敢于宣布李松柏李立春就是旅游公司的专家，然后以专家资格，适当提高工资，既部分满足李立春的收入欲望，又名正言顺不至于在公司其他员工里造成薪酬风潮……如此如此，这般这般，杨雄与成小娥，如同智慧双星，珠联璧合筹谋了丁冬溪公司突发事件的处理方案。

成小娥上飞机了，杨雄望着蓝天机影，身子倏地抖动了一下。他在省悟，在愧疚：同样是成小娥回丁冬溪，意义却全是公司利益金钱利润。

杨雄想，我恐怕真的病得不轻。我什么时候能把老板眼光变成爱人眼光呢？公司至上，利润第一，成小娥的情感，成小娥的事业，难道就没有一个尊重的位置吗？

他不能举目蓝天了，他低下了头。

目的共同，利益各自，人在这种境地，不鞭策，自努力。

胡漠雁方方正正起草了一份《花轿公司工作条例》，分别呈报总经理和董事长审批。刘家驹批文是：鉴于公司既往经验教训，这个条例是适时的必要的，它的出台，将给花轿公司运行，带来规范化和科学化。“律已才能宜人。我们的工作就是要别人愉快掏腰包，把困难留给自己，把方便给予客人……”是这个“条例”的主导精神，我认为这是积极可行的，是公司进一步开拓生产力所必须的。杨雄批示：这是一份效益经济的工作条例，很好，同意公布，立即实施。

胡漠雁快乐地拿起电话，她对罗锡贵说，我给你念一念本公司工作条例的第四条：凡当日在岗的花轿新娘，对游客摘牌和全程导游服务实行零拒绝。胡漠雁接着说，这柄尚方宝剑，刻上了杨雄刘家驹的大名，现在就看你舞剑剑艺了。

罗锡贵一听，兴奋得差点儿故技重施，他只要极端高兴和极端不高兴，都要女人，他在电话里急切地大喊邢秋雅，他要她马上过来，他要像做周婷做邢秋雅，却是最后一分钟，他平抑了冲动。他对急急慌慌赶来的邢秋雅说，今天天气预报怎么说的，有没有雨？邢秋雅一脸茫然，窗外就是白花花太阳，一望无际的天空，找不着一线云丝，老板焦急万分要她来，就是为一个白痴都能回答的问题？这个茫然的女人只好麻木地回答：罗总，天气晴好。罗锡贵笑了笑，挥手让她走了。他当然知道天气晴好，他不能让邢秋雅知道的是，他瞬间修改了方案，他要养精蓄锐，保存旺盛的体力和精神去做身心向往的大事。

第二天，罗锡贵赶了个露水早，到了温泉山庄，丁冬溪旅游公司刚开大门。罗锡贵急旋风直奔花轿公司服务台，伸手摘下牛青青牌号。他选了四人抬的中型八号轿，交清一日游全部资费后，独自径直走向轿场。

罗锡贵现在卡上大墨镜戴着口罩，歪坐在八号轿里，盘算打点一日游内容了。他是按一万元最高资费买单的，但他的行程却很简单：云水寺——小牛寨。这是一个男人的一条曲折相思路，在这条路上，春夏秋冬日，风霜雨雪时，叩问着大地冷暖，倾诉着世间衷情，为了爱，他和他的属下，脚板磨圆了山石……总之，他要用足够的才华动之以情，当然也要辅以晓之以理：嫁给他就是嫁给了富贵荣华。如果情理都不通，他就强以花轿当婚床。

罗锡贵在努力，他不担心假公济私的胡漠雁不努力。果然，胡漠雁立即给心腹吴奇打手机，吴奇就封了四只红包给四名心腹轿夫，如此这般做了嘱咐。

牛青青今天又是第一个被游客摘牌，很是高兴。她既然热爱花轿新娘这份职业，能被游客朋友们赏识，那就是人生的价值意义。再说每天能多挣工资奖金，欠罗锡贵的婚聘礼金，也能早日偿还了结。她在待轿室做了精细着装打扮，轻唱着时尚小曲，彩蝶般向八号轿飞去。

轿夫们很友好：牛青青小姐好。

牛青青娇美面容上灿若桃花：师傅们好。不知今天又是哪一趟崎岖轿路，辛苦各位了。

花轿公司新颁布的工作条例规定，无论大轿小轿都有轿长，轿场调度员只告诉轿长们轿游路线，轿长继而向其他轿夫和花轿新娘们宣布游览路线。

却是今儿怪怪的，直到牛青青上轿，轿长也没向牛青青宣布路线。看见客人又是墨镜又是大口罩，她就更加感觉怪怪的了。她一边礼貌地向游客问好，一边忍不住掀帘探身追问："轿长，请告诉今天的日程，我好给客人多多介绍轿游景点。"轿长好像不在意，他轻描淡写地说："这是你最熟悉的路线，眼角随便瞟一瞟轿窗，你都能数得清窗外一草一木。"牛青青没心没肺地被说乐了："是吗？你把我说成天堂山区的活地图了。"轿长一边打哈哈："可不是吗，今天你就是一整个活地图。"一边高亢吆喝："伙计们，起轿啰！"

八号花轿这就上了路。

罗锡贵还是一言不发地斜躺着，牛青青声音甜美地问候道：请问先生是不是有点儿不服异乡水土？老话说，晴带雨伞饱带干粮，出门在外要多带点衣服，真要着凉了，也没家人照应伺候。

罗锡贵为了掩饰身份，憋一口生硬的普通话：谢谢牛小姐如此知冷知热，有你这番话，我感冒都好了一半。

牛青青笑得像山花：是吗？那我就再说几句，把你剩下的一半感冒治好。你信不信，男人比女人患感冒的多。男人总觉得自己很强大，什么风雨都能扛，他们不明白就身体抵抗病毒而言，男女是真正平等的。所以，任何强大伟大的男人，身边最好都有一个唠叨冷暖的小女人。

罗锡贵：牛小姐说得太对了。当然，也有点小小矫正：不是“小女人”，是好女人。

无论是出于职业道德本能，还是基于好友成小娥调回南州总部，往后她都更要靠自身质量和人气独立人世，牛青青都把她导游的客人的心情好恶，视为自己饭碗的好坏，她就进一步让游客情绪渐佳地说道：那你说我算不算好女人呢？

罗锡贵立马老辣狡猾了，他说，这要试一试。

牛青青笑道：人的好与差，都是评出来的，不是试出来的。先生金口一开，我可能就是个好女人了。

罗锡贵觉得时机到了，他日夜难眠的一块心病马上就能诊治分晓了。他从不动摇对这个美丽女孩的铁定归属认定，他又铁定怀疑在花轿里打工女人的清白，他今天第一件事就是要搞清牛青青是泾是渭。她到底和徐许宽衣解带没有？他就貌似风趣说道：牛小姐，你要我当评委，就必须履行你自己说的那个前提。

牛青青：“前提”？咯咯咯，我说前提了？咯咯咯……

罗锡贵跟着笑：你当然说前提了，强大男人身边要有个唠唠叨叨小女人，这“身边”就是前提。所以，哈哈哈，你必须在我身边我才能投票评选。

罗锡贵说到做到，他不仅把牛青青蓦地拉到身边，还刻不容缓抱进怀里。

吻脸蛋，牛青青闭目羞花。罗锡贵得手不饶人，他老练地进攻起女人胸部，牛青青突然闭目变成怒目，她一个大挣扎，转身伏向轿窗，说话的声音冰凉坚硬：请先生自重，如果我们不能友好合作，这趟轿游就有可能终止了。

罗锡贵慌了，夹生的普通话更夹生了：牛小姐，别生……生气，别较……较真……我保证友好……请……请你还是继续合作。

当花轿新娘，不遇扯皮的事那是假的，扯了皮，能大事化小，小事化了，那是素质是艺术。牛青青就说，先生你是激动了，当然我也太冲动了。其实我只较真尊严，只要先生了解了这一点，我们就会合作得很愉快的。

罗锡贵心底里早已很愉快了。看来花轿新娘们不都是卖大炕的沈虹姚秋桂们，她们也还有另类，譬如他的女人牛青青，很可能纯洁得还是黄花闺女。

因为轿内发生了风波，花轿一直抬到“鬼爬坡”，“游客”和“花轿新娘”才双双关注起轿外风景。轿子越是抬得艰难，轿外风景就越是惊险奇绝。牛青青根据职业习惯赶忙说：这里叫“鬼爬坡”。元末明初战乱，好人坏人奇人都想称王当皇帝，作威作福的多，为民为众的少，唯有南方红巾军头领明玉珍率军入川建立夏朝政权，颇是关怀民间疾苦，颁发了赋税十取其一的薄赋政策，还全部废除农民的徭役负担。我们天堂大山区本来只有猛虎没有人烟，明玉珍的好政策从峡江口到大巴山一传十十传百后，跑反的人流就流进了属于明玉珍地盘的天堂山。一些人生生被老虎吃了，苛政猛于虎啊，人们还是往深山老林里钻。最可怕的还不是老虎，最可怕就是这道坡，那时这里不是一条山道而是一道绝壁，许多人爬坡踩路，一年又一年，摔死的人比活着的人不差多少，等到这里终于有了一条路时，人们也就理所当然把地名唤做“鬼爬坡”了。

罗锡贵当然知道这点儿地理历史沿革渊源。他装作津津有味听着，等到导游的花轿新娘牛青青介绍完毕，他觉得他的第二个机遇来了，他要真人真言了，他要教化和感动他的心仪女人了。他说，牛小姐，我也给你讲个故事，这个故事，不是历史，也不是传说，它就发生在今年去年或者大前年。有个人，背着烧酒腊肉棉衣皮靴，在大雪封山的日子，年年九死一生翻越鬼爬坡，他可以摔断自己的腿也要把猪腿送到小牛寨，这个无比忠诚其主的叫做王龙的汉子，把主人深挚的爱心送往一个叫做牛青青的女孩，这是神歌鬼泣的不二爱情故事啊，这是……

牛青青突然跃起，一下子扯掉了罗锡贵遮羞布般口罩。她大呼无耻，大喊停轿。

牛青青不避险不怕死纵身跃出花轿，幸亏轿长身手不凡拽住，牛青青才幸免跌下悬崖。

牛青青不感谢，她腾腾腾下坡。

轿长喊道：青青，你要冷静。你忘了刚颁布的工作条例吗，对客人要零拒绝，你这样做是要被开除的……

把李立春事情说清楚，还真不是三言两语。

怎么说呢，反正李家窑这个卓越轿夫，最近是越来越浮躁了。他成天焦炸炸、火爆爆的，像吃了一肚子炸药。他动手打唐影，跟父亲李松柏也吵得昏天黑地。

因为筹备“十一”结婚，要好好过活现代化生活和享受甜蜜爱情岁月，李立春在古塔县里买了一套高档商品房。两厅两卧两卫外带车库式底层储藏间，一百五十平方，现买立付，三十三万元两讫。李立春扫尽家底，还差二十万元。亲亲友友都在丁冬溪，一个个穷得丁当响，友情支援是不可能了。官人，名人，他一整个农民，一个山沟沟卖苦力抬滑竿的，根本搭不上界沾不上边，名流权贵们钱财多，你也干瞪眼。想来想去，李立春就想到了不高不低当然也还有点儿不三不四的朋友马车。马车既非官人亦非名人，但他不折不扣是能人，要想借到二十万元这么大一笔钱，除了这角色，谁也没这份能耐了。李立春就请马车吃饭谈借钱买房事情，马车爽快答应了，条件是“两成息”。逾期五个月，自动跳为四成息。李立春讨价还价讲了半天，马车说，丁冬溪民间高利货都是这个路数，你要例外，我就爱莫能助了。

钱就这么借了，房子也这么买了。还本还息，就天天让李立春火烧眉毛了。他几乎是每天必问唐影挣了多少钱，还要追究唐影为什么不挣点儿小费。

可是唐影非但没多赚多挣，有一天，她还把出轿机会主动让给了兰芳。李立春知道，那可是个日本游客，日本人，富得流油，听说人均收入比美国佬还高，他想，唐影要是出那趟花轿，小费不赚成千上万才怪呢。他就窝了一肚子火质问唐影，唐影说，兰芳太可怜了，她三日内交不了三提五统，老公就要到六盏灯蹲小房子。李立春说，这是张果老没早饭米，你替古人担忧。咱家愁钱愁得不得了，你还愁到老北口愁到六盏灯去了。两人这就话不投机，说到后来，火冒火躁的李立春，给了唐影一嘴巴。

打嘴巴事发后，李立春和唐影至少三天没说话。第四天，马车碰上李立春说，后天该付月息了，我给你提个醒。李立春哪敢忘记，马车不光是能人，他更是狠人，你跟他没规矩，那就是脑袋长错地方了。李立春也不顾男人大丈夫面子了，他急忙找唐影，急急问唐影这几天赚了多少出轿费和小费，他说他要付息。

唐影不说话，从荷包里抠了半天抠出两百元。

李立春：才两张钱？我当轿夫，三天还挣了三百多。你可是在花轿里打工，谁都晓得，那是坐在钱罐罐里干活。

唐影突兀说道，你口口声声钱钱钱，你说我还要怎么多挣钱多赚钱？

李立春扭着脸，望着远处的山，他大概以为这样就可以是对一个不相干的人说话了：我知道，人世间最难的事，就是把别人的钱变成自个的钱。这么跟你讲吧，除了那件事不能做，其他我都不管了，只要能赚钱，你在花轿里想说什么说什么，想干什么干什么。

唐影不动声色：就是说，游客喜欢什么我就迎合什么。

李立春：对，对对。

唐影：就是说，投怀送抱……

李立春：别说了，残忍。

唐影：我残忍？你把我眼睛弄瞎了，你不残忍，反倒我残忍？

李立春愕然：我把你眼睛弄……弄瞎了？唐影你别吓我，大白天说什么胡话。

唐影：我没说胡话，你就是把我眼睛弄瞎了，不然我怎么看不清你，看不出是你？

李立春：你看不清我看不出我？

唐影：对。我不知道我眼前这个男人是谁了。我只知道，我以前那个爱人李立春，有着可怕但又可爱的醋意，有着狭窄但又温暖的胸怀。我在花轿里必须的职业热情，他在花轿外也感觉痛苦，个别客人礼貌地轻吻我或打个告别飞吻，他也跟我撒野撒气。我为此烦恼过，痛苦过，也为此甜蜜过：我喜欢他如此在乎我，只是希望他在乎得不要太过分……这就是我所看得清我所认得出的李立春，这就是我那个爱人。这个人还是你吗？你说呀，我的爱人怎么突然不见了呢？他到哪儿了？他怎么没有了？你说啊……啊啊……唐影泪如泉涌，毫无顾忌的哭声撼山摇水。

李立春慌了，他抱住唐影，良久地抚摸着她的颤抖肩膊：唐影，我还是我，我还是那个爱你至死不变的李立春。我正因为深爱你，才想让你婚后生活得更舒适更美好，才借了马车的阎王债买城里楼房。马车这个人讲朋友义气，更讲道上规矩，月息到期不还，你也就别想好好活过那个月，满五个月还不了账，更是利滚利，那就一辈子掉进深深债坑不能自拔。马车办这类事，没少办出人命……唐影，救救我吧，后天又要付月息了，到现在还差五六百元。马车说，那印子钱不是他的，他那个放贷朋友处置不讲规矩的债户，一准二狠。你是个读书看报的文人，他抠掉你眼珠子。像木匠铁匠泥瓦匠，他拿走你的手指，让你手艺不成。像我这样的轿夫，到期还不了钱，十有八九挑脚筋……

直到这时候，唐影才真正明白了深浅。她好后悔有一次与李立春在塔影大酒店过夜，大讲一通想过城里人生活，想在古塔县城买房办婚事……如今，她的爱人为此陷进随时有灭顶之灾的泥淖，这如何是好？

账是赖不掉的，钱要还的。李立春知道他是男人，他应该镇定，应该拿出解决问题的办法。

办法就两条。第一条，李立春已经含含糊糊却也明明白白说了，那就是只要唐影不和客人上床，什么亲热话能赚钱就说什么亲热话，什么亲热事能赚钱就干什么亲热事。第二条，找父亲李松柏斯缠，他觉得他和父亲应该有一笔很好的赚钱交易。

李立春撇下唐影后，又急慌找父亲李松柏。

李松柏在旅游旺季里，很少有时间回家。今天，难得半日闲，李松柏早早赶回李家窑，还没到门口就喊：老婆子，快煮梅干菜腊猪蹄，我想这一口想死了。

老婆笑呵呵迎出来说道：你在公司里天天吃凤肝猴脑，咋还想起梅干菜腊猪蹄子？

李松柏：没文化了吧？要保护环境保护野生动物，吃猴脑还要不要自个脑袋？

老婆说：别官腔官调了。猴子不能吃，温泉山庄的猪蹄子还少了你吃的？

李松柏：温泉山庄的猪蹄子是李家窑猪蹄子吗？李家窑的腊猪蹄能比得上我李松柏家腊猪蹄吗？哈哈哈哈……

老两口一阵说笑后，老婆就去炖腊猪蹄。

李松柏回家，头件事就是钻进当初存放皇花轿兼练功房的披厦小屋里，把房梁上吊下来的一根根细绳拴到脚趾上，练起趾头功“鹰爪脚”。在温泉山庄吃喝得太好了，老头子有些担心长膘，人的膘厚了，劲道就差了。虽说天天都要在轿场上卖苦力表演轿艺，汗水川流不息，可是公司一再要求轿夫形象美观、穿戴要漂亮，衣服也还是“山民装”，质料也还是土布，手一摸，却是“精棉精纺”，贵着呢。脚上前一段时间都穿着旅游鞋，安踏牌，好几百元，据说还不是头等货，头等货好几千。杨雄有一次收到“游客来信”，说想看到原汁原味丁冬溪轿夫，说真正大山沟轿师傅滑竿师傅，肯定不穿旅游鞋。杨雄立马下令，轿夫们一律穿草鞋。草鞋也作了很大改造，全部用亚麻和小牛皮细条儿混合打造而成，穿在脚上又透气又柔软又养脚，舒服极了。李松柏就总是担心他的一双脚太养尊处优，迟早要腐败变质。他叨咕儿子，有空儿一定溜回李家窑，到披厦里吊钩儿练鹰爪脚，到屋后绝壁练攀登腿。近一段时间，游客们越来越多地要崖滑竿，要是腿功脚艺退化，攀崖速度慢不说，若有安全隐患更不得了。现在寻芳也好，寻名胜也罢，上狼脊梁与石小姐交朋友的日益增多，过些日子上天崖景点开放，崖花轿崖滑竿拜访悬空斋书屋的游客肯定也不会少，节骨眼上，李家窑父子兵要冲得上去……

练罢鹰爪脚，又练了一通攀登腿，李松柏操心操劳起上天崖交通事宜。

有一天，刘家驹胡漠雁一起找李松柏，称赞一番他们父子滑竿爬壁绝技后，咨询能不能滑竿爬上天崖峭壁。刘家驹说，这条新旅游路线要是能开通，将是巨大利润。胡漠雁也急忙补充，说花轿公司可以给他们父子攀悬空斋时开双倍工资。李松柏一贯把公司事看得重，两级领导信任他找上他，他不敢马虎，立马就去找绝活石匠鲁四，一起勘察上天崖。鲁四在大峡谷里，仰头望着一刀切的石壁，笑道：松柏老伙计，就算我能凿出石梯，你能把滑竿抬上去吗？李松柏不笑，他说，直上直下不行，咱们还是耐心找找，看看有没有“错岩”或石缝什么的，没天工，光靠人工，悬空斋滑竿路恐怕真修不成。鲁四说，我听说成永贵用麻绳竹筐，把儿子媳妇在悬空斋吊上吊下的，你们旅游公司干吗不搞搞现代化，装备一套钢绳铁罐电动滑轮什么的，谁想上那悬空斋，从索道上嗖的一声就行了。李松柏说，这你就没学问了吧，旅游就是要避开现代化，你搞那一套，人家城市里游乐场多着。游客玩上天崖，一是寻访古迹，二是欣赏古风。古迹当然是悬空斋里状元郎读书处，古风就是咱绝技滑竿了。俩老头在大峡谷这么争着论着大半天，还真是功夫不负有心人，他们终于找到了一道由上而下斜斜的错岩，也不知道哪个世纪造山运动，上天崖的上下两部石质山体，斜着错动了半米，更可喜的是，这道缓缓向上延升的错岩，离悬空斋最近处只二十几米。李松柏高兴得直叫唤：家伙，成了！有半米，这就足够了，这我就有办法把滑竿抬上去了。鲁四，老天是帮忙了，剩下就看你的了，石梯一定要做得“抓脚”，石壁上的“石钉”一定要清障，游客喜欢的是冒险，我们讲究的是安全……如今，叮叮当当的鲁四和他的徒子徒孙们，已经把二十几米的上天崖石梯修成一大半了，李松柏就想起了他收藏在自家门院杂物房里的那些弯的扭的岔的各种形状木料，这些木头是他几十年爬山攀岩砍下的，他总是冥冥觉得它们该有什么用处。直到这一天才明白，这些异型木材，就是为做一具特别的上天崖滑竿而备的。

李松柏正在呛着咳嗽着封尘满天地翻弄木料，儿子李立春什么时候回来了。立春说，爹，弄柴火炖腊猪蹄啊。

李松柏：什么话。乡里佬不识货，拿着金砖当板凳坐。

李立春笑得扯喉：弯弯扭扭破木头，还金砖呢，烧火都碍灶门。

李松柏从杂木房走出来，笑眯眯瞅着被他扔得满院都是的宝贝疙瘩，他说，儿子，这些都是日日雨打风吹雷劈的瘦石山上变形木，是任何人工也无法如此自然结实造型的好木材，我要用它们的异形异貌，适合上天崖的山形山貌，造一乘特别崖滑竿，到时候咱父子俩抬起来，少一份累，多一份安全，还稳捧一只饭碗。

李立春立马在院子里乐得蹦高：爹真是名不虚传大能人。

李松柏：少给老子乱封头衔。

李立春：能人还不好吗？老石匠鲁四，就因为是大能人，有绝艺，前天硬是在上天崖罢工，要加工资，他和他的徒弟猴子一般坐在山崖上不干活，别的石匠又没哪一个干得了，急得刘家驹胡漠雁一起跑到上天崖现场谈判，大经理小经理都一再说这是紧急工程黄金线路，耽误不得。鲁四慢悠悠抽着烟，他才不急呢，不追加两三万工钱，谁爱干谁干去。好说歹说，还是当场整整拿了一万，鲁四才接着做石梯。

李松柏：有这种事？咱丁冬溪公司这阵子让钱闹的！我明天要去骂鲁四。逞本领，拿威风，卡脖子，这叫没德性！

李立春：爹，你不能这么骂人。现在是按经济规律办事，本领能赚到钱，德性可赚不到钱。

李松柏异样瞪着儿子，李立春不管老爹神色，他自管自说道：我今天回家，就是要和你商量三件事。这三件事，每一件都关系着我们老李家繁荣昌盛，富裕幸福，家道中兴，子孙荫庇……

李松柏打断：别画眉嘴了，有什么，跟老子直说。

李立春：直说就直说。第一件，提高皇花轿租金。游客们来到丁冬溪后，不少人都萌生了“皇帝坐得，我也坐得”的心理，都想欣赏咱家传家宝皇花轿，坐一坐皇花轿。现在公司开的租金是每天两百元，这是不识宝，不尊重皇花轿，咱这轿子日租费应该定价为五百元。第二件，狼脊梁抬滑竿，是咱绝活，无人旁代。现在力资费一百二十元太低，完全可以翻成二百五十元。第三件事是上天崖滑竿力资费定价时，咱现在心里就要有底，公司少于二百元，免谈。爹，这三件事拿下了，我揣摩，咱家一年扒下一二十万元是没问题的。

李松柏忧郁地望着儿子了，他说，你真是这么想的？这……这能成吗？

李立春：能成，绝对能成。没咱皇花轿，公司生意还怎么做？没咱父子俩抬游客上狼脊梁，那个著名景点就一片荒凉。至于上天崖，咱们不抬滑竿，鲁四就白凿了那条石梯。三件事，件件要害，件件主动权都属于咱们。拿下了，不但我能毫不费心地付清古塔买房款，咱在李家窑修一栋别墅，让爹妈享晚福也绝无问题。

李松柏：儿子，这没问题，那没问题，可公司就要出大问题。我们要增加收入，公司就要提高门票，游客就要多掏腰包。按你现在所说，要看石公石婆石小姐，一名游客不掏上四五百，根本看不成。参观悬空斋，那也不低于三百。你想想，你是游客，你干吗？公司花钱开发线路没人游，咱对得起杨雄？往年没丁冬溪公司，咱爷儿俩累死累活，一年也就挣到现在一个月的钱。儿子，千万不能人心无足啊……

李立春呼吸困难了。爹怎么这样保守这样死脑筋？公司领导胡漠雁都张口闭口是钱，早上出工算计着你赚多少钱，晚上收工核计着你上缴多少钱，员工们也一一削尖脑袋钻钱眼，咱爹这是为哪桩当大头？他这么一大头，还有什么钱眼能钻？

李立春左劝右说，李松柏真是松柏，他硬是立场坚定不动摇。

急着挣钱还债的李立春使杀手锏了。一天，去狼脊梁游客排成长龙，李立春却是坚决不和父亲合作，一屁股坐成泰山石，坚决不抬崖滑竿。多次调解无效后，胡漠雁打紧急电话，请杨雄亲自处理了……

成小娥省城下飞机后，在赶往天堂山区路上急急打了一个又一个手机。住在古塔一家私营中医院病房里的杜文竹接到电话后，泪珠一颗又一颗滚落枕头上。

成三泰那顿暴打后，杜文竹时断时续腰痛。老话说，伤筋动骨一百天，遇上跌打损伤，谁都晓得“药不如养”。杜文竹听着轿艺广场上悠扬唢呐，如听出征号角，一次又一次按捺不住登轿做新娘念头。牛青青劝道：做不得的，颠轿疯轿时，哪个花轿新娘不腰柔如水？好腰好骨，都累得酸叽叽。打工干活，日子长着呢，当务之急还是养好身体。成小娥更为关心，她在丁冬溪时，不但劝她静养，还开过小灶熬骨头汤补她。小娥说，嫂子，挣再多的钱，赶不上本钱，身体这个本钱比什么票值都大。成小娥调回南州后，也常给杜文竹打手机，关心她养伤，还给她寄了一笔不菲的营养费。

姐妹们关爱，让杜文竹伤痕累累的心受到了温馨抚慰。她就躺在竹楼卧室里静养。一日三餐饭菜，也由牛青青兰芳吴桔香一帮姐妹们从食堂里带回寝室。在朝阳如画或晚风清悠的时刻，有那不出轿的姐妹，总是依傍着牵手着陪她散步，活动筋肌，锻炼骨骼。

因了新娘姐妹们太多的呵护怜爱，杜文竹就更像个馋孩子，她期望着公司领导也这样关爱她，盼着胡漠雁能抽身看望她，和她谈谈心曲，说说公司事业。杜文竹知道，那场家庭暴力后，她的人生是彻底改写了，她和别的打工新娘是有质的不同了，她真的把公司当做唯一的家了，在花轿公司这个大家庭里，决心像孝敬父母一样，敬顺公司领导，像和自个亲兄弟亲姐妹相处一样，和轿夫们花轿新娘们和平友爱共处共存。她的亲情寄托，真的是落地有声在温泉山庄了。

盼胡漠雁，有一天胡漠雁来了。杜文竹赶忙下床迎接，她高兴地把牛青青送来的水果拿到卫生间清洗，愉快地为胡漠雁削果皮。

胡漠雁只是寒暄式问候，就激起了杜文竹闪闪泪花。她一再说，我身子骨没大碍的，我会很快回公司上班的，请领导不必担忧挂念。

胡漠雁望着眼前这个虽说结过婚的花轿新娘其实还是个很年轻很清纯的女孩儿，心里在阵发式揪痛。她很明白，她对她，将是不公平，是无辜。但是没有办法，如同成小娥一样无限看好无限热爱朝阳事业花轿公司，胡漠雁知道自己也是如同着魔地此生魂系花轿公司了，她知道，一个人获得事业又同时获得爱情，几率是极小的，然而她很幸运，一次偶然机会，让她既获得了花轿公司这份蒸蒸日上的事业，又能进一步获得杨雄的欣赏直到可企可盼的爱情。要得到这些，胡漠雁认为必须下决心出狠力清除成小娥在花轿公司曾经苦心经营的营盘。重拳的第一个出击点，当然是扫荡小娥的人气，“攻破小集团，拆散小帮派”是胡漠雁义不容辞的行动。于是这场“出拳”行动，首当其冲便是杜文竹。胡漠雁不能让杜文竹在花轿公司里“埋雷”，那样是会引发灾难性爆炸的。

由于微妙的利害关系，胡漠雁还不敢直接辞退杜文竹，她必须给她弄点儿事，有了事由才好辞退。

胡漠雁这时就说，既然没大碍，我看你还是上班吧。你是公司的明星名角，游客们每天看榜揭牌总有你，我为你挡驾都快招架不住了。公司现在正值黄金旅游期，我老是把一位人气飙升的花轿新娘雪藏着，于公司经营不利，也于你的事业不利，更是寒了远道而来的客人们的心。

杜文竹就要强地咬了咬唇肌说，行，胡经理，我明儿就去上班。

谁知上班上轿，一场花轿新娘还没作秀完毕，她就在疯轿的过程里倒下了，吓得花轿里游客新郎急急呼救。

从那天起，杜文竹就一直住在古塔一家私营医院吃中药疗伤。

住院费不菲，钱是成小娥邮寄垫付的，经济上问题还不大。文竹最感到痛苦的是一份深深的孤独。与其说她是古塔县人，不如说她是丁冬溪人，除了这次住院，她在县城里从没生活过。古塔即天涯，举目无亲。丁冬溪旅游公司的头脑们，应是频繁往返古塔的，可是除了新任总经理助理冯豹在处理一位游客受伤治疗事宜时，顺便看过她一次以外，谁也没进过她的病房。就那样，杜文竹还是紧拉着冯豹的手不放，视冯豹如娘亲舅亲。她眼泪汪汪地说，冯总，花轿公司是不是不要我了？

冯豹一愣，他想了想，打马虎说道：花轿公司生意太好，胡经理和员工们，天天忙得晕头转向人仰马翻，我估计是抽不出身来看望你。请你好好安心养伤，千万别多思多虑。

杜文竹：我知道他们很忙很辛苦，可是，我住院这么长时间了，胡经理连一个电话也没打过……于是她像孩子一样，委屈得直哭了。

冯豹知道这个女孩的凄凉身世，她真的以公司为家以花轿新娘为业了，他想，胡漠雁对职员是有点儿欠缺关爱了。想法归想法，不好明说，冯豹很清楚胡漠雁现在的价值指数，杨雄最近几乎是到处逢人说项斯，大会小会都在表扬这个能干女人领导花轿公司的功绩。冯豹对谁都不少狂傲，唯独十二分折服杨雄，杨雄说的话总会有道理，杨雄要干什么，他掉脑袋也去做。杨雄称赞胡漠雁，冯豹也顺理成章歌颂胡漠雁。却是不知道为什么，冯豹这次阴郁地对这个女孩近似隐秘说道：花轿公司正值接待游客高峰，公司内部也好像……怎么说呢，要做些人员调整吧，也就是说内部建设也很忙吧，胡经理大概就没顾上给你打电话……

杜文竹就像被一个蹩脚护士扎了一针：什么，你……你是说花轿公司辞退旧人聘请新人？冯总，我请你一定关照关照我，我这次把腰伤彻底治好，一定全力效忠公司，为花轿旅游事业多多做贡献。冯总无论如何不要辞退我。

冯豹似乎有难言之隐，不便说的，当然不能乱讲。再说，他已经很不容易地点到为止了，他相信杜文竹会有办法把握命运——她知道了信息，她就能未雨绸缪，她会请成小娥帮助克服困难。

事实也如冯豹所料，杜文竹当天就给成小娥打电话，说了花轿公司要做人员调整，她预感自己可能被裁。

成小娥就很沉重，她几次走到董事长办公室门口又退了回来。就在昨天，杨雄又郑重告勉：回丁冬溪后，希望专职专项地出色解决棘手问题，切不可干预胡漠雁，插手花轿公司日常事务。当时是有位昔日花轿公司姐妹打电话给成小娥，反映新娘无辜遭游客侮辱，胡漠雁非但不维护职员尊严，反而还处以罚款，这位花轿新娘气得想跳崖。成小娥忧心姐妹们命运，她心潮难平地向杨雄做了汇报。杨雄非但如此告诫，还规定小娥要严格避嫌。成小娥顿时泪水直流。避什么嫌呢？她只是决心很大地要做花轿新娘，可从来没使小心眼没做小动作，要夺回花轿公司经理位置啊。

成小娥为难了，她就没给杜文竹明确答复。

……却是喜出望外，成小娥从天而降回来了。杜文竹这时心境有如南天山早春山地，顿时春风吹绿了。她想，这下好了，成小娥回来了，她大概不会辞别心爱的事业了，不会流浪无家了。

杜文竹想，小娥很快就会来看望她的。

徐许离家出走时，带了五十万元“旅行费”，他打算游丁冬溪后，至少再游十个全国著名风景区，然后“葬吾青山”或“鱼吾沧海”，蒸发人间。他没想到，妹娃子牛青青成了他的绊根草。按计划，徐许下一步要登黄山涉舟山，可是实际上，他连古塔也没走出。

牛青青接到徐许电话很高兴，她说：旅途平安吧？黄山那边天气怎么样？

徐许大笑：什么黄山，我是个和尚，住在古塔里呢。

牛青青：你也太浪漫了。是开封佑国寺塔，还是杭州六和塔？

徐许：数典忘祖了吧？你不和我一样，也住在古塔？

牛青青：坏。我才不信你还在古塔呢。

徐许：我真的没走。你来吧，我住在塔影酒店一五〇五房。

牛青青：真的？不过今天我恐怕来不了。

徐许：不。我就想你今天来。给点儿面子好吧？

牛青青：不是拂你面子，我的一位最要好的同学、朋友、上司，刚从南州回来，她约我今天晚些时候聚一聚。

徐许立马冒酸水：噢，他比我先到。他，美丽又大方？当然，我不怪他是帅男孩，我只怪你是好女孩，好女孩身边总有帅男孩。

牛青青大笑：喷饭不喷饭你？人家才是漂亮好女孩呢。

徐许：哦，白吃了一根酸萝卜。

和徐许说话，就这么幽默愉快，所以游五叠泉后，牛青青又和徐许游了狼脊梁，又与徐许搭档，当了他花轿新娘。在这些游乐过程中，牛青青对这个潇洒漂亮的年轻游客，有刻骨铭心的了解。徐许父亲和徐许女朋友父亲都是著名企业家，在竞争一项十二亿大工程时，女朋友父亲对徐许父亲说，反正我就一个女儿，你也就一个儿子，咱俩赚多少钱，都不能带进棺材，最终都是这两个孩子的。工程发包在即，目前除了你我，无真正竞争对手，咱俩到时要是自相残杀，闹得标的狂跌，那就太愚蠢了。亲家，反正你今年的到手工程够做的了，十二亿就让给我干吧。徐许父亲不是糊涂人他只打哈哈不表态，事后，放儿子十天假，要他带女朋友好好旅游一把。徐许别提多高兴了，他简直就不敢相信机器人一样的老爸也会关心他的生活了，他一边约女朋友通报喜讯，一边赶着买机票。十天玩毕，父亲还幽了一默，他竟然要儿子汇报他未来的儿媳，对“男人”一路关爱如何，有没有那种“走遍天下皆细心，放之四海皆温馨”的美好女人味？儿子倒也现代、大方，他把老爸的未来儿媳真正夸成一朵花，说她多么多么爱他，多么多么不辞辛劳一路伺候他，儿子说他真不好意思，人家也是千金小姐，我一个大男人受之有愧啊。儿子更不好意思说道，实际上我们已经同居了。父亲听了“汇报”后，关门思索再三，想想自已确实已有七八个亿工程在做，受活额度接近饱和，那么那个十二亿就不算让给一个什么大企业家，就算馈送给自个贤惠儿媳了。父亲决定后，徐许未来老丈人果然顺利中标，可是工程上马的第二天，徐许女朋友就和徐许闹翻了，无论怎样面对面谈，还是托关系帮忙，都无力回天，爱得不能自拔的徐许，不想吃饭不想睡觉，动不动就是抢救住医院。他就不明白，既海誓山盟又床笫温馨，爱他爱成春蚕吐丝，怎么可能说变就变，而且还泼水不收？他想啊想，为求证这个答案，快想疯了。幸亏一位正在女朋友父亲那家公司做事的叔叔，可怜他瘦骨嶙峋，才告以真相：那个女孩是一根长线，是一块深水鱼饵，终于钓到十二亿后，收线了。惨烈啊惨烈，人世间竟有如此大陷阱，巧伪人，徐许算是对全人类都绝望了。直到在山清水秀的丁冬溪洗礼，直到有一位名叫牛青青的花轿新娘对他生命无限尊重地杜鹃啼血般劝慰，徐许冰冻的血冷酷的心，才僵蛇渐苏于春阳。牛青青也在和这个年轻游客相处中，自此有意无意多了一份牵挂。

经不住徐许再三盛情邀请，又因为罗锡贵这番龌龊折腾后真需要调整心情，当然也因为过于繁忙好长时间没进城买东西了，牛青青抱着试一试态度，找胡漠雁经理请假，她想，经理只要表露丝毫不同意，她就立马给徐许打抱歉电话，把进城的事堂而皇之推掉。

却是喜出望外，胡漠雁挺关爱地说，你也是太忙太累了，没问题，这假我批了。

牛青青自个都不明白，她为什么会那样高兴。她给自打南州回来就忙得不可开交不能谋面的成小娥打电话说：你还在李家窑吗？和李立春谈得怎么样？好，有进展就好。告诉你，我现在要去古塔，估计晚上回来时，李立春的事你就办好了。到时咱俩也许都有开心事要谈。

成小娥在李家窑劳心劳力处理李立春风波。话说得石人掉泪，事情才算有了进展。

谁知这事未了，那事又来，一波未息，一波又起。花轿公司又出了事情。

出事人是姚秋桂，她陪客人坐轿山水游当导游小姐，又一次把客人导进雷打石凹。

进了家，姚秋桂命令男人齐光华煮天堂山银毫香茗待客。又要齐光华摆上芝麻小砖、花生酱糕、金丝薯条、玉米花瓣、腊肫薄片、天山柿饼和丁冬溪包谷酒醉枣等七味啜茗小碟。又要齐光华点燃香橼干果，分置在两个炭炉里，客厅和卧室都顿时生香。姚秋桂要齐光华做完了这些杂事，就吩咐他去放羊。齐光华朝客人一笑，出门了。

坐在花轿里，姚秋桂已经对客人小试初探一番了，趁着轿子上坡下坡走斜坡，姚秋桂一副弱不禁风“嗲娇”地往客人身上倒。天气热，姚秋桂穿的那件薄薄绸衫，总让人担心会被她那硕大无朋的奶子胀破。她倒向客人时，那乳就把客人挤压得心乱心慌又心迷。这游人花白头发，模样也是五十多了。五十多的男人也有猛于虎的，花白头就突然间迅猛地掀翻姚秋桂绸衫，他的眼球凶猛突起，直直地瞪着两只罕见罕闻大乳。其后就是凶猛地捏，凶猛地咬。姚秋桂没有拿腔拿调喊疼喊痛，她平稳地说，要付小费的。花白头说，这个我懂，当下就一只奶子付了一百元小费。花白头的手又勇敢地滑向姚秋桂脐下，姚秋桂不摇不闪不扭捏，依然平稳地说，那是好地方，想游玩吗？花白头说，想。姚秋桂说，那我带你去。

姚秋桂现在就把花白头带进自己的家。

花白头本是火烧眉毛一身躁，本想进屋就进房，进房就上床。可是他喝了一杯天山银毫茶，既满口清香，又余味甘津，忍不住又喝起第二杯第三杯。花白头也在姚秋桂技术指导下，细嚼慢咽七味小碟，感觉风味确实独特。

花白头赞赏说，这些饮茶佐味，是从哪儿买的?

姚秋桂笑道，买不到的。这都是我们丁冬溪山里人家自制的。

花白头说，你们山里人家日子过得真好。

姚秋桂又是笑着说，你说得不对，应该是山里人家的贵客日子过得真好。

这时满屋都是燃烧干香橼浮动轻烟，空气既香又甜。花白头就说，真好闻。比进口的印度香还纯，请问这是什么高级香料?

姚秋桂说，这就是我们山上长的香橼，冬季摘果，吊在屋檐下风干。待到梅雨季节，丁冬溪山阴地湿，房子里总有一股驱散不尽的霉气，家家户户拿出香橼干，浇上稀释的包谷酒，让香橼干不温不火长久地烟化燃烧，屋子里难闻的霉味就变成好闻的香味了。

花白头连声喊妙，他说他这趟出远门旅游，算是游到地方了，真正过上好日子了。花白头就把姚秋桂拉到怀里，人还没坐稳，手又到了老地方。

无奈姚秋桂太重太肥，小木椅吱吱呀呀，随时都有散架儿摔人的可能。姚秋桂便挣扎站起，将花白头导游进卧室。

上了床，脱得一丝不挂除伪存真时，花白头真正晕菜了。不仅是这个女人的大奶，他更被姚秋桂肥白浑圆的笆斗屁股强力震撼。花白头抚摸着，像抚白玉，他拍击着，美妙的振动感，由掌及肘，踏歌一般传遍全身。花白头就由衷赞叹：姚小姐，你是太实在实惠女人。表面看上去，你一点儿也不打人眼球，你的美，都被包藏了。你需要由表及里除伪存真地发现发掘……

他就对她倾力倾情发掘。姚秋桂做爱时，总是母兽发情地野性呼叫。花白头听了，认为是战歌嘹歌，这让他的讨伐愈加彪悍。

完事后，姚秋桂家就又多了三头羊。

既以赚小费为荣赚小费第一，又深知自己无法与成小娥牛青青杜文竹们丽人比拼，姚秋桂扎扎实实走上了利用花轿新娘之机的卖淫之路。究竟卖多少次？她的雷打石凹老对头滑子仁最清楚。

这一天，滑子仁躲在灌木丛里，一遍又一遍偷着数齐光华放的羊。不数不知道，一数吓一跳，齐家的羊竟有五十只之多。这实在让滑子仁负气，也是对滑子仁挑战，他一个大男人累死累活，也只不过挣下七八只羊资羊产，而那个当年一斗荞麦就能上床的姚秋桂，当上卖屁股的花轿新娘，竟然赚了五十只羊。这些羊秋肥后，一场雪就能好价钱卖出两万多元……

雷打石凹人都晓得，穷山沟里的宽裕户主滑子仁，霸气很足，他一是容不下比他富的人，二是瞧不起女人。前些年有个外地烧炭佬，落脚雷打石凹烧炭发了财，滑子仁的炭窑老掉牙，吞的柴多，吐的炭少，对比着外地佬黑黪黪炭山，滑子仁咬牙切齿，几次设想把炭窑如何变坟墓，让外地佬火化在自个炭窑里。这么做，风险太大，说不定烧了别人也烧了自个，滑子仁就修改了设计，他将他的炭，一天之内全部贱卖给炭贩子，又用一天时间，把祖传无力的炭窑夷成平地，还在上边密密麻麻栽上树苗。做好这些事，滑子仁跑到天山派出所，向唐警察密报了外地佬大举毁林烧炭的罪行，果然次日日出，外地佬就被唐警察拘了，后来虽然捞了好处的雷打石凹村民组长将外地烧炭佬保释了，那烧炭佬也就小耗子赶快溜回老家了。

说滑子仁小瞧女人，最明白不过的是他老婆。滑子仁家道殷实，一辈子没缺过早饭米，他找的老婆不但漂亮还念过八年书。雷打石凹女人识字的不多，“念过八年书”就算文化水平最高的了，就是滑子仁，也就念完高小。滑子仁老婆闲来无事，就翻来覆去读那套《红楼梦》，有一回，滑子仁看老婆读书来气了，他说，老子粗气，你是读书人你文明，可你不要忘记你是个女人，再文明的女人进了我的屋，敢傲气我就灭她！你不是不读这本破书就掉了魂吗？你不是说什么这书“墨香千古”吗？你敢崇拜这本书不崇拜老子。我今儿要看看，是这破书有魅力，还是老子有威力！妈的，捧起书，给老子跪下！不跪？那就摸摸你的第二个肚脐眼吧……

滑子仁女人果然脸色煞白冷汗遍身扑通跪地。有一回，滑子仁脱鞋子烤火塘，烤得脚臭绕梁。老婆捂起鼻子要他洗脚，滑子仁说，妈的×，又嫌老子大老粗了，你傲得很啊，你香我臭啊，不给你留点教训，你还以为山上无老虎，猴子当大王了。滑子仁就一边骂着，一边抬起臭脚将老婆踢翻在地，接着三下两下扒掉老婆衣服，又抬起臭脚把老婆稳稳踩住，任婆娘杀猪般嚎，他从火塘里捡的那枚通红火炭还是停落在女人细嫩肚皮上达一分钟又三十秒之久，那以后，滑子仁之妻就比别人多了一个深深的肚脐眼儿……现在，滑子仁见老婆跪好了，书也捧着了，他就在女人背后放一张太师椅悠闲坐下，先脱鞋后脱袜，两条腿放在女人两边肩上，一双逆风臭十里的脚，几乎“搁到”女人鼻尖。滑子仁说，你的书还墨香千古吗，念吧念吧，噢。可怜那女人一边呕吐，还一边念念有词，稍有怠慢，火塘可就是几步之遥，再烧肚脐眼，肠子恐怕都要流出来了……

如今，村子里冒出个姚秋桂，她是滑子仁双重大敌：既是比自个有钱的富人，又是个女人。想当年，这个性别歧视狂的滑子仁，睡姚秋桂时要她仰着她就仰着，要她趴着她就趴着，他抽打她的肥臀，和翻地时使性子抽牛屁股没多少两样。却是一晃眼天变地变，姚秋桂已经是雷打石凹第一富婆了。

滑子仁就走进第一富婆家。他想，要是姚秋桂不忘本，念旧情，那就饶她一回算了。他就毫不寒暄地说，秋桂，温泉把你洗得又白又嫩了，正好咱俩今天都有空闲，老相好也该亲热亲热了。

姚秋桂乜斜着，冷笑着。她想，我可怜的儿子，你才八头羊，我是你阔阔气气的娘，你也敢乱伦？她就说，子仁，你亲热亲热我的脚丫吧。

就这么一句似乎带有某种典故的话，气得滑子仁踢断门槛，一气跑到六盏灯，他向升任所长的唐警察，举报了丁冬溪公司花轿新娘姚秋桂卖淫的惊人丑闻。

胡漠雁刚刚前门熄火，没想到后院又冒烟。

前几天，有个自称“樵夫长着三只眼”的人，给公司神神秘秘打来电话，“三只眼”说，他看见了贵公司一位花轿新娘在某处山林里，从帐篷里放荡卖淫到帐篷外。“三只眼”说他偷拍了，你们公司是死是活，就看舍不舍得拿五十万元消灾了。胡漠雁一听，冷汗从头流到脚心，她找沈虹吴奇们稍作了解，就知道是周婷出事了。因为问题太大，胡漠雁赶紧向刘家驹汇报，刘家驹一是顾及公司体面，考虑这事不可张扬，不能公开处理；二是顾及自己脸面，顾虑到周婷向他交待时讲的那句“鱼死网破”“捅老底”的混账话他就巧立了个名目，从总公司支取了五十万元，指派马车“一刀两刀”了结式办理。完事后，刘家驹一改和事佬伪善人，凶神恶煞狠狠批评胡漠雁。他要胡漠雁拿出铁的手腕立马杜绝此类事件。胡漠雁哭哭啼啼地当下拿出方案：严惩周婷，开除周婷！就“周婷事件”在全公司狠批大整改。刘家驹说，蠢！什么时候有“周婷事件”了？躲都躲不及，还重新挑事儿，存心把公司搞乱搞垮？胡漠雁说，那怎么办？刘家驹说，换一个人，办一办不就得了。找一件没有如此丑恶放荡如此重大影响的事，杀鸡儆猴不就得了！胡漠雁正愁“铁的手腕”“立马”往哪儿出拳，正好姚秋桂及时撞枪眼了，为了妥保自己得来不易的前程，她就毫不吝惜地重拳出击她这个马前卒马屁精了。她决定大批特批姚秋桂开除姚秋桂，对公司实行全员职业道德教育和纪律作风整顿，以期“清污去垢，净化环境”。具体方法是：集体学习，自我反省批评，背靠背揭发，审查处理。在此期间，公司每天上午暂停营业，花轿风景游，轿艺秀，花娇嫁娶秀，都在下午和晚上才为游客提供。胡漠雁决心很大，她说，丁冬溪旅游行情这么好，公司上午关门，肯定有损失。可是我们不放弃一些眼前利益，公司就不能获得更大利益，不能健康发展。

胡漠雁“弃姚伐姚”底细，可能很多人不了解。胡漠雁眼下的号召做法，员工们都理解，几乎是一致拥护。牛青青在第一天学习表态会上就说，花轿公司本来就树大招风，这棵大树一定要健康成长，不能有病虫害更不能遭雷劈。我们做花轿新娘是在做美的事业，美不容丑，不扫荡丑恶，我们美的追求就无从实现，我们也无法有力地人格式支撑这个美好事业。胡漠雁当场总结说，牛青青的发言，思想和理论水平都很高。这次整顿中，我们都要像牛青青这样端正态度，加强思想道德建设。

开始就似乎很顺，很好。唯一不同的声音是发自成小娥。小娥对胡漠雁说：“背靠背揭发”要慎重，是不是换一种形式好些。上午也不能完全停业。可以采取轮换制学习，否则会让游客有负面传闻，也不利于“游客利益至上”。

胡漠雁听了不对劲，她觉得成小娥不是以花轿新娘身份和她说话，她认定小娥是以董事长助理跟她拿腔拿调。她不在乎。丁冬溪旅游总公司五个月盈利三千万，其中一千六百万就是花轿公司挣的！百分之五十的钱是花轿公司赚的，而花轿公司只不过是丁冬溪旅游总公司的七个分公司之一。还有正在筹划的六盏灯新娘一条街，下个年度花轿公司的盈利额将是无人不为之眼红心跳的五千万元。胡漠雁觉得自己是真正一只羽毛颇丰、翅膀强劲的征雁了，她这只征雁，别说你成小娥，就是至尊至上的杨雄也会被征服。胡漠雁就面无表情地对小娥说：出了如此损害公司形象的大事，不花时间不下猛药行吗？矫枉必须过正，不过正就不能矫枉！

成小娥听了，总觉得有点儿听戏。她想，你和姚先友后敌，都是出于自身利益。姚秋桂做了如此丑陋污秽事儿，胡的放纵放任是有责任的。有了事，现在又不理智处理，搞大轰大嗡，那会出更大的事。成小娥就好心善意说道：我隐隐约约感觉到，公司内部有宗派苗头，存在着不团结现象，在这种情况下，人人都“背靠背揭发”，会不会反而冤枉了好人，包庇了坏人？

这话是匕首投枪，无论有意无意，都刺中了胡漠雁痛处。这次大张旗鼓搞整顿，她当然大公有私。荡涤污泥浊水，净化公司经营环境，这固然是不得已的努力，但是借此契机，搞矫枉过正，搞扩大化，整掉她的潜在竞争对手成小娥的人气和“社会基础”，也是她的殊途同归的目标。现在，一说起花轿新娘，好像就只数得出牛青青杜文竹，外加一个兼职的成小娥，大款们到轿艺广场扔大票，非牛青青杜文竹们作秀新娘就不出彩，这种现象如果不痛加“整顿”，胡漠雁觉得她的宝座下边就有定时炸弹，迟早她会被这些星级人物掀翻，落得个江山依旧，物归原主。胡漠雁便严肃说道：成小娥，不管你我有什么个人恩怨和私下不快，面对公司事业，都应该是真诚是努力的。“背靠背”明明是有力揭发坏人，荡污除垢，在一个容易招惹色情的事业里，悬剑震慑胆敢违法乱纪的人，这样一个好想法，却被你说成容易冤枉好人包庇坏人，那我不这么做，那姚秋桂就是好人了？至于说搞宗派搞不团结，你有此认为，我也有此认为。问题是，谁在搞？对目无领导目无组织的搞小帮伙的人，要不要整一整？

成小娥说，要整，那也不能和这次“清污去垢净化环境”一道搞。红豆黑豆一锅煮，就会煮夹生饭煮煳饭。

胡漠雁就突放一支冷箭了：你不是一直在给我煮夹生饭吗？

成小娥顿时耳膜爆炸，心脏通通通要从胸腔突围，几十路热血，在全身踊跃混战。她实在没想到胡漠雁如此狭隘又如此膨胀，胡是指着她的鼻子，起诉她的宵小，她就理所当然发动一场人格尊严保卫战了。

唇枪投来，舌剑砍去，成小娥和胡漠雁，最后都如擂战鼓地拍桌子收场。

然而事实果然如成小娥所料，整顿进行到第四天时，专设的检举箱里，出现了揭发牛青青“色情服务”的举报材料。内容很具体，时间，地点，人物，事件，都有。不像是虚构。材料说，某月某日，牛青青出轿做导游小姐时，与游客徐许调情，在五叠泉的爱情泉边，拥抱，接吻，人体的禁区抚摸动作不堪入目。又某月某日，牛青青去古塔的塔影大酒店一五〇五房卖淫，游客徐许，摇身一变成嫖客。

又过一天，杜文竹也被检举卖淫了。嫖客有名有姓，是个什么小报记者，叫做周军。

胡漠雁非常痛苦，她把这两份材料，推向办公桌对面的成小娥，说：这是两声晴天霹雳，我被炸晕了，炸倒了。小娥，我希望你不计前隙，快救救我吧，救救公司吧……胡漠雁哭了，哭得痛不欲生。

成小娥还没被“霹雳材料”震倒，先就被胡漠雁苦难神色吓倒了。她慌慌问：出什么大事了？

胡漠雁：你自己看吧。我们这还叫花轿公司吗？要不了多久，别人就会说我们不是办公司，是开妓院。我们怎么办啊？

成小娥一边安慰惨叫的胡漠雁，一边急急看材料，她一页一页翻着，手一次比一次抖得厉害了。

成小娥黯然：漠雁，事关事业命运和人的命运，一定要慎之又慎。我和牛青青杜文竹多年相处，我了解她们品德人格。这种事如果粗糙处理，会出人命……

胡漠雁：那也不能不处理啊。核实的工作总要做吧，只有证实子虚乌有，才能还牛青青杜文竹清白，也才能惩治诬告分子。

胡漠雁的话很对，无懈可击。可是成小娥依然有一肚子话不知从何说起，她从来没有像这样憋气过难受过苦恼过。

轿艺广场边的待轿室里，杜文竹一丝不苟地描眉文唇，兴高采烈地一套一套试穿着新娘装。她反复征求成小娥意见：怎么样，漂亮好看吗？

小娥心里直酸，她佯装笑脸说，行，行，你随便穿哪件都行。

杜文竹：随便？那可不行。游客付费，他们挣钱时说不定比我们还辛苦，我们随便应付就对不起人了。

成小娥：你说得对。

杜文竹依然兴趣盎然：你光说对，还没说我好看不好看呢？

成小娥：好看，当然好看。可……可你的腰能行吗？和你作秀的这位游客新郎看来特爱刺激，他要求加长疯轿时间加大疯轿力度，他为此已经多付了两万元出轿费，你的腰伤还在痊愈期，要不……是不是跟沈虹说一声，调换一下轿次。

杜文竹：调换？游客抬举我看重我，摘了我的牌，我不出这趟轿，那不是对远道而来的客人太不尊重了？这样的事做不得，会影响公司声誉的。再说，我就见不得沈虹做派，当上了轿场业务经理，全变味了，对哪个姐妹都是吆三喝四，我不会求她的……

杜文竹还在往下说，成小娥听不下去了。文竹在一门心思想着公司声誉，维护公司声誉，可是……谁来保护她的声誉啊？她带着病体出轿，欢欢喜喜做她心仪心爱的工作，欢欢喜喜做花轿新娘，可是有人阴险凶狠要对她封杀……成小娥背过脸，悄然抹去潸潸泪水。

果然就如成小娥所料，请杜文竹作秀新娘的游客不在乎游资，只在乎旅游公司的服务质量，在乎表演的狂热到位，在乎参与者用心用劲。这是一位文莱的华侨富翁，轿要的是皇花轿，轿夫也点名要李松柏李立春父子，新娘选的是杜文竹。富翁三十来岁，褐黑色身体，紫檀一般结实，一眼就能看出，有着无穷释放的力量。他今天订下全套轿艺，先作轿艺秀，后作嫁娶秀。他的华语不太熟稔，只一个劲对新娘和轿夫们说拜托了，多多拜托了。他这么说着，尚未登轿就给新娘轿夫和唢呐手每人发了一只红包。

李松柏李立春方满仓朱老三各自收下三五百元不等的小费，都很高兴。一般来说，极少有游客事先行赏的，方满仓就和李立春咬耳朵：伙计，今儿不卖劲，不做绝活，还待何时？等着吧，咱们把花轿抬疯了，这文莱大款，说不定连美元也疯扔了。李立春就转身和父亲咬耳朵，商量着倾情奉献祖传顶级转艺。

那趟花轿一开始就抬疯了。先是小高潮的耸肩轿，丁冬溪老乡们俗称“抻头缩脑轿”，抬的时候，上下起伏很大，坐在轿子里的人处于抛物状态，一蹿一跌的，也就让人一惊一乍，刺激味儿就慢慢出来了。那文莱花轿新郎一边自乐，一边呵护新娘，保卫杜文竹别让脑袋硌碰了轿顶儿。他保卫别人，自己的头却一次又一次碰得砰砰响。杜文竹不好意思了，我本善良地一片怜爱察看客人头部，生怕游客脑袋碰出了青包。

轿艺高潮就是李家窑那套一千八百步全套醉轿，丁冬溪人称作“东倒西歪轿”。这套轿艺，李松柏平时操练很保密，一般是，晚上十二点轿场打烊了，李松柏叫上儿子和方满仓朱老三，在静静月光下不吭不哈练上三五圈。

今天大庭广众下，突然欢呼雷动出彩一千八百步醉轿，整个温泉山庄顿时万人空巷，成百成千的游客，公司机关里的职员，全像春潮一样汹涌进轿艺广场。

没有谁欣赏过这么好看的艺术。没有人见识过这么高超的功夫。那些披红的膀阔腰圆雄壮有力的轿夫们，抬醉轿时，忽然身骨柔如疾风中的柳丝，这些虎虎实实男儿，令人难以置信地轻如云烟。他们的动作是那么飘。他们每一次东倒西歪，每一次“矮子功”嘴啃泥和每一次“没骨功”仰八叉，都做得几乎是死里逃生，都是差一点儿就真的啃泥或仰面朝天爬不起来。

醉轿的高潮时，还需要作秀的新郎新娘给些配合。这就是在一个“大醉动作”中，无论是真是假，新娘新郎都要被“喜酒喝得太多”的轿夫们，从差点儿抬翻了的花轿里抛掷出来。杜文竹听着唢呐和锣鼓节奏，知道“大醉”快要到了，她反反复复鼓励新郎，期盼他既胆大又细心完成“抛轿”。她说，真的别怕，就是摔了，整个轿场都是草皮地，顶多像足球运动员摔跟头差不多……杜文竹鼓励安抚客人，可怜谁安抚她呢？也不知是“东倒”还是“西歪”，她似乎听到了腰际咔嚓响了一声，从那一刻起，老腰伤是扎扎实实复发了，但她把疼痛倔强地让牙齿咬住，留给客人的是微笑，是丁冬溪的开心，是公司的优美形象。

“大醉轿”由于过分到位，“抛轿”还是让新郎新娘摔得不轻，他们的抛物线，拉出花轿三米多。

杜文竹拱动着身体，她倔强地挣扎又挣扎，还是没有爬起来。导引轿艺兼做媒婆秀的李樵，以为文竹“嗲娇”，故作憨态引发欢乐热潮，他就笑着对新郎说，讨喜钱了讨喜钱了，你不发喜钱，我们可不帮忙把你的新娘撸进花轿里。文莱新郎一听，忙不迭扔大钞，一把一把地扔，数都没数。

轿场上，又是一片喝彩。

可是，不一会儿，喝彩就变成唏嘘和啜泣了——

杜文竹的腰摔断了。

罗锡贵上温泉山庄竹楼不稀罕，他在花轿公司占有百分之十的股份，是一位有分量股东。他希望随时了解公司经营状况，也时刻计算着自己的利润。他今天带了两听丁冬溪名贵特产茵陈蒿茶，看望慰劳让股东们发财的胡漠雁经理。

胡漠雁说，罗总太破费了。这肯定是天山尖的茵陈蒿吧？

罗锡贵微笑点头。

胡漠雁听说过天山尖的茵陈蒿茶。顶级货，每年生产不超过二十听。每听单价一千五至两千元，是消夏降暑的上上品，胡漠雁就又一次感激地看了看罗锡贵。

茵陈蒿茶当然不会是太久的主题，罗锡贵的生活主题永远是钱和色。果然，不大一会儿，罗与胡谈到了公司目前经营状况和本月预计纯利。胡漠雁就说，恭喜你了罗老板，本月你又稳获五十万元。

罗锡贵紧紧盯视胡漠雁，爆发一长串放浪形骸大笑：哈哈哈哈，太好了太好了，我罗某人算是遇上女菩萨了。往后弟子有难，还要求您普济普度啊。

胡漠雁叹了一口气：你们当老板的有什么难，有苦有难总归是我们这些打工干活的人。

罗锡贵：我怎么没难？就算托你的福，不愁柴米油盐，可我还是个寡汉鳏夫王老五，连个老婆都没有啊。

又来了又来了，胡漠雁今天怕什么，什么就来了，只要罗锡贵来了，这件事就又来了。前些日子“鬼爬坡”没爬上去，今天又为爬这棵相思树他又跑来了。不错，她一直是明里帮罗锡贵暗里为自己，处心积虑想搞垮牛青青逼走牛青青，让牛青青老老实实回归罗家花园，老老实实做婆娘当阔太太去，让成小娥又失一条左膀右臂。可是，她的良苦用心，却一觉睡掉了。

这一觉，胡漠雁是和刘家驹双双都下了大决心睡的。因为各有所需，他们的造爱真还不是或有或无。在此之前，牛青青鬼爬坡逃轿，触犯了花轿公司工作条例，胡漠雁已经打印毕关于除名牛青青的公告，正要造势张榜公布，遥远的杨雄鬼使神差不迟不早打来电话，董事长亲自过问起这件事，他说，停止公告，不准除名。胡漠雁说，董事长，这工作条例是你亲自签发的，我是维护公司利益，执行你的意志。杨雄狡猾地笑着说，漠雁，对游客要零拒绝，罗锡贵是股东不是游客。杨雄就这样轻松挂机轻巧完事……今天，她和刘家驹床上的一切活动就注定不轻松或貌似轻松了。巫山云前巫山雨后，胡漠雁温暖地偎在刘家驹怀抱里坦诚说了她要坚定下决心彻底清除成小娥在花轿公司的基础，说了姚秋桂风波坏事变好事带来的机遇，说了牛青青涉嫌卖淫，她准备将其解聘除名。同时，她还谈了因为同样理由，一并解雇杜文竹。

刘家驹愿意和胡漠雁鸳梦重温，决不是想续旧好，他就是要有一次机会有一个氛围，给胡漠雁猛击一掌，让她利令智昏的头脑，得到清醒。他打开了顶灯，翻身坐起，目光犀利地盯视胡漠雁说，你在说梦话？

胡漠雁：干吗这么看我？怎么了？

刘家驹：这么说，你不是在梦里。

胡漠雁撒娇：梦里我还会说到牛青青杜文竹？梦里我只会念你。

刘家驹：念我？你这是害我。

胡漠雁睡不下去了，她也坐起来了：我……我害你？

刘家驹："对。你在一整个胡来乱搞。"他就更加故作姿态说，"我问你，这么重大的事情，为什么不及时到我办公室里汇报？"

胡漠雁：我记得我已经向你汇报过。

刘家驹：我也记得我制止你。

胡漠雁：我就是要解聘牛青青杜文竹。

刘家驹：牛青青，杜文竹，你解雇不了，我也解雇不了。

胡漠雁来气了：为什么？她们是皇亲国戚，还是大老板床上用品？

刘家驹：你给我严肃点！我郑重告诉你：杨雄是冲着花轿公司的利好，才孤注一掷投资兴办丁冬溪旅游公司的。而花轿公司，杨雄又是冲着优秀人才或者说就是冲着成小娥牛青青杜文竹李平平一批明星花轿新娘，才敢投资立项目。我告诫过你，要动她们，杨雄通不过。如果先斩后奏，追究起来就不仅是你，更有我！

胡漠雁硬是没感觉到问题有那么严重。她说，我以为多大事，说来说去，就是怕杨总这一关过不了是吧，没事，我来通关。这段时间，我和杨总合作得很愉快，沟通也事事如意。我在花轿公司为他取得骄人的实绩，我在六盏灯为他拓展宏图地兴办新娘一条街，都让我们已经稳稳坐上一条航船，同舟同心前进……

刘家驹强行打断一个女人的梦呓般唠叨，他不想直白地斥责她妇人见识，他只告诉她，他和杨雄共事这么多年，还从来没见过为网罗几个女人，他如此身价大老板，竟然在一条穷山恶水山沟里，一泡就是一两个月。刘家驹就没办法不语重心长：杨总在南州，摆放着几亿元事业，以往，他从来不敢须臾离开万国丽人，他是下多大决心要办丁冬溪旅游啊。我们相处多年，他做任何产业，头一件考虑的都是人才和品牌。他的成功与胜利，也确实全靠着人的质量和品牌。牛青青她们既可以是山沟沟里一株无名小草，又可以是杨雄认定的腕级人才，是丁冬溪第一耀眼品牌。你现在砸他的牌子，也能与他沟通、摆平？我告诉你，真要是发生了这样的事，没有你和杨雄沟通的，只有成小娥和杨雄沟通。你将身败名裂，连丁冬溪激流也洗不尽你的痛苦泪痕。

胡漠雁终是听得涔涔冷汗了。她还是不甘心，她顽强地启动微微颤抖的唇：牛青青杜文竹违法卖淫，我们都束手无策不能处理吗？

刘家驹打官腔了：我的丁冬溪公司是个有光荣品牌的公司。是有人想搞污秽赚大钱，我狠力成功有效制止了！

这是揭疮疤再撒一把盐的话，胡漠雁一阵痉挛，难以自立。刘家驹不加理睬，他继续大嗓高声：漠雁，不要搬起石头砸自己脚。我奉劝你说别人的品德时，首先要注意自己品质。你有什么真凭实据，铁板钉钉牛青青杜文竹卖淫？你真的相信有这样的事？你信，我不信！

胡漠雁：那你信什么？

一贯谨小慎微的刘家驹此时刷地一脸可怕可怖之色了：我只能相信你利令智昏；只能相信你很阴险，有不轨图谋！

胡漠雁哭了嚷了。

刘家驹不听不安慰，他自管自说着要说的话：别说毁花轿公司是毁丽人集团，就我个人利益而言，我也不允许你如此愚蠢而为。你悬崖勒马，我们还是很好上下级，是好同事好朋友，你如果下险棋，做坏事，别说杨雄，我这里就不会有你好下场！

……刘家驹的晴天霹雳，此刻依然余音绕梁。胡漠雁心忌口忌地对罗锡贵说，我希望以后咱们再不要谈及牛青青。

罗锡贵不知深浅。他说，哎，不谈牛青青，那我们还谈什么？听说你帮我把这件事办得很用心很用力，我正准备重谢你呢。谎言三遍是真理，女人一沾上卖淫，她还怎么待下去怎么活下去？而只有我知道牛青青绝对纯洁，只有我适时地将依然纯洁却也依然无地自容的牛青青，轻而易举地收容进罗家花园，到那时……

胡漠雁蓦然语气尖冷：罗锡贵，我告诉你，到不了“那时”，也没有“那时”！如果没别的事，请不要再打扰我。

罗锡贵立马耳鸣眼花，他都弄不清在哪里，在和谁谈话了。愣了半天，才说：你……你这是怎么了？

胡漠雁也是半天才答道：没什么。你这件事，我帮不了。仅此而已。

罗锡贵：可事实上，你不是已经帮助我了吗？

胡漠雁：那就到此为止。

罗锡贵急了：到此为止？不，不不。牛青青的事难办的都办了，后边的事很简单的：或者公司宣布除名，或者派出所拘留，再由我保释。不管怎么做，都殊途同归，牛青青都会回到罗家花园。

胡漠雁冷笑：殊途同归？可我觉得哪条路你都该悬崖勒马。罗经理，就这样吧，此路不通。

没道理行不通。罗锡贵左思右想，只能认为胡漠雁关键时刻卡脖子。这个女人可以跟他上床睡觉，睡的时候也绝对平等，他怎样对她寻求刺激快乐，她也就对他怎样寻求快乐刺激。这是个象征，意味着她的处事行为从来不赔本。罗锡贵明白了，他要得到丁冬溪公司首席明星花轿新娘，偌大的好处肯定不能白捞。简单地说，他获得绝色，胡漠雁就要获得一笔大财。

他：我明白了。说是忍痛割爱也好，说是肥水不落外人田也好，这样吧，我赠送你百分之一花轿公司股金作为酬谢。

若在平时，胡漠雁应该怦然心动。花轿公司股金可是当今世界的“肥牛股”，就是区区的百分之一，每年也坐享红利几十万元。也许真的被罗锡贵诚意感动了，她恳切说道：罗总，我在异地他乡混一碗饭吃，没少你的关爱关怀。能为你做点事，我真的很乐意。可是实话对你说吧，你我以前可能都不明白这样一件事：最初引发一家亿元巨型旅游公司诞生，半为一条水半为一个人。这条水就是比肩漓江之秀、偕美三峡神工的丁冬溪，这个人就是且把丁冬溪作香溪的酷如昭君胞妹般牛青青。事实让我们承认，杨雄的旅游兴业决策是对的，花轿公司现在是一整个丁冬溪旅游总公司的半壁江山，是丽人集团不折不扣支柱型产业、朝阳产业，我现在只能省悟地告诉你，动牛青青就是动支柱。罗总，不是我不为之，是我无能为力而为之。我还要在此顺带忠告，我不能为之，你也决不能借助任何红道黑道而为之。

罗锡贵彻里彻外叹了一口气，这一声长叹，似是元气丧尽。他一动不动瘫坐在沙发里了。

牛青青买了水果鲜花，看望再次住进医院的杜文竹。

这次“抛轿”，杜文竹旧伤叠新伤，第四椎间盘严重错盘，眼下还在特护期，上下床，上厕所，都不能自理。医生说，理想的疗救，至少需要医患双方三个月全方面努力才能达到。

牛青青坐在床边，抚着杜文竹的手说，小娥本来今天和我一道来看你，正要出门时，有一游客指名道姓要你做花轿导游，沈虹向游客道歉，说你住院不在班，她接连向游客推荐了七位花轿新娘，那位游客表示不满意。游客说，他在瑞士伯尔尼山区消夏度假，遇到一位从日内瓦湖而来的中国旅行家海侃时，才知道我的祖国有丁冬溪这样一个富含民俗文化的山水宝地，才晓得举世独特的花轿游。我的朋友说他在丁冬溪和一位名叫杜文竹的女孩所做的花轿山水游和火把辉映的嫁娶秀，美得让人天老犹记、地荒不忘。我是专门从日内瓦坐飞机闻名来此，我只想请杜文竹小姐做导游，如果她的身体健康状况许可，即使不做动作过大的轿艺，只和我做做嫁娶秀，拜拜华堂牵手入洞房，也就断然不虚此行了。那游客说得很诚挚很婉情，却又目标坚定不移。没办法，成小娥赶来解围。她对客人说，不好意思，毛遂自荐了，你看我做你的花轿新娘行不行？那游客立马眼睛发亮，精神一振，连说，行，行啊，当然行啊……得，他行了，小娥上古塔就不行了。

杜文竹绽开了笑脸，她被牛青青的一番话引发了快乐。她说，你在恭维我吧，我觉得我是个很不幸运的人，怎么有幸捞了一把简直是国际知名度？

牛青青：说起国际知名度，我还想告诉你一件事。知道迈阿密吗？美国最南端城市。上个月迈阿密一个旅行团来丁冬溪，想不到这个旅行团简直是记者团，他们回去后写了许多有关丁冬溪的游记在报刊上发表，对我们的花轿公司尤为赞赏有加，说坐一回李家窑的皇花轿，绝对胜过坐一趟英国皇家豪华邮轮。说你、我、成小娥、李平平是养在深山人不识的真正世界小姐。嘁嘁嘁，这不是在专门闹一闹我辈脸红吗？

杜文竹也嘁嘁嘁笑得一喘一喘的，她说，行，等我腰好了，咱们就一起参加选美大赛去。捞不着世界小姐，当一当亚姐也行啊。

说着，笑着，杜文竹一扫住院的孤独清冷，感觉着愉快和温暖，苍白的脸，也涌出了初日般红晕。

但是这两位花轿姐妹相聚，似乎注定了愉快不可能是永恒主题。牛青青今天来，心里是有不平事的。果然说笑一阵后，青青问道：文竹，住院后，公司领导看望你了吗？

杜文竹收住了笑脸：没有。噢，这不是旅游旺季吗，大家都很忙的……

牛青青打断：你就是老好人，太善良。殊不知人善人欺。你在家善良，遭成三泰毒打，在公司善良，有人造谣败坏你的名誉。

杜文竹急了：败坏名誉？我做错什么了？

牛青青当然还不知道自己的身誉也在遭到毁坏，她现在义愤填膺，完全是为朋友打抱不平："还记得那个倒霉蛋记者周军吗，他在成家沟吃了亏，一走了之。事隔这么久了，有人见你住院不在公司，趁着姚秋桂事件，在整顿期间居心叵测打小报告，说你和周军也有那事，还说一次就收周军五千元，比卖淫的姚秋桂酷多了……"

杜文竹顿时受不住了，她不顾腰伤疯狂打床。牛青青一边按捺抚慰，一边说，文竹，我是心里斗争了一百回，才决定不遮不掩向你说。我把事挑明了，就知道你有屈辱和愤怒，可我更想知道，你下一步该怎么办。现在既有人说你从事花轿新娘职业行为不端，也有人大造任何公司都不养活不打工的打工者的舆论，想把你列入清理名单，我听说，目前这个名单已经多达十多个人了。

这话简直听得杜文竹窒息。她历尽漫漫痛苦的思想历程，才从心灵深处喊出：我即使完全失去了成家沟，我也要全力保卫好我的温泉山庄。我要在山庄勤劳地工作，好好地生活。我要把山庄当成永恒的家……可是，现在有人要把我赶出家！

对于第一个问题，杜文竹愤怒之后，倒也渐次坦荡。毕竟姚秋桂那粒老鼠屎坏了一锅汤。公司整顿经营作风，打击售情卖淫，纯洁花轿新娘队伍，很是必要。要整顿就要检举就要查问题，反正她和周军没有任何淫邪之举，白的查不成黑的，反倒是越查，自个越清白。杜文竹最害怕的是第二个问题，她是个卑微的打工者，就目前伤势来看，很可能真是“打工者长期不打工”，而任何单位，的确不会白白养活一个不打工的打工者的。

牛青青继续说着她对朋友的那份忧心：他们不来看你，这已经是迹象。我问过医院，公司只在你入院时，支付了两千元诊疗费和住院费，后来再没为你出资过一文钱。胡漠雁她们存心太狠了。

杜文竹：青青，这你说错了，医院是一天也不会让人白住的，我如果欠账，早给赶走了。

牛青青：你是没欠账，可那都是成小娥每次来看你时，悄悄掏钱帮你结的账。

这让蒙在鼓里的杜文竹，吃惊非同小可。她说，这……这是真的?

牛青青：所以，我是看清看准了，胡漠雁根本没把你看成是公司的人，她在用尽心机辞退你挤走你。

杜文竹直觉天塌地陷了，她知道牛青青从来不在人前人后蜚短流长，如不是事情紧迫，万不得已，她也不会对公司领导指名道姓。果真解聘解雇，她将何去何从?她好爱好爱做花轿新娘。都说打工为了挣钱，可是她的感受很奇特：打工也为了愉快，打工也为了美丽。然而一切一切，如彩虹惊现，又如彩虹惊失，从此以后，在没有任何色彩的天地里，她将如何生存?

牛青青拭着杜文竹顿涌的泪水，说道：你别急啊。摆问题，就是要想办法解决。我实话告诉你，我和小娥已经把你的事私下议了一遍又一遍，小娥要我转告你，无论如何要咬住这次腰伤是抛轿造成。不管胡漠雁或别的公司领导如何善诱如何给足眼前好处，你也决不能承认新腰伤是老腰伤诱发。这样做，可能有些不诚实，但你最大的诚实是真诚地守望温泉山庄，是实实在在热爱花轿公司热爱花轿新娘。

真友谊，耿朋友，总在灵魂无助时突至，在人生患难中，冲上来与你并肩。

杜文竹感动的泪水，又一次湿了枕巾。

入伏后，来丁冬溪避暑和旅游的人更多了。花轿公司经营运行更上一层楼，他们完成了轿艺广场三千米围墙，观看轿艺和嫁娶秀，开始实行门票制。游客选择花轿新娘或山水导游或嫁娶游乐，出轿费下不保底，上不封顶，一批明星新娘的明星效应由此应运而生，像成小娥牛青青出轿，议价高达六七千，到了七月下旬，“消夏游”高潮迭起，客人竞争花轿新娘屡屡爆棚，成小娥牛青青的出轿费都出现创纪录的一万元。

花轿公司的效益就日新月异看好。轿夫和花轿新娘们的打工收入，也大河涨小河满，公司吃肉我喝汤，跟着沾光增收。出轿费二八开，新娘二，公司八，加上小费归己，牛青青这一天终于攒满了三万元。她兴奋不已，准备立马还清罗锡贵的阎王债，消除心病，了结恩怨。

这么一大笔钱，谁去还？牛青青早已发誓此生不进罗家花园一步。她赶回小牛寨，请父亲牛汉成去山口镇还钱。汉成老爹死活不去，说丢不起老脸。牛青青说，还债了，不欠人家的了，怎么还丢脸？汉成老爹看到了女儿的志气和出息，他也不再固执这门鸥鹭鸳鸯作一池的勉强婚姻，但是要他自己去和罗锡贵当面了结，一位五六十岁长者往日说的那些铁板钉钉的话，现在又亲自反悔反口，他真的站不直腰，抻不了这个头。

牛汉成不去，把钱交给哥哥牛力又不放心，思前想后犯难，牛青青只有找成小娥商量。

小娥因为和青青的关系，早就得罪了罗锡贵，平日里罗锡贵与成小娥偶尔碰见也从来不招呼不说话，恍如八千里外陌生人。成小娥去罗家花园帮助青青还钱当然不可能，不过，小娥倒是又一次想起了杨雄说的话：在丁冬溪有难处，你就找韩水生，这个人仗义，又特有办法……得，这种事拜托韩水生去办，包准了。

成小娥陪牛青青来到农夫山庄，两人对眼前景象吃了一惊，也就是几个月时光吧，农夫山庄竟然新盖了两座庄院，每座院子占地两三亩，计有客房七八十间。山庄里的伙夫和客房服务员也多达十几人，每天接纳住宿游客上百人。现在还是上午，大门上就挂出了“客满”招牌。成小娥笑着对牛青青说，看看，咱们旅游公司佛光无量，普度众生啊，谁脑瓜子活泛，都能坐方便车，搭顺便船，一路山歌高唱，过好日子。牛青青也高兴起来，说丁冬溪恐怕真的要富了，说什么时候还是鼓捣鼓捣爹妈哥嫂，让他们下山做点儿小生意也赚上几个。成小娥说快了，我最近已经把杨雄说动了心，很有可能借到一笔天堂西农牧公司启动资金。农户公司化经营后，像老韩这样的好日子，就像“水浒”里唱的“你有我有大家有”了。牛青青就脆声脆气笑道：

“你真是能人。这是很大一笔钱吧，杨董肯出手不易啊。”小娥说，钱是不少，但也不是“很大一笔”。主要就是请专家搞农牧科技培训的费用和引进农牧业良种费用，其余一切从简。再说杨董也明白，咱们天堂西公司还不是为他的丁冬溪公司增色增辉做服务嘛……

发了一大通感慨，还是没找着韩水生，好不容易找着山庄管理员才晓得老韩现在广开财源，他既兴办旅游餐饮业，还在丁冬溪里为漂流公司竹排领航，水上陆上都挣钱。

小娥和青青找管理员要了韩水生手机号，打了许多次都信号不好，直到晌午，才算含含糊糊打通了。

韩水生很爽快，答应马上赶回来。他要山庄好好做一桌特色饭菜，请两位大明星品尝批评，还要请她俩给这些特色菜一一定价，以便近期隆重推出。

老韩现在是一肚子生意经了。

还好，生意经归生意经，做人归做人，韩水生满口答应帮忙。不过，他也不少担心。他说，罗锡贵有花轿公司红股，大把大把拿红利，他要是拒收区区三万元，故意留问题留尾巴，也不是没可能。

成小娥：我看十有八九他会这么干的。

牛青青也相信。她着急问道：那怎么办？

韩水生：那就只有找黄豆花了。她是媒婆，收过佣金，她有责任了结这件事。

牛青青恶心黄豆花，认为黄豆花是个一骗婚二骗钱的大骗子。自己是个穷人家姑娘，这辈子头一回挣下三万元，要是再让黄豆花骗走了怎么办？

韩水生说，不怕不怕。他说他在县公安局有朋友。真要办这事，他就请这位公安朋友穿上便衣作陪，一起把钱交给黄豆花，当场要她打收条按指印，这样物证人证都有了，再出什么事，就都一清二楚了。

直到这时候，一位可爱的花轿新娘沉疴心病，才算求医问药有了结果。

牛青青就从来没有像今天笑得那么开心美丽。

花轿公司的职业道德整顿行将结束时，胡漠雁才最后下定决心，将杜文竹列入清退名单。她知道这是考验她的勇气魄力，需要承担重大风险。所幸的是，胡漠雁这一时期完成的两项大胆改革“轿场门票制”和“新娘议价制”，双双获得成功，立竿见影地给总公司带来了巨额利润。董事长杨雄为此给胡漠雁重奖八十万元，号召丽人集团全体干部向花轿公司学经营学管理。胡漠雁想，什么事都会此一时彼一时，她总认为成小娥是伏在自己身边一只猛虎，趁着现在大好形势，一定要不懈地清除“虎窝”。她就有保留地接受刘家驹警告，将成小娥的左右膀牛青青杜文竹，削右膀留左膀：青青暂且留下，杜文竹一定要趁此良机辞退。

牛青青看到了名单后，立即集震惊与愤怒于一身，她疾步走进胡漠雁办公室，一双美眉倏地变成柳叶刀：你为什么开除杜文竹？

胡漠雁沉着地：不是开除，是解雇。

牛青青：行。你可以换汤不换药，那你就说说“解雇”理由。

胡漠雁：牛青青，你今天姿态不对，很放肆。如果我没记错的话，你是我的公司里一名打工的花轿新娘，你应该明白，一个打工者跟老板说话，必须具有的礼貌。

牛青青冷笑：你还指望有人尊重你尊敬你？

胡漠雁：我将一个褴褛开疆的花轿公司，在不到一年的时间里，办成了丽人集团旗舰下效益最好、利润最丰的公司，我所做的一切，让人尊敬是必然的。

牛青青依然冷笑：你妄自尊大了。丁冬溪旅游公司的每个人，只需稍稍拷问一下良知，就知道是谁在花轿公司褴褛开疆。这个人忍受相思之苦，煎熬着与爱人劳燕分飞。这个人忍辱父兄误解，什么时间什么场合都视公司利益至高无上。这个人坚持以人为本，以人才兴业，求贤若渴，踏破铁鞋。这个人为了公司扬名驰名，在时间里卧薪尝胆，在空间里茹苦含辛。这个有尊严的人让人敬重的人绝不是你，她是成小娥。她才是丁冬溪公司发轫者开疆者。她辛勤栽树，树成林后，就有人乘凉有人摘桃子，对你这样的蟠桃饕餮者，我为什么还要尊重？

胡漠雁不能再保持“白领风度”和“领导修养”了，在花轿公司财源滚滚的日子里，她每时每刻听到的都是表扬颂扬，今天，一个山里野丫头，竟敢专找她的死穴扎她刺她，俨然以正义之师，对她讨逆问罪，是可忍，孰不可忍！胡漠雁想来想去，除非成小娥撑腰，牛青青没这个胆子。她喝道：

这不是你逞能的地方，出去！回去告诉那个想搞乱花轿公司想谋权谋利的人，要较量，不要派急先锋，我喜欢与她当面锣对面鼓！

牛青青就更觉得胡漠雁阴暗卑鄙。她和小娥是志同道合，对杜文竹对每位花轿新娘姐妹，都有着情谊很深的维权心理，但她今天来公司经理办公室之前，真的没见到成小娥。面对将最优秀的花轿新娘开除的事实，她的抗议是那么自发，无需任何人怂恿。姐妹们遭遇不平遭受厄运，冷血动物才袖手旁观。她对胡漠雁以小人之心度君子之腹，感觉太可恶。她说，我知道你现在炙手可热，可我就不明白，你为什么时时处处要把成小娥当作假设敌？虽然就这件事，小娥会像我一样，要与你作斗争，但那是她的事，与我无关。我现在是独立地为我的花轿新娘姐妹为优秀的杜文竹，讨回人间公平人世尊严！

胡漠雁：花轿公司不是慈善机构。任何人丧失打工能力，就得辞退。我们总不能白白养活杜文竹吧？

牛青青：那你应该知道杜文竹为什么暂时丧失打工能力吧？

胡漠雁：你应该问问杜文竹本人，还可以问杜文竹丈夫成三泰。他们夫妻斗殴致残，总不至于公司代人受过，让公司给她疗伤，让公司养活她。

牛青青：你这样说话，就叫满嘴跑舌头。那个日子并不久远，那位文莱华裔富商也有名有姓找得着，还有那么多当场观众都能作证，杜文竹是为公司信誉，为维护公司一流服务质量，才不顾一切地不折不扣完成那个高难度抛轿动作。杜文竹这是百分之百公伤，公司领导在她受伤住院后，既不看望慰问，也不支付医疗费，这已经让每个打工者心伤心寒了，现在还要遭遇解雇，这不是在伤口撒盐吗？胡经理，人心都是肉长的，我希望你对我们打工的人员管理，能多一点儿人性化人情味。前些时候已经逼迫我们的兰芳姐妹，走上了二奶的复归之路，现在你在整顿名义下清除杜文竹，那就不只是“因伤不能打工”，那就会暗合杜文竹和周军之间的那场谣言。文竹既身残又要心伤，她在这个世界上还活得下去吗？胡经理，我一直维护着做人的正直，但我还是愿意检讨自己刚才对你的冒犯，我求你收回这份名单，给杜文竹一条活路……牛青青哽咽了。

见青青伤心，胡漠雁语气也平缓一些了：事情不会如你想象的那么严重。俗话说，鱼有鱼路，虾有虾路。你也知道，无论是嫁娶秀还是轿艺，都对花轿新娘的腰肢柔韧性要求极高，文竹不能当花轿新娘了，还是可以做其他力所能及的事，不存在活路不活路的。

牛青青：每个人都有理想，有自个心仪的工作。杜文竹为当花轿新娘，连怀孕生孩子都不敢想，她和丈夫和公婆的矛盾，都是因为太爱花轿新娘这份职业，她百分之百把花轿公司当成家，离开温泉山庄她就无家可归，离开花轿姐妹她就没有亲人，她这份敬业病无药治了，你真的不能撵她赶她。

一听到“撵”和“赶”，胡漠雁气头又上来了：你不要自恃首席花轿新娘，就跟我胡说八道。我是经理，我有权用谁和不用谁，这不叫撵谁赶谁。打工人员被解聘解雇后，我也没义务对她全程关注，像姚秋桂解雇后，她爱当妓女那就当妓女，像兰芳辞退后，她要当二奶，我也没权利阻拦。一切都给你说明白了。至于你今天的态度，想清楚了，再给我检讨。你可以走了。

牛青青：我不能走，你还没有说明白。

胡漠雁：你还有什么不明白?

牛青青：你还没说明是否收回对杜文竹的解雇决定。你清楚，这是一个居心叵测的错误决定。

胡漠雁：岂有此理！你以为你是谁，经理决定什么用得着你说三道四?滚回到你的花轿里去！滚!

失望、懊恼与愤怒，让牛青青大发悲情，她痛苦地呼喊：既然花轿公司如此无情不仁，既然想说爱它如此不容易，我何苦还要在此寄身?胡漠雁，你用不着对我横对我狠，我滚，我辞职，我走人……

牛青青毫无顾忌地大哭着冲出经理办公室。

特发事件，把轿场业务经理沈虹几乎吓瘫了。这天，肯定是丁冬溪旅游公司接待游客超爆日子，客人在旅游菜单里选择花轿公司的嫁娶秀居然达五百人众，其中至少十位数以上大款游客竞争首席花轿新娘牛青青，这一天牛青青的竞价出轿费也就创纪录一路飙升上扬到八万元。这天轿场夜间嫁娶秀的门票也相应攀比，包厢票供不应求，座位票早早售罄，站票也卖到不敢再卖的极限。沈虹很清楚地计算出，牛青青的夜场嫁娶秀，公司门票加出轿费，收入高达七八十万。如此节骨眼上，牛青青和胡漠雁顶牛翻船，青青泪水墨水合写了辞职书，正式递交给公司。沈虹闻讯，急忙采取补救行动，她先找胡漠雁，希望领导高姿态平息风波，实在不可调和，也要牛青青把今晚嫁娶秀作了再说。门票卖了，出轿费订金都收了，中途变故，成千上万游客一旦在轿场闹事，那将是不堪设想的可怕灾难。沈虹骨鲠在喉的话无处诉说，经理办公室工作人员说，胡漠雁在牛青青正式递交辞呈时，两人再次谈翻了。胡经理从上午气愤地离开办公室后，手机打不通，人也找不着，不知道上哪儿去了。这位办事员见沈虹急得像热锅上蚂蚁，帮忙出了个馊点子：找一位酷似牛青青的花轿新娘，精心打造化妆一番，顶替出场算了。

沈虹说，亏你想得出。那叫什么？那等于假唱。知道歌星假唱吗，为这事，一处又一处愤怒的观众认为蒙受玩弄侮辱，他们静坐示威有之，上街游行有之，焚烧公物有之，有个地方，就为这种烂事，连市长都撤职了。今晚要是搞顶替，说不定明天丁冬溪旅游总公司就一整个搞垮。

找不到胡漠雁，沈虹又马不停蹄找到总公司，不巧，刘家驹总经理检查“天黑就快活”等处度假村的饮食卫生安全工作去了。沈虹求总经理办公室主任安排车，她对主任说，她必须一小时内见到刘总经理。

一处又一处追撵着，沈虹才在石洞避暑度假村找着了刘家驹。

刘家驹听罢汇报，忽然劈头盖脑问道：你们公司怎么有那么多老婆娘嘴？

沈虹被问得不着边际，她说，老婆娘嘴，什么老婆娘嘴？

刘家驹动气地：什么老婆娘嘴？搬弄是非的老婆娘嘴。这种年头，哪个地方出几个强盗出个把妓女，都没什么值得大惊小怪的。花轿公司出了一个卖淫的姚秋桂，又是整顿又是揭发，结果是大揭发变成大造谣，连牛青青杜文竹这样优秀的花轿新娘统统都有卖淫之嫌，这是想干什么？女人面子大如天，牛青青向来清高傲气，对她放冷箭使暗器，能不出现今天的头痛事？

沈虹立马冷汗一身，散布牛青青杜文竹所谓的卖淫之谣言，她也是其中一员，为感激胡漠雁经理提拔重用，她顺着胡漠雁心思胡说八道，可是不知为什么，某一天胡漠雁突然严厉打招呼，今后不准揭发牛青青杜文竹，谁再乱说，就是对丁冬溪公司搞破坏。那以后，她真的再没有对牛青青杜文竹说三道四过。沈虹一番努力稳定情绪后，说道：这件事，在公司整顿揭发高潮时，我也听说过。后来胡经理又追查又批评，再没人敢说了。牛青青这次和胡经理顶牛辞职，也只字未提这桩恩怨。

刘家驹：“只字未提”就能说明“无关”？牛青青还是个花季女孩，她生性又那么高洁，这种龌龊事，在她嘴里怎么说出口？她要是辩污，别人再趁机扩散，那不是越辩越污？所以你赶快回去传我的指示，无论如何找到胡漠雁，要她就从这件事上诚恳地向牛青青道歉。有错，就反省检查。最起码，也是对牛青青杜文竹们关爱保护不够，平时没跟她们交流谈心，也没正式向她们表明公司坚决维护职工名誉的态度。不为私，不整人，拿出最大诚意，才有希望挽回现在的危局。

沈虹心里依然直打鼓，能否找到胡漠雁，如何说服正在发飙的胡漠雁给一个打工女孩道歉，她都没有把握，她说她请求总公司领导亲自去一趟花轿公司救火救急。

刘家驹知道火急。也许作为公司领导，他处理这件事有所失策。他不应该这种时候痛恨胡漠雁床上的背叛，当他得知她与罗锡贵搅到一块睡到一起后，就知道她极有可能帮助情人罗锡贵给牛青青制造麻烦，他曾言辞犀利警告过她，胡不听，骄傲得不把他放在眼角，刘家驹就真的渴望过有什么突发事件沉重打击一下胡漠雁，好让她在当头棒喝下猛醒。现在，大棒有了，那就先让她挨几下，然后再收拾花轿公司局面。

刘家驹就说：明天古塔卫生局要检查重点单位食品安全，这是大事，我现在无法脱身。我相信你们胡经理能处理这件事。再说，事情也不会如你想象的那么严重，牛青青辞职报告毕竟还没批准，她毕竟还没走人，如果真要出现游客大规模闹事，我相信牛青青人格品质，她会出面救急。

话虽这么说，作为轿场的现场经理，沈虹还是一脸旧社会与刘家驹告别。

公司向游客明文透明承诺，除了天气原因（主要是突发雨雪），轿场门票的赔率是一比十。今天万名旅游人为了一睹首席新娘牛青青的嫁娶秀风采，早早在下午五六时就相继撕票入场，他们有的人留下票根，有的大大咧咧地人进票扔。

保安经理马车，每逢重大游览项目，都必须亲临现场。他现在就在轿场门卫验票处，他只要发现谁不留票根，总是一边善意提醒，一边小心翼翼帮游客们从地上捡票，还千叮咛万嘱咐，希望他们保管好自己的票。马车向来胆如虎豹，拳比刀枪，他红请红吃，黑请黑吃，本事日天。今天他也心虚了，这么多人如果出事闹事，那就立马是陈胜吴广！轿场的门卫工作、验票工作和保安工作都是他的职权，他已经预感大祸临头，他无法保证轿场今夜安全，他要做的事只能是明哲保身，尽量无失职表现。比方说，他现在站在验票口，如果眼睁睁看着入场观众扔票不提个醒，到了出事的时候，扔在轿场任何角落的本场门票都是钞票，一比十的赔率，就会十人抢地上的一张扔票，大哄抢中，打斗和踩踏死人很可能难免。马车在这件事上是尽职尽责了，他不能保证别人的安全，自己的安全好像是保证了。

时间在分分秒秒逼进，再过一小时，就是七点半，嫁娶秀就要闪亮登场。黑压压的观众，有的已经翘首以待，有的兴奋交头接耳，天南海北是一家地大谈丁冬溪金牌旅游项目花轿山水游、嫁娶秀和轿艺，争说着丁冬溪旅游工作者创意新颖和服务技能精湛。

这个世界总是有人开心，就有人伤心。现在别说沈虹一再做白日噩梦，睁着眼老是幻想自己被万众愤怒地一人一口唾沫活活淹死，就连刘家驹也改变了某些想法，也踏踏实实着急了，他亲自指挥两拨人马分头寻找牛青青和胡漠雁，可是，温泉山庄是上穷碧落下黄泉，谁也找不着这两个人。刘家驹就拿出最后一招，他说，那就赶快找成小娥。他想小娥和青青情深似大海，好如连理枝，什么时候都形影不离心连心，她一定知道牛青青现在何处，她也绝对能说服牛青青立马出轿。可是，成小娥的手机也是打烂了都不在服务区。刘家驹看看表，他无法不心慌地给杨雄打电话了。

杨雄正在火头上，他说，家驹，胡漠雁不用再找了，她已经飞回南州，正在我这里紧急告状。她的事，我正在处理。现在你必须处理好花轿公司事，出了问题，我拿你是问！不是我钦封牛青青为首席花轿新娘，这是游客们“旅游链”形成她的至尊地位。你不把牛青青的事情处理好，就是没做好丁冬溪旅游总公司头件大事特等大事！那样的后果，你就不必要我再说了！接着，他就听见杨雄很重地“咔”电话。

刘家驹尽管一肚子话要说，但是现在不是时候了：他看见，那个八万元购票的今夜花轿新郎，已经衣冠楚楚春风拂面入场。他也看见领轿人李樵和作秀新娘父母公婆的，也化妆得体地入场。小有名气的花轿新娘吴桔香充任伴娘，她有点儿傻乎乎的，她闹不明白到了这节骨眼的时候，她要“伴”的牛青青，怎么连影子也没见着呢？

脸色发青脸色发白脸色发黑的丁冬溪公司人，突然惊见西边出太阳东边落月亮：七点二十五分离出轿时间只有最后五分钟，牛青青从黑压压的观众里，款款现身走了出来。

沈虹上前笑迎，刘家驹上前躬迎，李松柏李立春也都迎接，牛青青只向松柏大叔点点头，就径直走向那位引颈以待的花轿新郎，她轻声对游客新郎说，对不起，你不见怪我姗姗来迟吧。花轿新郎笑着说，我怎么会见怪呢？丁冬溪真是一家高级旅游公司，它做什么都讲究创意都别出心裁，你这样蓦然出场太创意了，太新鲜刺激了。

牛青青莫置可否一笑，就急忙转身进了化妆室。不是时间紧迫，她只是太想淡妆太想本色了，她今晚太想真身真情最后一次作秀花轿新娘了，她只是整理一下发型，就本色定妆了。

七点半，嫁娶秀开始。

第一个程序是待轿。迎亲的大花轿抬到新娘家门前，那门前有草垛，有风车，有碌碡，这显然是新娘家的打谷场。这时候当然不能静态地待轿，这种时候正是展览皇花轿的高贵和展览李家窑轿夫们的轿艺高超时刻，这时候的大花轿比马拉多纳脚下那只皮球还要精彩还要让人抢眼，这时候李松柏李立春们在张大雷吹破腮帮儿鼓劲下，把花轿舞得忽如高天疾驰的一缕红霞忽如山崖上一坡红花。华丽的花轿在火把照耀下，简直是魔影怪身，它疯狂疯颠，总是在倒下时没倒，在摔坏时没摔……

观众的掌声和欢呼声，一下子淹没了张大雷的唢呐声。

接下的程序是哭嫁。

牛青青这次新娘上路之前与“父母”哭嫁分别，哭得真是太动情太伤心，声冲霄汉，气走丹田，肝的碎裂，肠的寸断，牛青青扎扎实实哭成泪人儿。她是太悲情了，她爱花轿公司，她不明白花轿公司为什么恨她？她爱花轿新娘，她不明白花轿新娘为什么不爱她？她守身如玉，坚决抗拒罗锡贵玷污，她在花轿里和新郎们只作秀，坚决不做爱，为什么胡漠雁经理发动的职业作风整顿，竟然揭发她和姚秋桂一样卖淫？从舞台到球场，凡是作秀的地方，就必须有明星，演艺明星们和体育明星们为老板们挣来高额票房价值，轿场和剧场球场没有什么两样，胡漠雁为什么就是要封杀、扼杀几位首席花轿新娘？这些“天问”，牛青青都越问越悲。

牛青青在哭嫁程序时间里，继续由伴娘搀扶着走出“娘屋”大门。她知道这是真正永远走出家门。她在不知不觉中把花轿公司当作家，而有人却在把她真正遥遥“嫁”到千山之顶万水之源，她从此再也不能回家……

牛青青向着花轿走，牛青青在继续上路。她在心的深处明白，她在走不归路……

牛青青怎么还能作秀？牛青青怎能不肝肠寸断地真心真音放悲大哭？

观众们喝彩连天，都感到这趟旅游太值了，都赞扬丁冬溪的花轿公司绝对是旅游界最火爆的企业。这里的花轿新娘太敬业太忘我投入，她们对游客付的每一分钱太负责太高效回报了，她们太真诚太真情了。游客们觉得这家公司要不了多久，就会是中国旅游业老大。感动感慨的观众们，终因新娘哭得死去活来，哭得力不能支，也“心连心”跟着一起哭了起来……

程序进入了启轿走轿了。轿内，花轿新郎对花轿新娘说，你的敬业精神让我感动，其实，每天都这么聚精会神投入，长此以往会伤害身体的。

牛青青拭着泪痕，她对花轿新郎投注感激目光：谢谢你的关爱。

花轿新郎说，应该感谢的是你。人生总是千方百计寻乐子，我可以千金买笑，我就是抛掷万贯，也不能采购到你在哭嫁时那份真情。牛青青小姐，你做事太认真，做人太本分。你会让每一位作秀花轿新郎游客都尊敬你，爱慕你。

一个花轿里的打工妹，由衷地受到别人尊重，牛青青的美丽大眼睛，翻滚起波光粼粼的情浪。她握住花轿新郎的手，在强烈颠簸的花轿里，小鸟依人地偎靠着花轿新郎。她说，你也是我最爱慕的最尊贵的花轿新郎。

于是他们在花轿里，有爱抚，但不超越。有亲吻，但很礼仪……

不知不觉，花轿已经抬到新郎“家”了。新郎家拜堂的堂屋，其实是轿艺广场中一处可视度极好的平台，红盖头下的牛青青，又听到了游客观众们欢呼雷动掌声震天。她知道，自己实在没什么，他们才是她的真正的伟大本源——她本来今晚就辞职生效，再也不在这伤心之地做人生表演了，她躲藏在观众席里，想最后看一次别人为她表演，可是就在那样的时刻，那么多观众念着她的名字，热血澎湃地等待期待，成千上万的观众，成千上万的神话般传说她，评话般演义她，他们似乎没有谁认为她是陌生人，他们与她仿佛多年知己，此生此夜，在深深渴望重逢……牛青青才被这种无可冠名的伟大力量，猛力地推出观众席，猛力地推进表演场。她真的一点儿也没想到公司人如热锅蚂蚁，她只想，真不能辜负这么多可敬可爱的旅游人。她就是被这种伟大的力量，推上了告别的舞台。

为了敬畏那种伟大，为了感激那种伟大，牛青青在这场拜堂活动中，拜天地，俯地长跪不起，拜高堂（公婆），磕头咚咚有声，而在新人对拜时，她的额头温暖地和新郎额头长久亲密对接，引发观众们经久不息喝彩声。

新郎牵着红丝带牵着新娘迈向洞房了，作秀媒婆的李樵和作秀伴娘的吴桔香，丑态百出又幽默从生地陪伴牛青青走向洞房了。

花轿公司的轿场洞房，建筑很民俗，灯光很现代，视角很梦幻。牛青青将走进洞房，她的如歌如诗长梦，也将在今夜的洞房里，诗稿焚烧不化蝶，大梦惊醒听乌啼。

因为连续好几天医疗费没有及时支付，医院停止了杜文竹的诊治和用药，成小娥看望杜文竹时，身无分文的她，腰伤在断疗中恶化。成小娥赶忙帮她交费，立即恢复杜文竹的医疗。成小娥也大街小巷满处跑，给差不多已经是无钱吃饭的杜文竹，可劲地买好吃的东西。小娥跑着忙着，一不小心，手机没了。小偷真识货，她的手机眼下正时尚，又彩屏，又摄像，没五六千元，别想拥有。

丢了手机的成小娥，是总觉得有什么事。但是眼下小娥实在走不开，杜文竹不光是缺钱，还积下了许多要办的事。文竹的感情也饥荒得很。文竹对公司已经绝望至极，偌大温泉山庄，她只有一处既不挡风也不遮雨的屋檐，人们冷瞧着屋檐下的她，时刻都可以呵斥和赶走她……杜文竹心病就大于腰伤了。无论是本家嫂子，还是从小到大的姐妹，还是公司的重要职员首席花轿新娘，成小娥觉得都有责任要陪陪她，劝劝她，温暖温暖她。

成小娥直到牛青青出事的第二天半下午，才让公司里的人从医院找着。来人说，牛青青失踪了。杨总电话打烂了找你。杨总说找不着牛青青，丁冬溪旅游总公司所有责任人全体总辞职！来人说，杨总正在飞机上火速往丁冬溪赶。当然，来人也小声嘀咕一句：不就是一个花轿新娘吗？哪里请不到。

何必搞得黑云压城，整个温泉山庄人人心惊肉跳脸色煞白……

成小娥无暇指责这位报信的小职员，他真是一只燕雀，他哪里晓得鸿鹄杨雄？丁冬溪旅游公司做什么？做山水，你的山水真的“甲”过桂林？做温泉，你的温泉真的“温”过从化？杨雄是真英雄，他一开始就明白，再美丽再神奇的丁冬溪也只能是“背景”，丁冬溪旅游公司的“前景”只能是人，是美丽的神秘的花轿新娘，是牛青青杜文竹们首席花轿新娘。

成小娥赶回温泉山庄时，已经是下午五点。公司的人，都在忙得人仰马翻，车站码头不断报告没有发现牛青青的信息，小牛寨、罗家花园等一些重要地方，公司保安和地方公安在联手查访，往日正是热闹时刻的轿场上，好多人在捆扎火把，准备夜间照明寻找牛青青。小娥问办公室主任刘总在哪儿，主任说刘家驹找陈阵县长去了，请求地方政府加大力度配合公司寻人行动。

正说话间，电话响了。办公室主任拿起话筒，就听到杨雄很冲的声音：找到牛青青没有？立即扎扎实实传达我的命令，在没有找到牛青青之前，谁也不准吃安生饭睡安稳觉，你们准备好干粮和照明用具，晚上彻夜寻找。不管是旅游公司人还是地方老百姓，谁找着牛青青，我亲自奖励十万元。见到了牛青青，不准强行按扭，不准妨害她的任何自由，你们只告诉她，杨雄专门为这件事从南州赶来了，他要和她谈谈，说说他对她的尊重与渴慕，他对她过去为公司所做的工作应该感谢，他也需要向她检讨公司缺少应有的关爱和尊敬……你们告诉青青，万国丽人董事长杨雄只想有机会把这番话向她当面说一说，然后，是去是留，都是她的绝对自由。你把我这番话，尽力传达给每个公司员工每个寻找的人，我一定要见到牛青青，我要和她谈谈……

杨雄越说越激情越说越动情，站在话机前的成小娥听得热泪盈眶，她夺过话筒说道：杨总，发生了这样的事，我对不起你。牛青青是我的同乡同学，是我最好的朋友，我对她关爱不够……成小娥大哭，抽噎之声颤动山河。

两人在电话里都很痛苦很艰难说了一阵后，成小娥放下电话立即召集总公司办公楼里所有在岗的人员开会。成小娥说，杨总已经在省城至古塔公路上，大约再有两小时就可以到温泉山庄。杨总一再说，这不是找一个人，这是找回一家公司，找回一个富有活力富有效益的公司，找回一个以人为本、靠人而为的公司，找回一个美好形象的公司。杨总说，我们当初像三顾茅庐一样，倾力倾情聘请牛青青出任公司首席花轿新娘，我们今天更要踏破铁鞋寻找牛青青。我现在以董事长助理名义宣布：在这次大寻找中，有功者重奖，懈怠者重罚，有错者，开除！

会开得很短很急，最后，成小娥宣布成立以她自己为组长的紧急寻人领导小组名单。

这天夜里，丁冬溪多少人在寻找的火把下，泪花闪闪。多少人在杜鹃啼血呼唤牛青青。山路上，山头上，密林里，河滩边，所有寻找的人都知道，他们呼喊牛青青，就是呼唤打工者的高尚灵魂，就是呼唤漂亮永在，就是呼唤美丽呼唤人的尊严，呼唤人情人性归来。

南方的山，总是不经意间倏地一峰冲天，它们云霞衣帽，飘逸神奇，它们钟灵毓秀，孕育着儿女风流。南方的水，清清秀秀，那是真正的女人河。南天山北天山姐上山丁冬溪，直到神圣崇高的天堂山顶，当然还有山坡上溪水边彩云披挂的女孩儿，还有悍马一般壮实牛鸣一样悲怆的巴山汉子，还有山谷罡风的冲啸，还有一定要到春天才激情燃烧的红杜鹃，都在经历着绝对整个人间绝对全体人类的呼唤呼喊……

呼唤和寻找，最终集束地涌向天堂山顶。这些天堂西百姓都知道，他们距离那个美丽幸福的高度很近很近了。就如大山里巴人先祖先哲们说的，幸福是“六六顺”，六步就是天堂啊，他们很可能已经走了五步啊……那他们就还是在天堂西。

天堂西，那就不是天堂。

2004 年，一稿于武汉东湖

2008 年，二稿于乡村写作室

2011 年—2012 年，三稿于厦门听海楼

后 记

在我成为职业写作人的时候，以我个人的生命经历，一直企望写一部现代与传统凄绝冲突、城市与乡村扭曲交叉的长篇。这像一个“鬼”，从此附体，阴魂不散，时刻折磨我折腾我，让我过着不正常的生活：不愿社交聚会，不参加圈子内活动，“闹市孤独”成为常规常态，“呆头呆脑”令人啼笑皆非，东湖寓所旁屈子行吟阁成为长久枯坐之地。狂躁，冲动，沉默，压抑，痛楚，兴奋，浩叹，窃语，失眠……不应有的都“有”着，不应该的都“该”着。

有压抑就应释放。一次又一次试图书写，一次又一次掼笔。

这不是不可能。不应是无准备之仗。就“硬件”而言，是没有重大缺损的。一、我是发表出版几百万字长、中、短篇小说后才想做这件活儿的。二、我有地地道道的二十年乡村生活和三十年的城市岁月，在如是时间长河里，我是柴米油盐谋生者，与高高在上地突然下去“深入生活”毫无牵扯。也就是说我有“原生态生活”的硬件。

生米做不成熟饭，恐怕只能怪自己不是巧妇了。

时光就这样移过了二十一世纪门槛。

二〇〇二年，我应邀写一部三峡移民的报告文学。大约在半年时间里，三次往返宜昌万州，整月整月地在大巴山里翻越。我非常可口地喝包谷酒吃烤红薯焖土豆，非常快乐地听山歌学情歌。在“三窝包谷就算一块地”的田间和山民们一起干活。在木梁木柱石头墙、“一只角起灶，一只角屙尿，一只角养猪，一只角困觉”的山坡房里，作饮食起居。我举目就见石崖上的悬棺，侧耳依稀听见纤夫号子，古栈道上纵深几步，忽然就有喧嚣繁华小镇，一支又一支旅游人马，在红黄蓝绿各色“令旗”下，浩浩荡荡向千山万壑开拔……

这是目不暇接的时光。这是神思飞扬的岁月。在如此时间里，我有一个特别纪念日：那是个秋雨绵绵的傍晚，山川填纳着宇宙混沌的气息，猿在寒雨连江中啼鸣，鸟的湿重翅膀艰险地收拢在枝头摇曳的巢窝。房东家的一只母山羊，不屈不挠咩咩呼唤着尚未归栏的小羊。两头牛却毅然不顾晚雨的加大和夜色趋浓，冲上岭坡寻觅芳草地……我就在如此“自然环境”里，围在火塘边听一位烟杆有多长“龙门阵”就有多长的巴山老爹神秘讲述“六步天堂”的祖传故事。老爹用他的晾衣竿一般的长烟袋锅敲打着距离火塘很远的地面说，不光是我们这地场，咱大中国都喜欢“六”数字爱讲“六六大顺”，我们巴人祈福“六六顺”也晓得“六不易”，我们把“六步天堂”的故事书写在离天堂很近的高耸的石崖上，我们的先祖如不是宣言指路，那就是警言后人……

从大巴山回到武汉后，我的人生长河好像突然疏通了，这“长河”里的浪花，被巴山石破天惊溅起了开放了，我想，我可以写此生相许的这部长篇小说了。

当然，我没想到那又是个漫长岁月，一写就是八年。尊严的保卫和毁灭，幸福的笃实与虚无，人性的束缚与解放，丑恶的轻易产生与美丽的轻易破损，人文精神的集体化沉沦与草根精英的单兵式突击，生存歧路上的醉唱与命运通道上的悲歌……一一缠磨了八年，推演了八年。书卷透露的生活底蕴再厚重些，文章的结构再纵横捭阖章法新颖些……一一追求了八年，惨淡经营了八年。这在“一举手一月一部长篇”“大中国一年成千上万长篇”的电脑化写作时代，我是不识时务了。

那就索性再写点仰望星空般的“不识时务”想法。

先贤们位卑未敢忘忧国，我不敢淡忘的自己是一名专业作家。我的写作出发点不可扭转，它永远是对人类诚笃关怀，对人性殷殷访问，对民族命运的勤谨忧思。文学的任务无论被怎样多维解析，我只认死理地认为是对人的健康精神的呼唤，是人的理想烛照与攀援。

我也认为，无论何时何处，文学的发生都应有批判与抗议的担当。我们应该勇敢拒绝前社会主义的空想英雄情结与所谓集体主义精神的虚伪创作，要真诚书写每条生命的尊严，书写个体价值意义的人文光芒。我要以自己生命对另一群生命深切感知、同情与怜悯，实现文学对心灵的重托和美的眷顾。

我还认为，叙事文学的重量级砝码是独特细节。前人作品没有出现过的且又注入深邃灵魂的细节多与寡，是长篇小说的“真金白银”。作家根基是否厚实，独创的才气是否逼人，通过几个细节就能考量。特别是当下面对受众与市场的检验，任何作品没有养目悦心的独特细节过招，是很难取胜的。

我还要说，长篇小说是结构艺术。我觉得以“人”生发事与以“事”发生事是大不同的故事结构法，前者最有可能实现众望的“塑造人”，后者往往难能逃脱“写出的是生动故事，而不是生动的人”。我用时空为序的块状结构，希图厚重地开发人性，厚实地书写时间过去了的凝固在空间里的历史……我的这些想法，很可能又是“愿望是好的”，“实现是艰难的”。那就让读者评说吧，而我的絮叨理应就此打住。

2012.4，于武昌东湖寓所

图书在版编目（CIP）数据

天堂西 / 叶明山 著. -- 北京 ：作家出版社，2013. 6

ISBN 978-7-5063-6920-6

Ⅰ. ①天… Ⅱ. ①叶… Ⅲ. ①长篇小说－中国 －当代 Ⅳ. ①I247.5

中国版本图书馆CIP数据核字（2013）第090832号

天 堂 西

作　　者：叶明山

责任编辑：赵　莹

装帧设计：曹全弘

出版发行：作家出版社

社　　址：北京农展馆南里10号　　**邮　　编**：100125

电话传真：86-10-65930756（出版发行部）

86-10-65004079（总编室）

86-10-65015116（邮购部）

E-mail:zuojia@zuojia.net.cn

http://www.haozuojia.com（作家在线）

印　　刷：三河市华业印装厂

成品尺寸：152×230

字　　数：437千

印　　张：28.75

版　　次：2013年6月第1版

印　　次：2013年6月第1次印刷

ISBN 978-7-5063-6920-6

定　　价：38.00元

北京市"出版原创推新工程"作品